藤萝为枝 著

掌上青梅

My Greengage

上册

湖南文艺出版社
HUNAN LITERATURE AND ART PUBLISHING HOUSE

博集天卷
CS-BOOKY

那年他种花，
不得要领，
满手的伤。

那时外婆还没死，
她尚且年轻纯真，
仍旧期待着爱情。

他似懂非懂，

可是也知道故事里那个巨人十分执着可怜。

他摊开掌心，

把糖果递给眼前这个男人。

——喏，你的太阳。

"小朋友，新年快乐，一生平安。"

目录
Contents

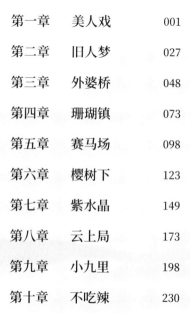

第一章
美人戏

"菱菱，快醒醒，该你上场了。"

后台昏暗的光线里，她喘息着睁开眼。眼前是一张化着浓妆、青春洋溢的脸，女生给她擦擦额头的汗："累着了吗？怎么在后台就睡着了？"

苏菱心脏狂跳，她摸摸自己的后脑勺，没有破一个大洞，没有猩红的血液。

台前轻柔的女声悠悠传来："任那一场风花雪月，不过转瞬时光，我与你，倘若重来一回，再见不过是路人……"

倘若重来一回，重来一回……

苏菱猛地抬起头，看着眼前熟悉又陌生的女孩子："云布？"

苏菱嗓音颤抖，伸手去触碰云布的脸，肌肤温热，云布是活人。但云布分明死在了三年前——拍戏时威亚断了，在花一样的年纪，活泼泼的女孩就香消玉殒了。

可是，怎么此刻她又见到了云布？

云布愣了愣："怎么？你脸色好白，不舒服吗？马上要到我们表演了，你是主演之一，出了问题，导师会骂死你的。"

苏菱站起身，看了一眼四周，暗红色的布景，青春洋溢的云布。她有种极其荒诞的感觉，拿起桌上的小镜子，镜面里，映出一张清纯又青涩的脸。

苏菱哆嗦着手点开手机，屏幕亮起来的一瞬，她突然哭出了声。

她回到了五年前。

这一年她十九岁，还在念大二。

苏菱哽咽地捂住唇，这是梦吗？她狠狠一掐自己，疼痛密密绵绵。不是梦，在被郑小雅从楼上推下来以后，难以忍受的疼痛一过去，她再睁眼就回到了大二这一年。

一旁观望的云布愣了好半天，连忙给她擦眼泪："欸，这是怎么了呢？菱菱你不舒服吗？"

苏菱指尖冰凉，就像她死前身体慢慢冷却下来的温度。她摸摸自己的腿，修长纤细的腿匀称美好，苏菱忍不住站起来走了几步，没有丝毫的滞涩，她的心一下温热起来。

什么都还没发生，她没认识秦骁，没成为他的情人，也没有那几年刻骨的纠缠。

她的腿也没有受伤，一切都还来得及。

她可以重来一回，有尊严地活着。

"菱菱，你魔怔啦？"云布有点害怕，苏菱脸上还挂着泪痕，但是眼睛里的光亮得吓人。

云布比了一个三的手势，提醒她："还有三个节目，就要轮到我们上场了，导师很注重这次的晚会，听说是要讨好什么大人物，大人物高兴了，锦绣前程就不用愁了。你这样恍恍惚惚，当心导师拍死你。"

大人物？

苏菱呆了呆，脸色瞬间惨白。

她想起来了，四月三十日，她第一次遇见秦骁。她在舞台剧中演女二号，男人在台下叼着烟，跷着腿，目不转睛地盯着她看，这就是噩梦的开始。

也就是说，还有三个节目的时间，一切就又要重演。

对秦骁的恐惧深入骨髓，苏菱急得流冷汗："云布，你带化妆品了吗？"

"没有。"云布说，她看苏菱哭了一场，妆花了，以为她担心妆容，连忙拉着她往化妆间走，"化妆师还在，你别急。"

苏菱深吸一口气，感受着云布掌心的热度，莫名安定了下来。

化妆间里出奇地热闹，十来个女生正叽叽喳喳地围着一个女生说话，见苏菱和云布进来，一下子就诡异地安静了下来。

被她们围在中间的女生叫唐薇薇，她一挑眉，看向苏菱："是系花苏小姐啊。"

此话一出，惹来女生们的讥笑声。

苏菱家穷，身体不好，打小多病，活脱脱一个病美人。偏偏平时苏菱娇娇怯怯的，男生缘爆棚，私下被称作系花。

这样一来女生们就不服了——同样是传媒大学的学生，颜值都不差，因此一直排挤她。

云布听她们肆意哄笑，气红了脸："吃不到葡萄说葡萄酸。"

眼看就要开始掐架，苏菱拉住她。重活一世，她没有前世那么自卑羞怯，当前最重要的事情就是躲开秦骁。

"我来补妆，请问刘姐方便吗？"

化妆师刘姐还没说话，唐薇薇就弹着自己的指甲："刘姐有事。"

刘姐本来想说的"方便"两个字就咽了回去。

唐薇薇撑着下巴打量苏菱："我有空，我来帮你化啊。"

唐薇薇本来以为她要拒绝，苏菱眼珠子晶润黑亮，点头道谢："那麻烦你了。"

唐薇薇冷笑一声，拿过一旁的化妆品，把苏菱娇美的小脸当画板随意涂抹。所有人都看出来唐薇薇在整人，却都不敢吭声。

原因很简单，月初，唐薇薇突然从女二号变成了女一号，抢了苏菱的戏份。因为她抱上了大腿，金主今天就在台下，也正是导师要讨好的权贵，苏菱避之不及的人——秦骁。

所有人都忙着讨好唐薇薇，哪里会为苏菱申冤？

苏菱沉静地看着镜中的自己，浓艳的妆容快赶超女鬼了，唐薇薇把她的唇涂得像喝了血，原本的清纯找不到半分。

苏菱第一次感谢唐薇薇这么合她心意，她如今这副鬼样子，秦骁要是还能看得上，那就真是好胃口了。

唐薇薇俯下身，镜中映出两张脸，一张艳丽勾人，一张恐怖若鬼。她满意地笑了，在苏菱耳边低声道："反正你得死。"

苏菱瞳孔一缩，对"死"字本能惊惧，但随即想到接下来的戏份，暗暗握紧了拳。

她想了无数次，要是能重来一回，这场舞台剧她无论如何也不会那样演——恰好对了秦骁的喜好，走上一条悲惨的路。

唐薇薇把刷子一扔："走吧，快开始了。"她昂着头，像只骄傲的孔雀。

苏菱看了她一眼。

外界都传秦骁喜欢靡丽的女人，如唐薇薇这样的。

可苏菱知道不是。

他自己亲口说的，他爱苏菱这副清纯干净的样子。

他倒是没死，祸害遗千年。

重来一回，她铁定不会再撞在他手中。这场初遇的戏，几年后她在心里演练了千万遍，如今终于派上用场了。

这场舞台剧叫《青梅》，讲的是一个张扬的女孩从青涩到成熟，最后为了爱人自杀的故事。原定女一号是苏菱，后来唐薇薇借了秦骁的势，成功上位女一号，于是苏菱变成女二号。虽然还是演同一个角色，但她演绝望后的女孩，戏份只剩下最后一幕——

女孩坐在秋千上，流着泪，服下安眠药死去。

所以唐薇薇没有说错，她要演的，就是死的过程。

但秦骁有个不为人知的秘密，他喜欢看脚。在苏菱眼中，秦骁无疑就是个变态。他喜欢她哭得梨花带雨的样子，也喜欢她裸足荡秋千的娇美。

这个情节，刚好就像是为秦骁隐秘的喜好量身定做一般。

苏菱眼瞳黑漆漆的，你不是喜欢我哭吗？我偏不哭。

喜欢脚？这次不露。

喜欢这张脸？一个女鬼还下得去口吗？

苏菱一想到和他纠缠五年的命运，灵魂都要战栗起来。这场戏过后，一切就会不一样了。

如果要改变，就从《青梅》开始，她要一点点把自己支离破碎的人生重新拼凑完整。

舞台的灯光灭了又亮，第一幕是唐薇薇演的女一号的戏，青涩又张扬的女主角。

还不到苏菱出场的时候，她隐在帘子后面，苍白的手指撩起一角。目光落在台下第一排，她几乎一眼就看见了他。

深色西装衬衫，嘴里叼了一根烟，烟雾缭绕中，秦骁表情冷淡。

他跷着腿，修长的手指在座位上敲击，百无聊赖的模样。

和五年后那个成熟稳重的他不同，这一年他二十七岁，身上一股子匪气。

这种场合，抽烟的人通常会被讨厌。

然而，所有人的目光看向他时，都不会带着这样的情绪。

他有钱有势。

他脾气还不好。

没人敢表现出对他的厌恶。

许是她的目光太厌恶、炙热，秦骁眯了眯眼，向她这个方向看来。苏菱恨极也怕极了这个男人，在他看过来之前，她就放下了帘子。

秦骁什么也没看见，他一把摁灭了指间的烟。

他身边的郭明岩笑嘻嘻的："骁哥，你无聊啊？"

男人懒洋洋地应："嗯。"

狐朋狗友们的笑声肆无忌惮："台上那个不是你的新欢吗？这么快就腻味了？"

秦骁的目光扫过正卖力表演的唐薇薇，低低哼笑了一声，也不辩解。他解开领口的两颗扣子，屈起指节，敲打着椅面。

台上的唐薇薇千娇百媚，眸光流转间，无声地在讨好他。他弯起唇，眼里却没有半点笑意，他胸腔里的心跳动平稳，没有快上一分。

秦骁看她的目光，像在看一潭死水。唐薇薇浑然不觉。

灯光一明一灭，剧情就会切换一幕。

秦骁再次点燃一根烟的时候，抬眸就看见了一架秋千。

一个穿黑色裙子的少女，背对着他，慢慢走向了秋千。

纯黑色的衣服衬着她露出来的雪白肌肤。他弹了弹烟头，双腿交叠。

莫名有点期待她回头。

苏菱单手扶住秋千的绳子，酝酿好情绪。坐上秋千的一瞬，她调整好表情回了头。

白色的灯光一闪，切换成了哀伤悲恸的音乐，一个女鬼猛然狰狞回头——

台下的郭明岩吓得一口气没上来，爆了粗口："这什么鬼东西！"

这还不算完，台上的"女鬼"开始吃药了。她拧开药瓶子，仰头就灌。试着甩了甩鞋子，然而不知道怎么回事，鞋子穿得结结实实，并没有甩掉。

她并不在意，睁着一双乌溜溜的大眼睛，眨也不眨地盯着天花板。流泪的情节也没了，她开始表演吃药以后的反应——在秋千上抽搐着翻白眼。

郭明岩："……"

秦骁的一众狐朋狗友："……"

郭明岩看得目瞪口呆，他长这么大，第一次看到这么糟心的表演。他感觉胃里隐隐翻滚，午饭都快要吐出来了。

郭明岩连忙去看秦骁的反应。男人面无表情，看了台上好几秒，别过了头。

郭明岩捂住眼睛："天哪，这就是 Z 大？"

秦骁低低一笑，回过了头，对坐在自己身后的导师陈帆说："贵校好得很，人才辈出。"

陈帆盛怒惊诧的目光还没敛住，下意识辩解："她排练的时候不是这样的……"一想到秦骁的坏脾气，连忙不敢再解释，改了言语："晚上我让她给秦少赔罪。"

秦骁还没表态，郭明岩立马接话："把人拉远点，拉远点，赔个鬼的罪，看着就伤眼。"

此时表演已经结束，陈帆想想刚刚看到的苏菱，怎么也没办法说出这其实是个清纯大美人的话。

原本想讨好的人，竟然得罪了个彻底。

秦骁拿起自己的西装外套，眉眼冷然："走了。"

苏菱收拾好自己的背包，拉过一旁呆滞的云布："我们回去吧。"

唐薇薇目光奇异地看着还没有卸妆的苏菱，这个病秧子穷鬼是疯了吗？本来还剩个女神的名号，今天一过，就彻底成为笑柄了。

两人走了老远，云布才低低出声："天哪，菱菱你完了，陈帆会想打死你的。"

苏菱回头，惨白的妆容下，露出温和的微笑："没关系的。"

云布艰难地咽了咽口水："有关系啊，要是今天的视频流了出去，以后哪家剧组敢用你？你的梦想怎么办？"

苏菱愣了，梦想？五年的禁锢让她忘了，她原本是想成为大明星的。

她努力学习，考上了传媒大学，一有空闲就去打工，来付高昂的学费，就是为了这个泡沫一样脆弱的梦想。

苏菱轻轻地摇头："试镜不会光看我今天的表现，我以后会更努力的。"

云布显然绝望了，苏菱说什么她都听不进去，满脸完蛋了的表情。好一会儿才开口："可是今晚还有庆功宴。"

全院的导师和表演的学生都会去。

苏菱的笑意淡了，她眼里染上三分冷："我知道。"

怎么会忘？上辈子就是在今晚，她被送上了秦骁的床，一觉醒来就变了天，原本平静的日子被打乱，她被逼得无路可走。可是她就连害了她的人是谁都不知道。

苏菱回寝室把表演服换了。妆容她很满意，暂时不打算卸了。哪怕最终她还是会被害，这张脸也能生生把秦骁恶心死。

她昏迷，他都还有兴致，但如今这副尊容他总不至于还下得去口吧？

云布很愁，不住叹气。她怎么感觉苏菱睡了一觉起来，有哪里不一样了？苏菱一向胆小，难道是太怯场，才在舞台上搞砸了？

苏菱不打算去晚宴，她好奇心不强烈，比起查清楚谁要害她，她更想安然无恙。

她回寝室就睡在了床上，用被子把自己裹紧："云布，我不舒服，不去晚宴了。"

然而没过多久，她的电话响了，那头是陈帆怒不可遏的声音："苏菱，你怎么回事？马上过来。"

苏菱声音闷闷的："老师，我不舒服。"

陈帆并不吃这一套，他现在慌得很，他知道苏菱是软柿子，捏起来不费劲："你今天的表现就足够期末挂科了。过来道歉！"

"好的。"她低低道。

寝室的光很昏暗，云布走之前为了方便她休息，把灯关了。她看着自己的手，纤弱无力，在暗色里莹白细嫩。就是她这副模样，才导致所有人都可以拿捏她。

别人不怕挂科，可是她怕。进入大学，她没有逃过一堂课，专业课成绩一直是第一。

同学在聚会的时候，她在图书馆看书。同学在看演唱会的时候，她对着舞蹈室的镜子一遍遍磨炼演技。

就为了那八千块钱的奖学金。

她沉默片刻，换好衣服去酒店。

夜风把她吹得打了一个激灵，她裹紧身上的外套，看着自己灯下被无限拉长的影子，不要怕，她告诉自己。他还没有喜欢她，日子就总会好起来。

秦骁不是那么好见的，他高高在上惯了，不会来这些凡人来的地方。

她进入包间，环视一圈以后没有看到他，松了口气。

苏菱对着陈帆和同系的同学鞠了个躬："是我状态不好，抱歉。"同学们面面相觑，谁都不吭声。

陈帆是系里出了名的没风度的老师，他恨杀了苏菱。以秦骁的本事，要是肯帮陈帆一把的话，无论是评职称还是抢资源，都将是小菜一碟，可如今一切都被这个平时乖巧的学生搞砸了。

他不甘心。

"你看看你，像什么样子！把脸洗了，和我去道歉。"郭明岩说了不要去，可是当时秦骁没表态，他只是摩挲了下自己的无名指，意味不明地笑。这群人中，真正要讨好的是秦骁，只要秦骁没明确拒绝，就还有希望。

苏菱抬起头看向陈帆，眼睛干净清澈，透着幽幽的冷。

她怀疑是陈帆把她送到秦骁床上的。可能在排练节目的时候，他就已经打着这样的主意。不然凭她内向的性格，怎么也轮不到她演女一号。

苏菱唇色苍白，如果顺利的话，她还要在 Z 大待一两年，陈帆是导师，不能得罪。她想拒绝，可是在上辈子二十四年的人生中，她最不擅长的就是拒绝。

秦骁太过霸道，不允许她从嘴里说出拒绝的字眼。她都快忘了怎么说不。

苏菱只能迂回："没有卸妆水卸不下来，陈老师，就这样去吧。"

陈帆只想找个上楼的由头，皱了皱眉没有拒绝。

他领着苏菱上了七楼："这个圈子你懂的，哪些人能得罪，哪些人不能，你自己给我分清楚。要是学不会识时务，不如早点放弃。"

他等了半天，身后的少女才轻轻应一声"好的"。

他们进去的时候，唐薇薇在给秦骁敬酒。她蹲在他的脚边，乖顺得像只小猫。男人靠在沙发上，黯淡流转的光里看不清神色。

他喜欢别人听话。

包间里除了郭明岩，还有一个叫董旭的男人。苏菱认识他，他是个才华横溢的天才导演，但是天才和疯子仅仅一线之隔，他对作品的狂热追求胜过了一切。

苏菱走进来，惨白的脸一下子就刺激到了郭明岩。郭明岩是个"颜控晚期患者"，他捂住眼睛："陈帆，你听不懂人话吗？不是让她滚远点吗？"

陈帆连忙说："郭少，她是来道歉的。"

"不需要，不需要，你找个好看的来呀。"

陈帆想说这就是最好看的，但是长了眼睛的明显都不信。化妆简直是妖术。

陈帆还分得清主次，向最里面看过去："秦少，对不住，糟蹋了您的作品。"

此言一出，几乎所有人都惊讶得不得了——《青梅》是秦骁的作品？

苏菱死死克制，才能安静沉默地站在原地。怪不得，那种病态的结局，恰恰就是他喜欢的风格。这一刻她甚至有种悚然的猜想：她的戏份和唐薇薇的调换了，而所有人都猜不到，秦骁最喜欢的就是结局那一幕，如果她们的戏份没有换，那是不是就没有上辈子后来那些事了？

"秦骁，你会写剧本？"一直埋头的董旭抬起头，眼里写满了不可置信。

角落里的男人轻笑一声，慢条斯理道："不会。"他不过多解释，董旭的疑问就堵在了嗓子眼。

苏菱被陈帆一撞，上前一步。她反应过来，用刻板的、毫无起伏的声音说："对不起，秦总。"苏菱隔了老远，给他鞠躬。

男人久久没有回应，苏菱保持姿势不敢动。她看着自己包裹严实的板鞋，没有流露出一丝不该有的情感。

"你们做演员的，都是你这种面瘫脸？"他轻嗤着开口，"笑一个会不会？"

苏菱直起身子，她这一刻又感受到了那种无法言说的憎恶感。这就是秦骁，他要她笑她就得笑，要她哭她就得哭。她拉扯着唇角，冲他们露出一个极为勉强的笑。

配着惊悚的妆容，成功让承受力最差的郭明岩倒抽一口凉气。

董旭眉头紧皱，直接点评道："她才配不上演员的称号。"

秦骁轻笑一声。

"唐薇薇。"他说，"教教你同学，该怎么笑。"

唐薇薇回过头，眼神充满了敌意。笑？苏菱哪里用得着她教？苏菱性格内向，平时话不多，但是爱笑。她笑起来很甜，用系里男生的话说，会让人想到天使。

苏菱一整天都不正常，唐薇薇只能庆幸这种不正常是对自己有利的。她知道秦骁喜欢顺从的女人，当真对着苏菱笑了笑。

秦骁一直在打量苏菱，她在害怕。

他的观察力一向强得惊人，她双手扣在一起，显然很不安，可是面上极力保持镇静。她怕什么呢？怕他。

她就像侥幸逃出了笼子的金丝雀，看着周围所有人，恨不得把小脑袋埋进羽毛里躲好，又带着强烈的惶惶不安。

秦骁看得有趣，嗓音却冷冷淡淡，他惯于命令人："学啊。"

少女抬起脸，再次僵硬地笑了笑。

他看了好半晌，从她的头发丝看到脚尖，最后冷冷道："滚出去。"

郭明岩屏声敛息，觉察到秦骁生气了，但谁也不知道他发什么火。

苏菱长舒一口气，低着头，走了出去。夜风拍打在她脸上的一瞬间，她终于松懈下紧绷得不像话的身体。

她有点想哭。

她摸摸自己的脸颊，几乎没有一丝温度，她这个人也一样，从重生回来，冰冷僵硬得像一具尸体。

她好害怕啊。

可是她做到了，秦骁没有再表现出对她的兴趣。她现在还好端端地站在这里，保持着清醒。轿车的鸣笛声交错，她终于有种改变命运的真实感。

《青梅》里，她从赤足绝望的少女，变成了一个嗑药的凶残"女鬼"。台下，他不像前世那样，目光死死黏在她身上。那么，是不是也就意味着她不会再被送到秦骁床上？后面的事情都不会发生了？

苏菱刚想回寝室，手机响了起来。

"苏菱，云布喝醉了，在发酒疯，你过来把她带回去吧？……哐——，云布你做什么！"

"我马上过来。"

云布在包间里演《霸王别姬》。

她抓着一个男生："妃子！今被胯夫用十面埋伏，困孤于垓下，粮草俱尽，又无救兵，纵能闯出重围，也无面目去见江东父老……

锵锵锵！"她演霸王。

男生目瞪口呆："……你……先……先放开我。"

云布双颊酡红，瞪大了眼睛，半晌不见他自刎，疑惑道："你怎么还没死？"

表演系的同学们要笑疯了。

苏菱刚好看见这一幕，她面对着光站在门口，愣了好半晌，轻轻弯唇笑起来。她还带着厚厚的妆容，但一笑如春水，眼里漾出层层光华。男生们明里暗里都在看她，虽然奇怪她今天怎么把自己弄成这样，但平时对她恋慕的不少，她一笑，大多数人还是忍不住把目光落在她身上。

苏菱上前把人接过来："云布，回去了。"

云布还认得她："菱菱。"

苏菱温柔地扶着她："来，慢慢走。"她语调柔和，带着浓浓的安抚之意，本来还闹腾的云布瞬间乖巧了。

苏菱大学读了一年，人缘不太好。

她性子羞怯，由于家境，有点自卑，不爱和人交谈。女生嫉妒她的颜，男生怕碰碎了琉璃美人，暗暗把她当女神。

苏菱扶着云布走了两步，才意识到什么似的，回头温声道："谢谢你们照顾云布，给你们添麻烦了。"

她眼里带着暖，包间里所有人愣了愣——苏菱基本从来不这样主动和他们说话，他们一时间竟然有种受宠若惊的感觉。

"都是同学，没事的。"

等她走远了，有外班的人轻声说："你们班苏菱，好像也没有那么目中无人吧？"

苏菱力气不大，好在云布还有点意识，她半拖半抱地把云布带走了。

从酒店穿行出去才能打车,她喘着气,云布开始喊头疼了。

"回去给你揉揉,以后别喝那么多酒了,喝醉了不安……"苏菱盯着地上多出来的一道影子,恐怖惊惧感瞬间袭来。她还没来得及回头,后颈便一疼,像是被针扎了一下,很快失去了意识。

她最后感知到的,就是自己被人接住,而失去倚靠的云布倒在地上发出惊呼。

她不甘!

苏菱挣扎着睁开眼,药效使她整个人都昏昏沉沉的。她眼前一阵发昏,有人把她放在了床上。

那人脚步仓皇,很快离开了,她的意识在慢慢消散。

不同的情节,却都指向同样的命运,她把口腔咬出了血。血腥味并没有使她清醒多少,如果此时给她一把刀,她会毫不犹豫地往自己身上扎两刀。

她只知道,不能重蹈覆辙。

苏菱用尽全身力气从床上翻了下来,猛然摔下去,却只有些微的疼痛,这不够使她保持清醒。地板上铺了厚厚的地毯,和她五年的噩梦重叠。

房间没有开灯,苏菱手指死死抓住地毯,摸索着往卫生间爬。

触到冰冷的地板,然后是浴缸冰凉的外壁,她哆嗦着打开了开关。

热水一瞬间倾泻下来,烫得她肌肤一阵刺痛。她咬牙往反方向拧,花洒流出了冷水。她抖得厉害,用尽最后的力气,爬进了浴缸里。

可是没有用,她还是在慢慢失去对身体的掌控。冰冷的水漫到鼻腔,窒息的感觉让她迫使自己睁开眼。

水溢出了浴缸，一瞬间眼前亮起来。有人开灯了。

男人的脚步很轻，很从容的步子踩在地毯上。

她突然不明白自己重生的意义，难道还要再痛苦一辈子？她来到十九岁，就是为了把过往重走一遍吗？

不，不是的！

苏菱终于睁开了眼。

她看见了一双自上而下打量的眼睛，眼睛的主人情绪凉薄。

她的妆花了，晕在脸上，简直令人不忍直视，看不出原来长什么样，虚弱得像只待宰的羊羔。

他看出了她想哭，她似乎有点喜欢哭。但是她生生忍住了。

眼线晕在眼眶周围，她一双浅灰色的眼睛却干净明亮。

总体上狼狈得可怜，这个样子太丑了，非常不符合他的审美。

苏菱看不透秦骁的情绪，不敢赌他是否有兴趣。一瞬间她下意识地想了很多求他放过自己的话。

——我想回家。

——求你放了我。

——我害怕。

可是下一刻她又反应过来，秦骁偏爱娇怯。求饶的字，一个都不能说。

"秦总，可以帮我报警吗？"她最后说。

秦骁弯唇："不可以，关我屁事。"

这副态度，她很久没有见过了。他把她弄到手以后，她就是要星星，秦骁也恨不得给她摘下来。他干的荒唐事多了去了。

苏菱抿着唇，心里有点开心。他不喜欢她才会这副态度，他只要保持住不喜欢她，那就什么都好说。

秦骁看了她一会儿，眉宇间涌上几分不耐烦。他现在很不开心，房间里突然多出这么个活人，只要不是他喜欢的，就怎么都开心不起来。

他打通了董旭的电话："喊两个人，来把我浴室的女人拖走。"

苏菱垂下头，眼眸盈盈，尽是喜悦。但她不敢表现出来，她没了力气，只能躺在这里做个活死人。

那头动作很快，两个穿着保镖衣服的男人进来，在秦骁冷淡的目光中，把她拎了出去。

这会儿还是春天，苏菱出门穿了外套，全身湿透以后，腰线仍不明显，一点都没露。她第一次如此感激重生以来的未雨绸缪。

秦骁的心冷硬，不会帮忙在她意料之中。但是出了他的浴室，自己借个电话报警还是做得到的。

她很快被送去了医院。

闻着消毒水的味道，她终于安心地睡了过去。

回来的第一夜，她梦到了上辈子的今天。

她睡醒在秦骁的床上。

男人手臂撑在她两侧，在她蒙蒙的目光中，把她脸颊两旁的头发撩到她耳后。

苏菱给了他一巴掌，男人冷峻的脸被她打出一个红印子。他头都没偏，眼神却由温暖转变成了寒冷："怎么，自己爬上来的，反悔了？"

她又怕又崩溃，放声哭出来，羞耻和恐惧让她甚至不敢问到底是怎么回事。

明明她什么都没做，醒过来世界就变了天。

她哭得凄惨，嘤嘤呜呜地，一副生无可恋的模样。秦骁反而笑了："欸，跟我不好吗？老子以后好好对你行不行？"

梦做到这里，苏菱吓醒了。

天光已经大亮，阳光从医院窗户透进来，几株多肉植物朝气勃勃。

她望着那脆弱又倔强的生命，恍若隔世。

如果没有这场梦，她几乎都快忘了，他们之间的开始，是他玩笑般地问她，好好对她行不行。

不行，她在心里轻轻答。

她宁愿重来一次，也不要和他再次开始。

苏菱拿到化验单子，上面清晰地告诉她，她被人打了麻药。

麻药剂量不小，可是她求生欲实在强，竟然还能挣扎着保持意识。她昨晚报了警，警察介入了这件事，但令人失望的是，酒店走廊的监控被人破坏掉了。

显然，要害她的人心思缜密，且早有预谋。

苏菱做完笔录回了学校。

她其实想不出谁会害她，她胆子小，不会和人结仇，大多时候受了欺负就默默往肚子里咽。她之前还怀疑过陈帆，但现在陈帆的嫌疑洗清了——他有不在场证明，苏菱出事的时候，他回到了系里的庆祝宴会上。

云布醉了一夜，倒在马路上，是被好心人送回来的。苏菱回来了，云布仍然没有醒。

苏菱见她没事，揪着的心总算放了下来。

但是寝室里另外两个同学的目光，让苏菱意识到这件事不会就这么完了。

在 B 市这种寸土寸金的地方，苏菱只能住在学校。她们的寝室是 308，一共住了四个女生。除了苏菱和云布，还有两个女生，一个叫周曼，一个叫赵婉婉。

苏菱回来的时候，两人正在聊天，她进来以后，她们就噤声了，暗暗偷看苏菱。两个女生并没有被选上去表演《青梅》。传媒大学里的学生大多是未来娱乐圈的种子选手，这两个女生长相过于普通，成绩也不好，在大一的时候就抱了团，不怎么和苏菱、云布来往。

以前就有种说法，用来形容女生宿舍关系的复杂性：四个人可以有三个微信群。

苏菱对她们并不熟悉，她们对她而言，只是五年前的记忆。此时被两个女生看着，她也不知道该和她们说什么。

周曼挑了挑眉："你昨晚去哪儿了？"赵婉婉神色尴尬，拉了下她的袖子，被周曼拍掉了。

她这样问，个中恶意很明显。苏菱一夜未归，早课都没来，但凡往坏处想一点，就能毁了苏菱。

苏菱回过头。她昨晚想了很久，前世的悲剧一大半都要归结于自己的软弱性格，她身上没有一根刺，才会让谁都想来打一下。

苏菱眼里没有笑意："我在医院，化验单还在桌子上呢，你要不要来看一下？"

她语气很轻，声音软糯，但是脸严肃着，让周曼原本趾高气扬的气势一下弱了下去："懒得管你。"

回学校这几天，苏菱还有种不真实的感觉：她本来以为要像前世一样，面对数不清的流言蜚语，结果什么都没有，意外地平静。

她紧绷的神经终于放松了一些。

然而五月初，有个消息在表演系传得风风雨雨——唐薇薇被大佬甩了。

苏菱知道这个消息的时候，他们才上完化妆课。云布凑近她耳边，颇有些幸灾乐祸："我听他们说，昨天唐薇薇是哭着回来的。"

唐薇薇搭上秦骁一个半月，跋扈得快要上了天。秦骁有钱有势，唐薇薇再作，也多得是人巴结她。但一朝被甩，看笑话的更多。

苏菱和唐薇薇是同系同学，公共课在一起上。她回头去看，果然唐薇薇神色颓靡，再没了之前风光的样子。

云布嘟着嘴："菱菱，你还同情她啊？她之前那么欺负你。"

"不是的。"苏菱摇头，不多解释。她只是在想，沾染上秦骁，他要你生就生，要你死就死，就连哭笑都半点不由己。她庆幸自己这辈子躲开了他。

离开秦骁的第七天，她感觉自己彻底活过来了。

苏菱鼓起勇气给外婆打了一个电话，忙音响了很久，那边终于接起来。一个清润的少年音响起来："苏菱？"

"嗯，是我，倪浩言。"这个名字被她轻轻念起的时候，泛着无尽的温柔，那边的倪浩言也不知道怎么回事，一下红了脸，用不耐烦的语气说："有什么事快点说。"

"我能和外婆说话吗？"

"你等一下。"

少年去叫人，她在电话这边听着他的脚步声，心中有些紧张。

没一会儿，倪浩言回来了："奶奶说没什么好说的，让你努力读书。"

意料之中的答案，但还是让苏菱感到失落。外婆一手把她带大，对她却很冷淡。苏菱知道外婆爱她，在她家最穷的时候，外婆每天都会给她煮一个鸡蛋。

老家离 B 市好几千里，外婆不接电话她也没有办法，只能问倪浩言："外婆身体还好吗？"

"挺好的。"

"倪浩言，你好好照顾她。"

"知道了知道了，啰里啰唆的，烦人。"

她不生气，语调还是柔软："倪浩言，你快高考了吧，要努力呀。"

电话那头，少年心中一阵别扭："要你管，你又不是我姐。"

她笑起来："我就是你姐啊。"

"我姐只有倪佳楠。"倪浩言下意识地这样刺她，半晌不见她说话，他又莫名有点慌，干巴巴地补了一句："你是表姐。"

然后他听见少女的笑声，娇娇软软的，挠在耳膜上一阵痒，倪浩言下意识地把电话听筒拿远。

"我暑假回来给你带礼物。"

"我不要。"他又不是小孩子，他用脚尖踢着墙，"懒得和你说，我同学找我，我挂了。"

"再见，倪浩言。"

倪浩言深吸一口气，脸红透了。他心想，他这么呛声，她怎么不生气了呢？要是换作以前，苏菱早委屈得不想和他说话了。

苏菱挂了电话，往校门外走。这一年她还有兼职，每周末都会去奶茶店帮忙。

倪浩言是她舅舅的儿子，也就是她的表弟。她以前一直以为倪浩言和舅妈、表妹一样，都讨厌自己。后来才知道不是，她伤了腿想自杀那一年，是当时才十八岁的倪浩言冲进秦骁的别墅，想要背她回家。

她在少年瘦削的背上一直哭，倪浩言用嫌弃的口吻说："别哭了，别哭了，你怎么这么弱？唉，腿总会好的……表姐。"

秦骁就站在大门口看他们，门外一排保镖，他靠在车旁抽烟。

倪浩言背着她咬牙走了老远，秦骁才懒洋洋地出声打断这场闹剧："他的腿，打断。"

苏菱闻言哭得更惨，秦骁忍俊不禁，冲她伸手，她连反抗都不敢，乖乖进了他的怀抱。

秦骁是个成熟男人，抱着她毫不费力："还走吗？"

"不走了。"

"嗯？"

她知道他想听什么："我陪你一辈子。"

"记住你的话。"他亲亲她，冲那一群人说，"让那小鬼走吧。"

那时候外婆去世了，这么一件事，让苏菱知道世上还有最后一个把她当亲人的人。她那时就在想，自己曾经太孤僻，才会误了这份好，要是有重来的机会，她一定要当个好姐姐，好好对倪浩言。

苏菱在奶茶店工作到晚上八点。店长发现，苏菱来工作这两天，奶茶店人就爆满。还有不少拿着手机偷拍苏菱的，店长啧啧感叹："颜值即正义啊。"

苏菱没有听见，摆脱了秦骁的阴影，她心情很好。但是她不得不面对的现实问题就是，她很穷。

真的穷，除了身上的三百块钱现金，就只有银行卡里的八百块钱。

但是她挺满足的，她应该是最容易满足的人。别人都想着通过买彩票、赌石什么的走上人生巅峰，她就只有一个愿望，远离秦骁，好好活着。

苏菱解下围裙下班的时候，店长冲她挥挥手："注意安全。"她挺喜欢苏菱的。苏菱做兼职时几乎一直在忙，从来不偷懒，笑起来也暖，给奶茶店吸引了很多顾客。

"谢谢，店长再见。"

店长知道她是学表演的，也知道苏菱非常辛苦，没有后台又洁身自好的姑娘，能拿到一个试镜的机会都很难。

店长犹豫了一下，决定帮帮她。

她摸出手机，发了一条配了图的微博——

"她比夏花更烂漫。"配图是苏菱才来奶茶店的时候，充满青春朝气、素面朝天、羞涩微笑的侧颜。

简直美翻天。

这张照片是店长的私藏品。

这个微博号搞营销，粉丝有两万多。店长没想到平时发微博粉丝泡儿都不冒一个，但这条微博，短短一小时就被转了三十来条。

店长瞠目结舌，不是吧？她就试试，这趋势怎么觉得苏菱真要红？

苏菱几天后才知道这件事，还是云布刷微博刷到的，云布眨眨眼："啊，我没看错吧，菱菱你成网红啦？"

苏菱愣了愣，凑过去看，一个微博用户名叫"今天也要努力撸猫"的人转发了一条微博，还配了文字：我该不是看见了仙女？好软好羞涩好想捏！

云布回过头，看见苏菱脸色慢慢变白。

"哎，菱菱，你去哪里？"

苏菱觉得骨子里都是冰冷的，她承担不起任何一种可能性。要是这样的照片被秦骁看见了，以他的多疑，肯定能认出这和台上的是同一个人。她不敢赌，这个时候才觉得自己实在是渺小。

她往奶茶店跑，如今她也没什么办法，只能让店长尽快删微博。

她心里还存着侥幸：秦骁算不得一个有情调的人，也不喜欢刷微博这种在他眼里无趣的活动，他应该……不会看见的。

秦骁垂眸看了一眼郭明岩的手机，屏幕上是个十八九岁的少女，穿着米黄色的裙子，虽然只有侧颜，但笑起来甜得要命。

他哼笑一声，手指点着办公桌，问郭明岩："给我看这个做什么？"

"你问问唐薇薇认不认识这个妹子啊？是她们学校的。"

秦骁手中夹了支钢笔，漫不经心地转："唐薇薇？分了。"

"这么快。"郭明岩想了想，又是一副色眯眯的样子，"那我自己去查，真是好看啊。"

秦骁转笔的动作顿了顿，又看了照片上的人一眼，再出声的时候声音就有点冷了："你都二十六了，人家才多大。"

郭明岩哼哼唧唧："二十六怎么了，本少年轻多金，钻石单身汉你懂不懂？骁哥，你好意思说我吗？唐薇薇不也就十几岁，你还比我大一岁呢，你都二十七了。"

秦骁手中的笔啪的一声拍在了桌子上，郭明岩吓得一抖："啊啊啊，我错了，骁哥！"虽然他也不知道错在了哪里，但是认错就对了。

秦骁没说话，半晌才开口："照片传给我。"

郭明岩说："哦，不用了，我自己查吧。"

秦骁眼瞳漆黑："传过来。"

郭明岩突然开了窍，他神色古怪地把照片传过去，心想秦骁不会是想和他抢女人吧？可是秦少不是不喜欢这一款吗？

秦骁收到照片，点了保存，然后在郭明岩炯炯的目光注视下打出了个电话："陈帆。"

那头又惊喜又惶恐："秦少。"

"你带的班，让他们都来试镜。"

陈帆只觉得喜从天降："谢谢秦少，请问试什么角色？"

秦骁沉吟了片刻。"随便挑几个去演女二号吧。"他弯了弯唇，"这次，我不希望看到什么奇怪的妆容。"

郭明岩完全不懂秦骁这是在做什么，以他的智商无法理解，于是他只解决自己关心的问题："骁哥你可怜可怜我，我都没咋谈过恋爱……"他是颜控晚期，哪怕看娱乐圈的小花①，大多数他还是嫌弃。

秦骁冷冷笑一声："滚远点。"

"欸？"所以这是同意还是不同意？

郭明岩走了，秦骁才拿出手机。他点开那张照片，拇指顺着她的脸颊往下滑。

她笑起来，真甜。

表演系最近有个传言——

大佬为了补偿唐薇薇，连带着陈帆导师带的两个班级都有了试镜的机会。一时间，羡慕嫉妒恨的人排到了 10086 号。

要进娱乐圈一般来说就两条路。一条凭运气自己打拼，演丫鬟演小厮演死人演乞丐，要是能混出头，就是造化，有人老了还在跑龙套。

还有一条路自然是有后台，资源随便挑，哪怕是刷脸，都能在荧幕上刷个脸熟。

何况这次大佬出手阔绰，几个戏里的女二号，名额不定。表演系 A、C 两个班里近段时间都洋溢着难言的兴奋。

唐薇薇走路又用鼻孔看人了。

但是这回感谢她的人居多，倒是没人在背后说她闲话了。

云布有点气："唉，这什么世道，怎么这样的女人就混得如鱼得水呢？"她捏捏认真写作业的苏菱的脸，说："哼，那大佬什么鬼眼光，璞玉在前，偏偏喜欢泥巴。"

"璞玉"眼神茫然："啊？"

---

① 小花：指年轻漂亮的女演员。——编者注

"算了，写你的作业吧。"

苏菱充分贯彻了"我爱学习，学习使我快乐"的精神，奋笔疾书。云布不能理解她的认真，觉得书读到这里也就差不多了，谁会这么拼命。

"你干吗这么努力啊？"

苏菱停笔，笑了笑："大概是，上辈子没念够吧。"

"扑哧。"

但苏菱并没有开玩笑，她的眼神黯淡了几分。上辈子这一年的六月，学校已经传得风风雨雨，说她不要脸去爬床。舆论压力之下，她险些崩溃，甚至还有人通过人肉搜索调查了她，给她外婆打电话叫骂。

外婆被气得心脏病病发，住进了医院，急需做手术抢救。

秦骁就是这个时候来到她身边的："跟我，嗯？"

"我帮你救你外婆。"

"别去学校了。"

他有钱，可以让外婆做手术；他有势，可以让舆论停止发酵。

她妥协了。

她成了秦骁的金丝雀。

然而，外婆终究还是没有熬过第二年冬天，去世了。

于是她大二就辍学，此后一辈子，都没再踏进 Z 大一步。

想到这件事，苏菱突然觉得自己现在这种"贫农"经济水平不行。外婆年纪大了，她必须有钱应对意外的发生。

她兼职赚得很少，加上奖学金才够自己在 B 市的吃穿。

苏菱想到了这次的试镜。

一部电影或者电视剧的女二号，最少也有几十万的片酬。哪怕是新人，哪怕是学生。

她有点动心，要是有这笔钱，外婆的身体至少有保障。

但是苏菱觉得很奇怪，上辈子秦骁有给过唐薇薇这样的补偿吗？

没有。

他连唐薇薇是谁都记不起来。

苏菱联想到微博照片的事有几分惴惴不安，但是她又觉得多半是自己自作多情。她对他的吸引力，没有那么大吧？

拼不拼，这是个问题。

在她举棋不定之下，五月中旬来了。这时候已经进入夏天，天气闷热，班上女同学们都换上了裙子和高跟鞋。十九岁、二十岁的年龄，花一样美好的姿态，看上去摇曳多情。

苏菱把自己裹成了一个"土著人"，穿着袜子、板鞋，脚趾都不露。

只有一张过分白皙美丽的脸，还是让人忍不住回头看。

试镜陆陆续续开始。陈帆以为自己揣摩准了秦骁的心思，于是让唐薇薇所在的 C 班先去。

一群缺乏历练、演技贼差的女学生，高高兴兴地去，哭丧着脸回来。

听说还有人被导演讥讽哭了。

云布很期待："虽然我多半选不上，天上掉的馅饼向来砸不中我，但是我觉得见见世面也好哇。那可是清娱集团，清娱哎，出影帝、影后的公司，运气好遇见明星还可以要个签名。"

苏菱也笑了，她年纪也不大，对这些其实也有幻想。人活着，哪能没点希冀的东西呢？

"我特别喜欢纪崇，他的颜我可以舔一天！我敢保证，他以后一定能成为大影帝！"

苏菱点头："他会的。"

五年后，大街小巷都在放纪崇演的电视剧，他俨然成了全民男神。她被关在别墅里，无聊的时候只能看电视，看见最多的脸孔就是纪崇了。

仙侠剧他演仙君，青春校园剧他演学长，武侠剧他演白衣公子……简直是霸屏王，但如今的纪崇刚刚小有名气。由此可见，云布的眼光不错。

"你最喜欢谁？"

苏菱摇头："都还好。"

她撒了谎。她曾经最敬佩的明星是郑小雅，但是郑小雅杀了她。

"噢，这样啊。"

第二天轮到了 A 班去试镜，秦骁的大手笔资源让学校很重视，这次还派了车送她们去。A 班十三个女生，占了半个大巴。

表演系的平均颜值本来就高，这么一车年轻貌美还精心打扮过的姑娘，让司机大叔都看直了眼。

苏菱穿了灰衬衫、牛仔裤，配上一双帆布鞋，很普通的装扮，被一车身着各种精致衣服的女孩子衬着，就像农民工进了城。

大家看她的眼神透着诡异。

苏菱放弃了。她放弃这次试镜。

秦骁以前教她，要得到一样东西，总得抛出诱饵。他这个人不择手段，她想了很久，还是决定不能冒险。她还年轻，以后自己慢慢打拼，总不会太差的。

如果不是陈帆防着她，威胁她不许化那样的妆，她还会把妆容加上。

清娱是秦骁名下的公司，B 市最大的影视公司之一。

大楼高耸，让一群学生看直了眼。

有女生捂脸，小声道："秦总真有钱啊，好想嫁入豪门。"

云布先前想太多，她们被人领着从通道走，压根儿见不到影帝、影后或者清娱签约的其他明星。

试镜在一个单独的房间，每个人抽一张字条，上面是剧本和试镜顺序的编号。一共六个剧本，也就是说，有六个角色的机会，确实是大手笔了。

苏菱抽到三和九，她对应着去找剧本，从架子上拿出三号剧本，她是第九个去试镜的。

她翻开三号剧本，上面的几个大字让她呆了一瞬。

《十二年风尘》。

这个电视剧……她演过。

《十二年风尘》根据人气网络小说改编，是一部大女主古装电视剧。故事讲述女主叶清澜从现代穿越到一个古代六岁孤女身上，孤女家世不好，她被恶毒的父亲卖进鸢尾楼。鸢尾楼是个妓院，但又是男主赵构培养杀手、线人的地方。女主在现代就是特种兵，穿越过来慢慢大放异彩，被男主看上，培养成手上最锋利的刀。

十二年后，女主已经十八岁了，被派去执行各种任务，几次陷入绝境，却也在不同的身份中尝遍疾苦，胸中有了大丘壑。她本来只想脱离男主的掌控，最后却为了百姓不再受战乱之苦，和男主一起建立了一个新王朝。

故事情节老套又夸张，但不妨碍它够热血，女主在逆境中获取成功是个大亮点。

而苏菱，当年饰演这部电视剧中的女二号——男主赵构的"白莲花"未婚妻，阮黛。

一个外白内黑的病娇美人。

苏菱看到剧本上让饰演阮黛的字样，有那么一瞬间，她眼前一黑。

就是在这个《十二年风尘》的剧组里，她发生意外，生生断了腿，伤了骨头，此后走路都有点异常。

苏菱心里很乱，按理说，《十二年风尘》的拍摄时间是一年后，怎么会现在就拿出来让她们试镜？她感觉到了异常，当即就想离开。

几乎所有人都在努力背台词、揣测剧情，她抿了抿唇，往门边走。

才走到门口，一个穿着白衬衫的男人，嘴里叼了一枝玫瑰花，斜斜地靠在门口看她。

郭明岩全身散发着骚包的气息，他把玫瑰花拿下来递到她面前："苏小姐，送给你。"他眼睛一眨不眨地盯着她看，真是美啊，凑近了看更美，肌肤白如瓷，樱唇粉嘟嘟的，睫毛又长又黑……

苏菱不接，她蒙蒙的，这个发展让她有点崩溃。

郭明岩她自然是认识的，可以用七个字来形容：人傻钱多双商低。

上辈子秦骁把她看得跟眼珠子似的，自然不许郭明岩和她有什么接触。而前段时间，郭明岩被她的女鬼妆吓到，那副嫌弃的表情让苏菱印象深刻，怎么突然就……凑上来了呢？

她双手背在身后："我不认识您，请让一让。"

"欸……我那个……我叫郭明岩，苏菱，你叫苏菱是吧？"

郭明岩嗓音不小，在准备试镜的女生好几个都抬头看了过来。郭明岩拦在门口，不让她走。苏菱有点急，她一急就生理性地红了眼眶："您让一让啊。"

郭明岩呆呆盯着她水葡萄一样的眼，魂都要飞了："哦……哦。"

可是苏菱还没踏出门，他又反应过来，拉住她的手臂："你要去哪里？不是要试镜吗？"

掌心的手臂纤细，哪怕隔着灰色的长袖衣服，他都觉得温温软软。郭明岩一看她这身灰扑扑的衣服，就下意识地拿出钱夹："我给你买衣服好不好？"他不会追女生，但他穷得只剩钱。

"不用。"苏菱甩开他。这样大的动静，刚好被导师陈帆逮个正着。

陈帆只看见苏菱在门口和人争执。他虎着脸过来，心里对苏菱的印象分一降再降，这个学生怎么了？以前最省心，如今却频频出幺蛾子。

他没看到门那边的人，本打算过来呵斥一顿，结果一过来就看见了手里还拿着玫瑰花的郭明岩。

陈帆一下子脸笑成了菊花："是郭少啊，您怎么来了？"

郭明岩直起腰，把那只拉了苏菱的手藏到背后。也不知道怎么回事，至今那种感觉还清晰，他情不自禁地捻了捻手指，又觉得这个动作实在是有毛病，赶忙把手放下来。郭明岩早就查了这个姑娘叫什么名字，当即咳了咳："我来看苏菱试镜。"

苏菱抬起眼睛，有一瞬她想给这个二傻子来一刀。

陈帆眼神微妙，他对苏菱的印象指数瞬间上升好几十个百分点。看来是他看错了，苏菱是个会来事的啊。

陈帆很上道，温声对苏菱说："那你一会儿好好演，别让郭少失望。"

苏菱低下头："陈老师，我不舒服，可以先回去吗？"

陈帆皱眉，这么好的机会，苏菱是瞎子吗？他刚想劝她坚持，郭明岩就忙道："好的，好的，你不舒服我送你回去啊，不就是一个女配试镜吗？你想演什么和我说，我帮你搞定，咱们不试了。"

里面竖起耳朵偷听的同班同学直击了走后门现场，脸都要变青了。

苏菱感受到周围的恶意，有种浓重的无力感："不……"

"不行。"男人语调冷幽幽的。他双手插在裤兜里，皮鞋敲击地面的声音让她赶紧低了头。他似乎是在笑，目光落在她身上，出口的话却不太中听："怎么？别人靠演技，你靠脸？"

"骁哥，不是，我……"郭明岩有点急。

"你闭嘴。"秦骁说，"我在和她说话。"

他的目光落在她身上。她始终低着头，双手绞紧。

"对不起。"苏菱讷讷开口，声如蚊蚋。秦骁这个人她再了解不过，对他顺从总比忤逆好。"您说得对，我没有演技。所以我不……我不试镜了。"

"该你了。"秦骁说，"有没有演技，我说了算，过来。"

秦骁说话压根儿不知道什么叫请求或者询问。

苏菱觉得头顶的天空灰蒙蒙的。她垂头丧气，像只引颈受戮、快要认命的鹌鹑。

秦骁看了她一眼。

苏菱被强迫试镜，她从来不知道，原来试镜还可以被强迫。她生无可恋，也不敢抬头看秦骁，呆站在几个导演面前，不动，也不说话。

她想最后挣扎一把，就像上课被老师抽问，但是什么都不知道，只能傻站着，最后老师叹息着说："算了，你坐下吧。"

秦骁都还没见过她呢，万一他不耐烦，也可能会说："算了，你滚吧。"

然而秦骁眉宇冷峻，开始挽袖子。

下面好几个导演不明白情况，但秦骁是投资商，他们一时间都不敢说话。秦骁哼笑一声，问他们："她演什么？"

《十二年风尘》的导演给他解释："苏小姐演女配阮黛。这一幕是讲她知道男主已经对女主产生了好感，心慌之下，决定去勾引男主。"

"嗯，我和她搭戏，没问题吧？"

导演哪儿敢有问题："没问题。"

"我需要做什么？"

"您坐那里，阮黛会来勾引您，您拒绝就可以了。"

"拒绝？"秦骁笑了。

"是。"

"开始吧。"

从头到尾，苏菱连个选择的权利都没有，他们就把一切拍板定了。

这部剧里的男主赵构是个温雅王爷，然而秦骁往那里一坐，痞气劈天盖地。他手指点着道具桌案，气质有点野，轻飘飘地喊她："愣着做什么，过来。"

导演心里想：这什么鬼东西，台词不是这样的。而且这一幕是女配勾引男主，不是男主强抢民女。但是他们秦总不是科班出身，这样……勉强也行吧。

苏菱害怕得想哭。

毕竟当年演过，这一场她还记得：阮黛是丞相的女儿，出身高贵，来勾引赵构时，还没有黑化。十六七岁的小姑娘，带着羞涩和破釜沉舟的决心，誓要把那个青楼出身的女主比下去。

她点了熏香，喊赵构哥哥，眸中是伪装出来的天真，然后装作不小心跌在了男主怀里。攀附在赵构怀里的阮黛柔弱无骨，泫然欲泣，赵构却冷若冰霜，一把将她推了出去："阮小姐，自重。"

后来催情香发挥作用，男主自然是吩咐下属去找女主。阮黛白费心机，还为别人做了嫁衣。

然而，苏菱现在就是这个阮黛。她久久不动，冷汗直冒。秦骁眯了眯眼，快要发火了。

苏菱更怕他发火。他发火的结果是，折磨完人，不做也得照他的意思做。在他冷笑一声以后，她动了。

她走到他的斜前方，弯下身子，素手纤纤，做出点熏香的动作。她点好香，抬起头，原本该笑的，可是秦骁不按剧本走，没有看书，而是在看她。

于是原本一声柔情百转的"赵构哥哥"，被她喊得抖抖颤颤："赵……赵构哥哥……"

那声哥哥在他听来，实在缠绵。

他笑了："嗯？"

苏菱腿都吓软了。但是她灵机一动，原本绊倒的动作偏了偏，往他的椅子上磕去。她受了伤，总不能再接着演吧。

秦骁冷嗤一声，手一横，直接揽住她的腰。

他也不需要怎么用力，她就坐在了他的腿上。秦少强行扳回了剧情。

苏菱已经傻眼了。她抬起头，惊恐地看着他。离这么近，他第一次看清她的模样，那双眼睛干干净净，比水晶还美。她总是低着头，如今抬起头，他终于把她和照片里的少女重合起来。

还好小的样子，他想起她才十九岁。

纯真青涩得不得了，又怕又怯的，他感受到她在发抖。圆滚滚的眼睛里面都装了他的面容。

秦骁弯了弯唇。"阮黛，"他大发慈悲，打算帮她接个戏，干脆喊她剧里的名字，"你是来做什么的？"

苏菱走不了，只能接台词："赵构哥哥，我不是故意的。"苏菱忍着羞耻，小声道，"我是你的……你要了我吧。"

秦骁，你放了我吧。

男人低笑出声，苏菱慢慢僵硬……

她脸色白了，不管不顾地开始挣扎。秦骁"啧"了一声，放开了手。她连忙站起来，退了老远，冲所有人鞠了个躬，推开门跑了。

这回秦骁没有再拦。

秦骁也不起身，他淡定地双腿交叠。

他喝着秘书端过来的茶，问一旁看呆了的导演："我演得怎么样？"

导演能说什么？面对资本势力，只能干巴巴地恭维："非常好。"

然后导演听见男人轻嗤一声："剧本不合理。"

"哪里不合理？"导演虚心求教。

秦骁不答。

你让老子拒绝？这哪个男人能拒绝？

苏菱一路跑出去，根本没有想到门口还有个眼巴巴等着的郭明岩。

郭明岩在门口探头探脑，但是秦骁让人把门一关，他连里面的声音都听不见。他急得都要挠墙了，骁哥不会打她吧？

那么好看的一张脸，毁了怎么办？

苏菱慌慌张张地跑回来，郭明岩的眼睛一下就亮了："苏菱！"

他兴冲冲地跑过去，问她："你怎么样啊？没事吧？"

苏菱脸色不好看，连带着对秦骁这一群狐朋狗友的观感都非常差。她两辈子加起来都想不通，秦骁喜欢她哪里呢？

如果要说长得美，郑小雅、唐薇薇，也都是大美人。

要说性格，她的性格应该是最不讨人欢心的，从在学校和同学们的相处就看得出来了。她不擅长讨人欢心，话很少，也不主动与人来往。

就连她的亲人，表妹倪佳楠也不喜欢她。所以她是哪点对了这些大佬的胃口？

郭明岩以为她没有发挥好，开口安慰她："没有拿下也没关系的，董旭也是导演，他最近在拍那什么民国剧，你要去吗？"

董旭要是知道，估计要谢谢郭明岩全家。他对待自己的剧本比对待亲爹都上心，每个演员都千挑万选。郭明岩轻飘飘一句话就把他定为了一个能接受空降兵的导演。

苏菱不想和这些人有牵扯："谢谢您，不用了。"她顿了顿，直白地问他："郭少，您为什么对我这么好？"

面对这话，要是换了别的男人，肯定会有种被戳破心思的羞赧，然而，郭明岩愣了愣，大大咧咧地说："你长得好看啊。"

这世上有种生物叫"颜狗"，在他们看来，长得好看的人，做什么都是对的。

"可是唐薇薇也长得好看。怎么不见你对她那么热情？"

郭明岩下意识地接话道："好看个屁。"一出口才发现说了脏话："喀喀，我是说还行吧。"

苏菱懂了，这就是审美不同。

她怕再待在清娱又碰上秦骁，转身就走："再见，郭少。"

她跑得飞快，像身后有恶鬼在追。郭明岩看着她的背影，有些懊恼。

"唉，还没给她买衣服呢。"

命运的恶意有多深？

苏菱再一次体会到了。五月下旬，所有人都在忐忑地等待试镜结果的时候。

表演系谣言传得风风雨雨。

苏菱抱着书走进教室，就听到几个女生在说："别想了吧，角色肯定是她的，我们就是给她凑个数。"

"哼，白莲花一样，平时装出一副好学生的样子，结果还不是去勾搭有钱人上位？"

"我那天就觉得不对，站门口那个有钱人说要给她资源，清娱的秦少带她进去试镜的，看来有人要……"

她们的嗓音不小，苏菱进来了都没停。

云布气红了眼。

大部分人都在窃笑。系花苏菱性格软，仿佛说她什么她都能忍，所以人们越发肆无忌惮。

要是换了唐薇薇，她们肯定不敢这样说。唐薇薇小气，睚眦必报。

苏菱上辈子就是被流言蜚语逼得没了退路。他们说她不要脸，去爬床。谁会管她是不是受害者？这辈子这种恶意的流言，又以另一种形式，出现在了她的生活里。

苏菱身体微微颤抖，她一咬牙，走到那几个女生面前，把手里的一摞书狠狠砸下去。

"咚"的一声响，她们的议论声戛然而止。

苏菱冷着语调："这么诋毁我，你们觉得快乐？"

其中一个女生叫谭晴，她被苏菱扔书的动作吓了一跳，想着苏菱从来不计较的性格，很快就又硬气了起来："我们说的本来就是实话。"

这时候还有五分钟上课，同学们几乎都来了，默默坐在座位上，看着这一出好戏。

苏菱字字清晰："谭晴，上周末你从一辆劳斯莱斯上下来，那男人六十来岁，不是你爸吧？"

谭晴涨红了脸。她当时从车上下来，刚好看见在奶茶店兼职的苏菱。苏菱从不在背后说人坏话，所以她心虚了一刻，又放下心来。谁知道她今天竟然在班里说出来了！

同学们一阵唏嘘。

"你撒谎，你诬蔑我！"

苏菱沉默了一刻，她知道这种事对一个姑娘的名誉有多大影响，哪怕这是实话。她顿了顿："是，我诬蔑你。既然你知道被人诬蔑不好受，以后就请别再诬蔑我。"

谭晴本来已经慌得不得了了，没想到苏菱却放过她了。她看着这张让女生暗暗说坏话嫉妒的脸，一时间心情很复杂。

苏菱弯腰把自己的书从她们课桌上拿起来，谭晴低声应道："好。"

苏菱回座位，云布恨不得给她鼓掌："菱菱，你刚刚好厉害啊，整个人都在发光。"

苏菱半晌都没回答她。云布一握她的手，冰凉得可怕。

然后她听见苏菱长吁一口气，小声和她说："我刚刚，好紧张。"

云布没忍住，笑出了声。唉，苏菱自己可能不知道，她贼萌啊。

这么一爆发，效果出奇地好。至少不会有人明着议论她了。

五月末，清娱的通知下来了。试镜通过的名单是所有人都没想到的——云布、唐薇薇、周曼。

要说唐薇薇被选上是意料之中的话，云布和周曼入选就让人非常想不通。云布演技不拔尖，周曼则是要才没才，要貌没貌。

不说别人，周曼自己都惊呆了，随即就是狂喜。她看看伏在寝室书桌上认真做标注的苏菱，眼里的得意都快溢出来了。

再漂亮又怎么样，还不是落选了？

整个系都在羡慕嫉妒这三个人，有关苏菱的传言倒是莫名冷却下来了。

苏菱真心高兴，云布被选上是好事。毕竟云布喜欢演戏，清娱的资源很好，哪怕只是个小角色，也能让云布受益匪浅。

云布走路都是晕乎乎的："我怎么就被选上了呢？怎么会是我呢？"

馅饼真的砸中了她。

苏菱算算时间，离上辈子云布出事的时间还早，所以现在应该是安全的。她嘱咐了云布好多事，又鼓励她，让她自信一点，努力演。

然后苏菱去了 Z 大附近的寺庙。

她十分虔诚地求了两个红运符，一个给了云布，一个寄回了遥远的 L 市。

她想给倪浩言。

还有一周，倪浩言就要去参加高考了。

而她心里放不下的一件事就是，在她的上辈子，倪浩言高考失利了。名列前茅的少年，最后不知道为什么，考了一个很普通的二本，学了工程造价。

舅妈曾经颇以倪浩言稳居年级前五的成绩为豪。倪浩言高考失利，是所有人都没想到的。

倪浩言收到快递的时候，看见上面秀气的寄件人字迹还觉得自己眼花了。

倪佳楠洗了头出来就看见他抱着个快递发呆，也不拆。

"你买了什么？给我看看。"

然后她弟弟像是被踩中了尾巴的猫："我回房间了！"

倪浩言抱着快递跑进房间，"砰"的一声关了门。

倪佳楠拿起吹风机骂人："倪浩言，你再给我小气一点！看一眼还能掉块肉不成？"

倪浩言充耳不闻，拆了快递，里面就躺了一个绿油油的红运符，上面还写着"前程似锦"。

"迷信！"那绿油油的符在他眼里简直丑得爆炸。他表情嫌弃，捏着那小玩意儿像捏着一块烙铁。

"算了算了，万一不带，她又哭。"他揣进裤兜里。

磨蹭到晚上，倪浩言决定给她打个电话。

"嘟嘟"两声，电话很快通了。她说话时语调很轻，似乎总含着笑，从骨子里透出一份温柔："倪浩言？"

他突然觉得嗓子有点涩，调整了一下才缓过来："你寄的都是什么鬼玩意儿？"

"啊？你说红运符吗？我觉得挺灵的，说不定会保佑你呢。"

"我靠实力考试好吧！"

"嗯，我知道你很厉害的。"苏菱发自内心地夸他一句，谁知道那边半晌不吭声了。

"喂？倪浩言？"她问，"你还在吗？"

"听着呢。"

"嗯，我想问你一个问题，就是……你觉得什么情况下高考会严重失利呀？"她想起少年的暴脾气，连忙补充，"我当然相信你能考好的。我有个朋友，她……她弟弟去年高考失利了，我想帮忙问问。"

倪浩言想了想："心情不好就考不好呗。"

苏菱若有所思，所以那时倪浩言是为什么心情不好？

她一时想不出来，就顺势问他："那你现在心情好吗？"

倪浩言有些恼，他恶声恶气的："你管我！"

那头传来软绵绵的声音："噢噢，我不管的，你开心就好。"

倪浩言"啪"的一声把电话挂了。他倒头把脑袋埋在被子里，手机就扔在枕头边。

——那你现在心情好吗？

反正就……还行吧。

六月初，云布参演的都市职场爱情大戏正式开拍。由于她是临开拍才加进去的人，所以演的不是什么重要角色，据说是男配的秘书。

然而云布幸福得快要晕过去了，戏里的男配就是她的男神纪崇，纪崇在里面演男三号。

苏菱和她挥手告别，云布还是第一次演电视剧中龙套以外的人物，兴奋又新奇，冲她喊："菱菱，你来探班不？"

苏菱叹口气，过去给她理好衣领："来的。等我弟弟高考完了我就来，你稳重一点，里面都是前辈，要给他们留下一个好印象，知道吗？"

云布点头，忍了又忍，才能忍住不去捏苏菱的脸。天哪，苏菱好温柔，简直犯规！

苏菱送走了云布，开始思量一件大事。

外婆上辈子做了手术，只多撑了一年。外婆死了以后，她是想过离开秦骁的。他贪恋她的容颜和肉体，但是她跟着他一年，什么都没有要。

他送的房子、车子、珠宝，她通通又还回了秦骁的账上。

他付了外婆手术的费用，加上一年的看护费，一共七十二万四千八百块。苏菱虽然从来没提过，但她心里有杆秤，拎得门儿清。

她心想，秦骁这样的人，不但有钱，还有副好皮相，他换个情人再正常不过了。于是她提出要离开，那时候她也就二十岁，以后好好工作，这钱肯定能慢慢还上的。

但是苏菱没想到，秦骁发火了，他几乎是咬牙切齿："你把你自己当什么？把我当什么？"

她有点害怕，但是心里又觉得好笑，能当什么？

他金屋珍馐养着她，想要她的时候她不能说不。

她一开始也不是没反抗过，她又抓又挠，哭了也求了，但是都没有用。他会哄着她："菱菱，说爱我。"

她抿紧了唇，从不开口。

她清楚地知道自己充其量是个玩具，顶多是他比较喜爱的玩具。她不爱他，也不可能爱上他。到二十四岁离开的时候，她都不曾说过一句爱他。

但是她提出要离开的第二天，几乎是刚刚踏出秦家别墅，就接到了舅妈的电话。

"小菱，舅妈从来没有求过你，但是这次舅妈求求你，能不能救救你舅舅……"

苏菱的舅舅倪立国，出生于农村，在倪浩言八岁的时候，去 L 市当了一个小公司的职员，慢慢攒了点钱。后来买了房子，还把外婆和苏菱接过去住。

倪立国自私虚荣，注重名声，贪图小便宜。

但对苏菱而言，舅舅一家人对她是有恩的。

倪立国在他那公司里工作了快十年，如今却犯了个致命的错。他沾了赌。

欠债将近两百万以后，倪立国怕死，偷偷挪用公司的钱堵上了。但是他那点手段，很快就被发现了。公司报了警，现在倪立国被抓了。这是犯罪，要是上了法庭，倪立国肯定是要坐牢的。

"要是你舅舅进去了，我们这家子也就完了。浩言和佳楠还在念大学，你让他们以后怎么办？舅妈求你，你救救他……"

但是她怎么救呢？

他们都忘了，她这个年纪，也是该在大学念书的。表弟、表妹是人，她就不是了吗？她只想清清白白地活着。

然而电话里的哭求声，几年的收留之恩，让她回过了头。

秦骁就坐在沙发上，他目光冷沉，一直看着她。他什么都知道，所以只是看着她。

苏菱，你怎么选？

苏菱突然觉得自己很悲哀，这辈子她身上有太多枷锁，活得太不容易，生活向来半点不由人。她想挺直脊背，然而只能被压着低头。

秦骁问她："还走吗？"

"不走了。"

"过来。"

她过去，秦骁狠狠在她肩膀上咬了一口。他身体紧绷得厉害，控制着力道，没舍得咬出血。

她不说话，眼眶却悄悄地湿了。

然而苏菱知道，这个世上没有谁有义务无条件地对另一个人好。她求秦骁，受了他的好，就再也走不了了。

此后她再也没提过离开的事，直到断了腿。

许久没出现的倪浩言，沉默着要带她走。

她伏在少年的背上，似乎要把一辈子的苦痛都哭出来。

苏菱记得小学时，老师布置了一篇作文——你想成为什么样的人？

苏菱认认真真地写："我想胆子大些，勇敢活泼一点……"

重来以后，这愿望就明了多了，她想活得不那么窝囊。

首先不能让舅舅沾赌这件事发生，按理说这是一年后的事，不必着急。但赌博这种事，虽一掷千金，却总该有个由头。两百万不是个小数目，应该是赌红了眼，或者……压根儿就是被人阴了。

秦骁有嫌疑，他本就不是什么磊落君子。

她早做准备，才能不让舅舅犯错。

想象是很美好的，例如，那种小说里面，女主角分分钟逆袭虐渣，赚钱开挂，走上人生巅峰的情节。但是苏菱……

她除了演戏，什么都不会。

演戏还不敢在秦骁眼皮子底下演。

舅妈和倪佳楠不太喜欢她，舅舅和她也不亲，唯一一个她心里亲近的倪浩言，过两天就要高考，再怎么也得等他考完。

还有外婆老了，她得赚点钱预防外婆病发。

苏菱心里很急，但她没有资源，也没有背景，只能关注一下哪里在招募群演或者配角。

大二这年课比较多，苏菱选的课程包含了音乐、舞蹈还有影视。

由于拍戏有时候要在水下拍，他们学院还强制性加了游泳课。

周五这天下午就是游泳课。

六月 B 市刚好比较热了，游泳课很受学生们欢迎。然而这一部分人不包括苏菱。

大学比较人性化，男女泳池是分开的，中间隔了磨砂玻璃。相互间只模模糊糊看得清轮廓。

云布不在，意味着苏菱只能一个人去上课。

她去更衣室换了泳衣出来，刚好遇到同系的几个女生，其中还有两个熟人——室友赵婉婉和前几天说苏菱坏话的谭晴。

苏菱一出来，几个女生的目光齐刷刷落在了她的身上。

她的泳衣很保守，裙摆在膝盖上面一点，但是不妨碍她吸睛。奶白的肤色，在日光灯下白得耀眼，纤细的小腿笔直，手臂纤弱，还前凸后翘的。

女生们暗暗咬牙。这就是天生遭嫉妒的资本，同样是表演系的学生，衣服一脱，她们比起苏菱就跟田里淤泥似的。只能庆幸苏菱不爱显摆，平时大热天也把自己包得严严实实。

苏菱被她们看着，不自在地蜷缩了下脚趾，抿了抿唇往外走。

谭晴往她的脚上看了一眼，眼里闪过一丝羡慕。上游泳课时苏菱换了拖鞋，雪白的脚就露了出来。她的脚生得秀气，刚好 35 码，脚趾圆润可爱，指甲没有涂指甲油，却泛着淡淡的粉。倘若手掌大些，多半就刚好可以一握。

同伴们又开始日常黑苏菱了，谭晴皱了皱眉，这次听着竟然觉得烦："好了，别说了，说得再厉害也没人家美。"

女生们齐齐噤声，有些尴尬。

学院在泳池前放了一个装手机的袋子，每个人一个编号，手机"对号入座"。苏菱刚刚游了两圈，手机就响了。

她只能上去接电话。

恒温游泳馆空旷。苏菱皱了皱眉，小声询问："喂？你是谁？"

她说话时语调越低就越软，轻轻的，像要挠在人心上。

那头低低"啧"了一声："你赵构哥哥啊。"

男人压着笑，透出浓浓的恶劣气息。苏菱哪能不知道他是谁，她先是一惊，然后强迫自己镇定下来，稳住不要慌。她咬牙小声说："你打错了。"

"苏菱，再喊一声来听听，给你个女主角玩。嗯？"

她先红了脸，然后气红了眼，不受控制地就想到秦骁前世最爱说的一句话——菱菱叫得真好听。

苏菱不知道哪里出了错，这个神经病又看上了她。但她早就想骂他了，反正都要完蛋，于是她鼓足了勇气："你这个流氓！"

同学们都在，她不敢骂得太大声，憋红了脸，企图用小声而愤怒的语调来表达自己对他的厌恶。

骂人都不会骂，跟撒娇似的。他没忍住，笑出了声。

苏菱不知道他在笑什么。她被秦骁逗猫一样的态度气得头脑发晕，直接把电话挂了。去你的女主角，谁爱当谁当！

苏菱思来想去，把手机关了机。她冷静下来，又觉得后怕，她有点后悔了。

秦骁阴晴不定的，她都骂他了，万一那是气极反笑，就真的太可怕了。如果不是，那他挨了骂都笑得出来，也是脑子有病。

两种情况都不会有好结局。她坐在泳池边，情绪低落，开始思考得罪秦骁的一万种可怕后果。

女生们陆陆续续游完上岸。一个女生换好衣服出去，又风风火火跑进来："天哪，外面有个大帅哥！"

这话引得女生们一阵笑："有多帅？"在她们学校里，新闻传媒类专业的，别的不多，就帅哥美女多。

那个女生木着脸："不知道有多帅，戴着墨镜的。"

"……那你说个鬼。"

"然而穿着L.D的定制衬衫。"

好的，确实帅。

好歹上了品牌课，L.D是什么大家是知道的。一件衬衫六位数，穿得起的都是钱多烧得慌的。外面那位，对以后要混娱乐圈的学生们来说，就是活生生的、行走的金主。

苏菱握着手机，全身僵硬。她她她……不不不是故意骂人的……

下一刻她看看自己光裸在外的脚，瞬间头皮发麻。

苏菱赶紧往更衣室跑。

换衣服！穿鞋子！

Z大的更衣室一共八个，是公用的。苏菱找到自己装衣服的袋子的时候，里面空空如也。她一看鞋柜，果然鞋子也没了。

她瞬间明白过来，有人在整她。

日光灯刺眼，她拿着空荡荡的袋子，仿佛无处遁形。

她眼睛涩得发疼，难以控制地有些委屈。她已经很努力很努力了。

这时管理员的声音响起来："请同学们尽快离开游泳馆，工作人员要清场换水了。"

第三章
外婆桥

　　秦骁靠在游泳馆墙边，来来回回的学生都在看他。

　　他这个人不懂得什么叫收敛和低调，站在那里就是一个明晃晃的发光体。

　　他站了二十来分钟，也没见到苏菱出来，就有些不耐烦。清场的广播他自然也听见了，后面十分钟，人都陆陆续续走光了，苏菱还是没出来。

　　他脸色冷了冷。

　　然而半小时前已经出来的表演系女生，还在他周围晃。见他脸色不好，有人斗胆笑问了句："帅哥，你在等谁?"

　　秦少在 B 市上流圈子有名，但是普通人大多不认识他。毕竟不是明星，他戴上墨镜，能认出他的都是熟人。

　　秦骁不答，他点了根烟。外面的天气燥，一如他的心情。

　　他抽烟的姿势也帅，冲他那身衣服，女生们就不想走。

　　秦骁摁灭了烟，抬脚往游泳馆里面走。

　　"哎……那是……"是女生区。有人想提醒，但是被同伴拉住了："别多事。"那人看着就不是个好脾气的样子，陈帆说得倒是不错，混娱乐圈最重要的就是要有眼色。女生赶紧住了嘴。

　　秦骁一进去，不费吹灰之力就找到了苏菱。

拖地的保洁阿姨操着一口方言试图和她讲道理。阿姨是东北人，嗓门很大。苏菱听得似懂非懂，眼神茫然。秦骁从门边走过去就听了个大概，意思是小姑娘快走，周五要封馆打扫，她再留在这里，阿姨要扣工资的……

他抬眼一看，就看见了在墙角可怜巴巴缩成一团的苏菱。

对比对方的大嗓门，她简直软糯得不行："我就待一会儿……"

阿姨："不地！（不行！）"

苏菱也不会和人争。她缩在墙角，身上披了一条很宽大的浴巾，把她整个人都裹在里面。那阿姨把更衣室的门锁了，还要动手去拉她。

她是真的有点急，眼里含了泪，抽抽搭搭的。

秦骁看了好一会儿她都没发现，游泳馆里有空调，他从外面的热浪里进来，按理应该觉得很凉快，然而他看得更燥。他从来不知道，一个人哭起来……比笑起来还好看。

在阿姨动手拉到她之前，他把阿姨的手拍到了一边，用的是钱包。

他这个人本质上和郭明岩是一样的，花钱是本能。

但是胜在好用。他抽出一沓钞票，也没数，让保洁阿姨走，保洁阿姨也就嘟嚷着走了。阿姨随手一感受，嘿，还挺厚！

秦骁站着，她蹲着。苏菱把脑袋埋在膝盖处，一副不想看见他的样子。明明刚刚还和阿姨说话，这会儿却闭紧了嘴巴，什么都不肯说。

秦骁也觉得怪，按理说他该生气愤怒，然而却没有，心里就像被人轻轻揍了一拳。

他竟然觉得甜得发慌。

她谨慎得很，他只能看见她一个脑袋。

"苏菱。"他忍住笑，语调冷冷的，"刚刚不是还骂人呢吗？嗯？"

她小幅度地动了动，心跳如擂鼓，努力克制才能不下意识地说"我错了"。她还记着对付秦骁得不露怯。然而她也不想想，她这可怜兮兮的模样，简直怯生生得要人命。

她把眼泪憋回去，又把白生生的脚往里缩了缩。

"我这个人，很记仇的。"她感受到秦骁在她面前蹲下，她快瑟瑟发抖了。秦骁打女人吗？她没见过，但是不排除这种可能性。

"来，说句'对不起'就原谅你，不然我动手了。"

"对……"她咽了回去。这个对白好耳熟。

——菱菱喊句哥哥就让你出去。

——菱菱夸我厉害就让你去演戏。

她恍然，都是套路。但她还没试过拒绝，他真会动手？都重来了，既然说了别窝囊，那她宁愿挨打也不道歉。反正……她忍疼还是厉害的。

他靠近的时候，她下意识地闭眼。

那只手摸了摸她小巧的耳朵。秦骁本来只是摸一下，可是软绵绵的，他没忍住又捏了两下。他看她这副样子，可爱得让人心颤，终于受不住，笑出声。

苏菱躲他，只能抬起头。

她那双眼睛亮晶晶的，衬着满室灯光，美得惊人。秦骁看见她，就知道造物主有多偏心，偏偏这么个小美人，性格还弱得很。

秦骁不动声色，心脏却狂跳。

外界都道他喜欢艳丽的女人，但是他自己知道不是，他只不过藏得深，装着装着他都快忘了，自己到底喜欢什么？他的喜好不轻易外露，否则叫人利用了去，会害死他自己。

但是他喜欢什么呢？

看见苏菱，他就有了答案。怎么会有人长得那么合他胃口？仿佛就是按他的喜好来长的。

简直是要命！

他轻轻"啧"了一声，语调不自觉就柔了几个度："站起来呀，蹲着做什么？"

苏菱把浴巾裹紧，不回答他。她实在不知道怎么应付这个人。

然而秦骁不是郭明岩，他双商都高，看她这副惨淡的模样，顿时猜到："衣服被人拿了？"

怎么这么傻？难怪被别人欺负。

秦骁不懂什么叫校园暴力。他读书那会儿，都是用拳头攻击别人，没人敢惹。他记起这小美人不怎么搭理他，于是说："苏菱，想要衣服吗？"

苏菱自然是想的，然而她知道秦骁这个人，骨子里是商人，不做亏本儿生意。他肯定有条件的。

"叫我名字。"他凑近她，笑得有点坏，"这次不喊什么赵构，认识我吗？我叫秦骁，喊秦骁。"

怎么会有人有听别人喊自己名字的癖好？还这么执着。

但是她不想再待在这里和他耗下去。秦骁也是有优点的，他说出来的一般都能做到。

于是她喊："秦骁。"

好乖。

秦骁不敢看她这副模样，他惯于装坦荡。于是他站起来拿出手机打电话："贺沁，买一套女人的衣服送来Z大，快着点。"

那边问尺码。

秦骁看了苏菱一眼，她在致力于把自己变成蘑菇。

他如果问尺码，她估计得羞死。

秦骁说："宽大点。"

苏菱深吸一口气，抬起头看他："秦骁……"

秦骁打电话的声音停下来，低下头去。哟，不得了，会主动喊人了。她眼睛看着他时，他有种即将破产的错觉。

可能这女人要什么，他都会一冲动就给。然而她只是耳尖通红："你能帮我带一双鞋子吗？我会还钱给你的。"

原来没穿鞋。

但是她防贼似的，他什么都看不见。

"穿多大？"

"35 码。"她惴惴不安。

35 码哇……秦骁报给那边。然后他不受控制地去想 35 码是多大……男人脚大，他自己长得高，脚也长，有 44 码。

35 码，还不及他手掌长。他靠她旁边的墙上，弯了弯唇。

保洁阿姨拿着拖把拖得兢兢业业，也不管他俩。

秦骁看着苏菱，忍不住去逗她："你们学表演的，不都会唱歌跳舞吗？等衣服的时候，唱首歌来听行不行？"

苏菱摇头："我不会。"

"别人都会，为什么你不会？"

她小声说："我笨。"

天哪……萌惨了。

秦骁别开脸，不让她看见自己在笑。他认识她以来，快笑得比一年都多了。

苏菱撒了谎，脸蛋有点红，她的专业课成绩排名第一。她嗓音甜，唱情歌谁都受不住。跳舞也好看，毕竟身段好。

学艺术的大都多才多艺，她家虽然穷，但是奶奶对她的培养没有落下过。但是她不愿意说实话，秦骁越嫌弃她越好，最好见过唐薇薇、郑小雅这类才女，就看不上她这种笨蛋了。

秦骁的人办事快，不过十分钟，贺沁就把衣服拿来了。

苏菱蹲得腿麻，又不敢站起来。她想了想，伸出手臂去接袋子。

秦骁的目光始终在她身上，那截手臂伸出来，白嫩嫩的，纤弱精致。他几乎不受控制地往更里面看。

苏菱一裹，他什么都没看到。

"……"

贺沁偏头看秦骁。秦骁说："你去把车开过来。"贺沁应了一声，走了。

苏菱还在原地一动不动。她要鞋子就是怕他看，如今他还在这里，她根本没法换。

苏菱："阿姨！阿姨！"

阿姨哼着歌，没听见。秦骁听见了，然而他勾唇，低头看她，也不帮忙。

他听见她又软软地喊阿姨，这回大声许多。阿姨回头："咋地？"

"能帮我开一下更衣室吗？"钥匙在阿姨衣兜里。

阿姨看秦骁。她知道这位是金主，那眼神也很明显：开不，大兄弟？

苏菱："……"她羞愤得想死。

秦骁在的地方，人人都得看他脸色，仿佛已经成了定律。

然而这男人不是什么好东西。"苏菱，我是流氓，嗯？"他还记得她气哼哼地骂人。

她羞红了脸："你不是。"

这回倒是乖得要命，他低笑一声，冲那阿姨偏了偏头。阿姨把门打开了。

她看着他，眼里明明没有泪，但在他看来就是湿漉漉的。这一瞬秦骁心软得没法控制，他转过身："进去吧。"

苏菱这才起身进去了。

她高兴地想，清白保住了。

秦骁靠在她门边，听着里面窸窸窣窣的声音，觉得自己入了魔。

他竟然开始翻来覆去地想，她到底是为什么，那么讨厌他？

贺沁做事很稳，她把衣服和鞋子送来之前，还把牌子给剪了。

苏菱穿上有点大。她推开门出来，秦骁在等她。

恰好初夏，门外夕阳渐暖。她握住书包带子，一时有些恍惚。秦骁这年二十七岁，眉宇间还有几分不羁和痞气。他这个人脾气不好，上辈子她一开始去他身边，忤逆他的时候，吃了很多暗亏。

他脑子好用，不像她这么天真。

苏菱最后总会晕乎乎地被他骗着答应很多霸王条款。

比如戴脚链。

珍珠、蓝宝石、红玛瑙的她都戴过。

说起来羞耻，回想起来也羞耻。偏偏秦骁脸皮厚，他根本不知道"羞耻"二字怎么写。

她最怕的，其实就是二十七岁的秦骁。匪气重，做事太霸道。如今她站在这里，单单看他一眼，就生出了退意。

秦骁侧过头，她连忙调整了下自己的表情。

毕竟是学表演的，她解除了危机，也就没那么局促了。

苏菱背着自己的小包。

她背不惯单肩包和挎包，从幼儿园念到大学，她都背的是双肩包。包包是黑色的，耐脏。谈不上什么审美，苏菱穷惯了，向来不计较这些。

上面有一只粉色的毛绒兔子，是书包上自带的。

许是因为学艺术，她站着的时候脊背很直，看起来非常有气质。

苏菱说："谢谢了，衣服和鞋子的钱我给你。"

她不太擅长交际，说完就眼巴巴看着他，希望从他嘴里吐出一个数字，然后自己从钱包里拿钱。她的想法很朴实，虽然……可能给不起，但是可以打欠条，赚了钱再还他。

这辈子欠谁都不能欠秦骁。他霸道得很，欠了他东西，就得是他的人。

她不世故，秦骁却是在商圈混大的，自然明白她是个什么意思。他笑了一声，出口却不正经得很："要不你过来，我亲一下，嗯？"

她睁大眼睛，也不想什么还钱不还钱了，拔腿就往门边跑。

秦骁伸手，刚好抓住她的书包。然后慢悠悠绕到她面前："跑什么？"

她比他矮一个头，抬起眼睛秦骁才看到她眼眶红红的，仿佛要急哭了。

秦骁这辈子都没见过这么呆萌的少女，他说什么她都信。

秦骁眼里带着笑意："不是要还钱吗？"

她挣扎的幅度小了一点。"多少？"

"这个给我行不行？"他指了指她书包上的兔子。

苏菱摇头。

"这么小气的呀？"

她脸蛋很红，有点急："那个……它不值钱的。"

书包才四十几块钱，那个毛绒兔子顶多两块钱。

她听见男人低低的笑声："我就喜欢它怎么办？"

他这是什么癖好哇！

他靠得太近，苏菱后退。秦骁看出她的抗拒，于是只是伸手：
"给我。"

命令式语气。

苏菱有点怕。她犹豫了一下，把兔子解下来递给他，然后怯生
生地问："我可以走了吗？"

她一点也不想和他待在一起。

苏菱的额发有点湿。她发质软，在泳池里沾了水，现在还没干。
齐刘海看起来又萌又乖。

秦骁一手拿着她的兔子，另一只手几乎不受控制地想摸摸她的
头发。

她看懂他的意图，眼神骤变，受惊一般，飞快地往外跑。

秦骁这次没拦，他轻笑一声，走出去的时候人已经没影了。

怕什么，他心想，他一根手指头都还没摸到。

贺沁站在车旁，看秦少出来，手里还拎着一个粉色的毛绒兔子。

贺沁："……"

她刚刚也看见那个慌慌张张跑出来的小姑娘了，这多半是人家
的东西，贺沁内心觉得一言难尽。

然而贺沁给秦骁当秘书这么多年，很有眼力见儿，违心地夸：
"这兔子挺可爱的。"

秦骁低眉笑了一下。

眼神柔软。

贺沁愣了愣，她没见过秦骁这副模样："秦少，你认真的？"

秦骁不说话。

过了很久，贺沁才听见他问："我看起来很凶？"

"……说实话，是有点。"

苏菱把衣服和鞋子洗好，放在网上卖。

四天后才卖出去，一共卖了一万三。

原价两万一，因为她穿过一次，加上牌子剪了，所以卖得便宜很多。

她把钱装好，仔细填了清娱的地址，寄到清娱去。

后期如果接了戏，她会把剩下的八千块补上。但如今总资产不过一千块，她只能慢慢来。

苏菱虽然性格软，但无论在怎样的环境里，她永远都只做自己。

古书上说，富贵不能淫，贫贱不能移，威武不能屈。

前两句用在她身上，其实还有点应景。

她自己不知道这样的品格到底有多迷人。

贫穷她不在意，富贵时不骄奢，千夫所指时她会学着坚强，从不说别人坏话，默默付出的永远比说的多。

滚滚红尘，无论她走几遭，都是坦荡而干净的。

她把快递寄走的时候，刚好是六月九号。

高考结束了。

新闻这几天都在播报高考情况——

某某第一个出考场，记者采访，他答今年数学挺简单。

结果后面出来的考生哀号一片。

还有没带准考证，当场急哭的，考完以后心灰意冷扬言活不下去的，以及计划结伴复读的。

林林总总。

这种氛围蔓延全国，苏菱也跟着紧张了好几天。

她隔了一天才打电话回去。苏菱心想，毕竟倪浩言不是很待见自己，他心里的姐姐只有倪佳楠。

她怕讨他嫌。

电话才响了一声那边就接起来了。她还没说话，那头倪浩言就说：“有空关心别人的弟弟，怎么不见你对我有这个心？”

她什么时候关心别人的弟弟了？

一回想，记起上次说，她帮朋友的弟弟问问什么情况下会考不好。

苏菱没法解释，于是只能顺着他：“我的错。”

倪浩言：“……”他不是想听这个，但他也不知道自己想听什么。

他想起昨晚同学聚会，书撕了以后纸张满天飞。好几个人要趁着毕业大胆去告白，争取赶上早恋的末班车。

有人问他：“你有喜欢的女生不？高中那么多人追你，怎么不见你谈恋爱？”

他喝了点酒，冷淡地回答：“不喜欢。”

“那你喜欢什么样的？怕不是仙女才能满足倪学神，哈哈哈哈！”

他听见“仙女”两个字愣了愣，不合时宜地想起了那位表姐，然后一把推开酒鬼们的头：“别瞎说！”

这种事，想都不许想。

苏菱问：“倪浩言，发挥得还好吗？”

少年泄气般一拳捶在墙上，随口应：“好。”

“咚”的一声，苏菱隔着电话都听见了，她吓了一跳：“你那边怎么了？”

倪浩言把手揣进裤兜，刚好摸到那个红运符，他平静下来：“楼上在装修。”

“噢。”她放心了。倪浩言是真学霸，他既然说好，那就是真的好。

苏菱很高兴，至少她已经改变了一个人的命运。

虽然她也没搞清楚是怎么回事，但是蝴蝶效应的强大她从来都是叹服的。

只有这样，才会一想起就让人对未来充满希望。

"你……"倪浩言欲言又止。

"嗯？什么？"苏菱疑惑。

"算了，没事。"

于是苏菱挂了电话。她答应了云布，等表弟高考完就去看她。

剧组离得挺远的，三个半小时的车程，差一点就跨市了。

苏菱和云布提前约好了时间，云布刚好没有要拍的戏份，就来接她。

大老远，云布就嗷嗷叫着往苏菱的方向扑，一点也没有成年人该有的稳重。她想死菱菱了！

苏菱也笑了，一探头才发现云布后面还站了个男人。

苏菱一愣。这人她认识，正是几年后红遍大江南北的影帝——纪崇。

纪崇为什么会出现在这里？

因为云布大吹特吹，把闺蜜苏菱吹上了天，什么"盛世美颜""天下第一好看""演技炸裂"……

云布口才确实好，纪崇虽然不信，但还是被好奇心驱使决定来看一眼。

就这么一眼，他竟然觉得除了最后一项"演技炸裂"有待考证，前两个形容词她也当得。

纪崇伸手："你好，我是纪崇。"

苏菱上辈子只在电视上看过他。她每次看见他，眼神都是艳羡的，毕竟纪崇很厉害，演技也好，她却只能困于一隅。

如今有种见偶像的感觉，她握住他的手，有几分紧张："你好，我叫苏菱。"

纪崇目前还只是个略有人气的男演员，但是他性格好，很吃得开。

云布冲他眨眨眼："怎么样？"

纪崇颔首。

云布欣喜："我就说嘛，那你可以帮忙争取一下那个空缺的角色吗？"

纪崇和导演关系不错。他看了眼苏菱，以她的颜值，要真混娱乐圈，哪怕没有演技，当个花瓶都会火。

他点头："我试试。"

苏菱听得云里雾里，等纪崇离开，她连忙问云布："怎么回事？"

"剧组有个女演员过敏了，比较严重，空了一个角色，我就给纪崇推荐你啦！"云布昂首挺胸，一副求表扬的模样。

苏菱："……"

她还没疯，这部剧由清娱投拍，相当于秦骁的天下。

她那么艰辛才躲过了《十二年风尘》。现在这个又是什么情况？

苏菱一抬头，却看见了一个意料之外的熟人。

"她？"

云布看了眼人群里被簇拥的女人，瘪了瘪嘴："郑小雅呀，女主角。"

苏菱抿唇，脸色不太好。

郑小雅，把她从楼上推下去的人。秦骁将来的……未婚妻。

苏菱以前觉得，郑小雅这样的人，是名副其实的天之骄女。出身书香之家，祖上有功勋的那种。

她一进娱乐圈，几乎立即被捧红。郑小雅自己也争气，她演技不错，出道三年就成了影后。

她拥有的一切，也许是苏菱努力一辈子也达不到的。

杂志登出郑小雅成为秦少未婚妻的消息时，苏菱默默看完了这条新闻。

说难过，也许是有一点的，但是不太多。没有怎么用情，就谈不上什么伤心欲绝。她反而有种解脱的放松感。

可是郑小雅疯狂地针对她，让苏菱很吃不消。

此时在片场看到意气风发的郑小雅，苏菱皱了皱眉。

"你也知道她吗？"云布拉过苏菱小声说八卦，"鼎鼎大名的影后，但是为人恶心得要命。听说来剧组一个月，换了三个助理，每个助理都受不了她。不知道她哪来的优越感，简直不把人当人看。"

见苏菱沉默，云布接着愤然道："要真是什么高冷的人也就算了，偏偏还主动往我男神身边贴，什么人哪！"

苏菱诧异地看着她，云布一点下巴，苏菱顺着看过去。郑小雅站在纪崇身边。离得太远，听不见他们在说什么。但是郑小雅脸上带着笑，看着纪崇的表情也非常亲昵。

苏菱心情很复杂。

所以郑小雅现在是喜欢纪崇的？那为什么后来爱秦骁爱得死去活来？

而且……郑小雅家世虽然不错，但是与秦家相比，就是天壤之别。郑小雅是怎么成为秦骁的未婚妻的？

谜团太多，让苏菱有种上辈子白活了的荒谬感。

苏菱抿了抿唇："云布，谢谢你的好意，但是这个剧，我真的不能参演。"

云布呆了呆："为什么？"

"原因暂时不能和你说。"

云布点点头，也严肃起来："好，菱菱说不演就不演了。我待会儿给纪崇说一……"

结果话还没说完，纪崇和郑小雅就走了过来，身边还跟着一个大腹便便的中年男人。云布赶紧道："导演。"

苏菱抬眸，正好对上了郑小雅的目光。

郑小雅属于艳丽的长相，但是比起唐薇薇来说，风情更甚。她原本在笑，看见苏菱以后笑容就僵了僵。

郑小雅暗暗咬牙，她本来以为一个龙套而已，结果这龙套的姿色把她这个女主角都压下去了。那这个剧她还演什么演，当下就后悔了，纪崇从哪里找来了这么一个人？

郑小雅笑道："你很面生，还是学生？"

苏菱看她一眼，点了点头。

"没演过戏吧，你会吗？"

苏菱自然是会的，她不仅会，甚至当年演《十二年风尘》的时候，被导演赞为天才。如果不是后来出了意外，她断了腿，也许几年后她也是个很厉害的人。

然而此时面对郑小雅，她说："不会。"

云布想着苏菱说不能参演的话，没有吭声。郑小雅眼里多了点轻视，然而她还是笑着，开玩笑一般对导演说："刘导，那角色还挺重要的吧，新人你敢用吗？"

那角色其实不重要，但刘导懂了郑小雅话里的意思。他看看眼前这个绝色的新人，心里叹了口气，然后也哈哈笑着说："怎么不敢用？只不过这个角色暂时有人选了。小姑娘看着不错，下次有合适的角色来试试看？"

苏菱礼貌地点点头："谢谢您。"

刘导心里很惋惜。他体态偏胖，心眼儿不坏，当了这么多年的导演，自然知道一个人要红有多难。特别是苏菱这样的。太好看不一定是好事，一是容易被别人打压，二是倘若背后没有人护着，很多心思不正的都想沾一沾她。小姑娘看着乖巧干净，从穿着打扮来看也是没有背景的人，未来的道路不知道得有多崎岖。

纪崇一直沉默着。他如今还不是影帝，郑小雅却已经被提名最佳女演员了。他说不上话，眼里多了抱歉的情绪。

郑小雅笑吟吟道："纪崇，去吃饭吗？张导他们在连岳酒店那边订了位子。"

纪崇温雅笑道："却之不恭。"

去吃饭，才会有资源。他们这样白手起家的人，只有死死抓住每个机会，才能往上爬。

他们一离开，云布的难过和懊恼就表现出来了。

苏菱看她这样子，心里一惊。"你……你喜欢纪崇？"不是偶像那种喜欢，是看心上人的那种喜欢。她蓦然想起上辈子——云布接了一部仙侠剧的女二号，她那几年很拼命，像是要努力赶上谁似的，结果威亚断了，云布香消玉殒。

这个人会是纪崇吗？

好在云布一瞬换成了笑脸："怎么会啦！偶像都是只可远观不可亵玩，何况人家怎么看得上我！走，菱菱我们去吃饭。"

苏菱心里担忧，这件事她得想办法弄清楚。

但是千算万算，所有人都没想到的是，这个剧组究其根本，是秦骁的地盘。

他的地盘，那儿发生了什么都瞒不过他的眼睛。

苏菱和云布吃了饭回来，剧组这个点平时也是睡午觉的时间，然而现在那边的人群围了里三层外三层。

云布敏锐地嗅出了八卦的气息："菱菱，走，去看看！"

"我就不去了……"

"去嘛，陪我去看看。"

苏菱吃硬也吃软："好吧。"

凑近的时候，她们发现围观群众的表情都非常微妙。

苏菱一眼就看见了椅子上坐着的男人。她愣了愣，下意识地就往人群里躲了躲。

云布没见过秦骁，问周围演女配闺蜜的演员："他是谁呀？"

看起来好牛，全场皆站他独坐；大热的天，导演站他身边，汗珠子一直往下淌。

然后云布抬眼一看，差点笑出了声。郑小雅站在正中间，明明已经非常狼狈，可还是努力维持着得体的笑容。

女演员回答云布："听说是秦少，就是我们的投资商。"

云布恍然，就是那个清娱的老板，秦家唯一的继承人，史诗级的有钱人。

秦骁让郑小雅脑袋上顶了一个花瓶。

顶了二十来分钟，郑小雅脖子酸，手也酸。她何时被人这么整过？周围的人眼里都憋着笑。郑小雅咬牙，这辈子她也没这么丢脸过！

秦骁懒洋洋地出声："手别抖，一千万。"

那花瓶还是古董，价值一千万。

郑小雅脸色发白："秦少，我哪里得罪您了？"

秦骁勾了勾嘴角。他这副模样，看起来委实凉薄，但是又让人忍不住把视线落在他身上。他连回应都懒得给。

云布看得爽死了："我的妈，我男神快换人了！这帅死了呀，也不知道秦少这一出是为了啥，要是为了我，死也值得了。"她来剧组，不知道看了多少次郑小雅的脸色！

苏菱："……"

秦骁突然回了头。

苏菱对上他的眼睛，漆黑的眼，隐带笑意。苏菱赶紧垂头，有点心慌，她生怕秦骁这个混账在这个场合喊她名字。

好在秦骁很快又转了过去，郑小雅撑得住，他却不耐烦了："抖得跟筛子似的，这就是你选的女主角？"

他们这个剧，女主角是体育竞技人物，平衡木天才。

刘导赔笑："您看？"

"换了。"

"那换谁？"

秦骁笑了声，起身回头。苏菱如芒在背，他目光扫过来的时候，她简直想打死这个混账！所有人都看着呢，她但凡还想活命，就不能和秦骁绑在一起。

苏菱恨不得把自己埋进地洞！

秦骁眼里带着三分笑意："你觉得呢？"

刘导以为他在问自己，心想这不是个送命题吗！他斟酌道："您有推荐的人选吗？"

苏菱真是怕了他。她没办法，只能抬眸对上他的眼睛，眼含哀求。她眼睛水汪汪的，里面的光又软又亮。

秦骁愣住。

她这个样子……他心里竟然有种难言的……快感。

一时间甜得发慌。

秦骁第一次怀疑自己，他怕不是个变态？

他别开眼，不再逗她，对刘导说："你看着办，你是导演，问我做什么？"

"是的，是的。"刘导连忙应道。

苏菱松了口气。

秦骁想笑，怎么胆子小成这样？他拿出一个信封，米黄色的信纸，上面还有个笑脸图案。

那东西简直不能再眼熟！

苏菱几天前才把它寄出去，装了一万三千块钱的信封，她亲自填了清娱的地址。

秦骁弯了弯唇："这东西是在你们剧组捡到的，是谁的自己过来拿，过时就公开征问。"

苏菱："……"她可不可以不去呀？

她想想就害怕。

六月的风温暖柔和，夕阳在街道投下剪影。

苏菱告别云布以后，直接坐大巴回学校。她不会去的。

她想得很明白，她玩不过秦骁，他像放风筝的人，手里拽着线，他要怎么样就怎么样。而她是那只风筝，处于高空的惶恐无时不在提醒她，她每一步都在被他牵着走。

要摆脱他，摆脱这个模式，她就不能顺着他。

她不爱这个男人。

上辈子没爱过，这辈子也不爱。

苏菱在大巴上的几个小时，干脆把专业课的书摸出来看。对于这些内容，她既陌生又熟悉。苏菱在心里默默体悟念台词的感觉，她闭上眼睛，仿佛真的能感受到这些鲜活的场景。

苏菱在学校附近的一个站台下车。她把书放进包里，一下车就看见了秦骁。

男人靠在豪车旁，目光落在她的身上，眼神再明显不过地说——过来。

她向四周望了望，这个站台偏，走回学校还要十八分钟，这个时候只有少得可怜的几个人在周围。

她不过去，闷头往学校的方向走。

胳膊猛然被人握住。

"苏菱，你这么不待见老子？"他真的气狠了，差点连脏话都说出来了。

她没挣开："你放开。"

他俯下身，对上她的眼睛："你什么意思，真这么讨厌我？"

苏菱不知道哪里来的勇气，直视他，坚定道："是的，所以你可不可以别再跟着我了？"

他反而笑了，慢悠悠道："可是我喜欢你怎么办？"

苏菱没控制住脸红："你别开这种玩笑了。"

"真的，不信你摸。"他捉住她纤细的手腕，放在自己的胸膛。夕阳西斜，她掌心下的心跳发狂。

一下又一下，剧烈得让人心颤。他笑得有点坏："怎么办？"

那种无措的感觉又涌了出来，她结结巴巴："你先……先放手。"

他轻笑了一声："真讨厌我？"

"嗯。"

"你再说一遍试试。"

她声音低下去："几遍都一样。"

对于这件事，她似乎出奇地固执。秦骁发现自己笑不出来了。"给你女主角演，会喜欢我吗？"

她摇头："不会，你放开我吧，他们在看。"

他们两个长得好，几乎成了这个站台的焦点。虽然人少，但是苏菱脸皮薄，不喜欢这样被围观。

这一年秦骁的脾气确实不好。

他也冷下了神色："谁稀罕。"

他放开她的手。苏菱带着几分忐忑看他一眼，见他冷着脸别过头，她反倒舒了口气，接着往学校的方向走。

她竟然真的走！

身后"咚"的一声巨响。苏菱回头，就看见他一脚踢在他那辆豪车上。

声音大得周围所有人都望了过来。

他直接吼周围的人："看什么看哪！"寥寥几个人被他这霸道凶恶的架势吓住，纷纷低了头。

苏菱被这混账的恶劣行为气笑了。

她知道的，秦骁读书的时候，名声就不太好，全校他最浑。也许是含着金汤匙出生，生来就不知顾忌，这男人除了有商业头脑，手腕过硬，成绩什么的简直差得要命，他几乎习惯了横着走。

她之前被人害了，才会紧紧绑在他身边。

这次她躲开了那个开始，只要把外婆和舅舅的事解决掉，她就可以和他毫无瓜葛。

她性格再好，也觉得这混账坏得透顶。

难不成她还得认错哄他？

喜欢他？下辈子都不可能！讨厌就是讨厌。她常常在想，上辈子要不是睡了那一觉没了回头路，流言蜚语和医药费让她不堪重负，她怎么也不会选择和他在一起。

她抿了抿唇，转头就走，不看他一眼。

秦骁望着她的背影，总算是真的知道她半点也不喜欢他。他说不稀罕，但是等她的背影消失不见了，他还站在那里。

她一次都没回头，一次都没有！

他直接从兜里摸出那个保存完好的笑脸信封，狠狠扔进垃圾桶。

六月中旬，天气渐渐变热。

苏菱没法继续长袖长裤地装扮，只能换上短裤和短袖。虽然和秦骁闹崩了，但是她还是谨慎地选择穿板鞋。

比起她这张脸，对秦骁更有吸引力的恐怕是她的脚。

作为一个正常人，她实在无法理解这是个什么鬼爱好。

如今只是一张脸，他就纠缠了她一阵。

要真看到脚，那就是要命。

她在学校待了一阵子，总算安心很多。秦骁那样高傲的脾气，想来也许不会再招惹她了？

然而半夜打来的一个电话让苏菱开始怀疑，想要改变命运是不是真的那么难？

电话是舅妈打过来的，苏菱心中有种不太好的预感，连忙下床去外面的走廊接电话。室友赵婉婉被铃声吵醒，嘟囔了一声，翻过身继续睡觉。

外面的风凉，夏夜本就热，她额发湿透，如今被风一吹，非常不舒服。

苏菱的舅妈叫田淑云，嗓门大脾气躁，在家舅舅都是听她的。如今她的语气里含着不耐烦："怎么这么久才接电话？"

人就是这样，上辈子苏菱跟秦骁的时候，田淑云和她说话语气又讨好又带着笑。哪会这么嫌恶？

苏菱也不介意这些。她脾气很好，耐着性子解释："我怕吵醒室友，出来接的电话。"

田淑云接话："行了行了，别和我说这些，刚刚你外婆病发了，现在一大家子人都陪着她在医院里。医生让做手术，但你也知道我们家这个情况，老倪他有心无力。所以你什么时候请假回来陪一下她吧，就这样。"

苏菱听得浑身冰冷。

"舅妈，你别挂！求求你别挂。"

"还要说啥，快点说。"

"外婆现在怎么样了？"

"能怎么样，心脏老问题，加上那什么身体出了……"她想了会儿，也没想起医生说的那几个词，"总之要么手术，要么……不说了，我和佳楠先回去给妈拿衣服。"

"舅妈！"苏菱几乎一阵眩晕，"做手术……要多少钱？"

那头更不耐烦："五十来万哪，我们是没有，难不成你有？行了，挂了。"

是五十七万八千四百块钱。

苏菱靠在走廊的墙上，身体一阵冰凉。

怎么会这样？明明没有所谓的"人肉搜索"，也没有人说那些难听的话去刺激外婆了，外婆为什么还是病发了？

五十来万，舅舅家是有的，可也许顶多就五六十来万。

他们不可能把这笔钱拿去给外婆做手术，不是说舅妈强势，舅舅倪立国根本不是外婆的亲儿子！

外婆只有一个女儿，是苏菱的母亲，而舅舅是外婆起了恻隐之心从雪地里捡回来的。做了母亲心就软很多，她生生一个人把一儿一女拉扯大了。

所以倪浩言每次说"你管我做什么，你又不是我姐"，她从来不较真去反驳。

如今她去哪里给外婆筹手术费？

苏菱本来以为她可以凭着这一年好好努力，没想到兜兜转转，该发生的事一件不落地在发生。

不可以！她不能让外婆死。哪怕多活一年，多活一年也好！

她得弄到这笔钱。

苏菱后半夜没睡，睁着眼睛到了天亮。

第二天她请了假，去连城会所等人。她不能去求秦骁，但是还有个人可以帮她，而且不会让她以身抵债，那就是郭明岩。

她没有郭明岩的电话，也不知道他先前是不是在开玩笑，但是这是她目前最大的希望。

苏菱知道这群公子哥会来连城玩。连城是个大型娱乐会所。

秦骁会来这里谈生意，而郭明岩会来这里玩。

她只能碰运气，看看自己会遇到谁。

上帝总会给绝望的人开一扇窗。她几乎才打车到连城，就看见郭明岩只穿着一条裤衩从门口冲出来，然后大喊三声："我是老男人！老男人是我！我是老男人！"

苏菱目瞪口呆。

郭明岩闭着眼睛喊完，就看见从车里下来呆住的苏菱。

郭明岩："妈呀！"郭明岩想死的心都有了，什么时候不好，偏偏让苏菱看到了。

他尴尬道："好……好巧。"

苏菱垂下眼睛，虽然这个场合非常不合适，但是外婆等不得，她的视线礼貌地避开了他，然后轻声问："郭少，我想找您借一笔钱，我会尽快还给你的。"

郭明岩红着脸："多少？"

"五十八万。"

"你……你等一下呀，我衣服在里面，我去给你拿卡。"

郭明岩内心很崩溃：妈呀，早知道老了练一下腹肌，如今这白斩鸡一样的身材，被她看到了……看到了……

然后郭明岩冲进了会所。

苏菱捂住脸颊。她也觉得尴尬，但是这件事顺利得不可思议！郭明岩问都不问就同意了。

她心里舒了口气。

另一头郭明岩光着膀子跑进会所，脸白了红，红了白。

偏偏一进来就对上了秦骁冷冰冰的双眼，郭明岩欲哭无泪："骁哥，你别这样看我，我错了行不行，我再也不拿你的年纪说事了。"

最近是吃了炸药吗？

包间里七八个人，有人调侃他："郭少这身材不错。"

"滚。"

郭明岩把衣服穿上："欸，我钱包呢？"

董旭也在，抬眼无情地提醒他："你出门的时候，换了身骚包的衣服，忘了带钱包。"

郭明岩："……"他太紧张太尴尬，把这件事忘了。"你们谁借我一张卡啊？一百来万的就成，晚上我让人打账上。"

董旭皱眉："你要做什么？"

郭明岩脸又红了："有人找我借钱。"

一下子口哨声此起彼伏："郭少这是光着身子去泡妹子了呀，厉害厉害。"

"闭嘴呀你们，赶紧的，人家还在外面等。"

秦骁坐在沙发上抽烟，眼皮子都没抬一下。他心情烦躁，气质也冷。周围的男人都不太敢去招他，于是去招郭明岩。

这群男人从学生时期玩到大，皮得要上天，一个个来了兴趣："谁呀？带进来看看呗。你这么个颜控，看上的肯定不简单。"

郭明岩急了："看什么看？人家一单纯的学生，和我们才不是一处的。快点快点。"

角落里的秦骁，终于抬起了眼睛。

他摁灭烟，看向郭明岩："学生？"

郭明岩想哭："啊……就是……那个……"

他吞吞吐吐，秦骁哪能不懂。

秦少当即冷嗤一声，抬腿就往外走。

第四章

珊瑚镇

秦骁走到门口，步子顿住。他没有走出去，就站在门口看她。

她换成了短袖和短裤，站在阳光下面。露出来的胳膊和小腿又白又纤细，她等待的时候很安静。

秦骁见过很多人，他们等待的时候左顾右盼，或者干脆低头玩手机。但苏菱不是，她仅仅是站在那里，透着认真的意味。目光宁静，气质平和。

不会抱怨太阳大，也不会抱怨等太久。

这让被她等待都成了一种幸福。

秦骁抿了抿唇。她等的是郭明岩。

暖风轻轻拂过她的额发。她不说话时，看上去更乖巧。

他心里又烦又乱：她就那么讨厌他？宁愿去找郭明岩也不找他？

他烦躁的时候就想抽烟，可是从兜里摸出打火机，他又鬼使神差地放了回去。

他突然有种可怕的想法，会不会只要他改掉了所有的毛病，她有一天也会这样安静地等他？这见鬼的想法突如其来，愈演愈烈。

秦骁摸出手机："郭明岩，过来。"

郭明岩抱着必死的决心来到门口。秦骁把卡给他，一并说了密码。

"你去给她。"

郭明岩懵了："啊？我？你为什么不去？"

秦骁说："问那么多做什么？快滚。"

郭明岩晕乎乎地拿着卡走出去，身后灼灼的目光让他头皮发麻。他完全笑不出来，然后把卡递给苏菱。

苏菱满眼感激，冲他鞠躬："郭少，谢谢您，我一定会尽快还上的。"她从小包包里面拿出一张提前写好的欠条，上面还按了手印，递给郭明岩。

郭明岩心虚得不得了，含含糊糊地道："嗯嗯，小事，不用还了。"

苏菱坚持，他只好接过欠条塞兜里，然后说："哦，对了，密码是 130430。我先进去了呀。"

他跑得飞快，像是有鬼在撵。苏菱听到密码以后愣在原地。

她往连城的大门看，但是什么也没看到。

苏菱垂下眼睫，看着手中这张卡。

秦骁的。

她顿时心慌。她知道 130430 意味着什么——2013 年 4 月 30 日，她初遇秦骁的日子。上辈子秦骁给她的金卡就是这个密码，她一分钱没花。

不会有这么巧合的密码。

所以这张卡是他想给她的。

她攥紧手中的卡，心思复杂难言。她想装作不知道，然后以后还给郭明岩。但是从小到大受的教育和她的品性又不允许她这样做。

受人之恩，当涌泉相报。

苏菱有几分茫然。想到外婆还在医院等救命钱，她也没的选择，轻轻抿了抿唇，离开了这里。

郭明岩一进去，就对上了秦骁冷飕飕的目光。

郭明岩简直想死。让他去送卡的是骁哥，回来这副要杀人样子的还是他。太可怕了。

秦骁伸手："拿来。"

"什么？"

"她的东西。"

郭明岩想起那张欠条。他连忙从兜里掏出来给秦骁。

那欠条被郭明岩心慌之下揉得皱巴巴的，秦骁展平，上面的字迹清秀端正。他把它放进了胸前的衬衫口袋里。

郭明岩目睹一切。"……"他心里有种和之前贺沁一样难言的感觉，"你认真的？"

秦骁不回答。

胸腔处一张薄纸，烫得他心口发疼。他记起她说讨厌他时的认真，脱口想骂一万个词，心里却软成一摊泥。除她以外，寸草不生。

算了，他心想，和她计较个什么劲。

苏菱打算去转账的时候，才发现卡里有整整五百万。

她有些呆愣，又觉得秦骁有钱就是任性。

她最后还是打给了倪浩言，少年声音喑哑："苏菱？"

"你把账号发我一下，我把外婆的手术费打过来，然后我买票回家。"

倪浩言守了一晚的夜，闻言惊醒了几分："你哪儿来的钱？"

苏菱沉默片刻。她不太习惯撒谎，一撒谎耳朵尖都是红的，好在倪浩言看不见，她道："我接了一部电影，女二号，和剧组那边说了下情况，钱就提前打过来了。"

倪浩言不好糊弄，他音调高了些："什么电影？你一个大学生，又没背景，谁会给你这些资源？"

她心中微怯，但这个时候必须说服倪浩言先让外婆做手术。

"系里一起去面试的，我运气好，被导演选上……"

"苏菱。"倪浩言咬牙，"你别骗我。"他心中隐有不安，这个表姐是怎么样一个尤物，她不自知，但作为一个男性，他再清楚不过。

苏菱讷讷："哪有骗你呀。"

倪浩言语气强硬起来："你要是敢做什么傻事，外婆哪怕好了，也会生生被你气死。"

苏菱也生气了："你怎么诅咒外婆？你不给账号我找舅舅！"

倪浩言无奈，她能不能找对重点？他知道她不开玩笑，正经得可爱，生怕她真的去找他爸，当下无奈软下语气："是我错了，你别生气……表姐。"

喊出"表姐"两个字，他心里怄得发慌。但苏菱心软，果然也不气了，只催促道："你把账号发过来呀，然后去医院签字，让外婆赶紧做手术。我订今晚的飞机，马上就回来。"

倪浩言心里郁闷死了。他惶惶不安，第一次恨自己生得晚，没半点分担的本事。

苏菱太招人，又在千里之外，他就是想了解些什么也做不到。

他发了账号，然后叮嘱她道："你路上注意安全，不要急，外婆这里我守着。"

"知道的。"

苏菱用身上剩下的所有钱买了机票，卡里四百多万她一分没动。

她握着这张卡，就像拿着烫手山芋。

唉，真烦。

苏菱凌晨两点到了 L 市。她匆匆赶到市医院的时候，就看到倪佳楠在和倪浩言争执。

"苏菱哪儿来的钱？你老实说，她是不是干了什么不正经的事？"

倪浩言甩开她的手："你烦不烦？她是你表姐。"

"倪浩言，你不是一直不认她吗？现在跟我和妈唱反调，还和苏菱串通花了这么大一笔钱给奶奶做手术！你搞清楚，是我们家养大了她，她赚了钱却一点也没寄回家里，如今一出手就是五十多万，她这种没良心的白眼儿狼……"

她还没说完，苏菱就走了过来。

"倪佳楠。"苏菱出声。

倪佳楠愣住，苏菱从来没有用这么冰冷的语调和她说过话。倪佳楠冷笑："怎么，你敢把我怎么着？"

苏菱抬起手，一巴掌扇在了她的脸上。

苏菱娇软，打人并不痛，但是这一巴掌无疑是把倪佳楠的自尊狠狠放在地上踩。

倪佳楠捂住脸颊，尖声道："你打我？你竟然敢打我！"

苏菱只觉得心里烧了一团火，积压的惊愤让她微微颤抖。这一巴掌，她早就想打。前世为了他们倪家一家人，她葬送了自己的一辈子。

她自己并未花秦骁什么钱，也不曾主动要过什么。

但她知道倪佳楠从秦骁那里得的好处岂止千万！仗着她是苏菱的表妹，央着秦骁让她进入上流圈子，嫁了一个富二代，后来受不了老公花心，又舍不下荣华富贵，竟然出轨。

那家人质问她的时候，她还理直气壮地说她表姐是秦骁的人，人家敢怒不敢言。

但是苏菱也因为这件事，名声一再被人轻贱。苏菱那一辈子活得何其窝囊，和倪佳楠脱不了干系。

后来还是秦骁怒了，轻嗤着让倪佳楠滚过来给苏菱认错。苏菱看着声泪俱下认错的倪佳楠，觉得分外讽刺。这就是亲人，无视她的血泪，把一切都当作理所应当，却让苏菱再难挺直脊梁。

此时她看着倪佳楠，音调虽低，却透着寒意："我和外婆，没有花你们倪家一分钱。我们虽在倪家住了十年，但外婆出了三十万给你们买房，拿来交房租也远远够了。我赚了钱凭什么给你们？我外婆，也是你奶奶。你们舍不得这五十八万，我来想办法，但是你现在这副嘴脸，还记不记得这是在她的病房外？"

苏菱的手指向那扇门，倪佳楠从没想过苏菱会说出这样的话，这还是那个娇怯的、躲在门后看他们的布衣小女孩吗？

倪佳楠被她的气势吓了一阵，反应过来又想着还手。

倪浩言拉着她，怒斥道："倪佳楠，你够了！"他忍不住去看苏菱，她骂倪佳楠时，直接用代称"你们"，她是不是也那样看他的？

他一时有些心慌，只好道："奶奶手术顺利，现在没有危险了。你进去看看她吧。"

倪佳楠委屈又震怒。苏菱冷着神色，进了病房。

倪佳楠气死了："我才是你姐姐，你为什么那么护着那个小杂种！"

倪浩言回头，神色冷得让倪佳楠发颤。他说："你要不是我姐姐，我都想给你一巴掌。"

倪佳楠抖着手指"你你你"了半天，最后哭着找田淑云去了。

倪浩言沉着脸在病房外站着，像一尊雕像。

苏菱凌晨四点才出来。她神色疲惫，先前还像只刺猬，此时却又变得柔软起来。

倪浩言却心生怯意。

他知道的，他们家对她一直不是很好，哪怕他……心里一点都不讨厌她，和她说话的语气却很凶。

他小时候还爱扯她的辫子，她委屈巴巴地看着他，从来不告状。那时他心跳很快，既盼着她反抗，又希望她能一直那么乖。

她是不是，心里很讨厌他们这一家人？

又或者，从来没有在乎过。有朝一日成为大明星，就会和他们再无瓜葛。

他艰涩地开口："苏菱，外婆醒了吗？"

苏菱摇头："没有呢，外婆睡着了。"她提起外婆的时候，嘴角抿出温柔的笑意。

他看得心里更涩，两人相对无言。

苏菱出来给外婆打热水，等她准备再次回去守夜的时候，倪浩言突然拉住她："我……苏菱……你也那么讨厌我吗？"

苏菱惊讶回头，然后倪浩言见她眼里带着笑："不会呀，倪浩言。"

他心中欢喜，眼里也漾出了喜悦。

她却又轻又郑重道："你是我弟弟呀，我会好好照顾你的。"

等她人走了好久。

他才闭上眼，眼里的欢喜全消失了。

他赌气地想：那你还不如讨厌我。

苏菱请了一周的假，但是外婆醒过来后第二天就让她回学校去。

外婆是个很独立很强势的人，醒来看见苏菱在床边，当即皱眉道："胡闹！快点回去，你好好学习、好好演戏才是正事！"

苏菱给她削了个苹果："我想陪陪您。"

外婆坚持让她回去。

苏菱怕她生气伤了身体，连忙应了。

她收拾好东西走到门边，外婆突然出声："你和浩言说接了一部戏，是什么戏？几月开播？我想趁有生之年看看。"

苏菱眼眶发涩。她哪来的戏？然而看见外婆期望的目光，她笑着说：《十二年风尘》。才开拍呢，进度比较慢，也许明年才会播了。"

外婆枯槁的脸上露出欣慰的笑意，喃喃道："明年……明年……我还等得起。"

苏菱默然，下了飞机回到 B 市，心里的难过仍然挥之不去。

如果很多事注定发生，那么明年这个时候，就是外婆去世的日子。她最大的愿望就是看苏菱成才，然而苏菱为了躲开命运不敢接戏。

她的课和其他班换了，现在回学校也没多大意义。

她想了想，干脆打车去清娱。

背包里还有张四百多万的卡，让她坐立难安。外婆能救回来多亏了它，怎么也得跟卡的主人亲口说声谢谢才是。

清娱并非秦氏的总公司，仅仅是秦氏旗下的一家影视公司。

秦骁十九岁辍学，接管家族企业。秦家家大业大，是名副其实的商业巨鳄。秦骁父亲去世以后，秦氏的股份一半在他手上，一半在他母亲文娴手中。

苏菱不明白秦骁为什么要让郭明岩把卡送来，他这样的人，做了什么恨不得让她立马知道，然后要挟和威逼齐上，让她和他做些奇奇怪怪的事情。

做好事不留名，这还是第一回。

清娱的大楼上有一块很大的 LED 屏幕，上面轮换着当红小生和小花们的写真。

上面的色彩印入她的眼睛，让她眼里多了一丝向往和光亮。

秦骁从远处过来的时候就看见了她抬头仰望的模样。

他也跟着看了一眼那个屏幕，上面的女人是个叫陈什么的，秦骁记不清名字，只是看报表的时候知道她最近貌似很红。但是远远没有苏菱好看。

苏菱会出现在这里，让秦骁很意外。

他最近也是有毛病，反复往清娱这么个小公司跑。

贺沁无奈出声："秦少，您到底要不要过去？"

怎么一副忽喜忽冷的模样？

秦骁横她一眼，迈步向苏菱走了过去。

他还记得那天她多绝情，因此此时冷着脸，直白得很："找我有事？"

苏菱乍一见到他有些慌，随即有些羞怯地点点头。她若是不欠他什么，自是能硬气起来，可是万没有受了人家的恩还甩脸色的道理。

她拿出那张卡，冲秦骁弯了弯腰："谢谢秦少，我会尽快还给您那五十八万的。"

她态度好得让秦骁弯了弯唇。

他随手接过这张卡把玩，心想郭明岩这小子不靠谱哇，竟然跟她说了，但好在看起来是件好事。

他眼里带着几分笑意："你怎么还？什么时候还？"

苏菱咬唇，有点尴尬。她来回的机票花光了所有钱，现在书包里只有五十块钱和两枚硬币，还有一张校园卡。

但她看着他的眼睛，认认真真道："三年之内我会还给您的。"

她那双眼睛水盈盈的，他轻笑一声："可是利息呢，利息怎么办？"

她愣住，似乎没有想到利息这回事。但是利息是应该的，毕竟三年时间不短，她正色道："您说得对。"转而脸颊微红，轻声问他："那……那利息是多少呢？"

秦骁一副沉吟的模样，低头看着她。她羞红了耳尖，请求道："可不可以按银行的利率算？"

这是把他当成放高利贷的了？

他勾了勾唇："不行哟。"

她联想到他的恶劣，脸色白了白："那……那是多少？"

见他伸手，她吓得后退一步。他低笑威胁道："不许动，不然翻十倍。"

她呆住：十……十倍？

她是借了一个无底洞吗？

他靠过来的时候身上带着淡淡的烟草味，熟悉却又出乎意料地淡。他不喜欢抽烟了吗？

她有点害怕，最后还是没忍住别开了脸。想到十倍，又觉得心灰意冷。

他轻轻握住她的长发，炎热的夏，她发丝微凉，柔软得不可思议。他心底有东西蠢蠢欲动："利息我要这个。"

她睁大眼睛，用看变态的眼神看他。

他哼道："想还利息还是和我去剪头发。"

这个好选，包包里的五十二块钱替她做了决定，秦骁这男人爱好很独特。她惊怯开口："剪……剪头发。"

她又气又怕的模样让他忍不住笑。

怎么就……这么软呢？

她要是硬气一点……算了，想象不出来。他能不对她动手动脚已经是最后的克制了。

清娱内部就有造型师。她紧紧拉着背包带子，看着前面男人颀长的背影，越想越怕。她小时候家里特别穷，外婆常常会去卖头发，每次去卖头发，一头长发都会变成男孩子一样的平头。

但是外婆不让她剪，她摸摸苏菱的头："你乖，你头发太细又软，人家不要。"

后来她才知道外婆是瞎说的，也是疼她的表现。

苏菱喊他："秦骁。"

他回头。

她倒也不是害怕变成平头，她怕成为"平头"没人愿意让她演戏，这样钱还不上，永无止境。

"可不可以换个条件？"

他笑得坏："成。"

她初初露出喜意，他上前一步："吻我一下？"

她憋红了脸，然后低头："剪头发。"

秦骁被她萌死了。

全然忘了人家多嫌弃他。

苏菱坐上那个椅子的时候，跟坐上电椅一样惶恐。她就知道！她就知道欠谁都不能欠他。

造型师很恭敬："秦少，怎么剪？"

秦骁说："剪到这里，刘海平一点。"秦骁完全是直男[1]审美，苏菱原本留着碎碎的刘海，看着很柔美。造型师想笑，然而憋住了。

他过去给惶恐的少女剪头发。

造型师效率很高，他剪得很快，苏菱原本及腰的长发最后到了肩膀往下一点，刘海成了标准齐刘海。

造型师原本以为这个发型不怎么样，结果苏菱剪完头发更乖更萌。

给他打下手的助埋小姐都想去捏人家脸了。

苏菱自小审美有偏差，她只大致知道什么叫好看，但是对程度认知不清。因此一直不知道自己和唐薇薇、郑小雅这类人的颜值区别。

她回头望秦骁，秦骁却别过了脸。

很丑吗？她乐观地想，没关系的，好歹不是平头。

---

[1] 直男：网络用语，指性取向为异性的男性，带有对情商堪忧、看待女性简单粗暴等部分男性特征的调侃意味。——编者注

她站起来，背上包包，问债主秦少："我可以走了吗？"

她好想走哇。

秦少始终不看她："走吧。"

苏菱跟在他身后出去。

清娱底楼很空旷，由于是明星大咖聚集地，安保措施做得很好。

他们要转角的时候，苏菱还在算她三年怎么赚够五十八万。

结果猛然被人扯进了怀抱。

她下意识就要挣扎，他抱得死紧："求你别动了成不成，就抱一下，你想要老子的命吗？忍得太辛苦了。"

这才是真正从头发丝开始都在勾引他。

她吓死了，一点都不配合："秦骁，你放开我。"

他舍不得撒手，瞎哄人家："抱一分钟，噢，不，十秒减十万行不行？"

她气红了眼睛，他怎么还是那个德行！又霸道又无耻。

她下了狠力气，一脚踩在他脚上。他痛得吸气，然而只是把下巴搁她颈窝，离她更近。少女的发香清幽，像五月的栀子，他有种要醉溺在她身上的错觉。

秦骁简直快疯了，他想了一个多月了！

苏菱挣不开，又气又羞，眼眶红了。

他觉察到不对劲，连忙松开她，才看见她泛红的眼眶。他终于意识到自己的混账："别哭哇，苏菱，你看看我。"

她低着头，看着自己的鞋尖。

秦骁没有哄过人，他说："是我混账行不行？"

"不用你还钱，之前都是逗你的。"

"你不是踩了我一下吗？你高兴的话再打一下成不？"

她抿唇，不让他看见自己通红的眼，径自往清娱的门口走。对他而言可能只是无关紧要的游戏，对她来说却是死死把她往前世那条路上逼。

秦骁追出去，看她坐上出租车走了。

他烦躁地松了松领带。

这怎么哄？

秦骁回到办公室，想起他刚刚看见的那双望着屏幕的渴望的眼睛，拿出手机给贺沁打电话："之前那场戏开始拍了吗？"

贺沁秒懂①："《十二年风尘》？"

"嗯。"

"没有的，导演跟我说，原本是计划明年二月开拍。"

秦骁："这个月就拍。"

贺沁不懂他要做什么，但是服从是她的工作："好的，我联系一下那个导演。"

秦骁挂了电话，看见桌上还端端正正摆着那只粉色兔子。

他拿起来，轻轻"啧"了一声。

问那兔子："有点良心行不行？"

兔子不会回答，软趴趴的耳朵耷拉着。他回味又软又香的苏菱在他怀里的感觉，笑着扯了扯它的耳朵："我输了，我无耻行吧？"

《十二年风尘》的导演叫文智，在国内小有名气。苏菱才在大学食堂打好饭，就接到了他的电话。

文智是个很温和的人，唯一的缺点可能是在圈子里"看眼色"的习性，但这无可厚非，每个人都有自己的一套生存法则。

他通知苏菱去珊瑚镇拍戏的时候，她险些没拿稳筷子。

---

① 秒懂：网络用语，指瞬间明白。——编者注

文导说："下午祭天，吃开拍饭，能赶来珊瑚镇吗？"

大多数电视剧开拍时，为了祈祷顺利和后期收视率大爆，都会上香祈祷，然后一起吃一顿开拍饭。

苏菱上辈子没有吃过这顿饭，她是空降去剧组的，那时她并不知道，竟然无意间抢了原本演"阮黛"的演员的戏份。

剧组的人对她这个空降兵不满，但是没人敢开罪秦骁，有些话都是悄悄在背后说。

苏菱那时候只以为自己不讨喜。结果后来那个女演员疯了，她跑了七年龙套，这是她唯一一个机会。

女演员把拍戏的苏菱推下了山崖。

那一次她摔断了腿。山崖不深，云雾山下起了雨。她疼得受不了，那时候是冬天，她怕感染以后死在山崖下，就拖着残腿爬进岩石下避雨。

她原本不难过的，她只是疼。

疼得麻木了，就很想能晕过去。

但她真的快晕过去的时候，听见有人在叫她。

苏菱脸色苍白，没有力气应。

他跌跌撞撞跑过来，脱下外套将她抱在怀里。

苏菱从来没有见过这么狼狈的秦骁。他的薄唇失尽了血色，比起她更像一个死人。

他的怀抱冰冷，苏菱意识渐渐模糊。

她记忆中最后的感觉，是一滴水滴在她眼睑上。

温热的，滚烫的。

原来人太痛的时候会出现幻觉，什么时候雨水竟然也有温度了？

那次以后她腿骨伤了，走路滞涩，再也不能跳舞，更别说演戏。

她没有恨他，也不恨那个女演员，他们比她可怜多了。她谁都不恨。

她只是很想回家，想老房子里盛放的木棉。

那是苏菱第一次拍戏，却也是最后一次拍戏。

《十二年风尘》被秦骁撤资，第二年都没能拍出来，没人敢提这件事，谁也承受不住发疯的秦少。

苏菱自己也不提。

《十二年风尘》是她死掉的梦想，也是可怕的噩梦。

然而除了她自己，谁都不知道。

文智见那头小姑娘久久不说话，他有点懵，怎么回事？哪个被他亲自打电话的不是激动万分马上答应？这不对劲哪，难不成她还要拒绝！

文智越想越觉得不妙，生怕下一秒那头就传来电话被挂断的忙音。

然而，小姑娘温温柔柔地开口问他："文导，剧组有原定人选了吗？"

文导说："没有。选角本来是明年的事，但是如今临时决定开拍，想着你上次试镜效果不错，所以决定把九里的角色给你。"

"九里？"苏菱惊讶，不是阮黛吗？

文导心想：对，秦少说九里。

九里这个角色是正派，天真无邪很讨喜，而阮黛是反派，虽然戏份多……

好嘛，这都不重要，关键是九里没有暧昧戏。

苏菱知道这事和秦骁脱不了干系，她该拒绝的。

但是想想外婆病床上那双混浊却带着光亮的眼睛，她没有办法拒绝。

她可以等待机会，外婆可以等吗？

苏菱决定接这部戏。

她从阮黛变成九里，就已经是一种改变了。

她决定试一试还有个原因——如果她连自己的腿都保不住，怎么去保住云布的命？

即便她可以逃避命运线，什么都不知道的云布却不可以。

苏菱饭一口没吃，当即坐车去了剧组。

大学离珊瑚镇有五个小时的车程，她不能让别人等她。

尴尬的是，她付了车费以后，身上一共只剩两枚硬币。

苏菱觉得自己恐怕是混得最惨的人，还是难民级别的那种。

苏菱目前负债约五十八万，还有接下来外婆的护理费和医药费，全都得她来。

她可怜地想，硬着头皮也得演哪，好歹……剧组有盒饭吃。

苏菱到的时候，珊瑚镇的酒店里已经聚集了很多人，大多是上辈子参演《十二年风尘》的人，但是没有见到前世把她推下山崖的女演员。

蝴蝶效应既微妙，又强大。

由于上辈子他们都不太敢接近苏菱，打不得骂不得动不得，所以苏菱目前和谁都不熟。

然而她穿着连衣裙进来，还没进行自我介绍，女主演就站了过来，眼睛亮得不可思议。

苏菱呆住，然后女主演万白白就冲过来揉乱了她的头发。

记忆中他们对她避之不及，冷淡得很，苏菱被万白白揉蒙了。苏菱不知道的是，上辈子她来的时候，金主名声太厉害，即便是万白白，也不敢碰她。

文导看得冒冷汗，但是没有动。

苏菱目前只是个才出道的"新人菜鸟演员"，他不能表现出异常，让人知道这姑娘后面有金主。

万白白完全被这个萌萌的齐刘海俘获了，天哪，这也太可爱了。万白白长得清冷绝尘，但是不妨碍她有颗少女心哪，她做梦都想长苏菱这样！

苏菱手足无措地站在那里，万白白的助理都看不下去了，连忙过来拉人："万姐，别闹了，这里是剧组。"

其他人也看得一脸无语，清冷人设呢，万影后？

万白白总算消停下来，苏菱连忙自我介绍："各位前辈好，我叫苏菱，在剧中饰演九里。各位前辈，请多指教。"

她态度很恭敬诚恳，剧组里大多数人对她印象不错。

万白白要幸福死了，九里呀！剧里的九里就是女主的小甜心师妹呀！文导生怕万影后再乱来，这里是谁的地儿别人不知道，文导心里可清楚得很，酒店顶楼那位说不定就看着呢。

文导说："好了好了，人齐了没？齐了的话，白白和沈逸去外面上香，然后咱们拍照。"

苏菱走在最后，她红着脸理好了头发，觉得有点羞，怎么大家对她的态度……都不一样了？

这些东西一早就准备好了，于是晚上吃开机宴。

开机宴定在七点，表面上是文导请客，但实际上……

万白白心直口快："文导，开机宴现在吃这么好了吗？哈哈哈哈，文导大手笔呀！"

文智："……"

苏菱坐在角落，她午饭没吃，这会儿饿了。她吃东西又慢又斯文，看着特别乖。苏菱年纪不大，身边的几个人格外照顾她，怕她够不到，一直给她夹菜。

苏菱没见过这样的阵仗，着涩地说谢谢。

他们这群人边吃边聊，聊开心了吵着要喝酒，文导眼睛一瞪："喝什么喝，明天上午就开拍了！"

文导人没有架子，众人就哄笑着三言两语把这件事盖过了。

珊瑚镇明显比云布那个剧组的所在地繁华，每个人都拿到了酒店的房卡。

这是个古镇，剧组里很多人第一次来这里拍戏，又因为过惯了夜生活，吃完饭才九点，就很想出去逛逛。

文导摆摆手："注意安全，有助理的叫助理跟着，要是明早谁迟到了，看我不打断他的腿！"

大家散了，万白白本来想过来找苏菱，但是被男主演拉住。明天几乎都是他俩的戏份，得熟悉一下剧本。万白白只得放弃。

苏菱没有出去玩的想法，大学晚自修九点下课，她一般十点之前就睡了，非常佛系①。

要不是之前出了事，估计她能比谁都活得久。

她以前怕秦骁碰她，八点就睡。然而这混账凌晨两点回来⋯⋯还可以把她弄醒⋯⋯

她拿着房卡去乘电梯，看按键才知道酒店一共有九个楼层。但是大家都住在七楼。

苏菱没有多想，她进了房间洗了澡，打算看会儿剧本后睡觉。

九点五十分。

她的房门被人敲响了。

苏菱还没开口问是谁，手机也亮了起来。

屏幕上只有两个字：开门。

那串号码很眼熟，前段时间她还在想要不要拉进黑名单。她心都揪紧了，又慌又怕，她就知道没有好事！他这样的人，怎么会白白帮她？

---

① 佛系：网络流行语，指一种不争不抢、不计较、不在乎，看淡一切，随遇而安的生活态度。——编者注

苏菱不敢开门，外面不紧不慢地继续敲。手机铃声响起来，苏菱吓得把手机关机。

结果手机关机音悠扬高亢地响起。

秦骁没忍住，笑出了声。这操作简直……可爱得犯规。

苏菱快尴尬哭了。

她知道瞒不住，又分外珍惜如今剧组众人对她的态度，面上是不能和秦骁有牵扯的，但是他再敲下去，就天下皆知了。

苏菱刚想去开门，大脑轰的一声，连忙低头看。

酒店提供的都是拖鞋，她脚背白皙如玉，小巧的脚在墨绿色的鞋子里面，衬得更白。

她怕外面的人不耐烦，几乎吓出一身汗。翻柜子找，找到一双一次性袜子，她连忙穿上，然后给他开门。

秦骁比她高一个头，低头看她："关机？胆子很大嘛。"

她蜷了蜷脚趾，做坏事被逮住，脸颊红透："它……它没电了。"

秦骁唇角上弯。

怎么连撒谎都不会？而且也不会记仇，他前不久才让她那样难过。现在她又俏生生的，乖巧动人。

他的心软成一片。

如果造物主真有偏爱，那约莫是把一切美好都给了她。怪不得她看不上他。

他轻嗤一声。看不上也没用，谁叫他有钱有势还是个混账。

他说："苏菱，知道感恩不？"

苏菱不解地看着他。

他笑："学校里有没有教过唱《感恩的心》？"

她乖乖点头，眼神茫然。

他欺近她，轻笑道："小九里，怎么报答你金主爸爸，嗯？"

苏菱总算反应过来，然而她不知道该说什么。

她眼神黯淡，如果外婆能等，她是不会接受秦骁的帮助的。

她轻声说："秦骁，你伸手。"

秦骁觉得稀奇，她双睫漆黑，垂着的时候像两把小扇子。

他伸出自己的右手。

她在他掌心放了两枚硬币，还带着她的温度，浅淡的暖。

秦骁看她耳尖泛着红，语气柔和地对他说："我只有这个了。"
这就是她全部的家当了。

穷得让人心疼又好笑。

秦骁握住那两枚硬币，放进自己裤兜里："行啊，我收了。"

要是文导在这里，多半得气吐血，九里这么一个千金难得的角
色，竟然就值两块钱！秦骁问她："不让我进去？"

她摇摇头，语气却坚定得不得了："不让。"她小声补充："这
样不好。"

他们两个在这里悄声说话，一条长廊上也没什么动静，大多数
人不在酒店里面。

秦骁看她穿着睡袍，觉得不可思议，这年代竟然有人九点钟就
睡觉？

他往下看，她穿着宽大的拖鞋还有一次性袜子，又是什么都看
不见。

他问她："苏菱，你该不会还是个未成年人吧？"乖得过分，简
直不像个成年人。

苏菱说："我成年了。"

"真十九了？"

"嗯。"

那他没什么罪恶感了，大家都是成年人，尽管差距有点大。

秦骁说："衣服换了，带你出去玩。"

苏菱一惊，对没见过世面的她来说，她是想出去走走的。毕竟上辈子来珊瑚镇，她也没有好好逛过，但是倘若是和秦骁一起，她就不想去了。

别的暂且不提，要是被别人看到了怎么办？

"我不去。"

然而秦骁的霸道劲上来了："快点，不然抱你去。"

苏菱气死了："你怎么这样啊？"

他乐了："我怎样？"

她又不会骂，只能憋出一句："你不讲道理，不尊重人。"

他笑得不可自抑，心想：老子需要讲道理吗？然而这话她估计讨厌得要死，于是他说："两枚硬币就被你收买，真当我开慈善堂啊？"

苏菱抿了抿唇："好。"

她果然吃这一套，他就知道她们这种被教出来的好学生有愧疚心这玩意儿。

他书读得烂，不好意思，礼义廉耻他没有。

苏菱换好衣服出来，他还抱着双臂在外面等。苏菱来的时候穿的连衣裙，他没见过她穿裙子的模样，目光含笑落在她身上："这么好看哪。"

苏菱抬起眼睛看他一眼："你别用这种语调和我说话好不好？"

他哼笑："什么语调？"

苏菱不敢说，她主动往电梯走。回头看见秦骁衬衣上挂着墨镜，估计是外出后忘了取下来，苏菱想了想，请求性询问："秦骁，你可以把那个戴上吗？"

她是真的怕被人看见，以至于紧张得和做贼一样。

秦骁勾了勾唇："成啊，你给我戴。"

她别过脸，不吭声了。

秦骁低笑一声，顺着她的意思把墨镜戴上了。

珊瑚镇外面星斗点点。这是个建在偏远郊区的古镇，由于受到一级保护，没有污染，地理位置很特殊。

她抬头往天上看，怔了怔。

五年后的星星没有这么亮，或者说城市看不见星星了。

她死的时候也是晚上，那时候天色如墨，漆黑沉郁，她的瞳孔如夜色一般黑。

她看着黑夜的表情，让秦骁看得心一颤。他皱了皱眉。

秦骁带着苏菱往古街上走。

他找了个相对偏僻的地方，剧组众人在另一头。秦骁知道这些，苏菱却不知道，她犹自东张西望，生怕遇见熟人。

秦骁觉得可爱，索性也不告诉她。

这边偏僻，半天也只找到个卖酒的店。秦骁带着苏菱，自然不可能去，倒是在转角看见个稀奇的地方，那里有家卖甜筒的。

他看了眼苏菱："你等着我。"

没一会儿，苏菱就见他拿了个甜筒出来，硬塞在她手上。

她怔了怔，见秦骁若无其事地往前走，甜筒在冒寒气，现在快七月了，纵然是晚上，温度也很高。

苏菱怕化了，她小心翼翼地咬了两口。

然后秦少回了头，他眼里带着笑："苏菱。"

"嗯？"她嘴角还沾着白色的奶渍。

"我让你拿着，你给老子吃了？"

苏菱尴尬得脸都红了，拿……拿着？她抬起眼睛，给他道歉："对不起，我不知道。"

他心里快笑死了，然而只能憋着："没事，你还给我就行了。"

她站着不动，脸色忽红忽白，看来想通了他是故意的。

秦骁往她身边走："给我呀。"

苏菱一慌，顺手把甜筒扔进了旁边的垃圾筐。

秦骁："……"

他脸色有点难看。

苏菱想跑，但是空旷的街道，她能跑过秦骁就是奇迹。

秦骁走过来："这么嫌弃老子？"

她又不说话了。

脸色苍白，看着平白有几分可怜。

秦骁说："当我脾气好？"

她当然知道他的脾气烂得要命。

"哪只手扔的，哪只手伸出来！"他用的是要剁了她手般的语气。

苏菱第一次发现秦骁这么小气。

她知道，他生气的时候，越忤逆他，下场越惨。她不敢看他，带着几分害怕，把自己的左手伸出去。

那只手又小又白。

他垂眸看了一眼，高高抬起手，苏菱条件反射地闭上眼。

他含着笑，轻轻把她的手指握住，然后用拇指把她虎口上的甜筒汁液擦干净。

他的动作认真而温柔。她诧异地睁开眼睛，只能看见男人低头的模样。

平心而论，他的长相过于冷峻，看着就不好相处，太具有攻击性。但在她面前，他似乎格外爱笑。

夏夜和暖，她死的时候也是这样的温度和空气。

苏菱猛然抽回自己的手。

这次没有控制住，脸上是毫不掩饰的厌恶。

秦骁的手僵在半空，他怔住了。这次他看得清清楚楚，她对他的讨厌是深入骨子里的厌恶，一寸一寸，把他那点情不自禁生出的柔情啃噬得干干净净。

有那么一刻，他觉得自己就是有病，简直是过来犯贱的。

他拇指上还留着那甜筒汁液的黏腻。

秦骁冷笑一声，谁还会继续犯贱？难不成还非她不可了？

他后退几步，把手揣进裤兜，却不小心碰到了那两枚硬币。

他死死捏着它们，声音透着讥讽："苏小姐好本事，我就等着看看，你能不能拿个影后。"

和秦骁不欢而散，苏菱回去做了一晚的噩梦。

那是她摔断腿后的第二个八月。

她第一次见到秦骁的母亲文娴夫人。

她在别墅午睡，秦骁在和文娴谈话。

文夫人说："你还养着那个女人？这次这个太久了。不是听说腿废了吗，难不成还真喜欢她？"

秦骁轻笑："她还年轻，才二十二吧，你见过比她好看的？有你就给我送过来呀，我立马把人换了。"

"胡闹！"

秦骁毫不在意，他跷着腿坐在沙发上，一副漫不经心的样子。

文夫人道："你让小雅以后怎么想？"

秦骁挑眉："能怎么想？她是秦夫人。我养别的女人怎么了，不服她也养啊。"

文夫人气得心口发疼，最后摔门出去了。

苏菱站在二楼转角处，静静往下看。

秦骁抬头，恰好看见她白色的衣角。他脸色立马变了，冲上二楼，还带着慌乱的模样："菱菱，你听到什么了？"

阳光倾洒下来，她才睡醒的样子显得平和慵懒。

她赤着脚，没有穿鞋，脚踝上是一串紫色的宝石链子。那条腿是她废掉的腿，能走路，但是走不快，下雨的时候偶尔会疼。

她冲他笑："怎么了吗？我才醒。"

他舒了一口气，把她的脑袋按在他心口处，她听见他心跳飞快，看来确实很紧张。

她面色平静。

没有什么伤心不伤心，她只是第一次恨自己年龄太小，才二十二。

但是也没什么的，女人的好年华不长，等几年她就不漂亮了。

苏菱也是第一次知道自己会演戏，秦骁被她骗得还挺像那么一回事的。

可惜她终究没能等到那一天。

她死的时候就在想，不管他是真情还是假意，哪句是真话，哪句是谎言，她都过够了那样的日子，要是重来一次，她再也不会重蹈覆辙。

再也不会。

她不要断腿，不要失去唯一的朋友云布，也不要走在路上被人指指点点，更不要一个人死在暗夜。

第五章
赛马场

　　苏菱第二天去剧组的时候精神不太好，但是她知道这是自己第一次参演影视剧，而且自己之前没有接触过九里这个角色，所以必须重视。

　　她强打起精神，向在剧组遇到的每个人都礼貌地打招呼。

　　众人见到她也非常友好。

　　昨晚吃饭坐她旁边的一个女人犹豫了一会儿拉住她："苏菱。"

　　"刘前辈。"

　　"喊我刘姐就行。"

　　"好的，刘姐。"

　　刘姐在剧中饰演鸢尾楼的教习师傅，她在苏菱耳边道："你今天和任冰雪对戏的时候注意一点，不要惹了她。"

　　任冰雪是如今饰演"阮黛"的演员。

　　苏菱连忙点头："我知道的，她是前辈，我会向她好好学习的。"

　　"唉，不是，你这孩子。"

　　刘姐家里也有个像苏菱这么大的女儿，怕她待会儿吃亏，于是用讲悄悄话的语气道："那个任冰雪有后台，清娱的秦少你知道吧？"

　　苏菱睁大眼睛。

　　刘姐以为吓住了她，反而起了八卦的心思："听说秦少特地来剧组看她，一大早任冰雪就不见人，他们都说她陪秦少吃早饭去了。但是也没人敢说。"刘姐"喊"了一声，"这些个年轻人，不走正途，想要走得远，恐怕难。"

苏菱环视一圈，果然不少人在窃窃私语，多半就是在讨论任冰雪抱上了大腿的事。

她有些无言，这算是她的身份和任冰雪对调了吗？上辈子恐怕自己就是舆论的飓风中心。她向刘姐道了谢，心里记下了。

果然，任冰雪下午才来。她来的时候还有专人给她打伞，助理给她拎着包。三线明星一瞬成了一线的架势。

万白白勾唇冷笑了一下。这时候倒是有几分冷美人的感觉了。

苏菱在屋檐下背台词，万白白走过去问她："你今天和她有对手戏？"

她抬起脸，一张小脸瓷白，看见万白白时露出笑意："嗯。"

万白白大致看了剧本，皱了皱眉："这一场是九里去教训阮黛吧？"剧本是从女主还没重生开始拍的，女主前世是个大家庶女，把她害死，阮黛也有份。

于是女主的小师妹九里直接把人掳了，想给女主报仇。

所以阮黛吃苦是难免的。今天这么一出，任冰雪的身价瞬间变得难以估量，人一旦心傲了，和她对戏的饰九里的演员很容易得罪她。

万白白说："你借位的时候小心一点，不要碰到她了。"

"谢谢万影后，我会小心的。"

万白白嗔道："什么影后哇，喊白白。也不要喊万姐，显老。"

苏菱轻轻笑，心里安宁温暖："白白。"

"欸——，我罩你。"

苏菱去换了衣服，她演的九里一袭白色古装轻纱，连鞋子都是雪白的，脚踝上用红绳系了铃铛，这身装扮简直灵气逼人。

唯一让苏菱不自在的是，没有袜子。

九里在山里跟着师父青玄子长大，于世俗规矩不了解，属于小时候光着脚丫满山跑的设定。

苏菱叹口气，好歹有双鞋，这也不是什么大问题。

她背了一上午台词，把这段戏里九里的台词都记了下来。苏菱对演九里十分期待，这个人设很讨喜，强大的武力和天真的性格形成了很大的反差，要是真能演好，她就可以还债，好好照顾外婆了。

灯光、道具都就位了以后，文导打了个手势："开始！"

九里背着剑摸进丞相府，她是钻狗洞进去的。阮黛在闺房读信，脸上挂着冷笑："可算死了。"

九里潜伏在房顶，脸上露出怒色，她咬牙看着阮黛："果然是个坏蛋，好，第一个就拿你开刀。"她从房顶一跃而下，一记手刀劈了下去。

阮黛立马晕了，九里把人掳至山谷。

九里坐在树上，等待阮黛苏醒，以质问她师姐被害的真相。

她毕竟才十五岁，表情愤愤，手里拿了个果子啃，脚丫不停晃动。

阮黛睁开眼睛，然后目光扫过某一个点，呆住了。

文导赶紧喊："停！"

任冰雪忙说："不好意思，刚刚状态不好。"

文导不知道上午的传闻是真是假，因此此时也不太好斥责任冰雪，只能挥挥手："再来吧，没问题吗？"

树上的苏菱点头，任冰雪也点头。任冰雪目光飘忽，最后落在了剧组旁边大摇大摆坐着的男人身上。

秦少来了？

他的目光冷淡，看向她们这边。

而苏菱背对着他，没有看见。

任冰雪很激动，心想一定要好好演！秦少在看她呢！

秦骁离得很近，亏得他不爱学习，视力好得没法说。他的目光越过地上狼狈趴着的阮黛，看向树上啃果子的少女。

临近七月，山谷中云雾萦绕，瀑布叮咚。

她白色的纱衣垂下，纤细精致的脚踝露出来，上面系了两个铃铛。

风一吹，叮玲作响。

山谷中的流水只是涓涓细流，剧组后期会加效果。

但这地方是真的美，虽然是下午，远处还能看到朦胧的云雾。

苏菱坐在上风口，她身上的轻纱被微风吹得轻舞。

相对而言，任冰雪心里就要骂娘了。

这部电视剧里，不管是哪个场次，阮黛的形象都是个高贵光鲜的美人，唯独这第一场，阮黛狼狈得可怜。为了剧情效果，她头上的步摇散乱，发髻还垂下了发丝。

任冰雪一想到旁边坐着的男人，心里就恨得牙痒痒，还伴随着几分紧张。

剧组都在传她抱上了秦少的大腿，但是只有她知道，一个上午，他都没看过她几眼。

他看着两枚硬币，脸上的表情很可怕。

"演阮黛的？"

"是。"她连忙扯出笑容。

"坐那里。"

然后再无二话。

任冰雪真怕那是和秦少最后一次见面，这个男人手腕有多硬暂且不提，长相却是俊美无俦。要是真能搭上线，那得有多少资源！下午来剧组时任冰雪就尝到了好处，哪个不是对她恭恭敬敬的？

因此此时她心念一转，这场戏她必须得好好表现。

她看向和她对戏的新人苏菱。任冰雪演技其实不错，她一进入状态，眼神就不一样了。

苏菱一直在注意调整状态，入戏也很快。

"你说，是不是你害了我师姐？"

阮黛惊恐地看着她，疑惑道："你在说什么？这里又是哪里？"

"坏女人，你休想骗我！你刚刚在房里说的话我都听见了，这信也在我手上，你说实话，还有谁害了我师姐？"

阮黛看见她手上的信，脸色变了变，但是旋即想到信上什么都写得清清楚楚，但这小丫头还来问，难道是……她不识字？

阮黛隐去眼里的笑意，面上茫然道："那信只是我家大哥问我在府中是否安好，怎么会害人？"

九里皱眉，把信纸摊开。对她而言这是天书，她看不懂写了些什么。

但她看人很厉害。她眼珠子一转，剑鞘落在阮黛肩上："撒谎！"

这段是近景，没法借位，苏菱小心控制着力道，怕把任冰雪砸疼。

她起势看着力道重，但是落下之前就卸了力，任冰雪肯定不会疼。

但由于九里佩带黑色重剑，那道具剑看着恐怖。任冰雪一想到面前是个新人！新人！——她才不信新人会什么技巧，眼里就染上惊愤之色。这新人到底会不会演戏？这么一砸下去，她肩膀都得废。

她却没有想过，九里这个武力超强的人设，力道看起来不可能是软绵绵的。

任冰雪仗着旁边秦骁在看，心想她正好可以让他心疼一把。

于是她顺着那剑鞘的来势往旁边倒。苏菱惊住，她弄疼任冰雪了吗？苏菱连忙收回剑鞘，她反应快，任冰雪咬牙——苏菱及时撤剑岂不是显得很假？

她索性装作扭了脚，往前一扑，结果没控制好力道，刚好碰到了树上的苏菱的鞋。

整个剧组都呆住了……

任冰雪她……把人家的绣花鞋拽下来了。

山风温和，苏菱脚上一凉，她脑子也空白了一瞬。后知后觉地记起自己饰演的九里没有穿袜子。

文导反应过来，连忙喊停。

苏菱还在树上，吊着威亚。她茫然地低头看了一眼，一只鞋还在，另一只……精致白皙的脚露在外面，脚踝上系了一个铃铛，红绳如血，妖艳靡丽。

要命的是，山风呼呼吹，铃铛又响了。

那只脚凉飕飕的，她蜷了蜷脚趾。这事太突然，苏菱还没想好怎么办，就听见文导惊呼了一声："秦少？快拿纸巾和冷水来。"

有那么一瞬间，苏菱脑海里仿佛劈下一道惊雷。但此刻没人管她，都跑去拿冷水了。

苏菱呆呆地顺着他们慌乱躁动的地方看过去。

秦骁捂着鼻子，脸色阴沉。

秦骁也不看她。文导递过去纸巾，秦骁擦干净，文导心惊胆战："秦少没事吧，要不要让医生来看看？"

秦骁在冷水里洗干净手指，嗓音略哑："不用，上火而已。"

血色在水中漾开。

他用尽了所有的意志力，才能不抬起头往旁边树上看。

那只玉足……他……他脑子里也是乱糟糟的。秦骁的喉结滚了滚，身边一股香风飘过来，任冰雪冲周围的人说："毛巾呢？还不拿毛巾过来！"

她也不顾自己的膝盖被石子硌疼了，这时候什么最重要，她清楚得很。

　　秦骁接过毛巾，矜贵地把手擦干净。

　　任冰雪离得近，发现他的目光固定在某一处，她顺着男人的眼神看过去，看见了自己刚刚摔倒的地方。

　　她自己爬起来了，所以那里只剩一只可怜巴巴的白色绣花鞋。

　　几乎没人想起还在树上吊着的苏菱，最后还是女主角万白白气得咬牙："你们倒是把我的小九里放下来呀！"

　　树上的苏菱脸颊红了个透彻。

　　完了……她心想，肯定完了。

　　苏菱下地的第一件事，就是穿好鞋子。她咬牙，强忍住心里的不安。不要慌……不要慌……

　　可是她一想起秦骁，眼泪就在眼眶里打转。太可怕了。

　　万白白问她："你怎么样？"

　　苏菱脸色绯红："没事。"

　　大家都围在秦骁身边，她默默地往万白白身后缩了缩。

　　秦骁抬头，刚好就看见了这一幕。

　　他冷笑了一声。

　　亲近谁都不会亲近他呀。厉害得很。

　　刚刚那样的意外，对谁而言都是一件小事。除了一个人——秦骁。那场景对他产生的视觉冲击力堪称剧烈。秦骁把毛巾扔进水里，眼里的几分戾气掩盖得很好。

　　任冰雪见他没事，才想起刚刚那么一出是自己受了委屈。

　　她捂住肩膀，一脸难受。

　　任冰雪这副样子，是个人都能看出不妥了。她的经纪人听说秦骁的事早赶过来了，连忙问："冰雪你受伤了？"

　　任冰雪咬唇，勉强露出笑意："还好。"

　　经纪人没说话，她到底老到一些，也是科班出身，刚刚苏菱卸了力她看得清清楚楚。任冰雪不会受什么伤。

但是助理还年轻，这时候就暴躁了："苏小姐，演戏是演戏，你怎么真的下狠手？"

所有人的目光都看向了苏菱，心想这新人也是惨，撞在风口浪尖上了。

文导其实是懵的，所以任冰雪和苏菱……谁才是那位秦少要护的人？贵圈太复杂，文导也是老滑头了，没有轻举妄动。要说公道的话，他自然是站在苏菱那边的。

小姑娘年纪轻轻，演戏却很有天赋，入戏快，揣摩人物性格到位，也肯努力——中午吃饭的时候，她的剧本都没有离手。

刚刚录制的时候，文导没有喊停，是因为苏菱的表演并没有出错。

这时候文导看秦骁，秦骁神色平静，也和众人一起看向苏菱。

苏菱知道自己没有伤到任冰雪，但是任冰雪摔倒是事实，她的剑鞘落在她肩上也是事实。她脸色白了白，给任冰雪道歉："对不起，任小姐，是我不好。"但是她不愿意背"心思歹毒"这样的名声，于是声音清晰地为自己辩解："我落下剑鞘的时候，有控制力道，那是道具剑，并不重，不会砸疼任小姐的。"

秦骁一直没有表态，苏菱身穿白衣白裙站在万白白身边，神色虽有不安，但更多的是无畏和坦荡，她瞳孔漆黑。

任冰雪心中有几分忐忑，但是开弓没有回头箭。她昨天见到苏菱时，也是分外惊艳的：十九岁的少女，杏目纯净，樱唇嫣红，笑起来天真又喜人，虽然穿着朴素，但是一张脸蛋就几乎盖过了她们这些主演的风光。再长两年，那还得了？

而且九里和阮黛不一样，九里本就是个招人喜欢的角色，而阮黛稍有差池，就会被观众骂得狗血喷头。

任冰雪本来也无意对付苏菱，但是刚刚那件事，如果不是苏菱歹毒，就只能是她心思深沉。

任冰雪很快做了决定。她比唐薇薇这种学生要聪明多了，她不攻击苏菱，只揉了揉膝盖："我没什么大事，苏小姐第一次演戏嘛，出现意外很正常。剧组有酒精吗？先帮我消下毒。"

她一番话把苏菱说得无言可对。

因为刚刚那个场景，除了她们本人，谁也不清楚苏菱到底有没有用力。

哪怕卸了力道，疼不疼却还是任冰雪说了算。

众人看她们的眼神很微妙，万白白"呵呵"冷笑两声："你倒是说清楚哇，你这么一番不明不白的话，怎么搞得像苏菱故意似的。"

她们吵得厉害，但任冰雪知道这事最后还是秦骁说了算。

苏菱也知道这个道理，但是这会儿她心虚慌乱，满脑子都是刚刚任冰雪把她鞋子拽下来的场景，根本不敢看秦骁。

她不敢看，任冰雪却敢，她面带隐忍的委屈之色望着秦骁。

秦骁嘴里一股子血腥味。

这会儿还没到七月，他的心火却烧得旺。

他瞥一眼那头低着头的少女，她和万白白站在一起，万白白就像一只护犊子的母鸡。这在他眼里分外可笑，如果他想动苏菱的话，万白白护得住？

"苏小姐。"他嗓音懒洋洋的。

那边的少女抬起头，眼睛水润纯净，就是这样一双眼睛，昨晚面对他的柔情，露出的是极致的厌恶。

他言简意赅："好自为之。"

这句话语气极淡，但是个中意味已经很明显。

在场的都不是傻子，任冰雪眼里露出了喜意，她本来并不对秦骁会为她出头抱有期望，但就这么简单的四个字，秦骁对苏菱的恶意就分外明显了。

苏菱没有接话，她只是看着他和任冰雪。这要是一部电视剧，这一幕估计就是正派苏菱、万白白和反派秦骁、任冰雪的对决场面。

可惜万白白也是清娱旗下艺人，还没有出言对抗老板的勇气。

秦骁冷冷笑一声，往苏菱裙子下摆看了一眼，转身走了。

他一走，任冰雪就追了上去。

原本安安静静的剧组瞬间小声交流起来，目光不住往苏菱身上瞥，约莫都在猜测这个还没出道就要面临封杀的新人接下来将要面对什么。

甚至有人在猜谁会接替出演九里这个角色了。

万白白气得想笑。她比苏菱高半个头，此时手臂搭在她肩膀上："走，去喝下午茶。"

文导瞪了她一眼："喝什么喝，你和沈逸还有戏份呢，拍完再说。"

万白白嘴角抽了抽，不情不愿地留了下来。她尚且意难平，被冤枉的苏菱心里更不好受。

群众中就算有一部分眼睛雪亮，但也总有一部分喜欢吹捧人与贬损人。

万白白真心喜欢这个小姑娘，面对如今这个情况怕她被欺负，于是把她拉到一边："你有经纪人和助理没有？"

苏菱摇头。

万白白愣了愣，没有经纪人和助理，那就是没有签约，没有签约是怎么拿到九里的角色的？

她沉吟了一下，也不多问："那你待会儿跟着小吴，等我一下，我总觉得这事不会那么快就完。"她招招手让小吴过来："你带一下苏菱。"

小吴是她的助理，自然满口答应。

苏菱点点头，她垂下眼睛的时候，眼睫沾上了泪水。万白白是她重新开始以来，除了云布，第一个对她这么好的人。

她跟着外婆孤苦惯了，受得起别人的欺辱，却受不住这样的恩德。别人但凡对她好一点，她总惦记着加倍回报。

夜戏拍到了九点，万白白让等，苏菱也就一直等着她。

万白白演技出色，苏菱边看边学。小吴笑了："万姐演得挺好吧？"

少女点头，眸子里都是笑，含着晶亮的光，让小吴都看呆了。她啧啧两声，心里突然有个龌龊的念头，要是苏菱去勾引一下秦骁，也就没任冰雪什么事了。

随后小吴失笑地摇摇头，她这是想什么呢。

然而万白白的预感竟然灵了！

她才拍完戏，就听见周围在小声议论着什么。

小吴过来："万姐，你看微博头条。"

万白白点开手机，热搜第一的标题分外醒目：《十二年风尘》剧组今日开拍，演员内斗。

往下一拉——

> 新人打女配，下手毫不留情……
> 小花任冰雪拍戏受伤，竟是新人恶意殴打……

条条都是针对苏菱的，此时任冰雪的粉丝已经骂开了锅，扬言要人肉搜索那个"新人"，为他们的偶像任冰雪出一口气。

那头条上还有照片，只不过拍得很模糊，苏菱和任冰雪两个人的脸都看不清楚。

万白白看一眼苏菱，她正坐在椅子上，安安静静地滑着手机屏幕。

这会儿夜幕降临，她一个人，没开始红就被黑成这样，周围的人对她退避三尺。她还穿着剧组的衣服，看着孤独无依，仿佛这样的孤单，她一个人已经尝了很久很久。

万白白看得难受，拍了拍她的肩膀，安慰道："别难过呀。网友们就是这样，隔着一条线，辨不清真假，容易被舆论引导。我帮你查一查，然后我们官博做一个澄清，这件事很快就能平息下来了。"

苏菱抬起头，万白白才看到她神色平静，她笑得很真诚："谢谢白白。"

万白白倒是愣了愣，苏菱这淡定的心态，仿佛不似一个十九岁的少女。

"你不怕？"

苏菱说："怕的。"只是习惯了而已，前世被人说爬床，是她最阴暗的一段日子，但她还是熬过来了。

她早就明白，只要好好活着，心中无阴雨，便什么都会晴朗起来。

首先自己要看得开。

万白白想了想，给她出主意："热搜这事不知道是谁干的，我同你说实话吧，要是剧组其他人还好，但要是秦少，那就真没什么办法了，压都压不下去。你要想在娱乐圈混下去，还是不能得罪这个人。秦少吧，我听说他虽然脾气不好，人却不是个小气的，要不我带你去给他赔个罪？他总也不可能和你一个小姑娘计较。"

苏菱："……"这真是她听过的最馊的主意。

万白白越想越觉得能成，秦少是什么人哪，不至于死抓着这点小事不放吧！任冰雪那女人死要面子，为了维持形象，也不会死死紧咬。

万白白摩拳擦掌，这肯定能成！她虽然有点怕老板，但是更心疼苏菱。她是个"大女子主义"的女人，当即拍板。

"小九里，我们走！"

苏菱："……"她张了张嘴，待要反驳，万白白眼睛又是一亮。

"哎，先打听下他喜欢什么，咱们有点准备再去，不至于被轰出来。"

"……"苏菱原本心态还好，听完这句话，眼前一黑，心态彻底崩了。

苏菱拒绝了她。

万白白："你是不是害怕呀？别害怕，我陪着你去。"

"不是……"

"那是为什么？"

苏菱说不出来，她和秦骁的关系太复杂了，已经超出了万白白能想象的一切。

万白白饭都没吃，拉着苏菱就走。她是个风风火火的行动派，开始打听秦骁喜欢些什么。

她演戏七年，人脉颇广，但这时候竟然什么都没能打听出来。

万白白不可思议地呢喃："我的妈呀，竟然还有人什么都不喜欢，无欲无求吗？"

苏菱站在她身边，默不作声。

她已经换回了自己的连衣裙，心里叹了口气，对万白白说："我们回去吧。"

"不行！老娘就不信了，死马当活马医吧，先去说点软话。"万白白能有今天这个地位，不靠金主，自然有舌灿莲花的口才。

苏菱心情很复杂，这件事明明与万白白无关，她却愿意为了自己奔走。苏菱心里很感动，却更怕连累万白白。

她突然有种心酸感，重新开始以来，她从来不去主动结交谁，是怕自己舍不下的东西越来越多。

之前外婆和舅舅一家人，就让她困在金丝笼里整整五年。

如今多了云布要保护，此时又将牵扯进来一个万白白。她惶然无措。

万白白转头冲她一笑："走，不要尿。这些气先忍着，卧薪尝胆，等有朝一日，你成为影后，整死她任冰雪！"

苏菱没忍住，笑了出来。

她莫名心也定了。

舆论的事情必须解决，不说别的，单是在 L 市的外婆就不能受到任何伤害。

万白白有一点想得倒是不错：若是秦骁做的，他不松口，这件事只会愈演愈烈；若不是，让这件事平息下来就只是一句话的事。

然而珊瑚镇虽然名义上是个镇，却有山有水，背后还有广袤的树林。

她们还真不知道去哪里找人。

万白白打算先回酒店打听一下，没想到一去就看见了一个意料之外的熟人。

郭明岩刚刚启动他的跑车，就看见了苏菱和万白白。

他看见苏菱的时候还挺高兴，刚想打招呼，一看见苏菱身边的万白白就沉下了脸，二话不说就要开走。

万白白挑眉，一把打开副驾驶座的门坐了进去，还招呼苏菱："快上来。"

郭明岩炸了："你上来做什么，这是老子的车！"

万白白摸了一把他的胸口，嗔道："哎呀，郭少别那么小气嘛，大不了我给车费。"

郭明岩被她摸得毛骨悚然，跳脚道："小爷稀罕你那点钱吗，快滚下去！"他就是个嗓门大的纸老虎，万白白掏了掏耳朵："啊？您说什么？风太大我听不见。"

"……"

郭明岩最后还是把她们带到了珊瑚镇的西林。

据说西林曾经是皇帝围猎的地方，后来有商人在这里开发了一个马场。

郭明岩就是收到消息过来和秦骁赛马的。他们这群无所事事的纨绔子弟，在吃喝玩乐上很有一套。

兴许是觉得白天赛马不刺激，竟然晚上跑去赛马。

不仅郭明岩来了，万白白到场一看，嘿！好家伙，来了七八个人，全是上流圈子有头有脸的人物。

马场亮着高瓦数日光灯，但是地方太大，稍微隔远点看上去就是一片黑暗。

这群人骑在马上，一副玩命的架势。

郭明岩才去，那群人就调笑："哟，郭少就是特别呀，还带了两个美人。"

"滚滚滚！"

苏菱觉得不好意思，万白白却做了一个飞吻的动作，引得男人们哈哈大笑。也有人认得她，毕竟是明星。

他们都在笑，秦骁却不笑，他戴了头盔，一双凌厉狭长的眼睛露在外面，最后落在苏菱身上。

他气质有些懒散，但是一身黑色骑装又分外帅气。

郭明岩去换好衣服，人就齐了。

有人说："赌什么？"

"随便一辆车。"

"小气。"

"秦少，你说赌什么？"

秦骁心烦："随便。"

众人争执不下，最后决定赌东城那块地皮。三千万的价值，随口付诸一个赌约上。

任冰雪踏着小碎步过来："秦少，祝你好运！"

男人们起哄吹口哨："来个幸运吻哪，美女。"

他们站的这片是空地，灯光还挺亮的，任冰雪抿着唇笑，看向秦骁的目光带着期许。

秦骁坐在马上，眼神冷淡，动都没有动。

任冰雪有些尴尬。

万白白憋住笑，然后故意起哄调戏郭明岩："郭少，郭少哎——，要我给你个幸运之吻不？"

郭明岩恨不得用马蹄子踩死这个女人！

这时候裁判抬起了手，示意大家准备，让苏菱她们也退远一点看。

秦骁扫了苏菱一眼。

她莫名有点不安，往后退了几步。

他半张脸在头盔之中，嗤笑了一声，那气质带着三分野性，有些骇人。

裁判一声口哨，九匹骏马同时冲出，马蹄嗒嗒地敲击着地面，这场面挺震撼。苏菱没有见过秦骁赛马，她知道他会很多东西，但是秦骁把她保护得密不透风，和她在一起后就不玩这类游戏了。

说来也是奇怪，她虽从心里对他抵触，但是不得不承认，九人之中，他尤其夺目。

秦骁骑术很好，转眼他就到了众人前面。

西林很大，由于一旁是树林，晚上又偏冷。这会儿呼呼吹起了风。

他们的身影转眼不见。

他们玩得野，比赛圈子是半片划出来的林子。

估计也得二十多分钟才能结束，但是第八分钟，裁判要放松一下的时候，远处一人目光似燃着沉郁的暗火，驾马折返了回来。

他速度很快，转眼就到了他们这边。

而此刻他们都在围栏之内！

裁判："……"他看清马上的男人，秦少难道疯了吗？

"快退开，赶紧退开！"

秦骁微微俯着身子。

心中那股强烈的不甘快把他燃烧殆尽，他抿着唇，目光冷厉。直直驾马冲进人群中间，任冰雪尖叫出声。

秦骁弯下身子，减慢了速度，一把将苏菱抱上了马。

这动作和臂力！裁判被这疯子吓得腿抖。

当事人苏菱直接吓蒙了。

她坐在秦骁身前，耳畔是他有力激烈的心跳声。秦骁一声不吭，猛然一踢马腹。

苏菱是侧坐的，寒风刮过来，她的世界简直在侧着运转。

她没忍住，叫了一声。

有那么一刻，她竟然有种秦骁要带着她殉情的错觉。

但是她不想死，男人呼出的气体灼热，是她唯一能感受到的温度。她死死抱着他的腰，整个人都埋在他的怀里。

好半晌她才抖着嗓音求他："秦……秦骁……你快……快停下来。"

他哼笑了一声。

嘴角勾出的弧度锐利，他感觉她紧紧抱着自己，他一手牵着缰绳，另一只手空出来，死死搂着她的腰。

有种想把她揉进身体里的冲动。

苏菱眼泪都吓出来了："你快停下呀！"

他的声音被风割裂，透着三分冷："你不是讨厌我得很吗？"

她都要死了，哪里还顾得上这些？她嘤嘤呜呜地哭："不讨厌了，以后都不讨厌了。"苏菱感觉下一刻就会掉下去，死亡有多可怕，经历过的人永远不想来第二回。

他信了才有鬼。

只怕她以后得恨死他了。

反正都讨厌，不如更讨厌一点。他这样狠心一想，觉得自己诚然就是个变态。

他用理智冷静的声音命令她："说你喜欢我。"

苏菱呜咽："喜……喜欢你。"

他勾唇。

哟，来软的不如来硬的，瞧瞧现在多乖。真动听。

夜风微冷，他放慢了速度，把自己的头盔解下来套在她头上。他是个不怕死的，苏菱吓得全身没了力气，只能任由他折腾。

他在她冰冷的头盔上印下一吻。

"苏菱。"

她哆哆嗦嗦，应话都不敢了。

他也不需要她应："抱紧点。"

然后他依次解下自己的护腕、护膝，单手给她穿上。这套骑装的保护设置是自动按钮，一贴合她的身体，就自动扣合了。

他总算笑了："你把我的命拿去吧，反正现在老子什么都给你了。"心也早给你了，可惜你嫌弃。

苏菱哪里听得清楚他在说什么，脑子都是木的。

好半天才察觉马速慢了一点，她从喉咙里艰难地挤出几个字："我们……我们下去好不好？"

他轻笑一声："不行哟，下去你就不认人了。"

苏菱和他同归于尽的心都有了，她好想弄死这个混账啊。

他沉默片刻，眼里带着奇异晦涩的光："也不是不可以。"

苏菱感受到他的呼吸频率变了，有些急促。

她知道他要谈条件了，一时也非常紧张。

此刻空蒙夜色中，苍穹无尽，墨蓝色的天浩瀚渺渺。夜风吹起她的发，拂在他的手背上，勾勒出难以自控的痒意。

他的喉结动了动，然后苏菱听见他说："脚给我摸一下。"

万白白想着刚才那一幕，整个人都不好了。她结结巴巴地开口："秦少……疯了吗？"

她把在场所有人的心思说出来了。

任冰雪的脸色忽红忽白，她才是最没预料到的那一个，此时正抓心挠肝地难受。她咬牙道："你别胡说，秦少只是想给我出口气。"

万白白笑喷了："这个理由找得妙哇，我仿佛看见一万只孔雀同时在开屏。呀呀呀，眼睛都给我闪瞎了。"

她的讥讽让任冰雪脸都绿了。

万白白有实力，但任冰雪在娱乐圈也不是什么毫无名气的人，当下也不客气地回复。

两个女人就这么叽叽喳喳吵起来，裁判拉不住，也不敢拉。

又过了一会儿，八个男人陆陆续续回来了。

然后等了好一会儿，八人面面相觑道："骁哥呢？"

郭明岩得了第一正得意呢，闻言也抬头去看，日光灯只照亮了方寸之地，往远处看，一个人影子都没看见。

郭明岩挠头："坠马了？出事了？"

众人闻言非常无语。

郭明岩跳起来："找人哪！"

万白白觉得一言难尽："郭少，你这嘴巴……咒人蛮厉害呀。"她想起苏菱还和秦骁在一起呢，一时也不和任冰雪吵了，连忙问工作人员："你们能找到人吗？"

工作人员也是一头冷汗，想起马场内完善的安保措施，赶紧说："我们马上派人去找。"

然而还不用他们找，秦骁就和苏菱回来了。

他的马不要了。

苏菱身上那套骑装他也给扔空地上了——明早清场的时候会有工作人员收回来。

他抱着苏菱慢悠悠走回来，眼里含着笑，抱着她毫不费力。

一众围观人员都看不太明白状况，只有郭明岩委屈地想：我就知道，我就知道！他拿了第一也不高兴了。

苏菱腿软得厉害。她整个人都没了力气，快被吓死了。

她的脚也疼，这混账还把她的袜子给穿反了。夜色中他看不见，但是她穿着不舒服。

她又羞又气，想哭却生生憋住了。

秦骁扫这群男人一眼，他们都让了路。秦骁把苏菱放在柔软的座位上。

身后那群男人吹了个口哨，调侃道："秦少第一次输哇，这是怎么了？状态不好？"

秦骁弯了弯唇，竟承认了："嗯。"

郭明岩咬牙切齿："东城地产！"

秦骁哼笑了一声："回头给你。"

万白白看得头皮发麻，但人是她硬拉来的，她真怕苏菱出事。而且看苏菱这模样也是吓坏了，她睫毛上挂着泪珠子，眼角微红。

万白白赶紧坐到她身边："菱菱，你怎么样，没事吧？"

苏菱生怕自己一开口嗓音是抖的，她摇了摇头。

秦骁想笑，又忍住了。他倒了一杯热水回来喂她，她偏过头，看他的眼神非常不善。

他"啧"了声，把杯子塞到茫然的万白白手里："喂她喝。"

万白白嘴角一抽，觉得这个世界她快看不懂了，这什么情况啊？

她递到苏菱嘴边，苏菱自己捧了过来，一杯热水喝下去，她的心跳总算渐渐和缓，脸上也生出了红晕。这时秦骁已经带着一大堆男人出去了。

万白白眨了眨眼睛，觉得稀奇。她问苏菱："什么情况啊，秦少刚刚怎么回事，发生了什么？"

然后她看见苏菱耳尖都红了起来，少女用极其羞愤的语气说："我迟早要杀了他！"

万白白心想厉害呀，但是你还是先站得起来再说。

西林马场那一幕，让万白白、任冰雪都感觉有点微妙。

两个女人都不傻，要说秦骁不认识苏菱，那肯定是假的。

七八个无所事事的纨绔子弟第二天走了一大半，毕竟每个人都有自己的事要忙。郭明岩像萎蔫的小白菜，第二天中午才起，万白白一身酒红色的旗袍，靠在他门边笑得妖娆。

郭明岩被她笑得虎躯一震："你……你想干吗？"

万白白说："哎呀，你怕什么？"

郭明岩汗毛都快竖起来了。

"秦少先前认识菱菱吧？"

郭明岩闭紧了嘴，用眼锋看她，一副"你问我什么我都不会说，你死了这条心吧"的样子。

万白白咯咯笑："你不说我也知道，我又不瞎。我只是想让郭少带个话，让秦少有空刷刷微博，看看孔雀怎么开屏。"

郭明岩智商不达标，完全无法理解万白白在说什么："啊？孔雀？"

万白白却不再多说，她自己撑着伞哼着歌走了。

苏菱还在剧组背台词呢。

昨天下午的"打人事件"传得沸沸扬扬，她俨然就是众矢之的。哪怕剧组挺多人蛮喜欢她的，这时候也不敢擅自搭腔。

万白白心情很好，她现在有种老子的人抱上了金大腿真牛的感觉，关键是今早上对戏，任冰雪失误十来次让她心情更愉悦。

她过去就把苏菱可爱的头发一通乱揉："我家小九里真有本事呀。"

苏菱抬起头，她昨晚受了惊吓，脸色很差，好在一会儿会上妆，应该也不太看得出来。

她对喜欢的人都是很放任而温柔的，万白白要捏捏揉揉，她就老老实实让她揉。

万白白心都要化了，她觉得自己简直捡了个宝。

苏菱背台词，万白白就在一旁刷微博。

苏菱记起下午还有万白白的戏份，于是问她："白白，你不背下午的台词吗？"

万白白笑道："我记忆力不错，看两遍一般就能记下来。"

苏菱眼里生出敬佩和羡慕，她比较笨，要背很久的。

万白白失笑，其实苏菱不知道她自己多有天赋。她把九里这个角色演得灵气逼人。等着看吧，这部剧播出来就知道了。

万白白翻了翻，然后发现昨天那些舆论都没了。

清娱集团官方还发了说明——

经查实，昨日《十二年风尘》事件纯属恶意捏造，那只是两个演员在正常对戏，造谣者已被追查，将追究法律责任。

任冰雪没一会儿也转了。

万白白昨晚就猜到这事不是秦骁做的，但没想到竟然这么快就解决了。还是大佬厉害呀。

她没控制住好奇心："菱菱。"

少女回应："嗯？"

"你和秦少，昨晚在西林，发生什么了？"他没道理心情好成那样吧。

苏菱握紧了拳，脸上的绯红蔓延至了耳尖。饶是脾气再好，她也快要炸毛。她恨死那浑蛋了！谁也不许再提西林！

下午秦骁一行人要回 B 市，秦骁与郭明岩不同，他手里捏了半个秦氏的企业。

他做了一宿梦。

醒来口干舌燥，他脾气就不太好。

下面一群男人等他开饭，打算吃完了就回去。他们在二楼包间，剧组众人在一楼大厅。

见秦骁下来，众人一阵调笑，他们还记得昨晚秦少怀里抱了个美人。

段齐玉笑道："骁哥昨晚抱的谁呢？马也不要了，装备也没了。"

有人接话："大致看了几眼，长得贼漂亮啊，年龄还不大吧？"

秦骁抿着唇，眼神冷了下来，盯在谁身上，都跟落了把刀子似的。

那几人和他到底有些交情，连忙住嘴。他们也不知道自己哪里说错了，往常讨论这些的时候，秦骁就坐一旁抽烟，嘴角似笑非笑，跟个没事人一样。

这回却都不敢调笑。

唯有一个人撞在了枪口上。

楚振和秦骁关系不太好，他家没秦骁家有钱，但是有势。他今年刚好三十，在圈子里也是响当当的人物。

楚振最恨的就是这种所有人都憷了秦骁的样子。

"一个情妇而已，秦少犯得着这么小气吗，带出来和大家玩玩呗？"

他笑着挑眉，"玩玩"两个字咬得极其轻佻。

楚振的私人圈子里，和朋友一起玩女人是常有的事。除了生意往来，秦骁素来看不上他们这帮人，楚振自然也看不惯秦骁。

楚振此言一出，郭明岩立马变了脸色，心惊肉跳，总觉得要糟。

郭明岩和秦骁一起从小玩到大，虽然有时傻了点，但是对秦骁的反应极其敏感，当即冲过去拉住秦骁："骁哥你冷静一点，楚振就是嘴贱。"

但他那白斩鸡身材怎么拉得住从小浑到大的秦骁？

等他追过来，秦骁已经把楚振嘴角都打出了血。

秦骁一拳又一拳地砸："玩？老子陪你玩，看看你有几条命玩！"

楚振被他压着打，开始是痛，后来不甘，血性上来了，他摸到桌角的红酒瓶，"哐当"一声冲着秦骁的脑袋砸下去。

鲜血顺着秦骁的额角流下来，然而秦骁疯得更厉害，他眼里一片森冷漆黑，也不管伤口，抓着楚振的头发就把他的脑袋往墙上撞。

旁人看得心惊肉跳，拉都拉不开。秦骁一副不把人弄死不罢休的样子。

郭明岩一个男人都要被急哭了，怎么拉呀这个，骁哥疯了吗？

楼上动静那么大，椅子被拉得嘎吱响，然后是酒瓶和盘子破碎的声音。

苏菱还捧着碗，听见声音怔了怔，下意识地抬头往上看了一眼。

工作人员急匆匆地往上赶。

旁人听见声音已经议论开了，都在猜测那帮人发生了什么事。

苏菱夹了一筷子鱼香茄子，稳稳当当坐着。她慢吞吞又乖巧地吃饭。

万白白看得好笑："你不好奇上面怎么啦？"

苏菱本来就比别人吃得慢，她嗓子眼小，大口了咽不下去。她得抓紧时间吃，免得别人等她，于是摇头："不好奇。"总之不可能和她有关系的。

她才这样想，郭明岩就扭扭捏捏出现在了电梯口，然后一脸踌躇地靠近一点，冲万白白打了个手势。

万白白双商高，竟然秒懂了他在说什么，她挑眉一笑，伸手比了一个五。

郭明岩气得要吐血。

五百万是吧，行行行。先救人。

万白白心想：五百万？傻货，是五千万。

但见他点头，万白白拉起苏菱："走，我们去上厕所。"

苏菱不太习惯和女生一起上厕所，云布和她都是各自去的，但是她知道别的女孩子似乎大多都有这种特殊"爱好"。

她放下筷子，乖乖陪着万白白去上厕所。

然后就看见了一脸急切的郭明岩。

苏菱："……"她有种不好的预感，糟糕的是，她的预感很准。

郭明岩忙道："苏菱啊，你上去瞅瞅呗？骁哥脑袋破了，还在狂流血。"他没说的是，那什么楚振，半条命都快没了。

她怔了怔，想起昨晚的事，摇头："我不去。"

郭明岩没想到她这么心狠，他急了："求你了成不，两条命呢！"

他神情焦急，不似作伪。苏菱沉默片刻，点点头。她原本不愿去，但突然想起断腿那年，秦骁蹲下身给她穿袜子的岁月。那么高傲、脾气坏得透顶的男人，在她面前蹲下身子，为她穿鞋穿袜，眉眼温柔。

她终究没有想象中那般恨他，只是不爱他罢了。

第六章
樱树下

　　他们上去的时候，情况已经控制住了，秦骁背对着他们，嘴角噙着冷笑，踢了一脚地上半死不活的楚振。

　　这辈子活了二十七年，干架就还没输给过谁。

　　苏菱靠在门边，往里面看了一眼，吓了一大跳："秦骁？"

　　男人背影僵了僵，他皱眉回过头。苏菱这才看清，他额头破了好大一条口子，鲜血流过眉骨、下颌，整个人都有几分狰狞。

　　她心里发怵。其实她单听别人说秦骁脾气多坏，自己却没有见过，因此对这方面畏惧感不强。今天却是第一次有了清晰的认知。

　　秦骁心里低咒了一句，他刚刚那样子着实可怖，不知道她看见了多少。他抬手抹了一把额上的血："你来做什么？"语气不善。

　　苏菱不知道怎么答："那我卜去了？"

　　秦骁气笑了："过来，给老子上药。"

　　一群男人才见了秦骁那副不要命的狠劲，这会儿有眼色得很，喊了救护车把楚振弄走了。里面就只留了苏菱、秦骁和郭明岩、万白白。

　　万白白一想舆论那事不会那么轻易过去，秦骁愿意帮苏菱一把是好的。她悄声跟郭明岩说："我们去算个账。"

　　五千万哪，赚大了。说不定郭明岩的私房钱、裤衩都得赔出来。

万白白心里高兴，顺手还把门带上了。

苏菱踟蹰不前，眼前的男人自己坐在椅子上翻工作人员留下的医药箱。他在学生时期不是什么好东西，因此处理伤口熟练得很："过来用棉签帮我消毒。"

苏菱看那伤口吓人，沉默着过去帮他清洗血迹。

她的手很轻，微微带着凉意，落在额头上，让他弯了弯唇："干什么呢，疼死了。"

他瞎说，苏菱却吓了一跳："是我碰到伤口了吗？"

他"嗯"了一声。

她连忙道歉："那我轻点。"

他眼里漾着笑补充："慢点哪。"

苏菱跟着外婆学过一点医，医者仁心她懂。她把血迹清理干净，看着半根指头长的伤口心里发怵："要不你还是去医院看看吧？"

秦骁浑不在意："绷带先绑一下。"

苏菱看着都疼，她给他绑绷带，他坐着，苏菱站着，他像在她怀里一样。他鼻尖除了血腥味，就是她身上浅淡的香，他不作声，悄悄闻了好一会儿。

苏菱问他："你为什么打人哪？"

他笑："你说呢？"

她猜不到，但他刚刚看起来，真的好凶。

秦骁漫不经心地说："我看不惯他呗。"他见她惊愕的眼，又勾起唇逗她："看不惯，心想弄死得了。"

苏菱怕他，后退了一步。

他笑一声，拉住她手臂："怕我呀？"

苏菱抖着嗓子："不……不怕。"她那模样可不是不怕。

他"啧"了一声："你别怕我呀，我死了都不动你，好不好？"

他哪里舍得呀，他碰都没怎么敢碰，楚振还敢轻辱。

他眼里带着笑意，把死说得太随意。苏菱低下头，眼睫垂下来，遮住了眼睛里的情绪："包好了，你还是去医院看看吧。"

秦骁不要脸，苏菱还是要的，西林的事她还在介意，事情做完了她就想走。

秦骁往她脚上看了一眼，大热天的，帆布鞋包得严实。他燥得慌。

他手指微动："我送你个礼物感谢你呗。"

苏菱说："我不要。"

她已经开门了，男人从后面绕过来，按住门把："不要不许走。"

她要被他霸道的行径气死了。

那也没什么办法，她小声妥协："那就要吧。"

语气勉强可怜极了，秦骁心跳加快，扬起嘴角："那等着，过两天我让人给你送过来。"

苏菱心想，他又不知道她收没收，即便收了，她之后还可以扔掉。

"你开门。"

秦骁笑："哟，这么凶？不放你走了信不信？"

她觉得委屈，哪里凶了？

他眼里含着笑意，很想说：苏菱，昨晚求饶那语气不错，你再喊一声呗，我就给你开门哪。

然而她估计得羞死。秦骁打开门，放她出去。她跑得飞快，一秒都不想和他多待的样子。

额上的伤拉扯着痛，他心里也被人拉拉扯扯。喜怒不由他。

他摸摸胸膛。

那颗心不安分，跳得狂野。

秦骁一行人走了以后，整个剧组的氛围都一松。

只有任冰雪不太甘心，快到手的金大腿飞了。她虽然怨苏菱，但也算个聪明人，到底不敢把气撒在苏菱身上。

先前舆论的事情还没完，官方和任冰雪本人出面澄清以后，还是有很多网友觉得任冰雪是受了委屈以后又被威胁了，纷纷为任冰雪抱不平。

任冰雪的粉丝们扬言要看看电视剧开播之日，扮演九里的是个怎么样的货色。好在言论一出来就被删除，没有掀起大浪。

苏菱在剧组的这段日子，是她重生以来最幸福平静的一段时光了。

秦骁不来找她，她就可以跟着前辈们磨炼演技。

后来有天晚上，秦骁给她发短信，说改主意了，礼物要亲自给她。他不提的话她根本不记得这件事，因此没有放在心上，也没有回他。

而秦骁自顾不暇——楚振可不是白白给他打的，很长一段时间都忙得焦头烂额。

其间苏菱往家里打过几次电话，外婆身体在好转，听说她在拍戏，只让她好好努力。

苏菱欲言又止，最终还是没把心里话说出口。

有一次是倪浩言接的电话，她就顺口问了声他报了什么专业。

倪浩言声音低沉了很多，反问她："你希望我报什么？"他考得很好，几乎学校和专业可以随便选。

她笑了："这是你自己的事情，当然得你喜欢。"

他喃喃道："我自己的事情……"顿了顿才告诉她："我报了计算机专业。"

这行业比较高端，苏菱由衷为他高兴。怎么也比之前的命运强，是不是？

至少这是他喜欢的路。

苏菱沉吟片刻，想起舅舅的事情："倪浩言，舅舅最近有很晚才回来吗？"

倪浩言像只嗅到了危机的小兽："你问这个做什么？"

苏菱不可能告诉他两百万赌债的事，于是说："担心他加班身体吃不消。"

倪浩言顿了顿："没有。"

苏菱松了口气。

倪浩言眯了眯眼睛，他骗了她。这段时间倪立国出行确实很不正常，很多次几天都不见人影。他说加班，田淑云和倪佳楠信，倪浩言可不信。

倪浩言怀疑倪立国出轨。

但是这事他自己会查，没必要告诉苏菱。

八月初，电视剧拍了一半，苏菱莫名有点不安。天气渐渐热起来，她和剧组的人相处近两个月，人缘倒是不错。

大家知道这小姑娘虽然嘴笨，可是做事很认真，不怕热也不怕苦。一演戏，天赋就表现出来了，她演戏很少失误，非常有灵气。文导说她是他见过的最省事的新人演员了。

大热天拍古装戏，苏菱常常热得汗流浃背。

苏菱皮肤白，天生基因挑得好，不容易晒黑。

然而时间越往后推，她心里就越不安。这种强烈的不安让她不再觉得是天气原因。苏菱开始思考，是不是有些事情发生了微妙的变动。

比如，一年后云布从威亚上掉下来，还有舅舅的赌债，有没有可能提前发生？

她一想到这两种可能性，就觉得心惊肉跳。

苏菱连忙给云布打了个电话，云布已经拍完戏回学校了，她含着冰棍儿含含糊糊地回苏菱："没有接戏呀，我上次那是运气好，怎么可能还有人找我拍戏？"

苏菱松了口气，叮嘱她："要是有的话，尽量接现代剧知道吗？"

"为什么呀？"

"威亚太危险了……我听说有个女演员出了事。"

云布摆摆手，大大咧咧道："那概率多小！"

苏菱沉默下来。是呀，概率多小？偏偏被云布碰上。可惜上辈子那时她腿断了，知晓云布出事的时候，云布已经下葬了。

云布是个不见棺材不落泪的性子，苏菱知道多说无益。她只能帮她注意。

而这时苏菱猛然意识到自己欠缺了什么！她太被动了，很少主动做过什么。倪浩言说没事，她就相信了没事。

万一这个时候舅舅已经开始走上歧途，那她就失了先机。

苏菱想回家一趟，可是又走不开。好在最热的八月中旬，剧组给放了假，休整两天再继续。

电视剧拍三十集，苏菱的片酬一共是八十万。和万白白他们不能比，但是她觉得已经很多了。

这时候她手里已经拿到三十万，剩下五十万拍完再结清。苏菱不再犹豫，当天就回了 L 市。

给她开门的是倪佳楠，倪佳楠跟趾高气扬的公鸡似的，从鼻孔里哼了一声："还有脸回来呀？上次不是厉害得很吗？还敢打……"

苏菱皱眉："我看看舅舅就走。"她心里担忧，也不会和倪佳楠计较，换鞋进了屋子，正好看见沙发上看电视的男人。

倪立国盯着屏幕，却心不在焉。他看的是足球频道，可是进球时也没任何表情波动，眼中充满惊惶忧虑。苏菱心中一沉："舅舅？"

倪立国被她吓了一跳："苏菱？你怎么回来了？"

苏菱不打算藏着掖着："你是不是接触了不好的人，还欠了人家钱？"

倪立国的脸色这下是真的变了。

"你胡说什么！"

不是疑惑，而是被点破的心虚和恼羞成怒。赌徒永远相信自己下一秒会赢回来，苏菱咬牙："你欠了多少？"她莫名有些恨，含辱伏低她做了，腿毁了，死在了寂寂的夜。可是他们明明好好活着，却在不断作践自己。

原来她不是不恨的，只是难过久了，又没人心疼，就习惯了自己忍受。

倪立国以往懦弱，现在却把眼睛瞪得铜铃大："无法无天了呀你，苏菱，我是你舅舅！"

她眼里盈了泪，这次只是倔强，却毫不退缩："你欠了多少？"

倪浩言穿着球衣开门，正好听见这句话。他把篮球一扔，脸上显出讽刺的神情："多少？他欠了八十万，可真是厉害。"

少年目光冷怒，对倪立国说："看我做什么？还让我别说出去？你早知道家会破碎，就不该干这些混账事。"

倪立国脸涨得青紫。倪浩言别开脸，他突然觉得这一切被苏菱看到以后尤为难受，仿佛他们这家人是腐烂堆里生出的蛆虫，一个更比一个不堪。

他前两天知道倪立国欠了一大笔赌债后，迷茫过，痛苦过，也想过解决办法，但这时候突然做出了决定，把门拉开："苏菱，你走吧。别来我家了。"

苏菱还没动，就看到门外拄着拐杖进来的人。

外婆穿着花布衣，把兜里的存折拿出来放在茶几上，布满皱纹的脸尤为平静："把淑云叫回来，跟她讲清楚吧。"

苏菱连忙扶着外婆："您怎么出院了？"

"没事，我再不回来，恐怕这个家就散了，横竖也活不了几年了，棺材本都在这里了。倪立国，你拿着。"

倪立国这才体味出山雨欲来的感觉。

田淑云回来以后，又哭又闹，还扬言要砍死倪立国这个不争气的。家里所有的钱都被他偷偷拿走了，除却这些，还欠了八十万，外婆存折里就七万块钱，哪里够还债？

苏菱看着他们一家子又哭又闹，心中觉得苍凉悲哀。

田淑云吵累了，转而看到了苏菱。

少女十九岁的年纪，眉眼清纯，像含苞的花。田淑云扑过去："小菱，你有办法的，是不是？上次妈做手术的钱就是你弄来的。你不是在演戏吗？演员的钱难道会少？你就当救救我们一家人，总不至于让你舅舅被抓去砍了手吧？"

两百万欠债在这个时候还只是八十万，然而每一个字仍然是要把她榨干。

八十万，也是她所有的片酬。

原本可以一部分拿来还秦骁，一部分给外婆养老。可是他们又生生把她推到了那条悬崖边上。

苏菱觉得身体冰冷得可怕，八月的夜，L市燥热喧嚣，她觉得累。这就是个填不满的无底洞。

苏菱摇头："我没有。"即便有，也不会再给。她不会为了他们把自己卖给秦骁，她扶起外婆："我们走吧。"

外婆闭上眼，语气近乎死寂："菱菱，你给他们吧。"

苏菱不可思议地看向外婆，老人眼里沁出泪："我这辈子，俏俏死后，也就只有倪立国这一个儿子了。"俏俏是于俏，苏菱的母亲。

苏菱觉得心里像被冰雪冻过似的。她不是个没有感情的提款机，她也是血肉之躯。

会自私，会痛，知冷暖，会心伤。

她从四岁开始就学着懂事听话，比所有小朋友都乖。不哭不闹，后来努力拿每一笔奖学金，在炎热的夏天拍戏。

她蹲下来，哽咽道："我不愿意。"她只想好好活着，有尊严地活着。她不能再管舅舅他们了，他们是无底洞，舅舅赌红了眼，始终相信自己能赢回来，还会继续有欠债，倪佳楠也永不满足。他们永远只会求她，抑或直接求秦骁。

她演戏的时候，舅舅悄悄赌钱，没有先机这回事，她根本无法扭转，防都防不住。就像他们贪婪的心，无法治愈。

只要他们发现她有赚钱的价值，就不只是八十万了。

外婆枯瘦的手放在她头发上，沉默着。痛苦不言而喻。

苏菱可以割舍，她却不可以。

田淑云一把将苏菱拉起来，搜她的身："妈都说了，你怎么这么没有孝心？"

苏菱红了眼睛，她甩开田淑云的手："我说我不愿意！"她前世只活了二十四年，今生也才活了十九年，这样的负担只会无穷无尽。

她咬唇，从倪浩言身边路过，走出去。

少年面无表情，他还替她开着门，一如之前跟她说的话——苏菱，你走吧。

热浪般的空气扑面而来，八月的夜，蝉鸣阵阵。

小区曲径通幽，路灯亮着微光，她背离两辈子的负担，一心想逃出那个可怕的桎梏。

然而依然觉得沉重，外婆，外婆怎么办？她感觉自己茕茕孑立，像再没了亲人一样。

苏菱难过得无以复加，最后实在是忍不住，走出他们的视线，蹲在花坛前号啕大哭。

秦骁汗流浃背地找来就看到她这副模样，这破地方他找了两个小时，一见到人还伤心成这样，他有点慌："苏菱。"

她哭得难过，也不管身边是谁。她谁都不想管了，谁都不想要。

她衣服沾了泥，哭声惊动了一楼的住户，旁边伸出脑袋来看热闹。秦骁凶恶劲上来了："你再给老子看！"

窗户猛然关上。

秦骁蹲下身，也不管她愿不愿意，一把抱起来就往外面走。

苏菱挣扎不过，一拳锤在他胸膛上，眼泪珠子往下淌："都怪你！都是你！"

他什么都不知道，然而还是柔了声音："怪我怪我，我的错。"

她呜呜哭，哭得喘不过气。好难过，她讨厌谁，谁就凑上来，她打他结果她还手痛！她太没用了。

秦骁不懂人间百味，也不会哄人，只觉得她这模样仍然好看，娇得叫人心软。他笑道："哭什么，谁欺负你，我弄死他好不好？"

苏菱更难过了。作为罪魁祸首之一，你有脸说这话？

沿途路灯昏暗，草丛里虫鸣阵阵。夏天的夜终于泛出一丝凉意，然而男人身上火热，她哭得也热。

苏菱用手背把眼泪擦干净。她冷静了一些，就觉得在他面前这样哭太丢人了。

"你放我下来。"她说话还带着鼻音，伸出手去推他。

"别闹。"他轻巧地抱着她，问她，"附近哪里有酒店？"

苏菱一听"酒店"两个字就用看坏人的眼神看他，闭紧了嘴不说话，挣扎着要下去。

秦骁把她放下来："苏菱，真没良心哪，好歹抱着你走了这么久，翻脸不认人了是吧？"

她今天胆子出奇地大，羞怒道："我又没让你抱。"

他眼里带着三分笑意："是我自己想抱，成不成？"

她心里还难过，不想理他，别过了脸。

秦骁下午去珊瑚镇，结果发现剧组放假，而苏菱回家了。苏菱拍戏签约的合同条款上有老家地址，他就直接找过来了，没想到她哭成那样。

可见这次真的伤了心。

苏菱隔着重重大楼和灯火，望着舅舅家的方向。

那里化成三两点微光，在黑暗里看不真切。

苏菱有些出神。

小时候外婆教她唱儿歌，背着她走山路，一起在院子里种下木棉。家里最穷的时候，外婆自己不吃也不会让她饿着。

可是外婆有时候对她又极其冷淡。她印象最深的一次，是她五岁那年，跌倒在院子里，手肘被石子磕破。她刚要哭，就看见外婆远远看过来的眼神，冷淡而无动于衷，像在看一个陌生人。

可是，片刻后她把苏菱抱起来，叹息着给小苏菱擦药。

外婆爱不爱她？苏菱以前以为是爱的，今生重来一辈子，她第一次有了相反的想法。

兴许是不爱的。

外婆从来没有告诉过她母亲于俏是怎么死的。

逝去的原因千万种，却有一种可能性很大——因为生了苏菱，所以于俏死了。

苏菱努力乖巧，让自己毫无棱角，只是希望有人爱她，不给外婆增加负担。她为此付出了二十四年的鲜活的生命。

此刻她浑身冰冷，那种可怕的可能性让她手足僵直。

有可能她一直珍爱的亲人，其实是恨着她的。

爱恨交织之下，她只是个被赶出来的陌生人。

苏菱抬头看向眼前这个男人："秦骁。"

他低头看她，眼里似散落漫天星辰："嗯？"

她把卡递过去："你别跟着我了。"里面是她所有的片酬，等拍完戏，剩下的钱也会打进去。她连本带利还完了。

秦骁不接。他气笑了，这是打发叫花子呢？

"老子稀罕这点钱？"

她垂头，沉默不语。

秦骁气得心肝疼，他忙了将近两个月才把楚振那个人的事料理完，结果一来找她就得了这么张卡。

他直接把人腾空抱起来，苏菱被他吓得惊呼一声："你做什么！"

他嗤笑："你说呢？"

苏菱又羞又气："秦骁！"

"怎么？听着呢。"

他一双铁臂抱得死紧，眯着眼辨识了一下周围的标志，就朝着一处走过去。

苏菱被他吓得把不愉快都忘了。

她惊得脑子发蒙，伸手拧他。男人肌肉精壮，她下了狠力气。秦骁脸色都没变，脚步也不停。这个男人忍疼厉害得很，两辈子加一起，苏菱都没见他为了疼吭过声。

她害怕了："我不和你一起，你放开。"

秦骁语调冷漠："晚了。"

苏菱四处望，可是附近漆黑，这么热的夏夜，散步的都回家吹空调了。只有这个疯子，不知道千里迢迢来做什么。

她开始心慌了，他强迫人很有一套。她见识过的，秦骁压根儿不懂得什么叫风度，他要是觉得爽，她就算是捅他一刀他也不会停。

但是让他妥协不是没有办法。

苏菱怕他来真的，咬了咬唇，轻声喊他："秦骁。"

她那调子娇娇软软，他挑了挑眉，低头去看怀里的人要闹什么幺蛾子。

苏菱羞红了脸，又喊他一声："秦骁。"

他喉结动了动，眸色漆黑："怎么，有话直说。"

她说："你别那样说话，我害怕。"

他眸中含着笑："我说什么了？"

苏菱复述不出来，她不看他的眼睛："我心里难过。"是真的难过，曾经以为自己只是在慢慢失去，现在才发现可能从未拥有。

这世间她唯一珍爱的，为此付出一切的，原来也许只是泡影。

秦骁心想：老子还难过呢。你别以为老子看不出来你就是在敷衍。

然而他的心软成一摊，手臂也松了松。算了，和她计较什么。

"苏菱。"

她抬头，他说："别难过。"谁也不配让你难过。

苏菱回不了舅舅家，只能在外面住下来。那一招确实好用，秦骁没怎么样她，开了两间房。

她手中有两条路：一条是帮舅舅还债，让外婆安心；另一条是拿到剩余的钱，还给秦骁，好好把大学读完。

前世她选了第一条，这辈子她选第二条。

她虽性子软，可是人总得有点长进。外婆若是需要，她会尽孝，那是把她养大，小时候给她穿衣喂饭的人。然而舅舅不可以，没有人活该被人驱使。

她想了一路，下了决心以后人轻快了许多。

苏菱算了一笔账，如果没有她手中这笔钱，舅舅和舅妈应该会选择卖掉房子。

房子能卖一百多万，剩下的钱能让倪浩言和倪佳楠读完大学。

即便不可以，苏菱也会想办法让倪浩言读书。

如果舅舅能争气，那个家总会慢慢好起来。他和舅妈都有工作，倪浩言和倪佳楠也已经长大。

她心情松快了许多，秦骁看了她一眼。

这时候她倒是有几分十九岁少女的朝气了。脸上的泪痕却还看得见几分，眼眶红红的，睫毛湿漉漉的。眼神却平和又轻软。

好容易受伤，又好容易痊愈。

好心软的模样，又分外心硬。

两人上楼时，她揉了揉眼睛，眼神蒙眬，想打哈欠又忍住了，忍得眼睛水汪汪的，显然很困了。秦骁才想起这是个生物钟定在九点睡觉的祖国花朵。

这时候快十一点了，她哭了一场，看起来不大清醒的模样。

她刷卡开门，连秦骁跟在她后面都没发现。

她要关门的时候，他闲闲伸出一只脚抵住了门。

苏菱眨了眨眼睛，反应迟钝地看他。

秦骁弯了弯唇，他没见过人越困越傻的："还认得我？"

她点点头："秦骁。"那眼里点出三分笑。

他不知缘由，却第一次见她含笑喊他名字。他胸腔里不安分的那颗心，被一只手紧紧握住，呼吸有些困难。

"你还记不记得，我说过要送你一个礼物。"

她眼神空滞，今天哭的那一场太痛快，现在只想好好睡一觉。她摇头，片刻又想起来了，点点头。

然后回答他："我不要的。"

"不要也得要。"

哪有人这样？她困得不行："那明天给吧？"

"现在。"

苏菱没办法，犹豫着点点头，朝他伸出手。

他笑了一声，拿出一个黑色的小盒子。盒子打开那一瞬，一条紫色的水晶链子映入她的瞳孔。

那条链子一看就价值不菲，在灯光映照下，流转着缕缕华光。

苏菱却立马变了脸色，困意消失得一干二净。

饶是苏菱再好的涵养，也想骂人。

这变态两世的审美一模一样。

那条脚链和以前她戴过的分毫不差。疯子！神经病！

她又气又恨，什么也顾不得了，抬手"砰"的一声就关了门。

秦骁被关在门外，原本带笑的眼沉寂了下去，他冷声道："开门。"

秦骁一天被她气了两次，眼神也发了狠："苏菱！"

少女死活不吭声。

好得很，直接把他关外面了，胆量真不错。

"我给你最后一次机会，开门。"

门那边的苏菱，咬紧了唇。她心想：你死心吧，死也不给你开门。要真把那东西戴上了，他忍得住才怪。

反正……反正她都死过一次了，大不了……大不了同归于尽。

她害怕又忐忑，但是到底勇敢了不少。没有什么羁绊，她就不必永远顺着他。那东西谁爱戴谁戴，反正她讨厌。

秦骁死死捏住那条链子。

他活了二十七年，想做的事往往不惜一切代价也要做，高中老师都心惊胆战地评价他，性子又野又狠。

关门是吧？他总有亲手给她戴上去的时候，戴不上去他不姓秦。

两人的僵持以苏菱暂时胜利告终——秦骁不可能砸门。

苏菱没了睡意，躺在床上的时候就在想那条紫水晶脚链。她记得那是腿断了半年以后，她腿骨恢复得差不多了，如果不去做复健，就在家看电视。

一部仙侠剧，里面有两张熟面孔，都是大学时的同学。

而那个时候的苏菱，辍学快三年，曾经能跳舞的腿，此时连走路都疼。

她看着电视发呆，良久却露出一抹笑意。笑容轻柔艳羡。

秦骁皱眉，手捂了捂心口。然后苏菱得到了五年中唯一的仁慈，他问她："你想回家？"

苏菱才看到他，她沉默了片刻，诚实地点点头。

他的手掌拂过她的发，带出无尽的疼惜和温柔："那就回去吧。"

可是那年倪佳楠已经嫁给了富二代，倪浩言大学还没毕业。舅舅和舅妈除了求秦骁的时候，几乎不会和她见面。外婆也已经去世了两年。

苏菱不知道哪里是自己的家。

她回到了自己长大的小村庄，村庄里还住了好几户人家，知道她是曾经的小苏菱，都非常高兴地给她打招呼。

房子还是瓦房，墙壁上爬满青苔，门前石子路蜿蜒。木棉花盛开，白色的蝴蝶翻飞。

秦骁没有跟来。

她觉得快乐，又有几分落寞。

自己慢吞吞地把房间打扫干净了，又用灶台做了一顿饭。

柜子里的被子受了潮，有些许气味。她想着等明早太阳出来了就晒晒。

当夜下起了雨，木棉树被雨点打得噼啪作响。外面又是打雷又是闪电，风雨交加。

苏菱躺了很久，最后慢吞吞下床，打开那扇木门。

在外面的男人愣了一瞬，雨点顺着他的额发滑下，瞳孔漆黑。

"秦骁。"她轻轻喊。

"做什么？"

"你说好放我回来，又跟着我做什么？"

男人抿紧了唇不吭声，目光有些骇人。他就是脑子抽风，心一疼，脑子就不受控制了。人才走一步，他就后悔了。

他在这破地方远远看了她一整天，也不知道哪里值得她留恋。

他原本想学着点，看看她喜欢的到底是什么，回去就给她折腾出来。可是等到半夜倾盆骤雨，他除了心里在骂，什么都没学到。

他脸色很难看。

一天没吃饭，吹了半夜风，还淋了不少雨，且正在厚着脸皮反悔。

苏菱知道他说话不可信，一开始也就没抱太大希望，她打开门："进来吧。"她给他找了干毛巾，又从厨房热了没吃完的饭菜，都是后院野生的东西，没油没盐。

"我吃剩的。"她坐下来，"很简陋，吃不下去就算了。"

他笑了，笑意怎么也止不住。

就吃她剩下的，吃得干干净净。

苏菱要洗碗，他脸色扭曲了片刻："我来。"

然后胡乱用井水搞了几下。

屋子里亮着的是陈年蜡烛，男人身影被照得越发高大，他没做过这些，动作生疏又粗鲁。

洗完手来抱她："去睡觉，太晚了。"

他顿了顿，又问她："脚还疼不疼？"

苏菱摇头。

他眸光晦涩："我给你按按。"

苏菱看着他，不伸腿，不说话，背过身去，显然不想理他。

他笑了。

脾气挺大的。

"我送你个东西呀。"他自顾自拿出来，"据说是那什么法国R……什么什么设计的。"外国人的名字他忘了，"总之是庇佑人的，让你平平安安，健健康康。"

他握住她纤细的脚踝，给她戴上。

苏菱脚踝一凉，她下意识往里缩，男人却握住了她的脚踝。她感觉脚背湿湿热热的，苏菱无语，不想去看这变态在做什么。

他低笑，看了会儿她那只纤巧绵软的脚。

苏菱忍无可忍，踢了他一脚，屋子里昏暗，男人蹲着，刚好踢在他脸颊上。

她呆住，还没来得及害怕，下一刻就感受到他粗重的呼吸。他低低笑了一声，没生气。

苏菱气红了脸："……"

神经病的世界她无法理解。

那条链子他喜欢得紧，后来苏菱上网查，才知道这条脚链是个法国牌子的，中文名是"今生挚爱"。

讽刺得很，她不太喜欢。

秦骁说可以保平安健康。可是她死的时候，脚上就戴的这条链子。

可见这世上很多东西都是骗人的。

苏菱想到那条链子就头皮发麻，从某种意义上来说，这算是她上辈子的遗物吧？

不知道秦骁如果晓得了，还笑不笑得出来，还会不会亲手给她戴上去？

她想了一会儿，又闭上眼睛睡着了。

第二天天还没亮她就醒了，轻手轻脚下了楼，悄悄出了酒店。

前台的小姑娘睡眼惺忪地帮她退了房，记起昨晚她是和一个大帅哥一起来的，结果现在一个人走，立马在脑海里上演了三十多集虐恋情深大戏。

这个酒店离舅舅家的小区不远。

她远远看了一眼。

九岁那年苏菱就搬过来了，后来念初中、高中，大多时候都是住校，真正住在舅舅家的时间算下来也不多。

从选择走出那个房子的那一刻，她就彻底是他们的外人了。

她从包里摸出钥匙。

这还是倪浩言悄悄给她配的，可是她从没用过。起因是十五岁的时候，她被倪佳楠关在门外。

倪佳楠得意扬扬地睡午觉，苏菱就坐在楼道写作业。

倪浩言打球回来，头发都气炸了。

少女扎着马尾，认认真真地坐在冰冷的台阶上写作文！

倪浩言一把把她拎起来："你傻吗你！都不知道喊人，也不知道骂倪佳楠。"

她怯生生地把本子放进书包，抿紧了唇不说话。

她到底寄人篱下，是外人，骂倪佳楠是毫无道理的。倪浩言不明白个中艰辛，她却再清楚不过。

然后第二天倪浩言偷偷以自己的钥匙为模子，花了三块钱，在小店里给她配了一把家里的钥匙。

不许她弄丢，也不许还回去。

苏菱好好收着，从没用过，一收就是四年。

她恪守着规矩，牵挂着恩义。

如今……

天色还未大亮，苏菱步履极轻地走到舅舅家门前，蹲下把钥匙从门缝里塞了进去。

这就是彻底断了。

不再为他们做任何事。倪浩言说得没错，她看着软，可是骨子里死倔。

单纯固执得可怕，付出时可以粉身碎骨，下定决心要走就会断个干净。

苏菱没再看，也没有回头。

倪浩言一夜没睡着，奶奶在隔壁咳了半夜。他一闭眼，就想起她离开的模样。

结果出门打算跑步，就看见了门边放着的钥匙。

他猛地拉开门，朝着一个方向跑了好远，良久才喘着气停下来。死死捏着手里的钥匙。

明明这样最好。

她不管这一家人，才能像个女孩子那样活着，追剧打扮，不用为了欠债奔波。可是他还是难受，难受到呼吸刺得嗓子火辣辣地疼。

天光熹微，他觉得他失去她了。

表姐。

菱菱。

苏菱昨晚就订了机票，方便一大早跑路。

她心里知道躲不过，可是人就是种奇怪的生物，哪怕没有希望，还是会最后挣扎一下试试。

剧组放了两天假，现在还有一天，苏菱打算先回学校一趟。

这会儿已经是暑假，学校里的学生少了很多。

苏菱虽然请了假，但还是缺了很多课。

艺术类的还好，文学类的就比较麻烦了。她只能抽时间多看多背。

凌云路种了很多晚樱，夏季叶子翠绿，不到开花的时节。

苏菱惊觉，重生回来竟然已经快半年了。

她没有断腿，不是秦骁的情人，外婆还活着，她离开了舅舅一家，而《十二年风尘》也快拍完了。

所有一切微小的努力，最后汇聚成了微妙又巨大的力量，改变了命运的齿轮。

凌云路还没走完，就看见了那边一群人在取景拍戏。

Z大的景色不错，花开遍地，树木青葱，青春和艺术气息交织，时不时会有剧组在这边取景拍电影。

那头热闹，苏菱顿住了脚。别人在拍戏，她打算从旁边绕道走。

男人清润的嗓音透着薄怒："停！"

一个穿着墨蓝色衬衫的男人，沉着脸走过来，助理递矿泉水给他，他都不接。他打了个手势，示意所有人休息片刻。

显然他并不满意男女主角的拍摄效果。

他身上透着矜贵之气，举手投足很优雅，偏偏行为很刻板严苛。

苏菱听到他的声音，愣了愣。

世界就是这么小，这个导演是董旭。重生第二天，在包间坐在秦骁旁边的男人。

对于董旭，她的了解主要来自网上的评价：国外留学回来的天才导演，二十四岁时指导拍摄的作品《呢喃》让他声名鹊起，此后几年，他拍什么红什么，票房高得吓人。如今才三十岁，就已经在娱乐圈有着相当高的地位。

娱乐圈很多新人都是董旭捧红的，他喜欢用新人。或者说，他对角色的要求苛刻，每个角色在他心中都是活生生的人，用新人才有创造性。

苏菱对他的现实印象停留在那天包间里，他一直沉默，半晌才说了一句话，却仍是问剧本的事，然后说苏菱糟糕的演技不配演员这个称号。

他有时会和秦骁、郭明岩这些 B 市大少一起聚聚，但更多的时候独来独往。

这些都没什么，并不足以让她记住他。

让她记住他的是，这是郑小雅的堂哥。

正是董旭的《呢喃》，把郑小雅捧红了。他们兄妹俩，一个是新晋影后，一个是天才导演。

董旭对郑小雅是不错的。

郑小雅两岁时父母去世了，她成了董家二少唯一遗留的血脉。董二少是出了名地爱妻，所以郑小雅随母姓。

哪怕无父无母，郑小雅仍是被一路护着顺遂长大。董家老爷子最疼她，堂哥董旭又有能力。

郑小雅如今成为一线女星，一半是仰仗董旭。

苏菱对郑小雅没有好感，对董旭更是无感。

凌云路弯弯曲曲，透过掩映的树木，苏菱看得见他们，他们却看不见苏菱。

那边有个戴墨镜的女人，旁边的人在给她打伞。

她身材高挑，皮肤很白，周围的人都离她远远的。苏菱觉得那个身影很像郑小雅。

苏菱看了一眼，便从小路绕回寝室。

谁知道身后"咚"的一声，然后人群传来惊呼。

"董导！"

苏菱皱了皱眉，一回头发现董旭倒在晚樱树下，一动不动。远处拍摄的大部队浩浩荡荡地赶过来了。

苏菱没打算管，从某种意义上来说，她不是多管闲事的人。

然而她背着背包才走两步，郑小雅便踩着高跟鞋追了上来："前面的那人，你站住。"

苏菱顿住步子，转过了身。

她还没问，郑小雅表情就变得古怪起来，显然认出了苏菱。那天在云布的剧组，纪崇介绍苏菱去演那个空缺的角色，郑小雅拦了下来。

没承想最后郑小雅连那部剧的女主角都丢了。

郑小雅咬牙，那是她这辈子最耻辱的一天。

这个女人也看见了！她当即走上前："你对我堂哥做了什么？"

苏菱："……"她离那么远，哪有那个本事对董旭做什么？苏菱扫了一眼地上董旭苍白的脸，郑小雅不去关心他，来纠缠自己做什么？

苏菱摇头："郑小姐，我听见响声的时候，那位先生就已经昏倒了。"

郑小雅推开头顶的伞："这边就你一个人，难不成还是我堂哥自己成那样的。"

然而还真是他自己成那样的。

苏菱觉得董旭多半是中暑了。

这种导演，拍戏很疯魔。大热的天，董旭陪着男女主角在太阳下暴晒，别人休息，他还到处来走去找灵感，不晕倒才是怪事。

"不是我。"苏菱不想和她纠缠,说完就走。

郑小雅几步上前,抓住苏菱的手臂:"你给我说清楚。"郑小雅指甲尖锐,上面涂了裸色指甲油,她狠狠一掐,苏菱手臂上就留了印子。

苏菱一疼,几乎又有一种回到上辈子的错觉。

郑小雅永远都是这样,对刁难她不屈不挠。苏菱道歉没用,服软没用,讲道理也没用。

她都不知道这辈子明明郑小雅还没成秦骁的未婚妻,与自己也没多大的交集,为什么还是一见到自己就这么厌恶的样子。

"你放开!"

"等我堂哥醒来,有你好受的。"郑小雅生了一双柳叶眼,很有风情。她眼里不善,把苏菱打量了一遍。

那天纪崇介绍苏菱时她就知道这个女人长得好,离得近了更让人心生嫉恨。

苏菱年纪小,才十九。肌肤细嫩,一双杏眼天真懵懂,没有涂口红,唇色却分外娇艳,像朵含苞欲放的花。郑小雅恨恨地想,这么一副任君采撷的无辜模样,怪不得会得了纪崇的青睐。

郑小雅自然没有看见苏菱对董旭做什么,只是心里窝了一团火。

失去女主角的火,被人瞧见狼狈的火,还有纪崇对苏菱的好感,都让郑小雅把火气迁到了苏菱和云布身上。

"你放开吧,我不走,等那位先生醒过来。"

郑小雅在这边闹,很多人都看了过来。

董旭被围得严严实实,然而救护车还没来,他就自己醒了过来。

郑小雅现在倒是不和苏菱纠缠了:"堂哥!"

董旭眉间皱成"川"字,单手揉着胀痛的额头,被周围一圈人吵得脑袋更痛。

"安静点。"他淡淡一句，威慑力却存在，瞬间安静了不少。

助理扶着他站起来，阳光疏落，金色遍地。他觉察到有人在看他，董旭抬眸，就看见了晚樱树下的少女。

她站在人群之外，看他的眼神很平和。

不带一丝情绪，见他醒过来，淡淡点了下头，就打算抽身离开。

董旭上前一步："等一下。"

她惊愕，眸中终于有了情绪，但是貌似不太友好。

苏菱心想，难不成那句话是真的——不是一家人不进一家门。郑小雅才碰瓷完，她堂哥又要来一出？

董旭也不知道为什么，突然笑了，笑意很柔和："我是不是见过你？"

苏菱低下头，看着自己的鞋尖："没有。"

一旁的助理目瞪口呆，所以……董导是在用最老套的法子勾搭妹子吗？

见肯定是见过的，那时她一脸惨白的女鬼妆，董旭对她下了定论：她不配被称为演员。

郑小雅看得心堵："堂哥，刚刚是不是她对你做了什么？"

董旭眼神很冷淡："小雅，别胡闹。"

郑小雅受够了他："行行行，我做什么都是胡闹对吧！你这么对我，还记不记得爷爷的话了！"

郑小雅这几天积累的委屈一下就爆发了出来，她也不管现在自己一线女星的身份，当众就落了泪。

她的经纪人让助理把保姆车开过来："小雅，有话我们回去再说。"

郑小雅上次因秦骁轻飘飘的一句话丢了女主角，还在众人面前被下了脸，就一直想找个机会扳回一局。于是她想起了董旭，还有哪里的女主角比得上董旭的女主角有分量？

她知道董旭在拍新剧，是个校园偶像悬疑剧，当即来了董旭的剧组，要求董旭让她当女主角。

董旭拒绝了。

郑小雅磨了他好几天，这男人该拍戏拍戏，该吃饭吃饭，完全不为所动。

郑小雅憋屈到了极点。她从小到大被人捧着，也是被人宠坏了，哪里连续碰过这么多次壁？所以才会不顾一切地朝着苏菱撒气。

苏菱看他们兄妹的眼神很冷淡，她长相柔美干净，生气也不太明显。

董旭醒了，她自然就洗清了冤屈，当下迈开步子就走了。

董旭抿着唇，看着她的背影。

少女背着书包，绕过曲曲折折的小路，身影慢慢不见。他还是觉得见过她，他自诩记忆力不错。在娱乐圈里见过一面的他基本都能把名字和脸对上号。

然而苏菱给了他强烈的熟悉感，他却不记得在哪里见过她，甚至不知道她的名字。

兴许是中暑后遗症，他觉得心里堵得慌。

第七章
紫水晶

苏菱回学校，最开心的莫过于云布了。

她像一只欢快的小麻雀："呀，菱菱怎么瘦了，在剧组很辛苦吗？你们拍的是古装剧对吧？有没有定妆照和剧照哇？"

苏菱看见她也很高兴，暑假寝室就她们两个人。另外两个女生回家了。

云布家庭关系复杂，有个不待见她的后爸，所以她很少回家。现在苏菱也属于无家可归人士，她没跟云布说这些，拣了些剧组里开心的事同她说。

两个小姑娘高高兴兴地说了很久的话，苏菱把拍的照片给她看，云布连连惊叹。

云布先前拍的都市剧杀青了。那部剧女主演换了人，加上后来纪崇的照顾，云布在里面可谓如鱼得水。

云布想起一件事，从柜子里拿出一个盒子："谭晴给你的。"

谭晴是之前说苏菱流言蜚语的女生，苏菱很意外她会给自己送东西。

她打开那个盒子，一套衣服和一双鞋子被洗干净包好，整整齐齐地放在盒子里面。

"谭晴说她在她们那个换衣间找到的，被人锁在里面，后来她上游泳课看到了。她也不知道是谁拿走的，让你注意一点。"

苏菱愣了愣，她没想到这套衣服会被谭晴送回来。

云布叹息："她人还不错嘛。"

苏菱笑了，是呀。她前世辍学太早，没有想过有一天还能收到这样的善意。好人与坏人，有时候并没有界限。

有人会使坏，可是有人也会展现善意。点点滴滴的善意，就足够让人相信美好，努力活下去。

《十二年风尘》还没拍完，苏菱在学校没留多久就坐车去珊瑚镇。

然而她才到镇子口，大石碑旁等着她的男人就阴恻恻地看了过来。

苏菱差点把他忘了！

最后一次见面，还是在 L 市，他非要送她那条紫水晶脚链。

秦骁脸色很臭。

他脚边落了一地烟头，狠狠摁灭了手上的烟后，就朝着苏菱走了过来。

"跑，你继续跑。"

八月的夕阳余晖点缀在寂静的古街，清风和暖。

苏菱看着他走过来，心跳得飞快，她……她不仅把他关在了门外，还偷偷跑了。她拉紧自己的书包带子，在他离自己几步远的时候赶紧道歉："对不起，对不起。"

男人衬衫扣子开了两颗，露出锁骨，一点也没有几年后那副稳重的衣冠禽兽模样。他气质不羁，带着几分野。

苏菱害怕死了："秦骁，你要做什么？"

他笑了笑，抬手按住她的脑袋："现在道歉有个屁用。"

他在她房门外等到了十一点，后来还是前台小姑娘红着脸告诉他那女孩一大早就走了。他千里迢迢飞去那么个破地方给她送礼物，在热得要死的夜里抱着她走了那么远。

她说走就走，把他当什么了？

秦骁身高一米八七，本来就高，低头看人的时候很有压迫力。他瞳孔漆黑，看着她的时候很专注，仿佛眼里只容得下一个她。

苏菱生理性腿软，她现在是真的有点后悔了。

她不敢动，也不敢看他眼睛，小声说："你……你先放开呀。"

那只在她脑袋上的手太吓人了，她忍不住想到《十二年风尘》里鸢尾楼有个杀招，可以一掌拍碎人的天灵盖。

珊瑚镇镇口的蝉都吓得不叫了。

她这模样，显得很乖。

男人低笑了一声，他俯下身子，对上她的眼睛："你还有最后一个弥补的机会。"

眼前的人和前世那个凶巴巴的霸道男人重合，她结结巴巴，话都说不利索："什……什么？"

"亲我一下，一笔勾销。"

他离得很近，那种逼迫感更强烈。

苏菱伸手去掰自己脑袋上的那只手，她脸颊绯红："你能不能别提这种要求。"不要脸。

他还看着她，苏菱那点力气根本没法挣脱。

他不笑，眼里的光沉冷。是真的动了气。

二十七年唯一一次动心，对方压根儿不当一回事。现在她总得回到珊瑚镇，那以后呢？

他这个人不是好人，甚至二观不太正。

和苏菱这种接受正统教育出来的学生不一样，秦骁辍学早，他以前念书的时候靠拳头说话，后来接手公司靠狠厉的手段说话。

他爹是典型的有钱死得早，文夫人也没有管秦骁。没有人教过他，你给人家东西，还得考虑人家想不想要。

"不选，嗯？"

苏菱要被他吓哭了，这个怎么选哪？

这种不要脸的要求，她怎么可能同意呢？

她试图小声和他讲道理："你自己去的 L 市，不是我让你跟着去的。我不喜欢那条链子，我害怕……所以才会走的。对不起，我不该把你一个人留在 L 市。"

他似乎笑了一声，但森森冷冷的。

下一刻天旋地转，苏菱被他扛起来了。腹部压在他的肩膀上，她只能看到地面。

"秦骁……你做什么！放开。"她不断挣扎。

"留着点力气，别喊。"秦骁这回似乎格外心硬，没了怜香惜玉之心，一巴掌打了她。

不疼，但是特别羞。

苏菱脸颊、耳尖红透，她更多的是惊惶，秦骁这个人的道德底线在哪里，谁也不知道。

他身体素质很好，气狠了也不抱她，扛个人轻轻松松的，苏菱倒着好难受。

秦骁那辆豪车就停在不远处，他直接把苏菱扔在后座。

苏菱一口气没回上来，脑子充血还是晕的。

男人就压了下来。

八月末的夏，他车里没来得及开空调，一阵闷热。

她回过神只能看见他漆黑的瞳孔，里面满满的全是她，那些炙热的、可怕的、抵死渴望的感情，尽数在这一双冷厉的眼中。

她分不清里面有几分柔情。

他的手抚在她的脸颊上，明明这么热，她却打了个冷战。

他轻轻拨弄着她的额发，苏菱额上一热，他的唇落在她额头。

他的吻顺着向下，并不粗暴，吻过她的睫毛，落在她眼睛上。这种极慢的步调，像是优雅的凌迟。

苏菱的手腕被他压着，腿也被他压着。她能感受到他急促的呼吸扫过她的面颊。苏菱心脏紧缩，那种宿命般可怕的禁锢感让她微微发抖。

为什么总是这样！为什么他永远都是这样！

她讨厌他，她恨他！不管多久，她都不会爱上这样的人。

霸道自私，狂妄无知。

她好怕，又好恨，终于在他吻上她唇之前，大声哭出来。

她哭的是全部的委屈，用不管不顾的劲头宣泄。

"秦骁，我讨厌你，怎么都讨厌，一辈子都讨厌……

"为什么……为什么你要来找我？你离我远一点行不行……

"我恨你，我恨你……"

他身体僵硬，黑眸里沸腾的东西慢慢变冷。

他握住她的手腕的手开始颤抖。

分不清谁比谁更痛苦。

最终他轻轻给她擦眼泪，她哭起来简直没完，要么憋得住，要么彻底放开。他觉得那泪烫得他指尖生疼，一点一点渗入骨髓，到达血液，心脏也牵着痛。

他再没了之前看她哭仍觉得美的心思，心脏承受雷霆万钧的力，上面只有这么一朵娇弱的花。

他好喜欢她，她是他在二十七年的生命中，唯一如此强烈喜欢过的东西。喜欢到没了理智，不择手段也好，破产也好，他一定要得到她。

可是她恨他。

为什么会恨他，他那么糟糕吗？

"别哭了，我没想对你做什么。"他声线也僵硬了，方才的凶悍全然不见。

他叹了口气，轻轻把她抱起来，又慢慢把她凌乱的头发理好。

那张小脸哭起来也惹人心疼，她看着柔弱，其实很少真正哭出来。

至少他只见过两次，一次是在她舅舅家门口，一次就是今天。

短短两天，她就难过了两次。

他和那群混账的人，也没什么区别。

所以她讨厌他。

她恨死了他。

"苏菱。"他低声喊，人还在他怀里，又软又可怜，"我不欺负你了好不好，以后都不欺负你了。你……可不可以……"

可不可以试着喜欢我一点点？

她还在抽泣，秦骁突然皱眉，伸手捂住了她的唇。

外面文导开车进镇子，路过这里停了下来。

车上还坐了《十二年风尘》的男主角沈逸，沈逸挑了挑眉，看见秦骁黑色的车子，"啧"了一声："豪车呀。"

文导看这车有点眼熟。

他首先就想到了老板秦少，秦少要是真在车上，他不去打招呼反而不好。于是他招呼沈逸："我们下车去看看，要是遇见了清娱的老板，可得机灵点哪。"

沈逸应了一声，两个人顶着大太阳下了车。

苏菱没想通他为什么突然捂住自己的唇，她睁大眼睛去看他。那双杏眼像下过雨的天，澄澈干净，眼眶又泛着红。他被看得心软，低声在她耳边道："文智过来了。"

她眨了眨眼睛，泪珠子又掉下来两颗，茫然了一瞬，脸色变了变。

秦骁自然是不在乎什么文智沈逸的，他活得肆意张扬，也没人敢对他说三道四。

但他知道苏菱不想和他扯上关系。

现在要怎么做，取决于苏菱。

他放开手，把她脸蛋上的泪痕擦干净："不想被他们看到？"

苏菱点头。她不要他给她擦眼泪，自己用手背擦干净。

"那别动行不行？"他说完，抱着她掉了个个儿，自己在对着文智这边。

她身形娇小，秦骁抱住她，让她的脑袋靠在自己胸膛。

他不开车窗，文智和沈逸过来只隐隐看到个大概，两人都有点尴尬。

文智咳了一声，怕打扰到大老板："我们走吧。"

沈逸自然也同意，两人又回到了车上。文智赶紧启动车子离开，开了老远才松了口气。

沈逸若有所思："文导，你说那个女人是谁？"

他们都没看清她，秦骁遮挡得严实，他们连她穿的什么衣服都没看见。

文智咂咂嘴："你小子，别管那么多呀。"

沈逸笑道："不会是任冰雪吧？"秦骁在剧组拍戏的这个地方出现，车上最有可能的就是剧组的某个女演员，这个猜测合情合理。

文智没说话，他其实觉得……秦少还真看不上任冰雪。他想起剧组里那个刻苦努力的女孩子小九里，又感叹又好笑。

要真是她，看秦少抱着人时那珍爱的样子，以后……前途无量啊。

他们两个人走了。

苏菱推开秦骁。她不看他，也没有再哭。

珊瑚镇街道古朴，镇口是整个小镇最安静的地方。

秦骁的车停在阴凉处。

外面阳光炙热，像是一个大蒸笼，这是一年里最热的时候。

再往后一点点，到了万物收获的秋，就是苏菱二十岁生日的时候。

秦骁把车里的空调打开，然后下了车。

他看了车上的少女一眼，钥匙在手里打了个转，还是按下了锁。

他这豪车锁人毫不费劲。

要是不砸了车窗，根本出不来。

他压下内心奇怪的躁动，迈步向镇子里面走。

苏菱开车门，发现打不开。

她要被这混账气死了！

虽然他刚刚说以后再也不欺负她这类话，她压根儿就没信，但如今被锁在他车子里面，她还是觉得被气得不轻。

好在车里凉快。

秦骁的车并不用把钥匙插车里就能开空调。

苏菱平息了一下，才想起自己刚刚说了些什么。她不小心……把心里话全说出来了。

上辈子到她死，秦骁也没听她说过一句爱。他似乎格外在意这个，但他并不知道她是讨厌他的。

他出身优越，天生习惯了掌控别人的人生。

苏菱应该是最好掌控的那类人。她被人陷害，流言蜚语缠身，没法继续念书。外婆重病，舅舅嗜赌。她那么多软肋，他全捏在手中。

并且全部都好好利用了。

他无耻得非常光明正大。

苏菱知道秦骁帮了她许多，每个人都不能心安理得地要求别人对自己好。别人不帮是本分，帮了是情分，所以还恩情是应该的，只是她更愿意赚钱还他。

她欠的是钱，并不想还情。

苏菱不想做他的情人。

在无数个被人暗地里诟病的日子里，文夫人瞧不起她，郑小雅瞧不起她。她们就如同童年的倪佳楠，让她感到无力。

她在倪家寄人篱下，在秦骁的别墅里其实也是这样。

秦骁在别墅中给她种了很多玫瑰，他送过她无数珠宝，也把她当珍宝一样藏着。

可是他占有欲太强而不自知，他恨不得从身到心，彻彻底底地占有她。

旁人不许看，不许碰，甚至思想里，也不许觊觎。

她和他在一起那几年，出别墅的时候都少得可怜。

苏菱没有斯德哥尔摩综合征，她不会爱上这样的人。

她在车里待了好一会儿，才看到秦骁的身影。他黑色的额发湿透，身上出了很多汗。他走了老远，买了两瓶水回来。

苏菱听见"嘀"的一声，秦骁把锁开了。

他探进来，拇指想摸摸她的眼角。

苏菱别开头。他不在意，笑了笑："喝水。"他本来还想说，别气了，再气也亲都亲了。但这话太混账，他最终还是没说出口。

然后他把那瓶微凉的水递给她，苏菱接过来，他握过的地方还有灼热的温度。

半敞开的车门带来外面的热浪，是夏天最喧嚣的温度。

她那瓶秦骁给拧开了，再拧开时不费劲。

她犹豫了下，发现他还在看她。秦骁的目光在她水瓶上短暂地停留了一瞬。

苏菱："……"她怀疑这个变态吻过瓶口。

然而这种想起来就惊悚的事，还没法查证。

秦骁把车门关上，他自己靠在一旁的古榕树旁。汗水流过他的额头，他拧开水灌了几口。

他的目光淡淡地落在镇口，那地方立了个石碑，上面写了"珊瑚"两个字。

苏菱犹豫了下，她最终决定相信人与人之间还有基本的信任，小口喝了一下水。

车里很凉快，外面却看着都热。

她坐在后座看他，他似乎有所察觉，转过头来。

苏菱低下头，手中的水还有丝丝凉意。她眼角尚红，手指紧了紧。

秦骁会抽烟，他摸了摸空荡荡的口袋，才想起自己两个月没带这玩意儿了。

秦骁过了一会儿才打开驾驶座的门坐进去："我送你过去。"

她眼睛已经不红了，但是先前哭过，这会儿湿漉漉的。

"不用。"她试了下，发现车门可以打开，于是立马下了车。

他不回头，透过后视镜看她。她身材纤细，前凸后翘，很简单的 T 恤和半身裤，被她穿出了别样的味道。

露在外面的小腿很细很白。

嫩黄色的袜子包住了脚踝。

那么细的脚踝，握在掌中都是小巧精致的。

她被他先前的行为吓怕了，仍旧不信任他，怕他发疯。这会儿走了几步又回了头。"秦骁。"她有些紧张，"我走了哟？"

他笑了。

原本一颗心被放在火上烤，烤到感受不到世上一切温度，现在又被人轻轻捞起来，呵一口气就变得柔软。

可是她什么都不知道，无论他心中早已天崩地裂，抑或是声嘶力竭。

他顺从心意，又打开了车门。

苏菱："……！"

他眉眼含笑："再看，再看你就别走了。"

她这次头也不回，几乎是逃着飞快地跑了。

他等苏菱走了好久，才慢条斯理地回到车上。车里的暗格装着一个黑色丝绒盒子，打开就是那条紫水晶脚链。

他买它时，看不懂那一长串的法文说明。

用中文标注的只有四个字——今生挚爱。

她讨厌它，一如讨厌他的爱。

可是这要怎么办，他这辈子偏激、固执，改是改不了，单看着她不去碰，就快活生生憋死。

然而恐怕是死了，他都学不会"放手"两个字。

九月初的时候，大学迎来了新鲜的血液，学弟学妹们纷纷入校，以往几届的学生，又升了一级。

苏菱大三了。

《十二年风尘》顺利杀青，苏菱没有出事，这让她很开心。既然断腿一事能变，云布从威亚上摔下来的事肯定也能改变，这给她带来了极大的信心。

卡里剩余的片酬打了过来，苏菱终于不是一个负债的穷光蛋了。

一共八十万，她把秦骁先前给她的卡号抄了下来，现在打了七十万回去，连本带利还清了。

她现在还有十万块钱，读完大学不是问题。

倪浩言报了隔壁的 Q 大，离 Z 大很近，只隔了两条小巷。

她当了他十九年的姐姐，原本很早的时候，她就想过，这个时候送他去读大学。

Z 大人来人往，学长学姐们都热情地迎接新生，苏菱最终还是没去看倪浩言。她做了学校迎新生的志愿者，帮表演系的学妹们搬东西和带路。

苏菱待在剧组几个月，活泼了许多，没有刚重生回来时那么沉闷羞涩。

她带的学妹们目不转睛地盯着她看，还有几个开玩笑："表演系都是学姐这样的颜值吗？太可怕了吧，那我们还混得下去不？"

苏菱以前会无措脸红，此时虽然还是觉得很羞，然而她笑着答："你们很漂亮，以后都会很棒的。"

她说话时很正经，用了心意在祝福，和她们的嬉笑不一样。哪怕学妹们比她小一两岁，还是要被她萌死了。

天哪，学姐又美又呆萌。

苏菱深刻反省过，她的家庭环境造就了她怯弱自卑的性格，在舅舅家生活的整整十年，她都让着倪佳楠和倪浩言，以至于后来很多时候，她和人相处都非常被动。

所有前世的悲剧，和她的性格也有关系。

她被外婆带大，外婆最常说的话就是"菱菱要乖"。

乖到后来她对谁也生不起反抗的心思。

可是这辈子她看问题的角度不一样，既然能重来一回，她怎么也得开朗些。

回学校小半个月，除了谭晴，还有几个原本对她就很有好感的女生也开始对她友好起来。

其实苏菱对云布那么好，本来就让人看着眼馋。

只是以前她们实在不知道怎么和苏菱相处。

这次放暑假回来，她们发现系花开朗了好多呀，天哪！

苏菱脾气特别好，让她带饭或者带奶茶，她从来不推辞，说话柔，那个发型……也贼乖。

苏菱不知不觉间积攒了一大波人气。

云布看着都快醋死了，生怕菱菱被抢走。

倒是倪浩言，从没有来找过苏菱。姐弟俩仿佛从那天开始就成了陌路人。

苏菱有时候想起来觉得难过，这个弟弟她是真心疼爱着的。可是他一定对她很失望，毕竟她最后还是选择了离开他们。

有一天早上，苏菱背完单词接到了一个陌生的电话，然而那边久久不说话。

她有种猜想："倪浩言？"

那边还是没应，最后挂断了。

苏菱打过去几次，才发现那是一个公用电话。

大学里的公用电话。

她说不出什么心情，最后不再打过去。

苏菱以前很少刷微博，后来万白白怂恿着苏菱注册了一个新的微博号，昵称就叫"苏菱今天也要努力"。

万白白说："早晚你都是要红的，看见没有，虽然现在这里这个粉丝数量是八，但是总有一天后面会加七个零。"

苏菱觉得不太可能，只是置之一笑。

剧组里好多人和她互关了，这些人的粉丝发现自己的偶像关注了苏菱，于是顺藤摸瓜找过去，纷纷好奇这个缓慢涨粉的苏菱是谁，还忍不住点了关注。

倒是有人猜得八九不离十——莫不是那个和任冰雪对戏，还上了头条的不知名女演员？

这……粉丝也太少了吧？

一名崭新的演员。

苏菱不发微博，那里至今还是一片空白。大家好奇苏菱是谁，却没有人扒出来。

《十二年风尘》本来得等到过年的时候上映，然而上头突然通知调到了十月份。

国庆那天首播，先台后网。

九月到十月，清娱打算大力宣传这部剧。公司买了各种头条，还用男女主的剧照炒了绯闻，热度一时间带起来了，但是迟迟没有公布定妆照。

这部剧带着噱头，很吸引人眼球，九月中旬定妆照一出，网上一片哗然。

万白白和沈逸人气很高，任冰雪人气也不差。

然而大家本来是去看自家偶像的，最后好多人都被最后一张定妆照吸引。

少女一身白衣，手握黑色长剑，眉眼清纯明丽，脚踝上系着铜铃。

她的背景是云雾上，朝阳初升。她笑容明媚，握住剑柄的手上一只彩蝶展翅。

旁边几个行楷小字：苏菱饰九里。

万白白看着暴涨的人气啧啧有声，她对助理说："看见没有，我感觉我要大红了。"

不等助理提问，她自己笑吟吟道："大佬要捧人，拦都拦不住哇。"

这可是那人的小心肝，沾点光就不得了。

已经九月了，酷暑却没有消弭。

苏菱在 Z 大火了一把。

别人扒不出来，但是他们自己系的学生都认识苏菱，毕竟再低调内敛也是系花。读过原著的都知道九里是个讨喜的角色，因此大家分外艳羡苏菱的好运。

然而这次很少有人传流言蜚语。

苏菱确实很优秀，她几门必修课都是第一。

这部电视剧造势很足，但是清娱那边还是压了之前苏菱和任冰雪起冲突的事。毕竟这年头沾上一点黑，粉丝可不管真不真，一吵起来就没完。

《十二年风尘》最火的时候，Q 大男生寝室有人去做了一张海报。

男生自己在网店定做的，拿回来一贴上好几个男生在笑："张军，你这是上瘾了呀，要看你去隔壁大学看呗，真人就在那里，对着一张海报流什么口水？"

张军把海报的边角压平："你懂什么？这可是我女神，等我白一点就去见她。"

他家住海岛，打小晒太阳，皮肤黝黑，不注意看就跟从煤里面扒拉出来似的。往常在寝室打呼、单穿裤衩不见他尴尬，这回竟然在意起了形象。

男生们纷纷打趣他的时候，倪浩言吃完饭回来。

"班长。"室友跟他打招呼，倪浩言笑着点点头。

他的入校成绩在计算机 B 班排名第一，老师直接就让他当了班长。

"倪浩言你来看，张军是不是疯魔了？"

倪浩言抬起眼睛，就看见了海报上的人。

上面的姑娘与他相处了十年。

　　他手里还拿着一本《编程入门》，看见那海报的一瞬，书被他捏变了形，倪浩言脸上的笑意也不见了。

　　他的室友还在讨论。

　　"张军，你一个大老爷们儿在寝室贴这个害臊不，撕下来成不成？"

　　"你管我！"

　　"人家长那么好看，说不定早就有男朋友了，还轮得到你？"

　　"我就爱天天看着她，你要怎么的吧？"

　　室友笑得不行，然而下一刻，倪浩言疯了似的把那张海报揭了下来。

　　"喂！"张军连忙道，"班长？你做什么呢！"

　　倪浩言捏着它，海报锋锐的地方碰着他的掌心，他这才回过神，撕也不是，丢也不是。一想到有人在谈论她，他手都在抖。

　　然而他知道这个反应不正常。

　　倪浩言平静了下脸色，把海报还给张军："寝室美化大赛才完，学校还没评定分数，学生会过两天会来，这个贴在墙面上会扣分。"

　　一众室友觉得有点道理，可是莫名又觉得很诡异。

　　张军愤愤："你也不能直接撕下来呀，都皱了，我就订了这么一张。"

　　倪浩言抿着唇，低声道："抱歉。"

　　倪浩言这个班长平时在班上人缘不错，他道了歉，张军不好再说什么。张军把海报叠好，放进了书桌里。

　　那一整天倪浩言都心神恍惚，班导喊他，他都没有回神。

　　他反复在想两年前的八月，那时苏菱考上 Z 大，还在家过暑假。他刚刚读完高一，两人一起从外面回来，小区宣传屏幕上有个女明星在打广告。

倪浩言见苏菱多看了那屏幕好几眼，他挑眉："你以后成吗？说个话都结结巴巴的。"

她有点不服气，白皙的肤色在阳光下变成淡淡的粉，然而也不反驳他，只是眼睛亮亮地说："我会努力的。"

那个时候他其实相信她会火。

毕竟她什么都不用说，什么都不用做。十七岁的少女，长了那样一张脸，单单站在那里，就可以让任何一个男人的荷尔蒙快速分泌。再长几年，谁受得住那种美色？

"祸水"也就长这样了。

现在她真的快火了，他们却成了陌路人，他甚至没有任何一个理由斥责张军去亲那张海报。

他连这是他表姐都不敢说。

可是九月了。

九月十二号是苏菱的生日，她该满二十岁了。生日逢十在谁家都是大日子，可是苏菱现在没有家人。

倪浩言想，爸妈和倪佳楠肯定记不住的。

外婆呢？外婆提起苏菱只有沉默，不知道是痛苦还是内疚。

会有人给她过生日吗？这世上还有几个人记得老天把天使送下凡尘的日子？

苏菱自开学以来在学校的回头率就很高，还时不时有人跑来问她要签名。

她哭笑不得，最后一一答应。

她没有学过那种潇洒的签名，写给他们的都是工工整整的正楷。"苏菱"两个字端端正正地写出来，和她的性格一样乖，竟然毫无违和感。

云布看得直笑："菱菱你倒是换一个签名的风格呀，你这样多累。要不我们去找人给你设计一个，然后你仿一下？"

苏菱摇摇头，只是微笑。

今天是周三，苏菱和云布都有舞蹈课，这门课是选修，来的同学并不多。

苏菱换好衣服和舞鞋出去上课。

教她们的老师是一位四十岁的中年女士，气质优雅。

秦骁把车停在地下室，按她的课表找过来的时候，就看见一群年轻的女孩子在舞蹈室练舞。

舞蹈室有一整面墙的镜子。

教室里的小音响流出轻柔的调子。

似江南吴侬软语，哼着不知名的歌谣。

秦骁没有听过那首歌。

他的目光几乎一眼落在了她身上。她穿着黑色的紧身舞蹈服。

少女身姿婀娜，胸前鼓鼓，腰肢纤细。

她以前穿得宽松，他没想过她的腰细成那样，仿佛能掐在掌中，一折就断。

苏菱的头发束了起来，在脑后扎成丸子形，脖颈纤长，被黑色的衣服一衬，肌肤瓷白。

她们在压腿。

她很轻易就能把上身压向小腿，身体柔韧到不可思议。

他弯了弯唇。

他今天没有穿那类高奢服装，而是像上大学的少年那样，穿很普通的白衬衫。手腕上的表也摘了，还换上了运动鞋。

他一路走过来，好多人都在讨论这是哪个系的帅哥，怎么以前没有见过。

当然没有见过，他连商务杂志都拒绝上，知道他名字的人多，能把他的脸对上号的人少。

苏菱偏过头的时候，看见了窗外的男人。

她许久没看见他，以为他放弃了，毕竟那天离别，两个人都闹得不愉快，她为此还舒了口气。

此刻她大脑轰的一声，就知道这件事没完，可能一辈子都完不了。

想想就让人心里堵得慌。

然而老师还在讲解一些动作要领，他在外面看她，那目光对苏菱来说太有侵略性。她抬个手都觉得不自在……

偏偏这男人不知收敛，眼里带着笑意，只看她一个人。

同学们有看见他的，频频好奇往外瞅，猜测这是谁的男朋友。

苏菱抿了抿唇，脸颊泛红。

她举了下手，老师来到她身边："有什么事吗，苏菱？"

"原老师，我不太舒服，可以先走吗？"

苏菱没有请过假，原老师优雅又佛系，一点都不在意这些，于是笑了笑："去医院看看吧，然后回去好好休息。"

短短的对话，苏菱臊得耳尖都红了。她很少撒谎，更别说去骗老师了。

她说过的谎言，少之又少，但几乎都和秦骁有关。

苏菱去更衣室把衣服换了，避着同学们若有所思的暧昧目光，从后门走了出去。

她拎着自己跳舞的衣服，也不看他，但是没一会儿，他跟了上来。

周三的黄昏，夕阳暖黄，将她的身影拉得纤细玲珑。

舞蹈室建得偏，这里人并不多。

她咬了咬唇，回过头："秦骁。"

他有些意外她会先喊他："嗯？"

苏菱下定决心："你别跟着我好不好？好烦的。"她第一次把嫌弃人的话说出来，他还没怎么样，她自己心里倒是泛起别扭。

他勾起唇角："有多烦？"

苏菱想起他是个不要脸的，抬头看着他，一本正经道："很烦。"

秦骁淡淡应："嗯。"

"……"

他走近她，低头看她，她把头发放了下来，那头软乎乎的头发长了一点，毕竟好几个月了，比起当初的乖萌，现在多了几分优雅。

"抱歉。"他说，"我忍得难受，就来了。"

苏菱知道他无耻没下限，但还是忍不住脸颊泛红："你别靠这么近。"

他的步子顿住，最后笑了："苏菱，我就是来给你送个礼物，别那么残忍成不成？"

说起礼物，她自然就想到了那条紫水晶脚链，于是脸色都变了："我不要。"

秦骁笑容冷了冷。他皱眉，让自己别被她气到。他克制了一下，没发脾气。

秦骁几步走过去，将手上的东西别在她发上："生日快乐。"

那是一顶很小巧精致的钻石王冠。

他的气息逼近，她不自在地退了退。苏菱不知道他在做什么，这一退刚好牵扯到那缕头发，她轻轻惊呼一声："呀——"

她不经意被疼痛吓到，那声音脱口而出，嗲嗲的。

酥到人骨子里，他听得眉眼弯了弯。

苏菱自己也意识到了，这时候她羞得满脸通红，他还在笑。

她羞得无地自容。

"苏菱，送你生日礼物，不说谢谢吗？"

她把小王冠取下来，脸颊还是泛着红："谢谢，但是这个太贵重了，我不要。"

秦骁知道她不会要。

他笑得有点痞："不要也成啊，有不花钱的礼物，你要不要？"

不花钱的礼物？

"什么？"她还蒙着，什么礼物不花钱？

九月时节，空气温暖。恰是初秋夏末，退去了夏天的燥，夕阳映照，万物泛着浅浅的金色。

他低头看着她，少女眸中懵懂，眼神纯净，看起来……好好骗。

靠得近了，秦骁能闻到她身上清甜的香气。

他不动声色，心跳却急促起来。秦骁觉得自己应该去看下心理医生，遇见她之后，他才知道单单是嗅了一个人的味道，就能让他兴奋成这样。

什么礼物？他原本只是开个玩笑，然而她这样问的时候，他脑海里情难自禁地浮现出少女方才练舞的模样。

还有最初见面，她惊惶地在他的浴缸里看着他的样子。

情字不浅，可是令他更加瞻前顾后，束手束脚。

他低低在心里骂了句脏话，觉得好笑，才几个月，他竟然学会了克制这种东西。

苏菱虽懵懂了些，可是看见了他的眼神。

她确实不了解这世上大部分的人，可是充分地了解他。他极度兴奋的时候，眼神里的光就像草原上饿久了的狼一样锐利明亮。

他在想些什么鬼东西呀！

"秦骁！"她红着脸，"我什么都不要，你离我远一点哪。"

他低低一笑："好。"

他这么好说话，苏菱反而不习惯了。秦骁话题一转："你们剧组的人给你准备了生日聚会，我带你过去？"

苏菱蒙了一瞬："啊？"

剧组的人怎么会知道她的生日，而且还准备了生日聚会？她半点消息都没收到。

她随即脸色一变："哪……哪些人哪？"

秦骁瞎骗她："文智，还有那个白什么，郭明岩也在。"这些都是知道秦骁存在的人，苏菱松了口气，又觉得奇怪："他们怎么会知道的？"

"你合同上有写，他们打算给你个惊喜。"

苏菱犹豫了，她自己是不看重二十岁生日的，可是万白白和文导竟然都来了！

一个是影后，一个是名导，都对她特别好。

这份恩情就不浅，可是秦骁？秦骁说的话能信吗？

男人不动声色，笑了笑："八点开始。"

很像是真的。

苏菱不信他。她想了想，给云布打电话，云布恰好在喝水，立马接了："怎么了菱菱？你走得好突然，有什么事吗？"

苏菱看了一眼秦骁，咬了咬唇："剧组那边找我有事，我八点去那边，要是九点半没回来，你就……"她想说报警。

秦骁冷冷笑了一声。

"你就给系主任说一下，我怕太晚了不安全。"

云布自然答应了。

她一挂断电话，秦骁就捏住她下巴："真当老子是罪犯了？"

他这话说得极为露骨，苏菱被他吓住，连忙摇头："没有。"

显然是撒谎，她脸颊红透。

秦骁信了她的邪，明明不会骗人，撒谎都这么明显，然而他总得装作信了，不然她更怕。他松开手指，她白皙的皮肤上就留下一个红印子。

他在心里笑了一声，好娇。

然而秦骁还真是骗她的，她难得这么聪明，又要给万白白打电话核实。看来也没有看上去那么好骗。

秦骁脸色不变，按住她的手："我让文智跟你说。"

他本就强势，直接打通了文智的电话。

文智还在洗澡，看见手机亮了，本来不打算接，可是看见了上面的备注——暴君。

他当机立断，关了花洒："秦少，您找我有事吗？"

秦骁："你们给苏菱准备的生日宴会弄好了吗？她下课了，我现在带她去云上香榭。"

他打电话时，少女安安静静地看着他。

他毫无愧疚和惊惶之感，伸出手想摸摸她粉嫩的脸颊。她拍掉了他的手，秦骁一阵笑。

那笑很是愉悦。一脸蒙的文智在电话那头听见他低沉的笑声，被搞得脊背发寒。

他是个情商相当高的导演。于是，当秦骁说"你自己跟苏菱说几句"时，他立马懂了该说什么："苏菱你好，好久不见，最近过得还好吗？"

少女弯了弯眼睛，很恭敬："文导您好，我挺好的。"

"生日快乐呀，来云上香榭吧，大家都在等你。"

"好的。"她把手机还给秦骁。

秦骁去地下室取车，她在出口等他。

秦骁一下去就没了笑意，打电话给郭明岩："带上你以前那个老相好，去云上香榭，不管你用什么法子，一个小时之内，和文智一起，给苏菱弄个生日宴会。"

郭明岩惊道："什么相好！骁哥你说清楚，我什么时候有相好了？"

"别废话，就是那个什么白的，赶紧去。演砸了的话……"他嗓音变冷，"郭先生会来请你回家。"

郭明岩要被这个卑鄙霸道的男人气哭了："骁哥……没钱了呀。"

他的钱全被万白白那个"吸血鬼"女人抢了。

秦骁："先报我名字，等我过去再报账。"

他单手启动车子，电话打完了以后开出地下室。

少女还在那里等他。

他装得挺像那么回事的，那些阴暗的情绪在看见她的一瞬几乎立马涤荡无存。

她穿着简单的 T 恤和牛仔裤，发丝被暖风轻轻吹起。

哪怕不说话，都又乖又温柔。

秦骁带着她绕了远路。

后座的少女不玩手机，所以没看时间，并没有发现什么不对。她只在上车前给云布发了个地址——云上香榭。

二十八分钟的车程，秦骁开了一个小时。

苏菱："……这个云上香榭，好远哪。"

秦骁被她这傻乖样勾得不行。

还是好骗。

至于苏菱的防备，那个什么云布，还有九点半，他根本没放在心上，不入眼的小女孩招数而已。

第八章

云上局

苏菱很少过生日，在车里的时候她还有点紧张。

往年她的生日，外婆会给她煮一碗长寿面，还有一个荷包蛋。

每当那时候，她都觉得很幸福。甜甜地给外婆说学校的趣事，外婆也笑着听她说。

如今她失去了他们。

她难过地想，或许对外婆来说，她的到来是让外婆失去女儿的灾难。

上辈子秦骁也给她庆生过，他喜欢那个日子，非常喜欢。

对秦骁来说，那是上天最仁慈的一天，它给人间送来了最珍贵的宝贝。

然而她想要的，秦骁听了会生气；不想要的，他送了一大堆。

五年时间，以他那种疯狂的一掷千金的送法，要是她真的贪心，足以让他倾家荡产。他有时理智，资本家的手段厉害得不得了，可是有时候又是个疯子。

苏菱在车上时有些紧张，还没有朋友为她庆祝过生日。

他们对她这样好，她都不知道该怎么回报。

车子在云上香榭门前停下的时候，刚好晚上七点半。

天色还没黑，云上香榭五彩的灯就已经点亮。这是 B 市最大的娱乐会所之一，然而比起上流圈子的纨绔子弟们常去的销金窟"连城"，云上香榭不知道干净典雅多少倍。

苏菱没有来过这里，人都有好奇心，她除了忐忑，还有些期待。

郭明岩他们把地点定在了三楼。

三楼叫云上星空。

秦骁带着苏菱走进去的时候，苏菱被这个地方的设计惊呆了。

头顶是墨蓝色的天空，缀满繁星，还有一轮明月。

3D 投影效果，看着分外逼真。

脚下也是光屏地板，还有漂移的云朵。

秦骁低头去看她的反应，少女眼睛亮亮的，小脸微红，看上去很喜欢。他"啧"了一声，觉得郭明岩和文导还是有点用的，审美不错。

万白白一眼就看见了苏菱，她把灯光按亮："小九里！你来啦！"

灯光亮起，秦骁眯了眯眼。

郭明岩欲哭无泪……

场上七八个公子哥齐齐笑嘻嘻地喊："骁哥！"有热闹不看是王八蛋。

郭明岩心想，我有什么办法，我也很绝望啊，骁哥你打电话过来的时候我们就在搓麻将啊，湛磊那浑球才传播的川麻中血战下雨的打法。

他们八个人玩得正高兴——刚好凑够两桌，还可以顺口谈个生意。

一打电话，不就全来了吗？

苏菱抬头去看秦骁，这男人面不改色："他们凑热闹的，你别理。"

她一见这么多熟悉又陌生的面孔就有点发怵。

万白白在心里冷笑一声，姓秦的真卑鄙，骗人表情都不带变的。她把苏菱拉到自己身边，从包包里摸出一瓶香水："小九里，生日快乐！"

苏菱腼腆道："谢谢白白。"

万白白知道这小姑娘不会要太贵重的东西，这个香水是她代言的，很好用，于是拿来送苏菱。

秦骁扫了那群男人一眼："生日礼物，全部都给老子送。"

众人无语，他们带了个鬼的礼物。

苏菱也听见了，她本来就很不好意思，连忙摆手。"不用不用，谢谢你们。"她抿出一个笑，"谢谢大家给我庆生。"

少女的笑干净真诚，连带着万白白都不好意思了。她虽然喜欢苏菱，但是生日这种事，还是郭明岩把她喊过来她才知道的。

小九里傻得很，对谁都掏心掏肺。他们这群人精被人家的赤诚衬托得简直没脸。

万白白有些无奈，曾几何时，她也是苏菱这样的。

她轻轻摸摸苏菱的头发，心里五味杂陈。

文智咳了咳，冲苏菱招手。"小苏哇，我没什么好送的，给你推荐两个试镜机会，好好把握。"文导笑道，"你别推辞，你是我看好的演员，我是出于惜才之心，这个又不贵重。"

苏菱起身，给他鞠躬。

湛磊和郭明岩他们就很害怕了，这……什么都没准备呀……送什么？

秦骁弯了弯唇，报了个卡号："全往里面打红包钱。"

"……"

他看看软软的少女，好可爱，想给她买糖吃。

万白白来的时候还带了助理，文导非常机智，把自家夫人也带来了。

于是一群人分外热闹。

云上星空很漂亮，中间准备了七层大蛋糕，旁边还有很多酒架子，最中间是个大舞池。

这地方消费很高，但是有高的道理，显然是个大型宴会现场。

点心和热食、饮料，什么都有。

湛磊说："这样好奇怪，有舞池，但是我们一群大男人……和谁跳哇？"

秦骁抿了一口酒，看着苏菱，她还在和万白白说话。

都没看过他一眼。

湛磊再接再厉："我们可以喊女伴过来不？热闹点，还可以跳舞。"

秦骁放下杯子，不知道出于什么心思："嗯。"

于是没一会儿，一群打扮得艳丽四射、各有风情的女人就来了。

苏菱吃了一个小点心。

看得有点蒙……

这是什么情况啊？

万白白皱了皱眉，问苏菱："会喝酒吗？"

苏菱摇头："我酒量不好。"

"那待会儿别喝。"万白白看了一眼秦骁，"晚一点我让助理送你回学校好吗？"

她乖得不得了："好的，谢谢白白，我不喝。"

这群才来的女人可不腼腆，开了音乐，就和男伴跳舞去了。

苏菱看得有趣，秦骁没来烦她，她打小就乖，没见过这种场面，看个新奇也挺好的。

苏菱也会跳舞，交际舞是学过的，然而她没有和任何人跳过。

秦骁稳得住，双腿交叠坐沙发上，后来基本没看她。

音乐很活泼，苏菱渐渐放松下来，宴会确实热闹，星空也好看。

白炽灯一关，室内暗色迷离的光线流转，美丽至极。

郭明岩咬牙过来，先给苏菱打了招呼，然后冲万白白伸手："照片！"

万白白笑："什么呀？人家听不懂。"

郭明岩鸡皮疙瘩都起来了："万白白！你正常一点，不要像个疯女人一样。"

苏菱听不懂他们在说什么，但是猜到了万白白和郭明岩应该是熟人，关系不太好的熟人。

万白白喝了一口橙汁。"成啊，郭少邀请我去跳会儿舞呗，照片给你，私房钱也还你。"她舔了舔唇，"那个什么也还你哟。"

郭明岩想想自己的裤衩，脸都绿了。

跳舞？不就是跳舞吗？跳！

他直接把她扯起来往舞池走，万白白回头，乐得不行："小九里乖，我待会儿回来。"

苏菱点点头。

她点亮手机，这时候九点了。

还有半个小时。苏菱微微松了口气。

这时候一个女人从舞池过来，她看着很温柔，穿着墨绿色衣服，一来先给苏菱递了支笔："你叫苏菱对不对，我好喜欢你九里的定妆照，能帮我签个名吗？"

苏菱有些无措，女人笑意浅浅，也不逼她，很礼貌地道："谢谢你。"

苏菱于是给她签了一个。

女人过了一会儿拿了两个酒杯过来："祝你生日快乐！喝一杯吗？是果汁。"

她把瓶子开封，包装上确实写着果汁。

她先给自己倒了一杯，喝了一小口。苏菱手机一亮，是云布发过来的——我来接你。

苏菱不擅长应对别人的搭讪，这个女人很温柔，且十分有教养，说话让人打从心底难以拒绝。

苏菱又看了一眼瓶子上的英文，确实是果汁。

她用自己先前的杯子抿了一口。女人笑了，好奇地问了她许多剧组的事。

湛磊吹了个口哨，女人对苏菱道："失陪。"

苏菱点点头，那果汁微甜，很浅的酒精味。她转头去看舞池里的万白白，她正逗郭明岩开心。不知道是不是光线转来转去的缘故，苏菱觉得头有点晕。

秦骁看了一整场，冷冷问湛磊："你做了什么？"

湛磊哈哈大笑："装什么呢骁哥，你那小宝贝看不懂那是什么酒，你还看不懂吗？刚刚不阻止，现在来问我。这就是我送的礼物哇，红包钱就不打过去了哟，我要给暖暖买项链。顺便说一句，不用谢。"

那个叫暖暖的女人温婉一笑。

秦骁笑了一声。

确实不装了，他走过去的时候，苏菱已经晕得不太清醒，脸颊也很红。

秦骁摸摸她脸蛋，她眨了眨眼睛："秦骁？"

还认得人。

他好久没有这么亲近过她了，二十四天，五百七十六个小时。

他摸不到，碰不到，一碰她就警觉得不得了。

此刻她也不知道躲，思维变得好慢，完完全全一副醉酒的模样。那饮料不伤身，趣味饮料而已。只不过一口就有一瓶白酒的功效。

很贵很好用。

原本就乖，现在乖得不行。

她糯糯道："你别摸我脸。"

他的拇指已经滑到了她的唇角，闻言眉眼都是笑，温声应她："好。"

然而手指并没有撤离。

她坐在明光处，秦骁把人抱起来，去角落的沙发，这个地方很暗，是整个云上星空最黑的地方。

他让她坐在自己腿上。

秦骁这个人三观确实不正，也不是什么正人君子。

否则不会上辈子一见她就动了心，也不管人家昏不昏迷。反正在他床上，就是他的东西。

他拉起她的小手，放在自己胸膛，笑道："听见了吗？它疯了。"

她头晕，只感觉手下像是有一个小鼓，有力跳动到震颤。

她坐得摇摇晃晃的，很安静，不闹腾。

秦骁怕摔着她，手扶住她的腰，那么细软的腰肢，在他掌中盈盈一握。他弯了弯眉眼，问她："为什么讨厌我？"

她透过寂寂的暗，看向这个男人。

一时分不清这是哪一年。

"为什么讨厌我？"男人用低哑的声音，问她第二遍。

她以为自己死了。

想了很久，才想起确实死了。

苏菱眼神迷蒙："因为你好坏的呀。"

他低低笑出声："这时候还骂人哪？嗯？"

她似乎有些委屈："你老是骗人。"

秦骁摸摸她的脸颊："我骗你什么了？"

"你说过不碰我的，会征求我的意见，第二天你就忘了。"她泫然欲泣，"也不让我去看云布，不让我出别墅。"

秦骁嘴角的笑意淡了下去，他平静地问："还有呢？我还骗你什么了？"

她想了想，更委屈了："你还说你做饭好吃，其实好难吃的。"

糖醋排骨太甜了，还煳了。

他非逼着她吃了好几块。

说放她回家也不作数，转眼就追了来。

秦骁平静地听着，心里那点柔像是被人冻成了冰，冰碴把他的心脏刺出了一个口子。

原本甜得像蜜，此时冷得叫人发寒。

他捏住她的下巴，她那双眼睛水盈盈的，不远处就是星空和明月。他觉得眼前这双干净的眼睛才是最残酷的东西，在把他生生凌迟。

秦骁语调冷得发寒："你说的是谁？"

这些事情，他从来没有和她做过。

嫉妒和惊怒像是一只无形中有力的手，把他的心脏捏得生疼，快要疼死了，让他甚至想活活掐死她。

"你在说谁？谁碰了你？"他眼睛染上红色，"他是谁？"

那瓶饮料后劲太大，她的触觉比思维灵敏。

他揽在她腰间的手好紧，像是要把她勒碎，下巴也疼。她泪汪汪的："好痛。"

秦骁冷笑了一声："再痛也没我痛。"

所以他是看上了个怎样的妖精，生杀予夺随她，呼吸间就可以取他性命。

苏菱恍恍惚惚，这痛放大了无数感官，让她的记忆一阵混乱，一会儿是她腿断了，在岩石下避雨，一会儿是她被从楼上推下来，血流了一地。

苏菱恍然觉得，这是那个和她相处了五年，骗了她无数次，要和她抵死纠缠的男人。

她哭了，一巴掌打在他脸上。

不疼，但是像把他那点可笑的自尊扔在地上踩，秦骁却笑了："打得好。"

他眼尾都成了红色，快要恨死了她。

却又爱死了她。

随便是谁吧，随便那个男人是谁。他已经快疯了，感觉早晚都要被自己弄死。

苏菱摧毁了他所有的柔情蜜意。他原本只是想抱抱她，太渴望了，渴望到骨头发疼。他不敢碰她，她那么娇弱，上次只是吓一下，就哭成那样。

他只不过想知道，她为什么讨厌他。

他改行不行？

可是她心太狠了。

不给他一丝半点就算了，怎么可以有别人？

他松了手，低低笑了一声："苏菱，你自找的。"

她没了支撑，又没力气，软软倒在他怀中。

苏菱感觉身处轻飘飘的云雾中，非常渴。

时光交错，她以为是在别墅的午夜，男人的气息很熟悉，她眼皮似坠了千斤重物，根本睁不开。

苏菱以为自己生病了，软声道："秦骁，我好像病了，好渴。"

男人沉默了一瞬。

她等了好半天，唇边递过来一个杯子。

苏菱小脸通红，下意识地把杯子里的东西喝了。味道怪怪的……她迷迷糊糊地想，这好像是酒。

秦骁面无表情地喂了她一杯红酒。

少女缩在沙发上，发丝凌乱。

云上星空灯影交错，衬得他脸色忽明忽暗。说不上难看，可是也称不上好看。

也许她喊的是别人的话，他一冲动就不知道会不会掐死她了。

然而这种没有定论的事，他向来不去想太多，毕竟资本主义只看重现实结果。

苏菱没有力气，她很努力才睁开了一点点眼睛，面前很黑，好像又看得到星星。她眨了眨眼睛，看向身边的男人。

他居高临下地看着她。光太暗，她不知道他是什么表情。

但苏菱认得出这个身形，她的手软软搭在额头上："秦骁，我刚刚……喝了什么呀？"

"酒。"他淡淡地说。还是度数比较高的那种。

她不解，可是酒壮人胆，她那杯饮料的作用过去了，醉酒的效果又上来了。

一张绝美的小脸烧成灼灼桃花，清纯减去五分，一半染成妖气。

"为什么给我喝酒？"光影轮换着打过来，她睫毛纤长，眼睛纯黑。

他把她脸颊两旁的头发拨开："因为我生气了。"

"你为什么生气呀？"她开始了十万个为什么。

秦骁眸中无情绪，他陈述事实："你不喜欢我。"

那倒是的，她点点头。

他冷冷笑了一下。

心想掐死她算了，手在她脖子上比画了一下，变成慢慢摩挲。一沾上又舍不得拿开。

他顺着她衣服往下撩，手指轻轻一勾，她精致白皙的锁骨露了出来。

奶白的肤色，在黑暗里都能看得清晰。

他摸了几下，肌肤又滑又软。带着醉人的温度，与他冰冷的指尖相触。

他没有往下。

秦骁站起来，去找方家小少爷点了根烟抽。

就在苏菱旁边抽，他的目光还落在她身上。这里太暗，谁都看不见她，舞池那边歌舞正酣，声音嘈杂，她似乎有点难受，酒量太差，此刻昏昏欲睡。

烟味蔓延在这一小片区域，苏菱咳了起来，咳嗽声很小。

他面无表情地把抽了一半的烟摁灭了。

想去折腾死她，一了百了。

然而他站着没动。

他要她的爱，不要她的恨。等爱实在得不到的时候，也许退而求其次就要恨了。

现在却不是那个时候。

苏菱迷迷糊糊间听到吵闹的声音，然后有桌子被掀翻的声音。

一个女声惊呼道："菱菱！"

然后是少年惊怒的声音："苏菱！"

黑暗的世界骤然亮了起来，有人把灯打开了。乍一亮她还不适应，下一刻自己的眼睛就被人蒙住了。

那只手没有一丝热气，像个冰冷的冰块儿。

却让苏菱清醒了几分，她动了动唇，回忆起刚刚喊她的女孩子的声音："云布？"

那个少年的声音也耳熟，她觉得好像倪浩言。

云布和倪浩言听不见，听见的只有捂住她眼睛的秦骁。

秦骁勾了下唇，笑意却不达眼底。

万白白开了灯，她现在很生气，憋着一股子气："秦少，菱菱怎么了？"

秦骁没理她。

万白白一咬牙就要过去。大厅的光亮堂起来，倪浩言被跟上来的保镖按在门口，云布被人拦着也进不来。

秦骁饶有兴致地看着，像在看两条砧板上的鱼。

郭明岩死死抱住万白白："祖宗哎，别捣乱。"别人看不出秦骁的情绪，他和秦骁从小玩到大，再清楚不过。秦骁怒了，谁往刀口上撞谁倒霉。

万白白要炸毛了，她一会儿没看好苏菱，就不知道秦骁对苏菱做了什么，她多少有点责任。

然而郭明岩到底是个男人，她还真挣脱不开。

万白白本来想踩他一脚，一看自己十厘米的高跟鞋，脚抬了起来，又收了回去。

郭明岩知道秦骁看起来很不正常，连忙说："静观其变。"这是他作为一个文盲，少见的会用的成语。

舞池的音乐关了，在场的人面面相觑，都看出了秦骁心情不好，也不去触这个霉头。

倪浩言被反剪了双手，猩红着双眼："苏菱！"他还在不断挣扎，几个保镖一点都不留情，下了死力气把他控制住。

人是秦骁放上来的，不然他和云布到不了三楼，云上香榭的安保措施很好。

配置是保镖，而不是保安。

少年挣脱不开，又不知道苏菱是什么情况，他离那边太远，只知道苏菱现在在沙发上。

秦骁像划了领地的暴君，不许任何人靠近苏菱那边。他捂了一会儿，把手挪开，她眨了眨眼睛，看清了他的模样。

他看起来好生气。

隐忍而又歇斯底里的生气，隐在笑意之下，更让人脊背发寒。

那杯酒对她而言太烈，她虽然知道情况不妙，可是脑子转不快。

秦骁把她扶起来，低笑道："来了两个好玩的人。"

苏菱握住他的手臂："秦骁。"

"嗯？"

"你别这样。"

他不置可否地笑了笑。

不能动她，还不能动别人吗？她在乎他们，却没有在乎过他。

云布完全没有搞懂这是什么情况，倪浩言来找苏菱的时候，云布才知道今天是苏菱的生日。她和苏菱都不太在意这个日子，也是和家庭有关。

云布得知倪浩言是苏菱的表弟，便把菱菱去云上香榭的事情告诉倪浩言了。结果少年马上变了脸色，云布也意识到不对了。两个人急急忙忙赶了过来。

云布急得跳脚，怕苏菱吃了亏："菱菱！"

苏菱听见她的声音，扶着晕乎乎的头。她意识到了不对，但是一时想不起哪里不对。

毕竟作为上辈子的苏菱的记忆太深刻，要是真让她分，显然这辈子更像个虚假的世界。

然而她潜意识里知道这种情况该怎么处理。

她的小手拉住他的衣角，声音又小又软："秦骁，我们回家吧。"

他眼里的冷意冻结了一秒，本来想起身去处理倪家那个小崽子，现在有些莫测。他看了眼紧紧抓住他衣角的小手，转头抚了抚她的脸颊："你知道自己在说什么吗？"

怎么醉了以后，这么招人恨，又这么招人爱呢？

苏菱当然不知道。

她眼睛湿漉漉的："回家吧。"

他笑了声："行。"然后俯身把苏菱抱起来。

她这回出乎意料地配合，不打他也不踢他了，白嫩嫩的手臂软软环住他的脖子。

秦骁抱着她路过门边时，倪浩言眼睛都气红了："苏菱，你怎么了！他对你做了什么？"

苏菱吃力地看着他，认出了他是自己的表弟。

她一时还有些疑惑，她断了腿倪浩言没能带走她，后来秦骁就不让他来了。他怎么又来了？秦骁说会打断他腿的呀。

苏菱有点慌，抬头去看抱着自己的男人。

他感受到她的目光，似笑非笑："怎么？"

她怕秦骁真的伤害倪浩言，对他露出一个笑："我不和他走，我跟你回家。"那笑纯净乖巧，像初绽放的桃花，开得招招摇摇。

秦骁瞳孔一缩。

几乎不受控制地，心里泛起难以言说的喜悦。

她这副模样，几乎是他日思夜想、梦寐以求的娇软样。

他爱死了这种感觉。

虽然这个转变来得突然又蹊跷，但是不妨碍他心情变得愉悦。他当着倪浩言和云布的面，低头在她脸颊上一亲。

她半眯着眼睛，茫然地摸了摸自己的脸。

秦骁这回真的笑了。

倪浩言见了这个陌生男人的轻薄行为，快要疯了。偏偏他那个傻表姐还一副傻兮兮的模样。

他像头被激怒的小野兽："我杀了你！你放开她！"

保镖感受到倪浩言激烈的动作，两个人把他扣得死紧。云布在旁边听得分明，骨头咔嚓一声，显然脱臼了。然而倪浩言像是没有感觉到一样，红着眼睛，似乎要把秦骁生生咬下一块肉来。

云布脸色白了白。

秦骁嗤笑了一声，看都没看他一眼，抱着苏菱下了楼。

万白白要被这个发展气死了，她一瞪郭明岩："这就是你说的静观其变！"

郭明岩心想：不是，这关他什么事呀。

万白白知道来的这两个应该是苏菱的朋友，她刚刚和苏菱聊天的时候苏菱说有人会来接她。

她连忙走过去："你们把人放开呀。"

云上香榭的人并不听她的，郭明岩说："放开放开。"

倪浩言被放开了，他脸色惨白，眼睛却猩红，他们一松手他就要追下楼。

云布还理智些："倪浩言，你别冲动，他开车走的，你现在追也追不上。我们……"她想说"我们报警吧"。

然而一看这个云上星空这么多衣着打扮非富即贵的人，她在摸不清他们和刚刚那个男人关系的情况下，不敢把这话拿出来随便说。

倪浩言不傻，立马明白了现在追也没法追。

他抿了抿唇，这才感受到手腕脱臼的痛。

万白白也急，秦骁这个脾气……真的贼吓人哪。

她说："郭明岩，我把你的东西都还给你，你把苏菱带回来吧。"

郭明岩心想：你以为老子不怕秦骁的呀？

然而这个时候不能在众目睽睽之下犯尿，他睁着眼睛说瞎话："问题是……我也不知道骁哥去了哪里呀。"

他房产那么多，郭明岩哪里知道他把人带哪里去了。

而且郭明岩看他走的时候心情还不错，想来不会出什么大事。

万白白冷笑了一声："一丘之貉。"她就不该相信他。她走过看了下倪浩言的情况："你是苏菱的朋友？先别担心，我们报警，你去医院把伤处理一下。"

少年抿着唇摇了摇头。倪浩言看出万白白和秦骁他们不是一伙儿的，刚刚那个男人身上的气势太过狠厉。他现在很担心苏菱。

"我没事，云布姐，你报警吧。"他手动不了。

湛磊拍了拍暖暖的头，走过来斜了郭明岩一眼。嗬，出息。

左右摇摆的模样。

"万小姐，别人不懂事，怎么，你对秦少的性格没有耳闻吗？"

万白白一咬牙，想起刚刚苏菱那副真心开心感动的模样，拿起手机报了警。

怎么的吧！姐本来就是从一无所有开始的！

秦骁开车回松山别墅的时候，丁姨老远听到他车子的引擎声，顿时喜笑颜开地去迎接："少爷回来了。"

文夫人不管秦骁，丁姨照顾了他好几年，对他很有感情。

秦骁点点头："丁姨。"

然而丁姨看他从驾驶座里小心抱出来一个姑娘。

那姑娘脸埋在他怀里，看不清长什么模样，露在外面的一双胳膊白生生的，纤细美丽。

丁姨喜上眉梢，少爷这还是第一次带姑娘回家呢！

说不定这就是未来的少夫人。

秦骁抱着她上楼，丁姨跟在他身后。

秦骁说："给她放水洗一下。"

丁姨欢欢喜喜地应了一声，去浴室把水放好。出来就看见这姑娘被放在床上，秦骁在给她脱鞋子。

小姑娘的一张脸终于露了出来，丁姨看得心里一咯噔，这姑娘也太漂亮了。比年轻时候的文夫人还要好看得多。

而且她家小少爷在给人家脱鞋子！

丁姨马上道："少爷，我来我来。"

秦骁把她的袜子脱了，一只小巧白皙的玉足露了出来。

丁姨连忙扶他起来："我帮这位小姐脱，小少爷你先歇一会儿。"

秦骁："……"

丁姨回头就看见他的目光落在少女那只露出来的脚上，他额头上沁出了汗。丁姨给苏菱脱了鞋，小心给她盖好被子，又去体贴地把空调调低了几度。

秦骁转身出了门："丁姨你给她洗洗。"

他下意识地摸了摸自己鼻子下面，没流鼻血。然而呼吸很热。

丁姨是不知道他这个怪癖的，除了苏菱，谁都不知道。他自己以前甚至都不知道。

他在外面待了一会儿，有点想抽烟。

这个点别墅静悄悄的。

他闭了闭眼，心情还是很烦躁。

秦骁又进去。丁姨已经帮苏菱把衣服脱了，浴室门没关。丁姨许是没有想到他会去而复返："少爷？"

少女趴在浴缸中，露出来的肌肤是奶白色的。

他的喉结动了动。

苏菱睁开眼睛，她睫毛还沾着水汽。

然而热水一泡，酒醒了四分。

她睁着眼睛看他。

水汽朦胧，他什么都还没看见。秦骁心里骂了一声，面上弯了弯唇："我出去，你慢慢洗。"

丁姨没觉得有什么不对，苏菱还有些晕。她认识丁姨："丁姨，您帮我关一下门。"

丁姨关了门才觉得不对，转而又欣喜起来："小姐，您知道丁姨呀？少爷跟您提过我吗？"

苏菱脸色慢慢变了。

她四周打量了一圈，剩下的六分醉意瞬间被吓没了。

这不是上辈子那五年……

云上香榭的事情也慢慢想起来，苏菱回忆了下自己说的话，整个人都不好了。这种匪夷所思的事情，一开始她就没打算和任何人说，她貌似把两辈子的秦骁弄混了，说了不该说的话。

还有倪浩言和云布，他们怎么样了？

最糟糕的情况就是，眼前这个熟悉的地方，是秦骁那个她待了五年的别墅。

她竟然又回来了。

"小姐是少爷的女朋友吗？长得真好看。"丁姨笑吟吟的。不仅长得好，这身材也好，该有的地方都有，肌肤如玉，国色天香。

少爷眼光真好。

苏菱咬牙，脸色很难看。

"不是。"

丁姨愣了愣，随后尴尬地笑笑，怕苏菱介意，柔声道："是丁姨说错话了，小姐慢慢洗，有什么需要给丁姨说好吗？"

苏菱虽然不喜欢秦骁，但丁姨实打实是个很好的人。

上辈子那五年，丁姨又喜爱她又同情她，把她当作女儿来疼。

苏菱轻声给她道谢。

丁姨出去，就看见秦骁在走廊上吸烟，一副很烦躁的模样。

丁姨斟酌道："少爷，我去给那位小姐收拾一间房吗？"

秦骁修长的手指夹着烟："不用，她和我睡。"

"……"丁姨叹息,"好的。"她回忆起刚刚那漂亮的小姑娘的表情,人家好像不是很喜欢她家小少爷呀。

丁姨无儿无女,真心疼爱秦骁,想了想还是怕他做错事,规劝道:"您别乱来呀,少爷。"

他弹了弹烟灰:"嗯。"

秦骁的脾气谁也管不了,丁姨没办法,只能下楼。

秦骁等一身烟味散了些才进门。苏菱清醒了,害怕都来不及,哪里还有心思洗澡?她没有穿丁姨准备的睡袍,换上自己的衣服,刚刚出浴室,秦骁就推门进来了。

她一双杏眼圆鼓鼓的,看见他的那一瞬仿佛受了巨大的惊吓。

秦骁笑了一声:"怎么,清醒了?那过来,我们算下账。"

苏菱都不知道是该慌他猜到了什么,还是该害怕自己如今的处境。

她不肯过去。

秦骁慢悠悠地命令:"过来,别让我说第二遍。"

苏菱怕他,这个地点,这个情况,都让她想到之前受制于人的场面。

她告诉自己不要怕,先把话圆过去。

然而心理暗示作用不大,她还是怕……

苏菱知道先发制人这个道理,她走过去,小声指责他:"你给我下药。"

那怯生生的模样,让秦骁噗了一声。软哚哚的,毫无威慑力。

秦骁:"没有,不是我。"虽然他默许了这件事,心怀不轨,但确实不是他,而且那也不是什么药。

和他过招,她那娇怯的模样显然不够看。秦骁冷下语调:"苏小姐原来还有个相好,是不是该介绍一下?"

一语中的,恰好戳中她最怕的点。

苏菱摇头，她心跳飞快："没有，我喝醉了，胡乱说的。"

秦骁笑了一下："当老子傻呢？嗯？"

她唇色微微泛白。

秦骁站起来。"苏菱，"他低下头看她，"坦白点，就饶了你。嗯？"

她连连后退，不敢接话。

"我要回学校了。"

秦骁捏住她的手腕，眼底没有笑意。

苏菱有点急："这些都是我的事，和你没有关系。"

是，这些在这辈子都是她的事。她欠他的都还了，他没有任何立场来管这些。

秦骁沉默了一瞬。

他冷着嗓音："有关系。"

苏菱抬起头。他瞳孔漆黑如墨，重复了一遍："有关系。"

她突然害怕他接下来要说的话。

然而手腕被男人扣得死紧。

九月的夜晚已经渐渐泛凉，空调温度太低，空气中蔓延着丝丝冷意。

他身上传来极淡的烟草味。

苏菱听见他一字一顿清晰地说："因为我喜欢你。"

她鲜少听到这样的告白，耳尖红透了。

他笑了："苏菱，听清楚了吗？因为我爱你。"

她咬唇，脸颊上也满满都是绯色："秦骁，你别……别开这种玩笑。"

爱她，怎么可能呢？

他说喜欢她，她是信的，每个人都有喜欢的东西，像是喜欢一碟菜、一种花。她于秦骁，只是恰好对了他胃口的一个女人。从脸蛋到身体。

秦骁没有说过爱她，这是第一次。

苏菱不信，他谁都不爱的。

她眼睫微颤，都不知道自己该更害怕哪个话题："我说的是真话，没有别人，没有任何人，你可以去查。"

她说这话时，黑白分明的眼睛看着他。确实没有任何人，除了他。

秦骁眯了眯眼睛。他这个人很精明，知道她没撒谎。

她撒谎的时候，自己先觉得羞，整个人都不好意思。

然而这件事漏洞很多，她那么讨厌他，怎么会和他说跟着他回家？她把这里称作"家"？

而且之前她醉酒冲他笑的那惊鸿一瞥，娇软软的顺从样，简直是……太对胃口。

仿佛是有人按他的心意教出来的。

秦骁不动声色，笑了笑："成啊，我信你，现在睡觉吧。"

苏菱松了口气，犹豫地看了他一眼："我要回学校。"

秦骁似笑非笑，坐回那床上，修长的腿交叠，没有回应她。

苏菱推开门，他也没有阻止。

苏菱一路下了楼，没有找到自己的鞋子。丁姨在厨房熬醒酒汤，听见脚步声，看见是苏菱："小姐，您要走吗？"

苏菱点点头："丁姨，请问我来的时候穿的鞋子放哪里了？"

丁姨不放心："都十点多了，外面那么黑，又是山间公路，别墅这边打不到车。小姐，您出去不安全。"

苏菱冲她笑了笑："没事的，我可以打电话叫车。"

苏菱到底是客人，她要走丁姨不可能拦住。丁姨把收好的鞋给她拿过来，苏菱换好以后就出了门："丁姨再见。"

丁姨忧心忡忡地看着苏菱的背影，她长得那么好看，又这么晚了，怎么都不安全。少爷怎么也不知道送送人家？

她刚这样想，秦骁就下了楼。

秦骁："她走了？"

"是的，少爷您送送那位小姐吧。外面那么黑，就算是打车也不安全。"

秦骁嗤笑："对她而言，这里才最不安全。"

这话说得丁姨不敢接。

然而，说是这样说，秦骁还是出了门。

外面没有星星，灯光倒是亮。

这个时节山间还有蚊子，苏菱在门口站了几分钟，被蚊子咬了好几个红疙瘩。

苏菱摸出手机，才发现没有电。

她总觉得一切都是秦骁算好的。苏菱心里很着急，不知道云布和倪浩言现在怎么样了。

对他们的担忧占了上风，她决定回去找丁姨借下手机。

秦骁果然就在懒洋洋地站着等她。

看见她回来，他弯了弯唇："苏小姐是想通了，回来投怀送抱和我一起睡？"

他好不要脸哪。苏菱脸颊一阵烧："秦骁！"

"嗯，听着的。"

她背后就是茫茫夜色，走路回去显然不可能。她忍住求他那种羞死人的感觉："我可以借个电话吗？"

他说："自己走过来，靠近点说，远了我听不清。"

他这种睁着眼睛说瞎话的本事炉火纯青。苏菱还记得才重生回来的时候，她全身狼狈在浴缸中求他帮忙，他冷漠无情，直接说不帮。

找他帮忙，总得付出代价。

秦骁见她翘首以盼，想来是希望丁姨出来，那副前进后退都不对的样子看着傻乎乎的。

他慢条斯理："丁姨睡觉去了。"

她咬了咬唇，秦骁看得好笑。

少女终于慢吞吞走了过来，每一步都跟踩在刀尖上似的。

他没动，只是看着。这是她第一次主动走过来，他眼睛眯了眯，从兜里摸出手机："一个条件。"

她睁大眼睛，有点委屈的模样。

他乐了："嗯，打一分钟抱一分钟。打不打，自己选。"

这哪里有的选？

别墅她不能回去。摸黑走，走不走得下去暂且不论——走到天亮也许能到。云布和倪浩言多半还在到处找她，不知道多着急。

她根本没的选。

她接过了那只手机，男人低低地笑起来："嗯，乖。"

苏菱又羞又气。她背过身打电话，云布和倪浩言的号码她都背过，此时顿了顿，决定打给云布。秦骁就在她身后站着，她不敢惹他。

电话一通，苏菱立马简明扼要地报了自己的位置，告诉云布她手机没电了，让她别担心。

苏菱让云布帮她叫个车，说完就要挂电话。

云布："欸，菱菱，你别挂呀。"她看了眼旁边脸色苍白的少年，倪浩言眸色沉沉，冲她摇了摇头。云布叹了口气，好吧，不说。

他们俩现在在医院。

"……怎么了吗？"苏菱心里也急。

云布说："没事，我帮你叫个车，注意安全。"

结果苏菱一挂电话，看到上面显示"00：01：03"，整个人有点蒙。

秦骁没忍住，笑了。

其实就超过了三秒，但是按照话费的算法，是整整两分钟。

她看起来好绝望啊。他简直要被可爱死了。

秦骁笑了一声，冲她张开双手："过来吧。"

她脸颊好红，不守信对她而言基本不存在。他在那双干净的眼睛里找到了自己的影子，心里有种满足的喟叹。

苏菱走过去，轻轻抱住了他的腰。

他愉悦地笑了起来："这么主动的吗？"

她快羞死了，不想搭理他。

女孩子的身体香香软软的，他能看到她的发顶，尚且沾着浴室未干的水珠。

所有躁动的负面情绪，竟然一瞬间消散得干干净净。

只剩下那点甜，甜得他眸中柔和。

她还在默默计时，可怜巴巴的。

他轻轻推开她，她脸颊红得不像话，眸中也水盈盈的，非常害羞，夹杂着几分浅浅的生气。然而时间并没有到，她懵懂地看着他，不知道他又要做什么。

秦骁把她脸颊边的头发撩开，低声道："好了，生日快乐。"

这是老天把她送来人间的日子，他应该善良一次。

"我送你回学校。"

她坐在副驾驶上，秦骁开车，他随手把手机丢给她。

她怯生生地说："不要了。"

秦骁心都要被这姑娘萌化了:"这次不收费。"

她忍了忍,还是没忍住,因为太开心而浅浅弯了弯唇。眸中笑意缓缓绽放的一瞬,细碎的光比琉璃还漂亮。

他实在太坏,难得对她这么好。

一点小小的、正常的举动,也可以让她这么高兴。

车子行驶在路上。苏菱小声打电话,这个时候她才敢细细回答云布的问题。

她顾及秦骁,回几句又看看他的反应。

他开车很专注认真,那股不羁的野性收敛得干干净净。

夜间静谧,九月尚未过去,万物生气勃勃,一路伴着小声的虫鸣,车里也很安静。

他漆黑的眸看着前方。

不知怎么的,苏菱想起上辈子丁姨给她讲秦骁少年时候的事。

"少爷读高中的时候,和郭少他们跑去飙车,把额头撞了很大一个洞,现在细看还有浅浅的疤。"

那时她安静地听着,她没见过车速很快的秦骁,他开车总是很认真。

丁姨笑着说:"现在这么老实,因为车上有你。"

因为他爱你。

所以学着收敛,所以小心翼翼。

苏菱猛然别过头,不再看他。墨蓝色的夜幕,一切景物都在倒退。

然而这世上很多事情不能像这样倒退回去,比如时间,比如爱情,比如初遇,又比如别离。

苏菱已经死过一次了。

第九章

小九里

苏菱回到寝室的时候，赵婉婉连忙起身："你回来啦？"

这时候十一点半了，挺晚的。

赵婉婉还帮她留着门，另一个室友周曼睡了。赵婉婉压低声音，用气音道："云布呢？没有和你一起回来吗？"

她语气有些担忧，这时候没睡，显然是在等苏菱和云布。

苏菱愣了愣，摇了摇头，也轻声回她："谢谢你。"

赵婉婉有点不好意思，之前她和周曼挺排斥苏菱和云布，然而她知道，苏菱虽然大多时候不说话，却是个好姑娘。

云布虽然大大咧咧，但是人也很不错。

只不过人与人之间的界限一旦划开，后面就很难融合。赵婉婉知道周曼心思深，所以两个人相处时总有防备，她心里很羡慕苏菱和云布。

苏菱在车上已经和云布聊了一会儿，云布说她马上就回来。

果然过了没多久，云布也回来了。两个人有很多话要说，但怕吵醒其他人，加上太晚了，只好先睡觉。

第二天云布实在没藏住心事，拉过苏菱："菱菱，昨天带走你的那个人是谁呀？"

苏菱没打算瞒她："是秦骁。"

云布："……"她骗了自己一晚上，只是长得像、长得像，结果还真是那个秦总啊。

云布在片场见过秦骁一次，秦骁对付郑小雅那一出，现在在小圈子里面传起来也要让人叫一声好。

秦少简直被传得神乎其神，年轻多金，有钱有势，简直是神坛上的男人。

然而昨晚那个神坛上的男人，气质乖戾，危险得让人心惊。

云布都不知道是该说"哇，菱菱太厉害了，这种神话级别的大佬都认识"，还是该说"菱菱太惨了，那个男人看起来就不好惹"。

郑小雅现在有多惨——好几个月都没有拍戏了。

关键是，这个男人还间接把菱菱表弟的手给弄折了呀！

云布想起那个少年好歹礼貌地喊自己一声"云布姐"，就有些心疼。她纠结了一节大课，决定把倪浩言的事情告诉苏菱。

苏菱的脸色当即就变了。她昨晚不清醒，只知道倪浩言来了，却不知道他原来还受伤了，脱臼很快能正回来，但要痛几天也是实打实的。

云布说："他不让我说，昨晚也回学校了。菱菱你别急，医生说等两天就好了。"

苏菱不可能不急，这是她当亲弟弟的少年。

剩下两节课她直接去请了假。陈帆的课，本来不太好请，但苏菱很急，是个人都看得出来。

陈帆皱紧了眉头："那你去吧。"

他平时虽然严苛，作风也不太端正，却不会在这种事情上为难学生。

两条小巷的距离，苏菱很快去了Q大。这时候还是上午，刚好是上课时间，校园里的人不算很多。

然而苏菱长了张回头率百分之百的脸，一路走过去都有人在悄悄看她。

越看越眼熟。

苏菱知道倪浩言报了计算机专业，却不知道他被分到哪个班级。那时候她已经和舅舅一家人断了联系，只好问过去。

倪浩言在大一新生中挺出名的。

计算机 B 班班长，成绩优异，长得帅气，打球也好看。

问了几个人，还真有人给她指了路。

苏菱心中愧疚。她到底还是没有照顾好他。

倪浩言在上编程理论课，他学习很认真，只不过手受伤了没法做笔记。老师讲完理论，让他们自己温习下，看会儿书。

大学课堂上一般一个寝室的都坐在一起，倪浩言的室友张军他们在打游戏。

五个人凑够了一个开黑车队①，张军打 ADC，还在野区刷经验刷得起劲，旁边的人一个劲推他："军儿，抬头。"

张军："别推老子，红要被抢了。"

"不是，你抬个头，外面那个是不是你女神？"

张军以为他们骗自己："你脑子抽风吧，我女神怎么会来我们学校？"

他拿了自家野区的红，心满意足，脑袋上被人一拍："真的像，你快看看，长得好漂亮。"

张军火了，他一抬头望过去，看见教室外面的少女的时候，原本不耐烦的表情立马变了。不知道脸红没红，他皮肤黑，红了也看不出来。

———————

① 开黑车队："开黑车队"，及下文之"ADC""野区刷经验""红要被抢了""后羿""打野""李白"等语，均出自手游《王者荣耀》。——编者注

手机屏幕里的后羿被对面打野李白杀了。

张军也没去看，磕磕巴巴："真……真是呀。"

好几个人都看到了苏菱，她长得美，计算机专业一群工科男，基本很少有人扛得住这样的美色。

关注娱乐圈的还好，只觉得苏菱眼熟，不关注的都觉得她长得真好看。

越来越多人看她，苏菱意识到不妥，然而倪浩言自小就倔，他小时候和别人打架，回来腿上有一条口子都不说，最后还是外婆自己发现的。

苏菱怕他还有别的伤却没有说。

她心里焦急，却也知道倪浩言这会儿上课不方便出来。

大学教学楼有很多供自习的教室，她打算在那里等倪浩言他们下课。

一群糙老爷们儿吵吵嚷嚷，倪浩言抬起头，顺着他们的视线看去。

苏菱已经转身，去隔壁教室了。

倪浩言怔了怔。

身边的人还在讨论："是隔壁 Z 大的呀，长得好好看，可惜离得远。"

女生也很激动："她演《十二年风尘》的九里呀！等几天就要上映了，天哪，我第一次离明星这么近。"

"不知道她来找谁的。"

张军连游戏都玩不下去了，室友们知道他是个痴汉，怂恿他："军儿，翘课呀，去勾搭女神，为了爱，没有什么不值得的。"

引来一小片笑声。

讲师没看见苏菱，苏菱只待了一小会儿。他写完板书回来就发现教室里叽叽喳喳的，讲师脾气很好："都安静点，还在上课，书看完了吗？待会儿抽问。"

张军下定决心，一咬牙刚准备跑，前排的倪浩言就举起了手："汤老师，我不舒服，可以出去下吗？"

倪浩言是班长，讲师不认得班上大部分学生，但知道他。

"去吧。"

倪浩言出了门，他面上没有表情，转弯就去隔壁了。

张军："……"

一众室友也很蒙："那里不是厕所，也不能下楼，是刚刚那个妹子进去的地方吧？"

"班长请假去追妹子了？"

张军："我就说他上次为什么撕我海报，都别拦着我，我要去打死他。"

"加油，军儿！看好你呀。"

他快快，却也不敢举手。"待会儿我从后门摸出去。"

"出息！"

倪浩言站在隔壁教室门口，苏菱在低头刷微博，《十二年风尘》在宣传期，必要的转发她得跟上。

自习室里人不多，四五个。教室里开了空调，几个学生都在偷偷打量她。

倪浩言心想，她就是有这种魅力，明明安静内敛，却能吸引所有人的目光。

他看了一会儿，苏菱似有所觉，抬起头，刚好看见少年清俊的身影站在门边。

苏菱轻手轻脚地起身，走出教室。

倪浩言沉默着，带她下楼去崇知湖。湖边种了杨柳，柳树一半深绿，一半金黄。

湖水在阳光下漾出潋潋水波。

路两旁的银杏过不了多久就会全部变成金黄色。

这是苏菱离家以后，姐弟俩第一次见面。

苏菱心怀愧疚。她不善言辞，心里再急也表达不出来。她还记着倪浩言不太待见她，嫌她烦。这时候反倒不知道怎么开口。

倪浩言抿了抿唇："你来做什么？"

他这个样子，冷静自持，和昨晚那个要去和秦骁拼命的人完全对不上号。

好在苏菱也没看见他那个样子。

她轻声问他："你手怎么样，还有别的地方受伤了吗？"

"不关你的事。"

这句话很冷漠，苏菱眨了眨眼睛，心里闷闷地疼。有的伤口哪怕是结了痂，一戳也还是会生疼。

她好想外婆，她不想没有家。

然而她作为姐姐，总不能在倪浩言面前将这些情绪表露出来，她只能道歉："对不起。"

"你没什么对不起我的。"他干巴巴道，也意识到自己的话很伤人，苏菱伤心他是知道的。然而，他们的相处模式太固定，一时半会儿纠正不过来。

倪浩言说："昨晚上那个人……看上去就不是什么好人，你什么时候认识他的？"

这话问得有点太私密，倪浩言立即意识到了不妥，又加了一句作为结尾："你最好离他远一点吧，我听说你们娱乐圈的事情很复杂。"

苏菱点点头，她最怕的就是倪浩言被卷进秦骁的事情里面。

倪浩言像只死倔的小野兽，秦骁则是冷漠地端着枪的猎人。

倪浩言如果惹了他，秦骁开枪时手都不会抖一下。

"我知道的，你的手还疼吗？"她细细打量他，他没有外伤，她记忆里秦骁也没来得及对他做什么，看来真的只是手腕脱臼了。

倪浩言手指动了动："不痛了。"

两个人都沉默了一会儿，苏菱想问他家里的事，最后还是没有问出口。她说："你要好好的，外婆那边……我们都不在，如果她身体……"

倪浩言懂她的意思："我给我爸说了，奶奶有什么事他会通知我的。"他看着她，她明明是姐姐，却比他矮很多，就是一个娇娇小小的女孩子。

"我也会通知你。"他说。

没有剑拔弩张，也没有童年时他恶劣欺负她的那种心态。

他仿佛长大了很多，脱去了幼稚的、张扬的性格，变得沉稳起来。

记忆里那个和倪佳楠一起欺负她，最后又挠挠头很急的小男孩，一下子就长大了。

苏菱不太习惯，也不知道是哪些事情导致了他如今的变化。她有些无措，只能给他道谢。

"不用，你回去上课吧。"

她本来也不擅长和人谈话，他让她走的时候，她犹疑了一下，点点头走了。

"倪浩言。"她想了想又回头，喊人时还是软软糯糯的，"你好好休息，要是不舒服就去医院，或者给我打电话。"

倪浩言没有应，隔着一座桥看她的背影。

少女纤细窈窕，成了最美的风景。

这一年她二十岁，他也十八了。大家都是成年人。

他把手搭在栏杆上，手腕依旧隐隐作痛。他其实有很多话想问她，比如：你为什么没有来送我上大学？为什么最后连个电话都没有了？为什么真的能走得这么干脆？你不是最怯弱不舍的吗？

他想了许多，等到校园里下课铃声响起了，他才发现自己在湖边站了太久。

那些问题有什么意义呢？

这世上情绪最脆弱敏感的人，往往也是最无情的人。

这世上最柔软的人，往往有世上最坚定的心。

苏菱不要某些东西的时候，就不会再捡起来。

谁都不会是那个例外。

国庆那天，《十二年风尘》首播。

由于之前热度炒得不错，开播前一个小时，关于这部剧的话题就占领了微博热搜榜。

国庆节全民放假，流量相当可观。

＃万白白沈逸恋情曝光＃

＃任冰雪与新人殴打事件＃

＃九里扮演者苏菱＃

这些话题很快占领了热搜前排。

秦骁没有刷微博的习惯，他那个号是助理贺沁注册的，开了黄V①，微博名非常简单霸气——秦氏总裁。

霸道得令人发指！

---

① 黄V：社交媒体微博中的一种个人认证标识。——编者注

贺沁当时也是抱着玩笑的心思用了这个名字，毕竟秦骁不看这个，关于娱乐圈，他只看清娱的报表。

秦少是纯直男，还是直男中典型的资本家，清娱对他而言，就是个赚钱的公司。

然而贺沁抱着文件进来，就看见秦总慢悠悠地坐在老板椅上刷微博。

那会儿才早上九点，秦少眉眼冷峻英挺，嘴角的弧度却很柔和。贺沁大着胆子瞥了一眼，看到手机图片上一个穿古装的白裙少女。

贺沁一下就想起了 Z 大游泳馆里的那个姑娘。

贺沁头一偏，看见秦少办公桌上面的那只廉价的粉色毛绒兔子。

不知怎么的，贺沁有点想笑。

然而秦骁刷了一会儿微博，眼神慢慢冷了下去。

苏菱这人气也太好了。

他没有给她买热搜，这热搜完全是靠她的颜值自己上去的，剧还有一个小时才播，她就能去和任冰雪、万白白这些一二线明星争一席之地，那以后还得了。

网上说话忌讳少，也是说着玩。

这就是我女朋友本人没错了。

那上面是乖乖巧巧的苏菱，她的定妆照和剧照都有。

还有不少说这是我女人、女神、老婆的，秦骁看得冒火。

他手指修长，指节在桌子上敲了敲，皱着眉，很心烦，干脆把贺沁喊进来。

贺沁："秦总，有什么吩咐吗？"

秦骁冷着嗓音："这个剧控下场，让她别那么红，等《十二年风尘》播完了，人直接雪藏了。"

贺沁听得眉头一跳，嘴角抽搐。然而秦少并不觉得有什么不对，他还补充了一句："封杀了也行。"

不知道的人还以为这是他女人，然后出轨了，秦少恶意报复。

然而据贺沁所知，这位小美人似乎并不待见秦少。

贺沁忍了又忍，心想自己老板怕不是有病。贺沁念在高薪的分上，打算劝劝他。她情商不错，说话比较委婉："秦总，苏小姐才起步就被雪藏，她会难过的吧？"

秦骁顿了顿。

"我养她。"

贺沁心想：真牛，你不翻车我不信。

她也怕惹这个魔王，笑着说了声："行。"

苏菱挺紧张的，她从来没有想过，之前没有拍完的《十二年风尘》有播出来的一天。

她和大多数人一样，在上大学之前，没有特别的爱好，也没有非常喜欢的专业。那时候只想着随缘，后来外婆说："你妈妈俏俏，毕生的梦想就是出现在荧屏上，可惜这个愿望她没有实现。"

是了，这是苏菱的初心。

于俏死在二十三岁，一个女人最好的年华里。

她没有对母亲的记忆，外婆说，俏俏是很温柔美丽的姑娘。

苏菱默默把第一志愿改成了 Z 大，表演系。

尽管在别人看来，她谦和温柔的性格并不太适合这个专业。

这条路很难走，她上辈子就没有真正踏上去过，却也尝到了个中艰辛。如今却阴差阳错有了再来一次的机会，她竟然能实现最初的梦想了。

表演这一行很有魅力，接触过的人，有很多会深深爱上它。有人从四五岁就开始演戏，最后到了耄耋之年，依旧在为了这份爱而坚持。

也有人入戏太深，将自己全部的感情都倾注了进去。

苏菱也喜欢它，从了解以后开始喜爱的。

她一生太顺从听话，总希望自己身边的人别为她担心，只有在剧中，她可以饰演和自己性格完全不一样的人物。可以跋扈，可以嚣张，然而现实中她的这些棱角早已经被磨平。

所以《十二年风尘》开播的时候，苏菱心情很复杂。

她也帮妈妈实现了愿望。

和舅舅一家人断了以后，苏菱不知道外婆的消息，然而她知道，外婆会看的。她对外婆的态度寒心，但她不是忘恩负义的人。那是省吃俭用供她念书长大的人，整整二十年的感情，外婆是和她血脉相连的最后的亲人。

《十二年风尘》由于调了档期，反而比云布他们拍的都市情感剧更早播放。

苏菱的紧张很内敛，云布就不一样了，她兴奋得眼神都在发光。

"我菱菱的盛世美颜，看得我都想舔屏！

"菱菱肯定要火的，我是大明星的闺蜜，我好幸福哇。

"我以后就靠卖菱菱的签名为生，我肯定要变成小富婆的，然后包养三个小狼狗①，一个给我拎包，一个给我写作业，还有一个和我睡觉……"

苏菱的紧张被她冲缓，没忍住，笑了。

"你别笑哇菱菱，我一想就觉得太美好了，想去操场跑几圈发泄一下！"

---

① 小狼狗：网络用语，指长相帅气、年纪较小、会讨女生欢心的男生。——编者注

十点整的时候网络首播。

《十二年风尘》的点击量很快就在各大视频网站上冲上前几名。

这年头，这类题材一播出满满都是噱头。

苏菱的戏份不多，九里毕竟只是个女四号，但是第一集有她！

恰好就是她钻丞相府的狗洞，把阮黛带走那一幕。

弹幕[①]本来就多，不少人是冲着万白白、沈逸和任冰雪来的。

> 白白女神的剧，支持支持！
> 给我家沈先生疯狂打 call[②]。
> 雪雪最美，其余靠边站。男主是雪雪的。
> …………

这三个人早就挺有名气，弹幕中哪怕有一部分是关于支持其他小鲜肉配角的，也很快就会被覆盖，弹幕几乎被关于这三人的讨论占据。云布嘟了嘟嘴。她心想，我家菱菱才最美呢。

然后苏菱出场了。

彼时丞相府中桃花灼灼，她抬起头的那一刻，弹幕静默了一瞬。

然后疯狂的刷屏开始。

> 我的妈，我以为定妆照是精修图，现在我信了这个邪。
> 这就是九里小仙女本人吧。
> 被小九里迷倒，我的女神要换人。
> …………

---

① 弹幕：指在网络上观看视频时弹出的评论性字幕。——编者注
② 打 call：网络用语，用来表达对某人、某事、某物的支持和赞成。——编者注

任冰雪的粉丝本来等着这一幕，想来扒一扒这个"恶毒欺负她们偶像"的新人，这时他们的言论被一片赞叹之声淹没了。

少有两条能看见的，立刻被反对下去了。

苏菱的演技很扎实，她曾经反复训练，默默练习台词和表情。她不属于惊才绝艳的天才型，然而她的扮演很有灵气。

她演九里，演出了那种十五六岁小姑娘天真又直白的性格，和原著中的小九里非常贴合。

文导说，倘若苏菱再多磨炼一番，以后拿个影后奖项不在话下。

这年头，有颜值又有演技，人物设定还讨喜的演员，简直占据天时地利人和的条件。

喜欢书中九里这个角色的人本来就多，如今第一集还没播完，苏菱就吸引了一大波粉丝。

原本只有四位数粉丝的微博号，粉丝数以可怕的速度疯狂上升，一下就破了万。

云布说得没错，苏菱真的要火了。

苏菱也很开心，前世今生加起来，她的年龄也不大，也有过对梦想的渴望。

她希望演出好作品。

《十二年风尘》无疑是成功的。

她的心怦怦跳。

年轻时，每个人都有情怀。

重新回来的那一刻，她只想好好活下去，从来没有想过曾经的缺憾可以在此刻变得圆满。她上辈子，整整一生都活得过于自卑，她曾经那么想骄傲地活着。

不用活在秦骁的羽翼下，不做只为他一个人歌唱的金丝雀。

她第一次觉得，自己离那个牢笼很远了。

首播很成功，收视率节节攀升，几位主演人气都疯狂上蹿。哪怕是任冰雪演的反派，也大涨了一波人气。

万白白在自家公寓跷着腿嗑瓜子的时候，笑吟吟道："怎么，我没说错吧？请叫我万预言帝。"

这剧本来噱头就多，原著非常出色，改编得也不错，哪怕有差评，也是另一种人气。更何况这部剧调在了国庆档期，还在人气最高的青春台播放。

几重加持，也许还有望冲击年度最佳。

万白白拍拍手上的瓜子屑："小九里很棒啊，也许可以拿一座新人奖奖杯哟。"

大佬这么捧，那个人的心尖尖，怎么都得火呀。

然而万白白万万没想到这次她预言错了。

原本《十二年风尘》人气最高的苏菱，相关热搜火速被撤了下去，甚至网上的讨论也变得很少，仿佛全网把她屏蔽了一样。

而各大视频网站的弹幕，对苏菱的讨论也少了。

哪怕后面几集苏菱的戏份非常少，这种热度也不会消退得这么快。

这下连万白白都不懂了，这什么情况啊？

《十二年风尘》播出一周后，收视率冲上了榜首。

这时候就连云布也觉察出了不对。按她的设想，这种情况下，以菱菱的演技和颜值，怎么也会有娱乐公司来找苏菱签约。

先前她俩得到的机会都来自清娱，清娱是业内数一数二的公司，要求高，没有签她们也算正常。但《十二年风尘》一出，苏菱竟然依旧无人问津，哪怕是小娱乐公司都没有联系的，这也太说不过去了。

而且网上关于菱菱的新闻几乎没有，讨论得也少，明明这么出彩的一个人物，话题量竟然远远比不上任冰雪。

云布知道先前任冰雪的粉丝黑苏菱的事，然而如今任冰雪靠这部剧热度一路直线飙升，苏菱却没太大变化。

这不科学！

云布怕苏菱难过："菱菱你别伤心，你演得很好的，下部剧会更好，那时候肯定可以特别火。"

彼时苏菱在看戏剧文学，她轻轻一笑，声音柔和："我不难过。"

她演戏不求名，不求利，只求满足初心，对得起自己好几年的努力。

提高演技演好就可以了。

苏菱其实是个很难被外界影响的人，之前那么可怕的流言蜚语都没有把她打倒，只不过最后为了救外婆还是向秦骁妥协了。

恶语尚且不能将她摧毁，赞美不多又算什么？

然而这部戏确实让万白白和任冰雪的身价拔高了许多。她们都大火了一把。这部剧也让投资商赚得钵满盆盈。

苏菱除了混了个脸熟，别的没有任何变化。她依然在Z大如常念书，没有收到任何试镜的电话。

她倒是想起文导在她生日的时候送了她两个试镜机会，苏菱都去了。

一个是仙侠剧，一个是推理电影。

分别试镜女三和普通女配。

在等待结果的时候，校园的银杏叶已经慢慢染成金黄色。

苏菱他们要半期考试了。苏菱过了最初对电视剧上映的期待和紧张期，现在没有怎么关注了，倒是微博粉丝，已经两百多万人了。

苏菱备考时很沉静，把先前落下的功课都细细背了好几遍。

考完那天，她依然没有收到那两个试镜的结果。

她知道自己没有被选上。

说难过还是有一点的，毕竟这说明她能力依然不够。她开始花更多的时间来磨炼演技，对着镜子控制表情。云布都觉得伤心：怎么这样啊，菱菱那么好，那么努力。

万白白给苏菱打过一次电话，安慰了她一番，告诉苏菱她还年轻，慢慢来，以后会好的，一出道被捧得太高也不是好事。

苏菱认真听着，谢过了她。

两个人虽然没提个中蹊跷，然而苏菱并不傻。

她单纯，不争，但不是个没有长脑子的傻瓜。十一月刚到的时候，她知道自己被封杀了。

是他做的。

这件事让她对之前一件事的记忆越发清晰，毕竟他是同一个人，处事风格和心境自然也是一样的。

她才跟秦骁没多久时，非常不开心。

秦骁二十八岁，精力旺盛，喜欢折腾她。

苏菱受不住男人那股子狠劲，她和他没有感情基础，她打从心里接受不了。苏菱又哭又挠，秦骁逗猫一样，非常亢奋："嗯，菱菱也很卖力。"

她又羞又累，直接气晕了。

秦骁觉得好笑，然而她是真的生气。

她生气也软绵绵的，打不过他，也不会骂人，于是她的生气变成冷暴力——不和他讲话。她下定决心的事情没有人能轻易改变，久了秦骁也不爽，她不理他，不哭也不笑，像个没有生命的瓷娃娃。

他捉弄她的时候，她眼里含着泪，却依然一声不吭。

秦骁把她的眼泪擦干净，第一次做出妥协："好了，是我浑蛋。

不哭了。"

他想了想："让你去拍戏成不成？"

她水汪汪的眼睛看着他，有了些光彩。

他弯了弯唇："没骗你，一个古装剧，文智他们才开拍没多久，去不去？"

她有点动摇，还是不说话。

秦骁："老子给你最后一次机会，去不去？"

她总算开口，带着抽泣声，可怜巴巴的："去。"

他笑了。

他知道这种事不能骗她，她虽然好欺负，可是心里什么都清楚。谁对她好，她就加倍回报；谁对她不好，她就默默远离。

简直像在心里有个记账的小本子。

他是唯一的例外，她不待见他，偏偏又远离不了。

那一年的秦骁，并不是真心希望她去演戏。她是他一个人的，从头发丝到足尖，不许任何人与他共享。他答应让她演戏，只是把对付别人的那套用在了苏菱身上。

他是个商人，冷血狡诈的、无情无义的商人。

还是感情观扭曲的那种。

秦骁也不需要多做什么，给几个暗示，剧组自然有人会为难她。

他知道她没有演过戏，那个年纪的姑娘，单纯又干净，拍戏并不容易，他想一次性折断她的翅膀，让她知道他身边才是最安宁的地方。

然而那年的苏菱是真的傻，死倔，一往无前，不怕吃苦，不计较任何东西。

她每天都很开心，神采奕奕的。

这傻姑娘脊背挺得笔直，眼里是细碎的星光，他的心怦怦跳，听她用软糯的声音说，剧组今天又发生了什么，演阮黛阴暗的那一面好难，她怕演不好。

他摸摸她柔软的头发，久久没有说话。

他在这个阴谋中，看见她眼睛里明显的感激。

心被人捏紧，几乎无法呼吸。

然而他万万没想到的是，原本演阮黛的那个女演员，精神出了问题，最后把拍戏的苏菱推下了山崖。

她的腿断了。

骨头伤得厉害，她不能再跳舞，那双笔直匀称的腿，学了十二年舞蹈的腿，自此彻底废了。

她睁开眼睛的时候，没有哭，那么痛都不哭，只是问他："我还能演戏吗？"

秦骁别过头，他活了二十八年，第一次痛得无法忍受。

他死死捏紧拳头："可以。"

她听他撒谎，不知道秦骁是骗她还是骗他自己。她最后露出一个笑容，又沉沉睡了过去。

自那以后，她没有再演戏，她走路都疼，在轮椅上养了半年，走路慢时才不会有异样。

她也乖，不提这件事了。

《十二年风尘》停拍，剧本被永远压箱底。

秦骁以为苏菱不知道，可她什么都知道的。

在剧组的换衣间，她听见别的演员说话。她们说她长了一张魅惑男人的好脸，跟了秦少这么个大人物。

另一个讽刺地说，可惜秦少没打算让她红。

她安安静静听完，那时才二十岁，不是不难过的。

只是她想，她努力一点，再努力一点，秦骁看见了她的认真，是不是就会心软一点？

可惜没有后来。

她出了意外，断腿的事情谁也没想到，可是人生就是如此，永远不知道下一刻会发生什么。

苏菱知道，他不喜欢她去演戏。

这个男人病态地想占有她，人前尽量克制，人后也压抑着那份放肆。

可是一个人可以控制动作，可以控制言语，却不能控制最原始强烈的渴望和本性。

他獠牙收敛得再好，眼睛也会出卖他。

所以今世被他封杀，苏菱一点也不意外。江山易改，本性难移。

她想明白后，挺生气的。

这个男人霸道狂妄自私偏执，谁被他看上谁倒霉，惨在她就是那个倒霉蛋。

苏菱深吸一口气。她鲜少有这么激烈的情绪，堪称佛系。

然而即便她再佛系，也被气得太阳穴隐隐发疼。

苏菱安慰自己，别生气别生气，你气也没用，他有钱有势还是个混账，打不过也杀不了的呀。

不能拍戏也没有关系，以后还可以找其他工作，反正有手有脚，慢慢经营生活就会很快乐。

安慰了半天，好歹起了点作用。

她生平第一次羡慕唐薇薇、郑小雅她们，怎么秦骁就放过她们了呢？她为什么这么倒霉呀！

以前苏菱觉得，得不到的是最好的，兴许是唐薇薇她们太容易被得到了。

然而秦骁那时只是冷冷勾唇，吐出几个字："没碰过她们。"语调冷漠得让人心惊。

苏菱彼时就盼着秦骁有一天说："苏菱？忘了，那是谁？"

然而死了都没等到。

想来这个世界还是不公平，她连活都活不过秦骁。

苏菱气馁了好几天，总算打起精神上课。前半期考试成绩刚好下来，苏菱又是系里第一。

班上的同学都习惯了，她的努力有目共睹，没有人会说酸话。

苏菱没有被签约，以往和她关系陌生的同学都觉得不太好。

"那些人什么眼光啊！虽然和我没什么关系，但是我们系花确实优秀哇，怎么就没大红大紫！"

"我都想买下一个娱乐公司来捧咱系花。"

云布说起这些传言时也在抱不平，苏菱心情很复杂，上辈子那些丑恶的、诋毁她的人，这辈子竟然在帮她说话。

人的好坏有时候哪有定准？苏菱反思，上辈子她活得不够好，除了众口铄金，她自己也有很大的原因。

"没有关系。"她柔声告诉云布，"这世界没有谁该被埋没，也没有人该来捧我，如果有，那是幸运，如果没有也不必失望。"

她笑得温暖，没有阴霾，云布也释然了："嗯！"

苏菱说这话的第二天，谭晴拍拍她肩膀，小声说："董导让我给你带个话，问你要不要去试镜他的新电影。"

苏菱诧异地看着她，谭晴把书一竖，挡住自己的脸，不让苏菱看见自己脸上的不自然。

谭晴自从上次那件事后，就和那个富商断了来往。

她聪明，和那个富商在一起时积累了很多人脉。但董旭是个合格正直的导演，想参演他的戏，还是得看实力。谭晴想法子去试镜了一次电影配角，她发挥失常，试镜完看到董旭冷静无波的表情就知道自己没被选上。

谭晴倒也不在意，只不过想着之前诋毁苏菱时，苏菱还护着她的名声，便不知道哪儿来的冲动，多嘴问了一句："董导，我们系那个苏菱，《十二年风尘》里演九里的那个，能给她一个试镜的机会吗？"

她原本也就是随便问问，反正肥水不流外人田，苏菱好歹是同学嘛。

谁知道董旭愣了愣，似乎想起了什么。

他淡淡道："可以。"

于是谭晴就带话了。

云布和苏菱坐一起，也听见了，当即乐了："我说谭晴，你不会是爱上我们菱菱了吧？"

谭晴："……云布你个小贱人，再胡说老娘撕了你的嘴，老娘喜欢男人。"

云布笑得肩膀抖："行行行，我闭嘴。"她可算明白了，谭晴这人嘴毒心善，活得有个性，说不上正派，也不是什么坏人。

苏菱知道她们在开玩笑，也忍不住弯了弯唇，机会难得，她真心给谭晴道谢："谢谢你。"

"哼。"

试镜在周六，是董旭新电影最后的试镜，这部电影叫《囚徒》。

一听名字就是非常严肃正经的电影。

苏菱上辈子没有看过这部电影，到了地方才拿到剧本。和她一起来试镜的还有十来个人，一半男，一半女。

这部电影只差一男一女最后两个角色了。

董旭是什么人，在座的人都清楚。

看演技不看人，从不开后门，从郑小雅现在还没演上他的女主角就看出来了。只是不知道为什么，他上个戏停拍了，全心筹备起《囚徒》。

这也是苏菱唯一的机会。

她虽然非常讨厌郑小雅，但是对董旭这个人没有特别的感觉。他对她而言，只是个陌生人。

要是目前还有她能参演的戏，那么恐怕就只有董旭的剧了。

董旭有自己出资拍戏的能力，董家也属于上流圈子。秦骁管不了这么宽。

苏菱冷静地把剧本看完。《囚徒》是个推理电影，一群人被关在几乎密闭的空间，只有头顶有可供空气流通的小孔。

墙壁四面光滑，水泥雕砌得严实，所有人都出不去。

空间里面一共关了八个人，分别是律师、小偷、医生、商人、学生、秘书、老婆婆，还有一个在逃杀人犯。

屋顶很高，上面安装了摄像头和一个光线微弱的白炽灯。

他们醒来的时候，每个人衣服上都有名牌，上面写明了各自的身份。

空间里没有武器，只有少量的食物和水。

八个相互不认识的人，为了生存，一场争夺和猜忌的游戏就这么开始了……

剧本写得引人入胜，试镜的地方安静得针落可闻。

董旭拍出来的东西有魅力也就是在这些地方，他的剧揭露人性，悬念重重，让人很想看下去。

然而董旭也是个严厉的导演，几乎是等人一看完剧本，就让人进去试镜。

他给每个人的剧本都是一样的，却没有指明要演什么角色。

谭晴先前跟苏菱说："我虽然也试镜了吧，但是完全是蒙的。董导不按常理出牌，让我演那个四十八岁的男性杀人犯，我当场惊呆了好吗？"

"哇！"苏菱也觉得好厉害的样子。

董旭随即叫人，两三个人一起进去。

苏菱第一次没有被叫到，猜想董旭是让所有试镜的人直接对戏，没有固定的台词，由每个演员任意发挥。

剧本还没啃透，就要直接对戏，这非常考验演员的临场应变能力和灵气。

苏菱被这种氛围感染，手心紧张得沁出了汗。

比起先前"空降"的九里的角色，这个难度系数直线上升了无数倍。

然而苏菱知道，这对她来说很重要。

她演过全部的戏，都是秦骁掌中的一个玩笑。

这是她脱离秦骁最好的机会，能不能在娱乐圈待下去，接下来的表现至关重要。

第一批进去的人，出来时脸色都不太好。

苏菱是第二批被叫到名字的。

两男两女一起进去，包括苏菱在内，一共四个人。

试镜的房间灯光昏暗，十分安静，制造出了《囚徒》里密闭空间的效果。

紧张感瞬间加剧。

董旭坐在一旁，戴了一副眼镜。

他长相淡雅，兴许是因为搞文学，气质很好，然而眉眼间情绪冷淡，眼睛里认真严肃。

苏菱想起他天才的名号来。

董旭开口："冯励飞的角色是小偷；洪政，律师；单蝶，学生；

苏菱，医生。你们现在的情况是，食物快没了，杀人犯被众人合力杀死，每个人都饥肠辘辘，想尽最大可能取得食物。”

他交代得简明扼要，每个人却都感觉到了难度。

董旭的目光扫过他们，最后看了一眼苏菱，淡淡地开口：“开始。”

就这样开始了，空气在这一瞬都流转着厚重的压力。

苏菱拿到的角色是医生。在她的记忆里，这个叫乐颐的医生二十五岁，二本医科大学毕业，性格温柔和善，然而从小家境困难，很辛苦才从农村考出来，最后学了医，没有一心救死扶伤的情怀，只是为了摆脱难堪糟糕的家境，成为体面人。

这也就是说，乐颐不是什么特别善良的人，她吃过苦，怕吃苦，有不顾一切向上爬的决心，也擅长伪装自己。

在这样的食物争夺战中，乐颐会不顾一切地活下去！

然而先前表露出的温柔让乐颐失了先机，目前他们中食物最多的是小偷，其次是律师，最少的是心思相对单纯的学生。

食物已经被瓜分完。

苏菱的大脑飞速运转，如果是乐颐，这种情况下她会怎么做呢？她会挑选最“弱”的学生下手。

苏菱走到在墙角蹲着的单蝶面前，轻轻摸了摸她的头发。单蝶饰演的学生才读高二，已经被眼前的景象吓坏了，杀人犯的尸体还在不远处。

此时苏菱一碰她，她立刻警觉地看着她：“你要做什么？”

苏菱柔声说：“你别怕，我是医生，你看起来很不好，我家里也有像你这样大的妹妹，坚持住，我们总能得到救援的。”

单蝶紧绷了许久的情绪被安抚，哽咽起来：“真的……真的能出去吗？我爸妈现在肯定在找我，我失踪三天了，他们会报警来找我的，对不对？”

苏菱微笑道："一定会的。"

她拍拍单蝶的肩膀，坐在她旁边："睡一会儿吧，我们已经三十六个小时没有休息过了，我先守着你，你醒了以后守着我，行吗？"

单蝶也快撑不住了，医生是个让人从心里产生安全感的职业，她点点头："好。"

苏菱在她睡着以后，偷偷拿走了她一部分食物。她做出了"偷"这个动作，单蝶眼皮子动了动，似乎在纠结"学生"这个角色，该不该警惕心太强醒过来。

最后单蝶选择不醒。

苏菱拿走了她三分之一的食物，然后含泪把单蝶叫醒。苏菱捂住单蝶的唇，怕她惊叫："刚刚小偷拿走了你的食物，威胁我不许出声，现在怎么办？"

小偷的身份很方便苏菱祸水东引，一出嫁祸就这样完成了。

董旭目光沉静，看现场四个人还原他们各自设想的"食物争夺战"。

他看过苏菱演的《十二年风尘》，平心而论，演得不错。把那个年纪女孩子的天真娇俏表现得很好。

然而董旭想起初见她的时候，她站在晚樱树下，目光平和地看着他。

彼时树影婆娑，风吹叶动。

她只是安安静静站着，就让人想把目光落在她身上。

别样的魅力，温柔又内敛。

不知道谁把她教得那么乖，干干净净，眼神清澈。

这样一个人……

另一面是怎么样的呢？

于是董旭在出口前一秒，把医生和学生的角色对调给她和单蝶。

这是四个人的试镜，自然不可能只有苏菱和单蝶的互动。

苏菱从单蝶那里取得的食物不多，单蝶饰演的角色以为是小偷偷走了自己的食物，敢怒不敢言。

苏菱拍拍她的肩膀："我们中如今食物最多的是小偷，但是那点食物不够他撑过一周。要是食物和水都没了，他一定会像那个杀人犯一样，冲我们下手。"

单蝶惊惶道："那怎么办？"

苏菱看起来很沉稳："除了那个老婆婆和秘书，我们是最弱势的两个人。要想活下去，我们从现在开始就要齐心，至少得想办法从其他人那里匀一点食物过来，然后慢慢想办法向外界求助。"

密闭空间里静得可怕，良久单蝶咬牙点头，悄声道："乐颐姐姐，我听你的。"

苏菱在她看不到的地方，缓缓展露了一抹微笑。

她从单蝶那里得到了食物，还暂时得到了一个盟友。

然而在这种地方，没有任何一个盟友是可靠的，最可靠的是自己。

苏菱说："你能想办法从小偷和律师那里得到食物吗？"

单蝶下意识摇头。

然而单蝶转眼想起这是在拍戏，心里一惊，自己竟然被眼前这个演员带得入戏了，险些真的成为那个最弱的人，害怕去争夺食物。

单蝶想到一旁静默的董旭，如果此刻放弃，那她就没有表现的机会了！

她飞速调整好表情，过了一会儿说："但是我想去试试。"

苏菱问："小偷和律师，你选择从谁那里开始？"

单蝶犹豫了下："律师吧。"

小偷毕竟犯过法，对学生来说，是穷凶极恶之徒。而律师的身份就光辉许多了，虽然可能也意味着机变睿智，但至少不会有太大的危险。

"好，我去想办法说服小偷把食物匀出来。"

此时才是四个人正式的对戏。

小偷冯励飞窝在墙角，把食物护得严严实实，眼神不善又警惕地看着每一个人。

苏菱冷冷笑了下，转而变成柔弱的表情。

她走到冯励飞身前，冯励飞呵斥道："站住，不许过来！"

苏菱停下脚步，跟着蹲下身子。

"刚刚他们处决了杀人犯。"她说，声音悲哀，"因为杀人犯抢了老婆婆的食物。"

冯励飞惊疑不定地看着她，不知道她为什么要过来和自己说这些。

"我是个医生，从学医那一刻开始，便觉得光荣又自豪，因为可以救人。但是……"她低头看着自己的手，"我刚刚竟然……和你们一起，促成了他的死亡。"

冯励飞不知道想到了什么，眼里的情绪又惊又怕。

他终于出声："那不是我们的错，在这种地方，是他自己要抢夺食物。"

"不。"苏菱摇头，"他不是因为抢夺食物而死，而是因为他的身份。所有人都知道他是个杀人犯，怕他威胁到自己的安全，才会这样针对他。"

她眸子漆黑，静静地看着他。

冯励飞颤抖起来："我和他不一样，我只是……我只是曾经偷过一次东西，后来再也没有偷过……我……"

他已经懂了苏菱的意思。

所有人睁开眼睛的那一刻，身上贴的身份名牌才是活下去的关键。

他身上贴着小偷的名牌，就会和杀人犯一样，被众人定为下一个铲除的对象。

"我不想再看到任何人死了。"苏菱说，"所以才来提醒你，我相信你改邪归正了，可是其他人不相信。"

"那怎么他们才会相信？"小偷的人物性格是自私胆小。

"怀璧其罪，食物最多的人，可能会成为下一个……"她顿住不说，却看了眼角落杀人犯尸体的位置。

冯励飞腿软了。

"停。"董旭敲了敲面前的桌子，灯光骤然亮起来。

昏暗不再，可是他轻飘飘的一句"停"让所有人的心都提了起来。其实方才那场戏，每个人都表现出了一定的水平，临场发挥能成这样算是非常不错的了。

这也证明董旭挑实力派演员的传言不假。

董旭说："单蝶，你是个学生，但不是个弱智，在这种情况下，会那么容易相信一个人？既然你选择成为一个弱智，也不该那么快崩了角色性格，同意去对付律师。你演出了一种快崩溃的状态，转眼又去勾引四十岁的律师，你觉得合理吗？"

单蝶憋红了脸，总算体会到业界对董旭的评价——毒舌是什么意思。

董旭接着："洪政，你是律师，警惕心和反应力都不错，但是你忘了律师口才很好，心思细腻。这种情况下你没有选择成为领导者，也没有发挥口才去游说别人，你和苏菱是自动对调角色了吗？"

洪政若有所思。

苏菱抬起眼睛看向董旭。

董旭对上她的目光："苏菱。"

她目光尊敬，听得很认真，不像那天把他当作一个可有可无的人。

董旭淡淡道："你是个医生，虽然是奋力挣扎着走出农村的人，然而并不是智力超群的天才。一个普通医生，转变过快，还试图控场。假得很可笑。"

苏菱知道董旭说得很对，她点点头。

本来以为董导数落完了，然而他接着问："你是医生，一个二十五岁的成熟女人，连单蝶都能想到去色诱，你为什么第一时间放弃这个想法？你在抵触这个办法，太明显了。随后强行想办法去策反别人。"他冷冷吐字："你演戏，只是在演，假。"

他用了两个"假"来形容她，苏菱的脸红透了。

董旭说得不错，她第一时间就拒绝色诱、勾引这种办法。被他看透，她有几分狼狈。

董旭却转而评价最后一个人："冯励飞，演得不错。"

冯励飞本来等着挨骂了，结果竟然得到了一个"不错"的评价，他惊讶地眼睛微微睁大，随后表现出浓浓的喜悦。

董旭冷静开口："但是，在对戏里，你看你的对手苏菱，看得太久了。"

"……"

单蝶本来还在失落，闻言差点笑出声。

董导这也太毒了吧。

就差把冯励飞"好色"说出来了。

苏菱尴尬到脸更红了。

董旭看了她一眼，初见的那股熟悉感淡了。他至今也没想起自己曾在包间里和苏菱扮演的"女鬼"见过，但是她确实很独特。

明明羞涩内敛，演戏时却尽力揣摩人物性格，用尽全力去雕琢人物。

很有灵气，只是缺了磨炼。

董旭是个很干脆的人："苏菱和冯励飞过了，后面的几个不用试镜了。"他没有慢慢斟酌通知的习惯，也不留给别人走后门的时间，往往决定用谁，当场就宣布了。

苏菱被他数落了一通，已经做好了落选的准备，谁知道董旭竟然选择了她。冯励飞从尴尬中走出来，脸上露出笑意。

单蝶落落大方道："恭喜呀。"

洪政也向他们道喜。

一行人走出去的时候，各自的经纪人和助理都迎了上来，保姆车也停在外面。

苏菱一个人来的，她去不远的公交站等车。

董旭开车路过的时候，摇下车窗："你助理呢？"

少女愣了愣，她黑白分明的眼睛干净纯粹，洋溢着被选上的喜悦，闻声有点羞窘："我没有签约。"

他不由得一笑，还真是年轻，什么情绪都简单直白。

"上车吧，我送你回去。"董旭出声后连自己也愣了愣，随后说，"顺路而已，以后要合作，苏小姐不用客气。"

这样说苏菱倒是不好拒绝了，她轻轻和他说谢谢。

两人一路静默无言，苏菱下车回学校时，董旭突然开口："愿意来星辰娱乐吗？"

她诧异地看着董旭，杏眼微睁，像只受了惊吓的兔子。

董旭沉默了一下，也觉得自己管得太宽了。

明明也不熟，他刚刚还毫不客气地数落了人家。

苏菱知道星辰娱乐，那是个不逊色于清娱的娱乐公司。旗下艺

227

人很多，郑小雅就是他们捧起来的一线女星。

秦骁不太在意清娱，他手上公司很多，最赚钱的不是清娱，因此不上心。

然而星辰娱乐是董旭姨母家的产业，经营得很好，至少和清娱有一争之力。

苏菱问："我可以吗？"

"嗯。"

她笑了，带着几分腼腆："好的，我想来。"她鲜少说出"我想……"这类句子，但争取机会时往往需要更大的勇气。

董旭莫名觉得她有几分孩子气。

像探索世界的雏鸟，飞得磕磕绊绊，眼睛里又满满积蓄着勇气。

董旭弯了弯唇："好，过几天我让那边联系你签约。"

她站得笔直，黑发垂在双肩，唇色娇艳，俏生生的，像灿烂的夏花。她郑重地给他鞠了个躬："谢谢董导。"

这是知遇之恩。

董旭的手放在方向盘上。

愉快地敲了敲。

他想，他知道先前那是什么感觉了。

他希望晚樱树下的那位少女，眼中的迷蒙散去几分雾色，不再像看路人那样，而是用独特点的目光，看他一眼。

云布要高兴死了！

上一刻还以为菱菱要像古人那样，怀才不遇好几十年之类的，下一刻菱菱就签约了星辰！还可以参演董旭的电影！

天哪，太棒了。

苏菱请云布和谭晴出去吃了顿饭。

谭晴啧啧道："不用谢我，你自己的本事。"

苏菱抿唇一笑："还是因为你的推荐。"

谭晴嘴上不说，可是看得出高兴了好几分。谭晴说："我不提这个，也会有剧组找你拍戏的。"

苏菱笑意淡了些，那还真不是，毕竟没有几个剧组敢和秦骁对着干。

事实上她同意签约也很紧张，她怕给星辰带来麻烦，但是转念一想，秦骁除了在她身上有点疯魔，在别的方面是极其冷静可怕的。

他首先得是半个秦氏的老板。

他的钱和势力，可不是从天上掉下来的。

星辰那边动作非常快，听说是董旭推荐的人选，第二天就让人来和苏菱签约。

签约福利非常好，星辰以 A 级待遇签她，有免费提供给艺人住的单人公寓，还给她配了个不错的经纪人。

合同上一行行条款，虽然颇有些严格，但是看得出来，如果努力，以后会发展得很不错。

苏菱签上自己的名字的时候，还觉得有些不真实。

这辈子没有"空降""金主"这些字眼，她凭借着努力走上了最"正常"的路。

第十章

不吃辣

秦骁把东城地皮的事情忙完，已经是苏菱签约的第二天后。

他先前知道苏菱在准备半期考试。

他们好学生，和他这种从来没学习过的学渣不一样，把那个分数看得和命根子一样。

他打算等她考完。

毕竟他们之间，还有一笔账没有清算。

那天在云上星空，苏菱喝了那杯酒，迷迷糊糊说出来的东西可不是什么让人愉快的话。

他这段时间在查，从她上的幼儿园查到大学，也没发现一个吻合她口中会逼着她吃糖醋排骨、老是骗她的和她交往过的男人。

然而秦骁觉得这事不可能是她迷迷糊糊间胡说的。

他要是那么好骗，秦氏企业早就跟着他母亲姓文了。

他揉揉太阳穴，把贺沁喊进来："你说，二十岁的女人一般喜欢什么？"怎么他送什么她都不喜欢？

贺沁怜悯地看着他，有几分害怕，有几分预言帝般的幸灾乐祸，她清了清嗓子："秦少，我先给您讲个不好的消息。"

苏菱和云布一起走出教学楼的时候，收到了秦骁发来的短信。

3号门等你。

她脚步顿了顿，云布把头凑过来，也看见了上面的文字。

"咦，这是谁呀？"一看苏菱手机上给他的备注——混账，云布差点笑出声。

苏菱平时损人的话都不会说，她们一起说八卦，苏菱总是静静地听着。所以能让她直接把备注设置成"混账"的人，那得有多浑哪！苏菱咬牙，没有回答。

云布福至心灵，干巴巴地笑了下："秦……秦少？"

苏菱说："你先去吃饭吧。"

云布对秦骁的印象还停留在那天云上星空，张狂乖戾的男人上。

云布想想都觉得可怕："菱菱，要不你还是别去了吧。"

"他在三号门。"

云布懂了，三号门是人进出最少的门，要是苏菱不去，说不定秦骁就开车从一号门或二号门进来找她了。

苏菱现在才和星辰签了约，要是被人看到和秦骁有牵扯，背后的话总归不好听。

"菱菱你放心，你八点要是不回来，我就报警。"

苏菱失笑："没那么可怕，我恰好有事要和他说。"

她顺手把前两天买的口罩带上。

苏菱到三号门的时候，秦骁在看手机，另一只手上夹了根烟。

他盯着屏幕，眉头紧皱，烟快燃到手指了还没发现。

他脚边还有几个烟头，想来等了不短的时间，并且心情烦躁。

秦骁在看贺沁给他发过来的星辰的情况，星辰靠着董家，要是用手段强行让他们解约，会有点麻烦。

然而苏菱才靠近，他就抬起了眼睛。

苏菱从包里拿出纸巾，蹲在他脚边，把烟头包起来，然后走了十来米，把纸巾丢进垃圾桶。

她做这些的时候，一言不发。

秦骁本来憋了一肚子气，然而她走回来，抬头看他的那一刻，他莫名就没了脾气。

她精致的脸蛋遮了大半，只露出一双黑白分明的眼睛。

那双眼睛干净清澈，里面映着他的身影。

秦骁话还没开始说，却竟然有种在人家学校门口抽烟还乱扔烟头的尴尬。

手上那支烟烫得指尖发疼，他直接摁在车盖上，然后胡乱用驾驶座上的纸巾包住，扔进了垃圾桶。

算了，以后别抽了。

"上车。"他声音微哑。

苏菱这次很配合，她直接坐上副驾驶座。

她看出他生气了，可是这次她也很生气。人都是有底线的，秦骁没有资格干扰她的生活。

秦骁开了一大段路，苏菱也没和他说话。

"苏菱，"他压抑着怒火，"口罩摘了。"

她不摘，偏过头来看他。

那目光太专注，秦骁的心跳不争气地加剧，他下意识地踩了刹车。

他觉得他的灵魂被她这一眼看得兴奋起来，带出隐隐战栗的亢奋。他停了车子，伸手去摘她的口罩。她没有反抗，仍是静静地看着他。

秦骁把口罩拿开，手不自觉地想摸摸她的脸蛋。

这回她别过了头。

那时已经进入了秋天，前一天刚下过雨，路上还带着未干的水渍，空气焕然一新。她穿着白色的小外套，绑着马尾，看起来很显小。

秦骁还穿着西装衬衫，他眉眼本就冷峻，正经严肃时，一副衣冠楚楚的模样。

他快二十八了，马上就是奔三的男人。

他看着她："生气了，嗯？"

她黑色的眼睛里，终于还是没有抑制住情绪，透露出了她的愤怒。

他反而笑了："气什么？"

"秦总不知道吗？"她反问。她面上还是很平静，心里却已经把他打死了一万遍。

秦骁的手搭在方向盘上，修长的手指，指节分明。他说："去和星辰把约解了。"

她气笑了："不解，您干脆打死我吧。"

他皱眉，有些恼："苏菱。"

她学着他之前的口气："听着呢。"然而她声音娇滴滴的，秦骁听得好笑。

他不是傻瓜，想来苏菱已经知道《十二年风尘》的事他在背后做了手脚。

他平静开口："不就是想演戏吗？和星辰解约，清娱签你。"

苏菱接话："然后更方便秦总把我封杀吗？"

他笑："不会，捧你好不好？要什么给你什么。"

骗子！这个混账大骗子！苏菱本来只是一般生气，毕竟前几天最生气的时间已经过了，如今简直想和他同归于尽。

她特别想骂他，但是由于词汇匮乏，把一张小脸憋得通红，险些先把自己气哭。

秦骁看得心软，怕她真哭出来，伸手去摸她的眼角。苏菱一把把他的手拍开："不许碰我！"

他眯了眯眼，索性也不跟她绕圈子："拍戏有什么好？"

像郑小雅、万白白这样的，哪怕年纪轻轻就封了影后，在他们这群上流圈子的人面前，还是得低着头做人。

苏菱知道和他讲道理没有用。她也不想和他讲道理："那我有什么好？秦总像狗见了骨头似的跟着追。"

他脸色黑了："苏菱！"

她鲜少与人吵架，眼睛都红了："秦总小声些，我又没聋。"

他捏捏她的脸蛋，苏菱没反应过来，反应过来的时候他已经捏完了。她羞愤地捂着脸，看上去恨不得要咬他一口。

他笑得有点野："嗯，你这骨头又香又嫩，哪儿哪儿都好。"

她耳尖都蔓延上红色，快被这个男人气晕了。

都说他是狗了，他还有心情调戏她！

不要脸！无耻！

苏菱受不了和他待在一起了，伸手去开车门，然而车门是锁着的。

她拉了半天才反应过来，回头秦骁已经笑得不可自抑。苏菱生出极大的委屈，她好想打死他呀！

"你开门。"

秦骁弯了弯唇："把约解了，乖。"

乖你个头！

苏菱说："你杀了我算了。"她眼泪都快掉下来了。她知道自己没用，也知道自己再来几辈子也斗不过秦骁这种人。

他心思深，鬼话张口就来，她被骗得团团转的时候还傻乎乎地对他感恩戴德。而且他阴险狡诈，卑鄙无耻，她生出了极其消极的想法。

她把眼泪憋回去，破罐子破摔。

"秦骁，你自大讨厌，自私无耻。"她哽咽着，磕磕巴巴地骂人，"都说了讨厌你了，你这种人，专横霸道，阴险毒辣，谁喜欢你谁眼瞎。"

他平静着脸色听，有文化就是不一样，骂人都是四个字四个字的，调子还软绵绵的，简直不痛不痒，秦骁挑了挑眉。

直到苏菱眼神黯淡下来，平平静静地说出心里话："我不会喜欢你的，真的不会，死了都不会。你放过我吧，也放过你自己。"

他脸色终于变了。

那句话像刀子似的，一下把他铜墙铁壁一样的心肠扎得鲜血淋漓。

我不会喜欢你的，真的不会，死了都不会。

她这句话出来，空气都静默了一瞬。

苏菱上辈子就想说这句话了，只是那时候不敢、不能，她可以不说爱他，但是不能说一辈子都不会爱上他。

她说完也有点后怕，但是不后悔。

秦骁的脸色挺可怕的。

苏菱不敢看他，良久他笑了一声："好得很，有骨气。"然而那语调冷意重重，是个人都听得出这绝不是夸奖。苏菱想下车，然而秦骁已经把车门锁死了。

"你让我下车，我不会和星辰解约的。"

他充耳不闻，启动了车子。苏菱侧过头看他，秦骁脸上没什么表情，眼睛看着前方，把车掉了个头。

苏菱可不认为秦骁是要好心送她回去。

她不知道那句话对这个男人的影响有多大，但是看他目前这个样子，就知道不是什么小事。

她有点害怕："秦骁？"

秦骁不理她，他怕被她气得发疯。

他算看明白了，她一句话一刀子，往他身上捅的时候眼睛都不眨一下，只因为不爱他，不喜欢他，也不在意他。

然而最可笑的是，他是自己把心捧上去的。他就是疯了，才会不羁地活了二十八年以后，神经病一样地爱上一个女人。

那种难以自控的程度，让他怀疑自己精神出了问题，像被人下了毒。她浅浅一个微笑，就能把他撩得神魂颠倒。他迷恋她的一切，声音，味道，身体，甚至是有她在时空气中那种荷尔蒙沸腾的感觉。

脊髓酥麻，神魂战栗。

很久以前他听过一句荒诞的诗——眼睛为她下着雨，心却为她打着伞，这就是爱情。

那时他念高中，这是他当时的同桌——一个眼镜仔写在日记本上的，是泰戈尔的一句诗。

眼镜仔的日记被班上一个很浑的人翻出来，然后那个人在班上表情夸张地念。

眼镜仔脸涨得通红，哄笑的人却并没有停止。

"这是暗恋的谁呀，眼镜仔？说出来大家帮你追呗。"

"是不是隔壁那个'班花'胖妞？"

"哈哈哈，很有文化呀。"

秦骁手插裤兜里，慢悠悠走进来时，他们刚好念到这句诗。

班上的人一看见他就噤了声。

他那个时候浑，但是看不上这群搞校园霸凌①的玩意儿。那群人看见他进来，连忙把日记扔回了眼镜仔的桌子上，飞快地跑了，生怕惹上秦骁。

眼镜仔羞愤交加，一个男人竟然哭了。

"让开。"秦骁冷冷淡淡道。

眼镜仔连忙给他让位，秦骁从抽屉里把游戏机拿出来。出去时看到了那个还没合上的日记本，那句话工工整整地映入他的眼睛。

---

① 霸凌：音译自英语"bully"，指霸道横行、恃强凌弱。——编者注

他嗤笑了一声。

写这诗的人是疯了吧？见鬼的爱情。要是谁往他心窝子上戳一刀，他不弄死她都算仁慈，还给她撑伞？

然而此刻他坐在车里，身旁的少女惊怯地看着他。

他记起年少时蔑视那句话的感受，才知道那个诗人没疯，疯的是他。

在她那样清楚明白地表达过拒绝厌恶以后，他冷静下来后，第一时间竟然是想着怎么让星辰那边主动解约。

爱情，被她讨厌的感情，喂得饱他这样饿得太久不知餍足的饕餮吗？

他生平第一次心中生出几分茫然，爱意灼烧了空气，吸到肺里很疼。偏偏他贪恋那点极小的可能，一点点微弱的甜蜜就够困兽度过一整个冬天。

可是他要怎么办呢？

他控制不了，既忍受不了她用那种厌恶的目光看他，也放不开她。她若笑一笑，他跋涉再远，也想去到她的身边。哪有什么自尊可言？

他狠狠一砸方向盘，苏菱拉紧安全带。她不至于在他开车的时候刺激他，可是不知道他要开去哪里，她很忐忑。

车子拐弯，在一个诊所门前停下来。

诊所建得很偏，门口绿植长得很高。

秦骁打开车门："下车。"

苏菱下来，抬头去看那个诊所，才发现这是一整栋大厦，大厦上面写着"ZOE诊所"。

医院、诊所这种地方，往往令人闻而生怯。

她看秦骁，男人瞳孔漆黑，抿唇盯着那几个字不说话。

"我们来这里做什么？"

他看向她，似笑非笑："看看我有病没。"

她虽然不明白他要做什么，但还是被这种怪异的氛围弄得很不自然。

"这里是看什么的呀？"

"进来。"他握住她的手腕，拉着她往里面走，苏菱挣了挣，没有挣开。

她害怕了："我不去，我又没病。"

她太能闹腾，秦骁心里压了股邪火。她永远都在和他划清界限，这回干脆直接跑星辰去了！要是他再晚点知道，她戏都拍完了，粉丝都一大群了吧？

"秦骁，放开。"

他笑了一下，单手解下自己的领带，把她的手腕一捆，在背后打了个结。

男人和女人天生的差距。用领带这事秦骁以前也做过，只不过那是在床上，他玩的是情趣，然而这个时候他是快疯了。

死了也不会爱上他。

想一次痛一次，他不知道是恨她还是更爱她，不知道是对她绝望还是对自己绝望。

他把她的手腕捆住："让你看看我有没有病。"

苏菱挣扎，狠狠踢了他一脚，他脸色都不变，抱起人就往里面走。

大厦里的装修很豪华，一点都不像私人诊所的格调，反而装修得像娱乐会所。

前台本来昏昏欲睡，看见秦骁抱着苏菱走进来的时候睡意都吓没了："秦……秦少？"

"左印呢？"

"在……在办公室。"

前台小姐忍不住看他怀里抱了谁，那个姑娘不住挣扎，手被绑住，一口咬在秦骁肩膀上。

苏菱恨杀了他，她这一咬完全没有留情，她讨厌这种强迫，疼死他算了。

男人肌肉硬实，他少年时打架，工作后平时会健身。她咬得牙酸，偏偏也倔，就不松口。

他全身绷紧，脸色不变，在电梯开了以后才冷笑道："咬，再使劲一点，最好让我留一辈子的疤。它在一天就提醒我想你一天。"

这种变态的话他也说得出口！

苏菱羞愤松口，她最怕的就是被他惦记着。她感觉嘴里一股子血腥味，电梯开了，秦骁把她放下来，用拇指轻轻擦她嘴角，笑道："好不好喝？"

疯子！

他不给她漱口的机会，把门推开，带着苏菱走进去。

椅子上的男人在跷着腿看八卦，一看外面的人门都不敲就进来，当下就皱了皱眉，一看见是秦骁反而乐了："哟，这是什么风，把秦少吹来了？"

左印是真的乐，他和秦骁是高中校友，那时两个人不打不相识，后来几年都是一起混。

然而秦骁成绩垫底，他成绩顶尖。左印对学习还是上心的，不像秦骁那么浪。

后来左印本科学心理学，又出国进修了几年，前年才回国。

当年秦骁听说他修心理学的时候，还嗤笑道："治精神病的？"

左印咬牙笑，懒得和文盲讲道理："但愿你别有一天成为我的客人。"

秦少当年与他碰杯，放浪地说："做梦吧你。"

　　然而在几年后，这个薄情寡义的男人在他面前的沙发上坐下，满脸冷漠道："开始吧。"

　　左印快笑疯了，毕竟是几年的兄弟，他也不憋笑，就在办公室哈哈大笑起来，笑得捶桌子。

　　秦骁冷着脸："笑够了就开始。"

　　苏菱被秦骁按在一旁坐下，她也明白了眼前这个是心理医生。

　　这个男人和秦骁看起来差不多大，戴着一副金丝眼镜，办公桌上还摆着一套茶具，正在煮茶，满室茶香。

　　她咬唇，嘴里那股血腥味让她很难受，但是教养又不许她在这个地方吐出来。

　　左印笑够了，眼角眼泪都笑出来了。

　　他平时看诊的时候很正经，笑容也温和，然而今天这个场面简直……爽爆。这个笑话他可以笑二十年！

　　左印在苏菱身上打量了一圈。

　　说实话，这姑娘很美。

　　比左印见过的任何人都好看，关键是她是被秦骁带进来的。心理医生观察入微，秦骁把人按坐在沙发上的时候，动作恶狠狠的，下手却极轻，生怕碰碎了琉璃一样。

　　秦骁进来第一件事就是给她解手上的领带，他的领带质地好，但那小美人的手腕还是被磨红了一圈。

　　左印好笑地看见，秦骁轻轻摩挲了下那个红印子，心疼到眉头皱得死紧。

　　想来是不懂女人为什么这么娇弱。

　　这可不得了，他认识秦骁时都才十五岁，秦少从十五岁开始就活得简单粗暴，压根儿不懂什么叫怜香惜玉。

　　不说这些年秦少在事业成功加持下的魅力，当年那些小姑娘也是被他帅得不知如何是好。

毕竟年少怀春，总有一些妹子喜欢浑身反骨的叛逆少年，更何况秦骁那张脸还长得好。

可是左印从来没看过这么鲜活的秦骁，一副明明气得快死，却又巴巴地把脸贴上去的样子。

左印几乎秒懂了他们的关系。

他拿出茶杯，慢悠悠倒了三杯茶，摆在他们面前。左印调笑着开口："秦少，这里是心理诊所，'心理'两个字您认得吗？我是庸医，可治不来您肩膀上那个伤啊。"

左印的目光在秦骁左肩上扫了一眼。

秦骁的白色衬衫沁出了血迹。

左印"啧"了一下，看着都疼。也亏得是秦骁，才能面不改色。

秦骁冷冷觑了左印一眼，他倒是没有为自己的行为反差感到尴尬。秦少能在十八岁就把他爸的一半遗产搞到手，脸皮太薄可不行。

左印撑着下巴："要不要先打个疫苗？我让小陈去取，感染了可不好。"

苏菱原本强装镇定，然而这话说得她面红耳赤，明眼人都看得出那个伤口是怎么来的。她心里懊恼，脸颊羞得通红，毕竟咬人这种事，这辈子她还是第一次做。她咬得狠，秦骁肩膀红了一小片。

左印挑眉，心道这么个纯情宝贝秦骁是从哪里找出来的？

他以前还以为秦骁喜欢那种无比张扬艳丽的女人呢。

秦骁看了眼苏菱："不必。"转而又对左印说："少说点废话，你到底开不开始？"

左印说："开始呀，钱打我账上。你这种身份的贵客，记得打二十倍。"

他笑吟吟说完，又看了眼坐在旁边不安娇怯的姑娘。

左印："我说最后一句废话，我问的问题比较露骨，你确定要让这位小姐旁听？"

秦骁原本是确定的，可是一想到左印以前是和自己一起混的，便偏过头看她。或许是学过舞蹈，她坐下来双手轻轻交叠放在膝盖上，背挺得笔直。

看起来特别乖。

而他和左印两个人，跷着腿，气质不羁，仿佛是两个混社会的二流子。

秦骁："……"

秦骁弯了弯唇："能在外面休息室等我一下吗？"他问得客气。苏菱看着他，湿漉漉的眼睛仿佛会说话，她一点都不想等，好讨厌他的呀。

他截了她的话，生怕她再在他心上补几刀："不许跑，不然我晚上去学校找你。"

苏菱睁大眼睛，似乎不能理解这世上为什么会有人这么无耻。那个时候夕阳洒向落地窗，她长发过肩，还留着先前萌得他心颤的发型，软乎乎的模样。粉白的脸颊，莹润的眼睛，她不说话他似乎也能猜到她在想什么。

明明只是多看了两眼，他却控制不住心中的悸动，眼神情不自禁变得柔软："你等我一下的话，九点之前送你回去，好不好？"

她起身，推门出去。

苏菱捂住唇，她第一件事就是去漱口。

苏菱出去了，左印说话就随便了许多，笑道："秦骁你倒是要点脸哪。听你那话人家还只是个学生，而你都要奔三了，老牛吃嫩草，惭愧不？"

"闭嘴。"

"行行行。"左印抽出一支笔，转而脸上就没了方才嬉笑的表情，"你怎么突然来咨询心理问题了？你觉得哪里出了问题？"

"左印。"秦骁沉默片刻，最后轻轻笑开，他打算给他形容下那种病态的感受，"我看着她的眼睛时，第一次觉得，时间会静止。我想剖开胸膛，把心掏出来，用上面的血把花染成红色，做成王冠给她戴。"

什么病？约莫是单单想一想她，呼吸都要发疼了。

秦骁从左印办公室出来以后，没有看到苏菱的身影，他下意识地皱了皱眉。

左印的秘书坐在外面，忙道："秦少，和您一起来的那位小姐在一楼等您。"

他眉头舒展，下了楼。

苏菱果然在一楼。秦骁下去的时候，看见那个前台姑娘正兴致勃勃地和苏菱说话。

"……真的呀，九里最后会死吗？"

苏菱点点头。

"天哪，我的心都要碎了，九里怎么会死？我恨死导演了，不是说好要改小说里九里的结局吗！"

秦骁看了一会儿。前台姑娘给苏菱倒了杯热茶，她捧在掌心，浅浅笑着，听那个姑娘吐槽剧情，看上去分外温柔。苏菱本来就是个极其有耐心的人。

大多数时候都是那个姑娘说，苏菱静静听。

秦骁走过去了她们都没发现。

还是苏菱先看见他，她脸上的笑意淡了几分。苏菱回头的时候，前台姑娘也看见秦骁了，她连忙从沙发上站起来："秦少。"

秦骁点点头，同苏菱说："我们走吧。"

她站起来，前台姑娘依依不舍，这一个多小时里她好幸福哇，和偶像亲密接触，拿到了签名，还搞到了剧透。

她的女神好温柔哇，性格特别好，一点偶像的架子和包袱都没有。

但前台姑娘也知道心理诊所有为病人保密的义务，哪怕她再想发条和偶像合照的微博，也只能忍着。

何况苏女神还和秦少有点牵扯，那就更不敢发了，她可没有那么大的胆子。

秦骁带着苏菱走出去的时候，外面天色已经暗了下来。

他和左印交流了一个半小时。左印憋了一个小时，把严肃的问题问完，最后笑了半个小时，边笑边给他讲他做人失败在哪里。

秦骁忍着脾气，被他取笑了整整半小时。他出来的时候，想把茶杯摔左印脸上。

苏菱先开口，声音轻轻软软："我回学校啦？"

他打开车门："还没吃晚饭吧，先带你去吃饭。"

她有些委屈："你说等你下来我就可以回学校的。"苏菱怕他反悔。

秦骁低头看了眼手表，现在是八点十二分。

他冷静地指出："我说九点之前送你回去，还有四十八分钟。"

她细细一回忆，还真的是！表情显出几分茫然以后，转变成几分绝望。

秦骁弯了弯唇："不骗你，九点整送你回去，现在先吃饭好不好？"他尽量让自己语调柔和一点，不要说出任何带有威胁意味的话。

苏菱还在犹豫，他眯了眯眼睛，深吸一口气，忍住对星辰这家娱乐公司暴戾和不满的情绪："你想留在星辰，那就留吧。"

彼时彩灯才亮起来，这个略微偏僻的街道上五彩的霓虹逐次点亮，万千色彩，不及她眼里细碎的光亮美。

她水盈盈的眼诧异地看着他，他情不自禁地屏住了呼吸。

临近十一月，夜风微凉，她的刘海被微风吹得摆动，她唇角微微上扬的时候，他感受到了荷尔蒙躁动的感觉。

一下一下刺激着心脏，让人有种微微眩晕的感觉。

"真的可以吗？你不逼我了？"她有几分不信，但是带着笑意的唇角干净单纯。

她不骗人，也就不会第一时间用恶意去揣测别人，哪怕他在她心中的信誉再糟糕，她也总是愿意先相信，看见不对再怀疑。

这就是她最温柔的地方。

她对万物仁慈，而他仰仗着这一息仁慈偷生。

他声音低下去，也带着笑。"嗯，不骗你。要是星辰欺负你……"他想说老子就整垮它，然而这话戾气重，他压在了喉咙中，"你就来清娱。"

"不会的，林清姐很好。"她连忙道，林清是星辰派来带她的经纪人。

秦骁别过头。他真的见不得她说谁好，在她眼中快成了谁都好，就他不好。

他怕再和她聊几句，自己又忍不住出现那种可怕的独占欲。

左印之前提醒他："那可不行，你就是装，也得装成个无害的模样。不然别说苏菱了，老子这么一个爷们儿都被你吓到了好吗？"

左印听秦骁说那爱欲都听得毛骨悚然，这简直是疯狂的占有欲加上浓烈入骨的爱欲，现在还好好的没出事，是因为秦骁觉得自己有占有她的可能。

要是有一天他失去了她……左印想想都觉得可怕。

秦骁知道了症结所在，明白必须得收敛獠牙。

左印找的这地段虽然偏，然而一拐弯就是一条小吃街，非常热闹。

苏菱解决了一桩心事，相对而言心情要轻松很多。她最怕的就是给星辰带来麻烦，毕竟董导引荐她是好心，要是反而害了星辰，那她一辈子都会难受的。

小吃街特别热闹，此时恰好是饭点，街上熙熙攘攘，店铺里都亮着灯光。

秦骁眉眼中流露出嫌弃的情绪。

然而想到左印的话，转头他又是如常的模样："想吃什么？"

苏菱眨了眨眼睛看着他，软软地说："都可以。"

这回答是大部分人最佛系的回答。

秦骁虽然没一直盯着她，可是有观察她在看什么。

走了其实也没多远，他看她回头了两次。

秦骁对那家店嫌弃到无以复加！他心想这有什么好看的，带你去吃西餐成不成？然而她回头第二眼他就做了决定。

"走吧。"他带她回身，去了那家麻辣小龙虾的店。

店主看他冷着脸进来，还以为是砸场子的。

直到秦骁身后那个漂亮的小姑娘探出头，轻轻拉了下秦骁的袖子，小声道："秦骁……算了吧，我们换一家好不好？"

她知道秦骁不吃辣，她其实也吃不得太辣的，只是馋那种味道。

丁姨曾经悄悄给她解释，秦骁少年的时候，家里没人管他。那几年他打游戏、打球、打架，鲜少回家，也不把自己的身体当一回事，后来就得了胃病，吃不得太辣的东西。接管秦氏企业以后，工作忙，常常日夜颠倒，胃病就更严重了。

所以顾及他的身体，别墅的东西大多做得清淡。

苏菱知道以后，也就只吃清淡的菜色了。那时她还没有那么恨他，也不如后来那样冷心肠。她懂得心疼人，在别墅的时候，还上网仔细看了怎么养胃。

那时丁姨笑吟吟的，眉眼间都是暖意。

　　这些回忆起来，竟然像是过去了很久的事。她险些忘了，自己曾经也想过好好报答他，好好照顾他。

　　秦骁没吭声，已经去空桌位坐了下来。

　　他倒是不嫌弃这地方，只是嫌弃这种氛围，他念书时也不喜欢这种人声嘈杂的地方。

　　苏菱忐忑地坐下来，问他："你能吃辣吗？"她不能直接说出他不可以吃辣，然而她也不确定秦骁为什么来这家店，虽然……她有点想吃，但是他难道也想吃？

　　秦骁一笑，很淡定的样子："能啊。"

　　她喜欢的东西，纵然再不济，他都得陪着一起。

　　苏菱："……"

　　唉，她都不好接话了。

　　这家店生意火爆，老板动作也快。秦骁让她点单，她点了微辣，又圈了两瓶矿泉水。

　　东西很快就上来了。

　　秦骁看着那一大片红通通的虾，想把桌子掀了，去你的微辣吧。然而他面上非常淡定，把手洗了，回来给苏菱剥虾。

　　苏菱也惊呆了，这个……这里的辣度标准是不是和他们学校不一样啊？但是看上去很好吃的样子。

　　"要不我们不吃了吧？"她轻声问。

　　"吃呀，上都上了。"

　　苏菱惯于把情绪写在那双明亮的眼睛里，上帝给了她最干净的眼睛，她报以最真的感情。

　　而秦骁眸色漆黑，一言不发，把她的那份剥完了，自己也吃了一些。

　　苏菱看他脸色不变，都忍不住怀疑，那个吃不得辣的少爷和他真的是同一个人吗？他又能吃了吗？

"辣不辣呀？秦骁，你要喝水吗？"她也摸不准他的胃病严重到什么程度了。看他没有任何感觉的样子，她不由得舒了口气。

"不用。"他眸色柔下来，"别喝这个，你喝牛奶好不好？"

她犹豫了下，没忍住，非常想问那个问题："为什么你要让我喝牛奶呀？"

他眸中带着笑意："哪儿来那么多为什么，你还小，喝牛奶对身体好。"其实他只是觉得，她看起来好乖，这么乖的人，应该都喜欢喝牛奶。

苏菱小声反驳："我二十了。"

嗯，可以结婚了。

他忍住笑，面色不改地和她吃完了这顿饭。

他们吃完已经快九点半了，外面天色被渲染成墨蓝色。

秦骁开车送她回学校，还是人烟稀少的三号门。

他把口罩还给她，苏菱戴上，只有一双眼睛露在外面。

他偷来了多出的半小时时间，最后仍是只能看着苏菱一步一步往校园里走。

秦骁把车停在暗处。他这车太招摇了，这个点送她回来，要是被人看到，她的处境会不太好。

然而看到昏黄的灯光把她窈窕的影子拉得老长，她一次也没回头时，他突然觉得无比酸涩。

万千灯火里，他到底没忍住，出声叫住了她。

"苏菱。"

"嗯？怎么了呢？"少女回过头。

"你想不想知道，左印是怎么说的？"

她突然生出一种惶恐的情绪，秦骁对她的感情……那种感情，真的是不正常的吗?

她一直没敢问,然而如今他主动问出来了。苏菱有几分紧张:"怎么说的呀?"

他笑道:"我没病,真没有。"

所以你别害怕我,别这样对我。我没病,你可不可以试着不那么排斥我,别再说死了也不会喜欢我的话?

她轻轻"噢"了一声,说不清是什么感受:"那挺好的,我回去了。"

秦骁目送她的身影完全消失不见,才颤抖着用手捂住痉挛的胃。

那里疼得就连呼吸都像是在凌迟。

他却还能笑出来。啧,这也太坚强了。

左印说:"我觉得不太正常,但是也说不出这种先例。如果这真是心理疾病,要你放弃她,你做得到吗?"

做不到的,他知道。

如果爱她是一种病,是一种罪孽,他宁愿药石无医,一辈子就这样错下去。

三十二集的电视剧《十二年风尘》播到十一月末就快大结局了,网上各种新闻开始预测大结局。

很多人期待万白白演的女主反杀,希望恶毒女配得到报应,然而更多的声音是——

小九里不要死呀。

那个时候苏菱的微博粉丝已经涨到了五百多万,这个涨粉的速度让万白白都觉得诧异。苏菱有一天登录上微博的时候,也被这个数字吓了一跳。

秦骁没有再压制关于苏菱的话题,于是往昔苏菱的粉丝,几乎是一夕之间发现,自己多出无数情敌。

"天哪！我还以为只有我独具慧眼选择了我女神，现在怎么这么多同好！"

"九里"两个字被顶上热搜第一。网上的消息往往是压抑以后不沟通就不知道，不压制的时候简直吓一跳。

苏菱终于感受到了成为当红艺人的不同，现在她去上课，教室里被挤得满满当当的——什么系的都有！

这些同校同学拿着手机狂拍，上面讲课的导师青筋直跳："以后不是这个班的就不要来上我的课了。"

这条规定一出，情况倒是遏制了许多。

苏菱发现时常还有狗仔来学校跟拍，现在出门她都得换个装，戴口罩。

她的人气在剧中九里死的时候到达了高潮。

剧中皑皑落雪，九里背着女主叶清澜走了很久很久，把叶清澜带出了雪山。自己却永远死在了那里。

那一集赚了无数人的眼泪，没有任何一种悲剧，能比把美好撕裂来得更痛彻心扉。

尤其是九里死的时候，雪花落在她的脸颊，她已经动不了了。

她最后想起的，就是童年时和师兄师姐们在一起练习剑术。

彼时苟阳山朝霞绵延，露水盈盈，年幼的她背着重剑，山谷百花齐开，彩蝶飞舞。

所有人都疼爱地喊她一声小师妹。

她眸中无瑕："师姐，来过招。"

少女叶清澜回过头，师兄也在旁边笑："小师妹这么好战，以后怎么得了？但是这样也不错，以后你一定会平平安安到老，谁也欺负不了你。"

然而八年后的雪山中，她一个人闭上眼睛，天光刺眼，天地间均是一片白色。

那年九里死的时候，才十八岁。

她把女主角送了出去，自己永远留在了那里。

观众在荧幕前哭成了一片。

"嘤嘤嘤，我的女神小天使呀。"

"导演你出来，我保证不打死你。"

"这也太虐了吧，九里，哇呜……"

做不了故事中的小九里的粉丝，观众就只有做九里的扮演者苏菱的粉丝了。林清亲自开着保姆车来学校接苏菱，眉眼间也是喜气，他们公司真是捡了一个宝哇，以 A 级签约签了一个 S 级的宝贝。

以苏菱这种人气，非常好捧红。

何况苏菱本身没有什么黑点，小姑娘除了性格过于害羞文静，不太会处理人际关系以外，洁身自好，读书又努力，简直是"根红苗正"。

林清带来的人帮着苏菱搬东西。

林清说："学校你暂时肯定是不能待了，学校那边我们会去帮你办好手续。董导的戏等两天就要开机，我先带你去剧组熟悉一下环境。"

云布在旁边眼巴巴地看着，特别舍不得："菱菱……你可得好好照顾自己呀。"

太伤感了，闺蜜飞升了，就不属于她一个人了。

苏菱看云布这样难过，也很舍不得，两个小姑娘都看着林清。

林清看得好笑："又不是生离死别。你在学校待着不方便，也不安全，去公寓那边至少安全有保障，狗仔也混不进去。"

云布叹了口气，也劝道："是呢，菱菱你去那边吧。"

这几天苏菱的东西老丢，就算是一根头发掉了也有人捡，再这样卜去，说不定课桌都没了。追星有理智粉，也有疯狂粉，还是听从公司的安排比较安全。

苏菱只能搬进公司分给她的公寓。

林清手下带了好几个艺人，苏菱只是其中一个。虽然苏菱跟她的时间不长，可是礼貌懂事，让林清很有好感。

本来苏菱才来他们公司，是申请不到助理的，但林清说："你这种情况比较特殊，应该过几天会分配下来，助理来之前我带你。好好休息，明天我们去剧组。"

"嗯，谢谢清姐。"

林清回去以后，苏菱就自己动手又把公寓收拾了一遍。

其实这种感觉对她来说挺新奇的，经纪人、助理……

这些上辈子她都没有，可惜那个时候她傻，一开始真没有觉察出秦骁不让她进娱乐圈的心。

而身上被打了秦骁的女人的标签，确实比有个王牌经纪人还要管用。

苏菱叹了口气，好在都过去了。

董旭的新电影选在十一月八号开拍，林清六号就带着苏菱坐飞机去了 M 市。

M 市和 B 市之间横跨小半个中国，离得特别远。M 市靠着海，市里还有一个荒原。

董旭就让人在荒原之上，靠着原本的断壁残垣修出了密室。

这种电影一般是小成本电影，但是董旭精益求精，为了还原剧本里密室的场面，他自己出资，几个月之前就让人动工修建，十月末密室就修好了。

苏菱他们到的时候，董旭皱着眉在指挥修改不完善的地方。

演员们对这个地方也很好奇，几乎都来了这里。毕竟这里是他们未来一个多月拍戏要待的地方。

苏菱一过去，看到另一个熟人的时候愣了愣。

那个人转过头，也看见了她，唇边勾起冰冷的弧度。

郑小雅身着一袭修长米色风衣，像是要走 T 台的名模。

进入深秋，M 市已经开始变冷了。但是这个地方紫外线辐射比较强，郑小雅身后，还是有人撑着伞。

林清看见郑小雅也忍不住嘀咕了一句："她怎么会在这里？"

明明董旭新电影《囚徒》的演员表上并没有郑小雅的名字。

冯励飞远远地就看见了苏菱，好歹是对过一场戏的熟人。上次的尴尬他早就忘了，爱美之心人皆有之，苏菱本来就长得漂亮，那种绝色，他一个男人多看两眼也无可厚非。

冯励飞听到林清的话，就小声接道："演秘书的那个女演员病了，听说是肝癌，就临时换成郑小雅了。"

林清笑着和他客套了几句，然后悄声叮嘱苏菱："你拍戏的时候注意一点，不要惹到郑小雅。她是星辰的小公主，后台硬，脾气也臭。惹到了真的是烦死个人。"

苏菱张了张嘴，她分得清轻重，知道经纪人和自己绑在一起，犹豫了下就把她和郑小雅之间的龃龉原原本本告诉林清了。

林清皱着眉头，安慰她："没事，那就躲着点吧，凡事忍一忍，不起大冲突就好。董导这个人相对公正，不会放任郑小雅胡来的。"

苏菱乖乖点头。

林清带着苏菱去和董旭打招呼。

董旭这次没戴眼镜，他的眼睛露出来，气质温润。看见苏菱的时候他愣了愣，苏菱按照林清教的那样，冲他伸出手，笑意浅浅，有几分腼腆："董导。"

董旭伸出手，与她握了握。

女孩子的手娇软白嫩，柔弱无骨，他觉得像是握住了一团轻飘飘的棉花，半点不敢使力。

他只碰到了她的指尖，非常礼貌，一触即离。

郑小雅在旁边看着，眼神讥诮。

等苏菱和林清走远了，她才走过来，压低声音："堂哥，你喜欢她呀？"

董旭回过头，眼神清清冷冷的："别胡说。"

"堂哥你年纪也不小了，确实该找个女朋友了哟。她长得真好看是不是？我觉得她挺不错的。"

董旭抿着唇，一言不发看着郑小雅。

郑小雅笑起来："好嘛，不开玩笑。我就是不喜欢她，怎么了？"她随即又确认一遍，"你说了不喜欢她的哟，堂哥你可别出尔反尔。"

董旭垂下头，睫毛颤了颤，又看设计图去了。

郑小雅在心里冷笑。

呵呵，男人。

哪怕是她最厉害的堂哥，也不能说完全不好色吧？她承认苏菱确实长得美。她原本以为自己的长相就算万里无一了，可是那个女人就跟妖孽似的，又纯又媚，素颜都美过她。

郑小雅知道苏菱最近红得也快。

郑小雅出道的时候才十三岁，算是童星，后来成功转型，又拿到了影后的奖项，才奠定了今天的地位。

可是她家里有钱有势，星辰的总裁又是她姨母，苏菱呢？那个女人又有什么？长成那个样子，没人护着的话，她倒是要看看苏菱登高跌重的场面。

苏菱和剧组的人都相互认识了一圈，就和大家一起回了酒店。

酒店离拍戏的地方半个小时车程，不算很方便。

第二天一大早众人就去荒原那边拍戏。

冯励飞冷得想跳脚："这地方昼夜温差也太大了吧，早晚怕不是零下几摄氏度？"

苏菱也冷，还好林清高瞻远瞩，提前准备了很多厚衣服。

然而开拍之前还能穿厚衣服，开拍之后就不可以了，毕竟剧本的时间设定是夏末，她的角色是医生，服装也就是白大褂。

郑小雅也没想到自己堂哥这么坑人，冷得脸色也不好看。

她的助理赶紧给她围围巾、贴暖宝宝。

她推开助理："别弄了，烦。暖宝宝贴上，围巾待会儿反正也要取下来。"

好在没一会儿太阳出来了就温暖起来。

电影正式开拍，苏菱先前没有和郑小雅一起拍过戏，但是当他们在一起拍戏的时候，她不得不承认，郑小雅很有实力，是实打实的演技派加实力派。

郑小雅年纪轻轻就享有了影后的名头。

一场开场醒过来的戏，所有人都在中间停拍了，但是她没有。

苏菱和她对戏的时候，也能感觉到那种演技的压制。她打起十二万分的精神和郑小雅对戏，好在没有出什么岔子，然而气场被郑小雅压低了好几度。

郑小雅拍完的时候，轻飘飘地瞥她一眼，眼中带着几分轻蔑嘲讽。

苏菱抿了抿唇，没有说话。

等了几天，星辰给苏菱派的助理来了，林清还得带另一个艺人去试镜，于是叮嘱了苏菱许多事情。

最后忍了忍，林清摸了摸她的脑袋劝她："好好吃饭，别一直背剧本了，也别躲着对着镜子一直练。还是小姑娘呢，未来的路长得很，你才进入演艺圈，已经比别人强太多了，演技慢慢来。"

唉，林清心想，她怕不是第一个劝自己的艺人别那么用功的经纪人？

苏菱红了脸——她以为林清不知道，随即轻轻应了一声。

藤萝为枝 著

掌上青梅

My Greengage

下册

湖南文艺出版社
HUNAN LITERATURE AND ART PUBLISHING HOUSE

博集天卷
CS-BOOKY

第十一章
向阳花

苏菱的助理叫唐姿，是个圆脸的女人，热情得不得了。

有一天拍完戏，都已经是晚上十点了。

那个时候唐姿一看手机，好家伙，零下三摄氏度。

苏菱小腿还露在外面，在冷冰冰的密室里拍了一整天戏。苏菱出来，冷得话都说不清楚了。

唐姿也心疼，连忙给她披上衣服。

"谢……谢谢唐姐。"

"来喝点热水。"

苏菱捧着水杯，唐姿突然想起来："对了，你手机下午响了好几次。"

苏菱愣了愣，唐姿点开手机给她看。

秦骁的备注苏菱还没来得及改，唐姿笑道："'混账'是谁呀？"

几乎才问完，那个混账就又打过来了。

苏菱被裹在棉袄里，唐姿不懂个中缘由，立马按了接听。

"……"

寂寂的夜，男人的声音低哑，透着三分冷："苏菱。"

她鼻音有点重："嗯？"

"为什么不接电话？"

257

她冷得慌，声音都在哆嗦，调子却软哝哝的："我……在拍……拍戏呀。"

他皱紧了眉，椅子对面的左印给他打手势、做口型——你语调柔和一点哪，不要发脾气，不要说什么马上回来。

秦骁话到唇边，狠狠忍了下去，转而问她："很冷吗？"

她轻轻"嗯"了一声，像乖顺的猫咪。

"在哪里拍？"

苏菱握紧杯子，不说话了。

秦骁瞳孔漆黑。

左印要抓狂了，硬着头皮抢过秦骁的手机就给挂了。

秦骁取过椅子上的西装外套，分外冷静地穿上，就要往外走。

左印："你还治不治了，谁是医生啊？"

秦骁冷冷吐字，对左印的态度降到了冰点："治你妈。"

他听左印的，不去查她，不去骚扰她，不去试图掌控她的一言一行。

左印还给他画大饼——你治好了，能控制住了，她就会爱上你了，真的！

他忍得快要把左印揍一顿了，左印求生欲极强地建议："算了，要不你给她打个电话？"

这么一打就又出了事。

左印看秦骁这冰冷不满的神情，就知道这男人忍不住了。

左印知道秦骁想她，每分每秒都在想，当秦骁被"她可能会爱上他"这句话诱惑而坐在左印对面时，每一分钟对秦骁来说都是煎熬。然而那小美人并不想秦少，甚至这段时间过得挺快乐。

左印快绝望了，咱唠了半个月的嗑，屁用都没有，你这是病入膏肓了吧！

苏菱看到那边电话突然挂了，一时也不知道发生了什么。

唐姿跟了她几天，知道这个艺人特别好照顾，性格好，软糯糯的。

虽说照顾苏菱是唐姿的工作，但她比苏菱大了将近十岁，非常喜欢这个姑娘。现在看苏菱呆怔地看着手机屏幕，唐姿压低了声音，笑道："男朋友？"

她一双杏眼水盈盈的，闻言不可思议地瞪大了眼睛，连忙摇头。

太可怕啦，谁敢做秦骁的女朋友哇？

唐姿看她这模样，就知道猜错了。

两个人回去的时候又聊了些剧组的事情。

不得不说，在《囚徒》剧组比在《十二年风尘》剧组累多了。由于本来就是八个人一起拍摄，所以每时每刻的镜头大家都要参与。

加上中间穿插着回忆推理，所以哪怕是已经去世了的角色对应的演员，也要留下来拍摄。

剧情推进到后期，活下来的人只剩秘书、医生和小偷。所以，郑小雅、苏菱、冯励飞三个人的戏份是最多的。

但不同的是，郑小雅演的秘书是正面人物，相对来说比较善良，而苏菱饰演的医生，则是一个为了活下去而不择手段的反面人物。

不只是苏菱冷，郑小雅也冷得够呛。

早早拍完的人哪怕还留在现场，至少能穿厚实的衣服，但是还在对戏的人是不可以的。

结果第二天郑小雅就声称病了，死活也不来拍戏。

荒原之上，草地是枯败的黄色。董旭皱着眉头，转而跟苏菱他们说："郑小雅不在，你们把各自的镜头补了吧。"

苏菱点点头，其实她早上起来的时候也头晕。

M市昼夜温差太大了，偏偏有时候又得穿插着拍夜戏，大家都吃不消。

只不过董旭像个木头人一样，兢兢业业，精益求精，大家都不好说什么。毕竟董旭是拍戏能把自己弄中暑的人。

大家陆陆续续补完镜头的时候，天色又黑了。

有一幕是争抢水的时候，谁也没有得到那杯水，最后水都泼在了医生乐颐身上。

苏菱走出密室的时候，感觉手臂上都是一层冰碴子，疼得发麻了，反而没多大感觉。

往常都是唐姿照顾她，每个艺人都是坐自己的保姆车来的。

然而今天唐姿没有迎上来给她穿棉袄。

十一月深秋临冬，夜风呜咽。

广袤的荒原上还时不时有奇怪的声音，冷风吹得她发抖，可是明明身体在发抖，却觉得非常舒服。

苏菱知道不妙，她貌似有点发烧。

眼前的东西都看不真切，她好不容易才辨认出自己的保姆车。苏菱朝保姆车走过去的时候，撞进一个温暖的怀抱。

男人解开风衣把她裹进怀里，他皱紧了眉，声音也夹杂着三分冷："怎么冻成这样？"

她说话都是哆哆嗦嗦的："秦……秦骁。"

他怀里很温暖，风衣把两人包得严严实实。唐姿不知道去哪里了。

夜色漆黑，外面还在呼呼吹着风。苏菱隐隐听到道具组要从密室出来了，她还留着神志，知道秦骁不能被人看见："去……去车里。"

秦骁把她抱上车，又用唐姿准备的棉袄把她包裹住。

他不会照顾人，好在先前唐姿讲清楚了要做什么。

秦骁把车里的灯打开，从水壶里倒了温水，递到她唇边喂她喝。

她实在冷得不行了，手都冻僵了，这次便不抗拒，就着他递来的水杯小口喝水。

秦骁喂完她，伸手去摸她的脸颊。

她迷茫地看着他，眼里似染上几分春色，眼角晕开三月桃花，平白地媚色横生。

秦骁触手发现烫得不行，他在心里狠狠骂了一声，连忙开车带她回去。

苏菱在副驾驶座上昏昏沉沉地睡着了。

睡着了倒是没有那么冷，秦骁把她抱上楼的时候，苏菱依然没有醒。唐姿走过来的时候也很诧异："苏菱怎么了？"

秦骁看她一眼，眼神很冷。

唐姿心里一寒："秦少……"

"去给她找医生。"

唐姿也知道不好，苏菱恐怕是生病了，那个鬼地方确实冷。唐姿赶紧去找医生。

秦骁刷卡开门，苏菱已经被这个动静弄醒了。

秦骁把房间的空调打开，回头想把她外面的棉袄脱下来。

苏菱还没傻，知道他是谁，不许他碰自己，伸手去挡。

秦骁气笑了，这是多恨他呀？都这样了还防备着呢？他要是现在还能对她生出什么心思，那就真的是禽兽了。

她其实也没力气，手臂还疼。

"不要你脱，你出去。"

"别闹，乖一点。"秦骁懒得理她。他把她外面的棉袄一脱，才发现苏菱里面穿了医生的白大褂。

还是夏天的那种。苏菱根本没有时间换服装。

她一双笔直纤细的腿露在外面，裙摆被撩到了大腿上。偏偏她还在发烧，小脸绯红，唇色也红。

秦骁喉结动了动，没敢多看，拉过床上的被子把她盖住。

他蹲下身给她脱鞋子。

苏菱穿着裸色高跟鞋。

脚背露在外面，玉一样白。

他没控制住，手抖了抖。

秦骁给她把高跟鞋脱下来，手掌握住她小巧的脚，玉白的脚趾蜷缩着，精致可爱，但是像冰雪雕成似的，冰凉得可怕。

苏菱只是发烧，没有力气，但她不是个昏迷的人。

她羞得脸都红了，脚往回抽。

秦骁笑了一声，笑声低低的。他垂着头，怕她看见自己的眼神，嘴里倒是很温柔地哄："不碰，不碰。"

他利落地把她另一只鞋也脱了，然后把她的脚放进被子里。

他做完这些的时候觉得自己快和苏菱体温一致了。唐姿带着医生走了进来。

医生先给苏菱量体温，量完也皱紧了眉头："都三十九度七了，高烧。"

苏菱水蒙蒙的眼睛看着她，医生都被她看得一阵心软："苏小姐能打点滴吗？"

"可以的。"她出声，嗓音有点哑。

医生本来就是为了防止意外而随组的，她让唐姿跟着自己去拿架子和药。

她们走了以后，苏菱就闭上了眼睛。

她一点都不想看他现在是什么眼神。

其实秦骁有点心疼。

他知道拍戏辛苦，可是不知道会这么辛苦，她撞进他怀里的那一刻，他以为自己抱了一块冰。

秦骁并不能理解苏菱对拍戏的执着，也不知道为什么有人会愿意为了一些虚无的梦想做到这样的地步。

他不曾有过梦想，也不曾有过任何爱好，他不在乎世间那些可笑的法则，也没什么同情心。

然后作为报应，在活了将近二十八年以后，他有了疯狂想要得到的一样东西。

想吞了她，想亲吻她。

想占有，想肆虐，又舍不得碰，又害怕从她眼里看见厌恶恶心的情感。

他像是在沙漠里行走的快要渴死的人，死死抱着最后一滴水，身体的每一寸都在叫嚣着对她的渴望，然而他又清醒地知道，如果真的碰了，就什么都没有了。

最后他也会死的，死在这无望的爱情里。

他懂这种疯狂渴望的感受，却不能把自己的这种情感代入苏菱对别的东西的热爱里。

左印问他："你喜欢她，那你能理解她喜欢演戏吗？"同样是喜欢的情感，懂了一种，想必也能转换代入另一种。

他冷冷地答："不懂，那种东西，怎么配和她相提并论？"

左印心想："神经病"的思维果然清奇。

唐姿她们很快回来了。

医生把输液瓶挂好，给她扎针。

秦骁皱着眉看，不满地出声："别动她右手，她右手冻红了，你给看看。"

医生不认识他，她这种普通医生可不知道秦氏总裁长啥样。她最讨厌别人质疑她的专业性，心想是不是想对决？

"别说话，你是医生还是我是医生？"

唐姿心想，牛哇，这可是秦总。秦总哎，活在财经杂志里的男人。

然而秦骁忍住了，没吭声。他只是皱眉看着医生把苏菱的左手拿出来，在她手背上找了一会儿静脉，又干净利落地把针推进去。

苏菱不怕打点滴，她自己看着没什么感觉。

然而秦骁看得眉头能夹死一只苍蝇。

医生扎完针，对苏菱说："右手伸出来我看看。"

苏菱把右臂伸出来，医生看了下："没大事，冻了会儿，暖过来就没事了。点滴先打着，估计要五个小时，好了叫我。"

医生收拾东西的时候叮嘱道："明天别去拍戏了，烧退了再说，多喝热水，好好睡一觉。董导也真是的，也不注意下，一个两个都病了。"

唐姿犹豫了下，不知道自己该不该跟着出去。

秦骁出声："我守着。"

唐姿出门，给他们带上了门。

秦骁说："你睡一会儿，我守着。"

她现在不睡了，睁着水汪汪的眼睛看着他。

苏菱一点都不想秦骁守着她呀。

这简直是噩梦。

她记得她摔断腿的时候，那时淋了雨，也发起了烧，腿上的伤更严重。

秦骁就坐在病床前，整整看了她一夜。

他不开灯，不说话，像蛰伏于暗夜中濒临绝望的猛兽。

动也不动地看了她一整夜。

麻药效力过去以后，她疼得受不了，睁开眼睛就看见了他。他嗓音哑得厉害："疼？我去叫医生。"

她摇头，因为不想看见他，又慢慢合上眼。

她其实无法理解他这种人，她就算再有耐心，心中再安宁，也不会眼睛一眨不眨地看着一个人，在寂静的黑暗中待一整夜。他这样偏执的行为，仿佛是在告诉她，他可以看她一辈子，挫骨扬灰以后，也会追到下辈子。

她害怕这样的他。

当初害怕，现在也害怕。

苏菱眨了眨眼睛，决定告诉他："可是你在这里，我睡不着。"

他坐在她身边，闻言愣了愣。

下一刻他眉眼温柔，伸手轻轻盖住她的眼睛。

一片黑暗里，她听见男人的嗓音低沉："那就不看。"

她冰凉的小手把盖住眼睛的大手拿开，就看见他的眼睛。

他居高临下地看着她，目光还来不及收敛。她被那样的充满情愫的眼神看得心颤，默默拉过被子把自己的脸遮住。

秦骁沉默了片刻："我去把你助理叫过来。"

他知道那样捂着睡会难受。

男人的脚步声远去，很快就换成了唐姿进来。

苏菱已经把脸露了出来，她有些怔忪，似乎不敢相信秦骁有一天也会让步。

唐姿替她理了理被子："好好睡一会儿吧，点滴打完我去叫医生。"

她轻轻应了一声，问唐姿："秦总走了吗？"

唐姿面不改色地说："走了。"

苏菱这下是真的感到意外了，她眼神迷蒙，唐姿也看不出她在想什么。过了一会儿，苏菱闭上眼睛睡着了。

秦骁靠在门外的墙上，静静地等。

唐姿轻手轻脚地出去，就看见这个男人沉静阴冷的模样。

唐姿看出他不太高兴。

唐姿知道秦骁的名号，B市名流贵公子，却以狠辣嚣张的手段闻名。对他自己的母亲文夫人，也不见得有感情。

唐姿才成为经纪人那会儿就听过关于秦骁的传言。

大多都是不好的话。

不择手段、冷血无情、不孝不义。

据说他父亲才死，他就辍学回去争家产，那股子嚣张劲和狠辣利落的手段，现在听起来都让人唏嘘。

最经典的就是老秦总才死，一众亲戚就登上门，纷纷想要分一杯羹。

寡母幼子，谁都以为守不住万贯家财。秦家家大业大，哪怕是指缝里漏下一点油水，就够人一辈子好吃好喝了。

因此，八竿子打不着的亲戚都拥去秦家奔丧。

秦骁那年才十八岁，手里拎了根钢管，守在他家祖宅。

秦骁的小叔秦荣第一个叫嚣着让秦骁开门，少年嚼着口香糖，似笑非笑，钢管点了点他的车头："我只说一次，滚回去。"

秦荣当然不信秦骁有这个胆，端着长辈架子就开口教训。

那时秦家祖宅外面，围了一众观望局势的人。

秦骁笑了一声，下一刻眉眼阴狠，钢管疯狂地砸着秦荣的车窗玻璃。

他几下砸碎车窗，把秦荣从车里拖出来。

秦荣腿已经软了。

秦家的小疯子！力气怎么那么大！

秦骁偏偏还在笑："小叔那么想去见老头子，嗯？要不我成全你？"

"你……你敢……杀人要犯法的！"

"哦。"他弯了弯唇，从身后摸出一把枪，抵住秦荣的太阳穴。"砰——"他嘴唇上下一碰，模拟了一下枪声。

秦荣当场跪了。

秦骁轻嗤了一声，笑道："还看老头子吗，小叔？"

秦荣从地上爬起来，忙不迭地往外跑。

围观的人都看得心颤，这简直就是六亲不认了，那可是他亲小叔。

然而少年把钢管一转，撑在脚边，笑容不羁，野性满满："谁还想去看看老头子的尸体，嗯？"

又不是要钱不要命！

这小子比他老子还狠。来的人全部都打了退堂鼓，纷纷离开了，不再想进老宅去捞油水。

过了没几天，秦骁连他母亲文夫人也不留情，该打压打压。他母亲文夫人直接被他气晕了，晕之前颤着手指骂他不孝子。

最后秦骁不仅守住了秦氏企业，企业的发展比起他爸在世的时候，有过之而无不及。

这样一个人，品格实在好不到哪里去。

唐姿以为他是没有感情的，他这样的人，活得太强大了，可以仰仗自私冷漠为生，不需要亲情，也不需要爱情。

然而她实在没有想到，有一天会在这个地方见到这个传闻中的秦氏总裁，还是因为自家那个大学都还没毕业的小艺人。

唐姿至今都是蒙的。

哪怕秦骁这个人再怎么混账，却也是条纯金大腿呀！

然而看他们相处，又觉得不像那么回事。她家小艺人貌似并不待见秦总，秦总竟然也不生气。

要知道秦总广为人知的不仅仅是他的名声，还有他那暴躁的脾气。

但今天唐姿见到的秦骁，简直是双面人。

他在唐姿面前依然是冷漠不客气的，但是在苏菱面前像是换了一个人。装得挺像那么回事。

"她睡了？"男人声音低哑。

"睡了。"唐姿轻声答。

"嗯。"

唐姿忍了忍："秦总，她……"

男人回头，眸光冷淡。

唐姿咬牙把剩下的话说完："她还小，您要是追求她，可不可以温柔包容一点？如果她不愿意的话，您……"

秦骁冷冷吐字："闭嘴。"

然后唐姿就看见已经"走了"的秦少，又推门走了进去。

这套路真的是……让人无话可说。

秦骁进去的时候，苏菱正睡得香甜。

拍戏本来就累，她从早上拍到晚上十点，已经累得不行，还发了烧，睡得很沉。

室内静谧，他似乎能听到她的呼吸声。

她双颊微红，肌肤却瓷白。室内留着一盏灯，没有那么亮，方便她睡觉。

他径自走过去，坐在她床头。

低下头仔细看她。

他早就知道苏菱生得漂亮，那样精致雕琢出来的美丽，一天天、一点点，在他心里显得越发清晰。

他这辈子见过很多长得好看的人，其实对美丽的皮囊已经基本免疫。

哪怕其美色足够有诱惑力，却也不至于让他这样疯。

他靠近苏菱一点点，就感受到心脏又在加速跳动，一声一声，和她的呼吸交织在一起。

他想起她软绵绵地喊秦骁的模样，娇得不行。

这个人最柔软，却也最坚强。

她最干净无垢，也最善良。她很温柔，笑起来眼神温和，眼睛弯成月牙儿。和他这样没有心肝的坏坯子，完全是两个世界的人。

这是件很奇妙而无奈的事，哪怕这个人讨厌着他，他还是想靠近。

赴汤蹈火去往她身边。

他轻轻碰了下她的脸颊，少女肌肤柔软，触手生温。

苏菱并没有醒。

而秦骁并非君子。

他从来不遵守什么礼义廉耻。

他的拇指触上了她的唇。

因为发烧，她唇色娇艳，比平时还要红上几分。

他似乎没有吻过她。

他都不知道他什么时候这么纯情了，明明什么事情都在脑子里过了无数遍，可他确实没有吻过她。

他在心里笑了声。

要是这个时候亲，她知道了怕不是得气死？

会觉得恶心吧？

然而他很想，很想放肆。

他的拇指微微用了力，在她唇上摩挲。少女的唇娇软，他眯了眯眼睛，呼吸比她还重。

秦骁承认，这样让他产生了快感。

那种自身体里升起来的亢奋，充斥着他的每一根血管。

苏菱不舒服，轻轻皱了皱眉。

秦骁面色不改，却把手收了回来。

他没有发出任何声音，她又沉沉睡了过去。

秦骁闭上眼，不得不说，他觉得有点遗憾。他来 M 市的时候，左印愁死了，絮絮叨叨念了半天——

"兄弟，你忍住可不可以？别用那种眼神看她，别动手动脚，姑娘都喜欢绅士。

"你别把人掳回来知道吗？人家还在拍戏，要是这事曝光了，她的处境会很不好。

"还有，别对她说那些话，我听着都毛骨悚然……我怎么这么忐忑，你有病就别去成不成？"左印心想，这是老子第一个想亲自动手打残的病人。

秦骁："你才有病。"

"……"

而此时秦骁守着她，觉得左印还是有两把刷子。至少把他的心思揣摩得很透彻。

他看着她时，心里温柔，身体却躁动。

三分克制，七分放纵。干出的很可能不是人事。

他弯了弯唇，有点认命。

苏菱迷迷糊糊醒过来的时候，唐姿正坐在床头刷手机，听见声音连忙放下手机给她倒水："醒了吗？有没有好一点？"

苏菱喝了几口水，去看吊瓶，里面只有一点点了。

她睡了四个多小时，这时候已经是凌晨两点了。

"谢谢唐姐，辛苦你了。"唐姿守她到现在，肯定挺辛苦。

唐姿尴尬地笑了笑，转移话题："我去叫医生来拔针，然后你好好睡一觉，董导那边明天我会去说的。"

其实第二天不必唐姿说，董旭也意识到了不妥。

昼夜温差太大，不仅苏菱受不住，剧组里好几个演员都感冒了，包括穿着棉衣的灯光师。

只能暂时停拍。

董旭宣布先休整三天再做打算。

所有人得知这个消息都欢呼雀跃，董导太严格，这么大半个月下来，大家都吃不消。

只有一个人不高兴，郑小雅早上换好衣服去找董旭。

董旭在修改剧本。

郑小雅推门进去："堂哥！"

董旭抬起眼睛看她，目光淡淡的，没有什么情绪。

郑小雅气死了："我昨天明明生病了，可是也没见你让整个剧组放假，怎么今天苏菱生病，你就让休整三天了？你还说对她没意思，我看你这分明就是心眼儿长偏了，不心疼自己的妹妹，心疼那个贱女人！"

饶是董旭再好的涵养，此时也动了怒："郑小雅，你说话注意一点！"演员病了四个，一半的人数，肯定不能再进行拍摄。

"怎么！戳到你心窝子了，是吧！"

董旭冷冷道："你还没那个本事，我只是在怀疑，爷爷一手带大的孩子，怎么长成了你这种性格！"

郑小雅怒极反笑："我觉得我这样挺好的，至少爷爷疼我，我也打从心里敬爱孝顺他。总比有些人好，没人疼没人爱，对亲人无情无义，只能靠下贱手段往上爬。"

董旭听不懂她在说什么，以为她又在胡说八道："出去。"

"出去就出去，等着看，马上有好戏。"

郑小雅说完这句话，总算愉快了些。

毕竟她是天之骄女，什么都不做也有人捧她。而苏菱那种贫民窟里爬出来的女人，总会有些事情拖后腿……啧啧，她想想都觉得可怜。

苏菱下午的时候接到一个电话。

那头是久违的声音，苏菱听到电话那边一阵嘈杂。

"小菱，你这就不像话了，好歹是一家人，我们家还养了你十年，你说断就断吗？是，你舅舅不争气，但是现在已经改过了。房子我们也卖了，还了欠款。你现在成了大明星，却这么心狠，一点都不舍得资助我们。你知道浩言和佳楠过的都是什么苦日子吗？"

苏菱感冒还没好，抿了抿唇，嗓音沙哑："舅妈，他们是你的儿女，有手有脚，我能赚钱，他们也可以。"

田淑云声音尖锐："你这是什么意思？你拍戏分分钟就几百万了，你别以为我不知道，当明星最赚钱。就算你不管我们，但是你外婆呢？她总是把你带大的人吧，现在我们住在出租屋里，你外婆药都吃不起。我算是看错了你，这么冷血无情！你说要是那些媒体知道了，你还能不能这么红！"

苏菱气笑了。是，她脾气是软，但她说过的话、做过的事从来不后悔。

她也冷下了语调，冷静分析道："不管我赚多少，那都是我自己的劳动所得。何况我现在确实没钱，外婆要是愿意，我会给她养老。我上次走的时候，付给医院的医药费，是外婆半年的药费。半年一过，我会去联系医院看需不需要换药。"

苏菱微微气喘，她抿了抿唇，接着道："至于媒体，我没有做错事，怕他们做什么？我也不需要红，我做好自己该做的事就可以了。"

田淑云倒是没想到这个外甥女竟然软硬不吃。

仿佛上次硬了心肠离开他们，就真的再也不联系了一样。

田淑云想想苏菱的话，心里定了定。冷冷笑道："你不把我们当一家人，那我也就不把你当一家人了。"

说完就挂了电话。

苏菱闭上眼睛，深深吸了一口气。

她还有些不舒服，头很疼。

那时正好是下午，阳光最灿烂的时候。酒店外面就能看到海。

阳光照射在海面，海水波光粼粼。

苏菱能猜到田淑云要做什么。

时隔这么久，她看着一望无垠的海面，第一次深深感受到了曾经的付出非常不值。

像这样的威胁，如这般的亲情利用，不知道田淑云和倪佳楠在秦骁面前用过几次？

而那个男人为了留住她，捏住这些把柄，谈笑间也就轻松地给了。

他看不上倪家，却渴望着她，恨不得打造出世上最坚实的牢笼，生生世世困住她。

海鸥在海面低低盘旋。这是 M 市最宁静的地方。

苏菱开始回想，这一切像一个死局，冥冥中有股力量在把她往秦骁身边推。

是从什么时候开始的呢？

苏菱揉揉额角，给唐姿打了个电话。

唐姿立马过来了，苏菱问："唐姐能帮我找人录制一下视频吗？"

唐姿点点头："可以，不过你感冒还没好呢，录视频晚点好吗？"

苏菱摇摇头。她坚持，唐姿就不好说什么了，当天就把人给她找好。

第二天微博上爆出大新闻——"爆！新晋小花苏菱忘恩负义，竟这样对亲人"。

那篇文章写得洋洋洒洒，把苏菱从十岁去到倪家，到现在演九里出道走红，全部都写了一遍。

文章中把苏菱写成了一个靠亲戚收养长大，最后在家里欠债的时候绝情地断绝亲人关系的女人，一个走红也不肯接济家里的实打实的白眼儿狼。

这种舆论描述得很详细，看起来非常真实，部分网友一看完就开始骂苏菱。

"这种人还配演九里！我呸！"

"亏我之前还夸她长得好看，原来心这么毒。"

"不做她的粉丝了。竟然这样对待自己的血亲。人家抚养她长大，她因为家里欠债就自己跑了，恶心！"

…………

唐姿看到这个新闻的时候，吓得心脏都要停了。

网络舆论的力量有多强大，唐姿是知道的。可以靠它捧红一个人，也可以靠它摧毁一个人。

唐姿第一时间就想到了秦骁！

只要秦总出面，这种舆论一定可以压下去。随后她又一拍自己的脑袋，唉，秦少是清娱的老板，又不是星辰的老板，这种事情应该先上报给公司处理。

唐姿马上打电话给林清，林清显然也没想到，原本没有黑点的苏菱，一被爆料就来个这么大的。

明星最怕人品有问题，这可以摧毁他的事业。

"我马上去找人做下公关工作，你看着点苏菱，照顾着她的情绪。"

"好的，我知道了。"

唐姿进去的时候，苏菱在喝酸奶，她用小勺子一勺一勺地舀，吃相乖巧秀气。

唐姿欲言又止，最后还是把新闻的事情跟她说了："你说这背后是不是有人在整你呀？唐姐相信你的人品，你绝对不是会抛弃家人的那种人。"

苏菱愣了愣，然后平静道："新闻没有假，我的确和他们断绝了关系。"

天哪，竟然是真的。

苏菱说："唐姐，你把我昨天录的视频发微博上吧。"

唐姿不知道录了点什么，有点焦虑："你和秦少有点关系对不对？要不咱们找他帮帮忙？舆论都是像滚雪球一样，越滚越大的。"

苏菱微笑："不用的，我自己的事，靠自己可以的。"

她看起来好柔弱，连捧着酸奶盒的手指都纤细娇嫩，可是唐姿当时看到这样的新闻都觉得眼前一黑，她竟很平静，没有心虚和心慌，也没有被亲人背叛的痛苦。

这个小姑娘甚至提前一天就想好了应对方法。

唐姿决定相信她，把那段视频发布到了微博上。

点开视频，出现苏菱微微苍白的脸。她化了淡妆，看不出还生着病。

她看着镜头，先腼腆地笑了下："大家好，我是苏菱。如果这个视频被放出来，那么一定是有不好的事情发生了。与其听别人讲，不如我自己把真相说出来。"

她顿了顿，手指将头发撩到耳后，视频里的姑娘容颜娇俏，语调平和："我是由外婆带大的，据说我不到一岁，父母就出了意外去世了。小时候家里穷，外婆带我很辛苦。我十岁以前，都是和外婆一起住在一个小乡村里。后来舅舅在 L 市买了房子，把我和外婆接过去住。那个房子，外婆出了将近三分之一的钱。就这样，她带着我这个拖油瓶，一起住进了舅舅家里。"

她笑笑，说起自己是"拖油瓶"的时候，有些无奈酸楚："我从初中开始念寄宿学校，很少回舅舅家。外婆年轻时存了些钱，每个月都补贴舅舅，作为我们的生活费。我知道外婆不容易，就从初中开始申请助学金，后来高中、大学，每一年都有奖学金，我留下了必要的生活费，剩余的都寄回了舅舅家。我和外婆都没有花过舅舅的钱，但是我感谢他提供了一个地方给我遮阳避雨。

"舅舅不能说对我不好，可是没有亲人的亲昵。说起来，他并不是外婆的亲生儿子，而是外婆从雪地里捡回来的。今年外婆病了，很严重的心脏问题。舅舅家说没有钱给外婆治病，于是我去借了钱。五十八万的手术费和医药费，其实都是借朋友的。后来我接了《十二年风尘》的戏，片酬刚好还给朋友了。

"然而我回家发现，舅舅在赌博，还欠了八十万的债。赌博是什么性质的事情，相信大家都明白，那是个无底洞。舅妈希望我帮舅舅还赌债，可是说来惭愧，我没有钱。在我还完朋友的钱以后，我又成了一个穷光蛋。"

镜头里的姑娘神色慢慢坚定："我还不起，也不能还，没有谁天生就是该为别人背债的，所以我选择离开舅舅家。外婆的一切我都会承担，但是不会帮舅舅还债。所有的事情就是这样，如果大家不能理解，依然觉得我忘恩负义，那么我也没有什么好说的。如果有人愿意相信我，那么我感谢大家的喜爱，也谢谢你们的信任。"

这条微博视频一出，苏菱的粉丝纷纷转发。

苏菱说得很平淡。前世他们对她做的事，她全都没说，也没有提及她在舅舅家受的欺负。她只是把二十年的人生，用简单平实的句子描述完。

然而还是有人很快发现了端倪——

那套房子的价值就超过八十万，不说他们自己可以卖房子还债，苏菱的舅舅当初竟然没有拿这笔钱去救外婆！

毫无血缘关系的人，把他养大，但是养老都是苏菱外婆自己出的钱！

到底是谁忘恩负义呀！

网上议论纷纷。

苏菱的粉丝特别心疼，他们还习惯喊她小九里。

有人说："你们是不知道寄人篱下的苦，她能自己靠奖学金、助学金养活自己很了不起了。"

"还有赌博，这是无底洞，我姑父家就是因为这个，最后闹得妻离子散。没有谁背得起这种债的，真的是个无底洞。"

"买房子三分之一的钱，用来租房子，也够小九里和外婆住好几十年了吧！"

唐姿看得心情复杂，哪怕苏菱说得再轻飘飘，她也能感觉到这姑娘活得多么不容易。

自小没有父母，从十岁以后就小心翼翼，生怕给别人带来麻烦。

自己努力读书，努力挣钱。

高中的奖学金可不是那么好拿的，要在市里有名次才行。还是个小姑娘的时候，她就开始承担这些了。

唐姿想想都觉得酸楚。

网上的舆论吵翻了天。还是有人说苏菱没有同情心，好歹是相处了十年的人，怎么可以说断就断。

但是更多的人都在赞那句话——没有谁天生就是该为别人背债的。

每个人都有好好生活追求幸福的权利。

秦骁看到这些的时候，才准备上飞机。

视频里的姑娘看着羸弱，可是她眼睛里盛满了碎光，带着无尽的勇气和力量，她的声音也坚定："我还不起，也不能还。"

他隔着屏幕，触摸她的脸颊。

心里一下一下地发疼。

左印说："当你懂得她的感受，懂她的喜怒，懂她的悲伤，懂她的无奈时，也许就是她会爱你的开端。"

他当时想，这是什么屁话？

而他此刻懂这种感受。

十三岁的少年离开家自己生活，像个没人管的野孩子，他打架，学会抽烟，去网吧打游戏，犯浑赛车。

是为伶仃之苦。

只不过他心硬，哪怕没人爱，也只是不痛不痒。

后来他十八岁，一个人拎着钢管，身后别着老头子藏起来的那把枪，守在老宅外的时候，用无尽的讥嘲来看这个世界。

他要守护的东西，绝对不许别人越界一步。

他不在乎任何人，也不怕杀人。

他的东西，谁都不许碰，谁都不许沾染。

而她伶仃孤独，却又弱小无依，偏偏从石缝里伸展出枝条，成长为柔美的花。

苏菱始终向阳，眼睛干净澄澈。

秦骁守在深渊，放任自己变得肮脏。

他艳羡她，敬佩她，他爱她。

不因为她那张绝色的脸，也不因为他恋足的癖好，而因为她是苏菱。

秦骁没有登机，转身回苏菱剧组所在的酒店。他握着手机冷冷地笑出来。

苏菱舅舅家这种人，他十八岁时就能打死一群。

如今他二十八，出了刀，血都不会染上一滴。

他回到酒店时，苏菱和唐姿在聊天。苏菱是合格的听众，别人说话时她听得很认真，脸上带着浅笑。

没有任何阴霾和不适，她笑得纯真。

看见秦骁时，她有些惊讶："秦骁？你怎么回来啦？"

男人一步步走到她面前，眉眼冷峻，气质带着几分狂他自己都不知道，他什么时候学会了怜惜。

他笑："有人欺负你呀，所以我回来了。"

苏菱弯了弯唇，她其实有一点开心。

唐姿和林清都夸她做得好，她很少这么厉害，由于气质和"霸气"差得太远，她在别人眼里总是弱得不行的，可是现在她会未雨绸缪，也会反击。

她不用永远蜷缩在他的羽翼下。

苏菱其实还有点羞涩，她用亮晶晶的眼睛看着他："不用啦，没有人能欺负我。"

秦骁看出了她的自豪。

她难得表露出得意，仿佛不夸夸她，那个人就不是什么好东西。

他靠近她，低低笑出声："嗯，菱菱好厉害呀，厉害得我无时无刻不在为你倾倒。"

他声音低沉，藏着掩都掩盖不住的笑意。

她有点羞："不……不厉害。"然而她的开心是真的，唐姿告诉她，网上虽然还在讨论这件事，但是大多是有利于她的。

何况娱乐圈不怕有新闻，就怕没热度，这件事撑过去以后，对苏菱也有好处。

她脸色好了许多，想来感冒已经快好了。

但是唇色泛白，精神也恹恹的。他看着皱眉："还难受吗？"

苏菱摇头："已经好了。"

两个人一时沉默。苏菱有些不自在。方才看见秦骁时，她正高兴，那种喜悦自然也对他分享了。

但现在在逼仄的空间里，她还不习惯面对他。

她只好问："秦骁。"

"嗯？"

"你不回公司吗？"

他笑："想我走？"

她被看破了心思，有些羞窘："你很忙的吧？"她知道秦骁不容易，这个男人工作的时候很认真，可以说是兢兢业业，以前他常八点出门，最忙的时候凌晨才会回来。

"不忙。"秦骁随口说，"我很有钱。"

她忍不住一笑，点点头："我知道的。"这是事实，秦骁以前给她看过家底，那个数字很可怕。也不知道秦家是从哪一辈人就开始积攒，才能有那么可怕的财力。

秦骁扬眉："我全送给你，好不好？"

她吓得不轻，一口气差点没回上来，连忙摇头："不要。"

他眼神戏谑："全送给你，拿钱砸死那些嘴碎的呀。"

这么无理不羁的话，也只有他说得出口。

苏菱脸蛋羞红："你别开这种玩笑。"

苏菱没有当真。他们秦家的基业，秦骁怎么也不可能真像他说的那样送给她。何况她真的不心动，秦骁不做亏本生意，她活得好好的，没有那么想不开。

他眉眼间都是笑："菱菱。"

苏菱又是一抖。她才意识到这个称呼耳熟得要命。她记得今天以前，秦骁明明是直呼她大名的。她被这个太过熟悉的称呼弄得有点惊恐。

她睁大圆滚滚的杏眼看着他，应都不敢应。

"可我现在只有钱。"他说，"全送给你，你都不要，你让我怎么办？"

她咬唇，怎么和钱扯上关系了？

她犹豫了下："我有钱，所以不要你的。"

秦骁倒是好奇了："哦？有多少？"

她认真想了下，之前的十万她基本没有怎么用，她认认真真地道："九万多……"

秦骁没忍住，笑出了声。

第十二章
粉兔子

　　苏菱不懂他在笑什么，但知道他在笑自己。她有些无措，眼里很茫然，九万多有什么好笑的吗？挺多的呀，都够她和倪浩言念完大学了。

　　何况这部《囚徒》拍完，她拿到片酬后也就是个有钱人啦。

　　他们显然对"有钱"的理解完全不一样。

　　秦骁心里笑骂，怎么有人这么傻。

　　然而她心再小，再容易满足，也装不下一个他。他倾尽万贯家财，也入不了人家的眼。

　　秦骁轻嗤了一声，好歹还记得自己回来的目的："你这件事，观望的人多，要想把舆论完全压下去，要么全部压制，要么就地反杀，你选哪一种？"

　　两种手段都极其粗暴，苏菱看着他，轻声说："我都不选。"

　　他有些意外，没有吭声。

　　苏菱也没再说话。她如果想死死压制，当时录视频的时候，就会把曾经的孤苦说出来。

　　秦骁还想说点什么，苏菱的电话就响了。

　　是倪浩言打过来的。

那一瞬，苏菱心中转过万千思绪，倪浩言和倪佳楠不知道舅舅不是外婆的亲生儿子。

家里知道这件事的只有舅舅、外婆，还有她。

苏菱以为他会质问这件事，然而那头少年的嗓音冷冰冰的。

"苏菱。"他死死压抑着，然后开口，"现在！马上回家！就在离原来的房子不远的堇色小区，637，去见你外婆最后一面！"

苏菱握在手中的手机没有拿稳，砸在了被单上。

她甚至还没反应过来这件事，泪珠子就已经掉出了眼眶。

秦骁皱眉走过来，她哆哆嗦嗦拿着手机订机票，然而手抖得厉害。

怎么会这样？明明才半年多，前世外婆也做了手术，是明年六月份才去世的，这辈子怎么会……

是她带来的改变吗？

如果一定要付出代价，能不能不要是这个？

秦骁很冷静，问她："订哪里的？"

"L 市。"

"好，你换一件衣服，我带你回去。"他不拖泥带水，出去并帮她带上门，很快门开了，苏菱苍白着脸走出来。

秦骁在外面已经打了电话。

他把一切都安排好了："现在去机场。"

飞机起飞的时候，她没有再哭了，眼睛看着窗外。

秦骁大致猜到发生了什么。

"菱菱。"他喊她，"难受就哭出来。"

她低头，看着自己的双手："我做错了吗？"她改变了那么多东西，保住了腿，没有再做秦骁的情人，成功进入了娱乐圈。

可是这一切的代价，是外婆少活了半年。

他握住她的手，那双小手冰凉，没有一丝热度。

他低声道："菱菱不会做错的。"

他眼神柔和："如果万般有业障，要惩罚也是先惩罚我这样的人。"如果要死，他也一定会死在她前头。

"不是的。"她轻声道，"都是我的错……"

她早就知道蝴蝶效应的强大，有得必有失，可还是不惜一切代价地去改变了。

第二次了……

她第二次经历外婆的离开。

心口钝钝地痛，在这一刻苏菱突然记起了，她到底为什么会恨秦骁，到底为什么永远都不会爱他。

她记得上辈子那个六月，她不愿意秦骁碰她，他重欲，她急的时候把他的脸挠出了一个口子。

男人脸上一条红痕，从眉骨到脸颊。

秦骁气笑了，看上去野性十足，把人翻过来，一巴掌打了她。

他下手很轻："老子明天还要开会，你说怎么见人，嗯？"

她被打蒙了，羞耻更甚："是你自己……"

"我的女人，还碰不得了？"

苏菱跟他说话简直是鸡同鸭讲，她羞耻得快哭出来了："你知道我不愿意的，我又不喜欢你，我可以挣钱还给你，外婆的手术费和医药费我都记着的，我以后……"

男人沉默片刻，把她抱起来。

"我给你讲一件事，你不要哭。"

她眸中懵懂，呆呆地看着他。睫毛湿湿的，还沾着羞愤的水汽。

"什么事呀？"

"会哭吗？"他低声问。

苏菱有点害怕，她隐隐有种不太好的预感："我为什么会哭？"

"你哭的话，我也会难过。"

他脸上的红痕渗出了血，黑瞳看着她，平静地说："你外婆去世了，在三天前。"

苏菱眨了眨眼睛，身子微微颤抖着，她努力笑笑："秦骁，你别和我开这种玩笑……我……我会生气的。"

他眸中终于松动了片刻。

最后静默了片刻，他依然道："不是在开玩笑。"

她没有哭，身子颤得厉害。秦骁想抱她，苏菱抬手，狠狠给了他一巴掌。

那一巴掌打得狠，她用尽了所有的力气。清脆的一声响，他偏着脸，面无表情地用拇指擦了擦唇角。

脸上那条被她抓出来的伤火辣辣地疼。

他转过头，依然看着她，眸中蕴着不知名的情绪，最后忍住了。

"三天……已经三天了！你为什么明明知道……却不告诉我？"

为什么整整三天，他照样跟逗猫一样逗着她玩，贪图她带来的欢愉。她是个活生生的、有血有肉的人哪！

秦骁蹲在她身前，眼睛平视着她："现在你知道了，你会离开吗？"

她留在他身边，所有的一切都是为了她的外婆。他知道，让苏菱妥协的不是学校传出来的流言蜚语，而是她害怕亲手把她养大的人痛苦死去。现在没有了她外婆，她会不会就打算离开他了？

他再也碰不到她，摸不到她，听不见她娇娇地喊"秦骁，你好烦的呀"，也看不见她早晨浇水，和丁姨说话时温柔的笑。

她泪珠子不住往下掉。

三天！至亲之人死去三天了，她却什么都不知道，她甚至连外婆最后一面也没有见到。

而眼前这个男人，竟然还在问她会不会离开。

会的，她恨死他了。

"秦骁。"她呜咽道，"如果不是我刚刚提到了外婆，你是不是打算瞒我一辈子？"

他动了动唇，没有说话，显然是默认了能骗多久骗多久。

苏菱擦干眼泪："你真可怕，你真可怜。"

她才起身，男人拉住了她的手。

他的手火热，滚烫，然而他还是执着地问："你要离开了吗？"

苏菱抽回自己的手，她伤心欲绝，下了狠力气，如果他不松手，她的手腕多半会生生脱臼。

他最终松开了手。

秦骁目送着她下楼。

苏菱没有回头。

他忍了又忍，眸中暴戾与痛苦交织，最后还是追了出去。

他不喜欢她在家穿鞋，此刻她没了理智，赤着脚往外跑。她跑过别墅小径，雪白的脚上已经添了很多条口子。

秦骁把她抱起来，她拼命挣扎，他出声："我送你回去看她。"

她安静下来，目光落在他身上。

那一年秦骁二十八岁，身上匪气尚浓，自私无情得可怕。

她原本想过好好对他的，至少他帮了她，没有什么对她不好的地方。哪怕只是做一场交易，作为雇主，秦骁也没有苛待过她。

至少他迷恋她迷恋得不得了。

她原本想，陪他一天，那就真诚一天，哪怕不给他爱情，也给予他善意。他温柔一点点，她也会温柔一点点的。

这样，也许几年以后，她离开了，彼此都可以好好生活。

可是此刻在他怀里，听着他狂乱的心跳。

男人眉眼如刀刻，棱角锋利，听说这副长相的人最是无情。

他薄唇紧抿，抱她抱得很稳。

苏菱看着他，生平第一次，这么恨一个人。

得多么自私，才会连这样的事都不放在心上；得多么无情，才能不在意任何人的生死？整整三天，他怎么可以装作什么都不曾发生？

她哑着嗓音："我恨你。"

他的手臂颤抖起来，却紧抱着她不放。

"我恨你……"

秦骁死死咬牙："别说了！你别说了！"

她当真不再说，轻轻闭上眼睛。

她失去外婆的这一天，失去了亲情，也失去了拥有爱情的可能性。

苏菱那年二十岁，是她与秦骁相识的第一年。

而她恨他，永远也不会爱上他，不是因为后来的郑小雅，不是因为他过分的占有欲，也不是因为情人的名分让人耻辱。

一切恨意，都是从她知道外婆死去的那天开始的。

一生不息。

苏菱和秦骁到达 L 市的时候，L 市下起了雨。

淅淅沥沥的小雨，给城市蒙上了一层雾色。

秦骁撑着伞，看着伞下的少女。他大半边身子湿透，她却被他保护得很好。

苏菱一直没哭，但是也没有和他说过话。

他们按照倪浩言的话去到堇色小区 637 的时候，倪浩言出来给他们开门。少年脸色苍白，看了苏菱一眼，轻轻抿唇："进去吧。"

苏菱迈步往里走的时候，秦骁淡淡开口："我会一直在外面。"

她脚步并没有停，也不知道听到没有，那扇门在秦骁眼前合上。倪浩言关门之前，冷冷淡淡地看了秦骁一眼。

他当然记得这个男人——那天在云上星空抱走苏菱，还让他手受伤的人。

倪浩言那天回去查过他，秦骁好歹是个大人物，网上的资料也挺多的。倪浩言冷着脸关门，秦骁眯了眯眼，眼神有点危险，然而没有开口，就靠在门外等。

那个时候晚上八点了，堇色小区的环境并不怎么好，楼道的窗户在透风，冷风呼呼地吹。

秦骁穿着西装衬衫，靠在冰冷的墙边。

他皮糙肉厚，身体结实，倒没有什么不适。然而他心情压抑，脸色沉郁，隐隐有种不好的预感。

他闭上眼睛，四周空旷安静，除了呼呼的风声就是雨点打在树上的声音。房子里面静悄悄的，他感受不到她在做什么，秦骁几乎控制不住这种焦躁的心情。

他下意识地从口袋里摸烟，空荡荡的，只有手机，他才想起很久没抽过了。

貌似是从上次在她学校外面抽烟，她蹲在他身前，把烟头包起来后，他就再也没抽过。

他在外面等了两个小时。

天色已经沉沉如墨，秦骁开始怀疑苏菱已经把他忘了。

他烦躁得想一脚踹开这扇破门，然而眼中再冷，他最后还是克制住了。他打电话给左印。

左印在家看足球赛，他支持的球队好不容易进了个球，他还没来得及吼一声，就接到了秦骁的电话。那一瞬他只想骂人。然而作为医生，他还是很有素质地接了。

秦骁言简意赅:"苏菱外婆死了。"

左印愣了一会儿,随即道:"那她应该很伤心,替我给她说声节哀。"

秦骁半眯着眼。说实话,他没有什么感觉,他爸死那会儿,他才打游戏打了通宵。接到丁姨电话通知以后,他跷着腿在网吧睡了一个小时,才施施然回家去收拾那群蠢蠢欲动的人。

左印有些不厚道地想,其实这对秦骁来说也是个机会。"你记得要温柔一点安慰她,想让她爱上你,这个时候陪着她挺好的。什么脾气你都得给我忍住,还有之前你过去没露馅儿吧。"

秦骁冷冷淡淡:"可是我有种不好的预感。"

左印听得心里一咯噔,秦骁不好的预感可不只是预感,这个男人虽然感情上有点变态,但其余事情上是很厉害敏感的。

左印吞了下口水:"你做了什么?"

"两个月前,我和她外婆交谈过,给过钱,因为想要苏菱。"

秦少!你这是什么胆子!

然而那时刚好是苏菱喝过那两杯酒,说出了些让秦骁很绝望的话。他查苏菱的一切,自然知道苏菱家是个什么情况。

苏菱寄人篱下,被她外婆带大。

而她外婆的病虽然难治,却也不是不可能,有钱吊着命就什么都好说。而苏菱在意的,在世上恐怕也就这么一个人。

他想要她,不介意用任何手段。

秦骁打过钱,老太婆拒绝了。

当然他还没那么嚣张,敢直白地说老子看上了你外孙女。他只是说他是苏菱的朋友,想帮帮她的家人。

外婆沉默着听完,最后用苍老的声音说:"谢谢好意,但是请离菱菱远一点。"

他嗤笑一声，没有放在心上。

然而现在他总觉得这件事是个隐形炸弹。

他刚刚感受到原来她面对着他时，也可以笑得很开心，结果就来了这么一出。

在艰难中生出的一点希望，可是随时面临着被扼杀的危险。

他心中烦躁，怎么都不甘心。

左印也要崩溃了，他只是个无辜的医生啊，又不是家庭伦理情感大师。

两个男人沉默了半天，左印道："那祝你好运，你就祈祷苏菱不知道这件事，或者知道以后不要想偏吧。"

秦骁冷酷道："没用的东西。"然后他挂了电话。

秦骁深吸一口气，空气中的冷意遁入肺里，带来撕扯般的疼痛。

又过了一会儿，门打开了。

他下意识地站直身子，转头就看见了她。

她眼眶红红的，睫毛湿着，眼睛像雨后天空一样干净。

外面风很大，转眼她的额发就被风吹乱，两颊的头发也胡乱飞舞。

他走了两步，挡住了风，低头看她。

苏菱声音沙哑："我们走吧。"

那肺里的刀子一瞬变成了温柔的光，他弯了弯唇，极力控制才能不笑出声。天知道刚刚那一瞬他多怕她充满厌恶地看着他，然后让他滚。

"好。"秦骁怕她冷，脱下西装外套披在她身上。

她不要："不用了，我不冷。"

然而秦骁霸道，强势地给她把衣服披上，他上身就只剩一件白衬衫了。

彼时寒风瑟瑟，十一月的夜晚，外面的温度只有四五摄氏度。

她感受到他的外衣都夹杂着微微的冷意，他在外面站了两个多小时。

她抬起眼睫看他："你不冷吗？"

他眼角都是温柔的笑意："不冷。"

两个人总不能一直站在倪家门口，苏菱走出来，合上了门。

秦骁最后一眼看到了屋子里的景象，每个人都神色颓靡，看着苏菱离开。他眼中有一闪而过的冷意。

他依然为她撑着伞，把她牢牢护在伞下。

路两旁灯光昏暗，远处时不时还有汽车的鸣笛声。雨丝飘洒，也沾染上了淡黄的色彩。

他穿着单薄，转眼衣服复又湿透，能隐隐看出男人结实的肌肉。

她一双苍白的小手，紧紧攥着一封信。

苏菱顿住了脚步。

"怎么了？"秦骁帮她把颊边的头发撩到耳后，她看着他干净的黑色的瞳孔。

她抬起手，让他看见自己一直拿着的信。

秦骁心一惊，面上却没什么变化。他笑问："嗯？什么？"

她声音涩涩的："外婆的遗书。"

秦骁原本觉出温暖的心，瞬间被人狠狠砸至谷底。

苏菱歪头看他："秦骁，你没有什么想和我说的吗？"

他眼里的笑意散去，没法再装。

他什么都不辩解，低头看她："我爱你。"

那个时候雨变大了，他像个执着的疯子，用伞严严实实地遮住她，雨水顺着男人的脸颊流下来，眉骨，下巴，最后滴到地上，和其他雨水混在一起。

他黑发湿透，黑眸沉沉。

眼中只有一个她。

苏菱睫毛微颤："你知道我想听的不是这个。"

他嗤笑一声："那你想听什么？想听我在背后为了得到你想了些什么龌龊的法子？还是想知道我能为你做到什么地步？"

他眉眼含着三分讥讽："我给你下跪行不行？跪了你会爱我吗？不用太多。"他拉起她的手，他的手冷得像冰，然而她的小手绵软温暖。

他把她的手放在自己的心口："不用太多，有它的百分之一都行。"

她目光空滞了一瞬。

秦骁冷冷笑道："然而即便我愿意，想必你也不乐意，还会觉得恶心吧？"他心中关了一头獠牙锋利的野兽，此刻站上她主宰的法庭。

一念可以让他生，一念也可以让他成为死囚。

秦骁没再压抑，他把心里的想法说给她听："或者我帮你杀了那屋子里想压榨你的人，把他们都杀了。"他低低笑起来。"你说我被判死刑的时候，你会不会怜悯我一下，多看我一眼。老子真是受够了你的背影。"

她眼中染上三分不可置信。

她一直知道秦骁偏执，但是没想到会到这种地步。

虽然他的语调讥讽，然而苏菱知道他没有在和她开玩笑。

她下意识地后退了一步，被这样的感情吓到。

男人的手稳稳地撑着伞，他啧了一声："这样你就害怕了，不是让我说吗？这些够不够，不够还有……"

"别说了。"她轻声道，咬牙，"我不想听了。"

秦骁没觉得说出来爽，他只是在垂死挣扎。破罐子破摔，反正她不爱他，反正这辈子可能都看不到希望。

至少得让她知道他是个什么样的变态，让她别惹他，不然她让他太痛的时候，他也会绝望，也会发疯。

苏菱捏紧那封信，秦骁轻飘飘地扫了一眼，笑道："怎么说我的？"

苏菱心里很乱。

外婆的死让她很伤心。虽然之前外婆让她很不解，很迷茫失望，但是她是外婆一手带大的，没有人会那么冷血，当真舍弃最后一个亲人。

她太孤单了。

二十年的人生中，一直在踽踽独行。

然而外婆给每个人留了一份遗书，除了她那封，其余所有人的遗书里面都只有一句话——菱菱是个好孩子，我最后的愿望，是希望你们好好对她。即便不好好对她，也请放过她，让她自己好好活。

那个最后的亲人，到底是爱着她，还是恨着她？

外婆这辈子没有对不起任何一个人，她宽和大度，不计较利益得失，养大了毫无血缘关系的舅舅，从来没有为难过舅妈。

哪怕是倪佳楠，对外婆虽然没有那么深的感情，可是她也是敬爱的。

所以，外婆的死亡，换来了今夜的平和。

舅妈眼眶也是红的，最后拉过苏菱，别过头，说："对不住，你走吧，妈下葬的时候我们再喊你。"

到底是自己看着长大的孩子。虽然由于一时贪念，她做了不好的事，但她也不想把苏菱赶尽杀绝。其实新闻一出来，她就后悔了。这个少女还小的时候，乖得不行，人明明那么矮，却认认真真地洗碗、洗衣服。

田淑云心中不喜爱她，觉得她是拖油瓶，但是内心知道苏菱是个好孩子。

做下那件事以后，田淑云整夜睡不着，睡着了也会因不安而惊醒。

没有缘分做家人，其实也没有必要做敌人。

苏菱这回走的时候，就连倪佳楠也只是静静地看着，不吵不闹，没有说任何难听的话。

外婆的死亡换来了一切平息。

床前一瓶安眠药，下面压着给苏菱的信。

那封信写了好长好长，从她小时候学走路，写到她考上大学时高兴得一路跑回家。苏菱最天真，也最傻。

——可你不是一个人，你总会是某些人心中的宝贝。

外婆说她太累了，这辈子做了一些不好的事，病痛总是让人活得不舒心，也让菱菱想开些，这辈子能看到苏菱演的戏，她就很知足了。

人越老越糊涂，越老越念旧，她说她拖累了苏菱小半生，要是苏菱有一天想起她，别恨她就行。

她等了那么久，也就是等那一天，苏菱实现了于俏的愿望，她便能安然长逝了。

苏菱边看边哭，泣不成声。

然而她总算是见了外婆最后一面，弥补了上辈子的遗憾。也许人生兜兜转转，只有不计较得失的时候，才活得最轻松痛快。

苏菱伤心的同时，其实心里也放下了一些事情。

她并不能替外婆做决定，如果活着比死了还痛苦，她没有强行留住人的权利。

信的末尾……

外婆提到了秦骁……

苏菱捏住信纸的手指因用了力道而泛白，而此刻，他们俩站在雨中，他双眼隐隐泛红，眼尾都是危险的神色。

她受不住那样的眼神，

太可怕了，仿佛下一刻，他就恨不得咬她一口，连血带肉，拆吃入腹。

苏菱想了想，大着胆子靠近一点点，踮起脚尖捂住他的眼睛。

那眸中的凌厉冰冷疯狂，全部被她遮住。

他的世界一片黑暗，然而他僵住身子不敢动。

这是苏菱第一次主动触碰他。

虽然不知道为什么，但是，他的心跳快失控了。

苏菱咬唇，嗓音还带着些许沙哑："你别这样看着我，我害怕。"

他身体颤了颤。

不知道那一瞬是什么感觉，她说害怕，他竟然下意识地想认错哄她。秦骁活了二十八年，奔三的年纪，小半辈子都算冷漠，好在他就没怕过什么，也没后悔过什么。

可是他此刻后悔刚刚说过的话。

哪怕这些和他与左印诉说的相比，屁都算不上，但还是让他回想起来心惊肉跳。

他自己知道自己不太正常就行了，好歹得在她面前装一装。

这也是他和左印商量好的策略，然而上一刻实在是濒临绝望，他生怕被她判了"死刑"。

秦骁不知道那封信里写了什么，然而不用脑子想也知道是对他不利的东西。

以苏菱对她外婆的敬爱，他觉得那显然是他的一封"死亡判决书"。

虽然冷静下来，他细细剖析了下自己的行为，除了送钱，他别的什么也没做，压根儿用不着这么惶恐。但是敏锐的直觉告诉他，那封信可不仅仅是这么简单。

秦骁全身冰冷，他唯一能感受到的温度，就是捂在自己眼睛上的小手的温度。

他弯了弯唇："刚刚都是玩笑话，没被吓到吧？"

苏菱又不傻，谁的玩笑话，会让眼角眉梢都沾上疯狂？

他欲盖弥彰，她也害怕他方才的模样，于是没有接话。

他并不去碰她的手，他贪恋这种感觉。

肢体的触碰，她的主动，不管是出自对他的害怕，还是别的什么，他都怕她再后退一步。

只要她是向前的，是靠近他的，哪怕手上拿着匕首，刀尖抵上他的心脏，他也能够泰然自若，心中满足。

他自己将心剖给她，她可以划上一千刀一万刀，只要不丢掉就好。

苏菱手都僵硬了，身高差摆在那里，她也难受，手放在外面一会儿就冷了。

然而男人微微低着头，像一块感受不到冷暖的石头。

她颤抖着手指收回了手。

他眼中竟然是笑着的。

那股可怕的气息消散了，她其实有几分茫然。

他太好哄了，仿佛她随便做点什么，只要不是推开他的，他就会满足。

前世与今时，他一直都是这样。

她至今记得第一次主动亲他，第二天他就在别墅中种满了玫瑰，背着她在花园里走。阳光遍地。

"喜不喜欢哪，苏菱？老子第一次亲手这么讨好一个女人，感动不感动？"

她趴在他背上，小声说出自己原本的企盼："那你让我回家吧。"

男人哈哈大笑："想得美。"

那年他种花，不得要领，满手的伤。那时外婆还没死，她尚且年轻纯真，仍旧期待着爱情。

而今雨夜，她低下头，看着手中那封信。

外婆说，永远也别喜欢他，永远也别爱上他。

苏菱闭上眼睛，她不信纸上的只言片语，她只信自己。

苏菱其实有点迷茫，她觉得人生像是一场大梦，而她梦醒，却又在另一种梦境里。

爱过的成了虚妄，曾经的付出不值得。厌恶的，却又似乎不是那么回事。

她还感冒着，先前守在外婆窗前哭了一场。

苏菱眼神有些空洞，脸色微微泛白。她看起来挺难过的。

秦骁低声问："先去酒店好不好？"

苏菱点点头。他们找了个最近的酒店，那个时候秦骁全身已经湿透了，身上滴着水。她双颊苍白，眼圈红红的。

秦骁开了两间房，把苏菱送回房间。

她抿了抿唇，轻轻带上门。

何曾相似的情景，上一次也是他追过来非要送她那条脚链，把她吓得不轻。

秦骁没有提那封信，苏菱也没有说。秦骁把她送回去，然后打电话到前台让送一套衣服过来。

前台工作人员还是第一次遇到让送衣服的，他们这个地方比较偏僻，但是也给客人准备了浴袍。

秦骁开的价很令人心动，工作人员还是忍不住问了声："先生，您是还要出门吗？"

"嗯。"

很快衣服送过来了，秦骁花几分钟洗了个澡。

他大步迈出门时，工作人员连忙把伞给他，然后看见男人高大的背影消失在雨夜中。

"那么大的雨，他出去干吗？"前台工作人员挺好奇的，然而也知道客人的事情不好多管，她要值班，干脆和闺蜜聊天："刚刚我们酒店来了对颜值超高的情侣。"

"……哎，你别信，那个帅哥刚刚出门了，他回来要是有机会我拍一张给你。"

"下雨？是在下雨哇，我也不知道他出去干吗。"

好在她不追星，不怎么看剧，也没有认出苏菱。

她聊了十多分钟，男人走了回来。

她看见他背后背了一把吉他。

附近有个卖乐器的店，但是工作人员怎么也没想到他竟然那么晚跑出去买了一把吉他！

她惊讶到连偷拍都忘了。

秦骁坐电梯上去，径自去苏菱的房间。

他敲了敲，门那边传来她低低的询问声："谁呀？"

"我，开一下门。"

苏菱已经洗完澡，用被子捂住自己了。她有了上次的经验教训，此时并不想给他开门。

"我要睡觉了。"

秦骁放低嗓音："只要五分钟，好不好？"

她犹豫了下，下床给他开门。

他身上带着外面的寒气，但是看到她的一瞬，他弯了弯唇。

苏菱看到了他身上的吉他，她抬起眼睛，黑白分明的眼里映出他此时的模样。她从来不知道秦骁会弹吉他。

她知道他会很多东西，如射击、骑马、赛车，可是不知道他会弹吉他。

秦骁快三十了，年少时学弹吉他的日子，想起来实在是久远。

当年是觉得帅，后来过了一两年，又嗤之以鼻。那几年他学了很多不太好的东西，抽烟、喝酒、打架，吉他倒是再也没碰过。

当年吉他老师还笑着说："你以后要是弹给哪个女孩子听，她会幸福死的。"

他轻嗤一声，觉得还没人配得上他秦少低头。

可是此刻他想起她，她还好小，再晚出生几年，就比他小整整一轮了。

这个年纪的女孩子，真的会喜欢这种玩意儿吗？

要是十年前有人告诉他，将来你会为了讨某个人欢心，而去弹吉他，他肯定得揍死那人。

然而此刻他站在她门外，想把什么都给她。

她刚刚好难过，他的心也要跟着碎了。

她睫毛上沾着浴室的水汽，不懂他要做什么："秦骁，你干吗呀？"

他笑："唱歌给你听啊。"

她愣了愣。

秦骁怕她拒绝："五分钟，唱得不好也别笑。"

她有点不知道怎么应对这种场面，她必须得承认，秦骁在她心中一直都是个五音不全、霸道不讲理的文盲。她从来没听过他唱歌。

她摇头："不要了，太晚了，你去睡吧。"

房间不隔音的。

秦骁靠在门口，把吉他拿出来挂在身上，他修长的手指在上面随意一划。

空荡荡的走廊里都是吉他的声音。

他样子有点痞，笑道："你要是不乐意，我就在外面弹，嗯？"

苏菱拿他没办法，连悲伤都暂时没法想，她看了一眼外面："那……那你进来吧。"

他大踏步进来，用被子裹住她："床上去听，外面冷。"

然后他坐在床边的椅子上调了下音。

苏菱被他裹得只剩一张小脸露在外面。她看出来他很认真，她安安静静地看着他。

男人二十八岁，和她学校里那些阳光帅气的小男生完全不一样。他早已经褪去了少年的青涩朝气，留下的是更成熟的东西。或许是因为不常笑，他侧脸冷峻。不说话的时候看起来很阴沉，眯着眼的时候也很凶。

然而此刻他低下头，眼里带着笑，唱陈楚生的《姑娘》，好几年前的歌，他声音低沉——

我曾多少次梦见你啊　姑娘

梦见你那美丽的笑脸

看着你的信件　唱着你的歌

歌声是那么样地凄凉

我曾多少次梦见你啊　姑娘

梦见你那美丽的笑脸

太阳为你燃烧　月亮为你升起

星星它为你眨眼

嗨　嗨

姑娘姑娘　我真的好想你

我的心哪为你碎

太阳为你燃烧　月亮为你升起

星星它为你眨眼

她看着他，知道秦骁在哄她。他看出了她的迷茫难过，知道她失去亲人很痛苦。秦骁大抵是不爱唱歌的，他皱了很多次眉，努力回忆歌词和曲谱。

他弹错了两次，可是后来就矫正过来了。

他不喜欢，可他仍在唱。明明是欢快的歌，可是他气质太霸道，生生唱出了另一种感觉。

这个男人低下他的头颅，做着和他这个年纪不相符的事，哄着怎么也不愿意爱他的宝贝。

苏菱听过很多好听的歌，秦骁唱歌除了天生的有磁性的低音，其余太糟糕了。然而此刻的他，是她两辈子以来，见过最温柔的一次。

他锲而不舍地弹第三遍，她眨了眨眼睛，眼泪就落了下来。

下一个音符支离破碎。

他动作僵住，有点慌乱：“欸，老子弹得再难听，你也不至于哭吧？”

毕竟十年没碰了，要不是念着她年纪小，他怎么也不会做这么傻的事。

他略微粗糙的指腹擦过她的脸颊：“别哭了成不成？不弹就不弹。”

她这回没有躲，让他把眼泪擦了。

秦骁把吉他扔在角落，心里说，这辈子再也不碰这个了。

男人动作粗鲁，但是碰到她脸颊，又自然放轻了动作。他无奈道："苏菱，怎么这么爱哭？"

她抽泣了两声，声音娇娇的："我……我心里难过。"

他不知道怎么安慰她，毕竟冷漠惯了。他眉眼不羁，语气带着几分轻狂："这有什么？生老病死是人的常态，我家老头子死的时候，我照样该怎么过就怎么过。人的命数而已。"

所以他活在世上，不在意生死，大抵这也是不怕死的缘由。

她看着他，轻轻点了点头。

"我也会死……"

那一瞬她看见他的瞳孔急剧收缩了一瞬，里面泛着无边的漆黑，割破黑夜的冷意。

下一刻他将那种情绪隐去，笑道："你不会，你还小，菱菱要长命百岁。"

可是她还是看到了他的第一反应，苏菱突然很想知道，他带着这样偏激可怕的感情，在她死后，到底会怎么过呢？

她轻声问："秦骁，如果……我只能活到二十四岁。你……"

他拳头握紧，眼里压着层层暴戾的冷意，然而面上笑道："别开这种玩笑，哪有人这么咒自己？"

她心中生怯，终究没有再问下去。

——如果我死在二十四岁，你的余生又会是怎样的呢？是爱更多，遗憾更多？还是恨更多？

她竟然是害怕知道那个答案的。苏菱把脸埋在被子里："好晚了，你快去睡觉吧。"

秦骁笑道："好，还会难过吗？苏菱。"

她闷闷地道："不会。"

这世上也许再没有人比她更看得透生死。

秦骁捡起吉他，手指点了点琴弦。很轻的一声响，他低笑道："那你付报酬吧，老子的歌不是白唱的。"

她在被子里，微微睁大了眼。

又是"铮"的一声响，他慢悠悠地道："街边卖艺都得打赏几个硬币，上门服务你还掉金豆豆。"他说着说着就笑了，她看不见他眼里溢出来的温柔。

还说话吓唬老子。

她一张小脸露出来，粉白的双颊，有些羞恼："你自己非得弹。"

他笑："嗯，我喜欢犯贱，成不成？"

这种直白低俗的形容，让她涨红了脸："不是的……我知道你是好心，谢谢你。"

她语调温柔，他的心也温柔。

他蹲在她身前，平视着她湿漉漉的双眼："苏菱，看着我。"

他低低笑道："以后别说那种话了，就当付给我报酬。老子不喜欢那种话，记住没？"他受不了的。

良久，她轻轻道："好。"

秦骁见她应了，点点头道："睡吧。"

她垂下眼睛，轻轻应了一声。

秦骁走出门时，眼中的情绪才流露出来，他痛苦得眼睛漆黑如墨，酝酿着可怕的情绪。

她说，我也会死。

她说，如果我只能活到二十四岁。

他闭上眼，嗤笑一声。

别想了，她随口说的话，较什么真。他比她大好几岁，要死也是死在她前头。

苏菱一夜没有睡，她想了很多事情，心思沉重。

想起外婆，鼻子就泛酸。

她还是失去了这最后一个亲人。

第二天天蒙蒙亮的时候她就起床了，她本来打算悄悄回到倪家，和他们一起料理外婆的后事。

可是一打开门就看见了不远处的男人。

彼时晨光熹微，他的轮廓在暗色里朦朦胧胧。

空气中有淡淡的烟味，他唇间叼着烟，靠在她房门外，有些令人心悸的冷淡。

秦骁听见开门声，似乎也没有想到她起这么早，这会儿可能还没到五点。

他灭了烟，嗓音沙哑："醒了？"

她点点头，靠得近了，她能嗅到他身上的烟味。

她是因为失去亲人睡不着，他呢？

他转过头来看她，眼中是她看不懂的可怕情绪："我昨晚做了个梦。"

他的眼里燃烧着几分疯狂，不知道是不是早晨的空气太冷，她觉得骨子里都感受到了几分冷意。

她心里陡然升起一股怯意："我要走了。"

她从他身边走过去时，秦骁抓住她的手臂，女孩子的手臂纤细，他原本不舍得抓太重，可是控制不住地越收越紧。

秦骁低笑一声："你知道我梦到什么吗？"

苏菱沉默片刻，轻声问他："什么？"

他盯着她的眉眼，像是要把这个人一寸寸记在骨血里。她被他握得疼了，轻轻皱了皱眉。

秦骁松开手，有几分自嘲："算了，都是假的。"

苏菱望着他，他垂下眼睑。她看不见他眼里的情绪："不是要过去吗？走吧。"

他率先走出去，苏菱只能跟在他的身后。

他是外人，只能把她送到倪家门口。

十一月，马上就要迈入冬天，她穿得厚了些，不如夏日身姿纤纤，然而多了几分圆润的可爱。

他的目光追逐着她，满满都是贪恋。

秦骁目送她的背影消失，才冷下了神色。他凌晨两点就醒了，被一个噩梦吓醒的。

有时候做梦没有前因后果，只是一种突然的感觉。

也许是因为她之前说了那句话，他真的做了一个失去她的梦。

她二十四岁，身体渐渐冰凉。

他把她拥在怀中，去吻她冰冷的唇，带着无尽的绝望。

秦骁醒过来都忘不了那种感觉，他明明知道那是个梦，最后还是守在她门外。一直到她开门，他才从那种可怕的冰冷里挣脱出来。

梦而已，他这样想。转眼他狠狠踹了一脚花坛，发泄自己无从安放的暴戾。

过了两天，苏菱外婆的事总算办完。

她走得匆忙，唐姿她们知道她家里出了事，所以 M 市那里她们在打理。

苏菱和秦骁坐飞机回去那天，阳光出来了，机场人来人往，特别热闹。

他穿着一件黑色风衣，本来就可观的身高更加拔尖。

苏菱穿着黑色的毛衣和简单的牛仔裤，她头发披下来，已经超过肩膀一指长了，由于头发细软，没有拉也很直，发尖有点微微的卷曲。

苏菱的衣服是在 L 市临时买的，袖子有点长，她双手一垂下来，就被完完全全遮住，整个人有种说不出的乖萌。

她这几天很少笑，大多数时候都不说话。

秦骁问她冷不冷，饿不饿，她往往是愣了很久，然后轻轻摇头。她仿佛一瞬间没有了力气，也不去反抗什么。

以往她的眼睛看着他时还有厌恶，现在只剩下恍惚。

苏菱现在是个颇有名气的明星，她出门得戴口罩。

她粉色的口罩上，一角画着只软萌的兔子。

秦骁和她一起下了飞机，见她往旁边看了一眼。

他循着她的目光看过去，一个小女孩手上拿了一只海绵宝宝形状的氢气球。

小女孩意识到有人在看自己，甜甜地笑："叔叔，姐姐。"

她妈妈很尴尬，连忙道："宝贝，喊哥哥。"这两人如果是情侣，那这种称呼多尴尬。

小女孩眨了眨眼睛，一本正经道："是叔叔。"

秦骁冷笑。

他这个人沉下脸来挺吓人的。小女孩往她妈妈身后躲，抱着妈妈的大腿，露出一个小脑袋，黑葡萄似的眼睛盯着苏菱看。

苏菱眼睛微弯，像月牙儿。

小女孩很高兴，虽然叔叔看上去像电视里的大坏蛋，可是姐姐好温柔。

秦骁还不至于和个小女娃计较，他指了下她手中的氢气球，问小女孩的妈妈："这个哪里买的？"

"机场外面有卖的，一个婆婆在卖，就在大门那边。"

苏菱隐隐知道秦骁要干吗，她有些尴尬："秦骁……"

他回头："嗯？"

"我……"她都二十了，何况只是看一眼，小时候特别想要，但是她知道这种东西要来没有用。虽然看着别的小朋友有，但她顶多眼里带了艳羡，她更希望外婆不要那么辛苦。

她还是小声说完："我不要那个。"

他低低笑了声："老子喜欢，行不行？"

"……"

他当真去买了一个。他的审美非常直男，拿回来一个粉色兔子形状的气球，在她看来有点丑。

和她的口罩属于同款。苏菱觉得他似乎有种独特的审美。

一个成熟的男人，穿着冷酷范儿的风衣，然而拿着一个粉色的气球。她都觉得尴尬。

然而秦骁是个不要脸的。他低头看她，笑了一声："宝贝，喊声叔叔就送你呀。"显然还在计较小女娃对他的称呼问题。

彼时机场人来人往，旁边听见的人忍不住偷笑，这大帅哥挺会玩哪。

苏菱很羞，还好她戴了口罩，人家看不见她长什么样。她脸颊滚烫："秦骁，你正经一点。"

他低低嗤了一声："谁要当她叔叔，然而你喊声叔叔我接受的呀。"

苏菱快被他那不要脸的气质羞死了。

他说的是真话。

这个男人不喜欢孩子。他家人口单薄，但其实有个侄女辈分的小女娃，乖萌可爱，叫秦希，但秦骁烦她。

小女孩也知道叔叔不喜欢自己，每次见了秦骁都小心翼翼的，恨不得缩进地里，乖乖地喊秦叔叔。

秦骁眼风都没带给的。

可是苏菱喜欢她，苏菱记得，之前和秦骁在一起的时候，她剥了巧克力给秦希，小女孩顿时就笑了："谢谢姐姐。"

秦骁跷着腿，冷冷笑了一声："秦希，喊阿姨。"喊姐姐，仿佛天生就和他不配，这让他很不爽。

秦希怕他，怯怯开口："阿姨。"

苏菱忍不住为秦希说话："称呼有什么关系？我不介意的。"那时她也没想在秦骁身边待多久。

秦骁挠了挠苏菱下巴："我介意。"他转而笑了声，对秦希说："旁边玩去。"

秦希赶紧跑了，留下苏菱一个人，头皮发麻。

他双臂撑在她两侧："菱菱。"

"什……什么？"

"你想当她姐姐，嗯？"

"没有的。"她别过脸，轻声否认。

秦骁眉眼都是笑，他一副痞痞的样子："当她姐姐也成，要不你喊声叔叔来听听？"

她自然没喊，太羞耻了。

苏菱骨子里是个保守的人，秦骁也只是逗逗她。上辈子的人和眼前的人重叠，苏菱心情很复杂，果然不要脸的人什么时候都是一个样。

此刻秦骁手中的氢气球晃啊晃，她抿唇不言。

秦骁啧了声："开个玩笑，拿着。"

她摇头，一双眼睛澄澈："都说了不要啦。"好丢人的，气球还好丑。

秦骁笑道："苏菱，你自己看看，老子一个大男人拿着这玩意儿像话吗？"

她反驳："你自己要买的。"

他俯下身："我后悔了，所以求求你，给我点面子，行不行？"

她犹豫了下，袖子里的手指伸出来，白嫩嫩的手指，纤弱可爱。

他笑了，没给她气球，握住她的手指。

男人的手指泛着几丝冷，她的手暖乎乎的。苏菱没想到他这么无耻，呆了一瞬。

秦骁低笑道："好暖哪。"

她反应过来赶紧往外抽，耳朵尖都红了："秦骁，你放开。"

他适可而止，松了手。其实他觉得好笑，怎么摸一下她都这么难？他坦诚地承认，他更想亲她。

苏菱这回不帮他拿气球了，秦骁也没丢了它的意思。

他一手插兜里，一手拿着这个傻气球。

他们两人不同路。

秦骁要转机回 B 市，而苏菱戏还没拍完，必须留在 M 市。

他其实还有那种不想让苏菱演戏的想法，留在他身边多好，他什么都愿意给她。

然而他现在已经不敢说这种话了，不是不想，而是不敢。

一个本来就不爱他的人，只会被他的霸道偏执推得更远。

因此她走的时候，秦骁只是笑着说再见。

苏菱眼里带了一丝轻松，其实觉得他正常了许多，没有过去那么可怕了。

他笑着说再见，在以前几乎是不可能的事。

也许人真的会慢慢改变。

她眼睛弯了弯，到底还是感激他陪了她最痛苦的一段时间，诚挚道："再见。"

她转身的那瞬，他眼里的笑消散不见，转变为淡淡的讥嘲。

再见？又不是放手。

骗骗你罢了。

第十三章
莲华录

十二月下旬的时候，《囚徒》快要杀青了。

平安夜那晚，所有人都很高兴。

苏菱的"六亲不认"事件风波彻底过去，林清把公关工作做得很好，何况到了最后，苏菱的舅妈反悔，给苏菱道了歉。

这件事让苏菱的粉丝很心疼，让一开始讥讽苏菱的人很没脸。

郑小雅被气得不轻。她也不算蠢到家，没有什么大动作。这件事她只是起了个推动作用，原以为查也查不到她身上来，可是中旬的时候，她的经纪人告诉她，年终评选的最佳女主角，没她什么事了。

有人让她安静点。

那人直接给她爷爷下的通牒，郑小雅连那人是谁都不知道。她又气又羞愤，然而不得不安分下来。

平安夜，剧组的人都出来玩了。

个个裹着棉大衣，在暖黄的灯光下非常接地气地吃烧烤。

上次多人感冒以后，董旭就没有再让大家早晨和晚上拍戏了，所以进度拖到了年前才能拍完。

他是个出色的导演，对作品精益求精，但在平日里并不苛刻。

有人调侃："董导，平安夜呀，剧组什么都不发，是不是有点过分？"

大家都笑起来。

董旭带着金丝眼镜，闻言一愣："这又不是中国的节日。"

剧组里年纪最小的是个少年，后来他演了学生的角色，才十六岁，此刻氛围好，也忍不住大着胆子说了句："董导，我们在学校都会意思意思的，你留过学，更应该过呀！"

"董导，你在外国都这么不合群的吗？"

"董导，我们抗议呀！"

"都要分开了，董导就不能给我们留下点美好的回忆吗？"

苏菱咬了一口土豆片，看众人起哄，也弯了弯唇。

董旭眼里柔和了几分："好。"

然后他打电话准备礼物去了。

众人私下里猜："妈呀，瞎起哄竟然成功了。"

那个演学生的少年也说："其实我们学校也不过这个。"

"董导会送什么，苏菱你觉得呢？"

苏菱愣了愣，老老实实回答："苹果吧。"总不至于是卡片。

"……"

"不是吧！"

过了没一会儿，天上下起了雪。白色的小雪纷飞，众人激动得不行："下雪了！"

这是今年冬天 M 市的第一场雪。

苏菱围着围巾，也跟着他们往外看。

小雪在灯光下飞舞，挺美的，美得足以让人忽视 M 市过于冰冷的温度。

董旭拎了一大口袋东西进来。

每个人都伸长脖子去看，结果他神色平静地发，人手一个的时候，大家才哀号道："真的是苹果呀！"

"这也太没意思了。"

董旭挨个发，每个人拿着苹果都沮丧得不行。好歹都算是有钱人，用一个苹果打发人真的可怕。董导你就算包个红包也好哇。

到了苏菱的时候，她双手接过来，眼睛清润："谢谢董导，平平安安。"

还挺高兴的模样。

傻姑娘。

董旭其实也是故意的，谁让这帮人起哄呢？他也报复一下。其实要说过节日的话，他还是喜欢祖国的节日，留学的时候，他都是记着过春节。

苏菱道谢的时候，董旭突然觉得一个苹果太寒碜了。

他低咳一声，没有看她的眼睛，去给下一个人发。

聚餐结束已经十二点了，苏菱有点困。

那个时候算是圣诞节，但是一众人习惯过传统节日，也没多在意，相互祝福了平安就往酒店走。

剧组工作人员和助理们也在，人挺多的，所以都各自开车回去。

他们出门的时候，才发现雪下大了，地上和树梢上都铺了薄薄的一层白雪。

唐姿痛经，刚刚玩得太嗨，没有控制住喝了冷饮，这会儿额头冒冷汗，两次启动车子后放弃了，她难受，也开不了车。

苏菱不会开车，她两辈子都没来得及考驾照这种东西。

她担忧地看着唐姿："我下去看看，问问谁能带一下我们。你先回去暖暖，不然更疼。"

唐姿有气无力地点点头，心里把这个冷天气骂了无数遍。

苏菱下车就感受到了车里车外不同的冷。

剧组其他演员大多都开车走了。她有些焦急，自己还好，唐姿看上去太难受了。

董旭那时候还没走，她看见他的车从车库里开出来，便一路小跑追过去。

董旭从后视镜里看见她，连忙停了车。

他打开车门下来，向她走过来。

雪越下越大，她没有打伞，跑了一段路，冷空气进入肺里，呼吸都难受，长发上沾上了雪花。

远远看着像个冰雪雕琢成的美人。

她喘着气："董……董导，不好意思，唐姿不舒服，没办法开车，能……呼……能麻烦您带一下我们吗？"

冷空气吸得太多，她的鼻子很酸，说了几句话，由于生理性刺激，眼泪在眼睛里打转。

可怜得不得了。

董旭心跳有点快。

其实他堂妹说得没错，他对这个姑娘，是存了几分说不清的心思。他老是被朋友调侃要求太高，脱离单身状态怕是难得很，不知道什么样的姑娘才合他心意。

然而从她第一次站在晚樱树下，冷冷淡淡看过来开始，他就有点心动。他其实私心偏袒她，她演技确实不错，但是还是要慢慢成长的。

董旭不爱训练人成长，他喜欢遇见时就足够完美。

他是存了点私心的。

此刻大雪纷飞，她眸中盈盈，美得动人心魄。

他压得平淡的感情此刻有些躁动。

他伸出手帮她把头上的雪花轻轻拿掉，雪在他的指腹化成水，泛出淡淡的凉。他掌心滚烫。

苏菱也愣住了。

唐姿趴在驾驶座上，但是她戴着眼镜，隐隐还能看清远处的人影。

她看得不清楚，只知道那是董导和苏菱。

然而她的视线一转。

看见了离他们不远处老槐树下还站着一个男人。

男人眼睛一眨不眨地盯着他们。

唐姿心里一咯噔，有种不好的预感。

秦骁在外面等了苏菱两个小时，从雪刚下，到雪下大。他头上落了一层雪，背靠槐树，冷得快没了感觉。

然而此时，他轻嗤了一声。

瞧瞧他看见了什么。

他渴望得不得了的女人，在大雪里主动朝一个男人跑过去。

那男人他也眼熟，便是"兄弟"董旭。

好一出"郎有情，妾有意"的戏码。

当他死了吗？

秦骁等她的时候，不敢把车开得太近，因为他那车很打眼。然而他也不敢离得太远，生怕她出来了，而他错过了。

为此他在这里冻成了一块冰。

可是还没来得及走过去，她就自己跑向了董旭。

他有几分自嘲，然而他并不打算一直站在这里看。

苏菱被董旭那个动作弄得很尴尬，悄悄后退一小步。她虽然有时对感情不开窍，但是由于从小到大颜值拔尖，对异性的好感其实挺敏感的。

董旭反应过来刚才有点情不自禁了，怕她介意，连忙笑道："雪化了容易感冒，去车里吧，我们去接你助理。"

苏菱点点头，一个带笑的声音在她身后响起："这是去哪儿呢？"

董旭看清了来人，很意外："秦骁？"

他和秦骁那个圈子的人偶尔也会一起玩，毕竟牵扯到家族利益，秦家家大业大，经常会合作。

但是关系只能说是泛泛之交。

他瞧不起秦骁恶劣的品格，秦骁也不喜欢他端着文化人架子的假清高。

秦骁啧了一声："董导，不介绍一下吗？"他的眼神落在苏菱身上的时候，苏菱感觉冷气飕飕的。

她不知道秦骁要做什么，但知道秦骁这个脸上带笑，眼底阴恻恻的样子，肯定是看到刚刚那一幕了。

董旭皱眉，却还是不能在这件事上和秦骁撕破脸，因此语气淡淡地道："剧组的女演员，叫苏菱。"转而又跟苏菱说："苏菱，这是秦骁，秦氏的总裁。"

苏菱："……"

秦骁弯唇一笑："怎么了，苏小姐，瞧不起我？都不会问好的吗？"

苏菱有点蒙，下意识地顺着他道："秦……秦总好。"

他眼底又冷了几分，他好个屁呀好。

然而他面上倒是不显露半分，轻飘飘地问董旭："董旭，你喜欢她？"

董旭心想什么鬼！他虽……虽然是有点喜欢，但是秦骁一来和他不熟，二来不认识苏菱，问这种问题只会让大家都很尴尬。

他第一时间没有否认，下意识地去看身边的苏菱。

苏菱眼睛睁得溜圆，像只呆萌的猫，似乎也被秦骁这种直白的毫不做作的可怕的语句惊呆了。

秦骁恶劣地勾唇："啊……他还真喜欢你。你呢？也喜欢他？"

董旭的尴尬已经到了极点，他只能出声："这些都不关秦总的事吧？你来 M 市做什么？"

秦骁懒得理他。他身上带着几分野，还是看着苏菱，重复那句话："你呢，也喜欢他？嗯？"

苏菱皱了皱眉，然后诚实地摇摇头。这种情况下秦骁这种不要脸的人是不会尴尬的，她只能出声缓解董旭的尴尬："秦总，董导是个好导演，我也只是他剧组里的演员，你不要这样揣测我们的关系。"

董旭眼神黯淡了几分，面对秦骁也不客气了："秦总管得有点宽了吧。"

秦骁修长的十指一交握，指节咔咔作响。他嗤笑着看了眼董旭，管得宽？

苏菱眼睛里染上几分惊恐，秦骁这个暴力狂，不是要发疯吧？

秦骁一直注意着她的表情，此时倒是被逗乐了。

他把手放回兜里，腿上也是冰凉的，要是她靠近他一点点，就会感觉到他冰得快没了一丝人气。

他眼里桀骜，看向董旭："她不喜欢你，听清楚了吗？"

秦骁觉得有几分好笑，他这个样子就像是电视剧里丧心病狂的反派去拆散男女主角的。

董旭也被激出了几分火气："苏小姐都说了，我们彼此之间只是普通的合作关系。是秦总思想龌龊，自己老是干这种事，才总会用那种关系揣测别人吧。"

秦骁一笑，大大方方承认："对，我思想龌龊。"

他看向苏菱，苏菱被他吓得下意识地后退了一步。

"他既然不想，我想啊，考虑下我，嗯？"

董旭听得脸都发绿了。

董旭也不管什么文雅了，是个男人这种时候都会有脾气，秦骁想揍他，他也想揍这个胡乱发疯的男人。

剑拔弩张的一瞬，苏菱轻轻叹息一声："秦骁。"

女孩子的声音软糯糯的，他的眼神明明像利刃，想活剐了董旭，再抓起她狠狠打一顿。

她喊这一声，他的心都颤了颤，看向她，语气凶巴巴的："怎么？不喊秦总吗？"

苏菱不知道为什么，就是有点想笑。

她真笑了，眼睛弯弯的，莹润可爱。头上的雪化了些，又在发外轻轻铺了一层。

她睫毛长，上面也沾了片小雪花。

他怔怔看着，美色迷了心窍，气都快消完了。

"秦骁，我们去别的地方谈谈吧。"她又看向董旭，眼里带着歉意，"不好意思，董导，我和秦总是认识的。"

董旭的脸色变幻了下，才知道自己被秦骁耍了，看这架势何止是认识，秦骁分明就是来抢人的。他神色冷了几分，但还是对苏菱说："没关系。"

苏菱既尴尬又愧疚，又轻轻说了句："对不起。"

秦骁见不得她给别人道歉，明明挑事的是自己，她道个鬼的歉。他直接揽住她的肩膀："好了，走了。"

她被他半搂着走，身后还有人看着，脸都红了："放……放开，我自己会走。"

秦骁笑了笑，放开了她。

他心里原本有一簇火，现在只剩柔柔的余温。

苏菱觉得这种场景真的让人又羞又无奈，她也不敢回头去看董旭是什么表情。她现在有点后悔，要是早点揭穿秦骁就好了。

她虽然不想像之前那样，依然被人说是因为有人庇佑才能在娱乐圈混，但是也不想让董旭卷到这件事里来。

"唐姿还在车上呢。"

秦骁脚步顿了顿，扬眉："嗯？"

"她身体不舒服，不能开车，所以我去找董导把我们送回去。"然而如今这种局面，她本来就脸皮薄，都要愧疚死了，怎么可能再去麻烦董旭？

他眼神有些奇异，盯得苏菱结结巴巴地道："你……你别这样看着我呀。"

他笑了，觉得心里那块冰现在算是一点点融化了。他其实根本没敢奢求她会解释，毕竟反正他这辈子就这样了。

她喜欢董旭也罢，哪怕就是要和董旭结婚，他也是不许的。

以前有人说，爱的最高境界是放手。

他一直觉得那是句狗屁话。

爱得太深，骨血都疼，一个人会被慢慢腐蚀，最后烂在尘埃里，呼吸是她的味道，闭眼是她的微笑。没有人放得开手的。

哪怕作践自己，也要一步步爬到她的身边去。

可是她真的解释了。哪怕可能在她看来，那只是一句简单的话，没有带什么解释的目的，他却因此感激。

他汲取这一点微小可怜的暖，拼命在她的世界活下去。

这样就不会疯。

只要给他一点点暖，他愿意永远装给她看，他不发脾气，不欺负她，什么都支持她，好好哄着她。

他甚至学会了笑着说再见。

总得给她一种自由的假象，来博取爱情的希望。

秦骁别开眼："走吧，我帮你把她送回去。"

唐姿趴在车里，等他们走近一点点，唐姿整个人都不好了。我的妈呀，那是秦少吧！

那刚刚……唐姿一抖。

秦少会杀人的……他是个魔鬼呀……差点杀了自己的亲叔叔，连母亲也不认。太可怕了！

然而秦骁走过来，敲了敲车窗，语气懒洋洋的："你去后面坐，我来开。"

"好……好的。"

唐姿一看苏菱的表情，倒是暗暗松了口气，想来情况没有那么糟糕。

苏菱也想去后面，秦骁笑道："干吗呢？坐我旁边，给我指个路。"

苏菱最后也不想和他计较这个，去副驾驶位坐了。

唐姿在后面装死。她觉得自己像个一万瓦的电灯泡。

秦骁想给苏菱系安全带，她不让，有些羞："我自己来。"

他偏偏不，弯腰倾身给她系带子。

苏菱想推开他，不小心碰到他的手，凉得可怕。她愣了愣，最后抿了抿唇，到底没有问什么。

秦骁给她把安全带系好，觉得她意外地乖。

他不是个多话的男人，也不喜欢在唐姿面前讲什么，当即开车送她们回酒店。

他开得很稳，稳得和他的性格一点都不相符，唐姿在心里都诧异了下。

酒店很快到了。

唐姿默不作声下去了。苏菱转过头看他，她也想知道，秦骁这么晚来 M 市是为什么。

她现在不大怕他，也许是因为他确实变了许多。

以前他恨不得打造一个笼子，亲手将她关进去。

现在如果她说，我走了。他竟然也会笑着说好。这样她觉得心里很安定。

她是个正常人，不喜欢被强迫，也不喜欢强取豪夺的戏码。

要是他也肯像个正常人那样，她自然不会避他如蛇蝎。

彼时华灯初上，酒店所处的地方相对热闹，灯影幢幢。

他看着她，黑眸深邃，隐隐泛着笑意。

苏菱受不住这种对视，问他："你来这里做什么呀？"

秦骁想她，很想。距离上次送她回到 M 市，已经过去快一个月了。临近年关，公司那边很忙，他常常凌晨才忙完，一身疲惫的时候，看着楼下暖黄的光，就更加思念她。

可是他不能来找她，没有个由头，他会像个变态跟踪狂。

秦骁觉察出了苏菱的态度变化。以前她对他又惊惧又厌恶，但是自从她外婆死后，他陪她回了一趟 L 市，收敛起自己不正常的心思，装得像模像样以后，苏菱对着他，也柔软起来了。

他其实也不过什么圣诞节，这节关他屁事。然而过节是他唯一能想到的来见她的理由了。

她这样问，他只好笑着答："过节呀，跟你说声圣诞快乐。"

苏菱都觉得他这理由有点蹩脚，但是她没有拆穿别人的习惯。她点点头，也轻轻回他："圣诞快乐。"

秦骁准备好了才来的："我给你带了礼物，但是在我车上，现在我们回去拿？"

天色已经全黑了，只有昏黄的路灯亮着。苏菱对他并不信任，秦骁的人品是很不可靠的。她摇摇头："不用了，谢谢你。"

她也特别怕他的礼物，万一再拿条脚链什么的……想想都可怕。

秦骁挑眉："行啊，那明天给你。"

她刚刚舒了口气，他又笑道："我们好歹算是熟人了，对吧，菱菱？"

他很自觉地把关系定在一个她可以接受的程度。苏菱犹豫了下，点点头。只要在他心里不是情人就好。

他笑得有点坏："那你也送我个什么呗，礼尚往来。你想，老是我送你东西，你是不是太小气了？"

苏菱送给他的一共就两样，一个只值两块钱的粉色毛绒兔子，两个一块的硬币。

总共值四块钱，他至今还当宝贝似的存着。

苏菱糯糯道："可不可以不要你的呀？"她又不想交换，秦骁不送她就好了，她也不用给他什么。

秦骁有几分无奈，然而眉眼带着笑："不行哟，我好歹等了你大半夜，你这么狠心呀？"

苏菱想到刚刚他冰冷的手，有几分心软。她想让他以后别来了，然而秦骁肯定不会听的。她如今没有曾经那种窒息的感觉，这段时间除了外婆逝去的伤感，其余的心理压力都没了。

苏菱也不想一句话把原来那个狠厉自私的秦骁逼回来。

她斟酌道："可是我没有准备。"她虽然说不上一穷二白，但是真的什么礼物都没有。

"那我可以明天给你吗？"

他知道她什么都没有，声音低下去："就现在好不好？我明天一大早得走，公司那边还有事。"

苏菱听到他要走心里开心了一下，也舒了口气。

别的也就好说了，她轻轻道："但是我没有准备。"

他眼里漾出笑，里面是渴望的奇异的光，苏菱莫名就看懂了他的眼神。

秦骁刚想说，那给我亲一下，行不行？

结果苏菱连忙转过头，在自己随身的小包里掏哇掏，然后拿出一个苹果塞到秦骁手上，眼巴巴地看着他："那……那这个送给你。"她其实算在做坏事，这个苹果是董旭批发式给的，剧组里人人有份。她脸红透了，心跳加快。

可她只有这个呀。

秦骁低头看了那个苹果半晌，苏菱小声开口："听说平安夜吃苹果，以后可以平平安安的。"

她到底心虚，眼睛里是润润的光，别过头不敢看他。耳根也红了。

秦骁眼里温暖起来："好。"

苏菱更愧疚了，他自然不知道那是董旭发的，要是知道那就完了。

苏菱好不容易做件坏事，有点不安："那我走了呀。"

她才摸到把手，秦骁眯了眯眼睛，语调带着几分慵懒："菱菱对我这么好？早就准备了个苹果？"

苏菱："……"

秦骁懂了，他笑了笑，玩味地看着她："谁送你的，这么敷衍我？"

苏菱想哭，她不敢说是董旭，挺可怕的，早知道就不给了。她不敢看他，低着头："唐姿给的。"

他一手挑起她的下巴："看着我。"冷冰冰的手指触上她温热的肌肤。

苏菱不看他。

秦骁轻笑一声："苏菱，你脸红了。"

她不吭声，心中羞恼。

秦骁语调慵懒："唐姿，嗯？"

苏菱都不敢回答他了。

他手机在手上一转，里面有唐姿的信息，电话也有。苏菱这种纯情小姑娘，撒谎都不会。他可以轻易拆穿她，但是不能，因为苏菱不会喜欢他掌控她身边的一切。

要是查人查到她身边的事被她知道了，少不了又得讨厌他一分。

但是苹果是谁给的，也不是很难猜。

他懒洋洋地开口："董旭给的吧？"

她抬起眼睛看着他，眼神有点尴尬可怜。

还真是。

秦骁想把这玩意儿给扔了，他心里有点气。然而他装得好，没有表露出任何不该有的情绪。

苏菱忐忑地看了他一会儿，发现秦骁低垂着双眸，也没生气的样子，暗暗舒了口气。

她软软道："对不起，我身上只有这个。要是你介意，我过几天给你补上。"

秦骁心里冷笑，手撤了回来，语调很平静："不介意。"

他把那个苹果随手一放："回去睡觉吧。"

她点点头，下了车。

车窗降下来，他冷峻的侧颜露出来，追逐着她的背影。秦骁突然笑问："菱菱？"

她脚步顿了顿，回头看他。

他表情不辨，问她："你真希望我平安？"

她愣了愣，不知道为什么他会突然问这种问题。秦骁嗤了一声："我有自知之明，其实是不是我死了，对你来说更好？"

她手指紧了紧。

其实……她最恨他的时候，心里是盼过他死的。她那时也没什么想活下去的想法，恨这个人到极点的时候，巴不得他从这个世界上消失。

她几乎所有最浓烈的感情都给了他，哪怕那是恨。

可是这时他这样问，她突然觉得有些难过。

这辈子的秦骁真的什么坏事也没对她做。

他甚至一直都在帮她，苏菱心里有面明镜，里面清清楚楚地映着他的好。

她知道他在努力改变。

她最后回答他："不是的。"

秦骁笑了，语调柔和："菱菱。"

四目相对，他眼底温柔："我知道我不好，我没什么文化，脾气也坏，但是这些我都可以改的。你要是嫌弃我不如董旭那么有才华，我有一辈子的时间慢慢学。脾气我也可以改。如果我真的变好了一点，你就喜欢我一点，行不行？"

灯光暖黄，点缀在她的身上。

她突然有几分无措。

秦骁说："不想回答，那就不用回答。想我死也没关系，要是我活着，我就好好爱你。"他笑。"要是我死了，也没有关系，起码对你来说是一件好事。"

活着一天，爱你一天。

所以，他虽然看淡生死，但还是想好好活着的。有她在，世界就是阳光明媚的。

他爱这个阳光明媚的世界。

她睫毛颤得厉害，最后慌张跑回了酒店。

秦骁看了许久，最后目光在那个苹果上一扫，眼里晦暗不明。他可没那么容易死。他只能遗憾她这个心愿他没法帮她完成了。

第二天早晨六点，苏菱接到秦骁的电话。

"我要回 B 市了，现在在酒店拐角，我把礼物给你，下来一下成不？"

苏菱没有睡懒觉的习惯，于是起来了。

"你等我一下。"

她下楼的时候，周围的包子店已经开了门。

M 市贫瘠，地势开阔。昨夜下了一整夜雪，地上积攒了厚厚的一层，天地间银装素裹。

早餐店冒出来腾腾的热气。

她呼吸间都是一层白气。

苏菱怕冷，脚上穿上雪地靴，穿着白色的及膝羽绒服，裤子也是加了绒的。看着她就觉得温暖。

秦骁靠在车旁，手里拿了个袋子。

苏菱对他的礼物有种本能的惊惧，怯怯地看了那个袋子一眼，仿佛她来都是一件很艰难的事情。

秦骁看出来了，笑得有点痞："过来呀。"

她磨磨蹭蹭的，又看了眼那个袋子。

秦骁干脆走过去，袋子里其实没装什么不好的东西。一个白色的毛茸茸的耳帽，一条纯黑色的围巾。

他动作很温柔，眼里带着笑意，给她把围巾围上。

她玉雪可爱，戴什么都好看。

苏菱没有想过，秦骁竟然会送这么正常的东西。那围巾戴着有种淡淡的暖。

她眨了眨眼睛，先说了谢谢，又问他："为什么是黑色的？"秦骁不是直男审美吗？她记得他很喜欢给她买粉色的东西。

秦骁淡定地反问："不喜欢黑色？"

她摇摇头："都可以。"

秦骁的目光在她的围巾上转了一圈。

那上面应该还带着他的体温和气味，只是她不会知道。要是知道恐怕也不会要了。

黑色把她的脸衬得瓷白。

他笑了笑。

他觉得苏菱是白色，而他是极致的黑。他想污染她，又害怕她知道。

可是单单是这样，也让他很亢奋。

啧，多令人恶心的感情。始于爱，忠于欲望，又不得不止步于害怕失去。

只能在见不得光的地方慢慢滋养。

秦骁倒是没骗她，年关将至，公司很忙。他来一趟 M 市，回去得付出更多的时间去处理公司的事。

不面对苏菱的时候，秦骁是非常理智冷静的。

他八点的飞机，把礼物送给她后，他又匆匆开车去机场。

苏菱看着他的车开远，一时倒真的觉得，之前那个占有欲强的秦骁如今真的好了许多。他昨夜的话揭示出了她曾有过的最阴暗的想法，让她生了些愧疚。

苏菱回去以后，又过了一会儿唐姿也起来了，她痛经只痛一天，所以今天气色好了很多。

见到苏菱毛茸茸的耳帽和黑色围巾，她眼里有些诧异："菱菱，你什么时候买的？"

苏菱有些尴尬："刚刚。"

唐姿点点头："挺好的，黑色耐脏。"

唐姿又说："董导说今天还要下雪，暂时歇一下，不拍戏了。你要是没别的事，还可以睡个回笼觉。"

苏菱愣了愣，往常这样的事董旭会亲自打电话跟她说，如今让唐姿转告，想来也是介意昨晚的事。苏菱心里叹息，但是对此也没有别的办法。

心里存了芥蒂，怎么都不可能再回到过去。

然而戏再开拍的时候，董旭似乎也没别的变化，该怎么拍就怎么拍。

到了第二年一月，《囚徒》拍完了。

后期制作还得要一段时间，估计是赶不上贺岁档了。董旭也不在意这些，他出精品，不会去专门卡时间。

《囚徒》杀青那天，剧组的氛围很好。

众人去喝酒庆祝，冯励飞喝得醉醺醺的，看着苏菱的眼睛有点直。

苏菱不习惯被人这样看着，很尴尬。

冯励飞说："苏菱，你要是没男朋友的话，考虑下我吧？"他说得很直白，毕竟他感情经历丰富，追妹子也热烈。

众人开始起哄。

董旭看了苏菱一眼，又看向冯励飞，眼里有淡淡的讥讽。

冯励飞要是知道秦骁的存在，怕是要吓破胆。

郑小雅笑吟吟道："我看你们挺配的呀，苏菱你就答应呗。"她这话一出，经纪人立刻拉了拉她的袖子。郑小雅不耐烦地皱了皱眉，也没再吭声了。

唐姿挺气的，你喜欢你怎么不答应？郑小雅，你和冯励飞也挺配的呀！哦，说不定你还配不上。

然而做助理的，她总不能去顶撞一个一线女星。

唐姿接话道："郑小姐说笑了，菱菱还没毕业呢，这些事情毕业以后再说吧。"

苏菱就当没有听到。

这件事大家起哄一下也就过去了。

戏拍完苏菱也挺开心的，在 M 市拍戏很累，如今人人都松了口气。苏菱最开心的是自己学到了很多东西，董旭选的演员个个都很优秀，她从他们每个人身上都学到了不少东西。

宝贵的精神财富是难得的。

而现在，她卡里竟然也有七位数的存款了。

看着那一排数字，苏菱还有种不真实的感觉。她穷惯了，穷到对金钱没有什么感触。

只是免不了觉得人生无常，外婆治病需要钱的时候她无能为力，如今外婆去世，她拿着这些钱也不知道做什么用。

她收拾好东西回了公寓，想了想还是决定先回学校。

快期末考试了，考完就要过年了。

苏菱穿得很厚，戴着口罩回了学校。

一路上认出她的人都很高兴地来跟她打招呼。大家也知道引起轰动不好，因此都很善意地压低了声音，哪怕再激动，也没把苏菱暴露。

苏菱想，她其实以另一种方式脱离了校园。

现在没课，她打算去寝室找云布，然而赵婉婉一脸蒙："云布拍戏去了呀，她没有跟你说吗？"

苏菱呆了下，这几个月她都有和云布电话联系，但是每次云布都说在学校里怎么怎么样，苏菱完全没有想到云布去拍戏了。

赵婉婉说："她接了个仙侠剧，去了快一个月了。"

那时候是一月，天气本来就冷，苏菱听得遍体生寒。

她千叮万嘱让云布不要接仙侠戏，但云布还是去了。苏菱一算时间，脸色都白了，她赶紧给云布打电话。

电话响了很久没有人接。

苏菱心里焦急，问赵婉婉："云布是怎么接到戏的？在哪个剧组？"

赵婉婉不太清楚，她放下手上的镜子回道："我也不知道，但是云布有段时间很不开心，貌似还有点失眠，然后就到处去试镜，最后被录取的时候挺高兴的。"

苏菱没办法，只能去上辈子那个剧组找人。

她记得那个剧组拍的戏叫《莲华录》，说来悲凉，上辈子云布出了事，剧组把这件事压了下去，戏照常拍。

谁也不知道一个花一样的姑娘在这部戏中香消玉殒。

云布的爸爸和后妈得了笔不菲的赔偿，也就没再提这件事。

好在那个剧组就在 B 市，苏菱坐车过去，那边果然在拍戏。

苏菱被拦着进不去，急得不行："求求你让我进去一下吧，我找我朋友，她叫云布。"

那人翻了个白眼："行了行了，每天都有人来找人，都说找自己的朋友，追星也不能追到这里来呀，站开点！"

苏菱没办法，这辈子很多东西都提前了，她一天都不能赌。

如今没有噩耗传出来，证明云布还平安无恙。她知道命运有些时候多强大，她必须阻止这一切。

苏菱进不去，只能向别人求救。

她先给林清打电话，林清想了想："《莲华录》哇？之前倒是听过，但是这部剧投资不大，星辰也没有签约艺人去试镜，我没有导演的联系方式。你去那里做什么？"

苏菱没法给她解释，匆匆说了两句就挂了电话。

她顿了顿，打给了秦骁。

她记得云布出事的时候，也是秦骁带她去剧组的，他肯定有办法。

她这辈子第一次主动打电话给他。

秦骁本来在开会，有个房地产项目做得很糟糕，他正骂人，手机响了。秦骁本来没打算接，但是瞥了眼屏幕，意外得挑了挑眉。

经理满头冷汗地在等挨骂，就看到秦总眼神奇异地出去接电话了。

秦骁笑了："菱菱这么主动，想我了？"

苏菱不接话，她不吞吞吐吐，直入主题："秦骁，我进不去《莲华录》的剧组，你能帮我想想办法吗？"她求人的态度很好，嗓音很软："求求你了。"

苏菱求他？

他心里骂了句脏话。

秦骁不敢和她讲条件，倒不是不想，毕竟这时候讲条件多半她会同意，但下次恐怕就没这种好事了。

他压着嗓音，平静道："行，你等一下。"

秦骁把贺沁喊过来："你去查一下《莲华录》的剧组，跟他讲秦氏要投资，让他先把苏菱放进去。"

非常简单粗暴，贺沁嘴角抽了抽，办事去了。

第十四章
天上星

苏菱等了一会儿，《莲华录》的导演来接她了。

他们剧组拍戏拍了一半就接到了意料之外的电话。《莲华录》只是个网剧，没有什么资金。秦氏投资，导演是想都不敢想的，他现在走路都是飘的。

导演觉得自己要火了。贺沁说事情紧急，他匆匆忙忙喊了停，演员还在威亚上吊着没放下来，导演就出来接人了。

这阵仗在苏菱的意料之中，她硬着头皮跟导演说了抱歉，这毕竟是人命关天的事，她跟着导演往里面走。

这是个拍古装剧的小镇。

设施确实比不上之前的《十二年风尘》，结果苏菱才走到一半，那边齐齐尖叫起来。

有人喊："威亚断了！"

"天哪！"

苏菱心头一紧，什么也顾不上了，往那边跑。

导演脸色也变了，连忙跟过去。

云布趴在地上，身上被擦出了血，她手骨断了，疼得不得了，但是没昏迷，由于太痛，当场就哭了。

苏菱挤进去："云布！"

见到云布在哭，没有像上辈子那样当场死亡，苏菱松了口气，马上打电话叫救护车。

云布嘴唇也磕着了，在流血，看上去很吓人。

苏菱不敢碰她，怕加重云布的伤势。

救护车很快到了，医护人员把云布抬上了车。苏菱也跟着上去了。

导演看得心狂跳："怎么回事？"

旁边的人也腿软："还……还好我们中止了拍戏。导演你喊了停以后，我们想着也不知道什么时候重新开拍，就让工作人员把她们两个放下来，结果云布的威亚放到一半多的时候断了。下面就是山坡和石头，要是在空中断了，那……"

那云布多半今天就死在这里了。

导演深吸一口气，庆幸秦氏打过来的那个电话带来的巧合，不然这就是一条人命了。

云布在做手术的时候，苏菱焦急地踱步，在心里默默祈祷云布不要有事。

苏菱不知道这一切其中的巧合，要是今天她真的来晚了点，那云布的威亚在空中就会断。

秦骁开完会出来，贺沁在门口等着。

他做事很凌厉，走路也很快，贺沁在他身后快步跟着。

秦骁边走边问："《莲华录》那边是什么情况？"

贺沁刚刚才打了个电话，此时也是唏嘘："导演说他们那边出了事，一个叫云布的演员从威亚上摔下来了。"

秦骁觉得这个名字挺耳熟。

仔细一想，才想起是苏菱的朋友，貌似她俩关系还挺不错的。

秦骁这个人天生淡漠，只要不是苏菱出事，谁死了他都没有感觉，因此淡淡地问了句："摔得严重吗？"

贺沁说："不知道，目前在医院吧，但是秦总你说巧不巧，刚刚导演打电话说感谢我们那通电话，因为那通电话，他们才中止了拍戏，那个演员是威亚放了一大半时摔下来的，要是没有停拍，可能就要出人命了。"

秦骁原本漫不经心的，闻言眯了眯眼。

是有些巧了。

太过巧了。

苏菱第一次主动给他打电话，求人毫不拖泥带水，语气也很焦急，仿佛知道云布会出事一样。

这就很有趣了，她为什么会知道呢？

秦骁想起苏菱在云上星空喝醉那一次说的奇怪的话，还有他之前做的那个奇奇怪怪的令人心痛的梦。

她一开始就讨厌他，但不至于这么恨他。何况最初她明明长得那么好看，却顶着鬼一样的妆容出现在他的浴室。

一切的一切，再联系云布的这件事，他怎么想都觉得有些事情说不通。

手术进行到下午，此时云布已经转到了监护病房。

苏菱进去看她的时候，云布还没有醒，苏菱犹豫要不要联系一下云布的父母，毕竟出了这么大的事，好歹是血脉至亲。

不过苏菱放弃了，还是等云布醒过来再说，毕竟暑假里云布从来不回家，想来和家人的关系很糟糕。

过了一会儿，云布醒了，她睁开眼睛就看到了旁边的苏菱。

云布声音沙哑："菱菱……"

苏菱赶紧道："是我，我在呢。"

云布被子下的手动了动，发现自己的腿没有感觉了，她脸色一白："我的腿为什么感觉不到了？"

苏菱安抚道："你的腿没事，之前打了麻药，过段时间就好了。"

这是实话，云布的运气比苏菱好多了，腿上只是狰狞的外伤，是被尖锐的石头擦破的，没有什么大事。

这件事来得突然，苏菱却舒了口气，不管怎么说，云布如今好好的，养好了伤就没事了。

她不知道是因为自己及时过去才改变了这一切，但好在结果是好的。

云布怔怔地看了苏菱一会儿，然后眼角沁出眼泪。

苏菱有点慌："怎么了？哪里不舒服吗？我去叫医生……"

云布已经抽泣出声："是……是我不好，我当时察觉到威亚断了已经后悔了，我看着那么高的坡，很害怕……"

她抽噎着，把缘由告诉苏菱："菱菱，你之前说得不错，我是喜欢他。可是我除了之前和他一起拍了那部戏，连见到他的机会都没有。是我太傻，人家当时对我好一点我就有了奢望。我知道我们距离太远了，我就想和他靠近一点点……可是我当时掉下来就后悔了，他根本不喜欢我，甚至可能早就把我忘了……呜呜……"

云布最后干脆放声哭了出来。

苏菱拿着纸巾给她擦眼泪，心里叹了口气。原来竟然是这样，云布真的喜欢纪崇。

所以她很努力想要拍戏，纪崇发展得越来越好，而云布只能辗转各个剧组去跑龙套。她努力想要跟上他的脚步，上辈子甚至连命都赔进去了。

二十岁的小姑娘，满心赤诚。

苏菱想起来了，云布死那年，纪崇是有个绯闻女友的，但不是云布。

这还是后来几年，纪崇火了以后才被曝光的。

而纪崇可能真的不记得云布，他永远也不知道云布为他做的一切，他的人生志得意满，成了影帝，拿了无数奖，美人在怀。

上辈子云布死了，为了还没萌芽的爱情，卑微又痛苦地死在剧组。

苏菱不知道上辈子云布是怎么遇见纪崇的，但是想来有时候命运和爱情都是难以说清的事。

这辈子明明她已经改变了开始，可是秦骁还是喜欢上了她。

云布最后哭累了："我不喜欢他了，不敢爱他了。我所有爱他的勇气，都死在了上午那一瞬。我坚持不下去了。"

有时候她觉得纪崇对她是不一样的，在那部都市剧的剧组里，她演他的秘书，入戏太深，以为那个温柔对待自己的人其实也喜欢着她。纪崇对她很好，教会了她很多东西。当时郑小雅还没被秦骁换下女主角的时候，纪崇甚至护着她，不让郑小雅欺负她。

可是世间种种，爱的时候看着甜蜜，只有最后梦醒了，才知道是自欺欺人。

纪崇讨厌郑小雅，却可以和郑小雅一起去吃饭。

同样他不爱云布，却给了她温柔的错觉，让她飞蛾扑火，朝着他走过去。

苏菱给云布把眼泪擦干净，云布最后哭着睡着了。

那时阳光从窗台倾泻下来。

大梦三生。

苏菱轻轻闭了闭眼。

一个人爱另一个人，可以爱几年？两年，五年，还是十年？

死后不过一抔黄土。

上辈子的纪崇，可能连云布死的时候都没有伤心过。云布看着没心没肺，然而很自卑，也一直很努力。她太渴望爱，所以一直在压抑地争取。

而苏菱，她怔怔地捂着自己的心，她爱过秦骁吗？

两辈子的时间，她所有的爱恨都与他纠缠，可曾有一刻是动过心的吗？

那年她十九岁，在他床上醒过来，觉得天都要塌了。

男人觉得好笑，说以后好好对她。

她被迫去到他身边的第一年，其实是动过心的。她和云布没什么两样，活得太孤单了，总是一面期待着爱情，一面又害怕着爱情。

她记得才去别墅的时候，她很慌，结结巴巴地喊秦先生。

他一靠近，她就全身紧绷得不行，仿佛下一刻就要跳起来。

"秦先生"那年也不是什么好东西，觉得她这样子太好玩了，他松松领带："知道我为什么带你回来吧？"

那年她年纪不大，泪汪汪地看着他，一听这句话整个人都不好了："不……不知道。"

他笑："你说男人对漂亮女人能做什么？"

苏菱脸色煞白。

她其实不记得他们那一夜，她醒过来只觉得疼。

因此她又恨他又害怕。

苏菱低下头，声如蚊蚋："我想回去念书。"

"回去让那群人继续骂你？"

她不说话了，但是眼睛里的光在说她不怕。

秦骁冷冷道："做梦吧你，好好待着。"

她沮丧的表情取悦了他，秦骁说："读书有什么好玩的？老子也是十来岁就不念了呀，大学都没读，不照样混得风生水起？"

她忍住了说他不要脸的冲动。

秦骁就是典型的不好好学习却继承巨额家产的纨绔子弟。

"过来,站在那儿做什么?"

她僵硬地走过去,就被男人按在沙发上。她别过脸,眼里带着泪,觉得很屈辱。

他掐住她下巴,把她的脸正回来,轻轻啧了一声。那样的娇,哭起来都醉人。

那时秦骁对她并没有什么耐心,他一开始看上她,仅仅是因为她的美色和她带给他的难以言说的欢愉。那年的秦骁,本来就是个混账,不折不扣的坏东西。

后来不知道哪一天变了,他开始对她好,开始很在意她。他会强硬地把她抱在怀里睡觉,等她醒过来再去公司。他会买很多奇怪的玩偶回家,硬要塞给她。他回家也越来越频繁,最后哪怕是工作到凌晨,也要开车回来。

他不得其法地讨好着她,苏菱却没有什么感觉。

直到有一天和丁姨聊天,丁姨怀念地说起她年轻时喜欢什么样的男人,结果最后嫁了个短命的,虽然是嫁给了爱情,可爱情夭折得太早了。

她温柔地笑问苏菱喜欢什么样的男人。

苏菱眼里有了些神采,彼时她天真单纯,轻轻道:"外婆以前也问过我这个问题。温柔、有爱心一点的吧,要是会做饭就好了,会做饭的男人大多还挺温柔的。"

丁姨笑得不行。

然后第二天,苏菱就看见了厨房里的秦骁。

她怯怯地扒在门边,那时候称呼还没改过来:"秦先生,你在做什么?"

秦骁不耐烦道:"站远点,有什么好看的?"

他下刀非常狠厉，苏菱害怕了："你想吃什么？我来做吧。"

"老子会做饭，做饭超好吃信不信？你坐那里，不许往这边看，一会儿吃就行了。"

她忐忑地坐着，然后过了很久，秦骁端了一盘糖醋排骨出来。

"秦先生，"她糯糯道，"我不饿。"

秦骁冷着脸，眯了眯眼："嫌弃老子呢？快吃。"

最后他非得看着她吃，她吃了两块，好难吃呀，这是她这辈子吃过最难吃的东西了。

秦骁捏捏她的脸："好吃不？"

她眼睛湿漉漉的，诚实得不得了："不好吃。"

秦骁掐死她的心都有了。他自己拿去倒了，又把丁姨喊回来做饭。丁姨切菜时都在笑。

后来秦骁带她去看日出。

他们开车去的，结果半途车子爆胎了。秦骁打电话让人来接他们，最后他在苏菱面前蹲下来："上来。"

他背着她走了半个多小时到达山顶，太阳刚好出来。

朝阳初升，万物皆暖。

他侧颜也温柔："菱菱。"

她轻轻应："嗯？"

他眼里漾着几分笑意："宝贝。"

暖红的光，把她的脸也照得红红的。

那年阳光温柔，山顶的风温柔，他最温柔。

或许没有爱过，但是心动过。

只是后来外婆死了，秦骁隐瞒她。他把她关在别墅太久，苏菱又断了腿，秦骁有了未婚妻也不放她走。

她对他的恨压过了心动。

她什么都没了，珍爱的人，努力的事，全部没了意义。

她不想再陪着他了，她太累了。

她死的那晚，秦骁在出差。

苏菱心里甚至是有点快意的，她好疼，可是也好轻松。

她终于离开他了。

她活着被他禁锢在身边，死的时候看不到他，也挺好的。

漫天星斗，均是眼泪。

她看着它们，慢慢合上了眼。

苏菱觉得，其实回来时间越久，上辈子的事就越遥远，那些记忆像是假的，像做过的一场冗长的梦。

云布没有再提纪崇，她出事后挺多人都来看她了。

云布又恢复到了以前没心没肺的样子。苏菱知道，其实人受伤以后，会把自己保护起来，变得更坚强，也会更脆弱。

寝室的另两个女生都来了，还买了水果。

她们走后，苏菱就削苹果给云布吃。云布笑嘻嘻的，仿佛之前哭得难过的不是她。

苏菱有几分无奈。

倪浩言也来了，他也买了水果。

云布挑眉："哎哟，估计等几天我可以开个水果铺子，看看这里多壮观。"

她的病房里四五个花瓶，里面都插了花束，水果更是一大堆。

倪浩言低眉笑了笑，自始至终没有看向苏菱。

"早日康复，云布姐。"

"谢了。"

苏菱有些尴尬，如果说这辈子一切都在好转的话，只有一样东西在变坏，那就是她和倪浩言的感情。上辈子她还能体会到这个弟弟对她的亲情，这辈子感觉倪浩言一下子就冷淡下来了。

就连云布也察觉到了他们之间的不对劲，没有再吭声。

倪浩言走的时候，苏菱起身："我送你。"

倪浩言倒是没有拒绝，医院走廊上有淡淡的消毒水的味道，还有窗外的梅花香。

B市并没有下雪。

倪浩言穿着黑色的毛衣，瞳孔是清浅的黑。

苏菱皱了皱眉："倪浩言，你怎么了？"

倪浩言回过头，眼里没什么情绪："没有怎么呀。"

苏菱没有和他绕弯，直接说出自己的感觉："我觉得你在生我的气，是因为上次舅妈和我的事吗？"

难道她录制那个视频，公开反驳他们倪家，让他心里难受了吗？

倪浩言薄唇吐出两个字："不是。"

"那是为什么？"

"苏菱，你早就知道我爸不是奶奶的亲生儿子，是不是？"

"嗯。"

"那为什么不告诉我？"他压抑着语气，胸口微微起伏。

苏菱有些诧异："我以为……这个不重要的，毕竟外婆把舅舅当成亲生儿子，也把你和倪佳楠……"

"你以为？"他出声打断她的话，最后深吸了口气，"你有什么资格代入我的感受？"

她抿了抿唇："抱歉，我是真的把你当弟弟。"

哪怕没有血缘关系，她感激他是真的，想爱护他的心也是真的。

他自嘲地勾了勾唇。

很多事情想说，可是临到唇边又没了说的勇气。其实苏菱说得对，是或者不是，又有什么区别吗？血缘有时候不是枷锁，人的情感才是。

一开始苏菱和他就是姐弟，哪怕最后苏菱离开倪家了，也不会有什么变化的。

他在她心里，顶多就是个恶毒的倪家人罢了。

倪浩言伸开手："奶奶的遗物，我想应该是你母亲。"

苏菱蓦然睁大眼，倪浩言递给她一张小小的照片，照片有些褪色。一个身穿淡紫色长裙的女人，在玉兰树下微笑。

"奶奶的盒子里找到的，应该是于俏阿姨。"

苏菱拿着这张照片，心潮久久不定。外婆从来没有给她看过这个，只说于俏生前没有留下过照片。

苏菱知道俏被人辜负，所以从来不提自己的爸爸。

她长这么大，连自己的父母长什么样子都不知道。

照片上的于俏看起来二十四五岁，温婉动人。

倪浩言说："我走了。"

苏菱把照片小心放进兜里，点了点头。

倪浩言走了几步，脚步顿了顿，问她："过年的时候，你去哪里？"

苏菱愣了下，垂眸一笑："那时候再说吧。"她已经没有可以回的家了，所以去哪里都无所谓。

倪浩言张了张嘴，最后走了。

其实苏菱和他，这样子最好不过了。不能再进一步，也不能再退一步。

这一刻他觉得悲凉，却也不得不彻底放下了。

他自己都不能明白这种复杂的感情，她这辈子也不会知道，她不知道最好，从今天开始，他会慢慢放下的。

苏菱回到病房的时候，意外地发现万白白和纪崇都在。

云布脸上带着笑，脸色却苍白了几分。万白白长相冷艳，但是爱笑，一看到苏菱眼睛都亮了。

"小九里！"

"白白。"

大家一起说了会儿话，纪崇问云布："还痛吗？"

云布垂下眼睛，笑了笑："不痛啦，我皮实着呢。"

纪崇便也笑了。

他走的时候，云布静静看着，脸上没什么喜怒。云布其实知道，纪崇是个为出头不择手段的男人，他说不上正直，但是社交能力一流。

他很虚伪。

然而她爱过他。

只是恐怕以后不敢爱了，而这么虚伪的纪崇，也许再也不会遇到像云布这样单纯地爱着他这个人而去努力奋斗的人了。

这是他的损失。

万白白没有走。

苏菱问她："你们怎么知道消息的？"毕竟他俩是有名气的明星，云布出事按理说传不到他们那里去，而且《莲华录》只是个小投资的戏，万白白和纪崇这种地位的人不会关注。

万白白惊讶道："《莲华录》清娱投拍啦，你不知道吗？"而万白白和纪崇是清娱的签约艺人，这次也客串了下《莲华录》，云布这件事自然听别人说了。

清娱投拍，就是大制作了。

苏菱呆住，她这几天都在医院陪云布，还真不知道。

她知道秦骁有能力让她进去找云布，但是没想到是这么简单粗暴的方式，如今他在《莲华录》这部剧中挂了名，什么都是他的，还不是他说了算？

这件事苏菱挺感激秦骁的。

毕竟是他救了云布一命。

万白白解释完，然后想起件事："依米颁奖晚会你经纪人跟你讲了吗？"

苏菱点点头，林清前几天跟她说她被提名最佳新人了，但是苏菱听听也就罢了。她知道自己不是天才型的，以目前播出的《十二年风尘》来说，她得奖的概率不大。

万白白笑道："好好准备下，毕竟第一次去嘛。"

苏菱点头，万白白挑眉："小九里，秦总是今年的颁奖特邀嘉宾哟。"

苏菱有些无奈，诚恳地说："我觉得那些奖与我无缘的。"

万白白被她的实诚可爱逗乐了："那说不定。快过年啦，一年又过去了。"

是的，新的一年来了。

秦骁心中想过很多种可能性，有些是匪夷所思的，然而片刻他又觉得荒诞可笑。

他不信神佛，不信轮回，只信他自己。

但是这些奇怪的点和说不通的事情，他总得想些办法找出真相。如果是她，那就什么都有可能，毕竟苏菱对他而言，就是生命里的奇迹。

秦骁没有立即去找苏菱，他在营造一种假象。

一种他不偏执、不眷恋她的假象。

经历了这么多事，不用左印说他也明白了，苏菱对他最友好的时候，就是他收敛起獠牙的时候。

真正的他，那种可怕的情感，会让她害怕不安。

她喜欢什么样子的，他不介意变成那个样子的。

秦骁开始蛰伏。

依米晚会就是一个机会，他不能去有意地掌控她的一切，只能慢慢渗透，让她不觉得可怕。

贺沁也知道老板的意思，因此今年清娱那边的报表做得很细，然后邀请函放在了秦骁桌子上。

秦骁看完那个获奖名单笑了。

贺沁挺好奇的，但她没瞅到上面都有谁。

所以，秦总这个笑是什么意思？苏小姐是获奖了还是没有获呀？

依米晚会的奖项含金量挺高的，秦骁作为清娱的总裁出席颁奖，自然也带了一些奖励过去。他出手大方，直接给了八位数的奖金。

贺沁啧啧道，有钱人真的任性。

依米晚会刚好是过年前一天，那天 B 市下起了雪。

苏菱穿着鹅黄色的晚礼服，冷得发抖。

林清裹着棉衣，看少女这副可怜的模样，又心疼又好笑。

苏菱长裙里面还穿了条保暖裤呢，人家有的女星可没穿那个。

"忍忍吧，会场里面开了空调，快点进去，结束就好了。"

苏菱点点头，和她一起进去。

大厅灯光很亮，大家都看得清彼此。有许多人认出了苏菱，她是新面孔，人气挺高的，关键是颜值比较逆天，哪怕是在美人云集的地方，她也是很耀眼的存在。

气质太干净了。

依米晚会相对比较开放自由，结束后还有联谊聚会。

苏菱看见了很多熟人，万白白、沈逸、纪崇、文导，还有董旭，都在。

然而秦骁走进来的时候，会场安静了一秒。

苏菱抬起眼睛就看见了他，他穿着西装，眉眼不羁桀骜，表情很冷漠，看着就不好相处。

有人悄声问："那就是秦总，这么年轻啊？"

"长得也帅，很有男人味，可以出道了。就是好冷漠的样子，听说脾气很臭。"

"我还是第一次见他，他不是不来这种活动吗？"

他是最粗的金大腿。

哪怕在娱乐圈，也是一个神话。

苏菱站在人群里，和大家一起仰望他。他衬衫扣子系得一丝不苟，有几分禁欲的味道。

主办方过来一一和他握手客套。

他脸上也始终没什么表情波动，也没往这边看。

苏菱突然意识到，秦骁其实是不爱笑的。

他只对一个人例外。

秦骁作为特邀嘉宾，可谓万众瞩目。

他那个位子就在第一排中间，桌子上的名牌跟镶了金边一样。

万白白腰肢款款走过来，手搭在苏菱肩膀上，笑着问："紧张吗？"

苏菱摇摇头，眼睛微弯："有些期待。"

倒不是期待获奖，而是这样的氛围，让她感觉彻底融入了这个圈子，这在上辈子是件不可能的事情。

上辈子秦骁给了她希望，又生生捏碎。

她自以为的努力，在他的操控下不值一提。而这辈子的一切，她都在努力争取，结果已经很好了。

万白白往角落里看了一眼，眼里是淡淡的笑："你为什么要进娱乐圈呢，苏菱？你这样温柔的姑娘，其实做个老师或者医生都很好哇。"

苏菱轻声回答她："我也不知道，开始是因为家人，后来是因为喜爱吧。"

"那你知道我为什么特别亲近你吗？"

苏菱愣住了。确实，第一次见面，万白白就对她表现出了超乎寻常的喜爱，甚至当时为了她，还鼓起勇气带她去找老板秦骁。

林清在一旁听见这话，吓得额头青筋直跳，生怕万白白突然来一句，我看上你了。

然而万白白低眉笑道："因为你和曾经的我太像了。"

"曾经的你？"

"干净懵懂，一无所知却怀着无尽的勇气。"万白白说，然后偏过头，对苏菱说，"往那边看，看见他了吗？"

苏菱看过去，郭明岩正坐在角落，跷着腿和另一个男人说话。

他属于那种很单纯又很笨拙的富二代，不知道在聊什么，哈哈大笑，看着有点傻。

万白白脸上没有冷艳，也没有嬉笑，透着淡淡的温柔。

"我认识郭少很多年了，大概快八年了吧，那时候我也没想过进演艺圈，就在餐厅端盘子。"万白白眼里有怀念，"你看他那个样，其实骨子里是个很好的人。我爸欠债太多了，我差点被人拖去还债。是他救了我，他和他们打架。"

苏菱睁大眼睛，实在不相信看起来有点屃的郭明岩还有这样"英雄"的时候。

万白白笑得无奈："当然，他是打不过的。被人揍倒在地上，鼻血直流。"她笑，很温和，"后来还是别人报了警，他被送去了医院。他养好伤，给了我一笔钱还债，又说我长得漂亮，适合去拍戏。

"我接到的第一部戏，就是郭明岩给弄来的。我当年和你一样单纯，但是我可没你这么优秀，演技一塌糊涂。我咬牙演完了，去找郭明岩，发现他把我给忘了。他是我生命中的英雄，改变了我的一生。可是我是他生命中的过客。"

万白白突然笑得不怀好意："然后老娘把他睡了，睡完我也害怕，就跑了。"

这个转折太突然太可怕了，苏菱听得脸通红，这……万白白还说她们像，才不像呢。上辈子她和秦骁那样，她又羞又气又绝望，直接哭了。

万白白这个……也太猛了。

万白白耸肩："那时他不知道那晚是谁，然后我努力演戏，慢慢红了起来。在一个晚会上吧，我们又见面了。我不紧不慢地走过去，跟他说我们的儿子都三岁大了。"

"啊？"苏菱茫然地看着万白白，她第一次听八卦听到紧张，"真的有孩子呀？"

万白白被她萌得不行，乐不可支："傻，骗他的呀。他当时那个样子，脸都吓绿了。"

怪不得万白白和郭明岩的相处模式这么诡异，郭明岩没被万白白玩死就算好的了。郭明岩每次见到万白白就炸毛也有了合理的解释。

万白白其实还有一部分没说。当时她拍完第一部戏去找郭明岩，他们那群富二代在一起玩。她怯怯地看，发现几乎每个人都有女伴，那些女人各有各的美，风韵成熟。

她跟她们比起来，和豆芽菜没什么两样。

她曾经确实跟苏菱有点像，只是后来从一无所知变成了个让郭明岩颤抖的强势女性。

万白白难得和苏菱讲自己的故事，最后咂咂嘴感叹道："好了，你现在知道了我最大的秘密，就是我的人了，以后火了记得带我一把。"

苏菱哭笑不得。

万白白想了想又总结道："他们那个圈子，还真没几个好男人。哦，不，就是没有。秦总估计也不是什么好东西。然而很多事我从一开始就明白，这世上好男人、好女人可遇不可求，要是真遇不到，那就自己打造。有人他天生好，但是有人是因为你才变好。"

有人他天生好，但是有人是因为你……才变好。

苏菱愣了好一会儿。依米晚会已经开始了。灯光暗下来一瞬，随之台上的灯光乍然亮起来。

主持人声音甜美，说着开场白。晚会并不拖沓，主持人简单介绍了下来宾，就准备宣布获奖名单，苏菱在最佳新人奖的提名里面。林清非常紧张，又很高兴，她带过这么多人，苏菱算是最省心最争气的了。

照这样下去，明年她专心带苏菱和另外一个男艺人就行了。

苏菱自己也很开心，她年纪不大，长相清纯，在一众老戏骨中，青春得像朵含苞的花。她看这个世界，是带着赞美和新奇的。

秦骁的手指在桌面上轻叩，也没有回头去看她。

他和这个圈子无关，但是他才是最瞩目的存在，见秦总一面可比见任何大明星都难。

主持人最先念的是最佳配角奖项，纪崇毫无悬念地拿下了这个奖。

颁奖人是秦骁。

当主持人说出"有请秦总颁奖"的时候，几乎所有人的目光都落在了秦骁身上。

倒是衬得一旁的纪崇有些可怜了。

纪崇的颜值很高，自带仙气。

秦骁长相没他那么精致，但是男人味十足，容颜冷峻，带着几分匪气。

秦骁把奖杯随手一给，纪崇笑着道谢。

这样下去，又颁了几个奖。

最后到了最佳新人奖。

苏菱有几分期待，秦骁这时候才远远看了她一眼。

少女坐得很直，双膝并在一起，看起来很乖。她眼睛很亮，盛满了细碎的光芒。

是期待的吧？她那么努力，应该也是想拿个奖的。

秦骁笑了下。

主持人笑吟吟道："恭喜席璇小姐！"

林清眼中有些失望，来这里坐着，谁不希望获奖呢？她怕苏菱难过，轻声安慰道："苏菱，咱们来年努力，别难过。"

苏菱摇摇头，她不难过的。其实评委评得很公正，她看过席璇演的戏，席璇演的战争片里的女间谍，演技非常好，苏菱自愧不如。

她虽然期待，可是没有把自己放在过高的位置，她冷静地审视自己，知道自己有很多不足。苏菱不是什么天才，很多东西，她都是比别人刻苦好几倍才得到的。

要不断努力呀，她和其他人一起为他们鼓掌，脸上带着真挚的笑意。

她一直往前走，总有一天也会很优秀的。

依米晚会举办到十点钟。

宴会开始了，这也有利于各大导演和演员之间的交流。

苏菱晚上没有吃东西，林清拿了蛋糕过来让她吃点，按理说演员要控制饮食，但是苏菱属于长不胖的体质。她太乖了，林清和唐姿都怜爱她，也就不限制她的饮食。

那个蛋糕上还有个奶油小熊，看起来很精致可爱。

她才吃了一口，林清就接到了一个电话。林清深吸一口气，神色莫测。

最后道："苏菱，你去一趟二楼，他们说这次颁奖弄错了评分，少了你的奖项。"

少女眼神很干净："可是最佳新人奖的获得者是席璇，我觉得这是她应得的。"

林清严肃道："不行，要是真弄错了，那我们得争取一下，依米晚会的奖多光荣啊！快去，他们要核实一些东西。清姐在下面等你呀。"

苏菱放下蛋糕，只能往楼上走。

地上铺着红色的地毯，她身上镀了一层柔柔的光。

230 是她要去的地方，然而越往那边走，光线越暗，到了 230 门口都成一片黑暗了。

苏菱感觉不太对。她不敢再过去了，刚要下去，黑暗中有人从背后抱住她。男人嗓音低沉："菱菱。"

"秦……秦骁。"她知道被骗了。

秦骁那只手臂横在她的腰间，往上一点点碰到了更软的地方。他战栗般的感受了下，很快手又滑下去，低低一笑："抱歉，太黑了。"

苏菱羞得想哭，她不知道他是不是故意的："你放开。"

秦骁没说话，他另一只手推开了 230 那扇门。

里面一片黑暗。

然而有一棵树，树的周围，无数萤火虫在飞舞。

那时是二月，外面还堆着白雪，正是很冷的时候。

他颠倒了季节，弄来了一屋子的萤火虫。明明灭灭的光，像是装进了漫天星斗。苏菱看得呆住，秦骁牵着她的手走进去。

荧荧点点。他黑眸深邃，伸手握住一闪一闪的光，放在她掌心。

"这是最后一个奖。"他笑着说，"天上的星星摘给你。"

萤火虫在她掌心闪耀，映亮了她的眼睛。她突然生出一丝惶恐，带着浅浅的怯，想要后退一步。

他站在原地，握住她的手。

"我更想把我的心送给你，但是你害怕它。可是苏菱，我喜欢你，我活了二十八年，自私，虚伪，残忍。"他低笑，"然而我爱你，爱到不知道该做什么，不知道该说什么。你笑一笑，我的生命里就满是花开；你哭的时候，那这里就是阴雨之地。"

他点点自己的心口。

"我不知道怎么办好了。你说一个人渴望到疯魔，他还能活下去吗？"

她不说话，心跳有点快。

一只萤火虫落上她的发，他微微弯腰把它拿开。

"你才是最厉害的，他们得了虚名，而你，菱菱。"他的眼里满是笑意，"让我快活不下去了。"

她脸颊红透："你别胡说。"

他只是笑。

苏菱轻声反驳："怎么会活不下去？"她又不笨，哪有人好好活着，就突然死了的？

傻姑娘，得不到，就活不下去呀。灵魂都在叫嚣，让我臣服于你，捧着你，侵占你，玷污你。

他轻轻捏住她的下巴，低头吻了上去。

唇上一点濡湿。

男人闭着眼睛，呼吸乱了，动了情。

苏菱呆了一瞬，心跳急剧，反应过来后连忙去推他。秦骁反剪了她的双手，步步紧逼。

她看不见他的眼神，却能感觉到他颤抖兴奋的呼吸。

直到背后抵上冰冷的墙面，她的怯意更浓。

这辈子，他第一次这样近地碰到她。但只是碰到，先前关住的自己就彻底出来了，他毫不迟疑地毁了先前和自己的约定。

苏菱眼里茫然了一瞬，她心动了不过才一秒，就被男人快压不住的情欲吓到。

苏菱快哭了，她别过头去。

他的吻顺势向下，落在她的颈间。醉得不愿醒。

苏菱手被他固定在背后，声音颤巍巍的："秦骁，放……放开。"

秦骁的唇在她颈间轻轻磨蹭，带出一丝牵扯脊髓的亢奋，他近乎压抑地开口："就一会儿。"

你就当行行好，让我续个命。

他是自己松开她的，黑暗里她看不清他的眼神，只能听到他低低的嗓音："抱歉。"秦骁冷静了下，才觉得不好。好不容易伪装了那么久，差点又暴露了。

他放开她的手腕："弄疼你了吗？"

苏菱不知道该怎么接这个话。她把手抽出来，有些生气，有几分羞怯，却又不知道该对他说什么。

他道："都是我不好，对不起，别生我的气，嗯？以后不这样了。"

苏菱更不好骂他了。

她憋得眼睛水盈盈的，那树上不知道喷了什么，萤火虫围着它飞。

这个季节是不该有萤火虫的，也不知道秦骁怎么弄过来的。

但真的很美。

她想起秦骁说这是最后一个奖，他把天上的星星摘给她。

外面又开始下雪，今年冬天似乎特别冷。

明天就过年了，她重生回来的时候还是早夏，这会儿已经进入严冬了。她仿佛什么都得到了，又仿佛什么都失去了。

秦骁问她："明天想去哪里过年？"

苏菱心中其实已经有了打算，但是不想和秦骁说。至少她是不想和他一起过的。苏菱不说话，秦骁就猜到了。然而阴郁压在眼底，面上他仍是从容地笑："不管你去哪里，都提前跟你说一声新年快乐。"

他没有邀请她，也没有逼迫她，惹得苏菱抬头去看他。

微弱的光里，她看不清这个男人是什么表情，但是她舒了一口气。

秦骁貌似真的变好了一点，这样她也就没那么生气，也不会那么怕他。

"下楼吧，你的经纪人还在等你。"他笑道，"知道该怎么说吗？"

他把人骗上来，但是林清眼巴巴地等着呢，总会问问苏菱的。

秦骁抬手把灯打开，就看见了少女极力思索的模样。

她眼神湿湿软软的，嘴唇嫣红。

秦骁目光下移，就看见了她脖子上有个小印子。他瞳孔一瞬间收缩了下，他明明也没怎么碰，但可能最激动的时候，不小心留下了。

他已经很克制了。

但是苏菱要是知道了，肯定会生气。

秦骁没有吭声，冷静地教她撒谎："你就说评委组觉得之前的评分有问题，所以叫你上来。但是被我压下去了，最后得主还是原来那个人。记住了吗？"

不管怎么说，是他的决定，林清就不敢再问了。

林清不知道秦骁的存在，唐姿也没敢说。

最后林清肯定只会以为席璇有后台，但其实这件事秦骁全程没有插手。

苏菱点点头，就要往外走。

秦骁伸手给她开门，手上的袖扣擦过她的脖子，苏菱有点疼，怔怔地捂住脖子。

秦骁说："抱歉，我看看。"他观察了下那个地方，他吮出来的痕迹果然变了。碰一碰就留下一个印子，当真娇。

秦骁神色没有异样："擦红了，对不住。"

苏菱不小气，她不会计较别人的无心之失，说了声没关系就往楼下走。

秦骁看着她的背影，眯了眯眼。

苏菱按照他教的说，果然林清只是失望地叹了口气："那没办法了，秦少惹不起。"

林清突然皱了皱眉，问苏菱："你脖子这里……"

少女肌肤很白，如今在大厅的灯光下，那个红印子越发瞩目。林清想到苏菱只身一人上去，心里怕她吃了亏。

苏菱摸了下，轻声说："刚刚不小心擦到了，没关系的。"

林清舒了口气。

晚宴结束以后，林清送苏菱回家，还是回那个公寓。林清知道苏菱和倪家人决裂了，有点心疼她："苏菱，明天你去哪里过年？要不来清姐家？"

苏菱连忙说不用。

林清一年到头挺忙的，过年难得和家人团聚。她一个外人去做什么？

她笑着说："我回老家，清姐别担心。"

"那好，有什么需要帮助的，随时跟我说。"

"谢谢清姐。"

第十五章
小朋友

苏菱第二天早上的飞机，那时候天蒙蒙亮，昏黄的灯光中，大雪依旧下个不停，天地间都是白茫茫的一片。

她坐上飞机回 L 市。

L 市是她的老家，倪家住在市里，那个小乡村也属于 L 市。

她不会回倪家，回去了小村庄。

到了 L 市，她又转大巴，坐了三个小时，终于看到了熟悉的小村庄。

山路本来就不好走，地上又落了厚厚一层雪，她背了个小包，撑着伞，走得挺艰难的。

冬天进山很不容易。

山坡陡峭，苏菱很小心，倒是没出什么岔子。然而还没靠近村庄，她就听见了哭声，是几个小孩子微弱呜咽的哭声。

苏菱皱了皱眉，从上往下看，发现三四个孩子在抹眼泪，纷纷往山坡下看。

"小寒……"

每个孩子都在喊小寒。

苏菱脸色变了变，她知道小寒是谁，那是陈婶婶的孙子。他们家最艰苦的时候，陈婶婶接济过他们。三年前外婆还说，小寒是个苦命的孩子，一生下来就不会说话。

外婆给她看过照片，当时小男孩两岁大，乖巧好看。

外婆给他们寄了很多东西，苏菱也寄了一些。

上辈子这个时候外婆还没有去世。有一天外婆突然跟她说，要回去看看陈婶婶，小寒出了意外夭折了，她怕陈婶婶想不开。

苏菱顾不得了，小寒难道是这个时候出事的？

她匆匆跑过去，几个孩子都在号啕大哭："哇呜……小寒……"

苏菱扶着膝往下面看，一个五岁大的男孩，身体被挂在树枝上。那树枝摇摇欲坠，男孩子吓坏了，但是哭不出声。

他天生声带是坏的，说不出话。

几个孩子来山里玩雪，堆完雪人打雪仗，结果小孩被撞下去了，剩下的孩子都吓得魂飞魄散。

这里很偏，上面还有嶙峋的石头，山坡下几乎是垂直的石壁。几个孩子中最大的十岁，最小的就是小寒。

雪越来越大，小寒肩上落了一层雪，他的身体在颤抖，不知道是吓得还是冷得。

苏菱一想起这个她连面都没见过的孩子只活了五年，就满心焦急。

她顾不得那么多，树枝纤细，虽然小寒瘦，可是撑不了那么久。

"小寒！我拉你，不要害怕，把手给姐姐。"

几个孩子都眼巴巴看着，也不敢哭了，把希望都寄托在苏菱身上。

苏菱心中也惴惴，她力气不够，不知道能不能把一个五岁的男孩子拉上来，但是不行也得行，那是条活生生的命。

那个十岁大的女孩子忙说："姐姐，那里有藤条。"她跑过去，把位于山坡上方的一根藤条拽了过来。

显然刚刚他们也试图救同伴。

很纤弱的藤条，但是有总比没有好。

苏菱在手腕上缠了几圈，跪在山坡边缘拉他。

小寒的手冻得青紫，但是孩子求生欲很强烈，安静乖巧地伸手去碰苏菱的指尖。

她拉到他冰冷的小手的那一刻，还没来得及激动，身边的孩子们惊叫起来。

"藤条要断了！"

"石头！"

"小寒！"

苏菱下意识地把手中孩子的手握紧，藤条受了力，把上面的石头磨得松动，细碎的石头就砸在她的身边，声声入耳。

她咬牙，不肯松手，直把小寒往上拉，她甚至不敢回头。

小寒扬起脑袋看她，眼里都是泪水和害怕。

他想活下去，怕苏菱抛弃他。

苏菱死死咬牙，想借助藤条的力量把他拉上来。

下一刻藤条断了，她的心跳几乎停止，身体不自主地前倾。一个男人抱住了她，闷闷的响声砸在他身体上，他眉头都没皱，眼里却已经结了冰。

秦骁毫不犹豫地去拉小寒，他提着小寒的手腕，单手把人拉了上来。

山坡上还在不断落石，石头有大有小，秦骁也不管他拉上来的那个人，转身就把苏菱抱在怀里。

小寒坐在地上颤抖。那藤条断了，过了一会儿，石头倒是没有继续掉。

苏菱也觉得害怕，刚刚秦骁要是再晚一点点来，她不松手的话，说不定会和小寒一起掉下去。

她之前就是这样，身体砸在冰冷的地面上，无尽地疼。

孩子们吓傻了，好半天才哭着过来。小寒也无声抽泣，他脸冷得青紫。

秦骁把她抱得死紧，眼里满是压抑的风暴。

苏菱缓了一会儿，感受到他竟然在颤抖。她眨了眨眼睛，生出些不知所措，良久才轻轻环住他的腰。

她其实不会安慰人，但她知道秦骁在害怕什么："我没事。"

他紧绷的身体僵了一刻。

他怀里很暖，苏菱叹口气："我们去看看小寒。"

她忍着突然涌上来的复杂情绪，笨拙地拍拍男人的背："秦骁，你别害怕，我真的没事。"

他终于松了手。

秦骁眼瞳漆黑，整个人看上去都很冷。

他忍住了所有的情绪，松开苏菱，把地上那个小崽子拎了起来。

"秦骁……"

苏菱吓得一蒙，她总觉得下一刻秦骁会把小寒扔下去。

秦骁讥讽地一笑，把自己身上的风衣脱下来，裹在那个小崽子身上，然后把小孩子背了起来。

他转头命令那群不敢吭声的小孩："滚去找他家大人。"

他怒意没有半点收敛的意思，像是从地狱踏上来的修罗。那群孩子瑟瑟发抖，吸溜鼻涕的都不敢动了。

那个十岁的小女孩鼓起勇气："吴辉回去通知了。"

苏菱战战兢兢跟在他身后。

他平时对她最好，可是这时候冷着脸，和谁都不说话，背着小寒往村子的方向走。

男人身姿笔挺，眼角眉梢却是化不去的寒冰。

苏菱害怕这个样子的他，可是又不太怕这个样子的他。

男人在前面走，步子不快不慢，甚至透着从容，然而眼神着实很冷。

她喊他，带着几分怯："秦骁。"

他还是没应。

身后还有一串萝卜头，个个不敢吭声。

陈婶婶踉跄着脚步和村民一起跑过来的时候，看见小寒眼睛都红了："小寒！"

然后又是大哭，秦骁没什么表情，把小寒塞给她。

小寒冷得不行，陈婶婶和村民得赶紧把他抱回去，再想办法送去医院。

秦骁始终跟个局外人似的，孩子交出去他就随便挑了一个地方走。

苏菱第一次主动地跟着他。

她知道秦骁生气了，也知道他为什么生气，是她不好，所以她很乖地跟去认错。

天上还在下雪，苏菱把伞撑开。

小跑到他身前，微微踮起脚尖，把秦骁容进伞下。

他的步子顿住，低下头看她。

她眼里都是他，怯生生地问："秦骁，你疼不疼啊？"

她都听见了，不知道有几块石头砸在了他身上。闷闷的响声，像是也砸进了她心里。

他抬起手，抚上她的脸颊。

苏菱愣了愣，这次没有躲。他指尖冰凉。

"不疼。"他低声道。

你还好好的，就不会疼。

但是倘若你死了，我会恨你一辈子，恨入骨血。

他说不疼，但苏菱还是担心，哪怕一个鸡蛋从高处砸下来，也能把人砸出个洞。

何况她刚才看到了，那处山坡虽然不高，砸下来的石头却棱角锋利。

她想想都疼。

秦骁把她的伞接过来，给她撑着，面上倒真看不出什么疼的情绪。

苏菱有点担心他，她得先带他回家。

村民们早就走了，苏菱和他两个人静静地走在雪地里。

她想了想，还是决定问出那个问题："你怎么来这里了？"

秦骁笑了下："你明知故问。"

苏菱有些不自在，她确实是知道的。毕竟上辈子秦骁明明答应放她回家，可是后来又反悔，一路尾随着过来了。

她本来以为，昨天晚上在依米晚会上，秦骁笑着跟她说新年快乐，好歹变了。

可是今天这个意外，让她惶恐地发现，秦骁并没有变。

他骨子里和上辈子那个偏执的人一模一样，更可怕的是，他学会了伪装。

许是因为这辈子他一开始没有得到她，她没有依附于他，所以他才不敢那么霸道，只能试着收敛。

她想得透心凉，不知道是冷，还是身边这个人给她带来的惶恐。她觉得背上都微微有些凉意。

他在骗她吧？还骗了很久。

久到她险些以为，秦骁真的已经快对她没有那么深的执念了。

怎么办？

秦骁的心也沉了沉，如果不是苏菱遇到危险，他肯定不会暴露自己。虽然昨天苏菱没说，但是他也猜到了她会去哪里。倪家不能回，她外婆今年又去世了，她肯定会回小时候的那个小村庄。

他好不容易卸下她的防备，现在她都知道了。

两人一路无言，苏菱心里有些乱。

过了一会儿，苏菱以前住的那个房子到了。秦骁不动声色地看了一眼，那房子顶上黑瓦，四周水泥，房身上布满痕迹，建得非常有年代感。毕竟是二十年前的农村建筑，又没有人打理，看着十分破败。

院子里两棵木棉树，叶子早就落光，树身上一层白雪。

秦骁就没见过这么破的地儿。

他家祖上就显贵，秦骁完全没有感同身受这种美好品德，他心中除了嫌弃别无他想。

然而让他滚，他也是不会滚的。

毕竟苏菱在这里，他睡荒山都不会走。总有那么个人，他死也要死在她身边。

苏菱拿出钥匙开门，顶上扑簌簌落下些灰尘，她咳了咳，秦骁皱了皱眉。

她回头对他道："很多年没住人，有些脏，我待会儿收拾一下。"

秦骁敛了神情，弯了弯唇："没事，我觉得挺好的。"

苏菱有些想笑，她知道他什么德行。反正就不是什么好东西，身上美好的品质少得可怜。

然而他非得装好人，她也不会去拆穿他。

进屋就有椅子，她拿抹布出来擦了擦，让秦骁坐，然后就要出门。

秦骁握住她的手腕，眸中沉了沉："你要去哪里？"

苏菱轻声道："你受伤了，家里的药酒搁置太久不能用，我去婶婶他们家借一下。"

他没想到过这个答案，苏菱一直以来挺排斥他，好像也没有主动关心过他。虽然他确实很浑，也没人敢惹他。

但秦骁一直以为，以她对他的厌恶，哪怕他死了，她也不会掉一滴眼泪的。

他第一次感谢人会有善良这种品质。

虽然他没有，但谢天谢地，她是个好姑娘。

秦骁低低一笑："一起去吧。"

他的手下滑，碰到了她的指尖，他下意识地想握住，可是下一刻他若无其事地收回了手。

克制比放肆，坏一万倍。

苏菱选择去小寒家，陈婶婶离她家最近。她家建得偏，小村庄地广人稀，这里几乎就这么一栋房子。

她过去的时候家家户户在忙午饭，外面的孩童也没有到处跑了。毕竟小寒出事让每个孩子都长了教训，短时间内也一定会被大人拘着的。

偶尔遇见的几个人，会好奇地盯着苏菱和秦骁看。

苏菱去 L 市念书以后，就没有时间再回小村庄，外婆也没回来过。她长大了，越来越好看，眉眼间都透着一股惊艳，很少有人能把她和当年那个乖巧懂事却瘦弱的小丫头联系起来。

陈婶婶在家，小寒没什么事，就是冻了下，又受了惊，村上的医生说不用去医院。

苏菱刚打算敲门，陈婶婶恰好推门出来。

一见到苏菱她就笑开了："我就说是小菱，刚刚婶子太担心小寒，没有认出你来，越想越不对，打算来看你呢。"

陈婶婶手上还拿着秦骁的黑色风衣，她千恩万谢："可多亏你们了，不然小寒就……"她转而看着秦骁笑道："这是小菱的男朋友吧，看看这气度，可真俊哪！"

苏菱有些尴尬："不是的。"

陈婶婶就不敢再继续这个话题了。

秦骁不收敛眼底眉梢的桀骜不羁，没人会把他当个好人。他听到"男朋友"三个字，又见苏菱否认，冷冷地勾了下唇角。

陈婶婶知道是这个男人背着自己的孙子回来的，又说了几声谢谢。要不是秦骁，她就真的要白发人送黑发人了。

然而对陈婶婶递过来的风衣，秦骁眯了眯眼，并不想接。

陈婶婶连忙解释："我家那口子说，这个衣服很值钱，要干洗，但是我们哪里会干洗，怕弄坏了……"

苏菱抬起头看秦骁，她眼中黑白分明，秦骁当即接过来，他嗓音依然透着冷淡："没关系。"

苏菱心里莫名柔软了一瞬。

不知道为什么，她突然想起万白白的话——有人他天生好，但是有人是因为你才变好。

他虽然霸道、固执、不可理喻，全身都是缺点，但又总会柔情满怀。

苏菱知道秦骁嫌弃给小寒披过的衣服——孩子身上全是泥巴。

两人回去的时候，已经多了些米、面粉，还有蔬菜、油、盐，秦骁满脸寒意地拎着，苏菱拿着一瓶药酒。

她提议去村子里的医生那里给秦骁看看伤，他拒绝了："不去。"

没办法只能先回家，她停下步子，把他的风衣拿过来："给我吧。"

他诧异地挑了下眉。

苏菱问他："你不穿外套，会不会冷啊？"

他笑道："会。"

苏菱有些为难："可是让你穿这个你肯定不愿意，我现在也没办法帮你洗，短时间内不会干，家里也没有能给你穿的衣服。"

家里没电，也没吹风机这种东西，确实很不方便。

外婆那些旧棉袄，他要是愿意穿，就不是秦骁了。

她眼睛里湿湿软软，听他说冷，是真的很为难，问他："怎么办哪？"

他看着她，轻笑道："要不你给我抱一下？冷死也成。"

苏菱抿抿唇，很羞涩，脸蛋透着浅浅的粉。

他嗤笑一声："开玩笑的。"

两个人回家，苏菱打算帮他看看伤。

他伤在背后，又不愿意让村里的医生看，就只能她帮他看看。

她愣了半晌，耳朵尖都红透了，秦骁笑了声："给不给医呀？老子快疼死了，真的疼。"

他一会儿说疼，一会儿说不疼，她只当他在说笑，然而秦骁直接当着她的面脱掉了上衣。

他经常健身，身材很好，肩宽腰窄，能看见腹肌。

秦骁知道苏菱容易羞，直接转过去。

苏菱于是看见了那一大片淤青。

整个背，几乎没一块好肉。

他笑着啧了一声："没骗你是不是？真疼死了。"

她眨了眨眼睛，有些想落泪。

她想起秦骁护着她时的动作，他几乎是本能反应。这些伤，原本应该在她身上，后来他又背着小寒走了那么远的路。

肯定很疼。

很疼很疼。

大冬天的，苏菱怕他冷，连忙给他擦药。

她看着忍不住出声："秦骁，我们去医院吧，挺严重的。"

"死不了。"他说，"我是男人，懂不懂？"

她不懂，男人又不是就不会痛了。

"苏菱，感不感动啊？"

她不回答，他于是低低笑了声。

苏菱硬着头皮用药酒给他擦了一遍，动作很轻。

秦骁突然把椅子上的风衣拿起来盖自己腿上，他这会儿也不嫌弃脏了。

苏菱忙说："好了，你快穿衣服吧。"她以为他冷，然而秦骁慢悠悠把衣服穿好以后，那件他嫌弃得不得了的衣服还盖在腿上。

她看了一眼，有些不解，一开始没有反应过来，后来突然想起什么，脸一下子爆红。

秦骁笑得很肆意："再看，嗯？"

苏菱又气又羞，简直对这个男人无语。她真的无法理解秦骁这种人，疼死他算了！

她脸红透了。

苏菱咬牙去厨房，懒得和他说。她把在村民那里买的东西拿去做饭，没有电就只能生火。

秦骁起身去看。

她侧颜娴静，真的很温柔。如世上最缥缈的烟，像从指缝流过的水，抑或是三月的阳光。

秦骁看了一会儿，突然出声问她："我做的饭真的很难吃吗？"

苏菱才把火升起来，下意识地想点头。

然而下一瞬她心中一惊，反应过来后侧过头去看他。男人逆着光，眸中沉沉，见她看过来，粲然一笑。

苏菱心跳都漏了一拍。

"你……怎么会这样问？我没有吃过你做的饭哪。"

秦骁走过来，她坐在小板凳上，暖黄的光照亮她的脸，有种惹人窒息的柔美。

他在她面前蹲下，手指握住她的下巴，两人四目相对。

他突然笑了："苏菱。"

"嗯？"她想去拍他的手，这种动作让人羞耻又难堪。

然而他下一句话让她动也不敢动了，秦骁慢条斯理地问她："知道你上次在云上星空，喝醉的时候说过什么吗？"

她呆住，心跳飞快。她隐隐是有印象的，她说过很多不得了的话。

然而……因为醉酒，她记得并不是一清二楚。

他之前放过了她，没想到这时候突然又问。

"不知道，我乱说的。"

秦骁垂着眉眼，眼里带着让她畏怯的情绪，他一字一句道："你说，我老是骗人，骗你说我做饭好吃，但是很难吃。"

她脸色白了。

秦骁眯了眯眼，原本只是随便怀疑试探，没想到可能是真的。然而他并不能确定，几个猜测在徘徊，他不知道是哪一个。

他的手指压了压她的唇，她太害怕，这次竟然忘了反抗。秦骁低低地笑："你说……那是什么时候的事呢，我怎么没印象？"

苏菱垂下眼睛，声音很小："那是我胡说的，我喝醉了，我也不知道自己在说什么？"

他笑了声："那你怎么知道云布会出事？"

苏菱猛地抬起头看他，心都凉了一半。

秦骁慢慢道："你想说，那也是凑巧？"

她不吭声，眼里有些可怜。她不能撒谎说是别人告诉她那个威亚有问题，因为但凡有这个人，秦骁就查得出来。

秦骁嗤笑一声："那又是为什么，你一见我就那么讨厌？那个《青梅》的舞台剧，你是故意乱演的吧？"

他语气带着笑："这么美的脸，你干吗要带着那么丑的妆？你怎么知道，我喜欢你这样的女人？嗯？我可从来没有跟任何人说过。"

苏菱没想到他已经联想了那么多，这个男人太可怕了。

他轻笑一声："别那么看着我呀，怕什么？"他顿了顿，又说："老子也很好骗的呀。要不你现在说你爱我，我就什么都不问了，你爱骗就骗呗。"

他的拇指反复在她唇上摩挲按压。

苏菱脸都白了，她不看他："没有，才没有。"

秦骁嗤笑了一声："不想说？那也成，你说点什么哄我开心吧，我就不问了，好不好？"

她憋红了脸，良久开口说："秦骁。"

"嗯？"

她忍着羞耻："你最好啦。"

秦骁眼里蕴着三分笑意："那你喜欢我一点哟，老子这么好，你没有良心的呀？"

她觉得他真不要脸。

然而她更怕秦骁继续问。

她想过很多可怕的后果，比如秦骁知道她死过一次会做什么。他比她自己还怕这种可能。如果换作其他人，因为爱，会更珍惜。

但秦骁不会。

因为怕，他会尝试掌控一切。

因为偏执不正常的爱，他会把她揉进骨血，囚在身边。

他甚至可能会为了防患于未然，而变得疯魔，变得残忍。

她一直不敢去猜测她死了秦骁会变成什么样，这就是原因。

真的……很可怕。

所以，他这辈子最好都不要确定这件事。

她垂下眼睑，把他那只手拉下来，把自己的小手放进他的掌心。

灶孔里的火已经熄了，她眸中温柔，轻轻握住他的手掌。

她语调很温柔，带着天生的软糯："秦骁。"

"嗯？"

"那你答应我，永远都要这么好。"她抿抿唇，忍着羞，把那段话说完，"你不要吓我，不要逼我，你不要成为一个……一个坏蛋。"

他听她说这么多奇怪又没道理的幼稚条件，觉得好笑，然而她的下一句话让他心跳骤停——

"我会试着，来喜欢这样的你，好不好？"

他的笑意敛去，这时候不再笑吟吟地逗她，也没有任何调笑之色。

秦骁沉稳下来，眸中冷静，他问她："你说真的？"

是说真的，还是骗着他玩？

苏菱点点头："真的。"

他握紧那只手，嗓音低下去："好，我答应。你别反悔。"

虽然她可能这辈子都没法像他喜欢她那样多，然而只要她愿意，一点点就够了。

人之所以孤注一掷地去强迫他人，是因为觉得没有可能性，要是有两情相悦的可能，他怎么也会搏上一搏。

苏菱挺不好意思的，毕竟这是她两辈子唯一一次主动去尝试这种可能性，去接受这么可怕的人。她说："做饭吧。"

秦骁看着那堆柴："我来。"

苏菱笑着摇摇头。她真不敢让他来，饭难吃是小，把房子烧了就不好了，毕竟这是外婆留给她的最后的东西了。

"你出去吧，我小时候会这个，很快的。"

秦骁有自知之明，倒是没勉强。他出去以后把桌子擦了下，擦完又嫌弃地把抹布扔了老远。

然后他看这个老旧的房子，屋顶在漏水，墙面蜿蜒出一条水渍。

他循着这个方向看，倒是看见了很有趣的东西。

木柜子上摆了一张照片，十年前的照片，里面的小女孩扎着两个小辫子，大眼睛干净明亮，穿着裙子，笑意羞涩。

他眸中也漾出了笑意。

能让他看着就欢喜的，只有一个人。

她小时候也玉雪可爱，然而没现在这种勾人的美。

这是她生活过的地方，处处留着她以前的痕迹。他一处处看过去，觉得这破地方其实也没那么糟糕。

直到秦骁看到了一个作文本。

它在橱窗里摆着，封面泛黄，上面写着五年级二班，苏菱。

她小时候字很端正，一看就乖得不得了。他啧了一声，把那个本子拿了出来。

翻开就是小女孩幼稚的作文，那种每个人小时候都写过的题目——"我的梦想"。

秦骁不讲什么道德，这是他最完蛋的缺点。他往下面一看，差点没笑出声。

他的小可爱这样写：我最大的梦想是当个有钱人，有很多很多钱。

秦骁以为，像苏菱这样的人，小时候会想当老师当志愿者，甚至当雷锋什么的……谁能想到她的梦想是当个有钱人！

她要是一直初心不变，嫁给他就是有钱人了。

怎么就不能像小时候那么乖呢？

他接着往下看，发现了苏菱写她为什么有这个梦想：因为外婆很辛苦，我没有见过爸爸妈妈，外婆为了我能上学，白天去工作，晚上还要绣十字绣，她眼睛越来越不好了。

他原本看了第一句想笑，往后越看越心疼。

他继续翻后面的，都是小学生很普通的作文。然而有一个题目让他的手指顿了顿——"我们班我最喜欢的同学"。

那女人写了谁！霍炜。

是个人都看得出这是个男同学。

一般小学生写这种作文不都是拉着同性凑个数吗？怎么她看起来那么老实，还写了个男同学的名字？

他眼神危险，看着每一个字都气。

苏菱写：霍炜是我们班最好的同学，教室外面的小猫都是他在喂，他也会帮同学做卫生，我上周生病没有来，霍炜帮我抄了笔记，我很感谢他……

让她喜欢秦骁这种人，是真的挺为难她。

苏菱把菜端出来，就看见秦骁在看她小学时的作文。

苏菱头皮都要炸了，每个人的小学作文都是半真半假，一部分是编的，只为凑够情节和字数，总之就是在成年人看来非常羞耻的那种。

她把盘子放下去抢。

秦骁冷静地举起手，她没他高，够不着。苏菱又羞又急："秦骁，你还给我呀。"

他看她蹦，可爱得不行。

秦骁嗤笑，手依然慢悠悠举着，念她的作文："我们班我最喜欢的同学是霍炜，因为他喂猫喂狗，还喜欢当清洁工，上周我生病……"

他恶意歪曲人家的品性，苏菱听他念作文耳根都红了，秦骁偏偏还坏，乱说人家。

她眼里湿漉漉的："秦骁，你别胡说，不许念了！"

她自己都记不得作文写了什么，他一念她就全想起来了。

她小学那个时候，同学都超级纯洁，所以她并不觉得写个心地很好的男同学有什么不对。苏菱到初一才懵懂地知道早恋是怎么一回事。

那时候班上一对情侣在角落亲嘴，她做完值日看见后整个人都惊呆了。

然后整个青春期，她都被那种不小心看到别人亲嘴的窘迫萦绕。

太羞耻了！然而秦骁不想给她，她就拿不到。

她要气死了："秦骁！你刚刚还答应过我的！"

秦骁勾了勾唇："记着的，不许吓你，不许逼你，这不是没吓没逼吗？"

苏菱也不知道怎么反驳他，就仰头委屈地看着他。

他笑了声，心软得不行。

他把本子还给她，苏菱赶紧放到柜子里锁起来。

她脸颊通红，自己都不记得里面写了什么，所以也不想挑起这个话题。然而秦骁笑道："苏菱，你小时候的梦想是当个有钱人？"

她蒙了一瞬："啊？"

半晌想起来是有这么一回事。

她涨红了脸，有些不好意思。她虽然一直不注重物质，可是不得不说，世上之人忙碌万千，几乎都是为了这个而奔波。

秦骁低笑道："有个最快成为有钱人的方法，想不想听？"

她说："我不想，秦骁你不要说啦。"想想就知道不是什么好话。

秦骁却突然说："我把清娱转给你。"

她呆住了，连忙说："我不要。"

秦骁笑了下，倒是没勉强。然而他只是想告诉她，他不再阻止她演戏，甚至可以给她最强大的羽翼。

苏菱只炒了一个菜，这会儿快下午一点了，两个人奔波了一上午，先吃点东西是最重要的。

他给她把饭盛好，面前只有一盘胡萝卜丝，连肉都没有。

苏菱也有些窘迫："抱歉，明明今天是新年，可是我让你受了伤，还没什么好吃的给你。"

秦骁眼里三分笑意："可这是最好的一个新年。"

二十八年里，这是让人最有希望的一年。

他吃了口胡萝卜丝，甜进心里。

苏菱下午还是很不安，她坚持要让秦骁去医院。淤血不推开不知道什么时候才会好，她平时青一块都疼很久才会消下去。

秦骁背上的伤，看着就可怖。他的外套也得再买。

秦骁可有可无地点点头，他其实还有点遗憾的心思。

啧，苏菱这破房子唯一的好处就是，只有一张床。

他们到达 L 市的时候都晚上了，由于过年，整个城市都很喜庆。有的地方还贴了对联挂了灯笼，她的小脸也被灯光映得通红。

那时候城市禁止燃放烟花爆竹的禁令已经施行，夜晚的天空被灯光变成墨蓝色，没有星星，也看不到烟花。

医院里有医生在值班。

旁边是银行，秦骁说他要去取钱。他取好出来，苏菱说："不是可以刷卡吗？"

"给医生包个红包，毕竟过年。"

苏菱一瞬间觉得快不认识他了！

这个善解人意的人，真的是秦骁吗？

秦骁笑而不语，然后他还真去超市买红包了。

他抽淤血折腾了大半天，小护士看着那伤也觉得可怕："这个怎么弄的呀？"

秦骁不回答她。

小护士觉得有些尴尬，苏菱抿唇轻轻笑："因为这位先生是英雄，救了一个小朋友。"

小护士的笑意更真诚友好了几分。

秦骁看了苏菱一眼，没吭声，眼底却软了几分。

他们走出医院的时候，远处大厦的荧光屏幕在倒计时——离新年到来还有 10，9，8……

秦骁拿出最后一个红包。

他递给苏菱。

上面写着一生平安。

最普通的一个祝福，却也是他最在意的东西。

她抬起眼睛去看他。

男人眼里万千笑意，低声说："小朋友，新年快乐，一生平安。"

她听得睫毛颤了颤。

一生平安好简单，可是又好难。

她接过来，嘴角抿出笑意："谢谢你，可是我都是大人了，很久以前就没有收到过红包了。我之前就在想，我好像欠你的越来越多，上次的圣诞礼物，我到现在都还没有准备好。如今又欠了一份新年礼物。"

苏菱声音轻轻的："你别对我那么好了，我还不起的。"

他笑了笑："谁要你还？我一直都是个很自私的人，你本来就招人喜欢，那么多人喜欢你，我总得成为这个世上对你最好的人。这样哪怕以后你还是不爱我，至少没人能比我更爱你。"他低声说："这样，你就不会忘掉我了。"

哪怕成为长在你喉中的刺，深埋于骨血里的痛，经年抹不去的疤。

他可恨、无耻、虚伪、自私，但是豁出一切来喜欢你，你就一辈子都忘不掉他。

不知道是灯光太暖，还是他的话让她动容，她眼中带着盈盈的笑："那你真卑鄙。"

"是，我最卑鄙。"他低下头，声音里带着三分笑意，"你怕不怕呀，苏菱？"

她很诚实："还是有点怕。"

毕竟他真的不像个正常人。

然而一年快过去了，春天快来了，她从畏怯他，变成愿意试着去接受这样的他。

要是他真的一辈子都这样恶劣，那也是一件没有办法的事情。

如果没有遇见秦骁，也许她真的会平平淡淡地过一辈子，或者一直在奋斗。

他是她生命中最锐利的光，划破她的无瑕，扭曲她的人生轨道，却给了她另一种生活方式，也许不太好，但是真的永生永世不会忘。

远处的荧屏照亮她的侧颜，荧屏上缓缓画出几个大字。

——2014 年，创造奇迹。

这一年冬天的大雪，涤尽了污浊。

她想，她不恨他了。

这个秦骁，脾气和上辈子一模一样的秦骁，并没有犯和上辈子一样的错误。

她兴许应该试着去相信，这个世上很多东西眼见也不一定为实。

他为什么会隐瞒外婆的死讯，为什么当初想要将她困死在身边，舅舅的赌债，郑小雅莫名其妙的未婚妻头衔……甚至追溯到最初，那个把她送到秦骁床上的人。

这一切，如果不是秦骁做的，抑或是有别的原因，那他上辈子，一定爱得也很辛苦吧。

他起初只是想玩玩，谁知道后来真的舍不得。他并非设局的人，最后却爱上了抛给他的诱饵，并为之如痴如狂，抵死纠缠。

他原本很强大，他没有软肋，他也很聪明大胆，他都敢想和重生搭上一点边的事情，上辈子怎么会干出那些事？

如果她不再恨他，如果他其实没有干那些坏事，那么她应该相信他。

"秦骁，你还能查出当初把我送上……打了药送去酒店的那个人是谁吗？"

秦骁眼底微寒："其实我那个时候就查过，监控里没有找到任何可疑的人。"他开始只是觉得竟然有人敢往他床上放人，后来因为在乎苏菱，越想越觉得这是个潜在的危险，于是去查探，然而并没有查到任何蛛丝马迹。

倘若不是意外，那么那个人也太会蛰伏。

"我会继续查，你别害怕。"

她点点头，倒是并不害怕，毕竟那个人上辈子一直没有真正对她进行什么伤害。她是意外死在了郑小雅手中，这证明那个人的目的并不是要害她。

而是……

她看着秦骁，犹疑地问："你有没有想过，那个人是想通过我来害你？"

那只无形的手，似乎是在操控秦骁的感情？

她想过很多答案。

然而那一刻霓虹灯灭，下一瞬又乍然亮起。他瞳孔中是极纯的黑，带着化去冰霜的笑意。

"如果真是这样，那我感谢他，让我遇见你。"

珍宝降临的日子，一辈子也难得一见的曙光。

年后苏菱又回去了小公寓，电影《囚徒》会在四月首映。

苏菱已经到大三下学期了，那时候国内综艺突然兴起，很多一直不火的明星靠着综艺走上了荧屏。

林清直觉敏锐，也没接小制作影视剧的女主角，而是给苏菱接了一档综艺节目。

苏菱看见那档综艺节目的名字时愣了愣。

综艺的名字叫《一起看海吧》。

其实苏菱知道，这档节目在她上辈子并没有火，收视率很低。

然而最后，苏菱点了点头。

林清很高兴："你也觉得这个节目不错，对吧？虽然相比其他综艺来说，这个比较平淡，然而以你的人设和性格也不能去参加太有爆点的综艺，你就当度个假。"

而且沙滩、美人、大长腿，凭着苏菱的颜值，这些应该会非常吸睛。

苏菱笑意清浅，她想起了些久远的事情。

她上辈子和秦骁最后一次见面，是在一个清晨，男人打好领带，笑意温柔："等我从国外回来，带你去看海。"

她侧躺在床上，没什么太大的反应。

那时候她与秦骁已经势同水火，哪怕她面上还能对他笑着，心里已经对他极度厌恶。

他像感觉不到似的，犹自在说："听他们说 K 海才开发出来，没什么污染，那里沙滩是金色的，还有螃蟹和贝壳，你会喜欢的。"

她眨了眨眼睛。

他觉得这次出差的时间太长。

他看不见她会很不安。

但是秦骁知道不能再继续下去了，苏菱会越来越恨他。

他面上没有表现出来，心里却已经鲜血淋漓了。他其实已经不知道该怎么办了，他好爱她，爱到怕她一个厌恶的眼神，怕她提出离开。

他想靠近，想用占有证明她还在，可是她真的不爱他，是她的眼睛告诉他的。

于是他小心翼翼许诺，等他回来，带她去看海。

他对她说的最后一句话是："你等我回来，苏菱。"可是她没能等到他回来，那是两个人最后一次见面。

她甚至庆幸过，死前看不到他那张讨厌的脸真好。

这次林清把《一起看海吧》的综艺接了，她想起了这件事，不知道出于什么想法，她突然很想去看看。

其实苏菱是替补女嘉宾，原本那个嘉宾接了更好的戏，喜滋滋地拍戏去了。

三天后就开始拍摄，拍三期以后开始播，要是效果好继续拍，效果不好那就腰斩。

这次跟来的人换成了唐姿。

唐姿整个人都不好了："苏菱菱哎！你真的要去呀？"

苏菱点点头："接了肯定要去。"

唐姿似乎预见了自己并不美好的未来："可那是在海边，要是穿什么泳衣进行游泳比赛，或者搞情侣项目之类的……"她想想秦总那种冷淡讥诮的脸，就抖了抖。

苏菱安抚她："清姐说这是个很纯洁的节目。"她只知道上辈子这个节目不火，但也没看过，只听林清说了个大概，感觉挺适合少男少女们去游玩。

纯洁……纯洁……

那成吧。

两人就出发了。

然而秦骁其实暗地里还掌控着苏菱的举动。

左印知道以后几乎是绝望地破口大骂："浑蛋玩意儿！"

此时这个浑蛋玩意儿就在冷静地给郭明岩打电话："喊上你那什么万白白，一起去 K 海玩。"

郭明岩简直想抱头痛哭。

贺沁开车，秦骁在车上看文件。

万白白凑近郭明岩耳边："他的占有欲真的太可怕了吧，神经病一个。"

这么忙还要去。

还找了一群人陪他演，装偶遇。

万白白有些同情苏菱了，金大腿固然是纯金，然而是个疯子呀。

郭明岩有气无力地道："你小声点，别让他听到了。"从小到大，郭明岩都习惯了。

万白白也很心虚："他貌似已经听到了。"

郭明岩赶紧转移话题："骁哥，听说你和文阿姨吵架了？"

秦骁头都没抬："嗯。"

"咋吵起来的呀？这么多年不都是冷冷淡淡的吗？"

秦骁很无所谓："看她不爽。"

骁哥哎……那是你亲妈。

郭明岩脑海中灵光一闪："不会是因为苏菱吧？"

秦骁终于回头，冷冷淡淡看他一眼。

文夫人之前确实来找过他："过年都不见你人影，好哇，怕是想那小妖精吧？这次这个苏菱，嗬，你眼光倒是不错，长这副样子，怪不得你……"

秦骁笑了下，手中的杯子狠狠砸出去，就碎在文夫人的脚边。

秦骁慢悠悠开口："滚。"

文夫人气得手指颤抖："我是你妈，你这是什么态度！"

"再多说一个字，你手上的秦氏股份，就会少百分之一。"

文夫人憋了一肚子火走了。

秦骁心想，老子还真不想要你这种妈。文夫人也得庆幸她是他妈，不然早就被秦骁整死几百次了。

三个人一路无言到 K 海。

万白白从只言片语中已经想象出了一部经典的霸总小说，像秦家这种豪门，接下来是不是就该文夫人找到苏菱说："给你一个亿，离开我儿子，我心中已经有儿媳妇的人选，你不配。要是一个亿不够，这张支票你随便填。"

万白白笑出声，那苏菱最好说："好的，阿姨，谢谢阿姨，虽然我也想，但是阿姨你回头，你儿子就站在你身后。"

她越想越觉得搞笑，郭明岩嫌弃地说："离小爷远点，你笑得像个疯婆子似的。"

那时候节目已经在录制了。

秦骁伸手，贺沁递了望远镜过去。

一望无垠的海面，海天相接，上下皆是湛蓝色。

三对年轻男女中，他一眼就看见了她。

她穿着白色的小背心，粉色的短裤，头发扎成了一个马尾。

她腰肢纤细，再往下面就是两条又白又直的腿。

贺沁站旁边，完美地诠释了一个合格的金牌秘书应该怎么当。秦骁哪怕说："走，去放把火。"贺沁也会马上恭敬道："秦总，来，这是打火机。"

贺沁觑着眼去看，她没有望远镜，模模糊糊只看见了一群人影。

秦总原本还挺淡定的，结果望远镜再往下移。

贺沁听到秦骁说了句脏话。

她没穿鞋！

金色的沙滩上，她赤着脚往前走。

少女青春纯真，海天皆蓝，她回头，抿出一个略微羞怯温柔的笑。

那时候他隐隐感受到了眩晕感，多巴胺和肾上腺素疯狂分泌。

秦骁突然想起那个苏菱故意演糟糕了的剧《青梅》。

那时候董旭问他怎么会写剧本。

他哪里会写什么剧本？

《青梅》里那个光着脚荡秋千的女人，是他少年时荒诞的梦，不羁年岁时他就喜欢那种女人。可是从来没遇到过。

然而此刻，他突然发现，当初倘若苏菱演的是这样真实的她，那他一眼就会爱上她。

　　不论是早个十年，十八岁时少年时期的他，还是如今而立之年的成熟男人。他但凡看上一眼，就会向她俯首称臣。

第十六章

又惊梦

　　而此时苏菱那边，暂停拍摄，编剧组过来提了一个建议。

　　他们自己也知道节目的安排平淡，这个节目邀请一线女星人家不来，邀请到的都是热度不高的。

　　但是苏菱不一样，这个才出道没多久的少女人气很高！

　　带一带说不定这个节目能火呢！

　　于是他们想到零绯闻的苏菱，要是有了点绯闻，那这节目不火都不科学呀！

　　编剧组打了鸡血一样凑在一起商量了一会儿，来参加节目的艺人三男三女，也算是性别比例均衡。年轻人嘛，最有爆点的莫过于暧昧和爱情的火花。

　　商量了一会儿以后，编剧组过来问，能不能把原本的沙滩互动，换成水上竞赛，一男一女搭配，把原本用来休闲的游泳场地改成比赛场。

　　比赛过程中的互帮互助和肢体碰触，就能给媒体无限的发挥空间。

　　唐姿拿着苏菱的毛巾，一听这话吓得一激灵。

　　其他的明星表示行，有个女孩子犹豫了下，看向唯一没有表态的苏菱。

苏菱看起来很安静温柔，与其他人的活泼不一样，她拍摄时是很乖的，几乎让她做什么她都照做。

然而苏菱开口："我不同意。"

大家没有想到她会直接拒绝，苏菱平静地解释："我之所以来就是因为节目原本的悠然，我不喜欢那种游戏。"

她很少让人尴尬难做，可是她又有着自己的坚持。

因为性格容易害羞，所以她并不喜欢这些。她什么都懂，什么都看得明白，只是愿意宽和地对待这个世界，然而一旦真的不喜欢，她就会直接拒绝，并且谁也不能更改她的这种不喜欢。

导演打圆场："行了行了，现在再改非常麻烦，可操作性不强，那按照原来的来吧。"

按照原来的来，也是要两两分组的。

仍旧是一男一女，不过是按照地图寻"宝"。节目组提前准备了一个"宝藏"藏在海边，嘉宾们可以通过询问沙滩上的路人来寻宝，这个就要靠敏锐的观察力和运气来取胜了。

和苏菱一组的是个叫曹岳的男艺人，他算是六个人中除了苏菱人气最高的了。

他也才出道没多久，今年才十七岁，比苏菱还要小三岁。

因为他和倪浩言差不多大，所以苏菱倒是没有面对异性那样的压力，曹岳顶多就是个未成年的小弟弟。

他长着一张讨喜的娃娃脸，人也非常活泼："苏菱姐，我们去哪里找？"

苏菱拿着地图，也有些不太确定："要不我们去日光浴这里看看？说不定会碰到有线索的路人。"

曹岳眼睛弯弯："好哇，都听苏菱姐的。"

他走在苏菱旁边，能隐隐闻到少女身上淡淡的香气，有点像栀子花的香气，又有点像九里香的香气。曹岳眼睛里的笑意更浓烈了："苏菱姐，你要不要打伞哪？我去拿把伞过来吧。"

"不用了，谢谢你，如果你想打伞的话，我在这里等你。"虽然有太阳，可是这会儿还是春天，三月份，海风吹起来柔柔的，不会热。

"那我也不用了，我只是看你好白，你们女孩子不是很怕晒黑吗？"

后面还跟着摄像师，苏菱笑着摇了摇头："其实还好。"

曹岳比她高一点点，他落后了她两步，就看见了那双白皙的腿，修长美好，她赤着脚，那双脚也好看精致。

真是绝色。

他没有什么怪癖，还是多看了她那双脚几眼。他观察出来了，苏菱并不属于擅长活跃气氛的女明星，她比其他人内向害羞。但是又有什么关系呢？她是个勾人的妖精，是个让人血液加速流动的女人，这就够了。

来参加这档综艺的，心里大多有数，火是不会火的，指望着这个破节目，这辈子都不可能火的。

他们到达日光浴那里的时候，秦骁面色冷淡地等着他们。

他跷着腿坐在椅子上，他片刻前已经让贺沁把望远镜收起来了，那个叫曹岳的，毛都没长齐的小屁孩那个垂涎的眼神，苏菱没看见，他全看见了。

方圆一里，就剩秦骁一个活人。

他不介意和曹岳玩玩，也不介意告诉他，段位不够就夹着尾巴做人。然而苏菱在拍摄节目，他不想惹她不高兴。要是出了事，这段还得重拍，她很辛苦，他知道。

苏菱看到秦骁的时候愣了愣，曹岳不认识秦骁，毕竟不是一个圈子里的人，但是他看到秦骁时也觉得不对，节目组会找气场这么强的路人甲 NPC[①]？

然而曹岳没的选，他上前一笑，两颗小虎牙露出来："你好，请问你知道什么叫明珠冠宝玉吗？"

秦骁知道个屁，然而他淡定得很："知道。"

他冲苏菱伸出手："过来，我告诉你呀。"

曹岳额头青筋一跳。

苏菱也有点蒙，秦骁怎么成了指引 NPC 了？然而摄像头如影随形，苏菱硬着头皮走了过去。

他说："天机，所以只能告诉一个人。"

曹岳觉得这是扯淡吧！

秦骁："手伸出来。"

苏菱有几分忐忑，也有几分好奇——秦骁要做什么呀？

她把手伸出去，秦骁弯了弯唇，懒洋洋地在她手掌画了一个心。

曹岳没看到他做了什么。

秦骁问苏菱："你懂了吗？"

苏菱脸颊红了，知道秦骁在乱讲。

曹岳也问苏菱："苏菱姐，他说了什么信息？"

秦骁冷嗤一声，苏菱叹了口气："我不知道。"

曹岳说："那这位大哥，你能给我讲一遍吗？"

讲个鬼。

秦骁说："信息只说一遍，不懂？我带你们去。"

这是什么操作！曹岳都笑不出来了，有一种被一个 NPC 支配的恐惧。这破节目别播了吧。

秦骁带路，走中间，苏菱和曹岳一左一右跟着他。

---

① NPC：游戏中的一种角色类型，意思是非玩家角色，指电子游戏中不受真人玩家操控的游戏角色。这里指节目组安排的路人甲。——编者注

他神色非常淡定，远处用望远镜看的贺沁简直要笑喷了。照秦总这种操作，苏菱这个组合这辈子也别想赢。

秦骁眼睛垂着。

金色的沙子吻着她的脚背，脚指头圆润可爱。上面沾了几粒沙子，真的美。

勾魂夺魄的美，没有人体会不到那种诱人的美。

他看得眼睛沾染上几分迷恋。

苏菱自然感受到了。

秦骁双手插兜里，面上冰冷，视线低垂，在不认识他的人眼里，他这副冷淡禁欲的模样还挺酷的。

然而她头皮发麻，她看见秦骁在盯哪里了。事实上，她都没想通秦骁为什么会在这里，然而其实也能猜到。

她又羞又气，脚指头蜷了蜷。她本来是想表达不自在，躲避他的视线，然而他呼吸的频率都变了。

苏菱这回是真的臊死了。

曹岳非常不高兴。

苏菱心思恍惚，没有看路，她脚下一痛，才发现踩到了破裂的贝壳。

一条不长的口子，但流血了。

那贝壳埋在沙子里，其实注意了也看不见。

秦骁当即脸色沉了沉，蹲在她面前："我看看。"

苏菱不肯抬脚，孩子气般动了动，让自己的双脚埋进沙子里，只露出个脚背。秦骁气笑了："不怕感染是不是？"

一旁冷着脸围观的曹岳："……"

他可算明白了，这男人怎么也不像 NPC。怕是苏菱的粉丝，哪家的富二代混进拍摄场地了吧？

然而这位富二代此刻正屈膝蹲在一个女人面前，上一刻高冷，这一刻却不要尊严，真是够拼，够不要脸的。

苏菱小声说："我没事的，不疼。"

他明白苏菱害怕他，秦骁转过身："我背你回去。"

曹岳笑着探出一张脸来："不用了，谢谢这位好心的大哥。苏菱姐，我背你回去处理下伤口吧。"

秦骁眼里一瞬铺出一层冷意。他还没来得及站起来回头，一双娇软软的胳膊就环住了他的脖子。她趴了上来，嗓音糯糯的："不用了，我觉得他挺好的。"

秦骁垂着眼睛，轻巧地把她背起来。

说来可笑，有那么一瞬间，他竟然觉得眼眶泛酸。

所以他愿意追求她一辈子，哪怕她曾经那么厌恶他，可是苏菱值得被任何一个人爱。

而被她爱上，肯定是世上最幸福的事。

她再柔弱，也会想着保护和温暖爱的人，而他面对她，百炼钢成绕指柔。

金色的沙滩上，他背着她往前走，眉眼温柔。

苏菱轻声道："秦骁，我才想起来，摄像师还在录像呢。"

他听见她的声音，心就软得稀巴烂。

"有我在，别怕。"

他听见她柔软地回："我不害怕的。

"现在不怕，将来也不怕。

"让他录吧。"她从来没把他当成见不得人的存在。

她轻轻环住他，有些羞涩："秦骁，刚刚，我知道那个提示是什么。"

是爱呀。

海风温柔，他的心比风还温柔。

秦骁甚至不敢说话破坏这一刻的美好，这太像一场梦境了。一年前的四月，他才认识她，那时候苏菱既厌恶他又恨他。

他以为苏菱这辈子也不可能喜欢他的。

多让人绝望的认知，他行走在刀山火海中，死死克制住霸道狂妄，向她乞怜。

甚至于苏菱先前说让他别吓她，别逼迫他，她就试着来喜欢他，他也没当真。说来苦涩，爱是那样一种美妙而不可自禁的情感，哪有人能这么轻易地操纵呢？

他太害怕失去，这一刻的甜蜜才涌上来，他又把胸腔澎湃激动的情绪压下去。

秦骁知道，苏菱是不太懂爱情的。

他爱她，爱得心尖都疼，她给予的一点点甜蜜，会不讲道理地往他心里钻。他被这样的美妙冲昏了头，转念又想，要是有一天，苏菱爱上了别人，她懂什么是爱情了，会不会就忘记了这一刻他那可笑的情感。

她还小，这辈子见过的人并不多，也许有一天她会对别人一见钟情。他得到的是她的怜惜，却不是她的爱情。

如今的一切，全是他强势地抢夺来的。她喜欢的是温柔收敛的他，却不是完整的他。他坏脾气，霸道，占有欲强，自私自利，暴戾。

这样一想，他又觉得心中满是苦涩。

快一年了，苏菱的头发重新长长。她的发尾扫过他的颈间，带来异样的痒。他转而讥讽地笑了笑，不喜欢完整真实的他又有什么关系呢？他要她的一切，包括爱情。她厌恶他，他都不会放手，何况是面对这个难得的转机。

苏菱看不见他不断变换的神情，她的心中很宁静。

小螃蟹从洞里爬出来，在沙滩上晒太阳，海水冲击着岩石，天空澄净如洗。上辈子如果她能多活一天，就会来到这里。

她看着两个人的影子交叠，心中有些感慨。

她重新开始的日子也是四月，当时满心惶恐，她太害怕他了。秦骁本质上就是个神经病，然而也不过一年的时间，她开始试着去接受他，温暖他，喜欢他。

不是妄图改变他。没有人有资格去改变别人。

苏菱也不想做束缚锐剑的枷锁，她只是想试着去握住他的手，让他挥剑的动作停滞，不要毁灭自己和别人。

摄像师被贺沁拦了下来，所以只录了前面一段，并没有一直跟着他们。

秦骁舍不得走完这一段路，又怕她疼，最终还是走得很快，但是他的步子很稳。阳光晒在身上暖洋洋的，让人舒服地想叹息。

没一会儿苏菱就看到了导演等人，已经有艺人在那里了，看来人家遇到的NPC才是正常的NPC。

她不仅没有找到宝藏，还和队友分道扬镳了。

秦骁也看见了那群人，他眸中沉了沉，转而柔和地对苏菱道："我常常在想，我要是年轻个七八岁就好了。"

苏菱软绵绵地回问他："为什么会这样想？"

"你早点出现在我生命里，也许我就不会那么浑，能变成很好的人。"

苏菱愣了愣，她没想过秦骁会说这个。苏菱想了想，轻声说："你现在也很好。"

他笑了，眼睛里三分温柔，七分凉薄。

其实是他卑鄙，想听她说点好听、甜蜜的话。秦骁自己是知道的，他性子就那样，不管是十七岁遇到苏菱，还是二十七岁遇见她，他都不会是什么好东西。

但他遗憾是真的，他想走她走过的路，看她看过的书，陪着她走过青春，想参与她的一辈子。

他必须得承认，苏菱的温柔并不能安抚他的暴戾和躁动。

唯有一种情况能，那就是他占有她禁锢她，把她变成他一个人的，他才不会害怕失去。然而秦骁已经清楚地知道，这是更不能做的事情，想都不能。因为他得到了安全感，却会彻底失去她。

每每有这样阴暗邪恶的念头的时候，他就会觉得左印还有点用。

每每看到她的时候，光芒会涤尽阴暗，满心温柔会绵绵迭起。

唐姿看见苏菱被人背回来，当时只看得见那个人大体的轮廓，唐姿还以为是苏菱的搭档曹岳。她有些为难，已经在想是辟谣还是放任节目组炒一波热度了。

然而他们走近，唐姿看见背着苏菱的人，腿都要吓软了。

妈呀，秦少怎么来了？

她下一刻又舒了口气，美滋滋地想，还好先前苏菱拒绝了什么水上竞赛，不然这会儿大家都得凉了。

导演和编剧中，也有人把秦骁认出来了。

毕竟只要和清娱合作过，就一定知道人家老板是谁，当下脸色也很精彩。

导演连忙过去打招呼："秦总，您好。"

秦骁略显冷淡地点了点头："她受伤了，节目组带医生没？"

"有的有的，小王过来一下，苏小姐受伤了。"

唐姿这会儿也过来了："菱菱，你伤到哪里了，严重吗？"

苏菱摇摇头："我没事，被贝壳划了一下。"

小王是随着节目来的女医生，闻言走过来给苏菱清洗伤口。

秦骁站旁边看，酒精流过她的脚背，在阳光下泛着晶莹的光。

其实如果她不介意，他可以帮她清理那个伤口。

苏菱被他灼灼的目光看得很别扭，她抬起头，就看见了那双漆黑的眼睛。她开口道："秦骁，谢谢你送我回来，你去忙吧。"

秦骁笑了笑，一副温雅的样子："好。"

他真走了。

知道秦骁是谁的人都一脸蒙，又看看苏菱，觉得秦骁像苏菱的金主，可是又不太像。如果秦骁真是苏菱的金主，那苏菱要什么资源没有，何必来这么一个清汤寡水的节目？

直到节目剪辑的时候，问题来了。

导演打电话给贺沁，把为难的事情讲清楚。苏菱和曹岳那一组，从任务开始，就把秦总拍进去了，要是剪掉，那这节目也差不多废了。

贺沁去请示秦骁。

秦骁意味不明地笑了一声，薄唇懒洋洋地吐出一个字："播。"

于是四月的时候，《一起看海吧》这档综艺的第一期就播出来了。

一开始确实没多大的波动，浪花都没起一个。

直到有人看见了寻宝那里的情节的神发展，发现不太对头。

咦？这路人甲，是在忽悠苏菱和曹岳吧？

这路人颜值不错呀。

然而这时候小鲜肉曹岳的粉丝很不满了，他们纷纷发言说："这男人是谁呀，怎么和我们岳岳比，这是想红想疯了，来抢镜的吧？难不成这位想借着苏菱和曹岳的热度出道？"

这话题不知道怎么的，就上了热搜。

一些类似"苏菱没眼光""史上最嚣张路人"的言论就出来了。

虽然这路人长得很帅，很有男人味，然而维护自家偶像比较重要。

网民中认识秦骁的并不多，知道秦总的人只能联想到那个从不发微博的黄 V 秦氏总裁，并且对他唯一的认知就是有钱有势，相当有钱有势。

而苏菱的粉丝也是痛心疾首，他们家小九里被不知名的野男人撩了呀！还背了！小九里还说他很好！

一个节目一旦有了可吐槽的点，话题量上升了，收视率自然就高了。

直到有人突然发言："这个路人怎么那么像秦氏那个总裁。"

下面一串"哈哈哈"。

"这人是那个路人请来的水军①吧！还秦氏总裁，怎么不说是哪国总统呢？"

"想红想疯了，说得跟见过秦总似的，我要手动艾特②秦总，让他制裁你。@秦氏总裁。"

"制裁 +1。"

"制裁 +2。"

"制裁 +10086。"

那个说要手动艾特的，真的随便艾特了下。反正大家都知道秦总那个号基本不用的。

谁知道过了一会儿，秦骁转发了那条微博，还附言：是我。

秦骁的微博粉丝全是贺沁给买的。毕竟他不靠他的热度赚钱，

---

① 水军：此处指网络水军，即在网络中针对特定内容发布特定信息的、被雇佣的网络写手。——编者注

② 艾特：网络流行词，字符"@"的音译。网络中常用"@+ 昵称"指提到那个人或者通知那个人。——编者注

因此某些时候低调得很没有存在感。

然而他旗下的公司也纷纷转了——确实是我们秦总。

这下网上的舆论炸了！

天哪！

不是吧？

原本嘲讽的人很没脸，秦总哪里用得着蹭热度出道？他自己就是王道。然而这时候大家顾不上有脸没脸，又纷纷回去重看那个综艺。

综艺里，男人淡定骗人，然而在苏菱面前蹲下那一幕让人心动到不行！这下网友纷纷开始猜测苏菱和秦骁的关系了，长眼睛的都看得出来，秦总喜欢苏菱！

那个原本艾特秦骁的网友壮着胆子又艾特了一次——

> 秦总，冒昧问一句，您和苏菱是什么关系呀？男女朋友吗？还是你喜欢她？秦总怎么会出现在那里？@秦氏总裁

秦骁看见了，那时候他站在四十八层大楼的落地窗前。

神色带着几分冷然，也有几分对自己的决绝，把这段话原原本本发给苏菱。

"有人问我和你是什么关系，是男女朋友还是我喜欢你，为什么会出现在那里？我有两个答案，一个真的，一个假的，告诉他哪一个，取决于你。"

苏菱看见了，她才洗完澡，头发吹得半干。

她茫然地回问："假的是什么？真的是什么？"

过了一会儿，她的手机屏幕亮起来。

"假的是，路过，顺手做绅士。"

这真的太假了！苏菱有些想笑。然而那个真的半晌也没发过来，

苏菱都快怀疑手机坏掉了。

然而下一瞬屏幕骤然亮起来。

他说:

"真的是,情难自禁。"

他带着三分嘲意,等待着她的回复。是蜜糖还是砒霜,她真能试着接受他?还是只是哄着他玩,因为害怕他而安抚他?

他至今记得在珊瑚镇那夜,苏菱不希望任何人知道他们的关系,她问他能不能把墨镜带上。他渴望太久,早没了安全感。

这次他不想再退一步,装作温柔无害的模样把绯闻抹平。

是告诉全世界,还是依旧做个零绯闻的女明星?

苏菱,你怎么选?

苏菱沉默了片刻,她换了另一条干毛巾。

公寓环境清幽,夜晚很宁静。这其实没有什么可选的,也不该由她来选。苏菱感受到了他隐隐的强势。

她最后给他打了个电话过去。

"秦骁,这不取决于我,你怎么想的就怎么回答就行了。"苏菱哪里会想不通呢?秦骁怎么会去回答网友的问题?他只是想要一个态度。

电话里感受着彼此的呼吸,秦骁笑了:"好哇,你别生气。"

让他回答,他肯定是选真。

这是不是说明,苏菱其实也有几分在乎他呢?

放任也是她的退步吧。

那晚苏菱带着几分忐忑入睡,她其实也不明白自己对秦骁是什么样的感情。她的生命自从秦骁出现,就乱了节奏,他侵略性太强,存在感也强,强到仿佛她只有关于这么一个异性的记忆。

其实也有不好的地方，她所知道的未来干扰了她的感情和判断，苏菱隐隐知道有些事该发生还是会发生。比如外婆的死，比如舅舅的赌债，还有云布从威亚上摔下来，然而最好的结果可能就是一些微小的改变造成了比之前好太多的结果。

她睡前想得太多，脑海里乱糟糟的，心绪不宁，就想到了些陈年往事。

是关于郑小雅的。

约莫是三年以后了，那时候她从杂志上看到一则新闻——秦氏总裁未婚妻竟然是影后郑小雅！

别墅的电视声音开得很小，丁姨在厨房切菜，笑着和苏菱说少爷今天要晚点回来。

苏菱看着那本杂志上的图片，心里感情挺复杂。

她一会儿觉得高兴，秦骁有了未婚妻就会放她一条生路了吧，毕竟他不介意，他的未婚妻却不可能不介意。

她一会儿又觉得自己可怜，那个时候她是羡慕郑小雅的，郑小雅可以自由地演戏，演技也很好。

苏菱对这个女人并没有什么敌意，如果郑小雅真能让她自由，苏菱反而会感谢她。

苏菱怀着微弱的希望，等着秦骁回家。

然而秦骁午后才回来，苏菱有心事，他一回来她就醒了。她在黑暗里静静听着他的声音，他轻手轻脚脱了鞋又去洗澡，没一会儿她感受到了秦骁的靠近。

苏菱开了灯，暖黄的床头灯并不刺眼。

秦骁摸了摸她的头发："在看什么？"

苏菱撑起身子，仰头看他，带着几分试探，声音软软的："我看见杂志上的那个新闻了。"

秦骁挑眉："什么新闻？"

"你的未婚妻是郑小姐。"

他脸上的笑意隐去，一瞬间黑眸沉了沉。他看着她脸上的雀跃和期待，心里跟针扎似的。

他坐下，就坐在她旁边，语调很平静："然后呢，你想说什么？"

苏菱有点怕他这个样子，然而心中的期待迫使她把愿望说出口："我能走了吗？郑小姐挺好的，她长得好看，人也能干，不像我这么笨，老是惹你不高兴。"

苏菱打了腹稿，她先自我检讨，免得惹他不高兴，然后再提出自己的请求："我继续留在这里，郑小姐会不高兴的，也会影响你们的感情。"

秦骁阴恻恻地听她说，良久才慢悠悠地开口："说完了？"

苏菱忍不住抱紧了被子，不敢点头。然而那双黑白分明的大眼睛在灯光下湿湿亮亮，一眨不眨地看着他。

秦骁冷笑一声，一把把她抱在怀里。

他不知道发什么疯，下手一点也不怜惜，她被他捏得生疼，苏菱伸手去推他："好疼，你放开。"

秦骁把灯一关，让她看不见他的表情："老子更疼，疼在心里。"

"可是我觉得这样最好了，我已经陪了你三年了，我……"她说着就有点想落泪，"我念不了书了，也演不了戏，你既然有未婚妻了，就让我回……唔……好疼。"

"未婚妻？"他冷笑，"一个名头而已，那算什么东西。乖，要不了一年，她就不是什么能阻碍我们的存在了。"

苏菱听不懂他在说什么，但她害怕这样阴沉的秦骁。

搞得她也像大反派似的。

她眼里噙了泪水，男人倒是很动情。苏菱难过又生气，一口咬在他肩上，他反而畅快地笑起来，兴奋得动作都微微颤抖。

苏菱也不敢咬他了，但是她心里难过，秦骁是能感受到的。

他用手去摸她的脸，果然指尖湿湿的，沾了她的泪。

"你不喜欢郑小雅？你介意我有未婚妻？"他的语气带了点期待，微微上扬。

苏菱诚实地开口："我觉得郑小姐很好，她演的电视剧很好看，你有未婚妻也挺好的。"如果能让她自生自灭就更好了。

男人气笑了。他疯了才会期待她吃醋。

秦骁把她抱在怀里，她身子娇娇软软，带着醉人的温度。秦骁深吸一口气："我不喜欢她，也不会和她结婚，给我点时间……"

苏菱觉得他好坏呀："为什么你不喜欢她还要耽误她？"

秦骁真是气得想咬她一口，然而心尖上的宝贝要在他头上撒野，他除了纵容也别无他法，何况他也不敢告诉她这到底是为什么。

恐怕她知道了，就是拼了命也要离开他了。

他命令道："不许问，现在睡觉。"

之后就是苏菱的噩梦，郑小雅处处欺负她，一开始苏菱见她还有看到偶像的激动，后来逐渐心灰意冷，开始讨厌这个女人。

郑小雅知道苏菱碰不得，因此对她大多是言辞上的侮辱。

郑小雅说的大多都是舅舅、舅妈和倪佳楠干的"好事"，苏菱一开始还会反驳，后来也就由她了。

苏菱有自己的打算，她不知道秦骁对郑小雅是什么感情，但是能成为秦骁的未婚妻，手中肯定是有王牌的。秦骁不肯放她走，说不定郑小雅能做到。

于是几番以后，苏菱淡然开口："是，我见不得光，你既然那么厉害，就让秦骁赶我走哇。"

原本苏菱以为郑小雅会讥讽地反驳，然后发个誓什么的。然而郑小雅猛然变了脸色，敢怒不敢言地看了苏菱一眼，说了一句"你别得意"就拎包走人了。

苏菱知道郑小雅指望不上了。

秦骁等级太高，郑小雅顶多背后偷摸着做点小动作，郑小雅不敢惹秦骁，甚至她也害怕秦骁。

苏菱其实不太懂，这群人是怎么想的，秦骁不喜欢郑小雅，还要算计郑小雅，却给了她一个未婚妻的名头。

而郑小雅害怕秦骁，却非要来吹嘘对秦骁的爱，以及飞蛾扑火地往上凑。

是什么维持了这样一个平衡？

苏菱直到死也不知道，秦骁隐瞒得好，似乎很怕她知道。

然而秦骁天不怕地不怕，他那副霸道冷漠的样子，从来都是死死压制着别人，到底是什么竟然成了他的软肋？

苏菱想起陈年往事，一晚上没睡好，第二天起床的时候比较晚。

她下意识地想看看秦骁回复了什么，回复以后又掀起了怎样的舆论风暴。

然而网上风平浪静，这次秦骁并没有回复那个人的提问。秦骁既没有公布他提出来的"假"，也没有选择那个"真"。

苏菱愣了愣，然后很平静地起床洗漱。

这么过了几天，倒是唐姿急得不得了："菱菱啊，这样模棱两可的也不是办法，会有人把你往不好的地方猜测。公司希望辟谣，秦少那边没问题吧？"

林清是苏菱的经纪人，分析以后也冷静地建议："苏菱，我们这边做公关，开始辟谣，热度已经够了，再下去就是你承受不住的了，你觉得呢？"

苏菱抿了抿唇，如果出来澄清说和秦骁没什么关系，那么以后就也不能有什么了。

毕竟以后再公布，粉丝会觉得受到了欺骗。

更重要的是，她知道秦骁的不安。

这辈子的他那么好，她知道他很努力了。那天她在他背上时就在想，她也要对他好一点。

雨夜为她撑伞的秦骁，为她挡了无数落石把她紧抱在怀里的秦骁，还有背着她走在沙滩上的秦骁……他一个人走了太久了。

她知道他兴许有病，他的性格也有问题。

可是不知道什么时候起，她面对他时，心里也会微微觉得柔软了。他特别特别好的时候，她也会忍不住弯起眼睛对他笑。

她也想试着朝他靠近一点点，也许她没有那么勇敢，走得也不快，但是她会慢慢地努力呀。

苏菱不想割碎他的心。

他兴许曾经很坏，现在也有点坏，然而他总会变得很好很好的。即便他不好，她也想试着去慢慢了解他。

于是苏菱并没有答应林清，她愿意听听秦骁是怎么想的。

然而电话那头是良久的忙音。

他以前几乎都是秒接她的电话，然而这次一直联系不上他，他仿佛人间蒸发了一样。

苏菱倒顾不及舆论走向了，她怕秦骁出了什么事。

苏菱决定去找他。

做这个决定她需要很大的勇气。

苏菱打车去了那个她上辈子住了五年的别墅。

那时候是下午，但因为是春天，太阳照得人暖洋洋的，并不会觉得热。

面前的别墅和记忆里的又不太一样，因为她没有住进这里，于是花园里就没有秦骁亲自种下的玫瑰。

苏菱上前敲了敲门。

丁姨打开门，看见苏菱愣了愣，然后脸色变得很奇怪。

然而丁姨还没来得及说话，文夫人的声音扬起："丁琼，谁来了？"

丁姨连忙回应："夫人，是苏小姐。"

苏菱知道情况不太对："丁姨，既然不方便，那我先走了。"

苏菱来不及走，因为文夫人在听到她的名字的时候，就下了楼。高跟鞋敲击地面的声音很有规律，她下楼走过转角，居高临下地看着苏菱。

文夫人的眼神苏菱很眼熟。

凌厉中透着厌恶，甚至还有淡淡的不甘和恨意。

苏菱突然有种荒谬的感觉，她明明也没得罪过文夫人，文夫人却似乎把她看成了眼中钉，肉中刺。

可惜秦骁太强势，文夫人虽然是秦骁的母亲，也生生被压下去了一截。

文夫人这个女人也是喜欢权势的，但是苏菱跟着秦骁的最后半年，文夫人手中已经没有秦氏的股份了，她的一切都被秦骁侵吞了。那时候文夫人颓废得像老去了十来岁，完全没有此刻的傲慢。

所以秦骁的可怕也在这里，他确实是不在意那点亲情的。

他可以对任何人卜手。

"苏菱。"文夫人打量着她，半晌冷冷地笑了笑，"真是厉害呀。"

苏菱皱了皱眉，她客气地给文夫人打了个招呼，就离开了。

苏菱走出别墅的范围，丁姨追了过来："苏小姐！"

"丁姨，请问有什么事吗？"

丁姨笑着说："没啥事，就是觉得要是少爷知道苏小姐来过，一定会很开心的。少爷前两天去 L 市，脸色不太好，等两天他要是回来，我就通知苏小姐。"

苏菱不知道秦骁怎么会去 L 市，那里明明是她的故乡。

然而《囚徒》快首映了，苏菱最近也很忙，她帮着宣传，希望这部电影能大火。

《囚徒》定在四月末首映。

林清催苏菱："菱菱，辟谣那个事……"

苏菱笑了笑，眼神泛着浅浅的温柔："再等等吧。"

我得等他回来呀。

然而离首映开始前几天，唐姿欲言又止地看着苏菱："网上那个谣言你看了吗？"

苏菱摇摇头。

"郑小雅发微博说，让大家别乱传秦少和你的事，因为秦少和她快订婚了。"

唐姿都快哭了，这到底是什么情况啊？

秦总明明那么喜欢菱菱，瞎子都感受得到哇。

怎么突然就爆出来这样的消息？

唐姿去看苏菱，她怕苏菱难过。

然而苏菱脸上没有难过的情绪。

四月的风柔和，她的眼睛干净清亮："我等他回来。"

她从来不信谣言。

秦骁回到别墅的时候是个雨夜。

男人行走时衣角带风，一股子冷冽的气场。雨水打湿了他的额发，他这副阴沉沉的模样把丁姨都吓了一跳。丁姨反应过来连忙道："哎哟，少爷，怎么弄成这个样子了？"

秦骁抬了下手，嗓音冰冷："文娴呢？"

丁姨吓得不清："嘘，少爷，那是您母亲，别这样称呼她的名字。"

秦骁嘴角勾出一抹冰冷的笑意，要是可以，他真想杀了她。就在昨天，他第一次起了怎么悄无声息地杀了文娴的念头。

然而冷静下来，他想到苏菱，想到她认认真真说让他永远都要这么好的样子，他就沉静下来了。

丁姨递给他干毛巾擦头发，一面碎碎念着："文夫人在楼上呢……你先洗个澡，别仗着年轻不把自己的身体当一回事。"

丁姨突然想起来："对了，苏小姐前两天来找过你。"

秦骁心里来不及高兴，更大的冰冷侵袭了他："苏小姐和我妈见过面了？"

丁姨点点头："见过了。"

秦骁捏紧那条毛巾："她们说了什么？"

丁姨是秦骁的人，自然不会隐瞒："苏小姐倒是没说什么，就和文夫人打了个招呼，文夫人说苏小姐厉害。我也听不太懂。"

秦骁"嗯"了一声，松开帕子，往楼上走。

他步子沉稳，却透着一股冷寒。文娴本来睡得正好，秦骁就敲响了门。

"打开。"

文娴心里又是得意又是略微的惊恐，把门打开了。她虽说本来就在等着秦骁查证归来，但到底还端着当妈的架子："我说你这个样子像什么话，啧啧，头发还在滴水，你要是想和我谈话，就先去……"

秦骁嗤笑一声："闭嘴，你知道我现在是什么心情，别逼我失手杀了你。"

文娴的怒意才升起来，转眼又是更大的喜悦："所以呢，你知道我没骗你了吧。你就不能和苏菱在一起，她多半是你的……"

秦骁冷下脸："那两个字你敢说出来试试。"

文娴什么时候看过儿子这个样子？说实话，他们母子俩之间就没有亲情这种东西，秦骁对她凉薄得可怕。

秦骁一字一句慢慢道："我说不是就不是，苏菱要是真有一个身份，就只能是我的妻子。"

文夫人瞪大眼，跟看怪物似的看着秦骁："你疯了吗？"

秦骁脸上冰冷，眼里也是沉沉冷冷的光，看着文夫人。

文夫人喃喃道："你真是疯了，你真可怕……"

秦骁不管她在念什么："秦氏的股份，我再分你百分之十，什么不该说，你就一辈子都不要说。"

文夫人笑起来："股份？我不要，总之你不能喜欢她，我还是先前那个条件，你娶了郑小雅。不然我就告诉苏菱，你说她知道你这么可怕又恶心的话……"她也知道用可怕和恶心来形容自己的亲生儿子不太好，好在他们母子没有感情，她这辈子活了五十来岁，就没有一天是作为秦骁的妈活着的。

而股份这种东西，她拿到手了也保不住，秦骁随时能想法子弄回去。

"你别用这种目光看着我，也别想着算计我，你以为我没有安排吗？我要是出了事，苏菱就什么都知道了，现在太晚了，我不想再和你谈，郑小雅的事情，你再考虑下。不然，苏菱……"

她抓住了秦骁唯一的软肋，几十年来第一次扬眉吐气，把门关了。

秦骁冷着脸半响，最后意味不明地笑了声。

真相？

他相信的才是真相。他想要的，才是结局。

秦骁下楼出门，丁姨满脸担忧，这么晚了，是要去哪里呀？

苏菱睡得迷迷糊糊的时候，听到了门铃声。

外面下着雨，她披上外套想去看看谁来了，毕竟这是签约艺人的小区，能进来的要么就是有权限的，要么就是熟人。

她透过猫眼看见了秦骁。

男人情况看起来很不好，苏菱犹豫了下，给他开了门。

外面的寒气扑面而来，苏菱被冷得打了个哆嗦。

秦骁皱了皱眉，进门把门关上，冷风被隔绝在外。

苏菱看他身上都快滴水了，也清醒了大半："你怎么淋雨了？需要擦一擦吗？"

他从进门开始就看着她，闻言笑了："嗯。"

苏菱去给他找吹风机和毛巾，秦骁随便弄了下。他衣服还是湿的："给我条浴巾。"苏菱看着他，无声地拒绝。

秦骁掩盖住眼里的情绪，尽量温声道："我不对你做什么，我就是冷，你知道吧。我从 L 市连夜开车回来的，可冷死了。待会儿你问什么我都告诉你，好不好？"

苏菱听到 L 市的时候，咬了咬唇，最后给他找了条浴巾。

秦骁洗澡去了。

温水流过身体，他轻轻叹息一声，嘲讽地弯了弯唇。

他知道的事情，却不能和她说。

秦骁洗完出来，苏菱抱着抱枕坐在沙发上发呆，秦骁只有下半身围了条浴巾。苏菱脸蛋微红，示意他披上客厅备用的浴袍。

秦骁笑了下，倒是没有为难她，把那浴袍穿上了。

苏菱挺好奇："你去 L 市做什么？"

秦骁把自己先前湿衣服里的照片拿出来给她看。

苏菱拿起来的时候愣了愣。

照片上的人是她的妈妈于俏,从大概初中的样子到后来二十多岁的都有。连外婆都没有这些照片了,秦骁是从哪里找来的?

毕竟是自己的母亲,苏菱很敬畏又好奇地把那些照片看了一遍。

秦骁的目光落在她的脸颊上。

兴许是因为先前睡得香甜,他把她从睡梦中叫醒,这会儿她脸颊上还透着淡淡的粉。

娇嫩可人。

"你为什么会有这些照片哪?"

秦骁淡定地撒谎:"去 L 市签约,想顺便给你一个惊喜呀。"

苏菱觉得怪怪的,但她确实想不到秦骁有什么理由去查母亲于俏,于是勉强接受了这个说法。

苏菱把照片仔仔细细放好,带着点期待看着秦骁:"我可以留下这些吗?"

秦骁弯了弯唇:"当然。"

她有些开心,如获至宝地把那组照片收起来了。

秦骁掩盖住了眸子里的冷意和讥诮。

这个世界的恶意真是浓重啊。

苏菱坐回来,想起前两天那个事:"秦骁,郑小雅真的要成为你的未婚妻了吗?"

秦骁其实并不知道郑小雅发微博的事,然而苏菱这样问,他多半也就猜到了前因后果。

其实他正处于一个两难的境地,他好不容易让苏菱心软了点,然而这份千辛万苦得来的幸福,转眼间就可能被命运浓重的恶意毁掉。

他不会用她来赌。

秦骁语气平静："她不是。"不会是，他再想想，总会有别的办法的，并不一定要答应文夫人的要求，虽然目前看来还没有头绪。

苏菱听到了一个意外的答案。

她本来以为秦骁会说是，然后她就可以追问一下困惑了很久的事，然而秦骁说不是。

这种感觉就像是，你明明都快靠近真相了，突然有人告诉你，乖，你想错了。

啊？

那郑小雅是疯了吗？

她茫然的表情取悦了秦骁。秦骁知道，其实还有一个办法的。

如果苏菱爱他，也像他爱她那样浓烈，那不管发生什么，苏菱都能承受。不管是什么样的情况，她都不会离开他。

可惜的是，她并不爱他。

也许有温柔，也许有同情、可怜，然而离爱还差得远。

他心中不可抑制地升起几丝暴戾。

他知道的，他向来不是什么好人。

"菱菱，"他嗓音低哑，响在她耳边，"我好爱你。"

"嗯？"苏菱发现他靠得太近了，她忍不住就想后退。而且秦骁说这话又直白又可怕，她耳朵尖红了，轻声道："好了，你别靠过来了。"

由于在家，她只穿了一双墨绿色的拖鞋。

这是很显白的一种颜色。

那双脚白皙可爱。

她要是乖一点就好了，爱他多一点点就好了，他就不会用极端的方式。他今天开车回 B 市的时候，由于心情不太好，买了一个她一定不会喜欢的东西。

然而他喜欢。

现在那东西就在他车上，一条银色的脚链，上面还镶嵌了红色的玛瑙。世上唯一一把钥匙，就在他裤子口袋里。

他低头看她羞涩不安的模样，心中不知是冷更多还是热更多。

天真不谙世事真好。像她这般模样，他在心中痛苦嘶喊她听不到，他快要走投无路的阴暗卑鄙她也看不到。

她甚至可以香香甜甜地入睡，第二天睁开眼继续追求自己的梦想。

不过短短几天而已，他原本可以慢慢等她的，哪怕骗她也好，哄她也好，他原本以为有一辈子的时间来等待她的青睐。

然而这趟 L 市之行告诉他不可以。

他随时可能失去她。

他的温柔快撑不住了。

菱菱，好爱你。

爱到快穷途末路了，车上那个东西难道要成为他最后的退路？

雨点击打着窗户，噼啪作响。

苏菱觉得秦骁这个样子太不对劲了，她忍住心中微怯，伸手去摸他额头："秦骁，你怎么了？"

他把她那只手拿下来握在掌心，在她手背轻轻落下一吻。

苏菱想把手抽回来，最后犹疑了下没有动。

然而下一刻，苏菱没法忍他了："秦骁！"

"嗯？"

"你不要这样，你刚刚说了不……"说了不碰她的，事情扑朔迷离，她怕重复之前的路。苏菱想推开秦骁回卧室，然而推不动。

"苏菱。"他撑在她耳边，喊她的名字，"和我在一起，嗯？"

苏菱被这句话吓蒙了，反应过来后血液加速流淌，热气直冲脸颊。她确定秦骁不正常了，现在这个秦骁褪去了温柔伪装的皮，她后知后觉地去看他的眼睛，男人的眼瞳漆黑如夜，似要吞噬一切的旋涡。

那里面强烈的占有欲让她害怕，他完全和之前那个秦骁融合了。

她心里一惊，他动作很温柔，撩开了她的睡衣。少女的肌肤又滑又软，他微微加重了力道。

苏菱握住他的手，这次她没有往外推，她努力压抑住自己的惊慌。

男人的手带着点点凉意，明明他才洗了澡出来，可是热水并没有温暖他的身体。他的冷似乎是从血液里透出来的。

她的小手温温软软，轻轻握住他。

他的手指修长，手掌比她大很多。她却并没有用什么力气，只是轻轻地握住他，带着些撒娇的意味。

秦骁怔了一瞬，神色不辨地去看她。

少女的声音软软的："你这个样子好可怕，我之前明明都不怕你了，可是刚才还是觉得心惊肉跳。"

这句话一下子打醒了他。

秦骁从她身上退开，把她扶起来。他垂着眼睑，苏菱看不清他的神色，但是暗暗松了口气。

她刚刚确实吓到了，但是比起现在的秦骁，她更熟悉之前的秦骁，她几乎潜意识里就知道怎样安抚他。

半晌，他才抬起眼睛，轻笑一声，看着她："苏菱，我知道你在耍什么小心思。"

她讷讷道："不……不是。"

"但是我还是觉得高兴，你要是能一直这么对我，我也就一直这么对你。你让我做什么我就做什么，别离开我就好。"他顿了顿，

"也不要露出以前那种厌恶恶心的神情。"

苏菱没想到他看得那么透彻，她有些尴尬，脸颊微微发烫。

秦骁蹲下身，把她那双拖鞋脱了。

那双白皙美丽的脚落在了他的掌中，他俯下身，吻了下她的脚背。

苏菱原本还心虚，这下羞涩掩盖住了这种情绪："秦骁……你别亲……"

秦骁弯了弯唇："你看，我就差跪在你面前了。"

苏菱这才注意到两人的姿势，她坐在沙发上，手指紧紧抓着抱枕的一角。

秦骁屈膝蹲在她面前，比她矮上一些。

秦骁说："我跪下去，你嫁给我吧。没有什么郑小雅，你别抛弃我，我这辈子再也不会喜欢别人。我学着慢慢变好，你喜欢什么样的，我就是什么样的，好不好？"

她眨了眨眼睛，似乎不敢相信这话是秦骁说出来的。

但她知道自己不愿意嫁给他。

事情扑朔迷离，她理不清自己对秦骁究竟是怎么样复杂的感情，她也害怕重蹈覆辙。

她轻声说："你不用这样的，你不用这样付出。"

这世上为了另一个人去完完全全改变自己，得多难受，多累呀。

秦骁眼里没有一丝笑意，他嘴角的笑意也冷了下来。

他觉得有点悲凉。

苏菱缩回脚，她怯怯地看他一眼，观察着他的神色，最后开口："你不用为了我刻意改变。"

窗外的雨越下越小了，细细的沙沙声，似乎要截住人的呼吸。他冷冷开口，带着些讥讽的意味："不改变？苏菱，你不是害怕又讨厌吗？我愿意为了你装一装，装一辈子都成，可是你也太残忍了，把最后这点希望也抹杀掉了。"

他想起车上那条脚链，有些怜惜地看着她。

苏菱毫无所觉，她似乎在想什么，最后唇角微微上扬："秦骁，前两天你去 L 市，那之前你问我要选择真的还是假的说法，我说取决于你。后来你突然就消失不见了，大家都希望我辟谣。他们告诉我，如果谣言愈演愈烈，也许我会深陷泥淖，就此告别演戏这条路。"

他看着她，眸中冷淡。

"如果是以前，我会觉得不能演戏是天都要塌下来的事，但是我也觉得好奇怪，"她干净秀美的小脸上带着暖暖的笑意，"我那个时候又觉得没那么重要了，我想等你回来。我答应过你的呀，由你来决定。我以为我喜欢的东西，却不会因为失去它而死掉；我以为讨厌的人……"

苏菱对上他的眼睛，声音低下去，抿出一丝温柔："我以为讨厌的人，他好努力呀，他也好累，他向我走了九十九步，我也想为他走一步。所以，你不用去彻底改变自己，我试着来接受完整真实的你，好不好？"

她说完觉得有些羞涩，不敢再看他的眼睛。

秦骁沉默了好半晌，最后笑了，他低声道："好。"

心中的呼啸的狂风被定住，燃起的灼人火焰被浇灭，她没敢看他的神情，也就看不见他那一瞬湿了的眼睛。

第十七章
首映礼

大雨停了，秦骁起身去把客厅的灯光按灭，她更看不见他的神情了。

他回身抱她去卧室，黑暗里他走得很稳当，仿佛在这样的寂静黑暗里独自行走了太多年。

苏菱心中也很安宁，她说了一些连自己都想不到的话。

但是她知道，秦骁是不会伤害她的。

他宁愿赴汤蹈火，把世间疾苦通通尝上一遍，也不会把她置于那样的黑暗中。苏菱不得不承认，前世今生，秦骁是最爱她的人。

他的爱太灼人，所以明明害怕伤害她，又在她内心留下了划痕。

秦骁摸摸她的头发，嗓音低低的："睡吧，我去隔壁客房。"

她小声开口："秦骁。"

"嗯？"

"我没有骗你，我说的都是真的。我不骗你的。"

胸腔里跳动的心脏似乎有一块坍塌了下去，他弯了弯唇，温柔地回应道："好，菱菱最诚实了。我才是那个骗子。"

她带着些羞涩，悄悄笑。

秦骁替她盖好被子，又去客厅把她的鞋子拿过来。做好这一切他去了隔壁客房。

他在黑夜里闭上眼睛。

耳边似乎还能听到她的声音，空气中也还残留着她的味道，他的手上遗留着触摸她的感觉。她说要试着接受真实的他，可是真实的他那么可怕，连左印都觉得不正常、吓人。

她胆子那么小，又怎么会真的爱上他？

可是那一瞬泪意突然涌上来，二十八年来，他和人飙车把脑袋撞破了一个洞没有想哭，他爸死的时候他还若无其事地睡了个觉才回去吊唁。

然而那时他看着她，她娇娇地说出那番话，他却突然有了泪意。

他一辈子，只爱这一个珍宝。

死了化成灰，此爱不休止。

总会有办法的，他不会让她害怕。

第二天苏菱走的时候发现秦骁已经早早离开了，桌上放了早餐。

她仍旧懵懂，不知他昨晚那副怪怪的模样是为哪般。然而接下来繁忙的工作让她没法再想这件事，董旭对自己的电影很重视，《囚徒》剧组每个人都为这部剧付出了巨大的心血，因此在宣传上都挺卖力的。

于是那几天就有人揣测，郑小雅和苏菱事件其实是为了宣传《囚徒》来炒作的。

毕竟真假心上人、未婚妻、情人……这样的字眼，比什么都来得吸引人眼球，不管是不是，反正《囚徒》未播先火了。

两个人气很高、矛盾又很大的女演员同时在这部电影中出镜，群众在围观八卦事件的同时，纷纷都在期待她们在电影中的表现。

于是，《囚徒》首映当天，票房直跃第一。

原本一半人是冲着八卦去看的，可是最后都被精妙又悬念重重的剧情吸引了。

《囚徒》演员的演技都没的说，后期制作也下了大功夫，特效也很精良，一下子就抓住了观众的心。

两个半小时的电影，大家无时无刻不在猜谁最后会活下来。

每死掉一个人，大家就心惊肉跳的，比看恐怖片还刺激。

直到大结局的时候，饰演医生的苏菱，步步筹谋走到了最后，大家都死掉以后她也快丧尽人性了。那时候她完全不再是之前的小天使九里，完全是个一步步堕落的地狱使者。

她衣裳脏污，白大褂早就失去了原来的纯洁，她手上还沾着律师的血。

苏菱拿着一根铁棒，独自站在一堆尸体中。她突然笑了，笑得眼角沁出了泪。

上面的四方顶盖突然移开，天光洒下来，照在她的身上。

久违的新鲜流动的空气争先恐后地涌进来，阳光刺眼。

一个男人的声音从四面八方传来："恭喜你，医生。你胜利了。"

苏菱脸上露出了扭曲的笑意，她自由了！她成功地活下来了。

男人的声音里是更大的笑意："那么，现在，你将成为下一轮的囚徒，去对抗新的求生者。祝你依然这么幸运，我的医生。"

电影到这里就结束了。

每个人都被编剧最后的设定搞得毛骨悚然，原来囚徒无止境，一轮又一轮，直到完全没了一丝人性。

大家看完再回味又觉得很激动，纷纷期待《囚徒》第二部，一般这种结尾有悬念的电影都有第二部。

而所有人都看到了苏菱在这部电影里演技的爆发，她褪去了刚出演九里时的青涩。算计人时的心狠，看得人心惊，最后的绝望茫然又让人完全被带入了这种情绪。

她蜕变成了一名优秀的演员。

电影首映那天，董旭坐在电影院的放映厅里，厅里光线暗，大家都没认出这位赫赫有名的董导。

电影放完，董旭久久没有动。

他想起了她，电影结尾处苏菱脸色惨白，犹如厉鬼。

他终于明白苏菱是哪里让他眼熟。

原来最初相见并不是在晚樱树下，而是在 Z 大的文艺晚会上那一场《青梅》中。

后来她画着浓艳的女鬼妆来包间里给秦骁道歉。

董旭对苏菱的点评是，她不配做个演员。

董旭闭上眼睛，只身走出电影院，原来那么早就遇见她了。秦骁也是那个时候遇见她的吧？明明都是初遇，要是他再早一点点，不说那样的话，而是试着去了解她，也许如今的局面就完全不一样了。

然而"也许"，才是世上最虚无缥缈、最不可能的事。

秦骁再次踏进了 ZOE 诊所。

左印这次茶都不想给他煮了，左医生已经维持不住自己最后的风度，想下令把秦骁赶出去。

然而想了想，他又不是秦骁这种有钱人，左医生作为一个小有资产的男人，还不想年纪轻轻就面临破产，于是他皮笑肉不笑地接待了秦骁。

"说吧,这次又是什么事,上次走的时候不是说再也不来这里了吗?还说我是个废物,废物可帮不上秦总的忙。"

秦骁面不改色:"抱歉。"

左印挑了挑眉,秦骁不要脸他也是知道的,如今拉下脸来道歉,想来是有很严重的事。

在秦骁的世界里只有一类事比较严重,左印将之称为"苏菱的事"。

"难道苏小姐最近大火,你心里不爽,又想把她封杀一次?"

秦骁眼风冷锐,冷冷吐出两个字:"不是。"

左印笑着喷了一声。

秦骁说:"这次是比那个还要严重的事。"

左印的脸色也不太好了。

已经那么丧心病狂了,还有更严重的,左印一点都不想听了。然而他是个有职业操守的医生,左印深吸一口气:"讲。"

"苏菱上次参加那个综艺,我背她被文娴看到了。在我第二天准备公布我喜欢苏菱之前,文娴找我谈了一场话。她说我和谁在一起都不能和苏菱在一起。"

秦骁眼睛眯了眯,透着一股子冷意。

左印为了活跃气氛,僵硬地笑道:"这走向怎么这么荒诞,难不成文娴告诉你苏菱是你亲妹妹?天下有情人终成兄妹?"

秦骁没什么表情:"不是。"

左印刚松了口气,秦骁又说:"但是也差不多。"

秦骁毫无情绪地重复:"文娴说苏菱的母亲于俏是她的表妹。"

左印差点跳起来,转而一想:"听起来是近亲,但是亲缘关系鉴定的话,你这种是做不出来的,而且仔细一算,你们是四代旁系血亲了,结婚是合法的。"

秦骁当然知道这个,这种血缘关系结婚只是说出来不好听,但是生理学上是允许的，只要一辈子不要孩子就行，只要苏菱心里不硌硬，那就不是问题。

然而这并不算最严重的。

秦骁抬起眼睛，带着三分讥讽："但是于俏是文娴他们害死的，还死得挺惨。苏菱的外婆恨死文娴了，连带着恨我。他们疯了，从来没有把苏菱当亲人，他们要秦家颓败，当初……是苏菱的父亲，把她送上我的床。现在找不着她爸，太会躲了。"

所以，如果苏菱知道了，她活着只是被人操控的工具，她是世间最美好的存在，而世界对她只有恶意，她是因为他们这一家人，一生才坎坷不平，那她得有多难过，又会多恨文娴和他。再加上那个在意就是血亲，不在意就不是的玩意儿。她那么保守，一辈子都不会同意留在他身边的。

左印不知道怎么的，有点想笑："那你这下是人家真正的秦哥哥了呀……"

秦骁冷冰冰横他一眼："我来找你，不是听你开玩笑的。"

左印笑得肩膀抖："但是你就是人家的哥哥没错呀，我说真的秦骁，要不还是分……"看见秦骁的眼神，左印又不敢接着说了。

秦骁自顾自倒了一杯茶，冷静道："四代旁系，没有关系。"

左印转着笔："但我感觉苏菱会介意。"

秦骁手紧了紧，没再说话了。秦骁想起一个人，倪浩言，那个小崽子之前对苏菱貌似是有点想法的，然而苏菱看不出来，秦骁自然不会好心提醒。

苏菱当然介意，要是她知道自己当弟弟的人，曾经对她有过一点那种心思，怎么都会不自在。倪浩言也知道，所以他不说。

可笑的是，风水轮流转，如今秦骁也面临这样的局面。他也了解苏菱，所以更不可能让苏菱知道这件事。

左印皱眉想了片刻，给他分析目前的局面："所以目前这件事，知道的人除了你我就只有两个，你母亲文娴，还有那个从来没露过面的苏菱父亲？"

秦骁眸中沉沉，点了点头。

"怪不得……"左印说，"前段时间郑小雅突然说她是你未婚妻。当时我还好奇呢，你对苏菱那种感情……怎么会突然看上郑小雅？而正常情况下，郑小雅是不敢那样宣布的。你母亲希望她成为你老婆？"

秦骁冷冷勾了勾唇，毫不避讳："文娴年轻的时候本来就不喜欢我爸，她和郑小雅的父亲是青梅竹马，但是人家看不上她，娶了另一个女人。文娴不甘心，她讨厌于俏，自然不喜欢苏菱，想让喜欢的人的女儿嫁给我。"

左印也有些无语，这难道是死也要成为一家人的执念？

秦骁说："苏菱不能知道，她外婆和父亲的事也必须瞒着她。她……"他沉默片刻。"挺在乎她外婆的，毕竟是带大她的人。她外婆是自杀的，可能自杀的时候都给她设了个局，留下了一封遗书给苏菱，总之不是说我好话的。"

左印理解，任何人要是知道自己的一辈子都是一场骗局，自己被最亲的人当成工具，那一定会受不了。

"但是你也不想答应文娴娶郑小雅吧，那怎么办？"

"所以我来找你。"

左印被他阴恻恻的目光看得一抖："你找我……找我有个屁用啊！我也不知道怎么办哪，我还能杀了你妈不成？"

"我倒是想杀了她，可是文娴留有后手，除非我答应娶了郑小雅，不再和苏菱在一起，不然她会想办法告诉苏菱。"

"你疯了，那是你妈！"

秦骁冷淡地回："她都没有当妈的自觉，我何必要当她的好儿子？一场博弈而已，看谁胜谁负罢了。"

"那你准备怎么办？我就一心理医生，能帮得上你什么忙？你让我过几天安生日子成不成，秦少？"

秦骁笑了，笑容有些冷沉："不，这件事，非你不可。"他冷静地分析："不是没有办法，目前我需要做两件事。一件事是找出苏菱的父亲，那个人是个定时炸弹，我之前去L市发现苏菱舅舅的赌债也和他有关。他一直在把苏菱往我身边推，居心叵测，必须得解决掉他。另一件事是，稳住文娴，把她在秦家所有的势力连根拔除。"

左印："这不容易吧？"

"再不容易也得做，但我需要时间。"秦骁抿了口茶，"并且这段时间不能让苏菱接触他们。大概半年，半年以后就什么都好了。"

"你……怎么争取半年？"左印隐隐有种猜测，祈祷秦骁千万别那么疯。

秦骁弯了弯唇："她似乎认识另一个我，我有个很不靠谱的猜测。违背了科学，但是带来了希望。如果真是那样……"

左印整个人都不好了，他快跳起来了："老子不干。"

"给她催眠，我要知道真相。"

这是他能想到的最后的办法了。不让苏菱知道真相，他也跟她说了不娶郑小雅，这就是唯一一条出路。

苏菱已经好几天没有出门了，《囚徒》这几天票房稳居第一，她是彻底火了。

之前她只有在校园里会被人认出来，现在是出门就会有人认出她。这让苏菱很苦恼，从某方面来说，明星的自由是受限的。

好在她也比较宅，不出门倒是受得了。

郑小雅自从发了那条微博以后就没了动静，但是秦骁也暂时没有澄清，因此苏菱依旧在舆论旋涡之中。

不管怎样，苏菱现在成了当之无愧的流量女王。

原本《囚徒》的确有第二部的，但是董旭没有动静。苏菱想起先前的事，觉得董导可能心中也尴尬，因此不会有第二部了，抑或不再是原班人马。

《囚徒》这边没有动静，林清也不能让苏菱闲着，这样的高人气肯定得好好利用。

苏菱大火，她这个经纪人也跟着扬眉吐气，于是千挑万选之下，林清给苏菱争取到了一个欧洲的时装代言试镜。

试镜那天，阳光灿烂。

苏菱和另外三个艺人一同等在门外，四个人都非常年轻。

苏菱绑着马尾，化了淡妆，看起来只有十六七岁的模样，非常清纯。

林清得到的内部消息就是这个代言主题是青春活力，品牌主要面向国内的少男少女，以及二十五岁左右的成熟妩媚女性。

其实这个品牌的要求非常简单，穿上他们的服装，表现一下主题就可以了。每个人表现出来的风格肯定会有所不同，公司会在他们中挑人。

苏菱是最后一个，前面三位艺人出来的时候神色各异。

这个品牌在国内外都挺出名的，因此大家也都在尽力争取。林清怕苏菱紧张，连忙道："到时候做你自己就可以了，这个品牌不看目前的人气，看气质和表现力，加油。"

苏菱深吸一口气，冲她笑了笑："好的。"

她先去换衣服，衣服一共得换三套。

第一套是简单的白衬衫和格子裙，她走出去，一个高鼻蓝眼的外国人笑着给她看手中的牌子，上面写着"活泼"。

苏菱性格比较内敛，然而表演方面她并不含糊。她明媚一笑，透着几分青春朝气，她的手放在斜侧，假装那里有个学生气的挎包。

几个外国人开始小声讨论，其实"活泼"这个词和苏菱真不沾边，哪怕为她的颜值所惊艳，苏菱做出来的效果也不如前面某个人好。

"Second。"（第二件。）

苏菱去换第二身，那是一件白色的日常服装，裙摆至膝盖，上身一只白蝶振翅欲飞。

主题是"清纯"，她想了想，侧过身去，最后微微偏头一笑，含着三分羞怯，七分喜悦，像是看见了心上人的模样。

几个外国人纷纷点头。

"Go ahead！"（继续！）

秦骁就是在那个时候进来的，苏菱刚好去换第三套。

主管人站起来，很高兴地和秦骁握手："Mr. Qin。"（秦先生。）

秦骁西装革履，脸上挂着客套的笑，和他握了手。他们这个品牌的亚洲合作伙伴就是秦骁。

秦骁坐在他们之中，等待着苏菱出来。

第三套是一套深蓝色的晚礼服，腰间镂空，衬得肌肤白皙如雪。

苏菱走出去之前，把头发散了下来，遮住裸露的肩膀。一年过去，她的长发重新长出来，发尾微卷，柔顺地披在肩头。

她走出去的时候，几乎吸引了所有人的目光。

苏菱看见秦骁的时候愣了愣，外国人举起牌子，上面依然是两个字——"妩媚"。

苏菱静下心，倒是没有被秦骁在场影响。她知道女人什么时候最妩媚动人，她轻轻咬唇，手把头发撩至耳后。

秦骁看了她一眼，低眸一笑。

不是小女孩的样子了呢，不过短短一年时间，她更美了，也长大了不少，到了可以结婚的年龄了。

苏菱朝着他们鞠躬后，换回了自己的衣服走出去。

几个外国人在为评分争执，秦骁默默听着，自从上次的封杀事件后，他就不再干涉苏菱的任何努力。

秦骁走出去的时候，苏菱和林清在门外说着什么。

苏菱诚实地道："我觉得发挥不太好，第一次接触代言，表现主题的时候很慌乱，可能结果会不太好。"

林清先看到的秦骁，由于上次的绯闻事件，唐姿终于把秦骁和苏菱的关系告诉她了。

但是林清并不了解秦骁对苏菱的感情，此刻看到秦骁，心情复杂地打招呼："秦总。"

秦骁点点头，看向苏菱："一起走走？"

苏菱点点头。

这时候是晚上了，街边路灯亮起，行道树在风中轻轻摆动，很柔和的模样。

秦骁把她被风吹乱的发撩到耳后，她自己想起刚才那第三个主题，有些羞："我是不是表现得不好？"

他笑着摇摇头："你怎样都好。"

她有些开心，冲他眨了眨眼睛："我以后会更好的。"

"嗯，我相信菱菱。"他动作顿了顿，"就那么喜欢演戏，非它不可吗？"

"那倒不是的，只是成为一种执念和习惯了吧。要是我妈在天之灵知道，也会为我感到开心。"

傻姑娘。好在不是非它不可。

他垂下眼睑，遮盖住了眸中的神色，上前轻轻抱住她。

很温柔的一个拥抱。"苏菱，告诉我，这么久了，你爱上我了吗？"

那时候风轻轻拂过她的发，他能嗅到她身上的香气，令人眷恋。

少女犹疑着，迟迟没有回答。

于是他便知道了答案。

秦骁带着三分讥嘲弯了弯唇。果然呢，她会爱上真实的他？只是说说而已吧。他接下来就可以证实一下，她说的是真话，还是谎话。

苏菱，欢迎来到我身边。

接下来由真实的我，陪你半年。

苏菱醒过来的时候，阳光刚好照进别墅。

柔柔的暖黄色的光照在她身上，这一觉她睡得很香甜。

苏菱从床上坐起来，那时是五月，恰是春夏交接的时候，别墅外面鸟儿欢快地鸣叫。

床单是纯黑色的，她的睡衣刚好到大腿，下面一截裸露的小腿白皙修长。纤细的脚踝上紫色的脚链暗光流转，平添几分靡丽妩媚。她穿上拖鞋，觉得脑海里混混沌沌的。

一时间时光不太真切。

苏菱循着记忆下楼，秦骁刚好开门进来。他听见她的脚步声，瞳孔下意识地一缩，抬眸看向旋转楼梯上的少女。

她微微胆怯地看着他："秦……秦先生。"

秦骁眼中闪过一丝诧异，片刻的停顿后，他淡然应道："嗯。"

苏菱紧紧地捏着楼梯扶手，不敢下去。看他的目光陌生又透着几分怯意，另一只手捏紧了睡衣裙摆。直到秦骁说"下来"，她才忐忑下楼，去到他身边。

秦骁把领带解了，居高临下地看着她。她垂着脑袋，像只待宰的羔羊，全然没有一点锐气，柔软得不可思议。

秦骁微不可察地弯了弯唇。

他往沙发上一坐，拍了拍自己的腿。

秦骁眼睛一眨不眨地看着她，她英勇就义一般，心一横坐在了他腿上。

软玉温香抱满怀，他微微眯了眯眼，有些诧异"自己"原本和她的相处模式，这也太乖了。

秦骁试探着去摸她的脸颊，她不适地皱了皱眉，但是不敢躲开。

秦骁就对她如今的情况猜到了大概。

他的手指轻轻滑过她的眉眼，淡声问她："今天在家做了什么，嗯？"

她有些茫然地皱了皱眉，软声答他："好像没什么，睡了一觉有些迷糊。"

秦骁握住她的腰肢，被她柔软得不可思议的触感勾得有些神魂摇荡。

苏菱想了想，怯声请求道："秦……秦先生，我什么时候可以回去看我外婆呀？"

秦骁相当淡定："很快，你外婆才做了手术，正在静养，那边我派了人守着，医生让不要打扰。"

他估摸着时间扯谎，心中却已是飞快盘算，原来苏菱才到"他"身边的时候，她外婆还没有死，才做完手术。

苏菱果然没有起疑，失望地"噢"了一声，又乖乖巧巧地道谢：

"谢谢秦先生。"

真乖。怎么会这么乖。

他眼里笑意渐浓，也温柔答她："不谢。"

她似乎觉得他没那么可怕了，眼底微微放松了些。秦骁喉结动了动，径自站起来，苏菱还坐在他腿上，吓得双腿缠上了他劲瘦的腰，紧紧抱住他的脖子。

秦骁低低地笑，把她抱得稳稳的，就着这个姿势带她去厨房："想吃什么？"

苏菱有些窘迫："我自己下来走吧，您先松开我。"

她压着他。他怕自己控制不住，于是将她放下来，一面跟她说："丁姨这段时间有事，暂时不来。我来照顾你。"

苏菱偷偷看他一眼："你会做饭吗？"

秦骁表情凝滞了一瞬，淡定道："会，你乖乖坐着，等吃就好。"

苏菱其实不太信，她印象中这个霸道的男人把她带回家以后，就没进过厨房。

秦骁盯着她的脚看了一会儿，咽了咽口水。

然后转过头不敢再看："去把袜子穿上。"

苏菱蒙了一瞬，有些不确定："可是是您说的，在家不许穿袜子，不然您会生气。"

呵呵。

秦骁干脆答应，反正他也想看："那就不穿。想吃什么？"

厨房里的蔬菜和肉类倒是齐全，苏菱看了一眼："生菜？"

那个最简单，毕竟生的也可以吃。

"好。"

然而片刻后，秦骁又冷着脸洗手出来，苏菱连忙站起来："秦先生，你想吃什么？我来吧。"

秦骁弯了弯唇："不用。"

他打电话让餐厅送饭过来，没一会儿桌上就摆好了五菜一汤。

两个人相对坐着吃了饭。

秦骁看出了苏菱的拘谨，她属于很勤快的人，一吃完就忙着收碗筷。

秦骁握住她的手："别碰这些，下午会有小时工来。"

她点点头。

秦骁说："去睡午觉。"

苏菱瞬间僵硬了，低下头小声道："我才睡醒呢，我不困。"

秦骁笑，肆意不羁："我困，陪我睡。"

她想想前段时间的秦骁，脸都白了。

"秦……秦先生，吃了饭就睡觉，不太好。"

他听她喊"秦先生"还挺新奇的，她这模样显然是怕他做什么，然而秦骁也不敢做什么。

秦骁怕自己转变太快露马脚，冷下脸："哦？"

苏菱就不敢说话了。

他摸摸她的头发："过段时间我带你回老家，嗯？"

突如其来的惊喜让她眼睛亮亮的，她激动得小脸都红了，进了秦骁的别墅再回去可不容易。

苏菱眨眨眼睛，欢快的模样活泼可爱："好的！"

"抬头。"

她抬起头，秦骁勾着她的下巴，唇就压了下来，苏菱微微颤抖，他却不打算放过她，直到她快喘不过气，轻轻伸出手抵住他的胸膛，他才放开她。

少女的体香淡雅，令他迷醉。

她好乖的模样，秦骁简直想把她吃进去。他满足地喟叹，心也温柔下来，抱她去睡午觉。

他确实很累，这几天放下公司的一切事务，把所有的事情布置好可不容易，得毫无破绽才行。

他没有碰她，只是抱在怀中，以一种占有欲极强的姿态。

苏菱有些不舒服，但是她也知道秦骁的习惯和脾气，见他真的闭上眼睡觉，她舒了口气，抬起眼睛去打量他。他眉眼间透着淡淡的疲惫，想来真的累坏了。

苏菱没有睡意，她才睡醒不久，于是转动着眼睛打量这个房间。

她发现了些微的不同。卧室似乎冰冷了一些，桌上没有任何盆栽，也少有装饰品。她记得之前她明明同丁姨要了一小盆多肉植物移栽过来，现在不见了，去哪里了呢？秦先生不喜欢它，所以扔掉了吗？

苏菱看着桌上，那里放了一本日历。

上面是 2013 年 5 月 26 日。

她眨眨眼睛，有些困惑，但是也想不通哪里不对。

男人的呼吸与她的交织，苏菱别过脸，避开他的气息。

她实在不习惯和别人一起睡，她认识秦骁的时间着实很短，也不明白他喜欢她什么。和他发生关系的时候她是难过又惊惶的，毕竟这是个陌生男人。

但是他愿意救外婆，她又是感激的。

他似乎脾气很臭，苏菱偶然见过他骂下属，冷着脸，毫不留情。

他对丁姨也不是很熟络的样子。

她睡不着，在猜测男人对她的喜爱能维持多久，什么时候愿意放她回家，她希望这一天能来得快一些。苏菱也在想自己还能不能回学校念书，她想回去的，但是那些闲言碎语太伤人了，要是能回去，她得更坚强些才行。

苏菱想了许多，最后秦骁醒了。

他只睡了一个小时，现在要回公司工作。

他的手伸进了她的衣摆，苏菱面红耳赤地按住他的手："秦……秦先生，不要了。"

"我就摸摸，嗯？"

苏菱想想前几天他的放肆，眼睛里盈满了娇怯，咬唇看他，有点求饶的感觉。

秦骁轻笑了一声，心里觉得有几分好笑。

如今分不清今夕是何夕的她，单纯得像张白纸。

好在乖得不行。

她听见他说只摸一下，有几分委屈，也有点犹豫，确认了一遍："真的？"

他笑得不行，随着她的话说："嗯。"

她松开了那只手，闭上眼睛，一副英勇献身的模样。

他哑着声音喊菱菱。

她不敢应。

"说你爱我，嗯？"

她一瞬间有些恍惚，觉得这话着实耳熟。然而她下意识地就闭紧了嘴巴不肯说。

秦骁语调微哑，他强压住内心的躁动："别离开我。"

这话她可以接："我们有约定的，秦先生。"

秦骁不知道他们有什么约定，但他也不敢再继续下去。那句话，慢慢来，他总能听到的，来日方长。

他起床穿衣服："我走了。你要是有什么需要，就给我打电话。电话号码就写在座机旁边。"

苏菱不是个特别依赖手机的人，然而此刻她还是忍不住困惑：

"咦，我手机呢？"

秦骁系皮带的动作顿了顿，片刻又恢复："你手机我不小心倒了水上去，改天给你买新的。电脑和电视过几天也会搬来新的，你要是无聊，可以外出走走。我请了陶艺师傅和花匠来家里，画室和舞蹈室、琴房也可以去，还有书房，可以去看书。"

苏菱点点头："好的，谢谢您。"

秦骁出门，让她过来。他眼里含着笑意，拇指摩挲着她的脸颊，有种前所未有的满足感。

秦骁从之前拿回来的袋子里拿出她的袜子，蹲下身让她扶着自己。

苏菱不自在极了，高傲的男人蹲下给她穿袜子，她又羞又别扭："秦先生，我可以自己来。"

"乖，别动。"

这于他而言是种享受，秦骁给她把袜子穿上，有点舍不得走。

他总算明白金屋藏娇的感受。

简直让人觉得哪怕破产也没什么。

他笑起来："宝贝，我去赚钱，然后养你。"

苏菱脸颊绯红："秦……秦先生，您别这样说话。"

"好，你乖乖待在家，好不好？过段时间你想去哪里都可以。"

她点点头："好的。"

他心都快化了，终于还是狠狠心走了。那时候别墅外一排严阵以待的保镖，让他温暖的神色冷凝下来。是了，这都是他用了卑鄙的手段偷来的。

她不可以发现，不能发现。

秦骁走出去，他松了松领带，吩咐他们："看好人，不许任何人进来，也别出去，别吓着她。"

他们连忙称是。

苏菱等秦骁走了，发现别墅里确实连通信工具都没了。

之前的电视和电脑明明还是新的，秦先生却要换。她不是很懂，但因为秦先生才是主人，她没法干扰他的这些决定。

下午的时候小时工来了，是个中年女人。

苏菱原本想帮着她一起做些活，那个女人却受惊一般道："夫人，您别碰这些，我来就可以了。"

苏菱只能和她说话，但是那个女人十分警惕，仿佛和苏菱多说一句话都有危险。

苏菱心想，她可能比较内向，于是也不强人所难，决定出门看看。

秦骁是允许她出别墅转转的。

然而她走出别墅的那一瞬愣住了。

大门口被十来个保镖围住。

她走过去，他们全身都紧绷了。

领头的那个笑道："夫人，最近不太平，您见谅。"

苏菱皱了皱眉："外面怎么了吗？"

那个领头的早就准备了说辞："秦少是生意人嘛，有时候钱财的事，自然会威胁到人身安全。"他们提前被告知了苏菱心软，于是道："您在别墅周围随意活动，过段时间情况缓和了就好了。兄弟们也不容易，我们会尽全力保护您的，求求夫人也体谅下我们。"

苏菱点点头，秦骁那样的人，招惹仇敌貌似是件很正常的事。

"好的，但是有一点……"

领头的连忙恭肃敬听。

"你们别叫我夫人了，好别扭，我也不是秦少的夫人。"

"……好的，夫人。"

苏菱有些无奈，她记起秦骁说请了人来教陶艺和种花，到院子里一看，陶艺师傅和花匠师傅果然都在。苏菱挺好学的，到底带着几分少女心性，这些东西也好玩，她便沉下心先学陶艺。

到了晚间，她把拉坯、泥板成型的工艺完成了，但是后面还得彩绘烧制，天色晚了些，早有人给苏菱做好了饭。

那人说："夫人先吃，秦总还在忙，晚点才会回来。"

秦骁很忙苏菱是知道的，其实能把秦氏企业经营得这么好并不容易。她吃完饭，别墅里没有手机和电脑，没有任何娱乐活动的苏菱只能早早洗了澡上床睡觉。

秦骁不回来，她松了口气。

许是夏天快到了，落地窗前月凉如水，柔和清亮的月光盈盈洒入，添了几分宁静。她心中的焦躁不安散了些，却到底不敢锁门，她还记得上次把门锁了的后果，因此只能掩上门，然后睡觉。

秦骁从公司出来，先去了趟左印家里。

左印也在等他。见秦骁踏破夜色而来，容颜冷峻如修罗，左印不知怎么的，有些想叹息。

秦骁在他面前坐下。

"她醒了。"

左印连忙打起精神："她的记忆……"

"出了问题，她以为自己十九岁，没了这辈子的记忆。"

左印有些头疼："唉，我就知道得出事。她自己潜意识里本来两种记忆就很混乱，催眠以后她突然抵抗，像是害怕那些过往被人知道，所以现在出了副作用，她分不清自己是哪个苏菱。"

秦骁说："她目前的记忆停留在她外婆还没死，她才到我身边的时候。"

秦骁弯了弯唇，笑容却有几分冷厉，看得人心颤："我原本也不信什么重生穿越，可是她身上本就疑点重重，如今自己说出来了，你也觉得不可思议吧？"

左印叹息："大千世界，闻所未闻。我跟你说，你别这副表情啊，杀人杀不得你知道吗？郑小雅还没做什么，你别动手……"

左印是真的后悔了，本来在人家不知情的情况下催眠人家就够缺德了。

他本来不想帮这个忙，然而以秦骁的手段，不找他也会找别的专家，还不如自己来保险些，至少……别让这个混账发疯，强行暗示让苏菱爱上他之类的。

左印亲自来好歹能看着点，然而苏菱醒过来后记忆错乱了是左印没想到的。

左印骨子里挺热爱心理学的，苏菱这个情况他也好奇："她如今是个什么情况？上辈子这时候她讨厌你吗？"

秦骁的表情有点微妙。

想起家里那个乖得不得了的少女，他就不想在左印这里待下去了。

秦骁直接说明来意："这种情况，她会突然恢复记忆吗？"

左印沉吟片刻："说不准，每个人被催眠的情况和效果都不同，苏菱这个没有先例。也许说不准什么时候醒来她的记忆就跳到下一段了。"

秦骁颔首。

这也就是说他得随时预防突发状况，万一她突然记起几年后的事情，他依然不能露馅儿。

这是个考验智商和反应能力的活。

秦骁出了门。

今夜有点冷，风迎面吹在他的脸上。他闭了闭眼，把心中复杂的情绪掩盖过去。

他其实很嫉妒，嫉妒她记忆里前世那个"自己"。他开始连那个人也讨厌起来，哪怕他们根本就是同一个人。

秦骁仍然忍不住恨他。

他没有保护好苏菱，这就已经足够千刀万剐了。

不过也幸好，现在这个少女是属于他一个人的，什么都是他的。

他黑眸冷锐，发动车子回别墅。

那时候他回去已经很晚了，月亮已经爬至正空，高高悬挂。

他身披寒意，月亮也被吓得隐了半边脸。

守在门口那批人已经换了班，见他回来齐齐鞠躬。

秦骁打开别墅门的时候，看见客厅里面留了一盏暖黄的小灯。他弯了弯唇，心中餍足。不管她是不是自愿的，这份温柔已经足够让人眷恋。

秦骁怕吵醒苏菱，在楼下的浴室洗了澡才上楼。

他脚步放得轻，躺在她的身边时，她却惊醒了。想来睡得并不安稳，只不过声音还带着几分模糊，衬得人更加软乎乎："秦……秦先生，你回来啦？"

他在她额上印下一吻："吵醒你了吗？继续睡吧。"

她确实很困，这会儿强打起精神，然而片刻敌不过困意，又睡了过去。

他却睡不着。

这是他们的第一夜，她不反抗，乖巧如斯，却是因为"另一个"男人养成的习惯。他想着想着，眼尾猩红。

多讽刺，他嫉妒这段记忆，如今却全然仰仗着它，才让她乖乖待在自己身边。

　　秦骁坐起来，把她那只戴了脚链的脚握在掌中。

　　月光清明，映照一室。

　　他掌中的纤足美丽精致，脚趾莹润可爱，软乎乎地躺在他掌间。他俯下身，月光隐去。

　　一室旖旎。

第十八章
睡美人

苏菱睡着了又被弄醒，她脚生疼，扭动着要抽回来："秦先生，你在做什么？"

其实她记忆里，脚链这件事不太清晰，秦骁搞不清楚时间，才趁她被催眠没有醒时戴上去，然而其实这时候苏菱还不知道他的喜好。

秦骁把人弄醒了，他低哑着嗓音安抚她："抱歉。"

五月的夜，苏菱并没有开空调，她出了一身薄汗，借着微弱的光，有些害怕秦骁此刻的眼神。

他还穿着衬衫，领口解开了三颗扣子，有些野，带着三分不羁的味道。

他微微眯了眯眼睛。

第二天她醒过来的时候，整个人都不好了。

秦骁的手搭在她腰上，她枕着他的手臂睡在他怀里。

男人睡着的时候，那份凌厉依旧在，他剑眉星目，一张脸不是时下流行的奶油小生模样，反倒非常冷峻。

她能感受到秦骁赤裸的胸膛上硬邦邦的肌理。

苏菱呆呆望着天花板片刻，眨了眨眼睛。

她有点蒙，头也有点疼。

秦骁醒过来，看见她脸的一瞬，眼神凌厉片刻，很快柔和下来。她小脸粉嘟嘟的，他忍不住在她脸颊上轻轻一吻。

他真的爱她爱得不得了。

好喜欢好喜欢。

秦骁心中柔情满怀，然而她下一刻脱口而出的话让他眸光凝滞了一瞬。

她羞愧地垂下眼睛说："秦骁，你别再管我舅舅了。"

秦骁瞳孔急缩，昨晚才和左印谈了话，左印说她记忆混乱，说不定什么时候就恢复一些，也说不定什么时候就全部记起来了。

但是没想到这么快，才短短一天而已，她的记忆竟然又前进了几分。她昨天还喊他"秦先生"，今天却很熟稔地唤他"秦骁"，从称呼就足以看出改变。

他脑子转得飞快，看来如今苏菱想起了"他"帮她舅舅还了钱的事。

好处在于这个时间段，苏菱不会再吵着要去见她外婆，坏处在于，很多东西，他还没来得及做好准备。

他摸摸她的头发："没有关系。"

苏菱有些难过，自卑隐在眼中："你别管舅舅了，我很感谢你没让他去坐牢，今后让他靠自己吧。"

他突然有点理解上辈子的自己为什么会不断帮助苏菱的舅舅，因为怕她走，只有手中筹码够多，苏菱才会更加死心塌地地留在他身边。

资本家的卑鄙无耻。

他低低一笑，然而此刻他明白苏菱想要什么。

他给她尊严，他单膝跪在她面前，给她穿袜子穿鞋，顺口改了说辞："好，你说不帮就不帮了，让他靠自己。"

她缩回脚，带着几分娇怯看他，似乎不能理解他怎么能那么轻易就在她面前单膝跪下。然而秦骁不试图掌控她，让她有几分放松，也露出了轻快的笑意。

秦骁说："过半年，让你去演戏好不好？你也不用管你舅舅他们，我看着，不会出事，让他走正途。"

这小傻瓜果然呆住了，半晌眼睛都弯了。

他轻笑一声，凑近她："我好不好？"

她点头，带着真心实意和三分羞："好。"

"我真的可以演戏吗？"

"嗯，只要等半年。"

她很开心的模样，那时候她和秦骁的关系有所缓和了。她特别开心，半晌飞快地在他脸颊上印上一吻，像是蜻蜓点水，很轻很轻。

"谢谢你，秦骁。"

他黑眸深深，凝望着她，被这抹柔软甜得心都化了。

秦骁看着她的眼睛，知道自己完了。

他对如今这种相处模式上瘾了。

原来只需要短短两天，他就会恨不得把心都掏给她，来留住这一刻的温存。

越贪恋，就会越害怕失去。

然而苏菱提起她的舅舅，他方联想起一件事——苏菱舅舅的赌债，是她一直藏在暗中的父亲一手推动的。

因为倪家欠了债，苏菱就会来求他，从而待在他身边，让这份关系更紧密。

她那个父亲太危险，对亲人都可以随便下手，也不怕整死了倪立国。想到这里，秦骁就知道得尽快把人找出来。

她乖乖巧巧地坐在他面前，还在想演戏的事情，因此很开心。

这个秦骁倒是没骗她，等他把那群人解决了，依然会让她回去演戏的。毕竟什么也比不过她开心重要。

他们一起吃完早饭，秦骁还得出门。

今天是周六，他原本想陪她，可是那些对苏菱有威胁的人和事，像悬在他头上的铡刀，随时会落下。

秦骁迷恋这种拥有她的感觉，不愿意冒险失去她。所以他手段越发急进，想在短时间内先把文娴手中的秦氏股份收购了。

他握住她的手，苏菱因为心情好，于是出门送他去公司。

别墅的小花园里，鲜花初初露蕊，早上的露珠还挂在叶尖，别墅的室外有种朦胧的美。

她却突然顿住了步子，有些疑惑地看着那花园。

秦骁心一沉，面上却淡然问她："怎么了？"

"那个……"苏菱指了指花园，"那里不是种了玫瑰花吗，怎么现在又变了回去？"

秦骁曾经为了哄她，亲手种下一片玫瑰。

然而现在那里只是花匠修剪好的花草。

秦骁撒谎不打草稿："怕你看腻了，就换了下。你还喜欢什么？我晚上回来种，好不好？"

苏菱困惑地看他一眼："没有关系，你去忙吧。"

他的心如坠冰窖。

这就是谎言，一个谎言需要无数个谎言来圆。

但哪怕只是为了多留住她片刻，他也会不惜一切代价。

于是那晚他忙完回来，就让人送来了一大簇蔷薇。

粉白的花开得明艳。

他挽了袖子，夕阳下她从门边走过来，盈盈眼眸静静地看着他。

秦骁笑道："蔷薇，会喜欢吗？"

她点点头，走过来蹲在他身边。

秦骁微不可察地皱了皱眉："你看着就好了，别被刺弄伤了手。"

那时候夕阳是暖红色的，她眉眼里带着些许亲昵的色彩："不会的，我和你一起。"

他垂眸，低低笑道："好。"

然而真正动起手来，他又不许她碰这碰那，最后一大簇蔷薇，仍旧全是他种下的。

他承认自己的阴暗，不愿再种她记忆里的玫瑰。

他是秦骁，是在这辈子可以切实拥有她的男人，他要她的记忆里最后全剩下他。那段记忆，他陪她重新走过。

他把心垫在她的脚下，她倘若能看上一眼，就能知道哪怕他根底是罪恶的黑色，然而那颗急剧跳动的心，真诚而热烈。

他不是什么好人，活了二十八年，亏心事做得不少，甚至此刻的温馨，都是因着他的卑鄙和占有欲。

然而此刻看着蔷薇花丛里浇水的姑娘，他的掌心带着很多细微的划痕，他却蓦然觉得，他深爱这世界，因柔情满怀。

那片蔷薇种好以后，生活似乎没有什么不同。秦骁依旧早出晚归，他似乎很忙，有时候深夜才会回来。

苏菱这几天感觉记忆乱乱的，她没有和秦骁说自己的不适，房间里的日历翻了一页又一页，依旧是写着"2013"。她盯着那个红色的"2013"看了一会儿，转身从窗台往外看。

她从楼上能看到那一大片粉色的蔷薇，在五月的夕阳下含苞盛放。苏菱揉了揉太阳穴，轻轻叹息一声，下楼去琴房。

苏菱刚好遇见小时工来打扫卫生。

苏菱想了想，说道："我能借你的手机用一下吗？"

那个女人脸色变了变，强笑道："不好意思，夫人，我来的时候没有带。"

"没有关系，那我去问问别人吧。"

她出门，那十来个保镖纷纷提起了心，那个领头的听说她要借手机，眼睛闪了闪："我们工作时是不许带手机的。"

苏菱皱起眉头，这就不对劲了，如果保镖不带手机在身上，不能及时联系到人是很危险的事情。

那个保镖见苏菱皱眉，连忙又笑道："但是我可以带，夫人，给您。"他果真拿了一只手机出来，递给苏菱。

苏菱拿过手机，犹豫了下，其实她对手机之类的没有依赖性，借手机只是隐隐觉得不太对，她说不清楚哪里不对，但是又想证实什么，顿了顿，她拨打了舅舅的电话。

然而片刻，那边传来冰冷的电子女声，提醒她手机欠费了。

领头的保镖歉然道："瞧我这记性，这几天太忙了，夫人，真是对不住。"

苏菱把手机还给他，点点头没有再说话。

苏菱回到琴房，她将手指放在钢琴上，循着记忆弹《秋日私语》，旋律清扬，时光一时间静谧。她心中微乱，琴声也就不那么流畅安然。

秦骁回来的时候刚好听见这琴声。

他沉默了一瞬，之前在游泳馆，苏菱说她自己什么都不会，原来只是骗他的。她不仅会跳舞，还会弹琴唱歌。

然而这几天查出的资料显示，苏菱小时候家里很贫穷，她外婆却不管家境多困难，依然送她去学这些。那样娇怯胆小的姑娘，本来也不太适合娱乐圈，然而苏菱的外婆很早就在把她往这方面培养。

她的一生是一场局。

尽数为了于俏。

他的脚步优雅而轻，进去的时候苏菱并没有听见。

他这几天和她相处得很好，满心甜蜜。他便也分外珍惜这样的时光，一有空就会回来。

他靠在一旁听了一会儿，她突然停了琴声，转头看他。嗓音轻轻软软的："秦骁，你回来啦。"

他弯了弯唇："嗯。"

她眨了眨眼睛："我好久没有出门了，很闷，我想出去走走。"

秦骁眸光沉了沉，他眼底极快地闪过一丝冷意。然而片刻，他温柔地应道："好。"

她有些欢喜，感叹最近的秦骁不那么霸道。她喜欢如今这样轻快的氛围，觉得秦骁也没那么讨厌。

秦骁去给她拿了白色的小外套，让她穿上。

他眉眼垂下，苏菱看不清他的目光，她如今挺开心的，觉得这样下去，哪怕有一天离开秦骁，他应该也不会那么偏执了。

毕竟最近的他对她太好了，也不会碰她。

"想去哪里？"

苏菱想了想，雀跃道："Z 大可以吗？"

他喉结微动，出口嗓音艰涩，最后仍是淡然应她："好。"

他爱如今苏菱依恋他、不讨厌他的感觉，毕竟现在在她的记忆里，很多糟糕的事情还没有发生，他并不是一个已经被判了死刑的囚徒。

然而带她出去风险太大了，他为了留住这一刻的温存，也管不了那么多。

秦骁开车带她过去，晚上八点多，Z大教学楼都还亮着灯，操场上有锻炼的同学在慢跑。苏菱才要下车，秦骁出声："等等。"

他拿了个粉色的口罩递给她。

"为什么要戴这个？"

彼时《囚徒》的热度还没过，在他的操纵下她哪怕"宣布暂时退圈"，依然是人气正盛的大明星。

秦骁语调平静："最近不太平，我们出门也比较危险，我也会戴，好不好？"

这套说辞苏菱之前就听过，她也比较能理解，于是乖巧地戴上。

秦骁果然拿出了一个黑色的口罩戴上，牵着她的手一起往Z大走。

夜色迷人，Z大艺术氛围浓厚，有男生在操场弹吉他向喜欢的女生表白。苏菱眼里带着笑意，远远看着。

"你喜欢那样？"

苏菱也不知道，她腼腆地笑，然后摇了摇头。

秦骁没说话，她忘了那个雨夜，他跑去雨里买了把吉他来为她唱歌。有得必有失，他失去的就是她忘记了这辈子两个人相处的点点滴滴。

他心里隐隐作痛。

两个人走出操场的时候，迎面就遇上了董旭。

秦骁瞬间沉下了眼，董旭径自过来，看来是一路尾随来的，董旭的目标很明确。

董旭确实是尾随过来的，前段时间苏菱突然宣布暂时退圈，要出国一段时间进行深造。董旭和她合作过《囚徒》，知道她对待演戏多么努力刻苦，杀青那天董旭问她以后有什么打算，苏菱说希望能有再参演电影的机会历练一下。

这样的苏菱，董旭不信她会突然退圈。

董旭找不到苏菱的人，最后把目光投向了秦骁。

秦骁是什么人，在 B 市上流圈子里大家都知道，他要的东西，就是自己毁了，也不许别人得到。

他既然看上了苏菱，怎么会允许苏菱就这样离开？

果然今天让他遇见了他们，苏菱就在秦骁的手上。

董旭皱眉，看见了他们紧握的手。苏菱觉得那一瞬秦骁握得她有些疼，她抬眸去看对面那个男人，觉得有些眼熟，但她并不认识。

董旭看向戴着口罩的少女："苏菱。"

苏菱抬起眼睛，有些诧异地看着他："你认识我？找我有什么事情吗？"

董旭心中升起一股荒诞的感觉，还没来得及说话，秦骁抬起手打了个响指。两个跟着他们的保镖连忙过来："秦少。"

"带夫人回去。"

他眼中死死压抑着暴戾，低眸看她的时候完美地掩盖住了，他靠近她的耳边，声音压得很轻："他就是最近想算计我的人，你乖一点，先回去好不好？"

"你会有危险吗？"

"不会。"他眼里漾出笑。

苏菱自然不会惹事，她点点头，跟着那两个保镖回去。

"苏菱！我是董旭，你怎么了？为什么突然不演戏了？"

她听到"演戏"两个字的时候略惊诧地回了头，她什么时候演过戏了？

秦骁眼里已经卷出风暴，他紧紧握住拳，静静地看着她。

她对上秦骁的目光，心中微颤，有了些许怯意。她抿了抿唇，对董旭说："这位先生，我不认识您。"

她也不久留，转身走了。

然而疑窦不免滋生。这个叫董旭的人，总不至于说瞎话，这些话太过荒谬，然而正是因为荒谬，才让她起疑。

董旭喊她名字的声音渐渐远去。

苏菱回到别墅，她呆了片刻，去洗了个澡，温水流过她的身体，顺着玲珑的曲线流下。

她感觉舒服了些，换了身衣服出来。

秦骁已经回来了。

他眯了眯眼看着她，目光一开始有几分凌厉，转而又变得柔和："菱菱。"

不知怎么的，她有些害怕。

她垂下眼睛看着自己足上那串紫水晶脚链，蜷缩了下脚趾，不想去他身边。

苏菱不知道秦骁和那个叫董旭的男人谈了些什么，她只是莫名地不安，头脑里浑浑噩噩的，她怯怯地看着他。

秦骁笑道："怎么了？"

她轻声问："刚刚那个人，问我为什么不继续演戏，他怎么会那么问？而且他也能说出我的名字。"她眼神略显迷茫："我没有演过戏呀。"

她不愿意过来，秦骁就起身过去，他的手抚上她的脸颊："你相信我吗，嗯？"

男人身高比她高太多，他低下头的时候，苏菱其实很有压迫感。她犹豫了一下，然后点点头："嗯。"

他笑了，刚才的森然完全不见，仿佛那只是她的错觉。

秦骁轻描淡写道："刚刚那个人随口说的，只是想和你搭话，别放在心上。他不是什么好人，你别想了，这些事我会解决的，今天吓到你了吗？"

半晌她摇了摇头，拉住他的衣角。

她最近不太怕他，抬起眼睛，一双明眸俏生生地看着他："秦骁，那你别骗我，好不好？"她咬了咬唇，"我不太聪明，你要是骗我，我多半也看不出来的。可是有一天我要是知道了，我会无措和难过。"

那双眼睛黑白分明，映出他的身影。

她语调明明软软的，却让他觉出无尽的寒意，绵延进骨骼，只需轻轻地推动一下，就会让他坠入冰窟。

他身子僵了僵，随即笑道："好，不会骗你。"

得了秦骁的承诺，她松了口气，露出浅浅的笑意。

秦骁垂下眼睛，没让她看见他的表情。那一晚秦骁睡不着，她睡在他的怀里，快六月了，夜间却很凉，别墅建在半山腰，夏天比较凉快。

他的手包住她的小手，她靠在他肩上，墨发如瀑，睡得香甜。

他是一个拼命抓紧沙子的人，但是沙子依旧不断在流逝，他生怕她哪一天记忆突然恢复，就彻底恨上了他，也怕不知道哪一天她就离开他了。

董旭是一个隐患，云布、万白白和倪浩言同样是，还有苏菱那个素未谋面的父亲，以及文娴。所有人都不看好他的爱情，他和她在一起的每一分每一秒，都在和世界为敌。

他整夜睡不着，天将明的时候，秦骁做了个决定。

苏菱第二天睁开眼睛，就看见他微笑地看着她，秦骁的手指抚过她的发："早安。"

苏菱眼前晕了一阵，随即也抿出一个笑意："早安。"

秦骁看了她半晌，最后在她额上印下一个吻："苏菱。"

"嗯？"

"我们去把结婚证领了吧。"

她早晨醒来的朦胧感完全没了，惊怯地看着他："秦骁，你……你别开这种玩笑哇。"她知道自己的定位，秦骁的情人嘛，也就一直做好情人该做的事。

苏菱一直想的就是，等哪一天秦骁厌烦她了，或者找到更加年轻好看的姑娘了，她就可以离开了。

"我没有开玩笑。"他眼神温暖，"我会好好照顾你一辈子，好不好？"

她犹豫着，然后摇了摇头。

秦骁眼中晦暗，透着浅浅的危险，他面上依然笑着，翻身覆在她身上，双臂撑在她两侧。

苏菱有些害怕："秦骁……结婚这种事，应该慎重，一时心血来潮的话……"

他的吻落下来，她剩下的话就只能咽下去。

她身上只穿了睡衣，白色的丝质睡衣，柔软细滑。

他的吻一路向下，挑开了她的衣服，她胸前一大片肌肤露了出来。苏菱有些慌，伸手去推他的脑袋。

他不管不顾地在她肩上咬了一口。

带了些许狠意，她糯糯出声："好疼。"

他轻笑了声："我错了。"

然而他的行为可没有半分认错的打算。

苏菱身子微微颤抖，她咬唇不让自己发出声音，但是她害怕得有点想哭。

秦骁褪她裤子的时候，她的身体已经僵硬得不像话。

他单手扣住她的手腕，苏菱瑟缩了一下，这场博弈她必须结束：

"秦……秦骁。"

他头也不抬，眼底压着三分冷意，七分情欲。

她终于害怕了："我不要。"

他抬起头，眼中尚且还有情欲，瞳孔却漆黑如墨，他的手轻轻捏住她的下巴："为什么不想？既然你觉得自己是我的情人，那做点情人间该做的事不是应该的吗？"

她泫然欲泣，可怜得像是初初绽放就要被人摘下的花。

他笑了一声。

苏菱伸腿去踢他，他单手握住她纤细的脚踝，转而在她脚背上落下一吻。脚踝上的紫水晶暗光流转。

她抖了抖，语调终于带了几分冷意："秦骁。"

他面上的笑再也挂不住，抬起眼睛看她。

"苏菱，你想起来了。"他嗓音冷下来，用的不是疑问的语气。多可笑，他想了整整一晚，想趁着这个时候先把证领了，可是她竟然想起来了。

她睫毛湿湿的，看他的眼神却骤然有了几分恨意。她受不了了："秦骁，你这个疯子！你竟然催眠我！是，我想起来了，昨天就全都想起来了。我讨厌你，我恨你！你这个神经病，谁都不会爱你的。"

他心中那点微弱的希望片片碎裂，扎得人生疼。

秦骁眸光冷下来："既然想起来，为什么还要委屈自己，和我虚与委蛇？"

苏菱别开脸，一点都不想看到他这张脸。

她昨天晚上想起来以后，还抱着秦骁能主动坦白的心思。她明明说了会努力接受他，他为什么还要这么做？

她心中又愤怒又难过，还带了几分说不清道不明的委屈。

她挣开他的手，眼里噙着泪水，心中酸楚，往床边爬。

他冷冷看着。

她尚且带着哭腔，呜呜地骂他："骗子，大骗子！"

他并不阻止她，只是心中像万千针扎一样疼。

苏菱没穿鞋，光着脚往楼下跑。

她打开大门，换上自己的鞋，擦干眼泪往外跑。

那时候五月末，早上外面是蒙蒙大雾。那一簇簇蔷薇沾了露，在晨光里透着几分蓬勃朝气。

她看了一眼，心中难过和愤怒交织着往上冒。

苏菱跑到大门口，那个领头的保镖连忙使了个眼色，十来个人齐齐把门围住。

领头的赔笑道："夫人，您这是……"

秦骁缓步走过来，他出声，嗓音带着不容置疑的冷："回来。"

苏菱回过头，她那双眼睛被泪水洗过，带着莹润湿软的光，看着他时没有先前的依赖，更别谈丝毫的亲昵。

他心中骤然绞痛，还带着几分苦涩。

秦骁语调低了下去："回来吧。"我爱你呀。

她摇头，不管不顾就要往外跑。为什么昨晚不点破？因为她更害怕，如今的秦骁已经知道了她重生的事情，绝对不会让她离开他。

他骨子里是个疯子。

她得知他给自己催眠的那一刻，浑身冰冷。

她抱着最后一丝希望，让他不要骗她，可他依然是个骗子。

然而尽管知道这一切了，她却不能点破，只能寄希望于他放松警惕，这样她才能跑出去。但苏菱没有想到秦骁会这么敏锐，他几乎一瞬就看出来了，逼得她只能坦白。

坦白的后果，只能是一个……

这个疯子会光明正大地囚禁她。

那群保镖拦着她，却不敢碰到她。毕竟大家都清楚，这是秦少的心头肉。他们畏首畏尾，倒还真让苏菱跑了好几米远。

秦骁冷着脸过来，一把扛起她就走。

这回苏菱是真的恨杀了他，又打又踢。他把人弄回去的时候，一脚端上门。

门轰隆一声响，秦骁冷着脸，把她放在沙发上。

他舍不得用扔的，怕她疼，苏菱却毫不留情，把他的脸挠出一条长长的伤口。

伤口渗着血，他在她面前蹲下来，把她的泪水擦干净。

"别哭。"男人面容冷峻，带着伤口，反而更符合他的性格。

她努力把呜咽声咽下去："囚禁人是犯法的。"

他嗤笑了一声："嗯，那又怎么样呢？"

他这样的人，死都不会怕。

他的手指还沾着她的泪水："我去把郑小雅杀了，嗯？"

她咬牙，心中有些悲凉。

他把下巴搁在她颈窝："别那样看我，别那样看我，好不好？我不……不会去杀人。我要留着这条命，和你过一辈子的。我都记得的，要当个很好的人，你才会喜欢我。"

"可是你也说了不会逼我，你……"

"嘘……"他抱紧她，"乖，别说了。"

她心中冷笑，你也会怕吗？

秦骁知道她不想看见自己，伤口也顾不得处理，匆匆出了门。

走出门的时候他就下了死命令，看好苏菱。

苏菱颓然抱住膝盖，不明白事情为什么会突然变成这样。

重来一回，她明明已经改变了很多东西，可是最后，他还是选择把她关在身边，和他死死绑在一起。

明明之前还挺好的，到底是哪一天开始，他变得这样没有安全感呢？

中午她不愿意吃饭，没有一点胃口。

下午的时候左印来了。

左印穿着一身深灰色的西装，带着金丝眼镜。

苏菱现在也十分不待见他，秦骁的朋友，和秦骁只能是一丘之貉。而且这个人有真本事，他可以强行催眠她，让苏菱心中很警惕。

左印看她那不友善的眼神，苦笑了一下："苏小姐，先前的事情很抱歉。但是秦少什么性格你比我更清楚，不是我也会是别人。"

她沉默了一瞬，倒是接受这种说法："那左医生，你可以帮我带话出去吗？"

"这个不行哟，秦少对我也不会留情的。"

她便不想再和他说话了。

"我来给你检查身体，上次催眠让你记忆紊乱，现在身体会不舒服吗？"

苏菱默默地摇了摇头。

她不至于和自己过不去，也不会要死要活。身体健康，她才能活得久一些。

左印问了她几个指标，初步估测了下她身体没什么问题。左印松了口气，但是想起目前的情况，左印很是唏嘘。

秦骁在手段狠厉地对付文娴。文娴哪里是秦骁的对手，这几天手忙脚乱慌了神，又怎么都见不到苏菱，有力也没处使。

文娴倒是想利用舆论的力量让秦骁有所顾忌，但是秦骁早把这条路封死了。

只要苏菱还在他身边，只要她什么都不知道，他就是一个没有软肋的人，神挡杀神，佛挡杀佛。

这样下去，要不了两个月，文娴就会被秦骁架空。

而如今也不知道秦骁对郑小雅做了什么，前段时间郑小雅突然宣布退圈，想来也不敢出现在秦骁的生活里了。"秦夫人"的头衔没捞着，反而把自己赔了进去。

左印挺好奇："你说你是被郑小雅从楼上推了下来，然后灵魂直接来到了这里吗？"

苏菱不想满足他的好奇心，她抿紧了唇不说话。

左印啧了一声。好吧，这就是厌屋及乌了，他和秦少一起被讨厌了。

左印笑了笑："我来的时候，给苏小姐带了份礼物。"

其实那也是秦骁准备的，是苏菱的外婆年轻时候的照片，苏菱怔了怔，接过来看。

满脸沟壑消失不见，照片上的女人细眉亮眼，一股子凌厉干练的味道。

左印意味深长："看起来就是一位很厉害的前辈呀。"

他没有多打扰苏菱，告辞离开了。

秦骁在公司工作，见左印进来，抬起了眼睛。

左印说："没吃饭，但是愿意配合检查身体，证明只是心情不好，没有胃口。"

秦骁抿唇，眼眸垂了下去。

他办公桌上至今还摆着那个粉色的毛绒兔子。

左印见过他年少时张狂到无法无天的模样，虽然知道秦少不是什么好东西，但是为秦骁做过治疗，左印如今有几分可怜他了。

左印既然是治疗心理的，也对苏菱的心理有个大致的评估。

虽然秦骁手段过激，但是有一点左印是赞成的——苏菱最好不要知道她的身世。

她活了两辈子，心中的固执和渴望自然比一般人重，然而她所有挂念的、努力的，只是人家的一盘棋局，真知道了很容易心理崩溃。这样的事在旁观者看来似乎无足轻重，但不是局中人，就永远也体会不了那种切肤之痛。

这不是坚强就能解决问题的。左印心想，要是他被人掌控两辈子，还是被自己最信任的人，而爱着自己的人呢，又是个占有欲强到近乎偏执的变态，并且跟自己有一丝丝血缘关系，他也受不了。

"你哄哄她吧，对她好一点，看你这没日没夜地工作，想来也用不了半年。把所有事情办好以后，慢慢想办法让她接受……唉……她如今又气又……讨厌你，你还是少在她面前晃吧。"左印心想，他如今真成家庭伦理大师了。

秦骁回到别墅的时候，星斗已经漫天。

他洗漱完才轻轻推开她的房门，月光柔柔地落在她的身上，她的睫毛上还挂着小小的水雾，枕头湿了一小片。

他看着她的眉眼，想起她先前说的话——我不太聪明，你要是骗我，我多半也看不出来的。可是有一天我要是知道了，我会无措和难过。

他心中也疼，被人碾碎了一般。

他躺在她身边，轻轻把她拥在他的怀中，把她的小手放在自己的腰间。

过去半个月，她都在他怀里入睡。天真无瑕，娇怯可人。

可是此刻她眼角的泪水未干，彻底知道他是个怎样的人，应该这辈子都不会再喜欢他了吧？

第二天凌晨五点的时候，他就悄悄出了门。

秦骁给她把被子盖好，看了她一会儿，默默走了出去。

那时候月亮还没隐去，太阳也没升起，举目四望，依旧一片黑暗。

只有他的身影，茕茕无依。

秦骁出门的时候，苏菱就已经醒了。

她睁开眼睛，身边的体温渐渐冷却，苏菱垂下眼睛。她下床将窗帘拉开一个细缝往下看，刚好看到秦骁发动车子。

她知道他忙，可是从没见过他这样拼。

是为了什么呢？

苏菱不信秦骁是害怕面对她，别的不说，秦少的厚脸皮子弹都打不穿。他喜欢她，就想要拥有她，哪怕如今她知道了他干的龌龊事，秦骁心里也不会愧疚的。

他早出晚归，一定还有更加重要的事。

她想了一会儿，又回去睡觉了。

这几天别墅的来客只有左印，来打扫卫生的女人不敢和苏菱说话。既然她恢复了记忆，秦骁也不必再瞒着她时间，他让人把电视安回来了，苏菱无聊的时候就看电视。

她看着电视里神采奕奕的纪崇，心道虽然命运改变了一部分，但是每个人的人生轨迹依然在原路运转。

兜兜转转，他还是选择用强硬的手段来留住她。

就像纪崇，他人气越来越高，要不了多久，依然会站在原本影帝的位置上。他的生命里依旧没有傻姑娘云布。

秦骁这天中午回来了一次，苏菱下巴搁在膝盖上，把自己蜷成一小团。

她消瘦了一些，他皱眉看了片刻，抬手去摩挲她的脸颊。

苏菱侧过头避开，他垂眸笑，不甚在意的模样。

"这么讨厌我了，嗯？"

简直明知故问。

她不想和他说话，秦骁的手又移到她的脚踝上，那里光滑一片，她自己把脚链取下来了。

秦骁把桌上的盒子拿起来，里面有红珊瑚珠串，还有条钻石脚链。

他嗤了一声，盒子递到她眼前："自己挑？"

苏菱拿起来，她咬了咬唇，心中着实委屈，直接把盒子往他身上扔。

黑色丝绒盒子砸在他肩膀上，他没有生气，反而笑了："愿意理我就好。"

打也行，骂也罢，只要眼里还有他。

苏菱气得想哭："神经病。"

他低低地笑："嗯。"简直没脾气。

她想了一会儿，觉得秦骁这种人要是没人来杀掉，约莫是怎么都死不掉的。怪不得说自古反派多长命，冲着这变态一样的精神品格，他们就能活到最后。

苏菱想离开这里，她早晚得离开这里。

她突然下了沙发，捡起那条花苞造型的钻石脚链，那链子做工精细，刚好是她的尺寸。

"我戴上这个，你让我见云布和万白白。"

他垂眸看着她，把她看得有些心虚。半晌他轻笑一声："这是要和我谈生意？"

苏菱抬起头看他，眼里有些可怜。

他的手指触上她的脸颊，苏菱睫毛颤了颤，这回没有避开。

秦骁说："加点筹码。"

"什……什么？"

"站起来。"

苏菱不知道他要做什么，但是她坐在沙发上，秦骁站在地面，她站起来也比他高不了多少。柔软的沙发往下陷。

秦骁估计了下高度，手环住她的腰，他感觉到那一瞬她颤抖了一下。

秦骁脸上的表情很平静，眼睛却看着她："主动吻我，让你见她们。"

他想了想，笑道："我喜欢那天你吻我的感觉。"

那个时候她的记忆出了问题，欢喜地亲了亲他的脸颊，他仿佛看见一整个世界的花开。

苏菱气得快抖了。

她气之前那个愚蠢的自己，也气秦骁的恬不知耻。他果然一点也不在意他自己干的龌龊事，这个男人从根里就是坏的。

这更加坚定了她的决心。

秦骁永远都是吃软不吃硬的。

她如果不退让，就会永远被困在这里，谁也进不来，她也出不去。这么久的相处，让苏菱足够了解他：哪怕她用自杀来威胁他，他暂时退让了，可是他也许转眼就会对她进行第二次催眠。

这是个疯子。

苏菱也足够惜命。她是为了填补之前的缺憾，不是和他斗气，况且赢了也不会有什么好果子吃。

她考虑了半晌，捧住他的脸颊，轻轻吻了下去。

她樱唇紧闭，打算贴着不动。

他眸中带了笑意，轻轻捏了她的腰。苏菱怕痒，她心里快气死了，却痒得想笑。

她唇张开的一瞬，他长驱直入。

苏菱真的气哭了。

男人脸上被她抓出来的印子结了痂，透着几分不羁和狂野。

他亲够了，给她擦擦唇角，又把她眼角的泪水擦掉，利落果决地打电话："让人把云布和万白白带来。"

如此，她眼里那汪泪水，哭不出来，收不回去。

他伸手，把她手掌中的钻石链子接过来。

"不喜欢就不用勉强自己了，我会让你见到她们的。"

她忍不住小声说："我最不喜欢的就是你了。可是你不也在勉强我吗？"

他当作没有听见，给她理了理耳后的头发，很快又匆匆出了门。

也不知道他是不是过于有自信了，竟然让她单独见她们。

下午，云布和万白白果然来了。

云布一见到苏菱就哭了："菱菱……哇呜呜……菱菱，我找了你好久哇，可是我找不到你，我险些真的以为你退出娱乐圈出国了，我以为你不要我了，我以为这辈子都见不到你了。"

万白白啧了一声，她倒是什么都料到了，看向苏菱的目光很是同情。

苏菱轻轻给云布把眼泪擦了，安慰了她一会儿。

云布边抽泣边打嗝儿："你弟弟……也在找你呢，但是我们都找不到你的人。秦骁怎么这么坏呀，他这是非法拘禁！"

苏菱垂下眼睛，想起秦骁先前的话，他这种人，怕什么犯法。

万白白有些无奈，看着苏菱："情况呢，我大概猜到了。前段时间我就找过郭明岩，但是那货孬，他怕秦少。你找我们来总不至于是叙旧，但是要我们帮你离开，说实话，很困难，几乎办不到。我还是清娱的人，秦少是我老板，动动手指头就可以把我封杀。"

万白白无奈地笑了笑："我这个人没什么朋友，你是第一个，我愿意为你做很多事，可是有些事，哪怕做了，对你来说也没有帮助，反而会把你推向万丈深渊。"

"嗯，我都知道的。云布，你让倪浩言别找我了，你告诉他我挺好的。就说我……我出国学习去了吧。白白，现在只有一个人可以帮我，你能找到董导吗？"

万白白眼睛一亮："这倒是个好主意。"她沉吟片刻，又摇了摇头。"董旭玩不过秦骁，秦骁十八岁就接管秦氏企业，如今过去十来年，秦骁的心智和城府董旭比不上。他让我们来，也是觉得没人对他有威胁。"

万白白说完有些担忧地看向苏菱，然而那时候少女面色平静，带着淡淡的笑意："所以我没有打算让董导帮我对付他，我只是想知道，秦骁隐瞒了什么，希望董导帮我查一查。秦骁害怕让我知道的事，我知道了，才是突破点。"

苏菱不想麻烦任何人，但是她更不想在这里困一辈子。

既然董旭愿意来找她，也想帮她，那这就是她最后的机会。

万白白看着这样冷静的苏菱，想起半年多以前那个怯生生演戏的少女，蓦然觉得她真是成长了许多。

万白白同意了，这是最好的办法："可是我下次要怎么过来？"

"半个月以后，我想办法再求秦骁一次。"

"好。"

半个月说长不长，说短不短。

苏菱一面担心董旭查不到什么，一面又在猜测秦骁到底在忙什么。

直到半个月以后，苏菱依然用了老办法。她亲近秦骁，秦骁就会满足她的一切要求。

那天万白白过来，给她带了一封信。

苏菱看完以后，沉默了好半天，最后把信纸撕碎，扔到马桶里冲了下去。

万白白觉得苏菱安静得过分了，有些担心。

然而苏菱最后只是轻轻一笑。"谢谢白白……"她声音低低的，带着无尽的疲惫，"谢谢你们。"

她只是突然觉得，太累了。

累得全身没了力气，然而这一年，她才二十岁呀。

秦骁发现，近来苏菱睡眠的时间越来越长了，有时候她一天能睡十六个小时。他找来医生检查，可是医生查不出任何毛病。

秦骁心急如焚。

那个时候六月了，初夏来临，蔷薇怒放，昭示着一整个夏天的烂漫。

她双手交叠放在腹部，睡得很香甜。

他把她抱在怀里，那一整天都没有出去，直到她醒过来。

她眸中氤氲，让人看不真切。

他便也是若无其事的模样："饿不饿？我们去吃饭。"

"秦骁，我做了个梦。"

他的手指紧了紧。

她扯了扯唇角："我梦到我死了，你出差回来，看见我的尸体……"

他额头与她相抵："不要说，求求你，不要说。"

于是她便不说了，只是轻声问他："我今天睡了多久？"

他哑声回答她，声音里几乎带着颤意："十七个小时。"

她眸中带着几分残忍的天真："你说我是不是本来就不属于这个世界？也许有一天我再也睁不开眼睛了，这辈子这一年，是我偷来的呀。"

　　他受不了了，抱紧她："不会的……不会的……你别睡了。"

　　他眼里染上红色："我让他们都来陪你，你别睡了，好不好？"

　　她声音软软的，透着点疲惫："可是我困。"

　　于是他快疯了。

第十九章

蔷薇落

　　那之后的几天，苏菱见到了各种各样的人，她啼笑皆非，秦骁真是慌了，连唐薇薇也给她找过来了。

　　唐薇薇也有些无语，翻白眼道："真不明白你哪里比我好，病歪歪的，秦少喜欢你什么呀？"

　　那个时候云布正好也在，闻言看了看苏菱的胸，又看看唐薇薇的，然后对唐薇薇轻蔑一笑。

　　唐薇薇差点当场气死，口不择言："没听过胸大无脑吗？"

　　云布："菱菱成绩系里第一。"

　　要不是有人拉着，唐薇薇当场就要和云布决斗。

　　唐薇薇心想，那秦少也没碰过我呀，男人还真能凭空估计不成，她难道真的败在了胸小？

　　话题彻底跑偏。她们去看苏菱，苏菱竟然又睡着了。

　　她睡着也美，唇粉似樱，肤白胜雪。

　　云布眨了眨眼睛，突然有些难过。

　　再活泼的话题，苏菱也只是轻轻笑过，随后又陷入疲倦。

　　这样的时光对苏菱而言却是过得很快的，她吃不下什么东西，也不很讨厌秦骁的样子。他现在每天不会再早出晚归了，她几乎每天睁开眼睛都能看见他。

他与她说话，她很平静地答。

看起来似乎更乖巧的样子。

他心中生出一种巨大的恐慌——从前苏菱不管如何生气难过，总是朝气蓬勃的，如今她像是失去了生气，有一种任人摆布的乖。

后来七月，花园里的蔷薇全都凋谢了。

秦骁把她抱起来，蹭蹭她的脸颊，让她换了一身水蓝色的旗袍，带着她出门。

他身上的衣服是一套和她的旗袍很搭的西装。

她才二十岁，美丽得令人惊艳，如今虽然虚弱，可是依然有百分之百的回头率。

他怕车子里的空调让她觉得闷，于是把车窗下调了一小半。车窗外的风吹进来，让她脸颊边的头发俏皮地飞舞。

她的长发快及腰了。

眸中是少女的纯净，身段却多了一分婀娜妩媚。

苏菱一直不问他们要去哪里，直到看见"民政局"三个大字，她才蓦然转头去看秦骁。

秦骁也在看她。

好半晌，他露出一个极其温柔的笑："菱菱，我们结婚吧。"

他等着她拒绝，当然说"好"的可能性微乎其微。然而最后，她露出一个极轻的笑，对他说："秦骁？还是说哥哥？好歹有点关系呢，虽然不在三代内，法律允许，可你心中难道不觉得不太好吗？"

她说这话时没有讽刺的意味，也没有别的厌恶情绪，只是在陈述一个事实。

他捏住户口本的手微微发抖，脑子里一片混乱。

这几个月，秦氏企业的主人已经完全变成他了，他不必再担心文娴对苏菱使手段，他足以保护她。可是他费尽心思向她隐瞒的东西，她竟然全部知道了。

他甚至不敢开口问她知道了多少。

秦骁强迫自己冷静下来，在心中分析。苏菱的母亲于俏和文娴是表姐妹的关系很容易查到，苏菱父亲的事和她外婆做的一切，想查到却不容易。

然而世上没有不透风的墙，这些事情只要有线索，总能查到。

秦骁想到董旭，眸光骤然冷了下来。

苏菱如今这番模样，可不只是知道身世这么简单。

她至少应该是知道她的外婆和出逃在外的父亲全部都在操控她。她的外婆，甚至试图用死来控制她的感情。

所以，她活着觉得悲哀。

她太累了，才会想睡觉。

梦里安宁，什么都没有，没有讨厌的他，也不会有那些卑鄙的人伤害她。

她那么努力地想好好活着，可是整个世界都在对她施以恶意。

他的心骤然痛得快要碎成一片泥泞。

"菱菱，你听我说，他们坏是他们的事，你要好好活着。不要他们了，好不好？忘掉这些，还有你上辈子的记忆，通通忘掉。我们好好生活，我……"

"秦骁，"她轻声说，"我忘不掉，也不可能忘掉。你可以催眠我，但是你自己也知道，催眠不是什么神奇的法术，谁也不能保证我下次醒来是疯还是傻。并且我每次记起来，就会更恨你一分。人活着，如果连自己是谁都忘了，那会很可怕的。"

她看着他："你愿意忘了我吗？"

他眸光沉下去，漆黑一片，像是寂寂的夜。

于是她笑了："你看，你也不愿意忘掉哇。你总是学不会一样东西——己所不欲，勿施于人。"

苏菱其实鲜少与他讲道理，因为赫赫有名、名声在外的秦少，压根儿不是一个会讲道理的人。

然而她今天出乎意料地有耐心："你强迫我喜欢你，可是如果我强迫你不喜欢呢？你想和我在一起，可是如果我逼你离开呢？你有权有势，我孑然一身，可是你总是忘了，我有一样你没有的武器。"

那武器唤作爱。

你爱我，而我不爱你。

所以，你再有钱有势也没用，你的喜怒哀乐全都因我而动。

后半段她不必说，他也懂。

他从来都比她聪明得多。

秦骁颓然发现，其实苏菱的父亲和外婆是成功的。他爱上了苏菱，他们把她送到他的身边，他不可救药地爱上了她。为此，他对付文娴，把自己的母亲架空。

文娴的心理素质可不好，年轻时坏事干多了，也享受骄纵地过了一辈子，老了却一无所有，时时刻刻活在提心吊胆之下，这样的落差就是对她最好的报复。

而他呢，他偏执、病态。

她却天真纯然，很乖很美好。

她每说一次不爱，就让他的心鲜血淋漓一次，他也是肉体凡胎，也是会痛的呀。

可是走到现在，他已经没了办法。

舍不得放手，不敢再前进。

那条名为爱情的锁链将他死死套住，任他有旋转乾坤的手腕，却舍不得挣断这锁链。

她的嗓音带着几分娇，低声说："秦骁，我好困哪，我们回去吧。"

他的眼眶生疼，最终只能应道："好。"

左印再次来到秦家给苏菱做心理辅导。

他做完了测试，又同苏菱讲了一会儿话。

她很乖地配合，最后一双干干净净的眼睛看着左印："左医生，我生病了吗？"

左印也觉得有些心酸，他摇了摇头，轻声安抚她："不，你没有生病，相信我，一切都会好起来的。"

她弯了弯唇，眼睛也弯成一个月牙儿，点点头，带着全然的信任："嗯！"

左印走出去，秦骁在门口吸烟，男人眼眶猩红，门外烟雾缭绕。

左印啧了一声。秦骁其实很久没有吸烟了。

有苏菱在，秦骁总是愿意变成更好的自己。他这样的人，认准了一件事，付出再多也在所不惜。

秦骁嗓音沙哑："她怎么样？"

"情况不是很好，我也看不出什么毛病，但是多半是心病。"左印从来不穿白大褂，他身着白色衬衫，把手插进裤兜，"古时候就有一句话，你听过的吧——心病还须心药医。她的心病已经不仅仅是你了，而是你们所有人，你们所有人在逼她走一段她并不喜欢的人生路。她因为有奇遇，还走了一遍又走一遍。"

秦骁沉默。

"她那个父亲找到了吗?"

"没有。"

左印皱了皱眉:"你都找不到的话,该不会躲在哪个深山老林里隐居了吧?"

秦骁也烦这个事,然而他现在全身心扑在苏菱身上,一闭上眼就是她怯怯地问他,是不是她偷来的这一辈子,很快就要结束了,有一天她睡下去,睡够了二十四小时,就再也不会醒过来。

秦骁觉得烟雾浓重得让人窒息,他掐灭了烟,大口喘气。

左印严肃着脸。"秦骁,多年兄弟,我给你一个选择吧。"他说,"你放手吧。"

七月的空气,夹杂着让人微微疼痛的燥。空气被缕缕割裂,化作针,扎进他的肺里。

秦骁蓦然红了眼眶。

七月的最后一天,原本三十几摄氏度的高温突然降了下来,天空灰蒙蒙的,下起了一场小雨。

小雨淅淅沥沥,整个 B 市都笼罩在了雨幕之中。

苏菱小口咬着一个抹茶味的冰激凌,看着远处的大街上行人匆匆,良久莞尔一笑。

她已经回到了自己的小公寓里。

左印上次去秦家之后,秦骁就把她送回家了。夜色降临的时候,她知道该走了,是今晚的机票。

如今她的银行卡里已经有了《囚徒》的片酬,省着点花,后半辈子衣食无忧不成问题。

她没有拿秦骁给她的那张银行卡,那张卡里是一笔巨额资金。她把它放在了客厅的茶几上。

她知道也许有一天他会忍不住过来,那他看到这个就拿走好了。

　　苏菱去机场的时候，把自己全身裹得严严实实。很早以前林清就教过她出门怎么样乔装一番让人认不出来，如今她全部做得很好。

　　苏菱买了不止一张机票，以防万一，她会辗转七八个国家。

　　而她的目的地，那么多个城市，茫茫人海，芸芸众生，他去哪里寻她呢？

　　飞机冲上云霄的那一刻，她静静地看着窗外的云层。

　　夜色浓浓，外面的景象看不真切，也看不到下雨的景象了。

　　今夜是七月最冷的一夜。

　　她赌对了。

　　心口其实微微有点疼。

　　他的爱终究是一把利器，她毫无仰仗，可是手握这把利器，连他也没有反抗的力量。

　　他好爱她，好爱她。

　　可以为她生，为她死，却不敢看着她死，也害怕她消失在这个世界上。

　　她黑白分明的眼睛看着云层。

　　这是苏菱演过的最好的戏，好到她代入了所有感情，又屏蔽了所有感情。

　　这场不属于荧屏的戏，无人为她加冕。

　　苏菱拿出了外婆留下的那封遗书。

　　曾经里面有很多东西她看不懂，可是后来结合董旭的信，她就全都明白了。

　　外婆其实早就全都跟她说了。

这一切确实是一场阴谋，却又不完全是一场阴谋。外婆很早就后悔了，也在慢慢收手。她让苏菱给倪立国钱，让苏菱对她失望，从而离开倪家，她想让苏菱好好活。而她的死则是为了让躲在黑暗中的那个人放过苏菱。外婆死的时候，是爱着她的。

苏菱并没有一无所有，她的人生也没有彻底任人摆布。

然而这一切，秦骁并不知道。

她演了这辈子最精彩的一场戏，骗过了自己，最终也骗过了他。

他摆布了她一生，而她……回敬他这一局。

B市在打雷，雷声轰隆，闪电划破天幕。秦骁的脸色很难看，门铃响起的瞬间，坐在沙发上的郭明岩几乎是马上跳了起来，去把门给打开了。

外面的左印收了伞，冲郭明岩温雅一笑。

郭明岩有种想喊他哥的冲动。

老天哪，再让他一个人面对骁哥，他就要窒息了。

左印整了整衣领，在秦骁对面坐下："还没找到她？"

秦骁冷冷一笑："明知故问。"

左印耸耸肩："也算是有好处，这是个聪明的姑娘啊，我以为她单纯到傻呢，结果人家也知道骗你。她身体既然没问题，那就是最大的好事。"

秦骁沉默，这个他也认同。

左印抹平衣角上的褶皱，看了眼秦骁，想起了那天他们的对话。左印给了秦骁一个选择，让他放手。

那时候烟雾散去，秦骁眸中几乎一片猩红。

他哑着嗓音："你之前说我有病，我嗤之以鼻。然而在爱情中的人有千千万万种，我是最为人不齿的那种。我不信她会爱我，也赌不起如果放她走了，她是不是还会回来。"

秦骁继续道："然而我想看她好好活着，你不知道，她笑起来多好看。"他红着眼眶，"可是她想起来以后，再也没对我笑过了。"初见她时，他觉得她哭起来都美，然而后来，不知道哪一天开始，她哭起来只会让他心碎。

秦骁弯了弯唇："我放她走，但是不会放手。想我放手，等我死了吧，我最好是……死在她前头。"

然后秦骁做了决定。苏菱走了也好，她生病了，需要好起来。而那些阴暗的事，就由他来通通毁灭掉。

秦骁说："她曾经说，我别吓她，别逼她，做个好人，她就试着喜欢我。"他笑起来："左印，你说那个时候，我满心赤诚的时候，她真的有爱过我一秒钟吗？"

左印回答不出来。

等苏菱真的走了，那一夜下了一整晚的雨。

秦骁睡在她曾经睡过的地方，良久低声问："你真的爱过我吗？"

如果爱过，能不能可怜可怜我？

明明是七月，却泛着一股冷意，空荡荡的房间，没有人会告诉他答案。

然而苏菱的行为告诉了他答案，她并不可怜他。

她走得干净利落，行程辗转，等他去追的时候，已经失去了她的行踪。郭明岩找人还是有一套的，毕竟他从小到大致力于玩，很是结交了些狐朋狗友，其中这方面的人才很多。

可是找了几天，郭明岩也慌了。

真的找不到哇！

所有人都小瞧了那个乖巧温柔的姑娘。

所以今夜郭明岩来跟秦骁商议，心情是很沮丧很惶恐的。好在骁哥把左印喊来了，虽然郭明岩也不知道左印来了有什么用……

郭明岩叹了口气："我查到 E 国，她的行踪就断了。外国……也有票贩子的呀，花钱隐藏个行踪还真不是事。"

左印皱眉听着。

倒是秦骁很淡然，良久，他对左印说："先把危机解决了，我们找不到她，居心叵测的人也找不到，她很安全。背后的人不会沉得住气，所以这段时间先把原定计划做完。"

"好。"左印笑道，"人被目的和欲望支配，会躁动不安的。"

秦骁冷静下来是个很可怕的人。他十指交错，低眉一笑："你去问问文娴，如果能问出一条新出路，也许……"秦骁没说完，但是他在长达三个月的时间内追踪这件事的时候，总觉得有不对劲的地方。

从文娴口中得知的信息是，她害了于俏，于是于俏的亲人想报复他们家。

可苏菱的外婆和父亲，要是真的这么在意于俏，或多或少也该心疼一下于俏唯一的血脉——苏菱。然而苏菱上辈子的记忆中，这些人可并没有对她有半分怜惜。

先是把她送上他的床，再是流言蜚语的推动、对少女来说无法承担的外婆的手术费、苏菱舅舅的赌债……每一步，都是在把她往他身边逼，环环相扣，毫不留情，一旦她想自由，就会有新的事情出现让她不得不屈服。

然而这件事其实是有风险的，倘若他一开始并没有看上苏菱，抑或是他没有那样偏激的性格，苏菱爱上了他，那他们做的一切都将是徒劳。

这样大的风险，他们还是愿意做，只能证明苏菱对他们而言并不重要。成了固然好，不成也没有关系。只不过效果出奇地好，他爱上了苏菱，近乎疯狂地迷恋。

此间种种，连秦骁这样亲情观念淡薄的人都开始怀疑，他们也恨苏菱吧？

秦骁淡淡开口："苏菱也许和于俏没有半点关系。"

左印惊呆了："那我们之前知道的……"

秦骁冷冷勾唇："多半是错的。"

郭明岩听完了全程，因为要他跑腿找人，所以前因后果他大体都知道，然而此刻他悲哀地发现，他听不懂啊！

他蒙了半晌，有些得意地总结："骁哥，我突然懂了，这么说来，你可能不是苏菱她秦哥哥呀。"

左印差点笑出声。

哪壶不开提哪壶。

秦骁眼风跟刀子似的，郭明岩浑身一寒，赶紧转移话题："那我还接着找苏菱不？"

"找。"

斩钉截铁的一个字，郭明岩连忙点头："找到了，带回来？"

秦骁沉默许久，摇了摇头。

找到了的话，他想看看，是不是没有他，她真的能快乐幸福？是不是他的出现，对于她的人生，原本就是一个错误？

她真的不曾爱过他吗？

哪怕一分钟，哪怕一秒钟。

在郭明岩撸起袖子疯狂帮忙找人的时候，八月匆匆来临。

今年夏天特别热，最高温达到了四十摄氏度。

小寒和赵沉走到途中的时候，雨点就砸了下来。小寒焦急地呜呜几声，他说不出话，五岁的男孩，抱紧了手中的食盒，不想让它淋雨。

赵沅连忙安慰他："没事没事，冷了再热一热就能吃，苏老师不会介意的。小寒，我们走快一点，不然一会儿淋湿了。"

小寒点点头，跟着比他大五岁的小姑娘赵沅一起往山那头跑，赵沅手中还拎了一个刚摘下来的西瓜。

两个小孩子到苏菱房子门口的时候，雨下大了，他们的衣服湿了一小片。

苏菱听见敲门，警觉道："谁？"

赵沅高声道："苏老师，是我和小寒。"

苏菱连忙给他们开门，见他们狼狈的模样苏菱很心疼："快进来，把头发擦干，当心感冒。"

小寒干净剔透的眼睛里透出亲昵的笑容。

赵沅吐了吐舌头，把手中的西瓜递出去："苏老师，这是我妈妈叫我给你拿过来的，我们自家瓜田里结的瓜，可甜了。"

小寒不甘落后，也把自己怀中护得好好的饭盒递过去。陈婶婶杀了鸡，里面是鸡肉和鸡汤。他一个小孩子非要亲自送来，陈婶婶哭笑不得，最后只好由他去。

此刻小寒眼睛亮晶晶地看着苏菱，满眼写着求表扬。

苏菱看得心软，没有拒绝两个孩子的好意，拿出毛巾和吹风机帮他们弄干衣服和头发。

她回到这个小村庄已经半个月了。小村庄贫瘠，村上有一所小学，由于条件不太好，老师很不好找，几个五六十岁的老师，既教语文又教数学。

当然每年也会有大学生过来支教，村里人也懂得感恩，自家种的蔬菜瓜果，总会给好心肠的老师们送过去。

苏菱回来半个月，就一直在村里的小学教书。

孩子们都特别喜欢她，她长得好看，人又温柔。每次念书，声音像三月里柔柔吹过来的风，一双双眼睛晶亮亮地看着她，班里最调皮的孩子都坐得端端正正的。

也有人认识苏菱，他们看电视，知道电视里演九里的那个漂亮仙女姐姐是自己的老师！

孩子们乐坏了，简直想抱着老师的腰不撒手。

苏菱讲课的时候，上体育课的孩子都恨不得跑过来围观。教室里的萝卜头们就更得意了，这是我们的老师！我们的！

苏菱半个月前辗转了好几个国家，最后一站，仍然是祖国。

她爱这片土地，也没有要去国外过几年的想法。

最危险的地方最安全，秦骁竟然到现在也没找到她。

这场雨来得快停得也快，苏菱把西瓜切开，给两个孩子吃，等雨停了，又亲自把他们送回去。

外婆家这地方住得偏，周围只有几户人家，陈婶婶他们住在另一头。

她一手牵一个，小寒不能说话，全程就是赵沅小姑娘兴高采烈地说。

苏菱送小寒回去的时候，陈婶婶脸色几变，连忙拉过苏菱，小声说："小菱，你托我打听的事情有眉目了。"

苏菱怔了怔，陈婶婶让她进屋，在里屋给她讲刚刚打听到的事："我记得你外婆带着你妈妈于俏来这里的时候，你妈妈才十六岁。我那个时候二十六，孩子六岁大了。觉得城里来的小姑娘养得真是好看。但是于俏并不喜欢这里，和你外婆吵了几次架，最后离开了。"

陈婶婶回忆道："我记得后来于俏回来过一次，那个时候她读大学了，好像是快毕业的时候，还带了男朋友回来。但是我没有见过那个男的，我这几天去问，发现还真有这么一回事，赵沅她奶奶见过，说那个男的长得很俊，非常喜欢于俏的样子。我觉得那多半就是你爸。"

苏菱没想到真能在老家找到线索，一时也有些激动。陈婶婶笑道："你放心，刚才有几个黑衣服男人来问，这些我可都没告诉他们。"

陈婶婶自己想象出了一场大戏，她还记得把自己孙子背回来的那个冷冰冰的男人，如果他对苏菱好，苏菱怎么会跑回这个穷乡僻壤！那些人多半是他派来的，陈婶婶心想，"媳妇"都被气回老家了，不给那个男人点惩罚，是肯定不能让他把人接回去的。

苏菱没有父母，陈婶婶要帮她讨回公道。

苏菱不知道陈婶婶猜了这么多，但是秦骁的人问到这里来了，想必也是有新的线索。

她垂下眼睫，心中轻轻叹息。

苏菱给陈婶婶道了谢，又去拜访赵沅的奶奶。

老人家回忆得很吃力："大伙儿都以为于俏是病死的，但是后来我上山捡柴，那个男人又回来了，手里抱了你，你外婆和他吵起来，最后那个男人走了，然后就是我们看着你长大。应该是你爸爸没错。"

"您还记得他长什么样子吗？"

"没看过两眼，时间太久，记不住了。"

苏菱回家的时候有点晚，她怕遇到危险，手机停留在报警界面，也不往偏的地方走。

一路平安到家，苏菱吃完饭又洗漱完，打开衣柜换睡衣的时候，她不可避免地又看见了秦骁那件黑色的风衣。

他矜贵得很，那次去医院后，这件衣服他并没有带走，而是买了新的穿。

苏菱洗干净以后，直接塞在柜子角落里了。

丢也不是，不丢也不是。

屋外在刮风，黑影婆婆，她胆子其实并不大，这种时候住在老房子里，她盖紧了被子睡不着。

她这段时间，其实很少再想起之前的事了。

如今一闭上眼睛，想起的是新年那时候，他浑身的伤，笑得肆意，还去动她小学的作文。

苏菱越少想起之前的事，就越发清晰地认识到，这一辈子的真实。

她没有忘掉他的坏，可是也记得他的好。

他在努力改变，可是一旦有了半点危机，他就会毫不犹豫地给她打造一个金丝笼，将她关进去。

催眠那件事以后，苏菱就明白了，她没有办法用真诚去打动他。秦骁并不相信真诚，他这样的人，只会害怕失去。

失去她一次，他觉得痛，才会彻底收回獠牙。

苏菱迷迷糊糊睡过去，做了个梦。

先前她说梦到前世她死后的事，是骗秦骁的，这夜却是真的。

第二天天亮，她记不清梦里的内容，却骤然发现枕头湿了，她一摸眼角，还有未干的泪。

她怎么会哭？

村里的学校就建在村子的中心，也是整个村子最热闹的地方。

学校里学生并不多，大多数到了该上四年级的年龄，家长们就会想办法让孩子转学。因此，学校里孩子的年龄普遍较小，最大的就是小姑娘赵沅。

苏菱教二、三年级。

由于人手不够，课程表排得很满。

苏菱得从早上一直上到下午五点半放学。

她今天讲《夸父追日》。那时候还早，阳光只是浅浅温柔的一缕，照进教室里。她嗓音娇软动听，朗读课本内容——

> 夸父心想："每天夜里，太阳躲到哪里去了呢？我不喜欢黑暗，我喜欢光明！我要去追赶太阳，把它抓住，叫它固定在天上，让大地永远充满光明。"
>
> …………

她读完以后，又给大家讲解这个传说。

一双双干净的眼睛看着她，听得很入迷。

然后小手接连踊跃地举起。

"苏老师，夸父不知道自己追不到太阳吗？太阳会让他好痛好热，他怎么还是一直追？"

"老师，夸父一定很喜欢太阳，宁愿渴死，也没有放弃。"

"他追不到太阳好可怜……"

孩子们叽叽喳喳，苏菱不知想到什么，轻轻垂下了目光。

教室里唯一格格不入的人就是小寒，他还不到上一年级的年龄，所以没有正式进入这所小学学习，但是因为他喜欢苏菱姐姐，所以每天都准时来到教室里听讲。

他不会讲话，性格又乖，完全不会调皮捣蛋，班上的其他哥哥姐姐也特别喜欢他。

因此，小寒成了唯一一个"特例"。

大家都在踊跃讨论的时候，小寒的眼睛就看着窗外一点。

他黑色的眼睛眨了眨，看着那个地方，下一刻他赶紧把小脑袋埋进胳膊里。

下课了，大家都欢呼着玩去了，小寒从椅子上跳下来，往远处最静谧的地方跑。

夏天来了，蝉鸣声又是阵阵。

小寒转过长满青苔的墙，爬山虎爬了半个墙面，他仰头看着那个高大的男人。

男人站得很随意，腿屈起，听到声音眯着眼睛看了下面前的小豆丁。

小寒记得他，人特别凶，那个把他从山崖上救上来的男人。

小寒心想，救了他一命的话，哪怕特别凶，也是可以原谅的吧。

然后下一刻，小寒听见这个凶叔叔低声道："小崽子，闭紧你的嘴，敢说出去老子收拾你。"

小寒："……"

他没法说话，小手从兜里摸了一颗糖，看了半天，很舍不得的样子，那颗糖是苏菱姐姐发的，都焐化了他还舍不得吃。

但是小寒刚刚听了夸父追日的故事。

他似懂非懂，可是也知道故事里那个巨人十分执着可怜。

他摊开掌心，把糖果递给眼前这个男人。

——喏，你的太阳。

秦骁并不接那颗糖。

他这个人没什么心肝，又野又傲，小崽子看上去脏兮兮的，虽然不至于流着鼻涕，但是那颗糖秦少怎么也不会接。

小寒有点急，为什么不要哇？

他小手往上举了举，秦骁皱眉："走开。"

小寒"呜呜"两声，眼睛亮了亮，指了指教室的方向。八月盛夏，太阳一点点向上攀爬，暖意融融。

苏菱扎着马尾，她自己还是个学生，朝气勃勃，抱着书，往另一个教室走。

秦骁挑眉："她发给你们的？"

小寒连忙点点头。

"你不能说话？"苏菱要是在，肯定想打他。这么直接地揭人伤疤。

小男孩沮丧又难过地点点头。

秦骁毫不在意，他矜贵地把那颗糖接过来，在小寒期待的目光中把糖纸剥掉，直接放进了嘴里。

小寒眨了眨眼睛。

糖是水果糖，夏天热，所以有点化了。但是，不影响味道。

他远远看了眼苏菱，心中轻嗤一声。

她连颗糖都没给过他。

要是她对他好一点，她能喜欢他一点，他得高兴死。

这小崽子……

他低下眼睛，他可用不着小崽子来同情他。

"收你一颗糖，帮你治嗓子。等过段时间老子想起来了，派人带你去看病。现在滚远些，别在这里碍眼。不许告诉她我来了，记住没？"

小寒是个讲义气的好孩子，他虽然不信面前这个叔叔能帮自己治好嗓子，但还是点点头，竖起一根手指放在唇边，坚定地摇了摇头。

他笑了笑，觉得这小崽子没白救。他生平鲜少做好事，然而如果这世间有人支持他和苏菱在一起，他倒是愿意年年多做些慈善事。

虽然目前看好他的，只有这么个萝卜头。

小寒送了糖，上课铃声就响起来了。他连忙又跑进了苏菱走进去的那间教室。

苏菱讲数学，小寒听不懂。

他悄悄往外看，那个凶叔叔已经不在了。

其实前两天小寒就看见他了，小寒人小，不知道那么多弯弯道道。他不会说话，但是会看人的眼神，那么多双看着苏菱姐姐的眼睛，那个男人的最火热。

凶叔叔和他们一样喜欢苏菱姐姐……不，是比他们还喜欢。

但是凶叔叔只能一个人偷偷看，小寒都能坐进教室。

他真惨。

虽然小寒答应了秦骁不说，可是小孩子老往外看，苏菱怔了怔，顺着他的目光看过去。

半墙爬山虎郁郁葱葱，此外什么也没有。

放学的时候，孩子们留下来大扫除。每天都有人做值日，但是大扫除是一周一次。

苏菱怕他们搬桌子被磕着，也留下来帮忙。

孩子们干劲很足，打扫完一个个甜甜地跟苏菱说再见。

苏菱收拾课本，发现语文书被风吹开，就停在有折痕的那一页，上面是《夸父追日》那篇课文。

她回到小村庄，不想让自己被人操控得不明不白。人不能活得这样稀里糊涂，有些事情，她自己也可以调查。

她不记得自己昨晚做的梦，但是她记得那样的感觉。

他很痛苦，她醒的时候，泪水也湿了枕头。

苏菱这次离开时就在想，要是他真的放手了，那其实挺好的。她是一把对付他的利器，离开他对他而言是好事。他没了软肋，谁也伤害不了他。

可是倘若他依然不放手……

她垂下眼睑，两把小扇子一样的睫毛遮住了她黑白分明的眼睛。

她回到小村庄，这里是开始试着好好喜欢他的地方。

如果他能找到她，他学会了坦诚，不害怕失去，那么……未来也没那样糟糕，是不是？

书上的彩色图画中，拿着手杖的巨人追逐着太阳奔跑。

他会渴，会饿，也会死的呀。

当时孩子们问她："苏老师，夸父不知道自己追不到太阳吗？太阳会让他好痛好热，他怎么还是一直追？"

她回答不上来。

哪怕是动物，被仙人球扎了手，以后也不会再碰，何况是人类呢？

人只有在一种情况下会拼命触碰让自己痛的东西——他爱那样东西已经到了超过一切的地步。

所以不怕痛，不怕苦，也不怕死去。

苏菱回来还有一个原因——于俏被葬在这个小村庄。

而今天，是于俏的忌日。

夕阳挂在天边，柔柔的光，铺就一条金色的路。

外婆把她带离村子以后，再也没有回小村庄祭拜过于俏，也不让苏菱再去祭拜。哪怕是小时候，苏菱跟着外婆来祭拜的时候，外婆的表情也很复杂。

那时候苏菱以为外婆是心痛母亲早逝，可是现在想想，好像又不是那么回事。

于俏被葬在山顶的一处地方。

苏菱捧了一束花，还用篮子带了香烛、纸钱和吃的。

她走到半山腰，犹疑了一瞬。

然后她给陈婶婶打电话，告诉陈婶婶她祭拜母亲去了。

由于是一个人回来的，苏菱很注意安全问题。

于俏被安葬的地方附近还住了几户人家，村庄里建房子不讲究，往往是隔不了多远就会建一座民宅，所以基本没什么危险。

苏菱到了于俏坟前的时候，发现坟头被人修整过。她原本以为，几年不回来，于俏的坟头草会很高，没想到没有一点杂草，反而周围还种了些许花，布置得很淡雅。

苏菱皱了皱眉，谁会对母亲这么好呢？

苏菱把香烛摆好，第一回好好与素未谋面的于俏静静地讲话："妈妈，我回来看您了。听外婆说你是个很好的姑娘，很遗憾有记忆以来没有见过你。我一直在想，如果大家都不喜欢我，为什么会让我来到这个世界。之前……有人告诉我，是我父亲和外婆他们，意图操控我两辈子的人生。他们真的是我的亲人吗？我做错了什么，为什么会被这样对待？"

八月的夕阳，透着几分悲怆。

周围的树林安安静静的，苏菱心跳有点快。

脚下黑影到来之前，苏菱蓦地回头。

那个人似乎没有想到苏菱猜到了他在这里，眼神一下子沉下去，凶狠起来。

大热的天，来者身上还穿着严严实实的连帽衣服，看见他脸的一瞬，苏菱瞳孔骤缩。

这是个中年男人，他半边脸被毁了，是被火烧伤的痕迹。

"你是谁？"

连帽衣男人不和她说话，手上的针筒直接往苏菱身上扎。

苏菱知道他是谁了……

她重生回来的那天，以及上辈子她遇见秦骁的那一天，给她注射药物，把她送到秦骁床上的人，都是他。

那个藏了好多年的她的"父亲"。

他毫不留情，下手很快，也不顾忌周围还有人住，针筒就要扎在苏菱的身上。

那一瞬，悲剧的起点重合。

她又悲又怒，手中的石头砸过去，起身就往周围住了人家的地方跑。

但是她跑不过这个男人，他的手碰到她衣服的那一瞬，她吓得闭上眼，几乎是下意识地喊出了那个名字："秦骁！"

身后猛然一股拉力，然后是拳头落肉沉闷的声响。

苏菱回过头，就看见秦骁寒着脸，又一拳砸在那个中年男人身上。

中年男人眼中含恨，他知道自己打不过秦骁，那根原本打算用在苏菱身上的针管，就要往秦骁身上扎。

秦骁冷冷一笑，躲过去，劈手就夺了那根针管，他一脚踹在中年男人身上。

那声沉闷的响声，苏菱听着都疼。

秦骁走过去，踩住那个男人的手，男人根本站不起来，满脸狰狞可怖地看着秦骁。

秦骁手腕一转，那针筒刚好朝着男人的脖子。

苏菱跑过去，秦骁往下扎的动作顿住。

他本能地收敛自己暴戾嗜血的动作。

苏菱看着地上那个男人没有被烧毁的另外半张脸，看得出他年轻时很英俊。

苏菱问："你到底是谁？"

她不信她有这样狠心的父亲。

那个男人也知道自己躲了二十年，今天被秦骁抓住，报仇再没希望。他只是含恨地看着苏菱和秦骁："你们为什么不去死，为什么死的人是我的俏俏？！"

他的俏俏……

于俏。

苏菱脸色变了变，秦骁嗤笑了一声，他空出一只手握住了她温热的小手："放心，这人可不是我岳父。"

苏菱反应过来，脸颊微红。

她还记得自己在生秦骁的气，因此抿唇不理他。

秦骁啧了一声，针筒毫不犹豫地往那个男人身上扎。

苏菱吓到了，拦住秦骁："你做什么？"

秦骁笑得有三分野："怕什么？"

"里面是什么都不知道，万一出人命了……"

"老子正好进牢房，就不会打扰到你了，不好吗？"

她有点气："秦骁！"

他低眉笑，总算不逗她："里面多半是迷药，就是很早以前，你身体里检查出来的那些。"他的手更快，直接眯了眯眼，扎了下去。

这人打算怎么对苏菱，他回敬过去一点都不过分。要是他今天没有跟来，受伤的就是苏菱。

何况他观察过这个男人的表情，他扎下去的时候，这人并不害怕，那针筒里就不是致命的东西。

地上的男人瞳孔涣散，没一会儿就晕了过去。

秦骁闲闲地打电话："郭明岩，现在带人上山，按照 GPS 定位找过来。"

苏菱还在蹲着观察那个男人，生怕秦骁真的杀了人，成为杀人犯。

秦骁也跟着蹲下，手轻轻捏住她的下巴，让她看着自己。

"菱菱。"

"怎……怎么？"

不知道是不是因为跑了一通，她脸颊绯红。

他笑得肆意："为什么会喊我？不是害怕我，讨厌我吗？"

"秦骁，你烦不烦哪，放手。"

"不放，你先回答。"

她涨红了脸，有些无地自容的羞。是羞耻，也是羞涩。

要她怎么说？她一点都不想说。

秦骁，你懂不懂什么叫适可而止？

显然秦骁并不懂。

他眉眼间都是笑意："喂，菱菱，看着我呀。"

她垂着脑袋，一点都不想和他说话。

"苏菱，是不是发现老子的好了？"

"秦骁！"她抬起眼睛看他，脸涨得通红，"你不要问了，行不行？"

山风轻轻吹，夕阳染红了半边天，透着暖意。

他的嗓音含着笑，声音低下去，泛着浅浅的温柔："行。"

这下反而更奇怪啦。

她耳根泛着羞涩的红，蹲在地上那个男人身边，低着头看脚下的草地，像个可怜巴巴的被俘人员。

秦骁弯了弯唇。

他傲得不得了，转头就冷冷地去了于俏坟前。

他大踏步地走，直接毁了中年男人种下的一小片花地。苏菱赶紧站起来："秦骁……"

他见她怯生生的模样，下脚总算有所收敛。

说起来，这坟墓里的人，是他的亲人，可不是苏菱的。

然而这傻姑娘什么都不知道，就为了这里面的女人，付出了很多东西。

秦骁看了一会儿，冷冷地弯了弯唇。

——是该叫你表姨吧？你干的唯一一件好事，就是把苏菱送到了我身边。

郭明岩早就在山下，一收到消息就连忙带人赶了上来。

前几天他找苏菱找得焦头烂额，却始终找不到，显得他非常没用。如今他大展身手的时候到了，一上去就让人把地上的男人五花大绑，直接拖着下山。

他自己一副傲得不得了的模样，昂首挺胸走在人群后面。

一群人浩浩荡荡，惹得村里的村民都探头探脑地来看，还以为是不良组织要来干坏事了，有些不安。

苏菱略显尴尬地回看了村民们一眼，秦骁上前几步一脚踹在郭明岩屁股上，淡淡道："收起你那个样子。"

郭明岩讪讪地摸了摸头，嘱咐他们："啊……大家好好走，低调点，别让人看到我们绑了人走哇，对对，走那个小路。"

秦骁脚步慢下来，回头看队伍最末的苏菱。

那时候橘暖色的光铺了一路，八月的青草翠绿，林间尽数是脆生生的蝉鸣。她走到他身边的时候，咬了咬唇，低下头。

那一瞬他轻轻一笑，握住她的手。

男人的手带着火热的暖意，她的小手微凉，柔弱无骨，颇有几分冰肌玉骨的味道。

她抬起头，秦骁低声说："对不起，菱菱。对不起。"

她没想到秦骁会突然道歉，诧异地看着他。

他眸中沉淀着她看不懂的深意，低哑道："对不起……"

她眨了眨眼睛："怎么突然道歉啦？"

"前段时间，我让你害怕了，是不是？"他轻声道，生怕惊扰了她，"是我不好，苏菱。左印说得没有错，我生病了，生了一种也许一辈子都好不了的病。"

她睫毛颤了颤，眼睛里碎碎的光，是黑白分明的色彩。

"但是你可不可以不要怕，我只是生病了，你在我身边，我就好好治，行不行？"他看着她的眼睛，"我偏执、自私，也许还残忍暴戾，可是我都会改的。我慢慢改，一时不行，我就用一辈子。我记得你说，我不逼你，不吓你，你就会试着喜欢我。这话还算数吗？我只是生了病，你别轻易不要我，行不行？"

他从出现开始，就是肆意张扬的。

然而前面郭明岩带着人群离开，世界安静下来。她感受到了他的恐惧，她这次的离开，让他害怕再次失去她。

秦骁从前说，我没病，你怕什么？

然而现在他说，我只是生病了，我会努力治病的。你别轻易地不要我。

她想起了课本上夸父的结局。

夸父最终没有追到太阳，他只差一点点就要拥抱住太阳，却死去了，身躯变成大山，手杖变为桃林。

她的梦里，他上辈子的结局比夸父悲惨多了。

苏菱看着他的眼睛，那里面总是她看不透的光。

然而她终于懂了几分那黑色意味着怎样的执着。

她声调又轻又软,回答自己先前羞于回答的那个问题:"秦骁,你先前问我,为什么喊你的名字。"她嘴角抿出一个软软浅浅的笑窝儿,"我也不知道为什么,大概是,从前我害怕你,可是后来,我害怕的时候,总能想到你,你以前带给我恐惧,可是后来你驱逐了我的恐惧。"

他再坏再坏,都舍不得她受一点伤害的。

他只是想拥有她,而失去她,就是对他最大的惩罚。

"所以,我不怕。"她眼睛灿若星辰,轻轻抿了一下唇角,有几分羞涩,"算数哇。"

试着喜欢,一直都算数的。只是你自己太混账了。

下一刻,她的世界天旋地转。

苏菱的惊呼压抑在唇边,她红了脸,捶他肩膀:"秦骁,你发什么疯?不许这样抱,放我下来。"

男人的笑声肆意:"菱菱,你怎么这么好。"

好到他平生无比庆幸,他是个坏蛋,而她乖巧,他是个撒谎成性的骗子,而她信守承诺。

谢谢你,不曾真正离开,不曾彻底放弃我。

第二十章

如初遇

八月的风吹得人很惬意，郭明岩走在队伍中，遥遥回了个头。

那时候风暖山清，虫鸣阵阵，花开遍地，空气中都是暖甜的味道。

郭明岩轻轻"啧"了一声，心想：真受不了，对老子就这么凶，对你的小宝贝就恨不得捧在心尖上。

然而想归想，半晌他也忍不住笑起来。

秦骁说要带苏菱去看真相。

说起这个，他就忍不住正了正神色。"你记好了，苏菱，我和你没有半点血缘关系。"他摸摸她柔软的头发，"我不是你的远房哥哥，知道吗？"

左印就在旁边，笑容僵硬，心里很想骂人：这是最重要的吗？

然而，这个在秦骁看来非常重要。

他以小人之心揣度，苏菱以后要是不让他碰，这个还算正当理由。

苏菱愣了片刻，点点头。

"我回小村庄，陈婶婶跟我讲当年我妈妈有个还没来得及结婚的男朋友，就是他，对吗？"

中年男人才醒过来，浑身无力，闻言死死盯着苏菱。

秦骁颔首。

"是他，但是于俏不是你妈妈。"

苏菱万万没有想到秦骁会这样说，她眼里染上难以置信之色，惊讶地看向秦骁。

秦骁弯了弯唇，心情好，偏偏还要装作一本正经的样子："董旭是你堂哥。"

左印心想：秦少，您能不能不要再和哥哥这个身份杠了呀！你到底是有多介意，多小气！

苏菱想明白了关系，那她是董家的人？那对据说感情很好却出事死去的、郑小雅的父母，其实是她的父母？她的脸都白了白："那我和郑小雅……"

"不是姐妹，郑小雅是你爸妈收养的。你爸叫董佑，是董家的二少爷，一位年轻有为的科学家，你妈妈叫郑盈君，孤儿院长大的。"

秦骁把这半年多来查到的所有资料全部拿给苏菱看。

一个很久远、很匪夷所思的故事呈现在她面前。

故事缘起于苏菱的父亲董佑。

董佑念研究生的时候，是个高智商的学霸，他的初恋是于俏。那个时候于俏十九岁，才上大学没多久，朝气蓬勃，撒娇爱俏。人人都羡慕于俏有这样一个出色的男朋友，于俏自己也很满意。

但是于俏不知道，董佑和如今的文夫人是青梅竹马。

文娴喜欢董佑，而仔细一查才发现，巧得很，董佑的女朋友竟是自己的表妹，当年未婚先孕的小姨的女儿。

文娴冷笑，董佑一直拒绝和她在一起，不喜欢她，却喜欢她表妹，是吧？

文娴找到了如今被抓住的中年男人费航。那时候费航年轻，也如赵沆的奶奶说的那样，十分英俊。

费航喜欢于俏，无奈于俏有男朋友。

那一代人思想保守，并不如现在性观念开放。文娴对费航说："董佑那么好，要是不用点计谋，于俏和董佑怎么也不可能分手，要是于俏变成你的人，那她自己也不会再和董佑在一起了。你做完拍照，董佑知道于俏'出轨'的话，也会提出分手。"

谁知道费航拒绝了，他喜欢于俏，是真的喜欢，不想用这种手段伤害于俏。

文娴被拒绝也不恼，费航不帮她，她就自己用了药把于俏送到酒吧。

于俏半途清醒过来，赶紧打电话向董佑求救。谁知电话一通，还没等于俏说话，董佑冷淡的声音传过来："重要实验，别闹了。"随之挂断了于俏的电话。

那时候于俏心灰意冷，她意识到董佑并不如她想象中那么喜欢她，董佑和她在一起，只是在走人生最正常的程序，恋爱、结婚，他的心中只有事业。

于俏被那些男人拖进去的时候，是费航赶过来救了她。

费航小心翼翼地给她把衣服穿好。

于俏哭得歇斯底里，她去质问董佑，董佑沉默许久，给她道歉。

于俏最终还是决定分手。

这个男人并不爱她。

于俏也去找文娴算过账，但苦于找不到证据。文娴只是笑吟吟地否认了一切。

殊途同归，那一年董佑和于俏到底分了手。

费航对于俏很好，渐渐地于俏也有些动心。费航年轻英俊，虽然不如董佑有钱聪颖，但胜在真诚勇敢。

那年过年，于俏把费航带回了老家。

而另一头，文娴虽然成功地让董佑和于俏分了手，但招来的是董佑对她更加厌恶冷淡。

过了半年，董佑直接结婚了。

结婚对象是个在孤儿院长大的姑娘，叫郑盈君。

文娴也只能被家里人安排联姻，嫁给了秦家当时的家主，头年就生下了秦骁。

文娴以为，她的婚姻里没有爱情，董佑也不爱郑盈君。可是，渐渐地，她发现董佑爱上了那个温柔美丽的姑娘。

不是对于俏的那种可有可无的态度，他对郑盈君可谓视如珍宝。

文娴闹过，使过阴谋，她根本就不在乎自己的丈夫和孩子，哪怕秦家的家主很喜欢她。

董佑已经成为她的心魔。

然而董佑把郑盈君保护得很好，他从事的科研工作很机密危险，外界都不知道他有妻子，只有执着到疯魔的文娴知道。婚后好几年，郑盈君也没有怀孕，董佑和郑盈君一起领养了一个女孩，这个女孩就是现在的郑小雅。

董佑研发出重大机密项目那一年，苏菱刚好出生。

那个项目牵扯甚广，威胁董佑把资料交出来的人决定绑架董佑最重要的人。

那些人并不知道郑盈君的存在，于是绑架了董佑的初恋于俏，为了增加筹码，一并把文娴绑了。

秦家昌盛，那些人不敢动文娴，犹豫了很久，决定把文娴放了。

文娴看了眼角落的于俏，轻描淡写地提醒："董佑最重要的人可不是我和于俏，而是一个叫郑盈君的女人。"

她施施然走了，也不帮于俏报警，也不通知董佑有危险。

那些人一查，果然有郑盈君的存在。

而且不只郑盈君，还有两个女儿！

醒来的郑盈君，连同还在襁褓中的苏菱，一同被抓了过去。

那个时候，被认为没有价值、又不能放的于俏已经被折磨得很惨。

于俏那年二十来岁，因为想进演艺圈，一直拖着和费航结婚的事。可是现在，能救她的只有费航。

于俏试图联系费航，被监守的人发现了，他们想要杀了她。

于俏挣扎的过程中，打翻了地下室的蜡烛。

那时候是夏天，地下室堆了稻草，一瞬间稻草燃了起来。

灭火已经来不及了。

一片烟雾中，于俏看见了董佑，董佑全身湿漉漉地冲进来，径自去找郑盈君。

那一瞬于俏在火海里很想哭，时隔多年，原来她真的不能释怀。董佑为了项目放弃她，如今又为了另一个人奋不顾身。

于俏抿了抿唇，董佑没有看见她，她也没了站起来的力气。

于俏从来没有这么恨过一个人。

火迅速蔓延，郑盈君护着女儿，她打不开铁门，绝望地砸锁。

直到董佑来了，她泪流满面，让董佑把女儿带出去。

那时候郑盈君能从栅栏间把孩子送出去，自己却没办法出去。

董佑死活不同意，红着眼睛砸锁。

郑盈君突然说："外面还关了一个女孩子，我听他们说是于俏。"她流着泪，"你带女儿走，救救于俏，她是无辜的。"

董佑愣了愣，他并不知道于俏也在这里。他这辈子最对不起的人，可能就是于俏。董佑最后咬牙抱着婴儿跑了出去。

他把孩子放在外面，扭头就去救于俏。

于俏已经伤得很重了。

她被董佑抱出来的时候，已经昏了过去。董佑把她往赶来的费航怀里一塞，就冲进了火里。

而这次，董佑再也没有出来……

费航烧伤了半张脸，抱着于俏跑出火场。

于俏醒过来的时候，耳边是婴儿的哭声，那个关押她将近一个月的牢笼，已经火势冲天。

于俏并不知道是董佑把自己抱出来的，她死死拉着费航的衣角，意识已经开始涣散："我恨他们，我恨他们！我恨文娴，我恨董佑！"

她伤得太重，被横梁打伤了肺腑，大量烟雾进了肺里，活不成了。

她到底还是慢慢没了气息。

费航扭头看了一眼哭声越来越弱的婴儿……

他想掐死她，手颤抖着放到她的颈上很多次，最后还是抱着她离开了。

文娴还好好活着呢……

苏菱听完整个故事，久久没有说话。

秦骁皱了皱眉，心中有些忐忑。他虽然不是什么好东西，但也知道，当年的事，他母亲文娴有很大一部分责任。

文娴不是杀人的人，却是推动一切的人。

秦骁害怕苏菱迁怒于他。

左印咳了咳，他来这里，也是担心苏菱的心理状态问题。

费航连迷晕苏菱的药，用的都和文娴当初害于俏的药差不多的，他想把所有人加在于俏身上的痛苦，原封不动地还回去。

所以他把苏菱送给秦骁。

你们秦家不是喜欢使用这种卑鄙的手段吗？

上辈子费航的一切计划都成功了。

结果甚至超出了预期。秦骁爱上苏菱，后来查出真相，为了保护苏菱，最后对文娴动手。

后来苏菱死了，秦骁想必也快疯了吧？

费航恨，苏菱的外婆也恨。

但是这个老人养大苏菱，渐渐对她生出了感情，所以最后已经分不清对苏菱是什么感情。她想收手，却已经晚了。

苏菱走到被绑在椅子上的费航面前。

费航红着眼睛，那烧伤的半边脸格外恐怖。

"对不起。"她轻声道，"我爸爸对不起于俏阿姨。"

费航冷笑："不用对不起，俏俏恨他……所以你……你们，通通遭了报应就好了……"

"我外婆说，"苏菱眉眼沉静，平静地告诉他，"于俏是个很好的姑娘，她虽然有些心气，可是活泼善良。她想进娱乐圈，一直都在为梦想努力，她喜欢演戏，于是我的高考志愿从教育改成了表演。"

费航沉默下来。

"我一直以为她是我的母亲，我想把她的梦想延续。"她眼睛里漫上水雾，"我知道她不是我母亲的时候，遗憾而难过。我听完整个故事，费航，于俏不知道我父亲回头去救她了，所以她恨我父亲，可是她应该不想你变成这样。"

苏菱垂下眼睛。

为此，上辈子的她停在了二十四岁。

而秦骁也不可能会好过。

文娴跑不了，秦骁也必定不会饶了郑小雅，所有人，该偿还的，不该偿还的，都为此失去了很多东西。

苏菱走出这个房间，那时候正是午后，花园里飞着几只白色的蝴蝶。

她看着那几簇蔷薇发呆。

秦骁从背后抱住她，轻轻吻她耳垂。

很痒，她扭闪着躲："秦骁，你做什么呀？"

他的声音低哑，响在耳畔："对不起。"

他如今似乎格外喜欢道歉，不管是不是他的错，他因为害怕失去她，想让她心软一点，总是直接认错。

苏菱转过身，面对着他。

半晌抬起眼睛去看他，她眼睛湿湿软软的，声音也又软又温柔："我不会因为这个怪你，文娴是文娴，你是你。别人犯的错，再迁怒于你本来就是不应该的。"

这件事说不清因果。

董佑不曾想过害于俏，可是于俏为此承受了不该承受的。

董佑也死在了火海里。

他扣紧她的十指："我与你不一样，我知道整个真相的时候，只在想一件事——文娴折腾了一辈子，就为了一个董佑。她谁都不爱，我父亲死的时候，她还在欣喜秦氏是她的了。她也偏执自私，我第一次觉得我像她，血液都那么肮脏。"

而他的肮脏，是冲着她去的。

她会觉得他恶心吗？

她眨了眨眼睛，声音带着些笑意："可是，秦骁，你和她不一样啊。"

他蓦地对上她的眼睛。

那时候八月，盛夏晴朗，天空碧蓝如洗。

"文娴不在意董佑的死活，只是不甘心自己不被他爱，可是你希望我岁岁平安。"哪怕你自己粉身碎骨。

"董佑没有爱过文娴，而我……"她另一只手抚上他的眉眼，踮起脚轻轻吻了一下他的脸。

我的喜怒哀乐，爱恨仇怨，通通是你，只有你。

他的心被狠狠撞击了一下，一双漆黑的眸子看着她。

八月的天，燥热到他的心都滚烫起来，被她吻过的地方，甜到快发疼了。董佑没有爱过文娴，而你……怎么样？

他等那个答案，等到心都生疼生疼了。

她眼里透出笑意，用绵长的调子娇软软地说："而我呀，也希望你一辈子平平安安。"

他忍不住笑，低声道："耍老子呢？"

"没有。"她眼里都是笑，偏生人娇滴滴的，看得他心颤。

她要他都好。

她是苏菱啊，让他铁石心化水，百炼钢成绕指柔。

秦骁最后没有亲手处置文娴和费航，把他们交给了警察。他们做过什么，法律会判决，他不能当这个判决者。

因为苏菱对他这个"罪犯"温柔，所以他也保留着最后的仁慈。

法律会让他们为自己做的事付出代价。他的屠刀、暴戾，被他默然密封了起来。

他要留着自己的一辈子，给心爱的姑娘。他想成为她心中很好的人。

文娴原本想让郑盈君的亲生女儿成为秦骁见不得光的情妇，让董家那个收养的女儿，去亲手对付这个小野种。所以，她撒谎骗秦骁和苏菱，却很早就告诉了郑小雅，苏菱是当年没死的孩子。然而计划落空，她耗尽了老家主留给她的一切，现在一无所有。

被送走那天，文娴再也没有半点贵妇的矜持，几乎是满眼血丝地吼道："秦骁，我是你母亲，你这个疯子，你为了那个女人，你这么对我！"

秦骁手指抵在唇边："嘘！"

他弯了弯唇，眼里可没有一点笑意："文夫人说得对，我是个疯子。所以，你如今还能活着受审判，多亏了你口中的'那个女人'。到了牢里，记得恨我别恨她。你可别再犯错了，疯子都是很小气的。"

文夫人的影子都看不见了，他抚弄着那片蔷薇，轻轻啧了一声。

等到九月初，董家老爷子七十岁生辰要到了。

秦骁收到了请帖。他低眉笑了笑，觉得该把小公主送回家了。她真正的"王子哥哥"的表情一定很精彩，而他嘛，恶龙只要微笑就好了。

那时他的小公主回了她自己的公寓。

唐姿来看她，激动得不行："怎么之前突然就说要出国，暂时退圈了？我和清姐都惊讶得不行，你是不知道，现在正火着呢，要是不演戏了，我都觉得遗憾。"

苏菱含含糊糊，硬着头皮按秦骁那个坏蛋教她的话圆谎。

不知道秦骁怎么做到的，总之先前苏菱"宣布"暂时退圈，星辰那边竟然默许了，并且直到如今竟然还没解约。

而现在星辰的老董事长要过生日，星辰旗下许多艺人都要去。

唐姿美滋滋地给苏菱准备衣服。

"老董事长很严肃，不过没关系的，我们和他们那些人也不用接触。小菱，你到时候就去坐坐，吃点东西什么的，反正我们说不定也就顶多远远看上那么一眼。"

苏菱干巴巴地说："哦。"

然而第二天，秦骁直接开车过来接苏菱。

她小脸一直僵着，秦骁挑眉："怎么了？"

"秦骁，"她声音软软的，"唐姿说……老董事长很严肃。"

他忍不住笑，心中知道苏菱对郑盈君和董佑并没有芥蒂，她的父母爱她，死在了火海中，让她活了下来。这个素未谋面的爷爷，自然让她心情复杂。

"嗯，听说是很凶。"

她眼中湿漉漉的，有些无助的模样："那怎么办哪？"她有点畏怯，想着要不远远看一眼就好了。

秦骁低笑道："我秦家比老头子有钱多了，他敢凶你，你就说你是秦夫人，好不好？"

"秦骁！"

"嗯？"

"你好好说话呀，我在和你说正事！"

他心软得不得了，低声道："别害怕，我在。"

她脸蛋微红，咬了咬唇，别过头看向窗外。

董老爷子七十岁生辰办得很气派。

董旭作为他的孙子，也是宴会的半个主人。

他衬衫扣得一丝不苟，带上金丝眼镜，有种严肃禁欲的味道。

他不需要讨好任何人，就会有无数人上来与他打好关系。

国内最年轻出色的导演，董家的小少爷。

秦骁走进来的时候，所有人的目光都移了过去。

这是有缘由的——秦少这个人很傲，他不赏脸，就直接不去；他要是去了，就意味着秦家很看重这件事。

大家都知道这是个恶魔——他直接把文夫人手上的股份都吞了，

现在他是秦家名副其实的家主。天知道秦家攒了多少年的家底，现在竟然全在这个不到三十岁的、六亲不认的恶魔手里。

大家的目光不约而同地落在他身边的苏菱身上。

这年苏菱二十一岁，眉眼精致，堪堪长开，有种令人一看便觉惊艳的美。

她挽着秦骁的胳膊，娇软得像朵初初绽放的花。

董旭沉着脸，冷冷看了秦骁一眼。

秦骁嗤笑一声："菱菱乖，我们去给你堂哥打个招呼。"

她又气又好笑，都不知道怎么评价这个浑蛋："秦骁，你能不能别这么讨厌哪？"

明明知道董旭曾经对她表明过好感，虽然那好感淡淡的，但是如今来看，也足够让董旭的脸黑比锅底了，秦骁还这么坏。

秦骁面不改色："开玩笑的。"

然而秦骁是身份特殊的客人，董旭的风度和教养很好，还是过来按既定流程跟他打招呼。

秦骁也笑得很自然，仿佛刚刚充满恶意地说"你堂哥"的人不是他。

苏菱尴尬得不行。

好在没一会儿董老爷子下来了，他拄着拐杖，脊背挺得很直，看起来精神矍铄，目光沉稳而厚重。

整个宴会，并没有看到郑小雅的影子。

秦骁弯了弯唇。

董老爷子看了一圈，最后目光落在苏菱身上。

这个半生严肃的老爷子，几乎是一瞬就红了眼眶。

出于尊重，老爷子一出来整个大厅就安静了下来，然后董老爷子开口："今天这个宴会，不是为了老头子的生日，而是为了我董家一直流落在外的亲孙女。苏菱，欢迎回家。"

大厅针落可闻。

秦少的女伴，如今的一线明星，竟然是董老爷子的孙女？

董旭猛然抬头，秦骁矜持礼貌地微笑，低声对呆住的苏菱说："去吧。"

苏菱上前，扶着老爷子的手。

老爷子怜爱地看着她，一迭声说了几个"好"字，泪水在眼眶里打转。

苏菱此前想过很多种情况，比如，老爷子不认她，觉得不可置信。她实在没想到老爷子举办宴会都是为了她，并且欢迎她回家。

她茫然又惊讶，还有几分浅浅的感动和欣喜。

她被"亲人"坑了一辈子，几乎付出了一切。

但是真正的亲人，看上去恨不得把好东西都给她，把她放在心尖上疼。

董老爷子带着苏菱上楼，拿出相册给苏菱看。老人哪有唐姿口中的半分严肃，看着苏菱像是看着失而复得的宝贝。

"孩子，这是你父母。你和你母亲很像，真的很像。"

照片中的女人也不过二十出头的模样，安静而温柔，嘴角挂着浅浅的笑意。

而她身边高大英俊的男人，就是出色的科研人员，董家的二少爷，董佑。

苏菱和照片里的女人长得有五分像。

苏菱想起郑盈君临死前都挂念着要把她送出去，还让董佑先救于俏。

她一定是个很温柔很好的人，所以董佑爱她。

苏菱在看照片的时候，外面有人敲了敲门。

老爷子一听外面的人耳语，脸色便微不可察地沉了沉，随之面色柔和地跟苏菱说，他要出去一趟。

苏菱不好意思开口喊爷爷，毕竟董老爷子对她而言，目前只是个有血缘关系的陌生人。她闻言点点头："您去忙吧。"

董老爷子推开隔壁的门，就看见秦骁跷着腿在等他，这个年轻人痞里痞气的，一看就不是什么好玩意儿。

老爷子气得想扔拐杖。

秦骁挑了挑眉，毫不客气："我说我把董家的珍宝送回来，董老爷子答应我两件事，还记得吗？"

老爷子冷着脸："说话算数，秦少有何求？"

"我可担不得您一声秦少，爷爷。"

谁是你爷爷！该喊的不喊，不该喊的发神经！

"有何求嘛，好说。第一，把郑小雅弄远点，我知道老爷子养了她这么久，多少有点感情。但是老爷子舍不得动手的话，就只有我这个后辈亲手来了。掌握不好度，你可不要见怪。"

这是赤裸裸的威胁！

秦骁淡然道："郑伯母和菱菱被绑走的时候，郑小雅可是声都没吭，自己躲起来了，也没通知董家人吧？到底不是一家人，啧，这么小就不是个好东西了。我这里有份文件，相信老爷子看了，会赞同我的做法。"

他可不管那么多。这文件是左印做的，是曾经对苏菱的催眠报告。老爷子信不信不重要，反正郑小雅必须得受到惩罚。

老爷子沉默地看完，半晌脸上露出一丝颓然，但气魄不减，沉声说："好。"

秦骁笑笑："第二，我也喜欢老爷子家找回来的那个宝贝，不知道老爷子愿不愿意割爱？"

老爷子恨不得把拐杖戳他脸上。

这新的秦家家主，要点脸行吗？

到底见过世面，老爷子很快沉住气。

"这是我孙女自己的事，你喜欢她，也要她喜欢你才行。"

"这就不劳您老人家费心了，老爷子不反对就行。"

老爷子真不喜欢这个浑蛋东西。

"秦少，老头子我喊你一声秦少，是知道你秦家势大，远非董家可比。菱菱跟你，我是不愿意的。她不论嫁谁，以董家现在的实力，都可以护着她，然而嫁给你，她只有任你拿捏的命。她还小，善良单纯，和她母亲一个样，遇到不好的人，会被欺负到死。我在土里，也不能瞑目。"

秦骁敛了笑意。

他把最底下一份文件抽出来，语气郑重而低哑："所以，我全给她。"

那份厚厚的文件，写满了他整个家底。

他把祖宗基业都给她。

整个秦家，什么都给她。

董老爷子再也说不出话。

良久只是叹息——秦家祖宗要是知道这届家主为了个女人这么放浪昏聩，恐怕在地下都得气活过来吧！

董家小姐找回来的消息很快传遍了整个星辰公司。

唐姿觉得跟做梦一样，她跟的艺人可能就是她未来的老板哪！以至于唐姿这几天走路都在飘。

苏菱回了董家，董老爷子很开明，也没让她改名字什么的。毕竟董家不需要苏菱负担什么，即便有，那也是几个堂哥的事。

他们家的女孩，负责享受和开心就好了。

苏菱和董老爷子相处了几天，很喜欢这个亲人。

他宽和大度，知识渊博，处事严肃认真，对她这个失而复得的亲孙女，恨不得捧在掌心疼。

苏菱下楼的时候，老爷子正和董旭坐在一起，美滋滋地看苏菱主演的《囚徒》。

导演是老爷子的亲孙子，主演是他家宝贝孙女，怎么看怎么觉得这电影让人满意，老爷子说："第二部必须拍！"

只不过看到里面演技精湛的郑小雅，老爷子眼中有一丝浅浅的沉痛。

董旭冷着脸："爷爷，您别胡闹，悬念留够了就行了，第二部拍出来很难超越第一部，容易败坏口碑。"

老爷子一瞪眼："亏你还是什么青年天才导演，自己的作品都不敢挑战，这个名号我看得换人！"

董旭也是个倔性子，闻言沉默不吭声，总之不松口。

"爷爷？"苏菱轻声喊。

老爷子立马喜笑颜开："菱菱快来，我正在和你哥哥商量《囚徒》第二部拍摄的事呢。"

"爷爷，我没答应！"董旭道。

苏菱笑着道："是呀，爷爷，第一部那样收尾就很完美了，要是再拍第二部，反倒破坏了原先的感觉。"

董旭看了苏菱一眼，没有说话。

老爷子总算认同了这个说法，没再坚持让董旭拍第二部。

董家老宅现在是老爷子和苏菱在住，董旭吃完饭就离开了。

"哥哥来做什么？"

老爷子眼睛一闪："来看看我而已，菱菱把这个签了。"

苏菱一看，连忙摇头："我不能要这个，星辰是您的心血……"

"所以给你正好，反正整个娱乐圈，咱们家只有你和董旭在那里，就当爷爷给你的嫁妆。"

不知道为什么，老爷子异常坚持这个。

苏菱被老人家虎着脸吓了好几天，战战兢兢地签了那份转让书。

老爷子总算松了口气。

其实董旭过来，是讲先前苏菱被封杀的事。董旭异常平静："这件事很好查，是清娱放出来的消息。爷爷，秦骁封杀过菱菱。"

老爷子气得额上青筋直跳，当场心里就反悔了。

秦骁这个浑球小子呀，怪不得在 B 市名声不好。

这种自大狂神经病，菱菱一定不能和他在一起！

董旭淡定离开，心中冷笑。不给秦骁这种人一点苦吃，他就白当了苏菱这个"半路哥哥"。

然后苏菱惊讶地发现，自从她接管星辰以后，筹备新戏以来，一直没有见过秦骁。

老爷子准点派人去接她，又准点送她去公司或者剧组。

整整一个月，她没有听到过秦骁的消息。

苏菱也有些奇怪。

"爷爷，"她有些犹豫，觉得怪怪的，但是不知道该怎么问，"秦骁之前把我送回来，我就再也没见过他了，他是出什么事了吗？"

老爷子义愤填膺："他好着哪，秦家如日中天，西区那块地皮都被他抢了……"

这浑小子！说了都给菱菱，但是给之前怎么手段这么横！

"菱菱啊，男人大都不是什么好东西，特别是秦骁这种，你看他先前的名声就不好，他肯定喜欢上别的姑娘了。咱们不要他，爷爷明天就给你安排宴会，好不好？ B 市多的是青年才俊，咱们好好挑挑。"

苏菱抿了抿唇，有些想笑。

就算爷爷想安排这样的宴会，也没有人敢来呀。

秦骁那么霸道，他亲自把她送回董家，就是强硬地画了一条界线，谁都不许动她。

老爷子果然没找着人，B市这些小子，一个吓得比一个惨。

当天晚上，苏菱洗完澡要睡觉。

落地窗大开，月光如练，男人冷着脸翻了上来。

她听到声音吓得不轻，才要叫人，但他速度更快，捂了她的唇："是我。"

她眨了眨眼睛，秦骁？

秦骁不吭声，死死抱着她，一口咬在了她肩膀上。

他舍不得真咬，咬得很轻，颇有些厮磨的味道。

苏菱有些害怕，也有些羞窘。他从后面抱住她的腰，苏菱看不清秦骁的表情："秦骁，你怎么啦？"

大门不走，怎么半夜翻窗啊？

怎么？他又气又恨，真想咬死这个小没良心的，他手往上面走……

下一刻苏菱脸红得要滴血："秦骁，不许……"

他低笑，手移开了。

她要气死了！

一脚踩下去，踩在他脚上。他一声没吭，轻轻喷了一声，又在她耳后印下一吻。

秦骁怕苏菱真的恼，于是放开她，给她好好算账。

"三十二天零八个小时，我等到的是苏小姐要相亲的消息。"

他轻轻抚着她的脸颊："找你避之不见，电话成了空号，董老爷子说给我一个月让我好好表现，结果反悔了，耍着老子好玩呢？"

他嗓音低哑："我很生气。"

董老爷子那天最后说让他回去展现下诚意，把乱七八糟的家族关系理清楚，名声也好好正一正。

他要娶苏菱，总不能一身匪气。

以一个月为期，把什么都做好，让老爷子看到他的气魄，才放心把孙女交给他。这一个月，不许他见苏菱。秦骁眯了眯眼，最后答应了。

能与她在一起一辈子，是他永远也抗拒不了的诱惑。

有人看好他的爱情，就像小寒给他的那颗糖果，是一点点积聚起来的希望。

秦骁忍了一个月，烦躁得快要发疯，想她也想得快发疯了。

结果三十天一过，人他都联系不上了。

秦骁心一沉，知道老爷子反悔了。

他也不多话，直接翻了董家老宅的栏杆过来见她。

他想知道，这是苏菱的主意，还是董老爷子的主意。

要是她的主意……

苏菱蒙了好一会儿，想清楚爷爷做了什么，简直哭笑不得。

秦骁看起来憔悴了许多，她房间里亮着一盏暖黄的灯，衬得她的眉眼也柔和。她拉着他的手，声音娇娇的："爷爷年纪大了，却是小孩子心性，你别和他计较哇。"

那语调……他根本没有任何抵抗力："好。"

"爷爷说你抢他西区的地啦。"

"嗯，我前天太生气了，明天还给他，好不好？"

她忍不住笑："我没有这个意思，你和他对着干，他会更气你的。"

他轻轻捏住她的下巴："我也生气，怎么不见你心疼我？"

她眼睛弯成月牙儿，笑容甜得不行："秦骁。"

"嗯？"

她犹豫了一下，轻轻伸手环住他的腰，她不敢贴他太紧，脸颊轻轻挨上他的胸膛。

男人的腰劲瘦有力。

她有些羞涩，嗓音软糯："你别生气啦，我替爷爷给你道歉。"不管怎么样，爷爷耍了他一个月哪。

他整个人都僵住了，半晌瞳孔漆黑如墨，心尖都只剩下甜："好。"他哪里还管得了她在说什么。

到了此刻，他总算明白为什么会有烽火戏诸侯这种荒谬昏聩的事。被迷得晕头转向了，自己被戏弄都无所谓，还管得了别的事？

"你不生气了吗？"

"嗯。"

那就不抱了。

她放开手："秦骁，你回家吧，爷爷看到你在这里不好的，我……我明天来找你，好吗？"

他不吭声，沉默地拒绝。

走？

来都来了，何况他翻进来，可避不开监控……

下一刻苏菱的手腕被他扣住。

月光亮如银，洒了一地。九月末，夏末秋初。天空还有零星的星子。

他把她按在落地窗前，逼她仰头迎合自己的吻。

董老爷子气冲冲带着人把门打开的时候，看到的就是这幅场景。

男人身躯高大，几乎把他孙女的身体严严实实地遮住。

半强迫式的霸道的吻。

董老爷子差点气晕，回头一瞪，众人作鸟兽散。

苏菱听到了声音，那一瞬她恨不得找个地洞钻进去。秦骁的唇错开她的唇，在她唇畔怜惜地轻轻一吻。他并不放开她，把她护在怀中——他记得清楚得很，谁也不许看。

老爷子被这个浑球的猖狂气得眼前发晕。

董老爷子也不管他是不是秦家家主了，一拐杖狠狠打了下去。

无法无天！无法无天了都！

沉闷的一声响，结果秦骁连眉头都没皱一下。

他这个人着实硬气，仿佛是个没有痛觉的人。

苏菱在他怀里，听着那声音都一阵心颤，连忙出声："爷爷！你别打。"

秦骁弯了弯唇，他是个不怕死的，这时候还低头，在她发顶一吻。

苏菱又羞又气，要被秦骁这个浑蛋吓死了。

她湿漉漉的眼睛抬起来看他，他低低笑："好。"

听你的成不成？老子安分。

董老爷子捂着心口，苏菱有些急："爷爷，您去客厅坐坐，我梳洗一下马上下来。"

苏菱梳洗好下楼的时候，董老爷了的脸已经黑如墨了。

苏菱咬了咬唇，轻声喊他："爷爷？"

董老爷子"哼"了一声，到底不好不理自己的宝贝孙女："你坐我这里来。"

苏菱乖巧地应了声"好"，路过秦骁身边时，他伸手拉住了她。

老爷子眼睛一瞪就又要骂人，苏菱赶紧挣开他，坐在了老爷子身边。

老爷子这才满意，开始算账："秦少，您大半夜不睡觉，私闯民宅是不是不太好？"

秦骁挑了挑眉，他这个人身上没有什么尊老爱幼的优良传统："董老，你出尔反尔的账，是不是也该算算？"

该装的时候可以装，他不介意给老爷子面子，但是这件事他不会妥协。

苏菱被他吓了一跳，她十指扣在一起，直直看着他。

秦骁眼睛眯了眯，转而笑起来："当然，董老是长辈，您教训小辈是应该的。"

董老瞪着他。

"西区的地，明天给您送过来。"

"收好你那一套，不要以为老头子我不知道你打的什么心思。歪门邪道，秦少，一年前你封杀小菱的事，我可全都知道了。"

秦骁眼眸微沉，去看苏菱的反应。

她眸光黯淡了一瞬，垂下眼睛。

"我保证，这种事情不会再发生。"

"这可说不准。"

两人互不相让，最后还是苏菱出声："爷爷，太晚了，您去休息吧。秦骁，我送你。"

她把他送到门口。

秋风微凉。

她长睫轻敛，一直没有说过话。

秦骁眼眸漆黑，握住她的手。原本温软的小手，此刻有些凉意。

"你相信我吗？"

她抬起眼睛，认认真真地看了他一会儿，然后轻轻摇了摇头。

他心中发涩，连忙道："那样的事不会再发生了，以前是我偏激，以后都不会那样了，好不好？"

她眸中干净，比漫天星斗还纯粹："秦骁，我真的出国去进修两年吧。"

他的脸微不可察地扭曲了一瞬，眼底铺满了阴霾。然而片刻，他温雅地抚了抚她的发，沉声道："好。"

她眨了眨眼睛："我骗你的。"

他低眸看着她。

"你看，我不过这么一说，你就很不开心。你不开心的时候，还是面不改色，然后答应下来。但是你心里又在盘算阴谋诡计了。总之我走不了的。"

他的脸僵住，脸色有些难看："怎么会……"他确实在想怎么做可以不动声色地让她打消这个念头了。

苏菱笑出来，伸手轻轻放上他的胸膛。

掌下那颗心跳得飞快。

她软声骂他："撒谎，骗子，老是骗人。"

他握住那只手："抱歉，我在改了，我很努力在改了。"

苏菱知道。

但她也知道，可能他一辈子也改不掉的。偏执、占有欲强、爱耍阴谋诡计，这些都是深埋在他根骨血液里的东西。

他不是个好人，她很早就明白了。

可是她也明白，世上再也没有人会像秦骁这样爱她了。

把她当成一切，一辈子会追逐的东西，好好活着的意义。

而且他不会爱人，她又何尝会呢？

只不过如今他收敛獠牙，而她终于明白了该如何同他相处。

她踮脚，环住他的脖子，嗓音又娇又甜，透着如春风拂面般的温柔笑意："秦骁，你那么坏，可是你坏的时候，也很好。"

他的心都微微颤了起来，眼中只有一个她，喉结动了动："这句是骗我的吗？"

好可怜哪。

她眼睛弯弯的："不是。"

然后她又试着和他讲条件："不气爷爷了，好吗？下次和他说话要恭敬一点。"

"好。"

"不许翻窗，下次好好拜访，好吗？"

"嗯。"

"不要报复堂哥啦，他是哥哥，对不对？秦骁，别那么小气，好不好？"

"好。"

她忍不住微笑，心里软软的。

其实她一直只是用错了方法。她是个演员，戴上面具惦记着逃离。而他是个天生的阴谋家，心狠手辣却又最怕她逃离。

最可怕的是，他才是天生的演员。

"秦骁，疼不疼啊？"刚刚爷爷打他，可半点也没有留情。

他低笑道："不疼。"

"那你生气吗？"

"没有。"

骗子，他当时眼里的暴戾，她看得清清楚楚。

然而他此刻满眼温柔。

他最小气，可是也最大方。她心中有种荒谬感，他就是被迷昏了头，她说什么他都同意。

他真的很爱她呀。

胜过了一切。

仿佛只要她不走，她笑一笑，他整个人就妥协了。

她眼睛有些酸。

苏菱第一次这么感谢这次重生，她没有断腿，云布也好好地活着。她开始懂了他的爱。病态的，常人无法理解的爱。

他就是这样的呀，也许一辈子都不会改变。

改变了也就不是秦骁了。

他有着野兽的习性，却总是惶恐地收敛所有的獠牙，小心翼翼地，想哄他回家。

她记起来了，那无数个日夜。

她断了腿，疼得受不了的时候，总能看见他在她身边。

他弯下腰给她穿袜子。

他满眼希冀，给她种玫瑰花，背着她上山去看朝阳，想带她去看最纯净的大海。

他一直想学着好好去爱她。

只不过她一直不懂，他是个疯子，也是个傻子，无师自通世间万种阴谋，独独学不会如何爱人。

他是最温柔的坏蛋。

走过世上万千荆棘，守着一朵含苞的花，等她开放，将她折下。

只不过上辈子他折断了茎，这辈子他学会小心刨土。

苏菱信守承诺，第二天就去找秦骁。

恰好是周末，秦骁就在别墅。

苏菱才敲门，一个人就飞快地打开了门。

苏菱惊讶地看着他："小寒？"

小孩子点点头，很开心地看着苏菱，"啊啊"了两下。

秦骁看着，小寒不敢抱苏菱姐姐。一双乌溜溜的眼睛，只敢眼巴巴地看着苏菱。

"小寒怎么在这里？"

"带这小崽子看看还有没有讲话的希望。"

苏菱眼睛亮亮地看着秦骁。

秦骁弯了弯唇:"别那么看着我,这种先天性疾病,治愈的可能性小到没有,送出国试试看,不行也没办法。"

她太开心啦,秦骁真的少有这种善良的行为。

这样的举动,让她意外又惊喜。

因此,他让小寒回房间,低头来吻她的时候,她没有推他。

她闭着眼,睫毛颤颤的。

他的吻不是很温柔,有种索取的霸道。

他喘着气弯腰伏在她肩上,黑眸深深,忍不住勾了勾唇。

他确实才想起这么一回事。

秦骁猜苏菱会开心,于是把那小崽子接过来了。

效果不错。

看来那小崽子也不是没有作用。

秦骁点到即止,没有对苏菱做什么。

然而并不是因为君子作风。

他是很想做的。

然而他的脑子更清醒。苏菱记忆里那个蠢货,可不就是冲动地占有她而得到了悲惨的结局?

那个蠢货失去了她,他不会,他要得到她。

完完整整地拥有她一辈子。

苏菱今天来找他,其实还有件事要和他说。

昨晚林清半夜来电话,说虽然她上次那个国外衣服品牌的代言试镜失败了,但是有人把她推荐给了一个国外的大导演。

导演去看苏菱参演的《囚徒》,觉得她很适合自己的电影。

如果合适的话,她十月份会去国外拍摄,历时两个月。

昨晚她说出国本来是开个玩笑，没想到成真了。

秦骁这样好，他把小寒带来看病，苏菱反而不知道怎么同他开口了。

她在他怀里，听着他始终无法平静的心跳，能感受到这个男人的兴奋。

每个演员都想得到新的突破，苏菱也不例外。

虽然星辰目前在她名下，但是她还是觉得自己努力得到的东西更让自己觉得踏实，演技和知识一样，是别人无法剥夺的。

她犹豫了半天，最后还是把事情告诉了他。

他面色平静，苏菱却听见他的心跳缓慢下来了。

他放开她，对上她的眼睛："苏菱，你告诉我，你很喜欢演戏吗？"

她轻轻点头："一开始不太喜欢，也不习惯，后来挺喜欢的。"

他低眉一笑："你知不知道，我最怕你成为一个出色的演员。"

她想了想："因为知名度吗？"

会让他没有安全感。

他抚上她的脸颊，低声告诉她："不是。"

她有些诧异，一直以为秦骁是因为占有欲，所以不想让她成为演员。

"我曾经听说，有的演员太入戏，会陷进去一辈子出不来。也有的人，把自己的一辈子，都当成一部戏在演练。我怕我也成为你人生的一部戏，你的爱和恨，全都是假的。"

那他多可悲，那他多可怜。

她轻声告诉他："不会的，秦骁。你别害怕。"

她颇有些羞赧："我仔细想了想，如果在磨炼演技和今生的你之间，让我选择。"

她眼里湿漉漉、亮晶晶的，他沉默地看着她。

"我选今生的你。"

这个扎了满手的刺为她种蔷薇，在落石下护住她，说希望她岁岁平安的男人。

秦骁震惊地看着她。

他似乎从未露出过这样的表情，不可置信，怀疑自己的听力出了问题。

甚至半晌都没有吭声。

她羞红了脸，声音糯糯的，去捂他的眼睛："你别这样看着我呀。"

她本来就害羞，能说出这样的话，已经是极限了。

他再这样看她，她羞得快找地洞钻进去了。

他任由她捂住双眼。

苏菱看不见他深邃的眼神，才羞涩地把话说完："你不要害怕，秦骁。我想了，我可能没有你爱我那样爱你，但是，我试着每天多喜欢你一点点，好不好？"

我向你靠近，每天多一点点，总有一天也会很爱你的。

爱情本就是不公平的东西。

他的爱太深重，没有人能回报以等价的东西。

她唯一能做的，就是朝着他走过去。

苏菱说完，就要放手。

然而他握住她的手，不让她动。

她细细感受，才发现他的掌心湿了。

"好。"等你说爱我，等了这么久。世界下过无数场寂寂之雨，从黄昏到黎明，他本来以为，这是他一个人一生的守望。

哪怕他只是她一生中的一场戏，她能骗他到结局，那也挺好的。

然而此刻，她真的喜欢他了。

两情相悦，真是最好的词语。心揪着痛，却又彻骨地甜。

她有些无措。

"我等你回来，下第一场雪的时候，你嫁给我吧？"

秋风温柔，那时候快十月了，天空是明丽的蓝。

他无须跪下，早在他跪着为她穿鞋袜的时候，已经无数次俯首称臣。

她的声音也如潺潺的水、柔柔的风。

"好。"

去年那场雪，你等了快一夜。

这一回，我陪着你。

秦骁，你不要那么冷啦。

十二月的时候，大家都看出了秦总脸色不太好。

这是一个很暖的冬，多少年来的冬天，气候从未像今年这么暖。

往年这会儿 B 市的人们都该加厚衣服了，可是今年真的不太冷。暖洋洋的，还时不时出个太阳。

风暴似乎也停歇了。

贺沁发现秦总近来最经常干的一件事，就是看天气预报。

各种来源的天气预报都被他听了个遍。

有一天有个员工说："往年十一月底就开始下雪了，今年这么暖和，应该不会下雪了吧？"

秦少冷着脸走过去："你再说一遍。"

员工："不……不会下……"

非常有眼色的贺沁虽然不明白下雪与否有什么关系，但是她会察言观色，连忙说："我看不一定，再冷一点点就下了。"

员工连忙结结巴巴地补充："对对。"

秦骁压着暴戾的情绪走了。这人有事没事说什么下雪！

然而到了十二月中旬，雪还是迟迟没下。

苏菱也没有归来。

秦骁意外地冷静了下来，让贺沁去准备白色的羽毛。

下什么雪，他说了算。

那时候苏菱的微博常常更新，大多是林清发的，发的都是努力演戏的苏菱的图。

她现在二十出头，眉眼间少了一分稚嫩，多了一分向上生长的蓬勃朝气。

那是个科幻剧，她拍摄的动作意外地清丽又霸气。

多了几分成熟女人的味道。

他日日夜夜看着，有些沉默。

如今的苏菱，不再完全像一朵娇娇怯怯的花，她努力生长，真的长大了。

她不能再被他圈养，也不会再被他关在笼子里。

秦骁第一次有些茫然。

他放她成长，让她长成如今这般他很难掌控的模样，是对还是错？

他一边控制不住这样暴戾不安的情绪，一边又忍不住被这样的苏菱吸引。

他有正常需求，午夜梦回的时候，似乎还记得她娇喘求饶的模样，梦里都美得惊心动魄。

然而今年冬天的雪迟迟不下，是天意让他不能拥有她吗？

那批处理好的羽毛准备好的时候，刚好十二月底。

离苏菱离开他，已经快三个月。

她的微博很久没有更新了，上一条解释说，拍摄延迟，苏菱可能要晚一点回国，让粉丝们不要在既定日子接机。

秦骁看着那一堆羽毛，良久没有说话。

和羽毛一起送来别墅的，还有几台喷洒羽毛的机器。

贺沁不太懂，她只觉得有钱人的世界太难懂了。因为要像雪，每一片羽毛都是挑了又挑拿去消过毒的。秦少怎么突然想看雪了？

"你走吧。"

贺沁应了声是。

别墅里寂静，丁姨前两天有事回家了。

他冷着脸，把机器一台台打开。

漫天的绒毛飘洒，其实比雪还好看，别墅里很快就成了一个白色的世界。他冷冷弯了弯唇，嗬，第一场雪。

天命从未怜惜过他，从最初到现在。

所以他不断地去争，去抢，去掠夺。

从前和人争，现在和老天争。

他其实挺累的，就跷腿坐在沙发上，等这玩意儿下完。

没用的，他知道。他不能再做一个这样的骗子，她不会喜欢强迫改变一切的他。

苏菱拿了丁姨的钥匙，她悄悄回了国，原本想给秦骁一个惊喜，可是一进屋漫天的羽毛，让她也呆住了。

秦骁坐在沙发上，已经睡着了。

她开门也没有惊醒他。

她走进这个世界，羽毛落在她的肩膀上，沾上她的眼睫。

整个世界都是柔和的，她走近他的一瞬间，他就警觉又冷冷地睁开了眼睛。

秦骁一时分不清这是不是自己的梦境。

白色的世界，美得惊心动魄的她。

她赤着脚，踩在羽毛中，纤足和羽毛一样白。她声音甜蜜："秦先生，我回来啦。"

他弯了弯嘴角，张开怀抱。

她撞进他的怀里。

撞得他的心生疼。

我怕你不回来了，我怕你只是骗我的，我怕这爱情太伤人，一切都只是我的臆想。

苏菱知道他在做什么。

她在国外拍摄的时候，也在关注国内的天气，今年特别温暖，有可能不会下雪。

她想了很久，觉得秦骁一定很难过。

所以她回来了。

她在他怀里，又乖又软，伸手去接那轻飘飘的羽毛。

"秦骁，它是暖的。"

他看着她，亲亲她的额头："嗯，再等等，再等等一定会下雪的。"

"不等了。"她说。几乎是瞬间，他眼里的黑色碎裂开来。

秦骁声音低哑道："再等等吧，它……"

她有些腼腆，笑道："这就是呀。"

他捏住她下巴："你确定？"

她娇娇的："嗯，我都记着呢，下第一场雪的时候，嫁给你。"

老天从不眷顾他，然而她怜惜他。

不论这世间定律，只问朝夕。

他再也忍不住，将她压在身下，一吻落在她唇角："苏菱，菱菱……"

羽毛落在身上痒痒的，她止不住笑，半晌才软软回应他："秦骁。"

他眼里都是炽热的光，他撑在她上方喘息。这不是梦，所以他不敢肆意妄为。

"可以吗？"

她咬了咬唇，歪头羞涩道："嗯，秦骁，我让你摸一辈子脚，你不许欺负我呀。"

他忍不住低笑起来："好。"

然而男人说的话，大多都是假的。

苏菱也不是容易反悔的人。然而上辈子那一天她晕了，不知道第一次有多疼，醒过来的疼又被悲恸的心情盖过去。后来尝了情欲的滋味，她也没感受到疼。

如今是在切切实实地感受。

她忍不住哭："不来了。"

秦骁不停。

这时候谁停谁不是男人。

她嘤嘤呜呜，自己把脚放进他掌心："停一下嘛，不要动了，脚给你摸。"

然而她哭得累了，才发现这档子事作不得数。

最动情的时候，他激动到颤抖："菱菱……菱菱……说你爱我，你一辈子也不离开我。"

谁爱这个？她的脚还在他掌中，他肆意把玩。他埋在她身体里，苏菱去踢他："呜呜，混账……"

不论他如今多疼她，有些事情他依然不会轻。

到了最后她昏昏沉沉地睡了过去。

云消雨歇。

一室的洁白。

她沉睡的时候，眼角还带着泪。

他轻轻把她的泪擦干净，把她抱在怀里。

秦骁闭上眼，他想起了最初那一场《青梅》。

还有他深埋于心的秘密。

两年多前，才是他们的初遇。

少女扎着马尾，炎热的夏，她低着眉眼，忐忑地在和奶茶店店长说话。

不知道那边说了什么，她轻轻笑起来，单纯干净，清澈美好。

不过半个侧颜，柔和了一整个夏天。

他前半生谁也没有爱过，活着都是可有可无的事情，然而那一瞬，他心脏仿佛发了疯，一点一点，不规律地跳动。

他压着嗓音的震颤，世界上似乎再也看不见其他的东西。

他问："她是谁？"

他们这群人在对面的二楼玩，他的目光遥遥看过去。

一群人中唐薇薇走出来："秦少，我知道她是谁，她叫苏菱，是我的同系同学。"

但是她说，苏菱不谈恋爱，上周追苏菱追得轰轰烈烈的那个富二代，被苏菱干脆利落地拒绝了。

"苏菱念书和演戏很认真。"唐薇薇这样说。秦骁沉了眉眼，若有所思。

爱本来是件抽丝剥茧的东西，他好早就爱上她，可她从来不知道。

也永远不会知道。

所以她化了女鬼妆，他又好气又好笑。

见过百般她的美，又怎么会被表象蒙蔽？

他陪她演下去。

那一整个夏天，他都在想，能得到她就好了，能拥有她就好了。

他每天从很远处开车过来，遥遥看着她。

欲望发了酵，再也不满足，只是看。

哪怕没有人把她送到他身边，他也会想办法去靠近她。

那个夏天她穿的是凉鞋，米色的凉鞋，一双脚洁白可爱。

他的手握紧方向盘，喉结动了动。

从那一天开始，他才知道世上还有恋足癖这种癖好。

秦骁戴上墨镜，他第一次走到她的面前，心跳无比剧烈。

他甚至能闻到她身上淡淡的栀子花香。

他随手点了一杯："它叫什么？"

少女弯了弯唇，容颜似烂漫花开，她声音软糯糯："先生，它叫'掌上青梅'。"

于是有了一出《青梅》。

那一年盛夏，他们一个在台上，一个在台下。

一个满心惶恐躲避这场戏，一个满心期待，黑眸深深——这是我为你准备的初遇。

这一年冬天。

苏菱睁开眼，湿了眼睫。

昨夜秦骁太讨，她身上还隐隐疼着，入睡却梦到了一些事。

梦里的事情，太恍惚。

她仿佛梦见他最后的时光了。

他头发花白，容颜冷峻。

一个人在山顶，坐在轮椅上，看一场夕阳西下。

他说："我忘了你了，早忘了。"

苏菱醒过来，看着面前眉眼英俊年轻的男人，轻轻弯了弯唇。

　　这辈子我陪着你，你再也不会难过了，真好。

　　时光徐徐，一切都还来得及。

　　她困倦地眨了眨眼，这次睡过去，她再也没有梦到他上辈子那种悲。

　　日光洒了一地，她是被秦骁叫醒的。

　　落地窗的窗帘大开，外面漫天的白雪在飞舞。

　　男人的声音透着笑意："菱菱，下雪了。"

番外一
若有时

秦骁看着她。

台上灯光绚丽，光影流转间，换了他最期待的一幕。

少女坐上秋千，脚上过于大的鞋子掉下来，她雪白的纤足就露了出来。

她十九岁，比他小整整八岁。

整个人透着一股青涩稚嫩。

苏菱轻轻偏着头，把脑袋靠在秋千上。

秋千一晃一晃，他面色平静，心跳却很快。

这出《青梅》是他编的，按着他的喜好，一点一点，无数次的梦回。

渴望得到的女人，做出足够引诱他的动作。

这比他想象中还要使他失控。

秦骁的手移到唇边，挡住了滚动的喉结。

身边的郭明岩看得也有些呆，半晌磕磕巴巴："这……这也太……"

太美了，像场荒诞而美好的梦境。

董旭垂下头，不知道在想什么。

秦骁突然有些不悦。

然而他这个人深沉，面上冷漠，什么也没有露出来。

晚会很快就结束了。

因为举办方都心知肚明，加上《青梅》演得着实出色，因此评分最高。

Z大要举行庆功宴。

郭明岩笑着说："骁哥，回去了？"

"饭吃完。"

所有人都没有异议，大家都以为他要陪"小女朋友"唐薇薇。

于是又把唐薇薇叫了过来，唐薇薇卸了妆，心中期待又嫉妒。

所有人都以为秦少对她不一样，但她知道不是。

秦少并没有把她当女朋友。

大多时候，他们都在那家娱乐会所对面，秦少看着远处忙碌的少女。对面那个美人总是笑，她柔柔弱弱的，但是很爱笑。

她笑起来又暖又美。

秦少也会弯唇。

唐薇薇留下的作用就是："苏菱今天又被表白了，但是她拒绝了那个人，其实我们年级和她表白的不多，因为她不好相处，性格挺孤僻的。那些和她表白过的男生，苏菱后来话都不会和他们说了。"

"他们都说苏菱高冷。"

于是秦少只是看，带着痴迷的目光，三分欣赏美人的轻佻，七分更深重的东西。

庆功宴这一晚，唐薇薇在一群公子哥中间，咬碎了牙。

秦少喜欢谁，在场的没谁比她更清楚。

但顶着秦少女人的名头，她得了太多好处，已经舍不得轻易放弃了。

他们这群人在二楼，苏菱他们在一楼。

有人调笑着问："唐薇薇，那个赤着脚的女人，是你们系的吧，叫什么名字？"

唐薇薇还没吭声，秦骁把手中的酒杯一放，他冷着脸，清脆的一声响，包间里没人再敢说话。

这群富二代中，有部分人人品相当恶劣。

最后还是董旭开了口："她看起来就是很规矩的那种女生，你们别去招惹她，闹出了什么，都不好看。"

秦骁垂着眸。

董旭看他一眼："前段时间女大学生自杀的案子，都警醒一下。"

秦骁抿了抿唇，一杯又一杯地喝酒。

没人敢拉，也没人知道他这突然的情绪是从何而来。

他喝得有点多。

走路都有些晃，秦少喝，大家也都陪着喝，喝得最少的，都微醺了。

郭明岩大着舌头："董……董旭，你怎么有三个头……嗝儿……"

酒店订在了楼上，唐薇薇眸光微动，就去扶秦骁："秦少，我扶着您，您还好吗？"

男人醉了，手指捏住她的下巴，辨认了半晌，冷冷吐字："滚。"

唐薇薇脸色白了，没想到他还认得出人。

这个男人心狠手辣，她不敢在这种情况下招惹，哪怕再不甘，也还是没敢跟着他上楼。

秦骁身子有些摇晃，他定了定神，回了房间。

他神志不太清醒，摸到床直接倒了上去。

片刻，他睁开眼睛。

手触摸到另一个身体。

秦骁别过头，就看见了她。

房间里的灯光昏暗，她闭着眼睛，小脸微红，呼吸平缓。

长长的睫毛合上，在脸蛋上投下浅浅的剪影。

美得惊心动魄。

他的手刚好放在她的腰上。

自从遇见她，那些难以入睡的夜晚，大多都会有这样的梦境。

今晚也不例外。

他的吻落上去，她依然闭着眼睛，那股少女的甜香让他迷醉。

身体像是在飘。

也许是喝了酒，今晚这梦格外香艳，比任何一晚都来得刺激。

他把她的衣服都脱了。

手在她身上肆意游走，他又舔又咬。心跳失控到发狂。

这是个任他蹂躏的睡美人。

也只有这种时候，他能靠她这样近。

她小小嘤咛了一声，却在药效下醒不过来。

那一瞬他觉得这梦太真实了，那种让他脊髓都战栗的爽，蔓延到四肢百骸，他伏在这具娇躯上，颤抖着去触碰她的脸。

每一次身体最亲密的接触，是真的很爽。

以至于他发泄了一次，清醒了片刻，又倾身覆了上去。

其实那时候秦骁已经觉察到不对劲了。

做梦永远都是适可而止，醒来会更加空虚，而不是像现在这样酣畅淋漓。

那一年他真的不是什么好东西，想着她既然来了他床上，做都做了，一次两次三次也没什么差别。

这一晚的事，是他二十七年人生中干过最混账的事之一，不得不说，他是个禽兽，这也是最兴奋、快感最澎湃的一夜。

他到底有些睡不着，怕这是场梦，又怕不是一场梦。

等到天亮的时候，他在酒意的后劲之下眯了一会儿。

心中其实不是不忐忑。

然而他冷静地想，如果没有这一夜，说不定他只能远远看她一辈子，抑或像她学校里那些男生一样，向她告白，她拒绝，然后老死不相往来。

啧，真是一个罪恶的突破口。

他不敢比她睡得晚，怕她醒来要闹。

虽然起始是他喝多了，但是后来几次，他都是清醒的。

董旭那些话像一根针，逼迫他明白后果的严重性。

天亮了，她醒过来。

似乎有点蒙，反应了好一会儿才明白过来究竟发生了什么。

她脸色发白，全身的印子，全是他弄出来的。

她下意识地给了他一巴掌。

清脆的一声响，他脸上留下一个红印子，然而他头都没偏，眼底铺上阴霾，冷着脸说："怎么，自己爬上来的，反悔了？"

他心中也冷意肆虐，看来还真是那种最糟糕的情况，她不是自愿的。

苏菱又怕又崩溃，她开始哭。

嘤嘤呜呜地，好不可怜，生无可恋的模样。

他看了半晌，反而笑了："欸，跟我不好吗，老子以后好好对你行不行？"

他说这话时，自己也分不清有几分真心，几分假意。

他知道他迷恋她，到了有点病态的地步。

然而一个男人迷恋一个女人，有时候是再正常不过的事。

直到后来无数个爱上她又失去她的日日夜夜，方才让他懂得，爱深埋在血液，融进了呼吸，他的每次心跳，都拉扯着痛。

如果可以，他一定不要给她这样不好的开端。

苏菱走了，她自己穿好衣服，哭着走的。

秦少顶着半边脸的巴掌印，烦躁地抽烟。

他摁灭烟头，开车离开。

她不稀罕就算了，他这辈子还没有求过谁。

算了吧，别惦记了，不是爽过了吗？

这样禽兽的想法，却连他自己也骗不过去。

他还是想她，每晚公司的事忙完，他还是下意识地绕远路去那个她打工的小店。

然而她已经很久没来了。

他完全不记得自己当时不管她了的想法，他又去查了她。

一查他就皱了眉。

苏菱过得并不好，不知道他们那一夜是怎么传出去的。

苏菱爬床的事，在他们大学闹得风风雨雨。

他想起她那娇软软的模样，心中一沉，怕她想不开。

这样的言语暴力，远非一个十九岁的姑娘所能承受的。

然而他观察了几天，发现她意外地坚强。

她好好上课，仿佛听不见那些闲言碎语，别人在她背后指指点点的时候，她只是抿了抿唇，并不去听。

像是石缝里开出来的花，娇软无依，却又百折不屈。

他嗤了一声。

看来那一夜，她也很快会忘却。

这样柔软又坚强的姑娘，什么样的事都不能在她心里留下印记。

他不是个好东西，他知道。

他也从不否认。

他想得到这个人，念头一天比一天强烈。

他卑鄙无耻，完全没有压制流言的想法。

你看，这些人对你充满恶意，你来我身边好不好？

谁都不敢再惹你。

然而他是惯于蛰伏在暗处的野兽，露出了獠牙，却差一个契机。

这个契机，就在苏菱的外婆身上。

秦骁把什么都查清楚了，因此苏菱外婆出事的时候，他比她还早知道。

他换了件衬衫，慢悠悠打好领带。

少女满脸的泪。

他笑："跟我，嗯？我帮你救你外婆。"

他知道她会同意。

就这样，他满心卑鄙，终于拥有了她。

那一年她才来别墅，又讨厌这个毁了她的男人，又不得不感谢这个帮了她的男人。

她总是娇娇地喊他秦先生。

"秦先生，你回来啦。"

"不要，秦先生，你说过不这样的。"

"不用送我这些，秦先生，谢谢你。"

后来他送她脚链，她摇头："我不喜欢这个，秦先生。"

他低笑："老子喜欢。"

她抿了抿唇，有些委屈的模样。她心想，小猫小狗才戴链子呢。

他亲自弯下腰，给她带那条脚链。

玉足纤纤，美得夺人心魄。

他将她的足握在掌中，心中除了澎湃的欲望，更多的，竟然是柔软。

他第一次意识到自己对她的感情，那是一种比占有还要奇怪的东西。

他开始不那么满足了。

他想让她的眼睛看着他，里面只装一个他，他想她依恋他，爱上他。

于是那一晚，她哭着喊的时候。

他忍住不发火，哄着她说："菱菱，说你爱我。"

他看着她的眼睛，她神情恍惚了片刻，然后又是一阵清明。

她抿唇，委屈得快要落泪，然而那句话她到底没有说。

一直到她死去那一年，她都没有说。

原来当她的顽强用在他身上，会那样让人烦躁。

他靠近她，原本只是想满足自己躁动的心，可是不知道哪一天开始，彻底变了。

丁姨说："小姐喜欢温柔的男人，她说要是会做饭就好了。"

这简直是荒谬到不可思议的事。

然而他进了厨房。

她皱着小脸嫌弃的时候，他心里软得一塌糊涂，偏偏冷着脸："不许吐出来，吃下去。"

他那早死的爹可都没这样的待遇。

后来他带她去看日出。

也是倒霉，车爆了胎。

娇滴滴的姑娘，他半点不舍得让她走山路。

"上来。"

"秦先生，我们不看了吧？"

"别废话，快点。"

姑娘软乎乎的身子挨上来，纤弱的手臂轻轻环着他的脖子。明明该有的地方都发育得那么好，可是一点都不重。

他走着走着，心里越来越温柔。

这实在是一种复杂的感情，狠狠撞着他的心，甜得微微疼。

她乖巧安静地抱着他，满心依赖。

他不觉得累，甚至在想，这条路再长一点就好了，他可以这样走一辈子。

后来太阳出来了。

暖红的色彩染透太阳的半边脸，她的小脸更加明艳。

她看着初初升起的朝阳，浅浅笑了。

"等老了，我带你来看夕阳。"

她偏过头，软糯糯的模样："秦先生，你说什么？"

"……没什么。"

"哦。"

那是他第一次意识到，爱情是一种多么可怕的情感。不知不觉，就入侵了潜意识，原本只是迷恋，后来越来越贪恋。

揉进骨子里都觉得不够。

他冷冷地想，这东西让他懦弱了，这段时间他究竟在做什么？

番外二

望归山

他到底在做什么呢?

秦骁其实自己心里清楚,苏菱不愿意跟他。一个不喜欢他,却由于各种理由委身于他的女人,他被她迷昏了头,竭尽全力去讨好。

尽管如此,她还是不开心。

秦骁出去谈生意的时候,那群狐朋狗友说:"女人就是惯不得,你越惯,她越来劲,蹬鼻子上脸。冷她几天,自己就知道贴上来了。"

秦骁若有所思。

于是苏菱发现,这几天秦先生分外冷淡。

她心里偷着乐,也不去招惹他。

于是每晚秦骁回来,看着身边早早睡得香甜的女人,都恨不得一把掐死她。

他冷着脸,把她衣服脱了:"起来。"

她眼睛雾蒙蒙的:"秦先生,我困。"

那时候她娇娇地拉着他的衣袖,满脸娇憨。

他心上被人狠狠一击,回过神已经温柔地把她抱在怀中:"嗯,睡吧。"

久了,他就知道,他养的是个小祖宗。要是他冷淡,她得开心到天上去。

秦骁有些认命，他心想，这样过一辈子也不错。

然而天不遂人愿，苏菱的外婆去世了。

他冷冷地想，那她会离开吧？

她不要他的钱，也不要他送的任何礼物，就是做好了随时可以两清的准备。

但是，想走？等他死了再说。

他隐瞒了苏菱，其实对于秦骁这种人，他家的人死绝了，他也不见得掉一滴眼泪。

他以此视角来揣摩苏菱，没想到这是她恨他的开端。

那几晚都在下雨。

苏菱被他关在别墅，一直哭，泪水打湿了枕头。

原本娇软软的姑娘，眼底满是恨意。

他第一次感觉疼，心里被人狠狠划了一刀，鲜血淋漓。

等她睡着了，他看着她的眉眼，染上几分疯狂的味道："别离开我，不许离开。"

最好的一点是，这个姑娘生命力很强大，她没有寻死。

她还想好好活着，活到离开他的那一天。

也是从那时候开始，她不再糯糯地喊他秦先生。

"秦骁，你恶不恶心？"

他停下动作，身体轻轻颤抖，良久俯下身体去吻她额头："你有感觉的。"

她看着他，任由他欺骗自己。

后来时间久了，他各种讨好的方式都试过了。

有一天他突然想起曾经听到过的话，唐薇薇说苏菱喜欢演戏，于是他放苏菱去演戏。

那是那么久以来，她第一次露出了浅淡的笑意。

像三月明媚的骄阳，在他心里射进一束光，驱散了那么久以来的阴霾。

那一年他爱情观不太正。

哪怕放她去演戏，也仍然是另一种算计。他想得心都疼了，她为什么不肯爱他呢？爱他一点点都好哇。

他那么喜欢她，喜欢到心都要碎了。

可是苏菱出了意外。

她的腿断了。

秦骁活了二十多年，在那场大雨中，他第一次流泪。

那双匀称纤细的腿，原本可以跳舞，后来走路都疼。

那么疼她也没哭，睁着眼睛轻声问他："秦骁，我以后还能走路吗？还能跳舞和演戏吗？"

他痛得快死了。

原来一场爱情，留给人更多的，是痛啊。

后来那半年，他每天给她穿袜子穿鞋，每天悄悄练习做饭。

她静静坐在那里看着蹲在自己身前的卑微的男人，良久轻轻闭上眼。

那段时间秦骁是个疯子，谁也不许提起《十二年风尘》的任何事。

云布死了。

她知道的时候执意要去云布的葬礼。

他带她去，那一天小雨蒙蒙，他为她撑着伞。

照片上的姑娘笑颜如画，却死在了最好的年纪。云布的父母得了一大笔钱，早就没再追究这场意外。

除了苏菱，世上不会有人再记得这个小姑娘。

苏菱看了许久："人的生命真脆弱，秦骁，要是我死了，你送我回家吧，我想去故乡看看，那里的木棉花开了，很美。"

他的目光片片碎裂，似偏执，似癫狂："你别这样对我，求求你，别再说这样的话。"

她歪着头看他："你很害怕吗？"

他冷着脸。

突然觉得她的心才是世上最硬的，他如今自尊被践踏的样子，可悲又可怜。

她那时最恨他，因为一无所有，她确实存了想死的念头，话语天真却字字让他疼痛不堪："秦骁，你不会那么没用吧，我死了你还殉情不成？"

他冷冷地吐字："不会，你死了，我很快就把你忘了。"

她轻笑："那就好。"

后来倪浩言要来带她回去。

那一天她再次感受到余温，号啕大哭，像个脆弱的孩子。

他好笑又心疼，走什么呢？我爱你呀，这世上，再没人比我更爱你了。若他是倪浩言，今天就算被打断四肢，只剩最后一口气，也会带着她走出去。

你看，既然会退却，他们就都配不上你。世上只有我这么一个会为你舍弃一切的疯子。

然而那天以后，秦骁知道怎么让她好好活下去，怎么让她和自己过一辈子了。

倪家成了她新的软肋。

他是个心思很深的资本家，由着倪家母女作，基本上她们要钱要势，他都给。

这些东西打造出了一个金丝笼，把苏菱困在其中，让她寸步难行。

久了她觉得自己是个情妇。

她是个知恩图报的姑娘，他无论给多少，她都想原封不动地还回去。得了秦骁的好，她没有理由再对他不好。

因此他的要求她几乎都不拒绝。

他被她的乖巧和这样的假象欺骗，动情到极致的时候，几乎是央求着说："菱菱说爱我好不好？"

那双迷蒙的眼睛看着他，没有一丝爱意。

他埋首在她颈窝，久久闭上了眼，算了，不爱我也没有关系，别爱上别人，别离开我就好。

秦骁策划求婚了，他精心准备了许久，在脑海里构思了无数种方案。

那段时间贺沁都觉得老板眉眼温柔。

"秦少，有什么喜事吗？"

男人垂下眉眼，轻笑道："嗯。"

他心想，她的心最软了，他跪在她面前，能多卑微就多卑微的时候，她点一下头，好不好？

他预备求婚的前一晚。

二月十三日。

春寒料峭，他开车，看着街上来来往往的情侣，想到她，心里生出些柔软的意味。

哪怕是钢铁般的心，此刻也软得不像话。她来到他的生命里，真是最美好的馈赠。

然而文娴施施然走进来，告诉他那个让他浑身冰冷的消息——有血缘关系，啧啧，真恶心。要是你那小心肝儿知道了，该生生被恶心透吧？

还有苏菱父母的死，竟然也和文娴脱不了干系。

文娴笑得猖狂："我想做什么？我什么都不想做，你娶了郑小雅吧。不然要是苏菱知道了这一切，还会留在你身边？"

不会。他比谁都清楚，她不会。

她不会爱他，甚至会恨他。

他透过重重迷雾，清晰地看见了她的心。

她是个稚嫩的演员，却在一天天成长，终有一天，他在她脸上连厌恶也看不见了。她将讨厌彻底埋在了心里。

如果知道了，她就算是拼尽一切，也会离开他。

她本来就是那么憎恨他呀。

他心中冰冷，应了文娴，眯了眯眼，已经在策划怎么把这件事悄无声息地扼杀。

文娴必须得除了。

他需要时间。

那时候他以为，她才二十来岁，他只要一年，就可以彻底解决这件事，然后一辈子和她在一起。

她什么都不会知道，不会知道他的卑鄙恶心，不会知道这一层血缘关系。

他要做她的男人，这世俗纲常，万般伦理，在他眼中，不及她抬起头顷刻的笑意。

第二天情人节，他买了鲜花。

那一天他心情颇好，提前从公司回了家。那时候正是午后，阳光剪成碎金，细细洒在别墅。

他看见她正在翻杂志。

他表情柔软下来："在看什么？"

她合上杂志的前一刻，他神情骤然冰冷。

那是关于他和郑小雅订婚的婚讯，没有想到文娴的动作这么快，他心中杀意骤生。

她知道了。

他心中突然有种特别的冲动，想看看她此刻的表情，苏菱会在乎吗？

她双颊透着淡淡的粉，眸似明净之水："秦骁，你有未婚妻了，我什么时候可以回家？郑小姐知道我的存在会生气的。"

她眼中没有一点难过，满满都是期待。

她一直在等一个离开他的机会。

秦骁心中冷得像跌入深渊，他掐住她的下巴："做梦！等我死了吧。"

她眸中湿漉漉的，有些委屈。

他第一次知道这个女人不爱他会在他心上落下怎样的伤疤。

身世的事情，更不能让她知道了。

不然她一定会离开。

爱到极致，他甚至生出了浅浅的恨和茫然。你怎么可以这么狠心呢？纵然我坏，可是我对你的心，真诚到没有一丝杂质呀。

他没有心思再过什么情人节。

那一晚他在她身上咬了好几个印子，苏菱有些怕："你怎么了？不要，疼。"

谁更疼呢？

文娴说得对，他就是这样一个恶心的存在，明明什么都知道了，还是忍不住靠近她，占有她。

别离开，只要你不离开，什么都给你。

总有一天什么都会好的。

一辈子那么长，给他一点时间哪，让他变成她喜欢的模样。

那一年他三十岁了，她还天真稚嫩得像朵含苞的花。

他恨自己生得早了，不能多陪她几年。

要是他老得太快，不如现在年轻英俊了，她会不会更不可能爱上他？

后来他刻意穿得年轻了些，不再西装革履，连贺沁看了都偷偷笑。

有一天他回家，发现郑小雅在和苏菱谈话。

他靠在门边，低头静静听。

"我才是未来的秦夫人，苏小姐厚着脸皮住在这里，不太好吧？"

她软软的声音响起："郑小姐嫁给秦先生以后，就和他说说吧，他不听我的，我也想回家。"

"你不喜欢他？"

良久，那头声音低低的："不喜欢。"

秦骁靠在冰冷的墙面，讥讽地弯了弯唇。

为什么呢？

凭什么他的爱情要被这样折辱？

苏菱百般忍受郑小雅，他知道。他就盼着她能和他撒撒娇，让他帮她出口气。她说什么他都会去做呀。

然而她并不说，冗长的光阴里，她做得最多的事情就是恬淡地微笑。

现在他甚至都看不出这个女人还恨着他了。

多可怕，她终于学会做一个演员了。

每夜他抱着她，都会想，现在熟睡在他怀里的女人，其实在心中谋划着怎么离开他吧。

他嘴唇微凉，在她额上落下一吻。

别想了，这辈子你都走不掉。

那时候文娴手中的股份被他吞得差不多了，秦骁开始查出一些不对劲的蛛丝马迹。

真相似乎不是文娴说的那样。

而他和郑小雅的婚期也越来越近。

没关系，很快这一切就结束了，苏菱会一辈子和他在一起了。

那时是夏天，他痛失所爱的一个季节，他生命里记忆中最后有色彩的一段时光。

有人讨好他说，K海是国内少有的还没被污染的海域了，请他去那里谈生意。

他想到苏菱，心中软了一瞬："你准备吧，我带个人。"

"秦少要带谁？我们一定好好准备。"

他想了许久，黑眸柔然："我最爱的姑娘。"

众人面面相觑，室内静得针落可闻。

去K海之前，他和国外的一个公司约好洽谈生意。秦氏的产业已经在国外发展得很不错了，然而那边出了事故，他得去国外处理一下。

秦骁没有想到那是他们那辈子最后一次见面。

最后一个清晨，他打好领带，笑意温柔："等我从国外回来，带你去看海。"

她侧躺在床上，没什么太大的反应。

她与秦骁已经势同水火，不管面上如何，心里已经对他极度厌恶。

他像感觉不到似的，犹自在说："听他们说K海才开发出来，没什么污染，那里沙滩是金色的，还有螃蟹和贝壳，你会喜欢的。"

她眨了眨眼睛，露在外面的肩膀上是他太兴奋弄出来的指痕，还有浅浅的牙印，他其实也没怎么用力，只是她体质娇弱。

他原本很久没有强迫她了，可是他觉得这次出差的时间太长。

他看不见她会很不安。

不论心里多么舍不得，他都得抓紧时间离开了。

他说："你等我回来，苏菱。"

等我回来，文娴那边再也不能有任何威胁，我们就好好在一起。去年他想了很久的婚礼，今年终于可以办了。

他最后看见的她，是在清晨的微光里，她明眸莹然，纯净的目光落在他身上。

他心上被人狠狠一撞，三分甜蜜，三分苦涩。

然而她没能等到他回来。

在国外的最后一天，下着倾盆大雨。他心跳急速，非常不安："马上订回国的机票。"

贺沁说："秦少，这个合约不谈了吗？"

"不谈了，放弃，立刻回去。"

贺沁皱了皱眉，觉得有些荒谬，秦少为了这个项目，好几周都在加班，如今却突然说要回去，但是老板的命令不能不听。

他们回了国。

回到国内是晚上，秦骁是飙车回去别墅的。

除了少年时，他鲜少这么疯狂。

那个夏天，他明明还没靠近别墅，眼泪却已经不知道什么时候打湿了衬衫。

她倒在血泊里，那双美丽的眼睛永远合上了。

漫天星斗，亮得出奇，仿佛在为她送行。

他哆嗦着身体，把她抱起来。

她的身体尚有余温，他只晚了一步。

"菱菱，别害怕，马上就到医院了。"

然而到了医院，医生怜悯得摇头："这位小姐已经没有呼吸了。"

秦骁觉得那一瞬像一个世纪那么长，他的身体任人凌迟，心被千刀万剐。

他上前，掐着那个医生的脖子，语调平静："你说什么？我没听清。"

医院的人都来拉，然而他疯得彻底，反反复复让那个医生再重复一遍。

护士看了眼那边苍白美丽的尸体，哆嗦着道："那位小姐没死，她只是睡着了。"

这个快疯掉的男人蓦然平静下来，露出一个笑："你说得对。"

他放开医生，推开那扇门，俯身把她抱起来："菱菱，我们回家。这里太吵了，你一定不喜欢。"

她的身体已经没有一丝温度了。

他不开车，背着她回家。

她歪着头，靠在他背上，没有一点声音。

那时候夜半，城市中万盏灯亮着，他走得很稳，怕颠着她。

他犹自说："我初见你时，你明明那么爱笑，那么乖。后来为什么总是不开心呢？"

他说："是我不好，我以后对你很好很好，行不行？你醒过来我们就到家了，到时候你打我。是我混账，伤过你的心，我知道错了。"

最后他轻声说："菱菱，我们还没去看那个海呢。"

万籁俱寂，只剩清风应答。

他背着她，一直走到天亮。全身没了力气，他把她放在床上，她的身体不再流血了。他抱着冷冰冰的身体："你累了，是不是？那睡吧。"

丁姨被赶走了。

保镖被他辞退了，谁也不知道别墅里后来发生了什么。

大家知道苏菱死了，那段时间谁也没有看见过秦少。

后来有一天，大家重新看见了秦少。

他瘦得不成样子了，那时候他才三十岁，发间却生出了很多白发。

贺沁看见都忍不住掉了泪。

这个男人，他曾经蔑视世界，肆意不羁，可是现在他脆弱得可怜。

大家都忍不住想起去年他说"我最爱的姑娘"，那时候他满眼温柔的星光，可如今他眼底一片死寂。

起先那两年没人敢在他面前提起苏菱。

倪浩言来闹过，大家都心惊胆战的，可是秦骁平静得可怕："苏菱？你不提我都忘了。"

倪浩言狠狠一拳打在他脸上，第二拳落下来的时候，秦骁稳稳接住，脸上冰冷："滚，别惹我。"

后来大家就明白了。

情人终究是情人，这么快就忘了呀。先前看秦骁那么爱苏菱，还以为这是一个一辈子都过不去的坎儿呢。

毕竟文夫人被送去了疯人院，而郑小雅被送进了牢里。

听说很多人"招呼"郑小雅，她这辈子都出不来了，活着比死了还痛苦。

秦骁当真不再管苏菱的一切事。

他不再接济倪家的任何人，倪佳楠很快和富二代离了婚，净身出户。倪立国因为赌博，被人砍了一只手，自此消停下来。

秦骁知道这一切的时候，只是冷淡地笑了笑。

那一年他三十五岁，抽空回了一趟苏菱老家。阳春三月，小木屋外的木棉花开得灼灼，他站在远处看了许久，抽完一支又一支烟，最后打电话说："让人来把这几棵树砍了。"

狠心绝情得让人胆寒。

贺沁甚至怀疑，如今这个冰冷强大的男人，真的爱过苏菱吗？

秦骁手段狠戾，这几年秦氏的风评也不太好。

他不做任何慈善，不捐款，原本二十多所要修建的希望小学，秦骁也撤了资。

清娱被下了死命令，不签 Z 大的任何一个表演系学生。

别墅里苏菱留下的一切东西，通通都被下命令烧掉了。

别墅来了一个新的用人，叫陈嫂。

她烧那些东西的时候，秦先生抽着烟站在楼上看，那些东西被丢进火堆，他的表情没有一丝变化。

她的衣裙、鞋袜、首饰，样样精致。

陈嫂没有见过这些东西的原主人，但单看这些，就知道原主人多么受先生的宠爱。

陈嫂叹息着看它们化作灰烬。

秦骁成了一个彻底的恶人。

他心中没有一丝柔软。

好几家公司被他逼破了产。老板跳楼的事传过来，他跷着腿，嘴角上弯："死了？挺好的。"

这个世界毁灭了才好呢。

左印后来打听到秦骁的消息，主动来找他。

毕竟有兄弟情谊。左印看见如今这个秦骁都觉得冰冷可怕。

那一年秦骁三十八岁。

是苏菱死去的第五年。

秦骁的头发白了一大半，他毫不在意，染回了黑色。

他肆无忌惮地重新开始抽烟、喝酒应酬。

秦氏的资产以一种可怕的速度攀升。

拥有那样庞大的资产，秦骁却依旧单身。

曾经唯一挂过他未婚妻名号的郑小雅，听说在牢里已经半死不活，却被吊着命，死不成。

左印劝他："过去的都过去了，活着的人总要向前看。你不能老是记着她，好好找个人结婚照顾你吧。"他看着秦骁，都觉得秦骁活不了多少年。

秦骁挑着眉一笑："记着谁？"

左印咬牙，把那两个大家都不敢说的字念出来："苏菱。"

秦骁眼中毫无波动，良久他笑道："你想什么呢，一个女人而已，早忘了。"

他的语气太过平淡，连左印都不知道是真是假。

他为秦骁做过心理测试，检测的结果通通都是秦骁不正常，可是又检测不出到底哪里不正常。

后来有一天，B市上流圈子流传出了一条消息。

有个大师为赵家小少爷招魂，原本赵家小少爷都没了气息，可神奇的是，招完魂赵家小少爷又活了过来。

这件事传得神乎其神。

传到秦骁耳边时，他只当个笑话听听。

怎么可能，怎么可能呢？

那一晚开始，他咳血了。

他咳得眼角渗出了泪，似乎要把肺从身体里咳出来。这场景把陈嫂吓得几乎魂飞魄散，秦先生神色狰狞，反反复复念叨一句话："我才不会那么没用，你死了就死了，我不会殉情，我要好好活着，好好活着……"

　　然而他那模样，让陈嫂觉得，有时候人活着，不如死了。

　　大师终究被叫来了别墅。

　　那一天阳光很好，秦骁的腿却使不上力，他慵懒地靠在椅子上："我要找一个人，能找到的话，要多少钱尽管说。"

　　大师垂着眼睛叹息了一声："秦总要找的人，恕我无能为力。"

　　他嗤笑了一声："没真本事，还出来骗饭吃。"

　　大师摇摇头："她早就离开了，秦总信前世今生吗？"

　　秦骁冷冷吐字："老子信你妈。"

　　大师被骂并不生气："你找不到她，却可以为她积福，她这辈子过得并不好，秦总多做些好事，让她来生安稳一点吧。"

　　秦骁冷冷一笑："骗子都是这套说辞，滚。"

　　做好事？他凭什么做好事？这个世界可有怜悯他一分？他想求一点点怜悯，都不知道向谁求。

　　他咳血越来越严重。

　　然而秦骁似乎感觉不到身体的痛，他一次也没去过医院。

　　他找不到她了。

　　她想来是很恨他的，她死后，连他的梦里也一次都没有来。

　　这么狠心的人，他才没有爱过她……从没有爱过她。

　　后来有一年十二月的一天晚上。

　　他梦见了她。

　　那晚上特别冷。

　　B市下了一夜的雪。

　　他梦见自己还是二十七岁的秦骁，那天阳光遍地，是个很温暖的午后。

　　她趴在别墅的小茶几上午睡。

长睫垂下来，在她脸上投下浅浅的剪影。

他走到她面前，不敢伸手触碰。

只是默默流泪。

她睁开眼，那双眼睛干净，一如当年。

久久，她轻声说："秦骁，你回来啦？"

嗯，我回来了。

"秦骁，你怎么哭啦？"

因为我痛啊，苏菱。我痛了好几年了，再也撑不下去了。

她伸出手，去擦他脸上的泪，轻轻一笑："别哭啦，我都原谅你了。"

那真好。

真的很好。

他醒过来，那一年他才四十岁，头发却早已斑白。

他坐起来，把旗下所有产业都捐给了慈善机构。他已经没法去想世人看到这笔巨额资金的时候会是什么反应。

无数学校会被建起来，无家可归的人都会有遮风避雨的住所，食不果腹的人都会有饭吃。

我什么都不信，不信天，不信命，可是为了这一个梦，我用一切为你修来生。

做完这一切，他换了一身衣服。

穿得年轻了许多。

秦骁开车出了门。

那座山，叫作望归山。他曾经背着苏菱，在那儿看了一场日出。

如今他一个人上山，那时已经下午了。

他把车停在半山腰，这次车并没有爆胎。

他想徒步走上山。

可是腿已经没有力气了，他沉默着推出轮椅。

不管多吃力，他最终还是一个人到了山顶。

那年他头发花白了。

青山却依然是当年的模样。

那轮天边的太阳，正要慢慢落下去。

他想起多少年前，他满心温柔地背着她上山，对她说："等老了，带你来看夕阳。"

彼时风温柔，岁月也温柔。

而今夕阳薄红，染透半边天。

空茫的天地间，只有他一个人。

他容颜冷峻，一个人在山顶，坐在轮椅上，看一场夕阳西下。

他终于开口，泣不成声："我忘了你了，早忘了。"

"你求诸天神佛，散尽家财，为她修来生，可是，倘若是不再有你的来生呢？从此你只能远远看着她，守望她，祝福她。"

男人沉默许久，低声道："我愿意。"

很多年后，左印想起秦骁散尽家财后做的那一切，他猜，假如能重来一次，秦骁恐怕宁愿一个人舔舐伤口，也不会再出现在苏菱的生命里。

看她在阳光下尽情地笑，恐怕是秦骁唯一的执念。

——毕竟恶鬼在人间痛苦泣泪，意味着它心里还残存着不忘的温柔。

早春，外婆看着苏菱一头细碎的发，心疼地道："怎么又剪了，不是说家里现在不缺钱吗？"

苏菱弯唇："习惯了，长发不好打理。外婆慢慢吃，我上学去了。"

她捞起一旁的书包，奔入阳光熹微的清晨。

太阳还没有彻底探出云层，苏菱走在林荫小道上，心情十分轻快。

快到学校时，骑车路过她的几个小子恶意地拍拍她的肩膀，吹起一阵口哨。

他们故意招惹她，路过她以后，回头挑衅一笑。

苏菱微恼，捡起地上的小石子扔过去，正中一个男生肩膀，他叫徐诏。

徐诏"哎哟"一声，咬牙切齿："男人婆！"

他这句话引来一片哄笑。

苏菱瞪着他。

徐诏对上她的眼睛，慢慢红了脸，扭头骑得飞快。

谁都看得出来，徐诏这句话不是真心的。

苏菱今年才十四，还在念初中，她相貌清丽，还没长开，剪了短发不仅没有模糊性别之感，反倒平添了几分娇俏。

细碎的额发下双眼水波盈盈，即便穿着统一的校服，也不会被人认成男孩。

小少年的喜欢最是幼稚，用尽手段吸引她的注意力。

苏菱揉揉肩膀，他们下手没轻没重，多半红了一片。苏菱不喜徐诏这样的招惹，比起同龄人她更早熟，拉女生头发这类行为通通令她厌烦。

偏偏摊上徐诏这么个精力旺盛的同桌。

往常他的小动作苏菱都可以忍，但今天实在过分。

上课没多久，徐诏一直悄悄打量她。

苏菱低眸写笔记，视而不见。

她今天穿着一件白色少女胸衣，两条棉带子在颈后系了一个结。苏菱写到一半，胸前骤然一松，胸衣带子被人扯开了。

她脸色变了变，转头看徐诏，他得意地看着她，似乎在为引起她的注意而骄傲。

苏菱没说话，伸手重新系好。

徐诏不满，正待故技重施的时候，圆规狠狠划破他的手背，拉扯出一条口子。

他"嗷"的一声，痛得从座位上跳了起来。

全班同学看过来。

徐诏痛得掉了泪，咬牙放狠话："你……你给我等着……"

老师不赞同地看过来那一瞬，苏菱也有片刻后悔，她不该这么冲动，徐诏的父亲是校长。

这并不是苏菱不安的根源，她的不安，来自资助她读书的那位先生——他每年春天都会看看被资助者的档案，了解他们的情况。

她不知道他的名字，也从未见过他的样子。

苏菱甚至猜想，她兴许只是他资助的许许多多孩子中的一个。

饶是如此，她也一直努力，想表现得好一点。

因为那个她从来没有见过，却从三年前就出现在自己生命里的"叔叔"，实在太好了。

现在，她显然犯了错。

这次徐诏的母亲也来了学校。

女人抬起手就要教训苏菱。

老师连忙拦住她："等等，不能朝孩子动手，这件事怎么解决，要等到苏菱同学的监护人来。"

苏菱垂头丧气地站在办公室里，她害怕那位"叔叔"失望。

她不希望他以为他帮扶的人长成了一个恶劣分子。

徐诏的母亲愤怒地站在一旁。

苏菱听见老师在讲电话，在徐诏和他母亲的盯视下，全是不利于她的话。

那头是宋律师——"叔叔"派来负责监督苏菱生活情况的人。

苏菱紧张地听着他们谈话，好几次甚至想夺过手机自己解释清楚。宋律师会怎么跟"叔叔"说？

良久，那头突然有个清朗冷淡的男声说："给我。"

"苏菱犯了什么错？"

他声线响起的一瞬，办公室里安静了一瞬。

苏菱福至心灵，突然明白电话那头的人是谁。三年来，这是她第一次听见他的声音。

出乎意料，并不老成，十分干净好听。

老师把苏菱伤人的事说了一遍，苏菱忍不住道："不是的！是徐诏先扯我胸衣带子！"

说完她咬住嘴唇，脸慢慢红了，眼睛一眨不眨地盯着电话。

那头沉默了好几秒，似乎没有料到会在这样的情况下听见她的声音。

挂了。

苏菱骤然泄气，有点伤心。

他一定很不待见自己了。

徐诏母亲冷笑说："我儿子才不会干这样的事。小小年纪不学好，长得就一副不正经的样子，伤人还撒谎，等着被退学吧！"

苏菱也以为完蛋了。

现在的生活，都是"叔叔"给的。三年前，他出现在她生命里，与她签了资助协议。

从此，每年她时不时会收到另一座城市寄来的东西。

有时候是女孩漂亮可爱的衣裳，有时候是有着精美包装的书籍和糖果，有一次，她甚至收到了一箱子布娃娃。

她止不住笑，那人把她当小孩。

他还给外婆买了保险，每月给他们打生活费，让她转来市里最好的初中，甚至把学校周围的房子借给他们住。

她问宋律师："他对每个孩子都这么好吗？"

宋律师低咳一声："当然了，你不用不安，这些都是协议里的内容，以后上了大学，你前三年赚的钱，分两成给先生作为回报即可。"

苏菱有种感觉说不上来，自他出现后，她生活里的一切麻烦似乎渐渐消失了——

以前她怕巷子里那条狼狗，后来狼狗不见了。

舅妈总是对她恶声恶气，不知从哪一天开始，舅妈对她变得温声细语，常常邀她去玩。

偷偷用她东西的邻居小姑娘，也管住了自己的手。

她深埋在心底的自卑羞怯隐去，渐渐变得开朗。

遇见他以后，她的运气都好了起来。

现在这份运气是要结束了吗？

想到昨天他话都不愿和自己多说一句，苏菱十分懊悔。

第二天，她听到了那则让她彻夜不眠的通报，徐诏被处分，他转学了。

谁也没想到这个结果。

苏菱睁大眼，想起那个清朗动听的男声。

她好像明白了什么不得了的事！

这个处理结果，显然是有人过分偏袒。

昨日冷冷挂断的电话，此刻传达了另一种不可思议的猜想，他不会是不好意思和她说话吧？

这个猜想令她惊悚，可是很显然，排除世上一切可能，剩下那一种，就是真相。

她的猜想没有错。

此后几年，她的人生仿佛开了挂，从拿到一手烂牌变成氪金①玩家。

---

① 氪金：游戏用语。原为"课金"，指支付费用，特指在网络游戏中的充值行为。——编者注

她顺利考上很好的大学，沿袭母亲心愿读的表演系。

大二时，苏菱顺利接到了戏，饰演一部古装剧里十分讨喜的女配角，人设是古灵精怪的小师妹。

靠着这部戏，她渐渐有了名气。

接下来几年，片源不断，毕业一年，苏菱已经跻身一线女星行列。

说是没人碰她，谁也不信，外界纷纷揣测苏菱背后的金主。

她知道是他。

然而直到资助协议终止，她从一个十一岁的女孩，成长为如今二十三岁的姑娘，整整十二年，她从来没有见过他。

当年意外听到的电话里的声音，像是梦一般。

交付两成收入时，她也试着问过："我能不能当面感谢下那位先生。"

她被拒绝了。

生活依旧得继续，在忙忙碌碌拍戏的过程中，她偶尔会想起他。

苏菱过得温馨又幸福，她并不知道，原本那些属于她的苦厄，这辈子已全部不见。

她二十五岁时，死了心，不再经常想那个没见过面的男人。

一场新戏的拍摄中，她和新一代影帝程野传出绯闻。

起初她也以为程野只是逢场作戏，谁也不拆穿，不影响新戏的宣传就好。

夏日一场暴雨，程野在戏外主动拥抱了她。

在他怀里，苏菱有几分犹疑。然而程野是她这几年遇见过的很不错的男人，他温和有礼，成熟上进。

一切都挑不出错，她迟疑后抬起手回抱他。

大雨噼里啪啦，远处有辆黑色迈巴赫驶过，模糊的车影中，她看着远去的人，不知怎么，突然有几分伤心。

这场断绝一切的雨，像是另一些人深埋的泪。

带走苦厄，只剩幸福。

久违地，经年后她再次想起那个人。

"苏菱犯了什么错？"

短短七个字，"苏菱"两个字从他口中说出来最为缱绻温柔。

苏菱从威亚上掉了下去，医生下了病危通知书。

她的小助理一直哭。此前，助理想过得知苏菱出事第一时间赶过来的人。

比如苏姐的表弟，她的舅舅、外婆，或者是和苏姐传绯闻的程野。

然而她全部猜错了。

没有一颗星星的深夜，男人额上青筋绷着，黑色风衣还带着夜的深寒。

助理怔然看着这个陌生男人，他紧紧握住苏菱的手，泪掉落在苏菱苍白的手背上。

他没有发出一丝声音，浓重的哀恸无声蔓延开来。

他冰冷颤抖的手指抚过床上女人的眉眼，只用了轻柔的力度。

隔着玻璃，助理感受到了他的无措和心碎。

泪滑过他黑色的睫、干裂的唇。

一个男人沉默而绝望的泪，令人心惊。

助理突然发现，自己再也演不下去。

不仅是她，里面的苏菱也演不下去了，她悄悄睁开眼睛，第一次看见自己在心里悄悄叫"叔叔"的男人的真容。

和她心里想的完全不同。

一张陌生而英俊的脸。

他看上去还很年轻，三十出头的模样，完全当不得"叔叔"这个称号。

"你……"苏菱怔怔道。

秦骁也没想到下了病危通知书的苏菱会突然睁开眼，场面出奇地静默。

他是个聪明人，一瞬明白了什么，绷紧了神色冷淡道："抱歉，认错了人。"

他起身就要走。

苏菱反手握住他的手。

"我知道是你，我也不是好骗的小孩子了，这么拙劣的谎言，我才不信。"

他僵住。

病床上的人慢慢坐起来："果然，如果不是这样，你根本不会见我。为什么？"

秦骁不语。

遥远的回忆里，他曾问断腿的苏菱，怎样才会幸福。

她说，从来没有遇见他，就是最大的幸福。

大师说，你是否愿意重来一回，为她承受一切苦厄，付出一切，从此只能远远看着她。

秦骁问："她会快乐吗？"

"会。"

于是有了这十来年的守望，她的确过得很幸福。

可是现在，在她的精心设计下，他们再次相遇。

秦骁心里有几分难堪，明知道不能再打扰她的生活，可是爱如开闸洪水，又怎是他能控制住的？

身后的声音轻快中透着几分狡黠："喂，我该怎么称呼您？投资人先生。"

秦骁回过头，垂眸看着她。

他这些年珍重的、守护的一切。

他眼里情愫浓重，原本该令人喘不过气感到害怕，苏菱却并不害怕。她出奇地肯定一件事，这辈子从来没有像现在这样肯定过！

"你爱我？"

她看见眼前男人的瞳孔颤了颤，他抽出手，语调僵得不像话："你误会了。"

她骤然笑起来，带着午后海棠般的温柔。

苏菱道："你眼睛里不这样说。"

秦骁不敢再听她说下去，怕自己深陷这难得的温柔，舍不得离开。

他咬牙道："放手，苏影后不至于缠着一个陌生男人吧？"

苏菱一急，怕他走了又是十多年找不到人，她手脚并用缠住他。有些仗着他这些年的守候而耍赖的意味："你不是总在帮我实现愿望吗？我现在就一件事没解决了，你先别走。"

秦骁猝不及防一低头，看见一只嫩白的脚钩着他。

他深吸了口气，用尽毕生的意志力："说。"

"我的终身大事。"她真诚地看着他道，"就剩这一样了，反正从小到大你已经给了那么多，最后再给物色下嘛。"

秦骁心里先是酸涩难言，想诵她话里的意思后，不可置信地看着她。

会是……他以为的那个意思吗？

苏菱止不住脸发烫，她强作镇定道："我相信您的眼光。"

秦骁忍了又忍，嘴角终于再也忍不住地翘起。

曾经孤独地死在夕阳下的树，时隔多年，以爱浇灌，终于再次抽芽。

图书在版编目（CIP）数据

掌上青梅：全二册 / 藤萝为枝著 . -- 长沙：湖南文艺出版社，2022.2

ISBN 978-7-5726-0573-4

Ⅰ.①掌… Ⅱ.①藤… Ⅲ.①言情小说－中国－当代 Ⅳ.① I247.5

中国版本图书馆 CIP 数据核字（2022）第 005577 号

上架建议：畅销·青春文学

ZHANG SHANG QINGMEI: QUAN ER CE
掌上青梅：全二册

作　　者：藤萝为枝
出 版 人：曾赛丰
责任编辑：刘雪琳
监　　制：邢越超
策划编辑：柚小皮
特约编辑：张春萌
营销支持：文刀刀
版式设计：李　洁
封面设计：有点态度设计工作室
插图绘制：符　殊　柠檬漫游　真　和　猫小靖
内文排版：百朗文化
出　　版：湖南文艺出版社
　　　　　（长沙市雨花区东二环一段 508 号　邮编：410014）
网　　址：www.hnwy.net
印　　刷：北京中科印刷有限公司
经　　销：新华书店
开　　本：640mm × 915mm　1/16
字　　数：478 千字
印　　张：35.5
版　　次：2022 年 2 月第 1 版
印　　次：2022 年 2 月第 1 次印刷
书　　号：ISBN 978-7-5726-0573-4
定　　价：79.80 元（全二册）

若有质量问题，请致电质量监督电话：010-59096394
团购电话：010-59320018